黑水城

2017.11.2

目录 [上册]

从 此 深 情 永 不 负

目录 [下册]

从 此 深 情 永 不 负

第1章

哗哗的水声，让睡梦中的顾筱筱慢慢睁开了双眼。

头痛欲裂，但更疼的，却并不在这儿。她缓缓动了一下身子，酸痛感席卷而来。她无意识地拽了拽被子，然后整个人僵在那里。

浴室的水声已经停了，脚步声在朝着这里迈近。在那人推门而入的一瞬间，顾筱筱从床上腾地坐了起来，抓紧了身前的被子。

四目相对，一个悠然自得，一个惶恐不安。

楚逸辰腰间系着浴巾，精壮的胸膛毫不吝啬地暴露在空气之中。他擦拭着头发，将顾筱筱愤怒不堪的神情收入眼底。高挑的身姿，完美的五官，狭长漆黑的双眸中闪烁着让顾筱筱害怕的寒芒，微微上扬的嘴角，却噙着一抹淡淡的笑意。

顾筱筱从未见过长得如此好看的男人，也从未期待过会和这样的人有什么交集。

"昨晚的事情，忘了？"不给顾筱筱整理思绪的机会，他走到床边，居高临下地出声问道。

低沉优雅的声音，格外好听。

顾筱筱愣怔地望着他，猛地回过神来："我们……"

"你睡了我，不会不认账吧？"楚逸辰坐到床边，顾筱筱吓得差点从床上掉下去。

"放开我！"手腕被抓住的瞬间，她爆发了般叫喊出声，"变态、流氓、强奸犯！"

顾筱筱的话让楚逸辰十分不满，他用力将她拽到了自己的面前，俯身贴在她耳边，轻声冷笑："昨晚抱着我不放的人可是你自己！如果忘了，我不介意让你重新想起来。"

手腕被紧紧地握住，顾筱筱动弹不得，听着楚逸辰的言语，感觉浑身发冷。

沐云帆，金婧，酒。

顾筱筱最后的记忆，停留在喝完酒后，狼狈地站在宴会厅外的那一刻。

"三十万一晚，毫无疑问，你被你的小男朋友和他的未婚妻卖了。"楚逸辰毫不留情地告诉顾筱筱真相，"你喝的酒里被下了药。"

顾筱筱心中最后一道防线，在楚逸辰的话说完之后，轰然崩塌溃败。她究竟做错了什么，他们要如此对她！昨晚是沐云帆的生日，她高高兴兴地去为他庆生，却被告知他已经和别的女人订婚了。

眼泪不受控制地夺眶而出，顾筱筱泪眼模糊地望着眼前的男子。"三十万一晚，我值吗？像你们这种有钱人，没有什么是用钱买不到的吧？"

楚逸辰没有回答，只是安静地看着顾筱筱，气氛安静得让人有些窒息。火热的气息，伴随着楚逸辰的声音扫过顾筱筱耳畔。缠绵的声音在耳边回荡，让顾筱筱神思有些迷离。

"我说过买下你的人是我吗？是你主动扑过来求我带你走的，昨晚一直求我不要走的人，也是你。"

顾筱筱恼羞成怒，深吸一口气想要反驳，但一片空白的记忆和被沐云帆出卖了的愤恨，以及莫名其妙失去清白的难过，竟让她连一句话都说不出口。楚逸辰看着她失落的样子，放过了她。他走出房间，再回来的时候，手上拿着她的衣服。

衣服上面有烘干后暖洋洋的味道，望着楚逸辰转身离开的背影，顾筱筱手忙脚乱地穿好衣服，走出了屋子。

客厅中，楚逸辰正站在阳台打着电话。听到顾筱筱的脚步声，他回过头来，看着准备离开的顾筱筱，挂掉电话："就准备这么走了？"

顾筱筱疑惑不解地看着发问的人，反问道："不然呢？"

话刚说出口，顾筱筱像是想到了什么，翻了翻自己的背包，走回楚逸辰的面前："我身上只有这么多了。"她将手上的钱递过去，发觉楚逸辰的脸色有点难看，"不够我也没办法，你一个大男人，发生这种事，你也不算吃亏。"

虽然没有直接说出口，但顾筱筱的举动表明，自己被她当成了牛郎。楚逸辰望着眼前的小东西，难得地语塞了。

"不要？"顾筱筱缓缓收手，"那好吧，我走了。"

在楚逸辰的注视下，她走到门口，弯腰穿好了鞋，突然脑子灵光一闪，然后，她像是中邪了一样，回眸去看楚逸辰。

"你结婚了吗？"

楚逸辰没想到她会突然问出这种问题，怔了一下，摇了摇头。

"那你要不要和我结婚？"

顾筱筱的第二个问题，比第一个更让人意想不到。楚逸辰望着她，看了一会儿，在顾筱筱马上就要夹着尾巴逃跑的时候，他缓缓开了口："你确定想要和我结婚？"

赶鸭子上架，顾筱筱觉得自己已经没有回头路了："我确定。"

与其把第一次交给一个陌生人，不如交给自己的丈夫。想起沐云帆和金婧的事，顾筱筱被怒火冲昏了头脑。短短几分钟后，她自己都不敢相信，她已经坐在了楚逸辰车里。

顾筱筱双手紧紧地握着安全带，身子努力和楚逸辰保持着距离："为什么答应和我结婚？你不会是人贩子吧？"

这个地段的房子都很贵，看他家里至少应该有二百平方米，普通人怎么买得起？

楚逸辰睨了她一眼，显然很瞧不起她的这个问题："你缺一个丈夫，我缺一个妻子，还需要其他的理由吗？"

车内狭小的空间安静到让人窒息，距离民政局越来越近，顾筱筱心里后悔的情绪也越来越强烈。

车子终于停下，顾筱筱欲哭无泪地望着外面，紧张得像个遇见了大灰狼的小白兔。

"楚逸辰。昨晚告诉过你我的名字，不过你应该已经忘记了。"好听的声音再次响起，引得顾筱筱条件反射地回头去看他，"上有一兄、下有一妹，有车有房、父母双忙，所以最近一段时间你都见不到他们，结婚喜宴要等到年后再说。"

"不急不急。"一直不见才好，一直不摆才好！

顾筱筱磨磨蹭蹭坐在座位上，最后是被楚逸辰给拽下车的。

短短一天的时间，她从被抛弃的二手女友变成了已婚少妇。这戏剧性的转变，让顾筱筱有些不能接受。

小本本拿到手里，顾筱筱觉得自己站在了悬崖边上，随时都可能掉下去。

"我三点的飞机去上海，等我回来后联系你。"楚逸辰站在顾筱筱身边，揉了揉她的头发，转身离开，留下顾筱筱一人站在那里，风中凌乱。

顾筱筱在民政局门口站了好久，吹着冷风，忧虑的神情让来来往往的人都在猜测她是不是被人抛弃了，到这里来离婚的。

回到学校，寝室空无一人。顾筱筱躺在床上，翻来覆去地看着手上的结婚证，觉得像在做梦。这小本本是她亲自从民政局拿到手的，不会有假，可是照片上的人为何那么不真实？

不安了许久，顾筱筱终于还是拿起了电话。电话接通，那边熟悉的声音让她眼眶泛红。

"筱都，我结婚了。"低声开口，顾筱筱诉说着连她自己都不敢相信的事实。

"结婚？跟沐云帆？"电话那端的人似乎要比顾筱筱激动得多，"你疯了？"

"不是沐云帆，是和其他的人……"顾筱筱越说声音越小。

"你现在在哪儿？"

3

"寝室。"

"我马上回来！"电话啪的一声被挂断。

顾筱筱浑身无力地躺在床上，直到寝室门砰的一声被某人踹开。

楚筱郗风尘仆仆地回来，摔上门，三步两步来到顾筱筱床铺旁，把人拽了起来："怎么回事？你给我说清楚！"

看着闺密，顾筱筱委屈地瘪了瘪嘴。她真的有好多好多的话想说，可一时间又不知该从哪里说起。

"你别哭啊！"看着顾筱筱泛红的眼眶，原本气势汹汹的楚筱郗一下子就泄气了，"你不是和沐云帆结婚，那是跟谁？"

"我和沐云帆已经分手了。"把头靠在了楚筱郗的肩膀上，顾筱筱缓缓说出沐云帆和金婧在一起的事情。楚筱郗听得咬牙切齿，恨不得手撕了那对狗男女："所以，你就这么稀里糊涂地在大街上随便找了个人，把自己给嫁了？"

有些事情顾筱筱还是没勇气说出口，例如她和楚逸辰昨晚发生的那些事情……

"姓什么、叫什么、家住哪里、做什么你通通不知道，甚至连个电话号码都没有，你就嫁了？"

顾筱筱点点头，她也觉得自己太过鲁莽了。楚筱郗哭笑不得地看着她，真不知该拿这个傻子怎么办才好。

顾筱筱和沐云帆相识十多年，一起从家乡考到B大，曾是B大有名的模范情侣。沐云帆是顾筱筱的青梅竹马加初恋，金婧的事对她打击肯定不小。楚筱郗万万没想到，在自己离开的这两周时间，竟然发生了这么多事情。看着顾筱筱可怜兮兮的样子，楚筱郗也不忍心再去责备她。船到桥头自然直，事情总有解决的办法。

"你个糊涂虫，真不知你当初是怎么考上B大的！"楚筱郗用手指重重地戳了戳顾筱筱的额头，这才发现她的体温有些不对，再仔细一摸，烧得厉害。楚筱郗赶紧把人推上了床，无奈地叹气。

顾筱筱迷迷糊糊地睡着了，虽然身子不舒服，但第二天还是准时起床了。

"你干什么去？"已经穿戴好坐在书桌旁的楚筱郗回头看她，"病得这么严重，还打算去上班？"

"好不容易才进风扬，不能随便旷工。"

风扬集团不仅在B城有名，在全国也是无人不知。风扬的总裁毫无疑问已经问鼎首富的位置，国内外多少精英都挤破了脑袋想进这家公司。能进风扬实习，顾筱筱可是经过了三轮残酷的面试，从最初的几百人中被挑选出来的。一百比十，这是风扬集团实习生的录取比例。想成为正式的员工，还需要经过一系列的残酷比拼。百里挑一，这是风扬集团用人的标准。

楚筱郗知道顾筱筱的性子，叹了口气，拿她没有办法，只好起身穿上大衣："走吧，我送你。"

B大是B城的百年名校，顾筱筱虽身为B大的高才生，但在风扬这种高手云集的公司里也不占什么优势。她刚进公司不到一周，因为英语水平不错，一直负责翻译一些文件，其他事情几乎与她无关。走到办公桌前，顾筱筱一屁股坐下，不过一会儿工夫，桌子上就已经堆起了一座小山，看得她头疼。

忙忙碌碌大半天，不知不觉中，天色暗了下来。顾筱筱埋头苦干，直到楚筱郁的电话打进来，她才意识到早已过了下班时间，赶紧急匆匆收拾好东西跑到楼下。

两人回到寝室刚坐下没有多久，寝室门就被敲响了。顾筱筱所在的四人寝室一直只有三个人，她、楚筱郁，还有另外一个读研的李怡然。不过李怡然最近交了男朋友，经常不回来住。

"怡然姐……"顾筱筱去开门，口中的话说到一半就停住了，因为门外站着的人并不是李怡然，而是金婧。

"嗨，筱筱，我们又见面了。"推开顾筱筱，金婧径直走进寝室，将自己的东西放在那个一直没人住的地方。

"你来干什么？"楚筱郁披着衣服，心中已经隐约有了答案。

"以后我们就是室友了，还望两位多多关照。"金婧的笑容就像一杯放多了砂糖的牛奶，腻得顾筱筱和楚筱郁都不舒服。两人对视一眼，无言。金婧的母亲是她们系的教授，就凭这一层关系，她们两个也无可奈何。

楚筱郁目光阴沉地看了看金婧，拽着顾筱筱离开了寝室。走出房间后，两人不约而同地长舒了一口气。

"筱筱，我知道这话或许不该说，但我还是要提醒你一句——你和沐云帆已经结束了，你不该再留他在心里，他不配。"

顾筱筱点点头，苦涩一笑，"他有他的抱负、他的理想，而我也有我的选择。不管他变得有多好，我都不会回头。"

"说得好！那种渣男根本就配不上你，等姐姐我给你找个好的！"

"可是我已经是结了婚的人了……"顾筱筱越说声音越小，恨不得找个地缝钻进去。

提到结婚的事，楚筱郁也头疼不已。看着无措的顾筱筱，她犹豫了一下，问："外婆知道这件事吗？"

顾筱筱是个孤儿，从小被外婆从福利院抱养回家，只有外婆一个亲人。

"这种荒唐的事情，我怎么敢告诉她。"顾筱筱低着头，摸了摸鼻子，"车到山前必有路，走一步算一步吧。"脑海里浮现出楚逸辰的模样，顾筱筱的心悬在半空中。连个联系方式都没有，她以后还会再遇到他吗？如果遇不到，她又该怎么办？

"好了，不管怎么样，一切都有我在。"楚筱郁拍了拍顾筱筱的肩膀，安慰道，"放心吧，一切都会好的。"

楚筱郁带着顾筱筱去吃饭，饭桌上，提起工作的事情，"过段时间我也打算去风扬实习。"

"真的？"顾筱筱睁大双眼，欣喜不已，"不过，听说下个月新任总裁要过来上班了。"

"新任总裁？"楚筱郗愣了一下，"你们还没有见过他？"

"没办法，谁让他是个神秘人物呢。从接手公司到现在，他还没有在公开场合露过面。听说之前几年他一直在国外，今年才决定把工作重心挪回国内。"

"你感兴趣？"楚筱郗神秘兮兮地笑问。

"感兴趣的不止我一个吧，这么厉害的人物，你不想见一见？"

"不想。"楚筱郗回答得斩钉截铁，"这种人不露面，只有两种可能。"

"哪两种？"

"一、长得丑；二、还是因为长得丑。"楚筱郗被自己的回答给逗笑了，"不过凡事也有例外，说不定他就是因为长得太帅了，所以不愿意出镜呢？"

两人有说有笑地吃完了饭，回到寝室，金婧还在，气氛一下子好像冷了不少。顾筱筱和楚筱郗谁也没有理会金婧，忙着各自的事情，然后熄灯睡觉。

一连几天相安无事，金婧除了偶尔会在寝室和沐云帆打电话秀恩爱，一切都还过得去。顾筱筱心里虽然别扭，可还是努力装作无所谓的样子，任凭金婧在自己的面前晃来晃去，直到她的电脑出现问题。

楚筱郗双手环在胸前，看着顾筱筱焦急的样子，耐心等着某人回来。

金婧出现了，她哼着小曲，心情看起来不错，视线瞥了瞥一言不发的顾筱筱，微微一笑。

"出来，我有话问你。"楚筱郗几步走到金婧身边，一把扯过她的衣服，力气之大，让金婧没有反抗的余地。

"楚筱郗你干什么？"金婧努力挣扎着，言语之间已经开始蹦脏字了。

"再敢骂一句，我就撕了你的嘴！"楚筱郗突然间停下脚步，回眸看向金婧，一字一顿地说，"不信的话，试试看。"

不知为何，在她说这话的时候，金婧的心猛地一沉，虽然不情愿，但是涌到嗓子眼的话真的不敢冒出来了。

"你放开我！"一出房间，金婧就甩开楚筱郗的手，"再对我动手动脚，我可是要喊人了。"

"喊人？"楚筱郗笑着看她，"你不会以为我和筱筱一样，那么好对付吧？"

面对楚筱郗的步步紧逼，金婧有种莫名的压迫感。

"跟你这种人没什么好说的，但是有件事我希望你清楚。"楚筱郗看着被自己逼到墙角的金婧，压低了声音，"电脑里的水是谁倒进去的，我有监控视频在手，你想把事情闹大，我也无所谓。"

金婧明显愣了一下，显然没想到楚筱郗会有这一手。

"还有，不要仗着你有家人撑腰就为所欲为。一个小小的金氏有限公司，我还没放在眼里。"

"楚筱郗！"

"没错，我是叫楚筱郗。"她笑得诡异，"除了这个名字，你对我的一切应该一无所知吧？不把你们家的小公司放在眼里又让你查不到背景的人，到底有多少呢？"

压抑的情绪积聚在金婧的胸口，有些话，从有些人的口中说出来是吹牛，但从另一些人口中说出来，就是警告。此时此刻，金婧的感觉告诉她，楚筱郗这个人真的不好惹。

楚筱郗后退一步，走回房间。金婧冷静了片刻，也转身走了回去。

关上房门，金婧的眼神瞥向坐在书桌前的楚筱郗。楚筱郗的电脑打开着，电脑屏幕上显示的，正是顾筱筱书桌前的画面。金婧的脑袋嗡的一下，看来这个疯女人说的果然是真的，她在寝室装了摄像头，而且是对准顾筱筱床铺那边的。

金婧在心里衡量了一番，再三犹豫之后，缓步走到了顾筱筱的身后："你的电脑，我不是故意弄坏的。我没恶意，只是端水路过的时候不小心，脚滑了一下，不好意思啊。"

"没有恶意、不是故意。"顾筱筱重复着她话中的关键词，讽刺地笑了笑，"金婧，魏教授对你的家教，难道就是这个样子的吗？"

"电脑我可以帮你修好，或者我赔你一台新的。"

"新的就不必了，我只喜欢用自己的东西。"顾筱筱懒得和她说没用的，将电脑合上递到金婧手中，"快考试了，我不管你愿不愿意，希望你能尽快把它修好，还给我。"

"三天！"那边传来了楚筱郗的声音，"对金大小姐来说，这种小事应该难不倒你吧？"

"好，没问题。"有把柄在对方手上，金婧没法说个不字。

因为电脑的事情，顾筱筱的心情一直不怎么好，显然，负责修她电脑的金婧更是如此。电脑主板烧坏了，修不好。纠结了许久，金婧还是决定买台新的。虽然她不想把钱浪费在顾筱筱的身上，可一想到楚筱郗，她就浑身一阵恶寒。

顾筱筱心里很不痛快，但多一事不如少一事，既然自己没什么损失，就算了。拿到金婧带回来的电脑，把平时用的基础软件都装好，叫上楚筱郗和刚刚回来的李怡然出去吃饭。

走出寝室楼，顾筱筱深吸一口气，看了看校门口的方向，刚想说些什么，一口气却直接噎在嗓子眼，呛得她咳嗽起来。

拱桥之上，某男子正向她们缓缓走来。淡淡的薄雾之中，他身姿挺拔颀长，脸上带着几分旁若无人的清傲表情，深邃的眼眸、高挺的鼻梁、堪称完美的五官，使他不可避免地成为人群中的焦点。

黑白相间的毛衣内搭，蓝色的大衣，黑色的长裤和同色系精致考究的布洛克鞋，穿衣服这样好看的男人，再加上那张招人的脸蛋，不当明星有些可惜了。

　　顾筱筱目不转睛地看着他，心一下子就提到了嗓子眼——那个和自己领了结婚证后就消失了好多天的人，怎么会来这里？顾筱筱心惊肉跳，微张着嘴巴看着楚逸辰说不出话。好在人来人往，有不少女生都在看着他，她的反应也不算太过突兀。

　　"哟，帅哥！"李怡然顺着顾筱筱的视线看过去，低声感慨，"咱们学校什么时候有这么个人，以前怎么没见过？"

　　"他怎么来了？"楚筱郗和两人一样，看向那个离她们越来越近的男子。

　　"筱郗，你认识他？"顾筱筱抿了抿唇，紧张地问。

　　"哦，我哥。"楚筱郗漫不经心地随口回答。

　　顾筱筱听了以后，整个人都不好了。她风中凌乱地站在楚筱郗身边，楚逸辰走到她们面前，她条件反射地低下头，不敢和他有任何视线接触。楚逸辰的视线若有似无地扫过顾筱筱，眸中笑意一闪而过。

　　"哥，你怎么来了？"楚筱郗开口询问。

　　"过来见个人。"楚逸辰的回答简单直接，吓得顾筱筱身子一抖。

　　"谁啊，值得让大少爷你亲自跑一趟？"楚筱郗好奇地追问。

　　"以前的老师。"楚逸辰说着，看了眼顾筱筱，"今天还有事，下次再带你们吃饭。"

　　和楚逸辰分开后，顾筱筱三人到了学校外的小饭馆。才一坐下，李怡然就迫不及待地八卦起来，"筱郗，刚才那个真是你哥？以前怎么没见过他啊？"她两眼放光地看着楚筱郗。

　　"他之前一直在国外，最近才定在国内。怡然姐你已经有男朋友了，就不要打他的主意了。"楚筱郗笑着看了李怡然一眼，调侃道。

　　"不用你说，像你哥这种男神级的大帅哥，就算我想打主意也没戏。"李怡然倒是有自知之明，可对于楚逸辰的八卦之心并没有因此停止，"你们一家子基因可真是强大，他有女朋友没？"

　　"女朋友？"楚筱郗嗤地一笑，"连我妈都开始怀疑他取向是不是正常了，昨天还给我打电话，问我哥一直没有女朋友，是不是有男朋友了。"

　　喀喀喀！顾筱筱本是低着头专心致志地吃自己的饭，听她们的闲聊，在听到楚筱郗这句话后呛住了。

　　"筱筱你没事吧？"楚筱郗拍了拍她的背。

　　"没事，没事。"喝了一大口水，顾筱筱心虚地说，"我就是对你哥有点意外，你以前不是说你哥在部队吗？"

　　"哦，在部队的是我大哥，这个是我二哥，以后有机会再给你们介绍。"楚筱郗完全没有怀疑顾筱筱和楚逸辰会有什么问题，"对了筱筱，我哥也在金融街那边上班，你在风扬的话，应该有机会遇见。"

"哦，知道了。"顾筱筱满腹疑惑，楚逸辰在金融街上班？他不是牛郎？顾筱筱瞧了瞧楚筱郁，还是没胆子问楚逸辰是干什么的，而且楚逸辰的身份，震得她还缓不过神来。

筱郁的哥哥，这样看来，他们也不算是毫不相干的人了……

吃饱喝足，三人有说有笑地回寝室。寝室楼下围满了人，顾筱筱探头看去，在人群中发现了金婧和沐云帆。火红的玫瑰在地上围成硕大的心形，那两个人就站在花束中间，旁若无人地拥吻。

顾筱筱和沐云帆两人在B大也算是小有名气，男才女貌，是好多人眼中的天生一对。他们分手没有人知晓，现在沐云帆和金婧走到一起，也没人知道是怎么回事。

顾筱筱站在角落里，安静地凝望着他们。看着那个曾经对自己百般温柔体贴的男人亲吻着别人的嘴角，她心里的某个角落在隐隐作痛。他曾经许下的那些承诺，她付出过的那些感情，就像雪花一样，风一吹就散了，落在手心就化了。他们的感情连一点温度都承受不起，又怎么可能走到最后？

"我倒要看看，他们能不能天长地久。"楚筱郁不屑地看着那两个人，搂过顾筱筱的肩膀，讽刺道，"筱筱，我们走。"

拥着顾筱筱回到寝室，不一会儿工夫金婧也回来了。看着坐在椅子上的顾筱筱，她有许多疑惑。那一晚，顾筱筱明明已经喝了药，却在半途被人带走。史总那边没见到人，还大发雷霆。

金婧从不做吃亏的买卖，没想到会在顾筱筱身上栽了跟头。那晚是谁救了她，她又是否知道自己对她做过手脚？金婧叹了口气，神情有些失望地转身回到自己的桌前，沉默不语。

沐云帆和顾筱筱分手的消息很快就在B大传开了。在学校论坛上一刷，全都是关于他们的帖子。一夜过去，第二天顾筱筱在出门的时候，觉得周围人看自己的眼神都和以前有些不同了。

走出学校，辗转来到B市的繁华地带。

金融街，是B市资金、技术、知识密集度最高、税收增长最快的地区之一，也是本市乃至全国一平方公里高端产业最聚集、创造价值最大的区域。而风扬集团则毫无疑问是这里的佼佼者。

忙忙碌碌一天，傍晚时分，顾筱筱拖着疲倦的身子下楼，在一楼的休闲区内见到了楚逸辰。

风扬集团整栋大楼有二十多层，每层都有员工休息室，一楼还有专门的地方供员工们午休或下班闲暇之余在这里闲聊，也方便外来客人在这里打发时间。

楚逸辰坐在靠着落地窗的角落里，虽然还有其他人，顾筱筱还是一眼就看到了他。修身的黑色西装，白色衬衫。很简洁的装束，穿在他身上，却是那样与众不同、引人注目。桌上放着一杯咖啡，他正低头看着文件，旁若无人地做着自己的事情。忽然，他像是感觉到了什么似的，抬起头来看向顾筱筱的方向。

顾筱筱闪躲不及，呆呆地站在那里望着他。楚逸辰看着她窘迫的样子，示意她过去。被抓了个现行，顾筱筱只能硬着头皮过去。她走到楚逸辰对面坐下，轻声问："你和我们公司有业务上的来往吗？"

"算是吧。你在这里实习？"

"嗯，刚来不久。"顾筱筱点点头，直视着楚逸辰深邃如海的双眸，犹豫片刻，鼓起勇气开了口，"你什么时候有时间，我们去把婚离了吧。"

顾筱筱的话音刚落，就感受到了楚逸辰身上散发出来的阵阵寒意。凝视着他闪烁着寒芒的双眼，顾筱筱的胆子一下子小了许多。

"在你眼里，婚姻就是儿戏吗？"

"不是！我不是那个意思，我也没有那么觉得。"顾筱筱有些紧张，"可你是筱郗的哥哥，我不能……"

"不能如何？"望着话说到一半停下来的顾筱筱，楚逸辰追问。

顾筱筱思绪有些混乱，她不知该如何向楚逸辰表达自己真正的想法。虽然楚筱郗没有提及过她家里的情况，但是顾筱筱看得出来，她和自己是两个完全不同世界的人。

"门不当户不对，我配不上你。"顾筱筱慢慢低下头，用着小到楚逸辰几乎听不到的声音，缓缓说道，"你们家境应该不错吧？你要不是牛郎的话，什么样的女孩子找不到？没必要跟我耗一辈子。"

顾筱筱的话把楚逸辰逗笑了。这些年，他只听说过有人怕穷，还没听说过有人怕富的。

他尖锐的视线稍稍柔和了些，合上文件准备起身："我送你回学校。"

"不用了，我等下还有家教。"顾筱筱连忙拒绝，差点忘了自己还有其他事情。

"家教？"楚逸辰有点意外，"风扬给你的工资很低吗？"

"是我之前实习公司老板的儿子，离这里不远，走路就可以过去，报酬给得又不少，没理由拒绝。至于我们公司的薪酬……是秘密！改天你有时间，我们再谈那件事吧。"

顾筱筱说完，就见楚逸辰冲她伸手，像是要什么东西似的。她微微一怔，没明白他的意思。

"手机。"

"啊！"顾筱筱反应过来，赶紧掏出手机递给了他。

楚逸辰在手机里输入了一串数字，叮嘱道："路上小心，有什么事打我电话。"

顾筱筱点点头，转身离开。出门的时候碰上公司经理，她打了个招呼就匆匆离去了。徐明回头看了看她，走到她刚刚坐着的地方，饶有兴趣地看着楚逸辰，问："你认识顾筱筱？"他刚才在外面站了会儿，楚逸辰和顾筱筱后面的举动他都看到了。

"这话应该是我问你才对——堂堂风扬总经理，怎么会认得一个小小的实习生？"

"因为这个实习生优秀啊！"徐明丝毫不掩饰自己对顾筱筱的赏识，"这姑娘聪明伶俐、勤奋好学，长得又漂亮，你是不知道，咱们公司现在有多少人都盯上她了。"

楚逸辰轻挑眉尖，这事儿他还真不知道。

"她的终试是我面的，前两轮面试的视频我也看过，人才一个！所以，楚大少爷你是怎么认识咱们这个小实习生的？"

楚逸辰淡然一笑："她是筱郗的朋友。"

楚筱郗回国三年，知道此事的人寥寥无几。而从顾筱筱的话语间也不难判断，她并不知道楚筱郗的真正身份。

深夜，顾筱筱家教结束，缓步走出高档别墅区。她抬头看了眼昏沉的天色，加快脚步走向地铁站。刚走出小区门口，包里的电话就响了。她拿出一看，是楚逸辰。

"喂。"接通电话，顾筱筱莫名地有点紧张。

"在哪里？"这是顾筱筱第一次和楚逸辰通电话，在电话里听起来，他低沉的声音似乎没有面对面时的那份清冷。

"家教刚结束，准备坐地铁回学校。"顾筱筱诚实地回答，不知他这么晚找自己是有什么事。

"我在你公司楼下，过来，我送你回去。"简短的一句话，楚逸辰说完之后立刻就挂了电话，不给顾筱筱拒绝的机会。

望着屏幕渐渐暗下去，顾筱筱想了想，一路跑回了公司。

别墅区距离公司这边真的不算远，平时若是慢走的话，只要二十分钟。到了地方，顾筱筱气喘吁吁地停下脚步。风扬集团的大楼门前停着一辆银灰色的宝马，很常见的车型，不算高调。她走过去看了看，里面果然是楚逸辰。顾筱筱拉开车门坐进去，系好安全带，正襟危坐。

"其实不用特意麻烦你，学校离这边不近，你又不顺路。"低着头，顾筱筱小声说道。

楚逸辰没理会她，把空调打开了。车内的温度渐渐上升，顾筱筱暖和了一些，身子也松缓了些，眼睛偷偷瞄了瞄身边的人，气氛有些尴尬。

相比起那天在B大校园头上戴着熊猫帽子，今天的顾筱筱毫无疑问已经蜕变成了一个小女人的样子，一身深灰色的连体套装简单而帅气，外面搭配驼色的长款大衣，干练十足，精致白皙的小脸因为车内升起的温度而有些泛红。

"你也是我们学校毕业的吗？"想起楚逸辰上一次出现在B大，顾筱筱好奇地问道。

"不是。之前在国外的教授回国被B大返聘，我已经很久没有见到他了，那天回来后就过去了一趟。"停顿了一下，楚逸辰趁着等红灯的时间，扭过头看向顾筱筱，"你每天都要这么来回跑，就没想过搬出来住吗？"

楚逸辰提到的也是让顾筱筱头疼的事，从B大到公司，坐地铁也要一个多小时才能到，每天浪费在路上的时间就要三个小时，想在B城生活，真是挺不容易的。

　　"没办法，只能先这样了。"顾筱筱靠在椅背上，嘴角微扬，看向窗外，幽幽地说道，"这个城市太大，聪明的人又太多，要想不被落下，只能每天不断地跑。"

　　说着说着，顾筱筱想到了沐云帆。或许他就是因为跑累了，才会放弃自己的吧。顾筱筱和楚逸辰有一句没一句地聊着天，不知不觉就有了睡意，当她睡醒的时候，车子已经到达了目的地。

　　睁开眼睛，面对着楚逸辰似笑非笑的表情，顾筱筱已经不敢直视他的眼睛了。她解开安全带，理了理衣服，准备和楚逸辰道别离开。可身子才动一下，手就被楚逸辰抓住了。他的身影快速地压了下来，顾筱筱呆呆地看着他离自己越来越近，身子不由得紧绷起来。

　　"筱筱。"楚逸辰侧着身子，与顾筱筱近距离地四目相对。他附在她的耳边，低声开口，慢慢说道："不要让我等太久。"

　　顾筱筱呼吸间全是他的气息，心随着他的话颤了一下。她不知他指的是什么，也不敢去深究。蜻蜓点水般的一吻落在顾筱筱的额头，楚逸辰松开手，顺便替她打开了车门。

　　寝室一个人都没有，洗漱完毕，顾筱筱坐在床上，翻出她藏起来的结婚证，呆呆地看着上面的照片，想起最近发生的这些事。或许，她应该谢谢他。谢他那天的突然出现，让自己没有深陷在金婧与沐云帆给她挖的泥潭中爬不出来。

　　想到楚逸辰，一股暖流从顾筱筱的心底滑过。她熄了灯躺在床上，又想了很久，不知什么时候睡着了，第二天醒来的时候，楚筱郗已经在寝室里了。以最快的速度起床梳洗，两人一起出了寝室楼。

　　"哟，这不是顾筱筱嘛！"陌生的声音迎面而来，闻声看去，是三个女生，站在最中间的人，是金婧。

　　"真是和照片上一样的土气十足啊！"

　　"在真人面前就不要这么打击人家了，哈哈！"

　　不等顾筱筱出声，对方已经开始对她的穿着打扮评头论足。

　　"土气十足？"楚筱郗重复着这四个字，不开心的情绪表现得很明显，她冷笑一声，扫了眼三人身上的衣服，"穿假货的人也有资格评论别人的穿着？"

　　"假货？"金婧眉头一皱，"你什么意思？"

　　三人之中有能力穿奢侈品的人，就只有金婧一个。

　　"你的这件外套还有靴子，都是GJ的吧？"楚筱郗问。

　　"算你识货。怎么了？"

　　"怎么了？"楚筱郗笑着开口，"一看你就是没见过真货。这件外套最大号的长度都不会超过腰部，可看看你身上的，屁股都盖住了。还有靴子，这款靴子的正品可是不

12

会掉筒的，皮子的纹路也不对——看来大小姐你买的假货，连高仿都算不上。"

"楚筱都，你少血口喷人！你有什么证据证明我身上的是假的，就凭你几句话？"

"这就急了？"楚筱都轻蔑地看着金婧，微笑道，"明年三月，GJ新品发布会在意大利举行，你应该知道吧？不如这样，我们赌一把，看看谁有机会去现场，如何？"

"好！那我们就试试看！"金婧咬紧牙关，应下了楚筱都的提议。

楚筱都说完，带着顾筱筱离开，金婧站在原地，咬牙切齿地望着两个人的背影。

"筱都，你不要和她们那么较真。"顾筱筱担心地看着楚筱都，意大利的发布会哪是那么容易就能去的？"金婧的脾气你又不是不知道，不要理她就好了。"

"谁和她较真了？我明年三月本来就是要过去的，顺便逗逗她罢了。"提起金婧，楚筱都一脸不屑，"在我面前显摆GJ，简直就是班门弄斧。"

GJ，是近几年来最值得关注的奢侈品品牌。它不像其他牌子那样有着悠久的背景历史，几年前横空出世便一发不可收拾。凭借着独树一帜的设计剪裁以及对细节处理的精湛手法，让全世界的时尚人士都对它有了全新且积极的认识。

GJ的定价不低，但和昂贵的价格相比，它生产的数量和难买的程度才更让人头疼。每款服饰每个码数都只有一千件，绝不多产。因此每年GJ新品发布的时候，各大专卖店都会出现彻夜排队只为占个好位置、买件衣服的现象。

"筱筱，其实我最近一直在考虑，我们搬出寝室吧。"

"搬出寝室？你打算回家去住吗？"

"不回家。我最近有些事情要忙，而且也打算去风扬那边上班。我们现在一周两节课，把时间耗在这里有些不值当。正好我在公司附近有个公寓一直空着没人住，不如你和我一起搬到那边去住吧。"

公司附近的公寓，应该不便宜的……顾筱筱想了想，微笑着摇了摇头："我就不去了，我在寝室也挺好的。"

"挺好个屁！我知道你在想什么，我也不是让你白住的，去了你得帮我干活。总之这件事就这么定了，我真的需要人手帮忙，非你不可！"

楚筱都不给顾筱筱任何拒绝的机会，第二天上午，就有人过来搬她们的行李了。她态度强硬地把顾筱筱拉离了寝室，在楼下，正巧碰到了沐云帆。

"筱筱。"

自从那次在酒店遇到后，他们就像不认识彼此一样，各自生活。沐云帆回头看那几个搬东西的人，轻声问道："你要搬出去住？"

"和你有什么关系？"楚筱都抢先回答了他的问题，"管好你自己的未婚妻，少打我们家筱筱的主意！"

"嗯，搬出去住。"顾筱筱想了想，还是回答了他的问题，"我还有事，先走了。"

简单的交谈，随之擦身而过。沐云帆怔怔地望着顾筱筱渐行渐远的背影，眼底慢慢浮现出一抹阴霾。

在外面解决了午饭，到了楚筱都口中所说的"小公寓"，顾筱筱越发觉得自己被骗了。将近二百平方米的复式楼，想想这里的房价，顾筱筱很头疼。而且，她怎么想怎么觉得这个地方看起来有些眼熟。

"好了好了，别一副被我绑架的样子。"楚筱都坐到她身边，伸手捏了捏她的脸颊，"跟你说个事，关于和金婧之前的那个约定。"

"去意大利的事？"

"对。"楚筱都点点头，"有件事我一直没告诉你，GJ这个品牌，其实是我在英国的时候创建的。"

顾筱筱目瞪口呆地看着她，说不出话来。过了一会儿，她才缓缓发出了声音："所以那天金婧穿的，真是假货？"

"你这丫头，怎么关注的点永远都是歪的！"

顾筱筱浅浅地笑，心中并不平静。原来，在她不知道的地方、在她看不到的高度，楚筱都是那样耀眼的存在。

"你专心工作，我去买菜做饭！"顾筱筱笑着退出书房，熟悉了一下屋内的环境，穿上衣服出了门。

她很会做饭，这是很少有人知道的，包括楚筱都。饭菜端上桌子，楚筱都被惊得目瞪口呆。恰逢门铃响起，她一挥手，支使顾筱筱去开门。顾筱筱疑惑地跑到门前，从门镜看了眼外面，瞬间僵住了。

"我本来是想着喊你过来吃泡面的，没想到便宜你了。"楚筱都听见开门声，调侃道。

楚逸辰一身西装，显然是刚从公司回来。他脱下外套，随手搭在沙发上，然后松了松领带，看向顾筱筱两人，浅蓝色衬衣像是量身定做的一般穿在身上。男人穿正装一向好看，更别说是有着模特一样身材的某人了。

顾筱筱倒退两步，站在一旁默不作声。他的房子也在这里，上一次，他们就是从这边去的民政局、领的结婚证。现在那个红色的小本本还被她藏在箱子的最深处，生怕被人发现。

三人坐到餐桌旁，顾筱筱硬着头皮吃完饭，起身送楚逸辰离开。走到门口，楚逸辰转身看向送他出来的二人，缓缓说道："我住在隔壁，以后晚饭带我一份。"

楚逸辰把这话说出口后，顾筱筱一下子有一种被算计了的感觉。

"好的老板，记得付伙食费就行了。"楚筱都慢悠悠地冲他挥手，然后欣赏着顾筱筱有趣的表情，"人都走了，你还看什么呢？"

"他不会早就知道我们要搬来这里住吧？"

"早就知道啊！"楚筱都神秘兮兮地一笑，"我搬来之前给他打过电话，房间是他安排人收拾的。"

楚筱郗拉着顾筱筱坐到沙发上，咬着唇角上上下下打量着顾筱筱，看得顾筱筱心里没底。

"筱筱啊，我怎么觉得，我哥对你……有点意思呢？"

"怎么可能！"顾筱筱心虚地低着头，"别拿我开玩笑。"

"我是认真的，谁跟你开玩笑了。"想起顾筱筱糊里糊涂地就把自己给嫁了，楚筱郗心里不是个滋味，"筱筱，跟你领证那人到现在还没露面哪？要不我让我哥帮忙把人找出来？"

"不用！"顾筱筱连忙拒绝楚筱郗的好意，"我已经见过他了。筱郗，这件事我想自己处理。"

"那好吧，我不逼你。"楚筱郗看了她片刻，叹了口气，"如果有什么问题，记得一定要和我说。"

顾筱筱点点头，一口气喝了一杯水，看着电视。她心思并不在电视上面，回想着这一个月来发生的事情，觉得人生真的很无常。明明才一个月而已，为什么回想起来，感觉像是过去了很久？

楚筱郗忙到凌晨三点，顺便把已经躺在客厅沙发上睡着了的顾筱筱叫回房间。顾筱筱慢慢睁开眼睛，迷迷糊糊地跟在楚筱郗身后走回去。第二天清早起床，楚筱郗已经不见了。

楚筱郗有事出差，这是晚上楚逸辰过来的时候告诉她的："你英文不错，回头有时间帮我翻译些东西。"

"好。"顾筱筱还是不适应和楚逸辰独处，气氛安静下来，她以最快的速度吃完饭，就跑回客厅去工作。文件上有一个不太熟悉的专业术语让顾筱筱犯了难。她努力想着它的意思，左手不自觉地握成拳状，轻轻敲打着自己的头，这是她不经意的小动作。

楚逸辰看着她认真的样子，走过去弯下腰，低声问："哪儿不明白？"

"这儿。"顾筱筱指了指某个单词，抬眸看向楚逸辰。

楚逸辰修长的手指拿过顾筱筱手中的笔，随手写了几个字。

"我手上有几份文件你帮我翻译一下，急着要用。"楚逸辰道，"是和你们公司合作的项目，你看了也没关系。下周一要用，我明天要飞一趟上海，后天晚上才能回来，所以……"

"好的好的，交给我没问题。"顾筱筱一脸轻松地应下。当她跟着楚逸辰回家，看到那文件的厚度时，她的脸色变了变，"这个，你是什么时候拿到手的？"

"一周前。我已经翻译了大半，后面的就交给你了。"

"一周！"顾筱筱倒吸了一口气，"我们老板也太没人性了！"

楚逸辰嘴角抽搐了一下，笑容有些诡异地开了口："你就不怕你们老板听见你这话炒你鱿鱼？"

"怕什么，反正他又听不见。"顾筱筱撇撇嘴，转身就想回自己家去。衣领被身后

15

的楚逸辰一把扯住，她努力了一下，还是站在原地没有动。

楚逸辰长臂一伸，从顾筱筱的身后将她慢慢揽入怀中。下巴抵在她的头顶，他另一只手拿下顾筱筱手中的文件，轻声说："今晚陪我。"不容顾筱筱拒绝，楚逸辰稍稍一用力，就将她拦腰抱起。

顾筱筱惊呼一声，身子一歪，吓得赶紧抓紧楚逸辰的衣服。楚逸辰满意地勾起嘴角一笑。

"你放下我，我明天还要上班呢，今晚的工作也还没做完！"顾筱筱紧张地看着楚逸辰，心跳怦然加速。这样的他，让她不由自主地回想起他们的初遇。直到今日，再想起那个清晨，顾筱筱还是有些不敢相信，自己和他之间究竟发生了什么。

"要上班的人，不止你一个。"

抱着顾筱筱一路上了二楼，回到卧室，不轻不重地将她扔到床上，楚逸辰揉了揉她的头发，说："我去给你放洗澡水。"

楚逸辰迈步走进浴室，顾筱筱坐在床上一动不敢动，眼睛四下打量着房间。整栋公寓都是以深棕色为主色调，沉稳低调又不失优雅大气。

环视了一圈，顾筱筱突然间意识到，自己对他竟算不上有任何了解。直到现在，她也只是知道他是筱郁的哥哥，在一家她还不知道名字的外企工作。

楚逸辰出来的时候，顾筱筱还在发呆。听见脚步声，她回过神来，像见了大灰狼的兔子一般，飞快地跳下床，奔着房门口跑去。

楚逸辰随随便便把胳膊一伸，就把想要落荒而逃的人给抓了回来。他弯腰俯身，暧昧地附在她的耳边，唇角不经意地划过她小巧的耳垂，感受着她身子一瞬间的轻颤，低声说道："再逃的话，我不保证今晚会对你做什么。"

顾筱筱咽了咽唾液，他这话的意思是不是说，如果她乖乖听话，他就不会动她？被楚逸辰推着进了浴室，顾筱筱锁好房门，泄气一般脱下衣服，迈进浴缸。坐在水中泡了很久，到最后水都有些凉了，顾筱筱才起身拿起楚逸辰为她准备好的浴袍，扭扭捏捏地走了出去。

她不能在浴室躲一晚上，可也没勇气和他独处一室……

楚逸辰已经在楼下的浴室洗好了，此时正站在窗边打电话。流畅纯正的法语，顾筱筱听得出来，却听不明白他在说些什么。楚逸辰转过身，冲她挥挥手示意她过去。顾筱筱走到他身边，他一手拥着她，一手拿着电话继续和电话那边的人聊。

顾筱筱站在楚逸辰身边，望着楼下的车水马龙、灯红酒绿。已经不早了，但是在这条繁华的街道上，还是有那么多车、那么多人。来到这个城市三年，顾筱筱的心里一直是没有底的。可是这一刻，她站在这个不久前对自己而言还完全陌生的男人身边，心中却莫名其妙地平静踏实。

楚逸辰的电话打了差不多二十分钟，等他挂掉电话后，顾筱筱慢慢回头看向他的双眼，"为什么是我？为什么答应和我结婚？你该有很多选择。"

"如果我没记错的话，这个问题我之前回答过一次。"

"可我想听实话。"

他那时说，他需要一个妻子，她想要一个丈夫，所以他们结婚。可是现在，在顾筱筱看来，想成为他妻子的人应该很多。他也不会因为那荒唐的一晚，因为自己过于愤怒而近乎玩笑的一个提议，就点头答应和自己结婚。

"我不信没有其他的人盯着你这块肥肉。"顾筱筱红唇微抿，表情认真，"你选我的原因是什么？"

"原来在夫人的眼里，我的定义是一块肥肉。"楚逸辰邪魅一笑，一声夫人，叫得顾筱筱小脸瞬间变红。

看着顾筱筱懊恼娇羞的表情，楚逸辰幽幽叹道："你说得没错，盯着我这块肥肉的人的确不少，不过，她们不是你。"

或许顾筱筱对楚逸辰是陌生的，但对楚逸辰而言，"顾筱筱"这三个字在他回国前就已经很熟悉了。三年前，当楚筱郗放弃常春藤名校的录取通知书毅然决然地回国踏入B大校门时，楚逸辰就派了人跟踪保护她。楚筱郗身边的人有哪些，楚逸辰有很多种方式可以得知。第一次见到顾筱筱，是在照片上。那张洋溢着青春气息的甜美笑容，让人看了便觉得心情舒畅。后来，关于顾筱筱的消息渐渐多了起来，不光是从照片上、资料里，楚筱郗给他打电话时，也会偶尔提起这个天真有趣的丫头。

她究竟是什么时候在自己心里扎根的，楚逸辰自己也并不清楚。可他知道，他娶她并不是因为一时冲动做出的决定。

"因为你适合。"沉默了一会儿，楚逸辰缓缓开口。这让有些不安的顾筱筱心又稳稳地落了地。

"筱筱，我不会拿自己的婚姻开玩笑，我想你也是如此。"楚逸辰抱着顾筱筱的身子，慢慢低头轻吻她柔软粉嫩的樱唇。

他的吻像是带着一种无形的魔力，让顾筱筱动弹不得。她怔怔地倚靠在楚逸辰的怀里，沉浸在他温柔的攻势之中。看到他慢慢抬起头来，璀璨的星眸带着点点笑意，近距离地凝视着她的双眼，顾筱筱才猛地回过神来，转过头去躲避他的视线。

顾筱筱低着头，不放心地问："你家里人会喜欢我吗？"

"当然。"楚逸辰松了手，放开了她，顺便捏了把她的小脸，"筱郗不用说，至于我父母……"

想到那两人，楚逸辰无奈地一笑。他们前阵子曾经找过楚筱郗，交给她一项"艰巨"的任务——给楚逸辰找个靠谱的女朋友。据楚筱郗说，他们提出的条件是，只要是女的就行。看来，他不近女色这么多年，已经让他们开始慌了。

"他们也一定会喜欢你的。"给了顾筱筱心安的回答，楚逸辰就迈步向外走去，"不是还有工作没做吗？"

楚逸辰的提醒让顾筱筱的脑子里立刻浮现出秃顶上司的脸孔，她倒吸口气，赶紧跟着楚逸辰的脚步，一前一后走进书房，忙起各自的事情来。两三个小时很快过去，顾筱筱结束手上工作的时候，时钟已经指向了十二点半的位置。

楚逸辰发完最后一封邮件，拖着顾筱筱回了卧室。他环抱着她的身子，在顾筱筱再三挣扎时，声音有些沙哑地警告道："你这是在火上浇油。"

顾筱筱一听他的话，立刻吓得老老实实，一动不敢动。

这一觉，比想象中要睡得舒服踏实。清晨，顾筱筱准时被生物钟叫醒。她睁开眼睛，看着躺在自己身边的男人，心猛地一紧，然后又慢慢放松。她认真地看着楚逸辰的眉眼，手不自觉地伸向他，食指从他的眉间一点点向下移动，越过高挺的鼻梁，最后到达他薄凉的唇角。

她……已经结婚了。顾筱筱长长地叹了口气，像是想把以往所有的不痛快都吐出来一般。还在沉思着整理自己的心情，手指忽然被楚逸辰握住。顾筱筱一惊，后知后觉地发现楚逸辰已经醒了。她不好意思地咬住下唇，抽回自己的手，问他："我们结婚的事情，能让我自己找机会和筱都说吗？"

"好。"楚逸辰毫不犹豫地同意，"只要不是离婚，其他的事情你随便提。"

顾筱筱红着脸跑进浴室，换好衣服洗好脸，下楼做了早餐，和楚逸辰道别后去了公司。

楚逸辰出差，楚筱都也不见踪影，顾筱筱在公司忙了一整天，到了八点半才起身离开。

楚逸辰给她的是一份企划案，大致内容是关于风扬集团未来一年在美国的几个项目，以及同行业有竞争力的几家公司近三年的资料。这几个项目顾筱筱以前都没有听说过，她也没多想，毕竟风扬集团家大业大，总部这边就有几千名员工，更别提子公司和国外的分公司了，有她不知道的项目也很正常。

顾筱筱无私奉献着自己的劳动力，一连两天假期都窝在家里，尽心尽力地完成楚逸辰给她的任务。周日下午终于完成了全部的工作，她开心地侧躺在沙发上欣赏着自己的成果。

嗡的一声，电话响起，她拿过一看，是条微信，李怡然发来的——"筱筱，我在皇城俱乐部。你和筱都有时间的话过来玩，我男朋友也想见见你们。"

皇城俱乐部，顾筱筱是知道的。那里距离这边不算远，是风扬旗下的产物，也是B城有名的高档会所，消费水平不是一般人能承受得起的。

"筱都不在，我一个人在家。"顾筱筱坐起身，回了条信息过去。

"自己多无聊，我好多天没见到你了，快来。"李怡然的信息很快就回了过来，后面还加了一条，写明了包厢的房间号。

顾筱筱看着手机发了会儿呆。大学几年，和她关系最好的就只有楚筱都和李怡然两个。李怡然的男朋友在顾筱筱和楚筱都看来一直都挺神秘，他们谁也没有见过。顾筱筱没多考虑，换了身衣服就出了门。

会所门口站着的一名男子主动迎了过来。"是顾筱筱吧？"他开口问道，见顾筱筱点头之后，笑着说，"我是怡然的男朋友，走吧，她在里面呢。"

"好。"顾筱筱快速打量了一番眼前的男子，心中暗想李怡然的眼光果然不错，便跟着他走了进去。

第一次来这种地方，顾筱筱不免有些不自在。上了楼，到了某个房间前，听着里面的欢声笑语，好像有不少人，她不由得蹙了蹙眉。没给顾筱筱过多的时间考虑，她身边的男子一把就将她推进了房中。顾筱筱站稳脚步一看，房间内并没有李怡然的身影，没见到李怡然，却在沙发上看到了金婧。

屋内有十几个人，男男女女，除了金婧，顾筱筱一个都不认识。她下意识地往后退了一步，撞在了身后男子的胸前。看着金婧嘴角浮起的诡异笑容，她开始不安："怡然姐在哪儿？"

"一会儿就到了，不急。"金婧漫不经心地点燃一支烟，诡异地笑了。

顾筱筱转身想要离开，可她身后的男子将门堵得死死的。

"顾筱筱，你以为你今儿个来了，还能走得了吗？"看着顾筱筱的举动，金婧冷笑出声。她起身朝着顾筱筱走了过去，没心情演戏。"你知不知道，每次看见你装得像个白莲花，我这心里面就犯恶心。"贴在顾筱筱的耳边，金婧目光阴冷地说道。

顾筱筱用力推开她，实在想不出她为何要如此怨恨自己。明明该恨的人是自己，明明从自己这里抢走了一切的人，是她。

金婧使了个眼色，站在顾筱筱身后的男子立刻拽着顾筱筱走到沙发那边。任凭顾筱筱如何努力挣扎、拼命喊叫，屋内的其他人都像是看热闹一样，坐在那里一动不动。

顾筱筱身子失去平衡，倒在了沙发上，一只手在这时摸上了她的大腿。她仓皇地往旁边躲去，看向占她便宜的男人。那是个四十多岁的男人，油腻腻的脸上挂着让人恶人的猥琐笑容。他的头发有些稀少，但还没到秃顶的地步。刚刚金婧就坐在他身边，在顾筱筱迈进房间的那一刻，他的眼睛瞬间就亮了。

"史总，这回我可是把人给你弄来了，咱们的账就算两清了吧？"金婧微笑着站在门口问道。

史子建扭头看了看她，笑而不语，点了点头，肥腻的大手再次伸向顾筱筱。巴掌大的小脸明艳动人，皮肤细嫩白皙，樱唇不点而红，一双美眸此时充满了惶恐和不安——和身边这些混迹风月场所的女人相比，顾筱筱身上散发着的纯净气息对男人来讲是一种致命的吸引。史子建就是因为她身上的纯净甜美，对她久久不能忘怀。

两个男人一左一右来到顾筱筱面前，接过史子建手上的水瓶，用力捏着她的下巴，想要逼她把水喝下去。经历过了一次，顾筱筱很清楚这水里面有什么东西，她努力抵抗着、挣扎着，死死咬住自己的唇角，不肯就范。

啪的一声，金婧的巴掌甩在顾筱筱的脸上。她的举动突然，让谁都没有想到。

"小婧啊，温柔点。"史子建有些心疼地看着顾筱筱脸上的巴掌印，"瞧把丫头打的，都肿了。"

"史总放心，我有分寸。有些人，你不给她点颜色瞧瞧，她就不知道你的厉害。别

19

看这丫头长得乖巧，其实厉害着呢。"

金婧嗤地一笑，弯腰在顾筱筱耳边低声说："要么把水喝下去，要么我现在就扒光你的衣服让你在众人面前出丑，你自己选一个。"

顾筱筱眼中噙满了泪水，却倔强地强忍着不肯让眼泪流下来。她摇了摇头，绝望地看着金婧哀求："我求求你放过我，你要什么我都可以给你……"

"什么都可以给？"金婧听了这话，轻笑一声，"那好，我要你身败名裂，一辈子都抬不起头来做人！"

金婧笑容阴险地站直身子，一把扯过顾筱筱的长发。她瞥了眼身边的男人，冷声道："还愣着干什么？让她喝！"

皇城俱乐部四楼顶级VIP包房内坐着几名男子，门外站着一排随时准备进去伺候的服务生。楚逸辰姿态优雅地坐在宽大的沙发上，放下手中的酒杯，看了眼腕间的手表。

"我先回去了。"他拿过身边的大衣，起身想要离开。

"这才几点啊，急着回去干什么？"坐在他对面的傅子恒皱皱眉头，"大半月没见，难得见到你这个大忙人，却是喝了两杯就要走。这不知道的，还以为你金屋藏娇，急着回去陪谁呢！"

"就是，才十点，你急着回去干什么！"韩奕有些意外地看着楚逸辰问。

"明天有早会要开，一会儿还有个视频会议，下周六我找你们。"楚逸辰并没有因为两人的劝阻而放弃离开，穿上大衣朝外面走去，"顺便带个人给你们介绍。"

"我和你一块儿走。"徐明紧跟其后起了身，看向其他两人，"年末了，公司比较忙，别说你们了，就连我想见他一面都不容易。"

"好好好，知道我们的楚少忙！"傅子恒将杯中酒一饮而尽，也起了身。

四人先后推门走出包间，门外的服务生恭恭敬敬地低着头，小心翼翼地打量着这几个男人。

顺着楼梯一路向下，在走到二楼的时候，最前面的徐明脚步突然一顿，停了下来。其他几人见他扭头往那边看去，也纷纷将视线投了过去。有几个人正从楼梯的转角处朝这边走来。走在最前面的是个肥头大耳的胖子，脸上散发着兴奋的笑容。他身后是一男一女，中间搀扶着一个已经神志不清的女子。那女子垂着头，身子瘫软得必须得有人搀扶才能站得住。

这里本就是玩乐的场所，这种事很多人见怪不怪，让徐明比较在意的，是最前面那个男人——史子建，认识他的人都知道他有多"出名"。徐明想多看一眼，今天要倒霉的或者说被他看中的女人长什么样。没想到，不看不要紧，这一看，就吓了一跳。

"顾筱筱？"徐明在看清楚其中某人之后，惊讶地开了口。他的话还没说完，身后便有一道身影唰的一下从他身边闪过。

20

第2章

楚逸辰的举动让所有人都始料不及，包括他身边的几人。傅子恒和韩奕相互交换了一下视线，兴趣十足。只见楚逸辰大步走到史子建身后，直奔那搀扶着酒醉女子的男人，将他从女子身边拽开，接着一把按住他的头，用力往墙上撞去。楚逸辰下手凶狠，只一下男人就被打晕了。而他突然动手，也让徐明几个意识到了事情的严重性。几人面面相觑，纷纷上前，拦下惊慌失措、想要跑的史子建。

"往哪儿走？"傅子恒低头看着身前的矮冬瓜，冷声开口。他看向楚逸辰那边："逸辰，没事吧？"

"筱筱！"楚逸辰抱住身子瘫软的顾筱筱，急切地低声叫着她的名字。

顾筱筱头发散乱地披着，小脸苍白。因为金婧之前的那一巴掌，她脸颊红肿得明显，嘴角处有血迹，是她自己咬破的；衣领微敞，裸露在空气中的肌肤上有一个清晰的吻痕。

楚逸辰看着这一切，阴冷的眸底蹿起一团怒火："别怕。"他动作轻柔地拥抱着顾筱筱，却觉得什么样的怀抱都不能让她安心。

楚逸辰的焦急徐明几人看在眼里，他们四个从小在一个大院长大，楚逸辰是什么样的人，没人比他们更清楚。认识楚逸辰二十几年，他们还没见他对哪个女人这样紧张过。这个叫顾筱筱的女人在他心中的地位，由此可见一斑。

顾筱筱睁开双眼，在看到陌生而又熟悉的脸孔后，一直隐忍着蓄在眼眶中许久的眼泪瞬间落了下来。她伸手死死地抓住楚逸辰的衣服，不肯再放手："回家，带我回家！"

她的声音很小，楚逸辰必须贴在她的耳边才能听得清楚。但她的语气又是那样的坚决，坚决得让楚逸辰的心底猛地一痛："好，我们回家。"楚逸辰脱下大衣盖在她的身上，顺手将车钥匙扔给一旁的徐明，然后将她抱起，向外面走去。

楚逸辰走后，傅子恒和韩奕似笑非笑地看着史子建。对这个男人，他们两个并不熟悉，史子建对他们两个却了解得很，包括对刚刚离开的徐明也是如此。

换句话说，在B城，很少有人不认得他们。B城是个权贵富商聚集的国际都市，在这里，没人敢轻易说自己的钱多，更没人敢开口说自己的官大。现在站在史子建面前的两人，是犹如太子爷一般的存在，是一句话就能让B城翻云覆雨的人物。史子建万万没想到自己会和他们遇见，还是在这种糟糕的情况下。

"连楚少的女人你都敢碰，胆子不小啊！"傅子恒笑着看向史子建，只一句话，就让史子建吓得双腿发抖，连站都站不稳了。

天下之大，姓楚的人不在少数，可能让这两人称为楚少的，就只有一个——楚逸辰，B市最年轻的执行董事、风扬集团的总裁。行踪神秘的他鲜少在公开场合露面，所以很少有人知道他的样貌，可关于他的传闻始终没有停过——身家数亿、无数人心中的钻石王老五，13岁成为集团董事、17岁进入股市圈大玩股票，至今未失过手，被媒体誉为"股神"。当年考大学被剑桥大学和美国麻省理工大学同时录取，最终他选择了麻省理工。在大学期间，他利用假期去银行当实习生，一步步走到今天的位置，没有人敢对他的实力产生质疑。

据说楚逸辰的背景还不单单如此。他和傅子恒、韩奕两人关系匪浅，这绝不可能是单单凭钱就能达到的。

徐明开着车，本想去最近的医院，可坐在后座上的楚逸辰没有这个打算："回我公司附近的公寓。"楚逸辰低着头，时刻关注着顾筱筱的情况。

顾筱筱口干舌燥、浑身燥热，脸贴在楚逸辰的胸口，双手依旧紧抓着他的衣服不肯放，眼泪控制不住地往下掉，身子瑟瑟发抖。回到家中，楚逸辰走进浴室。

"不要！"当楚逸辰解开顾筱筱衣服上第一颗纽扣时，顾筱筱紧张得叫了出来，目光惶恐不安地连连摇头。

"筱筱！"楚逸辰将试图逃避的顾筱筱拥入怀中，轻轻拍抚着她的后背，"我保证，这种事情以后绝对不会再发生。"

楚逸辰不停地低声哄着顾筱筱，不管他怎么说，她都不同意他帮自己清洗身子。最后没办法，楚逸辰只好放她一人进浴室，自己在外面等着。

坐在水中，顾筱筱努力擦拭着自己的胳膊、手、腿以及脖子等一切被史子建碰触过的地方。她不知道自己有多用力，甚至连肌肤被搓洗得出现了点点血痕也毫不知晓。只要一想到史子建和金婧两个人，她就恶心得想吐。

上午九点，楚筱都拖着疲惫的身子、顶着两个大黑眼圈，下了飞机后一路"飘"回了家中。她已经两天一夜没有合眼了，短短两天，她跑了三个国家，手里还有一堆事情在等着她处理。

终于到了家门口，楚筱郗拿出钥匙想要开门，却意外地发现门没有锁。

"咦？"楚筱郗疑惑地看了看自家房门，走进房中，冲着屋内喊道，"筱筱，你没去上班吗？"

询问没有得到回应，听着楼上的脚步声，楚筱郗开始怀疑家里是不是进贼了。等到见到了那个"贼"的样子，她不由得愣住了。

"哥？你在我家干什么？"楚筱郗一脸不解，发现楚逸辰手上拿着的是顾筱筱的衣服后，她就更觉得奇怪了，"你拿筱筱的衣服干什么？你不会有恋物癖吧？"

没理会她的话，楚逸辰径直从她面前走过，走向对面自己的家。楚筱郗扔下手中的东西，趁着楚逸辰还没来得及关门，冲进了他的家中追问："你拿筱筱的衣服到底要干吗？"

"筱筱在睡觉，别吵。"楚逸辰瞥她一眼，不咸不淡地说了这句话，转身往楼上走去。

楚筱郗站在原地，半天没缓过神来。

筱筱在睡觉。

筱筱怎么会在他家睡觉？

猛地回过神来，楚筱郗赶紧往楼上跑去。楚逸辰的卧室门没有关，站在门外，楚筱郗就可以清楚地看见屋内的情形。

宽大的床中间躺着一个小小的人儿，她还在睡，眉头微蹙着，不知是做了什么不好的梦，还是睡得不舒服。楚筱郗视线敏锐地扫了眼卧室，然后，发现了一个惊人的事实——床上的顾筱筱应该没有穿衣服。

意识到这点，楚筱郗马上走进房间，拽着楚逸辰出来。"到底怎么回事？"楚筱郗严肃地看着楚逸辰，"我知道筱筱讨人喜欢，可她不是那种人，你怎么能随便动她？而且……"

楚筱郗犹豫了一下，继续说道："而且她已经结婚了，虽然以后可能会离，但你想过没有，你这么做会让她多难堪？你怎么能这么对我的朋友？"

"我知道她已经结婚，"面对楚筱郗的质问，楚逸辰面不改色地回道，"她以后是绝对不会离婚的。"

"你这话是什么意思？"楚筱郗被他弄得有点迷糊，"你怎么知道她结了婚的？"

"因为，和她结婚的人，是我。"

楚筱郗以为自己听错了，产生了幻觉。她怔怔地看了楚逸辰半晌，才反应过来自己究竟听到了什么。

"你最近有时间的话多陪陪她，其他的事情不用管。"楚逸辰转身走向衣帽间，随手挑了身衣服，准备去公司处理些事情，"筱筱还不知道我的身份，和她说话的时候注意点。"

"放心放心，我有分寸。"不用楚逸辰提醒，楚筱都也知道现在让顾筱筱知道的话，肯定会把她吓跑的。

顾筱筱一觉睡到十点钟，才浑身酸软地睁开眼睛，看了看身边，是空的。想起昨晚自己和楚逸辰都做了什么，她脸红地缩进了被子里。

"顾筱筱！"刚缩进被子，门口就传来带着笑意的声音，"大白天的，你怎么跑到我哥的床上来了？"

顾筱筱身子一僵，慢慢探出了头。看到门口的楚筱都，她恨不得找个地缝钻进去，不要见人了。

"躲什么躲？"楚筱都几步走到床边，朝顾筱筱扑过去，压在她的身上，本来还想捏捏她的小脸，却发现她的脸颊还是红肿的。

"筱都，"顾筱筱沉默了片刻，才小心翼翼地开口，"我不是故意要瞒你的，我就是不知道怎么和你说。"顾筱筱垂下眼帘，不安地抿了抿唇，"我是后来才知道他是你哥的，我提过离婚，可是他不答应。"

"行了，别在我面前秀恩爱了。"楚筱都轻笑一声，"你这只小白兔既然已经被我哥盯上了，就别想着能逃走。至于怎么回事儿，他刚才都和我说了。你给我当小嫂子我高兴还来不及，怎么可能会怪你？"

跟顾筱筱领证的人是楚逸辰，这件事的确很出乎楚筱都的意料。楚筱都曾经也提出过给楚逸辰介绍女朋友，楚逸辰的反应无一例外都是不需要。没想到，他竟然自己暗地里偷偷下了手，而且一出手就是大招。

"公司那边我帮你请了假，你好好休息，别想那么多。"楚筱都懒懒地靠在顾筱筱的身上，努力帮她转移思绪。眯了眯眼睛，楚筱都想起金婧，心里盘算着要如何对付这个贱人。

楚逸辰来到公司，有不少文件在等着他签字。处理完手上的事，又将早上推迟的会议开完，大半天的时间就这么过去了。偌大的办公室内，他坐在办公桌后，看着徐明递过来的资料，一言不发。

"那两个人的身份已经查清，还有史子建，现在也没放他回去。你打算怎么办？"徐明看着一言不发的楚逸辰，低声问道。

"金富公司最近不是刚刚融资上市吗？"楚逸辰眸底寒芒一闪。这种新上市的公司，融资多多少少都会有些猫腻。

"明白了。"只一句话，徐明就猜出楚逸辰打的是什么算盘。不过徐明有点不懂，这是楚逸辰回国后第一次出手，难道就为了那个顾筱筱？就算顾筱筱是楚筱都的好朋友，也不至于如此吧？

见徐明一直没走，楚逸辰抬眸看他一眼，云淡风轻地开口："我和筱筱已经结婚了。"

楚逸辰的话音刚落，徐明手中的文件啪的一声掉在了地上。

"堂堂风扬集团总经理，这点承受力都没有？"楚逸辰戏谑一笑，调侃道。

"逸辰，这种事，你不能开玩笑。"

"我的样子像是在开玩笑？"楚逸辰的话让徐明想起他昨晚紧张的模样，"不过这件事没其他人知道，就连我父母那边我也没说。筱筱不知道我的身份，她也不想那么早让人知道她结了婚，所以这事你听过就算。"

听完楚逸辰的话，徐明目瞪口呆。他竟然结婚了！而且还是隐婚！隐婚的原因是他的小妻子不想让人知道！这年头，还有和楚逸辰结了婚不想让别人知道的？

"顾筱筱不知道你的身份，就同意和你结婚了？"徐明饶有兴趣地问。如果楚逸辰隐藏身份，那顾筱筱身边应该会有比他条件更出色的追求者才对。

"她不喜欢有钱的。"楚逸辰低头继续做事，漫不经心地回答着徐明的问题。

徐明险些笑出声来，想到楚逸辰刚刚交代自己的话，试探着问道："那顾筱筱以后的工作安排？"

"别做手脚，我家夫人实行放养政策，喜欢做什么，让她自己选。"

如果不是亲耳听到这番话，徐明绝对不会相信这话是从楚逸辰口中说出来的。他定定地看了楚逸辰片刻，转身走出办公室，眼底满是兴奋的光芒。

顾筱筱不喜欢有钱的，却找了个最有钱的；楚逸辰不告诉她真相，也不让外人知道他们结婚——徐明万分期待，当真相揭露的那一天，会是怎样的场面。

夜幕降临，楚逸辰起身回家。打开房门，屋内空荡荡的，不见人影。他想了想，转身敲响对面的门，很快，就见到了想见的人。意味深长地看了顾筱筱一眼，若有似无的笑意在楚逸辰的唇角浮现，笑得顾筱筱脸色泛红。

昨晚，她的体力虽然恢复了，可体内的燥热还是没有消失半点，随着时间拖得越来越久，反而越来越难受。后来，她也不知道自己是几点睡着的，总之，他们折腾到很晚……

顾筱筱想留在哪里，楚逸辰随她的意，并不为难她。可是，他临走前在她耳边小声说的那句话，却让顾筱筱面红耳赤："看来昨晚是累坏你了，也好，当作休息，放你一马。"

楚逸辰说完关门离去，留下顾筱筱一个人站在门口低着头沉默不语，好半天才回过神来。

不用工作，学校也没什么课，顾筱筱在闲了两天之后，想到了回老家。拨通家中的电话，听到了沈千云的声音，她语气中不自觉地多了些娇气。和沈千云约定好回家的日子，顾筱筱回到她和楚逸辰的住处收拾行李。

楚逸辰今天回来得很晚，时钟指向九点半的时候，他才回到家中。客厅的灯是亮着的，电视是开着的。视线一扫，在沙发上看到了顾筱筱的身影。她身上披着衣服，怀里拥着抱枕，斜靠在沙发上，不知道是什么时候睡着的。空调开着，屋内的温度并不冷。

楚逸辰伸出手轻轻碰了碰她红润的脸颊，淡漠的眼神中有了丝暖意。

许是感觉到了楚逸辰从外面带回来的寒气，顾筱筱从睡梦中醒来，一睁开眼睛，就看到了楚逸辰的俊脸。怔了一下，顾筱筱把怀里的抱枕拥得更紧了一些，顺便挡住了自己的半张脸，只露出一双眼睛看着他。

"我没有做晚饭，你应该已经吃过了吧？"她小声地问楚逸辰，没想到楚逸辰却回答得干脆："没吃。"楚逸辰长臂一伸，把她抱了过来，顺势坐在沙发上，头一低，吻住了顾筱筱的唇。

以吻封缄，顾筱筱再说不出任何话来。她一瞬间睁大了双眼，不仅因为楚逸辰突如其来的吻，还因为，他的吻，是甜的。顾筱筱太惊讶了，等楚逸辰慢慢放开了她，她还盯着他的唇角看个不停。

"甜的。"顾筱筱眨了眨眼睛，突然冒出来两个字，把楚逸辰逗乐了。

"嗯，刚偷吃了你的糖。"楚逸辰指了指茶几上的糖盒，瞥了眼电视上的画面，眉间轻挑，"原来我老婆童心未泯，喜欢看这种东西。"电视上正播放着少儿台的动画片。

顾筱筱被调侃得面红耳赤，她喜欢看动画片，的确是不争的事实……顾筱筱说不过楚筱郗，更说不过楚逸辰。于是她聪明地转移了话题，起身说道："我去给你弄吃的！"

可惜她还没迈出去一步，就又被楚逸辰拉着倒在他怀里："骗你的，吃过了。等你回来后，带你见见我朋友。"楚逸辰摸了摸顾筱筱的头，想起今晚和傅子恒、韩奕吃饭的画面。

"你的朋友是不是都像你一样难搞？"

"我很难搞吗？"楚逸辰对这话表示怀疑，"你不是只见了一面，就把我搞定了？"

"楚逸辰，你和你妹妹可不可以不要总是调侃我！"顾筱筱咬了咬下唇，十分不满地向楚逸辰抗议。她目光微亮，红唇微嘟，眉头微蹙，精致的五官无一例外地全部向楚逸辰表达着她的不满。

"下次她再欺负你，告诉我，我替你报仇。"楚逸辰轻笑一声，就此收手，留下一句话，走向书房。

顾筱筱已经几天没有上班了，想起公司那边，她还有点担心。就算只是个实习生的职位，也得来不易。

"你们公司和风扬合作的项目最近进行得怎么样了？"顾筱筱跟在楚逸辰的屁股后面朝书房走去，"我记得那份资料上都是国外的项目计划，你是不是也要出国啊？"

"舍不得我？"楚逸辰回眸瞥她一眼，"项目是过了年才开始的，到时你若无聊，就带你一起过去。"

"我还要上班，怎么能和你一块儿过去？"

"和我一起也算是上班。"楚逸辰坐到书桌后，打开电脑，"据我所知，风扬这次打算提拔一部分新人，而且，所有参加项目的人年末都会有一笔奖金。"

顾筱筱一听到"奖金"两个字，眼睛开始放光。楚逸辰正好看到了这一幕，无奈地笑道："没看出来，原来还是个小财迷。"

"有钱不赚王八蛋！"顾筱筱语出惊人，"这是大家都明白的道理！不过……"说着说着，她眼中的光芒又渐渐暗淡了下去，"我还只是个实习生，这种事情肯定与我无缘。"

"对自己这么没信心？徐明可是和我提起过你。"

"徐总经理？"顾筱筱惊讶，"他为什么会和你提起我？"

"上一次在你们公司，他看到你和我说话了。"楚逸辰瞥了眼她紧张的表情，"据他所言，你是个很优秀的实习生。所以顾筱筱同学，难得的假期你一定要好好地玩，回来后，你绝对不会再有这样的机会放松了。"

顾筱筱的目光由暗转亮，飞快地跑到楚逸辰身后的书架拿了本书，一屁股坐在沙发上认真学习起来。人一旦专心投入到某件事情中，时间就会流逝得飞快。不知不觉中，时钟已经指向12点方向。

楚逸辰关上电脑，走到顾筱筱身边。刚想拉她起来回房睡觉，顾筱筱放在桌子上的手机就响了，是条短信，并没有保存号码，但短信的内容表明这个人一定是认得顾筱筱的——"筱筱，我是习文冲。睡了没？明天中午有时间一起吃饭吧。"

习文冲，顾筱筱B大的学长，现在也在风扬集团就职。

顾筱筱侧头拿过手机，有点意外习文冲竟知道自己的手机号。她眉头轻蹙，滑开屏幕看着信息，想了想，纤细的手指点击着屏幕，回了条短信过去——"我最近几日都不在B市，抱歉。"

"那好，回来后再联系。晚安。"那边的信息瞬间回了过来，速度快得让顾筱筱都愣了一下。她歪着头看着手机，本打算礼貌性地再回一条过去，手腕却被楚逸辰给握住了。

顾筱筱顺着楚逸辰的力道站了起来，眼睁睁地看着他抓着自己的手，然后指尖被他不轻不重地咬了一下："时间不早了，睡觉。"

楚逸辰霸道地将顾筱筱揽入怀中，拥着她朝着卧室走去。书房的灯被关掉，可怜的手机孤零零地躺在桌子上，屏幕还散着幽蓝色的光芒……顾筱筱觉得楚逸辰有点奇怪，可又说不上到底是哪里怪。躺在床上，她规规矩矩地侧卧在床的一边，不出三秒，就被身后的人拽着躺到了他的臂弯。

"明早有会要开，就不送你们了，到了以后记得打电话给我。"

"嗯，知道了。"顾筱筱无意识地在楚逸辰的怀里蹭了蹭小脸，"我们买的高铁票，很快就能到。"顾筱筱今天晚上本来打算住在楚筱都那边，却被楚筱都推了出来，把她关在了门外。

27

"筱郗说你是个很会吃醋的人，你是吗？"灯虽然关着，可顾筱筱说话的时候还是下意识地回过头看向他。

"吃醋？"楚逸辰重复着顾筱筱话里的关键字，嗤地一笑，"我从不吃醋，只吃人。"话毕，楚逸辰准确无误地对准顾筱筱微张的唇吻了下去。

四周的空气越来越热，没多会儿，顾筱筱就被吻得浑身瘫软，躺在楚逸辰怀里动弹不得。顾筱筱小手搭在他的肩膀上，在楚逸辰咬住她小巧的耳垂时，赶紧推了推他。她身上所有的敏感点他似乎都一清二楚，总是能在最短的时间内让她手足无措。

"别闹，你明天还要上班。"

"你这是在担心我体力不行吗？"紧贴在顾筱筱的耳边，楚逸辰的声音里带着一丝笑意，顾筱筱本就发热的脸颊更加滚烫了。

"流氓……"

一夜好梦，第二天清晨被楚逸辰叫醒。他已经穿好了衣服，纯白色的衬衣像是为他量身定做的一样好看。顾筱筱躺在床上，微眯着眼睛贪婪地看着他。她有些恍惚，有些高兴，有些后知后觉——这个男人，是她的。

吃过早餐，顾筱筱拉着行李箱和楚逸辰告别，和楚筱郗会合后，奔向车站。上了车，放置好东西，顾筱筱如往常一样打开手机，看今天的新闻。

她最近一年都在学习炒股，也投了一部分钱在股市试水，所以很关注股市方面的消息。

金富科技有限公司董事长史子建因涉嫌操纵股票内幕交易，已被有关部门抓捕调查。头条新闻让顾筱筱的目光一僵。

史子建……脑海里浮现出那人的模样，顾筱筱心中仍是一阵恶心厌烦。金富科技融资上市没有几个月的时间，最近股市并不算太景气，可是金富这只黑马股竟然连续多日涨停，从最初的几块钱一股，变成今天的一百多块一股，成为人们眼中的"妖股"。从几天前开始，金富股份开始下跌，到昨天为止，已经五次跌停了。再看今天的新闻，恐怕又少不了一个跌停板。

想到史子建对自己做过的那些事，顾筱筱心底不由得觉得解气，但想想那么多无辜的股民，又觉得心疼。毕竟现在钱不好赚，这种大跌没几个人能承受得住。楚筱郗看到顾筱筱盯着手机发呆，好奇地凑过去看了一眼。当看到那条新闻时，她讽刺地一笑："这个老油条最近可是赚了不少，现在让他把不该赚的钱都吐出来，好事一桩。"

话虽这么说，但楚筱郗觉得这事儿还是有蹊跷。想到前两天自己提出要会会史子建时楚逸辰尖锐冷漠的眼神，楚筱郗心里有了底。如果是楚逸辰出的手，那么多人看好、那么多人称奇、那么多人想着巴结的股市当红炸子鸡突然间掉了神格也就没什么奇怪的了。要知道，她这个二哥对对手可是从来不懂得手下留情。

"史子建挂了，不知道金婧他们家什么时候倒闭呢？"楚筱郗把头靠在顾筱筱的肩膀上，若有所思地叹道，"不让她哭着跪地，我这心里可是会一直不舒服的。"

顾筱筱无奈地笑着看了楚筱郗一眼，说："我之前查过她家公司，业绩挺好的。你的这个愿望恐怕实现不了了。"

"不急，日子还长，走着瞧吧。"

列车飞快地在铁轨上飞驰，四个小时后，到达了顾筱筱的故乡。拉着睡眼惺忪的楚筱郗下了车，呼吸着故乡的空气，顾筱筱既开心又有点心情复杂。坐上出租车，顾筱筱一路上都望着窗外的景色发呆。等车到了地方停下，她紧绷的小脸上才有了丝丝笑意。

拎着箱子进了楼道，在三楼停下来，按响门铃，大门很快就被打开了。

"姥姥好！"进了屋，楚筱郗嘴甜地说道，"我是筱筱的朋友，叫楚筱郗，您叫我筱郗就好。"

"好好，快进屋，饭菜都刚端上桌，还热着呢。"沈千云笑盈盈地看着两人，点头说道。

一顿饭在愉快的气氛下吃完，楚筱郗回房间工作，顾筱筱来到客厅，靠在沈千云的身上，安静地坐着。她心里真的有很多的话想说，可是又不知该从哪儿说起。

"丫头啊，"沈千云拍了拍顾筱筱的腿，转头看了她一眼，"比上回走的时候瘦了一圈。跟姥姥说说，是不是受什么委屈了？"

沈千云的话刚说完，顾筱筱还没来得及回，手机就响了。她拿出来一看，是楚逸辰。

"喂。"接起电话，顾筱筱轻声开口，"我已经到了，刚吃完饭，忘了给你打电话。"

"嗯，到了就好。"

顾筱筱和沈千云坐得很近，她和楚逸辰说了什么，沈千云都听得很清楚。顾筱筱这次回来得突然，现在到家了，打电话过来的也不是沐云帆。沈千云稍微一想，就觉得不对。

"说吧，回来有什么事？"她微笑着，看着顾筱筱问。

"姥姥，我和云帆……分手了。"

沈千云目光一沉，把顾筱筱搂了过来："什么时候的事儿？"

"就前些日子。"顾筱筱强颜欢笑，"其实早点分开也好，不然毕业了以后更心烦。"

顾筱筱发现，回到这里，放眼望去，全是她和沐云帆以前的那些回忆。他家也住在这个院子里，他们两个是在这儿从小一起玩到大的。他无数次来她家蹭饭，她也曾去过他们家讨食。如今时过境迁，再想起来那些事情，让人觉得有些心酸。

顾筱筱本以为沈千云会询问分手的原因，没想到，她却什么都没问。

"筱筱，"沈千云拉着顾筱筱的手，怜惜地看着眼前的人，"姥姥不希望你以后赚多少钱、买多大的房子，姥姥只要你开心，明白吗？既然分开了，就不要再想以前的那些事情，人活一辈子，不能往后看，得往前走才行。姥姥什么都不问你，回来了就好好休息。"

听到沈千云的这番话，顾筱筱的眼眶一下子就湿了。她不是多矫情的人，这几年一直铆足了劲儿在B城努力，有的时候，真的很希望有人对自己说一句，其实她可以不用这么拼，只要开心就好。可是到头来，她什么都没有等到。

"傻孩子，哭什么！不就是男朋友没了，我们筱筱这么漂亮，还怕找不到更好的？"沈千云擦拭着顾筱筱的眼泪，轻声安抚，"旧的不去，新的不来，你说对不对？"

沈千云的话让顾筱筱破涕为笑，她吸了吸鼻子，揉了揉眼睛，问："姥姥就不怕我以后都嫁不出去，赖在家里烦你一辈子？"

"胡说八道！你这丫头这么会哄人开心，姥姥疼你还来不及，怎么会嫌你烦？"

和沈千云坦白了这件事，顾筱筱心里放松了些。回家的日子是安逸的，不知不觉就到了快回去的时候。

这天，趁着顾筱筱下楼去超市买东西，楚筱郗来到沈千云身边。

"你这孩子，说是过来玩的，可是这么多天了，也不见你和筱筱出门溜达。"楚筱郗这些天一直都很忙，沈千云不是瞎子，自然看得见，"你这么忙还肯陪筱筱回来散心，姥姥替她谢谢你。"

"姥姥你不要和我这么客气，我早就把筱筱当成家人了，陪着她也是理所当然的。"楚筱郗温婉一笑，忽然提议说，"姥姥，你和我们一起回B城好不好？"

"去B城？"沈千云没想到她会这么说，愣了一下，"我去B城干什么？"

"你也知道，筱筱现在和我住在外面，我过阵子得出国一趟，还不知什么时候回来。筱筱最近心情不太好，所以我想，姥姥能不能和我们一起回去，也让我再饱饱口福？"

沈千云默默地看着楚筱郗，半晌没有说话，看得楚筱郗有点心慌。就在她发怵想要转移话题的时候，沈千云却突然点了点头答应了："那好，我这老太婆也好多年没去过大城市了，托你们两个小丫头的福，我就借着这个机会去B城看看！"

顾筱筱推开门，听到的就是沈千云的这句话。她站在门口，连门都忘记关，目瞪口呆地看着沈千云和楚筱郗，惊讶万分。

就这样，三人一同回到了B市。

"姥姥，你就把这儿当成是自己家，千万别客气！"刚一进屋，楚筱郗就急着往书房跑，"筱筱，你快帮我把画本拿过来。"

楚筱郗刚刚在车上接了个电话，好像是衣料那边出了问题，急得她直跳脚。沈千云独自坐在沙发上，听着书房内两人的谈话，一向柔和的眼眸渐渐起了变化。

明年的发布会近在眼前，关键时刻，衣料的供应方却出了些问题。楚筱郗很注重版权问题，花式、条纹、针织、编织、图案，每个细节都是有版权的，而这次的问题就出在了图案的版权上。

楚筱都想将一幅画印在衣料上，本来已经安排人去谈版权问题了，最初得到的答复是那边同意了，但刚刚才知道，她的人根本没有联络到对方，这让楚筱都很是恼火。楚筱都忙得晕头转向，回家后就一直没离开过书房，电话一个接着一个不停地打。

顾筱筱帮她忙了会儿就退了出来，带着沈千云到了楼上的房间。

"筱都的父母都是做什么的？"坐在床上，沈千云打探道。

"不太清楚，我只知道他们一直在国外。"楚筱都知道沈千云的担心，便解释道，"姥姥放心，你从小就教我不要占别人的便宜，这些我都记在心里。"

"记得就好。"沈千云点点头，收拾好衣物，去给她们做饭。

顾筱筱帮着沈千云打下手，听着书房内时不时传来楚筱都的哀号声，两人皆是哭笑不得。

七点钟，饭菜端上桌。楚筱都耷拉着脑袋从书房走出来，看到桌子上的美食，脸色才稍稍好了一点。坐到椅子上，楚筱都突然想起了一件事。她看向沈千云，神秘兮兮地问："姥姥，你不介意饭桌上多一个人吧？"

"你这孩子，这里是你家，姥姥介意什么！"

"那我叫我哥一起过来吃个饭？"楚筱都刚说完，桌子下的腿就被顾筱筱踢了一下。顾筱筱本来没打算让沈千云那么快见楚逸辰，可是被楚筱都这么一说，她的计划全被打乱了。

楚逸辰从公司赶过来，沈千云看着他，眼前一亮，"你是筱都的哥哥？叫什么名字？"

"姥姥好，我是楚逸辰。"

楚逸辰……沈千云想了想，那天筱筱回家后那个打过来的电话，显示的就是这个名字。她轻轻一笑，没再多说什么，心里已经开始猜想这几个孩子间的猫腻了。

一顿饭吃得顾筱筱心惊胆战，她也不知道自己为什么这么害怕，只是吃个饭、见个面而已，她怕什么？是怕她藏在房间里的结婚证被姥姥发现，还是怕姥姥不喜欢楚逸辰、不能接受他们荒唐的婚姻？

半个月没有上班，再次回到公司，顾筱筱的办公桌上都落了灰。早上九点，市场部开始忙碌起来。顾筱筱坐在座位上，低头看着张雅丽给她的报告资料，耐心地等着部长回来。

十点左右，玻璃门被推开，马天华手中拿着文件，站在门口看了看屋子里的这些人，轻咳了一声："还有不到两个月的时间就要过年了，年末的这段日子不算咱们市场部最忙的时候，但是，我希望大家都不要松懈，因为过完年，会有艰巨的任务落在我们身上。"

马天华扬了扬手中的文件，继续说："我们公司明年要在国外开展两个项目，咱们新任总裁这手笔可是不小，刚刚开会时他提到，凡是参加项目的人，根据个人能力，明年年底一律会有奖励。至于奖励，当然就是你们都喜欢的人民币。最少的奖金，听说也有这个数。"

马天华伸出一只手，在众人期待的目光中缓缓说道："五万元。这是除了公司的年终奖，额外给你们的红包。其他的也就不用我多说了，你们自己心里都明白。"

马天华的一番话说得顾筱筱心里直痒痒，真金白银谁不喜欢？风扬工资不低，员工福利这块也是业内出了名的好，年终奖加上额外奖金，少说也有七八万，这么好的事情谁不想轮到自己头上？

"我手上的这份名单是刚刚拿到的。根据你们最近半年的工作能力和各方面标准，公司选拔的要参与此次项目的名单，我念到名字的，下午三点去小会议室开会。"

顾筱筱坐在椅子上看热闹，心想，这应该就是楚逸辰的公司和风扬合作的那两个项目。也不知道谁那么幸运，会被公司选中。

"顾筱筱。"

马天华最后说出的名字让所有人都没有意料到，包括顾筱筱本人。她侧过身子看向马天华，傻笑着问道："部长，你念错了吧？"

"咱们部门还有第二个叫这个名字的人吗？"马天华笑了下，"你去人力资源部办转正入职手续。"

马天华说完，顾筱筱明显感觉到其他同事纷纷投射而来的异样目光。风扬集团是个竞争十分激烈的地方，顾筱筱从进来实习到现在也不过几个月的时间，其中半个月还在休假，她连基本的实习期都没有到，怎么就破格提前转正入职了呢？而且才一入职就有这种好事落在她的头上？

入职手续办得十分顺利，顾筱筱填好各种资料，回到办公室埋头干活。好不容易等到中午休息，她垂着脑袋捧着泡面盒，走向休息区去接开水。

"你说，那个顾筱筱怎么这么快就转正了？"

"谁知道。小姑娘平时不声不响，没想到还挺厉害的。"

"能进咱们公司的哪个没点能力，怎么就单单她特殊？你瞧瞧和她同一批进来的实习生，除了她还有谁转正了？我看这个顾筱筱肯定是有什么后台，不然不可能爬得这么快！"

顾筱筱有点窘迫地站在门口，听着前面正在用微波炉热饭的两名女子低声讨论着自己。她想走，又觉得自己没做什么亏心事，为什么要逃？她想若无其事地走到前面，又觉得情况好像有点尴尬。

"对了，我听说顾筱筱前阵子有病请假，好像是徐总经理来和部长说的。"

"真的假的？顾筱筱和总经理有什么关系？"

"这就不好说了……"女子丝毫没有发现她身后的顾筱筱，兴奋之余，声音也提高了，"这个顾筱筱长得漂亮，年纪又小，哪像咱们一个个都结了婚生了孩子，想有那样的机会也不可能了。"

两个女人聊得入神，顾筱筱听得发蒙。她们发现顾筱筱后，皮笑肉不笑地打了个招呼，就匆匆走开了。

市场部被选中的一共有三人，除了顾筱筱，还有张雅丽和另外一个老员工黄岐，下午，大家来到会议室。最后一个进来的人是徐明，他是此次会议的负责人，听说这次的名单也是由他亲自选出来的。

会议开了差不多一个小时，最后徐明发给每人一沓厚厚的资料。顾筱筱翻开一看，觉得有点眼熟，而且越到后面越熟悉。她仔细想了想，才反应过来这正是楚逸辰上回让自己翻译的那些资料。

一天时间在忙碌中度过，下班后，顾筱筱快速冲下楼，朝着北河别墅区跑去。

"顾小姐，你来了。"

"张姨，子轩在家吧？"

"少爷在楼上呢，已经等得有些急了，你快上去吧。"

顾筱筱脱鞋上了楼。门是敞着的，看着躺在床上正在玩游戏机的人，她咳嗽了两声，说："上课了！"

王子轩漫不经心地偏过头瞥了她一眼，像是没听到她的话一样，继续玩着游戏。

"王子轩同学！"顾筱筱走过去，夺下他手中的游戏机，对上他不悦的视线，"你是打算上课，还是想让我现在就走？"

"少拿这套威胁我！"王子轩冷哼一声，靠在那儿看着顾筱筱，问，"你上周怎么没过来？"

"我有事呀，已经和王总请过假了，你不知道？"顾筱筱脱下大衣，回头看着还坐在床上没动地方的大少爷，上前把他拉下来。

两人一前一后来到书房，并肩坐下。王子轩一副心不甘情不愿的表情，让顾筱筱十分无奈。顾筱筱是这位爷的第几位家教她不清楚，听负责整理家务的阿姨说，在她之前，已经被王子轩赶走了好几个，她有幸成为时间最长的一个。王子轩从小在国外长大，性格桀骜不驯，初中毕业后就被他父亲强制回国，高中三年是在国内读完的，大学四年也希望他在国内完成。

"我们今天来学英语吧！"王子轩突然身子往前一倾，凑到顾筱筱面前提议。

"少跟我打诨，你的英语用得着我来教？"顾筱筱睨他一眼，伸手推了推他的头，"你现在比较薄弱的学科是数学和化学，选一样，咱们开始吧。"

好说歹说，终于让王子轩点头开始补习，顾筱筱暗暗松了口气。不知不觉，就已经到了九点。抬头看了眼时钟，顾筱筱起身："我给你留的作业记得按时做，下次过来我会检查。"

王子轩跟在顾筱筱身后往外走，他随手拿起自己的外衣，抢先一步到了门口："这么晚了，我送你回学校。"

"小屁孩，我哪用得着你送！"顾筱筱拒绝了他的好意，"我今天不回学校，我就住在附近，很近的。”

“你不住学校了？”王子轩皱皱眉头，“我怎么不知道这事儿？你自己在外面租的房子？那你不如直接住到我家，多方便。”

“谢谢大少爷关心，我心领了！”顾筱筱笑着走了出去，没想到王子轩竟然也跟了出来，不管顾筱筱怎么说就是不肯回去，非要看看她住在什么地方。

顾筱筱哭笑不得，两人在小区门口浪费了半天时间。

一辆黑色的卡宴由远至近，到顾筱筱的身边停了下来。顾筱筱扭头看去，车窗缓缓下落，她看到了楚逸辰的脸。

“你怎么在这儿？”顾筱筱惊讶地问道。

“上车。”楚逸辰俯身打开顾筱筱这边的车门，“外婆在家等你。”

“哦。”顾筱筱点点头，刚走了一步，胳膊就被王子轩给拽住了。

“他是谁？”王子轩抓着顾筱筱的胳膊不放，尖锐的视线看向楚逸辰，冷声问道。他的视线越过顾筱筱，和车子里的楚逸辰对上。

昏暗的车厢内，楚逸辰斜着身子坐在那里，波澜不惊地望着他们两人。许是同性相斥，他俊美如斯的脸孔，在王子轩看来很是刺眼。

“他……”顾筱筱的胳膊被王子轩抓得有点疼，她不着痕迹地蹙了下眉头，开口说道，“是我朋友，顺路来接我。”

“顾筱筱，难道没人告诉过你，你说谎的技术很差吗？”王子轩嗤地一笑，完全不相信，“你不是答应过我，在我没考上大学之前是不会交男朋友的吗？”

王子轩视线阴冷地看向顾筱筱，同时手上的力道也加重了些。顾筱筱没想到他会生这么大的气，谎言瞬间被戳穿，她张了张嘴，还想再狡辩一下。

“我不是她男朋友。”车内的楚逸辰忽然开了口，淡淡的一句话，让王子轩的手放松了些，“她外婆还在家里等她，有什么话下次再说？”他是她名义上的丈夫，也是实际上的，和男朋友怎么能是一个等级的？

“你看，他都说不是了。”顾筱筱展露笑靥，冲着王子轩挥挥手，转身钻进了车里，“外面冷，你快点回去，小心感冒！”

王子轩没说话，只是默默地看着车里的楚逸辰。他总觉得这个男人好像在哪里见过，可是怎么努力也想不出对方的名字和身份。

顾筱筱系好安全带，长长地舒了口气，想到王子轩那个脾气，不由得苦笑：“还好你刚才机灵帮我骗了过去，不然他肯定要闹上几天。”

“骗？”楚逸辰目光微转，邪佞一笑，“我本就不是你的男朋友，下次在他面前叫声老公听听如何？”

顾筱筱身子一怔，依旧承受不住他的调侃。

“以前没觉得如何，不过最近真的感觉到了，我的情敌似乎有点多。”楚逸辰似笑非笑地看着顾筱筱，悠悠说道，“刚刚那个是王凯的儿子吧？”

"你认识王总？"

"几年前在洛杉矶见过一面。不过那时候王子轩还是个小屁孩，可没现在这么多心思。"年纪不大，胆子却不小，都敢打他女人的主意了。

"对了，告诉你一件事！"顾筱筱努力转移话题，一脸兴奋的样子，让楚逸辰瞬间猜出她想说的是什么，"我今天已经转正了！我以后就是风扬集团的正式员工了！我们老板果然慧眼识英才，知道我是个潜力股，提前录用了我！"

"如果我没记错的话，不久前你还当着我的面说过，你们boss（老板）简直没有人性。"楚逸辰眼中的笑意加深，他觉得顾筱筱一定不知道，她现在的表情多像一个正在等着家长表扬的小学生。

"我……"旧事重提，顾筱筱脸上的笑容有点僵硬，"我那是被你误导的，不算！"

车子停下，两人并肩朝着楼上走去。

"还有，你上次提过的和我们公司合作的那个项目，今天也公布了名单。"顾筱筱迫不及待地和楚逸辰分享着自己开心的事情，"没想到也有我的名字，不过……"

"不过什么？"见顾筱筱停了下来，楚逸辰问。

"不过好像对其他的同事有些不公平。好多同事都盼着加入这个项目，我才来公司这么短的时间，就好运气地被选中了，我觉得他们心里一定不平衡。"顾筱筱说着话，情绪也稍稍回落了些。

"风扬讲的是实力，而不是倚老卖老的资历。你在风扬工作的时间虽短，可是一天的工作量就顶上他们两三天，他们嫉妒你的时候怎么不算一算这个？"楚逸辰的手很自然地搭在顾筱筱的肩上，将她揽了怀里，"既然有机会证明你的实力，就不要想那么多。有些话就当耳旁风，听过就算了。"

"嗯。"顾筱筱点了点头，两人进了电梯。到了楼层之后，她奔着楚筱郗家走去。

手腕被身后的人突然握住，顾筱筱的身子停滞不前。她疑惑不解地回头看楚逸辰，然后，听到他说："我们要不要和姥姥摊牌，告诉她真相？"

倒吸一口气，顾筱筱没想到楚逸辰会说出这样的提议。她连连摇头，想也不想地说："姥姥年纪大了，受不了这么刺激的消息，不能现在就说！"

楚逸辰本来也没打算这么快就告诉沈千云真相，只想逗逗顾筱筱而已。他带着顾筱筱的身子往前走了几步，直到她后背贴在了墙上。"不告诉姥姥也可以，不过你得想想怎么补偿我才行。"楚逸辰低下头，唇角若有似无地和顾筱筱的擦过，"楚夫人，你打算让我独守空房多久？"

"我……姥姥还在等我吃饭，我先回去了！"顾筱筱不知道怎么回答楚逸辰的话，干脆用力一把将他推开，赶紧跑到门口按响了门铃，还时不时用余光打量着那边的楚逸辰，生怕他也会跟着过来。

门一打开，顾筱筱就迫不及待地钻了进去。进了客厅，看到躺在沙发上一脸生无可恋的楚筱都："那幅画的作者还没找到吗？"

被顾筱筱的话戳中了痛处，楚筱都爬了起来，将她死死抱住，哭丧着脸哀号："我不管，我一定要用那个图案，找不到作者，我就推迟发布会！"

"好好好，不急不急！"顾筱筱拍抚着楚筱都的后背，安慰道，"总会有办法的，相信我。"

楚筱都要用的图案是一幅油画，一个七八岁的小女孩头上戴着漂亮的花环，在耀眼的阳光下展露着开心的笑靥。她看见这画的第一眼就被吸引住了，顾筱筱虽然没有什么艺术细胞，也觉得这画确实很漂亮。

当当。

门被敲响，顾筱筱回了句"进来"，以为是楚筱都，头都没抬。

"这么晚了你怎么还不睡觉？"见顾筱筱入神地望着电脑，沈千云走了过去，严厉地说道，"明天还要上班，早点睡觉。"

"知道了姥姥，我只是在想，有没有办法能帮到筱都。"

沈千云看了眼顾筱筱的电脑，看到上面的那幅画后愣了一下。

"我听筱都那丫头今天打电话，好像是在找一幅画的作者？"沈千云低声问道。

"对，就是这幅画的作者。她需要作者授权才能使用，不然新品发布会可能会推迟。"

楚筱都那个人的性格顾筱筱是了解的，她说到就能做到，如果一直找不到那个作者的话，真的有可能会将发布会无限期推迟。

"这丫头一定要用这幅画吗？"沈千云皱眉追问。

"她对这幅画情有独钟，说是非它不可。"顾筱筱苦笑一声，"姥姥，你也快回去休息吧，这事儿我们会自己想办法的。"

沈千云点点头，起身走出房间，站在顾筱筱的房门外，幽幽地叹了口气。

次日，顾筱筱一早出门上班，沈千云收拾好厨房，来到书房。

"姥姥，您找我有事？"

"丫头，找到那幅画的作者了吗？"

"还没有。"楚筱都眼睛里全都是血丝，心情也有些烦躁，"我查过了，那画是几十年前的老画了，想找到画它的人，简直难上加难。"

"唉，怎么偏偏就看中了它。"

沈千云的话让楚筱都觉得有点不对劲，她疑惑地看着沈千云，等着她把后面的话说完。

"我本来不想提的，可是看见你们急成这个样子，我又心疼。"沈千云目光有些飘忽地看向窗外，缓缓说道，"那幅画，是我年轻时候画的。"

"姥姥你……"楚筱都愣了愣神，冲到她的身边坐下，惊讶不已，"我没听筱筱说过你以前是个画家呀。"

"这事她不知道，我没打算告诉她，所以你也不要和她提起。"沈千云拍了拍楚筱郗的手，低声说，"想做什么就去做，姥姥不会不同意的。"

　　沈千云的一番话，让楚筱郗悬在半空的心终于落了地。她长长地舒了口气，竟有种想哭的冲动："姥姥，这画上的人，是筱筱吗？"

　　"不是，是我的女儿。"沈千云的眼眸一沉，"已经去世了。"

　　"对不起姥姥，我……"

　　"没什么对不起的，已经是很多年前的事情了。"沈千云微微一笑，"你就别再为这件事情发愁了，继续去忙吧，姥姥出去看会儿电视。"

　　沈千云走出房间，楚筱郗坐在沙发上半天，一直在沉思。她查过这幅画的来历，据知情人说，这幅画在很多年前的一次画展上被人高价买走了。至于画的作者，当年也是小有名气的画家，很早就出了名，可惜后来渐渐没了消息。

　　不管怎么说，事情终于有了进展。楚筱郗拿出电话，拨了一个号码，接通后，对那边说道："授权我已经拿到了，一切按原计划进行。"

　　欢呼声从电话听筒传到楚筱郗耳中，挂掉电话，她靠在沙发上，喃喃自语道："顾筱筱，你可真是我的福星……"

第3章

　　油画的授权终于拿到，顾筱筱也随之松了口气，专心投入到了工作中。她依旧住在楚筱都的家里，每天和楚逸辰见上一面。然后发现，楚逸辰真是忙得不得了。

　　金融会展中心今天会进行一场"互联网金融发展会议"，B市很多的上层名流都会出场，听说就连回国后一直没有在公开场合出过场、神秘无比的风扬集团总裁也会露面。

　　金婧和沐云帆走进会议厅，四下看了看。一直到会议结束，也没有见到风扬总裁出现。打听了一番才知道，那人会出席晚宴。

　　"这排场可是够大的。"金婧皱眉小声嘀咕道，"我倒要看看，这个被大家传得神乎其神的人到底长成什么样。"

　　宴会晚七点开始，金婧梳着侧分的卷发，身穿Valentino闪钻晚礼服，腕上戴着Bulgari蛇形手表，华贵富丽，美艳灼人。她身边的沐云帆，铁灰色的西装，线条流畅贴身的上衣和长裤，穿在他的身上，更显身姿挺拔、英俊不凡。

　　宴会厅内人越来越多，气氛也越来越热闹。人们三三两两聚集在一起，客套着，奉承着，虚伪着，也等待着。今天这场宴会，重头戏绝对是风扬集团的楚逸辰。他是楚家的二少爷，认识他的人都习惯叫他楚少。来参加晚宴的人，包括金婧和沐云帆在内，没有一个不想亲眼目睹这位楚少的真容，如果可能的话，也顺便在他眼前混个脸熟。毕竟凡是能和风扬集团扯上关系的项目，从来都只赚不赔，没有例外。

　　金婧的视线时不时地瞥向入口的大门，时间缓慢地流逝，等了又等，终于，九点左右，那人总算出现了。

　　楚逸辰迈步走进宴会厅，侧着头和身边的徐明低声说着什么。喧闹的宴会厅在他出现的一瞬间安静下来，楚逸辰感觉到了这种变化，抬起头来，扫了眼厅内的人群。

金婧就站在入口不远处，她看着徐明身边俊朗帅气的男子，眼中浮现出震惊的光芒。

金婧身边从不缺长相上乘的男人，她身边现在站着的沐云帆更是其中的佼佼者。但不管是哪一个，如果和那位缓步走进来的男子相比，似乎都差了些。他一身黑色休闲西装，一双黑眸深邃锐利，高挺的鼻梁、淡色的薄唇，身上散发着低调内敛却让人完全无法忽视的王者气势。

自从回国后，楚逸辰已经推掉了无数场无聊的宴会，奈何今天这一场实在是推不掉。冷漠淡然的视线在人群中扫视，看到几个熟悉的人，他走了过去。

"我们还以为你今天不会过来。"傅子恒看着走到面前的楚逸辰，调侃道，"刚才还在和韩奕商量，如果你不来，我们一会儿就去你家找点乐子。"

"我家有什么乐子可以让你们找的？"

"那就不知道了。"傅子恒坏笑着和韩奕交换了个眼神，"说不定还能见到什么美女，再让你欠我们个人情？"

"逸辰，你上次说介绍给我们认识的人，今天怎么没一并带过来？"韩奕也开口轻声问道。

"她不适合这种场合，以后再说。"

几人聊得热乎，其他人虽没有加入其中，可也看得认真。

楚逸辰、徐明，这两个风扬集团的高层人物，听说从小就是朋友；而傅子恒和韩奕，一个刚刚调入证监会任职稽查总队长，一个已经在公安厅只手遮天了。这四人，典型的红三代、富二代，他们四人的圈子，至今还没有人能闯得进去。

楚逸辰沉默地听着他们，嘴角微扬，鲜少回应什么。忽然，身后有人和他打招呼："楚总。"

楚逸辰回头去看，淡然一笑："王总，好久不见。"

来打招呼的是王凯，浩远国际的总裁。楚逸辰前几日还见过他的儿子，如今再一想起王子轩，还觉得挺有意思。

"的确好久不见，听说你回国了，但一直没机会见见你，今天总算是碰上了。"

王凯和楚逸辰聊得不错，这让那些想到楚逸辰身前来混个脸熟却因为他身上的寒意望而却步的人纷纷打起了精神，跃跃欲试。

"楚总你好，我是金氏集团的金婧，很高兴见到你。"金婧鼓起勇气来到他的身边，柔声开口做着自我介绍，然后伸出手，笑意盈盈地看着楚逸辰。

楚逸辰的视线若有似无地扫过她的脸，瞥了眼她身后的沐云帆。他仿佛并未看见金婧僵在半空中的手，也无意与她有任何的肢体碰触。这是楚逸辰第一次见到沐云帆本人，和想象中的相差无几。

"王总，我今天还有些事，就提前回去了，回头我给你打电话，私下再约。"

"那好，你先去忙。"

楚逸辰的无视让金婧感到难堪，她眼睁睁地看着他从自己面前走掉，轻咬下唇，不死心地又开了口："楚总！"

楚逸辰依旧没有回头看她一眼，背影决绝地离开。

金婧望着他，脸色苍白无力。

来到停车场，楚逸辰看了看跟着自己出来的徐明几人，微微皱眉："你们也回家？"

"回，不过是回你家。"傅子恒凑到楚逸辰身边，"我明早的飞机，从你这边去机场比较方便。"

"我家没地方留你。"楚逸辰拒绝得痛快，"而且她现在也不在我那儿住，死了这条心。"

傅子恒目光幽怨地看着他，对那天出现在皇城的小姑娘越发好奇。

楚逸辰回到小区，很凑巧地在楼下遇到了顾筱筱和楚筱郗。闻着他身上淡淡的酒气，顾筱筱神思有些飘忽。

"哥，我下周要去法国一趟，估计要一个月才能回来。妈今天打电话过来，让我顺路去她那儿一趟，你要不要一起？"到了家门口，楚筱郗问道。

"一个法国，一个美国，怎么顺的路能顺到她那儿去？"楚逸辰冷漠回答，"不去。"

"不去就算了，反正你过年也得过去。"楚筱郗说完，搂着顾筱筱大步走回到自己家，不给楚逸辰多看两眼的机会。

楚筱郗打点好国内的一切，动身前往法国，留顾筱筱一人每日拼了命地工作。

自从转正入职以后，顾筱筱就比以前还要拼。她从小就倔强，很少会低头认输，因为不想别人戴着有色眼镜看自己，所以憋了股劲儿，想用实力证明自己。顾筱筱年轻貌美、名校毕业，但是大家关注的点似乎都在前面一个。她进风扬是不是走了什么后门，她被提拔进新的项目组是不是有什么特殊关系……这些与工作无关的绯闻八卦并没有随着时间的流逝而消失不见，反而在人们的猜测怀疑之中、顾筱筱的沉默不语之中愈演愈烈。

"我跟你讲，有人看见顾筱筱昨天下班后上了徐总经理的车，说不定她以后就是咱们的总经理夫人了。"顾筱筱上个厕所就听到了如此不切实际的小道消息，让她哭笑不得。

"徐总都单身好几年了，听说以前的女朋友是个明星，没想到这个顾筱筱还真挺有手段的。"

深吸一口气，顾筱筱已经听不下去了。她从卫生间走出来，径直走到那两个正在洗手的女人身后："我的确有男朋友，不过并不是你们口中所说的徐总经理。我和徐总经理一点儿关系都没有，希望你们尊重他也尊重我一下，以后不要再说这种话了。"

顾筱筱小脸紧绷，神情严肃地开口，她的出现，让那两人莫名地心虚了。顾筱筱平时脾气很好，对人也从来都是笑脸相迎，没人见过她真正生气的样子。但是现在，她眉目清冷地望着她们，娇小的面容上满是不悦，让两个已步入中年的女人后背竟然隐约觉得发凉。

"这种事情我不想解释第二遍，以后不要再说了。"冷冷地说完，顾筱筱大步走了出去，回到办公室，心中还是有气。她想化悲愤为食欲，可惜刚刚吃过了饭，什么都吃不下。于是只好化悲愤为动力，埋头干活，直到下班也没打算离开。

风扬大楼顶层，总裁办公室。徐明站在落地窗前望着楼下拥堵的路况，和办公桌后的男人闲聊："最近公司盛传八卦的不良风气越来越浓，你这个当总裁的不想想办法？"

"这种小事还轮得到我这个总裁出面？"

"你就不好奇他们八卦的是什么？"徐明转身看向楚逸辰，"市场部的顾筱筱是徐总经理的女朋友，这消息我今天可是第三回听见了。"

徐明的话终于让楚逸辰有了点反应，他在文件上签下自己的大名，靠在椅背上看向徐明："你去找个女朋友，这事儿不就解决了？"

"你还没和家里坦白呢？"徐明不答反问，"过年不准备带她去见见？"

"等他们年后回来再带筱筱去见。尽快找好女朋友，不然我扣你年终奖。"

徐明听了这话不禁目瞪口呆，滥用职权也不是这么个用法吧？

走出办公室，楚逸辰拨通顾筱筱的电话，这才知道她还没有离开公司："你们老板要是知道有你这么敬业的员工，一定很开心。"楚逸辰低声夸道。

"可惜我们的boss大人没时间关注我这个小小的员工，所以我决定过完年后再也不加班了！"

楚逸辰无声一笑，坐上专属电梯，按下负一层的按钮。"嗯，以后再也不加了。"他的语气里带着不易察觉的宠溺，"我在你们公司楼下，下来吧。"

顾筱筱收拾好东西走到楼下，正好看见楚逸辰的车缓缓驶到大门口。她打开车门上了车，一边系安全带一边看向楚逸辰，问："你怎么来这边了，开会？"

"公司离这儿不远，猜到你可能会加班，就顺便过来瞧瞧。"楚逸辰脸不红心不跳地说着谎话，"没想到你果然敬业。"

金融街上的企业不少，而顾筱筱也一直没想过打探楚逸辰的老底，连他在哪家公司做事都没有问起过。点了点头，顾筱筱瞥了眼时间，说："本来告诉姥姥晚些回家的，不知现在回去会不会有饭吃。"

楚逸辰浅笑不语，没回她这句话，开车回家。乘着电梯上了楼，等顾筱筱往家门口走去的时候，楚逸辰一言不发地把她拽了回来，带进自家门里。

沈千云一直不知楚逸辰就住在对面，顾筱筱怕她多想，也没主动提起过这件事。看着楚逸辰扔了双拖鞋到自己脚下，顾筱筱坏笑道："你什么时候也开始喜欢这种东西了？"

脚下的拖鞋是小熊猫造型，不知为什么，顾筱筱觉得它出现在楚逸辰的家里很好笑。

"有人喜欢，看见就顺手买了。"楚逸辰指了指鞋柜，顾筱筱歪头看了过去，只见里面还有一双小乌龟造型的，"一样穿一只？"

"我才不要！"顾筱筱赶紧换了鞋，走到客厅放下背包，一屁股坐到了沙发上，随手拿过遥控器打开电视，一连串动作流畅无比。

电视的画面正好定格在动漫频道，播放的是顾筱筱很喜欢的银魂。她眼睛一亮，抓过抱枕搂在怀里，正想调整个舒服的姿势好好看一会儿，突然想起楚逸辰就站在旁边。暗搓搓地瞥了瞥楚逸辰，看到他脸上那意味不明的笑意，她真是觉得自己丢死人了……

当机立断关掉电视，顾筱筱若无其事地站起来，拎着包准备去书房："我快要考试了，需要复习，你不要打扰我。"

"夫人是学渣？"

"我是学霸！"

"学霸是不需要复习的。"楚逸辰轻笑一声，把顾筱筱拥进怀里朝楼上走去。

"楚逸辰，你有什么话就在楼下说。"顾筱筱挣扎着，不肯和他走。楼上只有一间超大的带洗手间的卧室和衣帽间，想也知道他回到楼上是要做什么坏事。

楚逸辰回头看她，嘴角微扬，附在她耳边小声问道："你确定，在这里也可以？"

"流氓！"顾筱筱倒吸一口气，没想到他这么无赖，"你不要歪解我的意思！"

这不是顾筱筱第一次叫他流氓了，对楚逸辰来说也算是习惯了。楚逸辰乐得在她面前扮演流氓，身子一屈就把人给拦腰抱起来，朝楼上走去。

"楚逸辰你放我下来！"

"再喊的话，说不定姥姥就听见了，你确定要喊得这么大声？"楚逸辰流氓加无赖，把顾筱筱弄得耳朵都红了，愣是不敢再喊一句。

回到卧室躺在床上，顾筱筱枕着楚逸辰的胳膊，只要他一伸手过来就抬手打回去。反反复复，玩得还颇为开心。楚逸辰好心情地陪着她，漫不经心地看着墙上的电视，和她聊着天："这个星期五晚上把时间空出来，带你去个地方。"

顾筱筱想了想，那天应该是圣诞节："和姥姥说一声就可以了，你要出去吃饭吗？"

"嗯，有两个朋友想见你，之前和你提起过的。"

近些年国内的圣诞气氛越来越浓，尤其是B市这样的国际都市更是如此。早在一个月前各大商场就已经摆上了圣诞树，张灯结彩，像是过年一样。

星期五下班，顾筱筱接到楚逸辰的电话，挤进人满为患的电梯，直奔停车场跑去。

黑色路虎停在显眼的位置，顾筱筱坐进车里，看到楚逸辰，不由得被惊艳了一下：

蓝色的牛仔裤，浅灰色的毛衫内搭，外面罩着一件黑色皮衣，干净、简单、帅气、洒脱。

两人平日里见面的机会不多，相处的时间更是如此。顾筱筱大多数时候见到他，都是见他一身正装打扮。男人穿正装是很吸引人眼球的，尤其是像楚逸辰这种模特身材、天生的衣服架子，可是看得多了，眼下见他换了身别的衣服，顾筱筱的眼睛便移不开了。以前和楚逸辰不熟，顾筱筱不敢大胆地看他。现在她的胆子大了些，一双明亮清澈的眼睛肆无忌惮地在楚逸辰的身上看来看去，让楚逸辰有些无奈。

梅陇庄。

顾筱筱下了车，看着眼前的一幢中式别墅建筑上面的牌匾，眨了眨眼睛。

"楚先生。"门口的人似乎认得楚逸辰，赶紧迎了上来。在看到他身后的人时，不由得多看了两眼，因为他在圈子里，是有名的女人绝缘体。

这家饭店是楚逸辰的一位朋友开的，平时不接待外客。

楚逸辰径直上了二楼，在楼梯左首边的一个房间前停了下来，房间里传来韩奕和傅子恒的说笑声。推开门，那两人瞬间动作一致地看了过来。

"你丫不是吧？把我们骗来了，人没带过来？"傅子恒看着门口的楚逸辰，眉头一皱，出声问道。

站在楚逸辰身后的顾筱筱听着他那口标准的B市口音，有点紧张。楚逸辰瞥了傅子恒一眼，迈步进了房间。然后，顾筱筱就出现在傅子恒和韩奕两人的眼中。一双美眸充斥着紧张，她嘴角微微上扬浅浅地笑着，看着两人轻声说道："你们好。"

"跟他们不必客气。"楚逸辰环过顾筱筱的肩膀，朝饭桌旁走去。

这次见面，其实是傅子恒和韩奕第二次见到顾筱筱，不过上一次在皇城事发突然，两人并没能好好地打量她。如今有了机会，这两人就不客气了。就如同顾筱筱在车里放肆大胆地扫视着楚逸辰那样，两人的目光在她的身上来回流转，看得顾筱筱身子有些紧绷。

顾筱筱的五官很漂亮，再加上年轻的优势，满脸的胶原蛋白，皮肤细嫩白皙，明眸清澈，樱唇红润，浅笑间梨涡若隐若现。她身上穿了件白色的毛衣，外面披了件藏蓝色的毛呢大衣，气质纯净清新，着实让人眼前一亮。

"筱筱，你们两个怎么认识的？"傅子恒身子往前一倾，好奇地问道，"我可是认识他二十好几年了，要不是你今儿出现，我还以为他对我有什么意思呢。来，给我讲讲，你是怎么搞定咱们楚少的？"

楚逸辰能带来见他们的女人，今后的身份地位差不多就可以定下来了，因此傅子恒也就热络地聊了起来。

"话这么多，把人吓到了，以后可就见不到了。"韩奕好心地在一旁提醒道。

"我这不也是好奇嘛！你甭跟我装，其实你丫心里比我更想知道，对不对？"傅子恒一拍桌子，看向韩奕，十分不满，"我就想不明白了，你说这几年前单身还是贵族呢，怎么这才没几年的工夫，就变成单身狗了？我本来想着咱们几个还能一块儿狗几年，没想到，他倒好，神不知鬼不觉地找了这么个漂亮的丫头。"

傅子恒说完话，又看向楚逸辰，伸手点了点他，直白地说："你今儿不满足了我这好奇心，我肯定不放你走，反正明儿放假，我闲着也没事干。"

傅子恒说话风趣，听得顾筱筱忍俊不禁，不一会儿就完全放松下来。房门被敲响，服务员一个接着一个把菜端了上来，几人边吃边聊，时间过得颇快。傅子恒和韩奕酒量极佳，饭席间，顾筱筱看着他们一杯接一杯地喝，却不见任何醉意，不由得心生佩服。

傅子恒几个都是在商场官场上摸爬滚打混了这么多年，早就算得上是人精了，不出半个小时，就把顾筱筱看得透彻。一顿饭吃得颇为开心，顾筱筱被逼着喝了几杯酒后，跟着楚逸辰先行离开。

走出温暖的房间，她拢了拢身上的衣服，有点冷。楚逸辰注意到她的动作，伸手将她搂进了怀里。闻着楚逸辰身上淡淡的酒气，顾筱筱目光迷离，也不知是因为自己喝了酒还是怎的，她竟觉得楚逸辰的怀抱分外暖和，暖和得让自己眷恋不已。

"不舒服？"

"没事。"顾筱筱晃了晃头，红唇微嘟，"你还说他们好对付，根本就是骗人。"

坐上车，系好安全带，没一会儿工夫顾筱筱就睡着了。等楚逸辰开车回到家，她还没有醒来。

顾筱筱虽然酒量不佳，可是酒品还是不错的，不吵不闹、乖乖睡觉，很是让人安心。

星期六，不用上班，顾筱筱体内的生物钟却还是照样按时把她叫了起来。迷迷糊糊地睁开双眼，她翻了个身趴在了床上，片刻过后，猛地爬起来四下张望，看到熟悉的环境后，才长长地舒了口气。抓了抓头发，踩着拖鞋下了楼。

沈千云正在准备早餐，听到顾筱筱的脚步声后，回头看她。

"姥姥，我昨晚什么时候回来的？"

沈千云瞥了她一眼，没说话，吓得顾筱筱一下子就精神了。

"姥姥，你生气了？"顾筱筱大步走到沈千云的身后抱住她，把脸贴着她的后背，赶紧道歉，"我知道错了，我以后再也不喝酒了。"

"你这丫头。"沈千云叹了口气，把顾筱筱拉到面前，"你又不是小孩子了，姥姥有什么好气的？我问你，你和筱都她哥哥是什么关系？"

"什么关系？"顾筱筱被问得有点蒙，"我和他什么关系也没有啊……"

"当真什么关系都没有？"沈千云的一句追问，吓得顾筱筱的心跳速度爆表。好在她后面的那句话让顾筱筱捡回了半条命，"我看那小子对你动机不纯，是不是喜欢你？"

顾筱筱被沈千云的用词给逗笑了，跟在她的身后坐到了餐桌旁，听她继续唠叨：

"他是做什么的？"

"和我工作性质差不多，在一家外企工作。公司也在这附近，不过我没去过。"顾筱筱诚实回答。

"他在追你？"沈千云问得直白，直白到让顾筱筱都有点接受不来，"昨晚是他把送你回来的。"

"啊，算是吧……"顾筱筱模棱两可地回答，心想这总比让沈千云直接知道他们两个已经扯证了要好一点，"姥姥你放心，我有分寸的。"

顾筱筱这么说了，沈千云也就不再多说什么，点点头，让她趁热把粥喝了。

顾筱筱根本就不记得自己昨晚是怎么从车上回到家中的了，有点懊恼，暗暗下了决心，以后再也不喝酒了。

圣诞一过，转眼就到了元旦。三天的假期过去，楚筱都终于回来了。

办公室的玻璃门被敲响，顾筱筱还没来得及回头去看，就听见熟悉的声音调侃道："顾筱筱同学，你们老板是用什么手段把你收服得如此服帖，让你每天都这么兢兢业业、心甘情愿地给他加班？"

"筱都！"顾筱筱扭过头，看着那张已经将近一个月没见过的漂亮脸蛋，兴奋地喊道，"你回来了！"

"瞧瞧这瘦的，不知道的还以为出国去受罪的人是你呢。"楚筱都走过来，一屁股坐到她的办公桌上，掐了掐她瘦小的脸蛋，心疼道，"楚逸辰天天这么累着你，给不给额外工资啊？"

楚逸辰？好端端的提起他来干什么？顾筱筱眨了眨眼睛，很快就反应过来，解释道："我最近没帮他干活，是我们公司自己的事儿。"

"好好好，你们公司的事儿！"楚筱都忍俊不禁，"我说大小姐，你不会忘了今儿是什么日子吧？"

"什么日子？"顾筱筱有点蒙，"你回来的日子？你怎么不提前打招呼，也好让姥姥给你准备些吃的。"

"你个糊涂虫！"楚筱都懒得和她再说其他的，直接从包里拿出一个精致的小盒子，摆到顾筱筱的面前，"连自己的生日都能忘，你让我说你什么好！"楚筱都一边说着话，一边戳了戳顾筱筱的脑袋。看着顾筱筱的小脑瓜随着她的动作一晃一晃的，不由得轻笑出声："别加班了，走，带你吃大餐去！"

帮着顾筱筱收拾好东西，走出办公室后，楚筱都又说："对了，忘了告诉你，年后咱们就是同事了，到时候别忘了提携提携我这个新人。"

"你哪里用得着我提携！"顾筱筱斜了她一眼，小声嘀咕道。出了公司大门，顾筱筱看到停在不远处的楚逸辰的车。

"咦？他怎么在这儿？"顾筱筱好奇地说道，跟着楚筱都一起走了过去，才走到车旁，就被楚筱郗打开车门给推了进去。砰的一声车门被关上，楚筱郗站在车外笑着挥手："姥姥那边我已经打好招呼了，晚上不回来也是可以的！拜拜！"

楚筱郗的话才说完，楚逸辰就一脚油门踩了下去，快得让顾筱筱有点反应不过来。

"你怎么过来了？"顾筱筱看向楚逸辰问。

"你以为是谁把她从机场接过来的？"楚逸辰偏过头看了她一眼，反问，"若是不来接你，打算加班到几点？"

看楚逸辰的样子，应该是知道了今天是她的生日。顾筱筱有点不好意思，她一直没怎么过过生日。她心底暖暖的，很开心。

车子缓缓行驶，差不多半个小时后到了目的地。

锦园。

小区外很大的一块石头上刻画着两个大字，门卫的保安在看到车内的楚逸辰后马上放行。顾筱筱透过车窗向外看了看，一排一排，全部都是独栋的别墅，小区内绿化覆盖率很高，地段又很不错，所以成正比的是，房价也一定不低。意识到自己已经来到了土豪聚集地，顾筱筱不由得撇了撇嘴。

"来见朋友吗？"她扭头看着楚逸辰问，她还以为他会带她去吃饭呢。

"今天需要见什么朋友？"楚逸辰回着话，在一栋别墅前停下车。

顾筱筱有点迷茫，不过还是跟着楚逸辰下了车。看着楚逸辰径直走向房门口，她睁大了眼睛不说话。

一辆黑色奔驰缓缓在两人身后停下，车窗慢慢降了下来，车内的人在看了看他们后，意外地开口："楚总？"

楚逸辰和顾筱筱双双回头，然后就看到了从车上下来的王凯。王凯之前并没有注意到顾筱筱，看到她以后不免有些惊讶。一个还没有毕业的学生，怎么会认识楚逸辰这种人物？转念一想，也不是没有可能，顾筱筱年轻漂亮，现在又在风扬集团实习，总有机会和楚逸辰接触到。楚逸辰在金融圈里是出了名的洁身自好、不近女色，没想到原来喜欢纯情学生一类的。顾筱筱平时看起来纯真无邪，看来也是受不了金钱诱惑。

"王总，这么巧。"楚逸辰转身走到了王凯的面前，非常轻松地就猜到王凯心中在想些什么。

"是啊，过来见个朋友。"王凯笑了笑，识时务地准备找个借口先走。

"介绍一下，我夫人顾筱筱，王总应该认识。"趁王凯没来得及开口，楚逸辰伸手揽过顾筱筱的肩膀，在王凯目瞪口呆的状态之下，一字一顿地说道。

"我们两个结婚的事打算在年后公开，所以王总，还请你保密，到时别忘了来参加我们的婚礼。"

王凯也是见过大风大浪大世面的人，愣怔了一会儿，很快就回过神来，看向顾筱筱的目光也变了："楚总放心，我到时一定到！今天还有事就先走了，等着喝你们的喜酒！"

王凯坐进车里，对楚逸辰和顾筱筱的事情心里还是很惊讶。凭楚逸辰的条件，无论什么条件的女人都随他挑选。顾筱筱除了样貌和学历，并无其他过人之处。身为风扬集团的总裁，楚逸辰竟然没有选择有着优渥背景的富家女联姻，强强联合，而是娶了无财无势的顾筱筱，实在是让人想不通。

顾筱筱目送王凯远去，跟着楚逸辰进了别墅，好奇地问："原来你和王总认识呀？刚刚他为什么叫你楚总？"

"最近刚刚升了职，当了总经理，和浩远国际有些生意上的往来，有点交情。"楚逸辰睁着眼睛说瞎话。对他的话，顾筱筱也是深信不疑。

"这里是谁家？"顾筱筱四下张望，对这别墅的装修风格有种说不出来的喜欢，"怎么没有人在？"

深色系的大理石从玄关蔓延入内，包覆出场域气度与延伸性，搭配白色线板和绷布点缀雅典气质，圆形天花板下的水晶吊灯气韵不凡、大气奢华。

"你我不是人？"楚逸辰瞧了她一眼，浅笑着说道，"我们家，不过已经很久没有过来住了。"

顾筱筱嘴巴微张，对楚逸辰说出来的事情有点难以接受。这栋三层别墅，怎么看也要有五百平方米吧？算一算就是几千万，楚逸辰哪里来的那么多钱？顾筱筱目瞪口呆地看着他，脑袋里不合时宜地想起了王子轩之前对楚逸辰的评价——小白脸……

"你又在乱想什么？"楚逸辰一看顾筱筱目光流转的样子，就知道她脑子里想的不是什么好事。抓住顾筱筱单纯好骗的优点，楚逸辰又在胡编乱造："你老公这么有钱，最该高兴的人不是你吗？"

"可是有钱也要有个限度啊，我没想过要傍大款……"顾筱筱一紧张就说出了实话，毫不知晓站在她面前的人，就是个有钱到没有限度的超级大款。

"厨房有食材，去做晚餐，我上楼处理点事情。"楚逸辰带着顾筱筱到了厨房，然后就去了书房。

顾筱筱站在偌大的厨房里，有点呆。冰箱是空的，桌子上的菜好像也是刚刚送过来的。顾筱筱没想到楚逸辰带她来这儿只是为了让自己给他做顿饭。她瘪瘪嘴，叹了口气，挽起衣袖认命地开始忙活起来。

楚逸辰上楼打开电脑，其他人已经候在电脑的另一端，只等他开始这场视频会议。会议开了足足两个小时，顾筱筱把厨房里能做的东西差不多都做了，上楼想叫楚逸辰吃饭的时候，他还没有忙完。

站在门口，听着楚逸辰轻松流利的英语，顾筱筱嘴角微微一翘，突然间觉得特别自豪。她返回楼下，坐在餐桌旁，双手托腮盯着桌上的饭菜，等到肚子开始咕咕叫了，楚逸辰才缓缓而来。

"菜都要凉了，我去热一热吧。"顾筱筱起身说道，却被楚逸辰按着肩膀又坐了下来。

"我来。"简简单单的两个字，却让顾筱筱愣住了。她歪着头，看着楚逸辰端着盘子进了厨房，不由得觉得好笑。

一看就知道，这男人和楚筱都一样不擅长做饭，甚至可以说，他以前有没有进过厨房都值得怀疑。顾筱筱看着看着，脸上的笑意越来越浓，单手托着下巴，直到楚逸辰把菜都拿了回来，她还意味深长地笑着盯着他看。

"先吃，后看。"楚逸辰夹了菜放进了她的碗里，迎视着她笑意盈盈的双眼，轻声说道。

"臭屁，谁爱看你。"顾筱筱垂下眼帘低下头。

吃饭期间两人的交流并不多，却不觉得尴尬沉闷。等吃完后，一起将碗筷洗刷干净，然后回到客厅。房间里静悄悄的，楚逸辰拿过遥控器随手打开电视，把顾筱筱拥在怀里，摸了摸她柔顺的长发，心中满足而充实。

电视上正播着一则新闻，是有关金富科技有限公司总裁史子建涉嫌股票操纵一案的调查结果。证监会已经连同公安部对金富公司和几家证券公司进行了彻底盘查，有足够的证据证明史子建的确参与了几起内幕交易，来换取自己的暴利收益。金富公司将面临巨额罚款，而史子建则面临着牢狱之灾。

"恶有恶报。"顾筱筱咬着牙，小声说道，"这种人，关在监狱里一辈子不放出来才好！"

"嗯。"楚逸辰抬手捏了捏她柔嫩的脸颊，心中的话并未说出口来。

她若希望，那他自有办法让她梦想成真。楚逸辰手上掌握的史子建贪赃枉法的证据可不止一点两点，全部放出来的话，足够让他在监狱里蹲上一辈子。

晚上十点半，门铃突然被按响。楚逸辰起身去开门，门外站着一名中年男子，见到他，恭恭敬敬地说道："少爷，这是你要的东西，刚刚拿到。"

楚逸辰接过他手中的袋子，转身回到屋内。看着坐在沙发上的顾筱筱，迈步朝她走去。

顾筱筱看到楚逸辰手中拿着一个小巧的纸袋，却不知里面装的是什么东西。楚逸辰坐到她身边，慢慢从里面拿出个盒子打开，她倒吸了一口气。

戒指，很漂亮的钻戒。顾筱筱觉得，这世上应该没有女人不喜欢这种东西，尤其是当一个属于你的男人将它拿到你面前的时候，那种喜悦、满足、幸福的心情，如果不是亲身体会，是绝对不会了解的。

顾筱筱的视线直直地落在那枚钻戒上，戒指的设计颇为简单，中间一颗主钻，外面一圈碎钻将其围绕在内，更显主钻的耀眼光芒，两排细小的碎钻镶嵌在戒臂，将秀雅高贵的气息展露无遗。钻戒流光溢彩的光芒晃进顾筱筱的眼中，也照进了她的心里。她身子有些僵硬地坐着，任凭楚逸辰牵过她的手将戒指套进她纤细的手指，才傻笑着看向楚逸辰，问："给我的？"

"不然呢？"楚逸辰挑眉反问，"让你戴回去送给姥姥？"

看着顾筱筱窘迫的神情，楚逸辰决定放她一马，低声问道："喜欢吗？"

顾筱筱连连点头，又有些疑虑："这么漂亮的戒指，一定不便宜吧？"

"夫人这是在担心我养不起你？"楚逸辰笑容邪魅地盯着她的双眼，慢慢说道，"我可是当了总经理的人，说不定日后哪天就变成总裁了，养你这么个小东西岂不是绰绰有余？"

"楚逸辰你的样子好嘚瑟啊！"顾筱筱完全把他的话当成了玩笑，看着他眉头微皱的样子，笑个不停。

敢在他面前如此肆无忌惮地说这种话的人，恐怕也只有她了。楚逸辰低下头将纸袋里另一个盒子拿出来打开，听着顾筱筱的低声惊呼，说："嫌那个太张扬，平日戴这个就好。"

盒子里是一对铂金婚戒，女戒半铺镶钻，男戒简简单单，什么都没有。两只戒指以简练的线条绽放着动人的魅力，让顾筱筱又惊又喜。楚逸辰知道顾筱筱不是个喜欢张扬炫耀的人，那钻戒她是不太可能戴着去上班的，就一并将婚戒也准备好拿了过来。顾筱筱脸上的笑意渐渐消失，突然间安静了下来，垂着眼帘，让楚逸辰看不到她眼中的情绪，猜不出她的心思。

顾筱筱这辈子交过两个男朋友，一个是沐云帆，一个就是眼前这个男人。以前和沐云帆在一起的时候，顾筱筱从不让沐云帆送她什么东西，因为沐云帆家里的条件也不算好，顾筱筱也不习惯接受别人的礼物。

对自己好一点、努力一点、少靠别人一点，这是顾筱筱时常告诫自己的一句话。她不是一个对购物有很强欲望的人，就算有什么想要的东西，也会凭自己的努力去得到，而不会开口向所谓的男朋友索要。所以，面对楚逸辰精心准备的这样一份生日礼物，她除了开心、高兴，心中更多的是惶恐和感动。无论楚逸辰当初是因为什么答应和她领的结婚证，无论他们今后是否会一直携手到老，顾筱筱都很感激他和楚筱都为自己所做的一切。

慢慢抬起眼眸，顾筱筱出人意料地抱住了楚逸辰。主动投怀送抱这种事在顾筱筱身上可是很难发生，楚逸辰也不禁被她的举动弄得愣住了。

"谢谢你对我这么好，谢谢你在我最需要人陪的时候出现，带我走出了泥潭。"顾筱筱低声诉说着自己的感谢，她心里清楚，如果没有楚逸辰的出现，她一定不会那么快就恢复过来。或许他们的事情很荒唐，可如果不是那荒唐的事时常扰乱她的心绪、转移她的注意力，她就一定会死盯住沐云帆和金婧。

"你都以身相许了，还用得着如此谢我？"楚逸辰眸底划过一抹笑意，慢慢拉开自己和顾筱筱的距离，目光灼灼地看着她。

顾筱筱被楚逸辰看得有点不好意思，便伸手去遮他的眼睛："我们什么时候回去呀？"

"谁说我们今晚要回去了？"拉下她的手，楚逸辰不怀好意地笑道，"你当真以为我今晚还会放你走？"

"姥姥……"顾筱筱条件反射地要拿沈千云当挡箭牌。

"姥姥那边有筱郗在，不用你担心。"楚逸辰说话的工夫，已经将顾筱筱抱了起来，朝楼上走去。

逃不掉，躲不了，面对着楚逸辰完美的攻势，顾筱筱唯一能做的，就是沉沦其中。

不知道自己究竟是什么时候睡着的，总之第二天早上醒来的时候，顾筱筱差点儿哭出来。浑身酸痛，顾筱筱咬了咬下唇，有些恼羞成怒地看向身边的人。

时间还早，楚逸辰还没有醒来。顾筱筱看了他一会儿，动作轻盈地下了床，可脚才一沾地就腿一软，又坐回到床上。

顾筱筱双颊泛红，下意识地回头去看楚逸辰，不想自己的糗样被他看见。可是天不遂人愿，她一回头，就看到楚逸辰嘴角噙笑的样子，实在让人抓狂。

"不准看！"顾筱筱随手拿过枕头扔到他的脸上，趁这机会跑进了浴室。

明亮的镜子前，顾筱筱望着镜中那眉目含笑、面色红润的女子，目光在瞥到脖颈上的草莓印时，笑容凝固住了。这个样子，让她怎么去上班？

顾筱筱怒气冲冲地推开门想要和楚逸辰理论，不料正巧撞见楚逸辰起床找衣服穿的场景，如模特般标准的身材一览无余，吓得顾筱筱啪的一声又把门给关上了。心脏猛跳不停，顾筱筱平复了一会儿才好了一些。她不经意地低头，看到手上的婚戒，慢慢舒了口气。

看在这戒指的分儿上，就原谅他这一次吧。

洗漱完毕，换好衣服，顾筱筱下楼弄了点吃的，和楚逸辰填饱了肚子，就出发去公司。

一路上，她时不时拽一拽颈间的围巾，随后再瞪上楚逸辰一眼，有种有苦说不出的感觉。

"拜拜！"到了风扬楼下，顾筱筱迫不及待地打开车门冲了出去，一溜烟跑进集团大楼。

楚逸辰拐了个弯，将车停进车库，乘着专属电梯直达风扬大楼顶层。他大步走进办公室，接过秘书递过来的一份文件扫了一眼，冷声说道："让几个副董十点到会议室开会。"

一连三天，顾筱筱都觉得公司的气氛有些怪怪的。和张雅丽闲聊时才知道，原来是公司在境外的一个并购案出现了问题，几个负责人都被叫到了总裁办公室，下面也都是人心惶惶的。

"总裁……"顾筱筱喃喃地重复着这两个字，有些好奇地看着张雅丽问，"丽姐，你在公司也有几年的时间了，见过总裁长什么样子吗？"

"老董事长见过，这新任总裁就一直没露过面，但是听说下周的年会他会出场。怎么，小丫头想见见老板长什么样子？"

"是挺好奇的，看过不少关于风扬的报道，无一例外都把咱们这位总裁形容得太厉害了。"顾筱筱表情认真地回答着张雅丽的问题，心里想着年会的事情。她本来打算年会露个面就开溜的，不过现在，她改变了主意……

顶层总裁办公室内，楚逸辰正和徐明讨论着关于德国一家企业的并购问题。

风扬集团是一家多元化的跨国企业，旗下业务涉及金融、酒店、大型商圈以及电子科技等。楚逸辰原本打算在新的一年插手医疗器械领域，收购德国的制造公司，研发自主品牌的核磁共振等高端医疗器械。所有的一切都在按部就班地进行着，眼看着国内就该派人去德国签署收购合同了，那边却突然反悔了。

德国人做事一向严谨，所以这种事情的发生也让楚逸辰多少有些讶异。调查了一番才知道，原来是有人暗中捣鬼。金氏集团以高出风扬集团一半的价格收购，并答应德国GA公司，在今后的产品研发上绝不插手GA的工作流程，且保留GA的品牌名称，不另改名字。所以，金氏集团明面上说是要并购GA，实际上只是对GA进行价值投资。他们不要名，只要钱，这对逐步走下坡路的GA来说，毫无疑问是种诱惑。

金氏集团。

想到那边的董事以及他们私人之间的一些恩怨纠葛，楚逸辰微微勾起嘴角，冷冷一笑。

徐明望着他清冷的笑容和眸底那一闪而过、快得几乎让人捕捉不到的寒芒，饶有兴趣地开口问道："你有什么打算？"

"告诉GA，我出金氏报价的两倍。"

"你是想要再争取一下？"

"两倍，这已经是金氏能承受的最高价格了。强扭的瓜不甜，既然金峰看中了这块肉，那我让给他便是。不过同样，他需要付出更多的代价。"

"你就不怕金氏那边反悔，退出与你的竞争？"徐明追问。

"我们已经和GA联络大半年时间了，金峰不可能不知道。他既然出了手，就是抱着志在必得的心态。不然，你觉得只老狐狸会闲着无聊，弄这么一出来与我作对？"

"行，我这就去安排。"徐明瞬间明白了楚逸辰的意思，转身走出了总裁办公室。在他走后，楚逸辰拨通了某个人的电话。

王凯正在开会，私人电话忽然响起，他低头一看，竟然是个意想不到的名字。

王凯所经营的浩远科技，和远在德国的GA在业务类型上大同小异。当初几个副董给楚逸辰的备用合作名单中，就有浩远科技的名字。

"不知王总今晚有没有时间？"楚逸辰也不浪费口舌，直接开门见山地说，"有个项目想和你谈下合作。"

合作？王凯一听到这两个字，眼睛立刻就亮了。

晚上七点，楚逸辰如约来到王凯订的饭店。刚刚落座，就接到了徐明打来的电话：

"逸辰，GA那边已经有消息了，果然如你所料，金峰这次是下了血本，又把咱们的报价给压过去了！"徐明声音中带着笑意，"没想到他动作这么迅速，我还以为他会考虑个两三天才做决定呢。"

"告诉GA那边，我们退出竞争。"楚逸辰言简意赅，挂断电话后看向王凯。

"楚总，以前不知道顾筱筱与你的关系，有什么做得不周的地方，不要介意。"

"这是什么话？"楚逸辰翻阅着菜单，抬眸看了王凯一眼，"关于筱筱，我正好还有事想让王总帮忙。"

随便点了几个菜，偌大的房间内只剩下他们两人，楚逸辰再次开口，道："我知道筱筱一直在你们家做家教，现在知道我们两个结婚的人没有几个，我希望在婚礼举行之前，让她尽量过着如原来一样安静的生活。所以王总，你可不能在这件事情上做什么手脚。"

楚逸辰手上戴着婚戒，如今时代不同，如果哪个女人手上戴着什么戒指，都是很正常的事情。但是像楚逸辰这种身份的，就绝不会那般随意。

王凯点了点头，笑道："没想到楚总是这么细心的男人。"

"细心与否，要看对的人是谁。我今天找你见面，是想和你商议一下关于医疗器械合作的项目。"楚逸辰很快就转入了正式话题。

王凯没想到他是为了这事而来，因为风扬集团要并购德国GA的事情整个业内都已经知道了。

"难道，这几天的消息是真的？"王凯怔了一下，低声问道，"风扬并购GA失败了？"

有小道消息称，风扬集团内部最近气氛很压抑，之前忙了大半年的并购案忽然黄了，没了下文，至于具体原因则无人知晓。

楚逸辰浅笑不语，"风扬失败"这四个字对外界来说肯定是个新鲜的词汇，一定会让他们乐此不疲地讨论许久。

"王总也觉得，风扬会败？"楚逸辰轻挑眉尖，看向王凯轻声问道。王凯皱了皱眉，楚逸辰问这话，他还真是不知该如何回答才好。

"GA那边我的确打算放手，但是国内市场的这块肥肉，我可没准备让给别人。今天找王总，也是想问问你是否有意分一杯羹。"

"能和风扬集团合作，我自然没有拒绝的理由。"王凯毫不犹豫地回道。他知道，如果楚逸辰盯住这块市场的话，其他人是很难与之抗衡的。

"你我合作，等GA那边的事情结束后，我们再公开此事。至于利润，你三我七，市场拓展由我负责，研发制造等事情就全权交给你们浩远科技。当然，如果需要资金或者是人员方面的支持，随时和我说。品牌的名称由你我双方共同协定，王总觉得如何？"

很多人都说楚逸辰是个奸商，王凯虽然此前并未和楚逸辰有过正式合作，但类似的话可是听过数次了。所以，楚逸辰开出利润三七分的条件，王凯并不惊讶，反而觉得他是真的有心要与自己合作。就算楚逸辰开了二八抑或是一九，王凯都无权拒绝，没有楚逸辰，这生意就做不成。

答应了，有三成利润；不答应，一毛钱都赚不到。如此简单的道理，王凯又怎会想不明白？而且，他也看穿了，风扬近期的风波就是楚逸辰自导自演的一出戏而已。

笑了笑，王凯心中很是庆幸与楚逸辰为敌的人不是自己。

一顿饭，两人很愉快地享用完。王凯第二天早上到公司，开始着手准备与风扬集团签订合同的材料。

两家公司要进行合作的事情，知道的人并不多，而金氏集团与德国GA联手的消息又一直从媒体的口中放出来，这段时间人们一直关注的焦点都在风扬并购失败，以及金氏集团是否能够成为第二个风扬集团这两件事情上。

顾筱筱最近很忙，楚逸辰更是有过之而无不及。两人见面的次数很少，不过每天一通电话还是很固定的。

星期五，让绝大多数上班族感到疲惫又兴奋的一天。上午九点整，金氏集团官网发出一条公告，称已经正式完成了对德国GA公司的并购，具体细节随后会一一公布。金氏集团和德国GA的合作消息已经炒了将近半个月之久，因此这则公告发出后，并没有让人们感到惊讶。

九点十五分，风扬集团和浩远科技有限公司齐齐发出声明，在业内瞬间掀起了一阵不小的风波。两家公司对外宣称，他们已经签署了《战略合作框架协议》，将在医疗科技、互联网等方面探讨深入的合作机会。

金氏集团收购GA的意图是什么，大家都心知肚明。近些年来，国内有不少的公司跃跃欲试，想在医疗系统方面开展业务，只不过手笔没有金氏集团这么大而已。金氏集团打败风扬，并购了GA。风扬集团却在同一天差不多是同一时间宣布与浩远科技合作，这不得不让人觉得有意思。

金氏集团内部弥漫着一种异样的气氛。金峰坐在电脑前，盯着屏幕上那则新鲜出炉的新闻，眉头紧锁。原以为风扬想找到下一家合作对象至少也要半年时间，而他在这半年里可以做很多事情。万万没想到，对方的动作竟然如此迅速。

昨晚金峰还在宴会上遇见了王凯，两人还喝了一杯酒，现在想起来，王凯昨晚就是有备而去的。虽然不想承认自己被楚逸辰摆了一道，但事实摆在眼前，金峰也无法逃避。看来，和风扬集团的竞争，才只是刚刚开始而已……

第4章

时间飞快流转，眨眼的工夫就要到除夕了。

楚逸辰早就提前说过，他会和楚筱筱都一起去美国和父母过年，年后再回来。

还有三天就要过年，这是顾筱筱第一次在B市过年，但并没有想象中的不适。

白天，顾筱筱和沈千云看看电视，然后开始准备年夜饭。虽然只有两个人，菜色却丝毫不含糊。晚上八点，她们守在电视机前看着春节晚会，顾筱筱把头倚靠在沈千云的肩上，轻声感叹："姥姥，有你在身边真好。"

"你这丫头，嘴总是这么甜。放心吧，姥姥不会忘了你的红包的。"沈千云打趣道。

气氛温馨，顾筱筱嘴角洋溢着幸福的笑容。突然沈千云的脸色转变，身子紧绷。

"姥姥？姥姥你怎么了！"发觉沈千云不对劲，顾筱筱慌忙扶着她，"是不是身体又不舒服了？"

沈千云前些天就有过类似的症状，去医院看过，拿了些药回来。她头冒冷汗，痛得没力气再说什么。她这样子完全不是吃些止痛药就能好的，顾筱筱当机立断打电话叫了车，趁着沈千云还能行动的时候带她去了医院。

除夕夜，医院依旧不缺患者。沈千云的状况随着时间的推移越来越严重，急得顾筱筱眼睛都红了。沈千云的眼眶湿润，不知是因为痛还是因为自己的身体不争气。顾筱筱看到她这样，鼻子不由得一酸，但她马上用力咬了一下唇角，生生将眼泪逼了回去。

"姥姥，你再忍一下，马上就到我们了。"她蹲下身子，伸手摸了摸沈千云苍老的脸颊，心中无比难过。

衣服口袋里的手机忽然间响起来。顾筱筱愣了会儿，才动作僵硬地拿出手机，接起。"喂。"接起电话，顾筱筱小声开口。只这一句话，就让对方听出了她的不对劲。

"我打了家里的电话，没有人接。你在哪儿？"楚逸辰低沉的声音通过电话传到顾筱筱耳边，她好不容易忍住的眼泪一下子冒了出来。

"筱筱？"见顾筱筱不说话，楚逸辰又问道。

"在医院，姥姥身体有点不舒服。"

"哪家医院？B大？"楚逸辰皱了皱眉，得到顾筱筱肯定的回答后，他安抚道，"乖，好好照顾姥姥。电话记得保持通畅，我一会儿再打给你。"

顾筱筱垂着头蹲在地上，大概二十分钟后，电话再次响起，不过这一次并不是楚逸辰打来的。

"顾筱筱？"韩奕拨通电话，问清楚顾筱筱的位置后，大步朝着她的所在地走去，没费多大的工夫就把人找到了。

顾筱筱没想到大半夜的韩奕会跑过来，联想到楚逸辰之前的电话，便知道是谁把他请过来的了。

韩奕皱眉看了看已经疼晕过去的沈千云，打了一通电话。不到五分钟，顾筱筱就看到好几个医生匆匆朝着他们走来。

沈千云被转到了VIP病房，病房内有全套的检验仪器，电视、沙发、冰箱也一应俱全。

顾筱筱看到这么多医生，心也慢慢地落了地。

很快，病情查明——肾结石，输尿管内有一颗两厘米大的结石。上一次沈千云发病来医院检查的时候，他们却说只是单纯的胃病。

顾筱筱愤怒的指责，让那几名医生全都沉默不语。

"看来，这医院里养的闲人是有点多了。"韩奕站在顾筱筱身后，轻声开了口。正巧此时门外有一男子匆匆走了进来。几名医生定睛一看，竟是他们的院长！

孙弘义一进门就看到韩奕冷若冰霜的脸，他赔着笑脸走到韩奕身边，叫了声"韩少"，然后看向那几名医生，介绍道："你们还不认识吧，这位是公安厅副厅长韩奕。"

公安厅副厅长！短短六个字，让在场的每个人都目瞪口呆，包括顾筱筱。

韩奕的年纪和楚逸辰不相上下，如此年纪轻轻，就可以爬到那个位置？

"没有认识的必要。"韩奕冷冷地开口，丝毫不给孙弘义面子，"孙院长，我知道误诊这种事情你们每年大大小小都会发生不少，但这件事，我希望你能给我一个满意的答复。"

"韩少放心，该处理的我一定会处理。大过年的还让你亲自跑了一趟，不知道这位是韩少的什么亲戚？"孙弘义瞥了眼站在一旁的顾筱筱，好奇地问道。

韩奕的视线扫过他的脸，最后落到了顾筱筱的身上。他向前一步，低声开口道："去给逸辰打个电话，告诉他已经没事了。"

顾筱筱点点头走出房间，韩奕和她说话的语气和对其他人说话时完全不同，难免会让人想歪。拨通电话，楚逸辰轻柔的声音拨动着顾筱筱的心弦。她忽然间发现，自己现在无比想要见到他。

"照顾姥姥，记住也要照顾好自己。"

"我知道了。"

聊了几句话，顾筱筱便挂了电话走回病房。一推开门，里面的人立刻动作一致地全部看向了她。

"韩奕，谢谢你特意赶过来。"扭过头，顾筱筱微笑着看向身旁的人，"已经这么晚了，你回去休息吧，有什么特殊情况我会打电话给你的。"

韩奕看了看腕上的表，想了下后同意了："明天我再过来。"

沈千云是在一个小时后醒过来的，她睁开眼睛便看到了守在床边的顾筱筱。

"姥姥，你醒了。"顾筱筱赶紧扶她坐起来，"你不要担心，病因已经查出了，是结石，并不严重。你现在有点发烧，明天退烧后就安排碎石，然后做个身体检查，我们就可以回家了。"

顾筱筱将事情简明地告诉了沈千云，沈千云听后叹了口气，打量起自己所在的病房："筱筱，这病房不便宜吧？"

"你不要担心这个，好好养病，其他的什么都不要操心。"顾筱筱语气坚定地说道，顺手为沈千云盖了盖被子，"医生说了，结石那么大，疼痛的频率肯定会非常高。你竟然瞒着不让我知道，姥姥，你知不知道这样是很危险的？"

在顾筱筱年末忙碌的这段时间，沈千云的确曾经犯过几次病。但因为来医院是很麻烦的一件事，所以能忍得过去，沈千云就没有说什么，想着等这个年过完了，回到老家，如果再有什么情况就自己一个人去医院看看，没想到事情会变成这个样子。

顾筱筱给沈千云倒了杯水，两人说了会儿话后，已经是凌晨两点多。顾筱筱在旁边的大沙发上睡了一夜，第二天一大早就有护士找过来，给沈千云抽了几管血拿去检验。

中午碎完石，沈千云和顾筱筱两人回到病房，四目相对。

"筱筱，体检也做完了，咱们回家吧。在这种地方，我总觉得不舒服。"

顾筱筱想了想也是，医院毕竟不如家中舒服。她出去问了问护士，护士也说没什么问题，只需隔天过来拿体检报告，一个星期后再进行一次碎石就可以了。顾筱筱去办了出院手续，临走前给韩奕打了个电话。

回到家中，饭桌上的菜已经凉了。电视开了一夜，正在重播春节联欢晚会。顾筱筱扶着沈千云回屋，打扫了一下屋子，一整天的时间就这么过去了。第二天她去拿了体检报告，按报告上的数据来看，沈千云的身体状况很好。

大年初三，顾筱筱在家里悠闲地看着书，为年后上班做准备。她时不时地用电脑翻阅着资料，偶然间发现有个公司的名字有点眼熟，她托着下巴仔细想了一会儿，才猛地记起来在哪里见过这个公司。

她起身找出电话，轻咬着下唇点开炒股软件，登录账户后有点傻了眼。上次楚逸辰给她挑选了两只股票让她买，她虽然没能看出这两只股票有什么潜力，但还是按照楚逸辰说的去做了。没想到，才短短几个交易日，竟然就盈利了这么多，而且很明显，等年后开市，还会一路飙升。

顾筱筱刚刚在电脑上看到的，就是关于这两只股票的新闻。愣怔了好半天，她后知后觉地发现楚逸辰有点厉害，于是截了个图给楚逸辰发微信过去，还讨好地说道："等你回来请你吃好吃的！"

信息发出去没多久就收到了回复，顾筱筱迫不及待地点开一看，不由得愣住了："择日不如撞日，就今天吧。我在家里，过来。"

他在家里？怎么可能！顾筱筱盯着手机，猛地起身跑回房间拿了件衣服套上，和沈千云打了招呼就出了门。对面的门已经打开了一条缝隙，顾筱筱探头看了看里面。接着，就看到一身居家服从里面走出来的楚逸辰。

"你怎么回来了！"顾筱筱惊呼一声，不可思议地看着走到身前的人，"不是说要等十五以后才回来的吗？"

楚逸辰浅笑不语，看着她换好鞋，拉着她走向沙发："想你了自然就回来了。"

"不准拿我开玩笑！"

"我像是开玩笑的样子？"楚逸辰拿起水杯喝了一口，很明显，他的时差还没有调整过来。

"你什么时候回来的？"

"凌晨两点半到的。"楚逸辰说着话，勾起顾筱筱的下巴，皱眉看着她，"怎么好像又瘦了。"

"你不懂，我这是在减肥！"顾筱筱强词夺理，"等年过去了，别人都吃得胖胖的，就会觉得我更瘦了。"

懒得拆穿她的谎言，楚逸辰单手撑着额头，星眸中含笑望着她。顾筱筱被看得很不自在："你还没调好时差，再去睡会儿吧。"

"陪我？"

"嗯。"点点头，顾筱筱不好意思地垂下眼帘。跟着楚逸辰到了楼上的卧室，窗帘是拉上的，屋内的光线有些昏暗。

楚逸辰搂着顾筱筱躺到床上，睡意袭来。顾筱筱摸了摸他下巴上刚刚冒出的胡楂儿，小声问："你回来真的没有其他的事情？"

"没有。"楚逸辰闭着眼睛，答得肯定，"梦见你了，就回来了。"

楚逸辰的话让顾筱筱的心一紧，随之而来的是一阵温暖。

心安——这是顾筱筱以前在这座城市从未有过的感觉。但是现在，只要身边有他，她就会莫名觉得心安，还夹杂着一丝欢喜。

"在笑什么？"楚逸辰微微睁开眼睛，就看到顾筱筱一脸傻笑地盯着自己。那明媚的笑容，连带着他的嘴角也忍不住上扬。

"我在笑你真的好会哄人开心。"顾筱筱的手很自然地搭在楚逸辰的腰间，往他的怀里蹭了蹭，合上双眼，"睡吧，睡醒我还有事情要问你。"

两人相拥而眠，不知不觉天就暗了。顾筱筱也不知道自己怎么会睡得那么沉，最后竟然还是楚逸辰把她叫醒的。

坐在床上，顾筱筱看了看外面已经完全暗下来的天色，抓了抓头发，一脸茫然。她睡眼惺忪地眨了眨眼睛，稍稍偏过头，看向床边的楚逸辰，懊恼地说道："你的时差调过来了，我怎么办？"

"睡不着的话来找我，我保证，你会睡得很快。"

楚逸辰说这话的时候嘴角噙着邪佞的笑意，让顾筱筱怎么听怎么觉得有问题。

看了看时间，顾筱筱爬下了床，进浴室理了理乱糟糟的头发，和楚逸辰一起回去见了沈千云。为了摆出一副两人是从外面回来的样子，顾筱筱还特意拉着楚逸辰去楼下买了一些水果，自己都有点心虚。

沈千云打开门，看到楚逸辰有点惊讶。将两人迎了进来，她有些责怪地看向顾筱筱，说："怎么也不提前打声招呼，我好多做一些菜。"

"我忘了呀，而且他又不挑食，对不对？"顾筱筱看向楚逸辰问道。

"你这丫头。"沈千云无奈地笑道，"你们回来得也是巧，饭菜刚刚做好，还没端上桌子。"

三人围坐在餐桌旁，你一言我一语地聊着天，气氛颇为融洽。

沈千云的视线在两人中间扫了扫，他们是什么关系，她心里也有了数。等吃完了饭，便让顾筱筱进厨房收拾，自己则和楚逸辰来到了客厅。客厅距离厨房有一定的距离，再加上水龙头流水的声音，顾筱筱完全听不见他们在说什么。

"姥姥这次生病，要谢谢你的帮忙。筱筱一个人在B市，也多亏了你和筱都照顾。"坐在沙发上，沈千云看着楚逸辰，心情有些复杂地说道，"我们家筱筱从小就是个没有父母的孩子，不过她懂事听话，从没有让人操过心。如果我没猜错的话，你应该是喜欢筱筱的吧？"

"的确喜欢。"在这个问题上，楚逸辰不曾有过丝毫的迟疑。

楚逸辰的回答，让沈千云有些高兴，也有些不安。太多的细节表明，楚逸辰不是个普通家庭的孩子。家中有钱，长相自然不用再说了，沈千云活了几十年，还是第一次见到这么好看的男孩子。所以，她忧虑的问题也就更多。

筱筱是个孤儿，像楚逸辰这样家庭的人，能接受吗？门当户对，这是两人结婚最基本、也是最重要的问题。从小生活的环境不同、观念不同，就算最初能够彼此吸引，可新鲜劲儿过了以后，要面临的就是更加严峻的问题。

"那你觉得，你家里人会喜欢她吗？"沈千云沉默片刻后，继续问道。

"姥姥的意思我明白。"楚逸辰是个聪明人，即便沈千云没把话全部挑明，他也知道她想表达的是什么，"你放心，只要是我选择的，我父母那边绝对也会喜欢。年后他们就会从美国回来，到时我会带筱筱回去见他们。不知姥姥你有没有想过搬来B市？这样筱筱也能经常见到你。"

沈千云笑了笑："不给你们年轻人添乱，是我最应该做的事情。你们两个在一起，姥姥也没什么好反对的，只希望你能好好对她。筱筱没让我失望过，我想她也一定不会让你失望。"

"姥姥！我洗好了！"

顾筱筱清亮的声音忽然从厨房的方向传了过来，很快，她就端着一盘水果来到两人身边，装作若无其事的样子往沙发上一坐，脸上挂着可疑的笑容，偷偷瞄着楚逸辰两个人。

"怎么我一过来你们就都不说话了呀？"

两人都意味深长地笑着看向她，顾筱筱觉得有点尴尬。她想了想，最后还是觉得自己离开这里比较好。于是，她慢慢起身，撇撇嘴道："我去书房看会儿书，你们继续。"

顾筱筱是在楚逸辰和沈千云含笑的注视下离开的，她关上书房门，耳朵贴在门上，努力想听外面的声音，奈何还是什么都听不到。最后沮丧的顾筱筱放弃了偷听的行为，老老实实坐在沙发上看起书来。

认真看书的时候，时间过得很快。当顾筱筱意识到很晚了的时候，楚逸辰已经要回去了。

被沈千云叫出去送客，顾筱筱笑容谄媚地冲楚逸辰挥挥手，让他路上小心。关上门，顾筱筱迫不及待地挽起沈千云的胳膊，说："姥姥，你们都聊了什么呀？"

"怎么，你还怕姥姥欺负他不成？"

"我不是那个意思！"顾筱筱赶紧解释，"我是怕他不懂事，惹姥姥你不高兴。"

"古灵精怪。"沈千云一点顾筱筱的鼻尖，怜惜地说道，接着回了房间，不再理会她了。

顾筱筱站在原地想了想，楚逸辰那么会哄人开心，姥姥又不见不高兴，她还担心什么？

抱着iPad（平板电脑）看动漫看到了后半夜，到底是几点睡着的，顾筱筱自己也不清楚。反正第二天她顶着一头乱糟糟的头发起来的时候，楚逸辰竟然又在家里了。

顾筱筱站在楼梯上望着楼下客厅里的两个人，还以为自己看错了。可是揉了揉眼睛，发现他们还在那儿！

沙发上，沈千云和楚逸辰正在喝茶，低声聊着天。楚逸辰好像带来了什么东西，沈千云一边听他说话，一边慢慢点着头。两人发现顾筱筱后，便动作一致地看向她。还穿着一身小熊印花睡衣的顾筱筱顿时转身跑回了房间，手忙脚乱地换好衣服洗好脸，不好意思地下了楼。却见沈千云已经把外套放在了沙发上，好像要出门的样子。

"姥姥，你要出去吗？"顾筱筱好奇地问道。

"嗯，去见个老朋友，已经好多年没见过了，刚刚才知道原来他现在也在B市。"

"那姥姥你等我，我去换衣服送你过去。"

"不用麻烦了。"沈千云拒绝道，"你们年轻人自己出去玩，我一个人过去就可以。"

"不算麻烦，顺路。"楚逸辰起身，给顾筱筱使了个眼色，等她穿好衣服跑下来，三人一起出了家门。

过年期间B市的交通还是很好的，根本不存在堵车的情况，很快他们就到了目的地。顾筱筱透过车窗看了看，是一间茶楼。楚逸辰送沈千云进了茶楼，不一会儿就出来了。顾筱筱坐在车里狐疑地看着他，总觉得事情好像有那么一点儿不对劲。

"姥姥的朋友我怎么不知道？你们是不是有什么秘密瞒着我？"歪着头看楚逸辰，顾筱筱认真地问道。

"你那么聪明，什么事能瞒得住你？"楚逸辰右手一打方向盘，车子流畅地改变了前行方向。沈千云是去见老友，定会相谈甚欢，不知道什么时候会聊完，所以楚逸辰也没有提出来接她回家，直接带着顾筱筱去了别的地方，走走逛逛，享受难得的轻松假期。

很多商场都已经开门营业，溜达了一会儿，顾筱筱拖着楚逸辰进了一家咖啡厅，坐在靠窗的位置。她双手托腮看着楚逸辰，小声说："你左后方有三个美女正在偷瞄你。"

"随她们看，反正人不会是她们的。"楚逸辰粲然一笑，看向窗外。一道寒芒倏地从他眼底划过，手中的咖啡杯被慢慢放下，楚逸辰看了眼顾筱筱，起身："在这儿等我一下。"

楚逸辰轻声开口对顾筱筱说，迈步向店里面的方向走去。顾筱筱没多想，以为他是去洗手间了，就低头玩着手机等他回来。

楚逸辰走到店内某个不太引人注意的角落，叫来服务生小声问了几句，很快就从店中消失了。

咖啡店外某个拐角处站着一名头戴帽子、胸前挂着相机的男子。他四处张望着，似乎在等人。可是，他视线偶尔不经意地瞄向咖啡店内某个人的举动，却引起了楚逸辰的注意。或许是因为身份的关系，或许是因为楚筱都小时候被绑架过，还有顾筱筱之前被金婧算计的事，楚逸辰对某些细节格外留意。

身后忽然响起一声口哨，刚刚拿起相机的男子条件反射地回头去看，还没看清那人的模样，身子就被拽着踉跄地向后倒退着走去。男子的脖子被来人用胳膊狠狠地勒住，后背被用力撞到冰冷的墙上，他终于看清楚面前人的容貌，当即觉得大事不妙，抬腿要跑。奈何速度和体力都比不上对方，只能乖乖就范。

面前站着的，正是刚刚和顾筱筱坐在咖啡厅里的男子。

"帅哥，认错人了吧？"黄兴笑着看着楚逸辰问道。

楚逸辰目光阴冷地望着他，瞥了眼他下意识地用手护住的相机，道："拿来。"

"这都什么年代了，光天化日的，还有抢劫的？"黄兴扯着嗓子大声嚷嚷着，试图让人围观，趁乱逃走。

楚逸辰并没有因为他的举动而有丝毫的改变，淡定自若地看着他，在他又一次想开溜的时候，把人抓了回来。楚逸辰揪住他的衣领，把人按在墙上，冷声警告道："是把相机交给我，还是现在就亲眼看着它被摔碎，你自己选。"

"这是我的东西，凭什么给你？"黄兴一副宁死不从的悲壮表情，"别以为你长得帅就了不起，我告诉你，长得帅抢劫也是犯……唔！"黄兴的话还没说完，楚逸辰的手就已经捏住了他的脖子。那毫不留情的力气，仿佛真的想要掐死他。黄兴心中一惊，意识到自己今天真是惹上了不该惹的主儿。

空气越来越稀薄，黄兴的脸色快速发生着变化，而楚逸辰依旧没有松手的意思。

趁着还有最后一点力气，黄兴用力点了点头。楚逸辰见他服了软，这才松了手，接过他递过来的相机，打开一看，脸色比刚刚还要冷冽瘆人。

正如楚逸辰此前怀疑的一样，相机里面有很多顾筱筱的照片，而且都是偷拍的。有单独一人的，有和沈千云一起出门的，还有今天和自己在一起的。

快速翻了翻照片，楚逸辰抬眸看向了黄兴，薄唇微微一动，道："跟我来。"

"你先把相机还我再说呀！我保证把照片都删了，一张不剩！"黄兴跟上楚逸辰的脚步，嚷道。那宝贝相机可是花了好几万买回来的，要是被摔了，简直就是要了他的半条命！

顾筱筱等了楚逸辰好久，却见他从咖啡厅外面回来，身后还跟着个一脸愤怒的男子，不免有些惊讶。

楚逸辰将相机放到桌子上，若无其事地坐到顾筱筱对面。黄兴站在两人旁边，走也不是，留也不是。

"他是？"顾筱筱扭头看向一旁的陌生人，疑惑不解。

"朋友，正巧碰见了，等下带你去他那儿转转。"楚逸辰风轻云淡地开口，把黄兴给吓了一跳，"私家侦探，以前没接触过吧？"

"私家侦探？"顾筱筱一听这四个字，再看向黄兴时，眼神都有点崇拜了，让黄兴又尴尬又恼火。

"喀。"轻咳一声，黄兴小声开口，"我说帅哥，今儿这事儿咱就这么算了吧？"

"算了？"楚逸辰嗤地一笑，"这事算不了。"

叫来服务生，结了账，楚逸辰和顾筱筱拿着相机走在前面，黄兴跟在后头，心生不安。私家侦探这种职业并未被法律认可，今天这事儿闹大了的话，黄兴一点好处都捞不着。

咬咬牙，黄兴在心里衡量着，是连相机也不要了就这么逃，还是随机应变，再想想办法把相机弄回来？毕竟，那相机真的很贵……

"别想着逃，不然我今天砸的是相机，明天砸的就是你的侦探社。"

"我说你这人，怎么穿得风度翩翩，说话却像个流氓呢？"黄兴一脸不满地看着楚逸辰，"我告诉你，砸了我相机你也得赔！这是我的私人财产，你懂不懂？"

顾筱筱听着这两人的对话，怎么看，怎么觉得可疑。他们像朋友吗？怎么可能是朋友！

三人很快就走到了停车的地方，黄兴被楚逸辰态度强硬地推进车里，有种骑虎难下的感觉。顾筱筱坐在前面，时不时回头看黄兴两眼，怀里紧紧抱着他的相机，眉头轻蹙。

这个人看起来也就二十多岁的样子，打扮很时尚，平时若是见到这种人，她肯定会以为对方是摄影师之类的。再看楚逸辰，他虽然开着车，没再说什么，可是顾筱筱可以感受到他身上那股清冷的怒意。

四十分钟后，车子抵达了黄兴的住处。一排二层的建筑，放眼看去，有超市、有理发店、有餐馆。黄兴带着他们来到了一家书店门前，拿出钥匙开了门，头也不回地朝着二楼走去，楚逸辰和顾筱筱跟在后头。

客厅摆了一张很大的办公桌，桌子上放了两台电脑，还有两个小的相机。一张灰色的布艺沙发，像是用了很久的样子。那边还有两个房间，应该是卧室。

"说吧，你有什么条件？"黄兴往桌后的老板椅上一坐，双手抱臂，看向楚逸辰。

"是谁花钱把你请来的，我只想知道这个。"楚逸辰的回答也干脆利落。

"呵呵。"黄兴皮笑肉不笑地扯了扯嘴角，觉得楚逸辰的话简直是个笑话，"干我们这行的都知道，保密，是我们的基本准则；不泄露客户的秘密，是我们的职业道德。所以你这个条件，没的谈。"

黄兴一脸正气地说完这番话，楚逸辰径自坐到他的对面，不慌不忙、不急不躁地从怀里掏出钱包，拿出笔，随便写了几行字后撕下一张纸甩到他面前。黄兴皱眉捡起那纸，咽了咽唾液。

"是职业道德重要还是钱重要，你自己选。"

黄兴看了看手上的东西，又看了看楚逸辰。这真的是一个艰难的选择，他纠结地做着思想斗争，选择了后者。

脸上换上一副谄媚的笑容，黄兴身子前倾，双手放到桌子上，语气和刚刚也大不相同："这客人的名字我的确不知道，我们只是通过电话联系，所以我也没法具体告诉你什么。"

"男的女的？"

"女的。"这一点黄兴还是可以肯定的。

顾筱筱站在一旁，有些云里雾里。听着两人的对话，她犹豫着插话道："所以，你这个侦探，是别人请来跟踪调查我们的？"

"不是你们，是你。"黄兴瞥向顾筱筱。这年头，原配调查小三的事情比比皆是，他见得多了，自然而然地也就把顾筱筱当成了那种人。

上上下下扫视了顾筱筱好几遍，黄兴觉得"知人知面不知心"简直就是真理。这姑娘长得白白净净，一副心善的样子，看来在万恶的金钱面前还是没能抵得住诱惑。

"你想什么哪！"

顾筱筱看他瞧自己的眼神，脑中灵光一闪。私家侦探这种人她以前虽然没接触过，可不代表她没在电视上看过啊！这种人最常接的工作应该就是调查别人的私生活吧？顾筱筱记得以前还在街上看到过类似的广告——"为了确切无疑地相信，必须要从怀疑开始。优秀的人无论男女，完全有可能一个萝卜几个坑。让你的老公没有秘密，请联系我们！"诸如此类的广告词让人印象深刻。

气势汹汹地往前走了两步，顾筱筱双手啪的一下拍在了桌子上，居高临下地看着黄兴说："这是我老公！我们两个领过证的！"

她的话让黄兴迷茫一愣，楚逸辰微微一笑，会宣示主权了，不错的进步。

顾筱筱不高兴地瞪了黄兴一眼："你确定，她让你调查的人是我？"

"你是叫顾筱筱吧？是B大大三的学生吧？是在风扬集团实习工作吧？"黄兴一连问了三个问题，见顾筱筱都点了头，他耸耸肩膀，"那就是你，没错了。"

什么人这么无聊，竟然花钱请来私家侦探调查自己……顾筱筱眉头紧锁，认真地想了想，然后，想到了一个人。

"金婧？"顾筱筱扭头看向楚逸辰，四目相对，顾筱筱不大确定地说出一个人的名字。

看楚逸辰的反应，他应该是早就怀疑到金婧身上了。顾筱筱咬了咬唇角，真心觉得金婧实在是太过分了。到底要怎么样她才肯放过自己？还是说，不管怎么样她都不会放过自己？

黄兴看了看顾筱筱，又看了看楚逸辰，觉得自己还是暂时不要说话为好。如果这顾筱筱不是三儿，那么花钱找他的人就是三儿咯？没想到这年头当小三的如此猖狂，啧啧，真是世风日下。

"你这侦探社，应该是刚开不久吧？"楚逸辰忽然问黄兴。

"啊，对啊。"黄兴点了点头，诚实地回答。

楚逸辰写下自己的电话，甩给黄兴，然后站起身来，说："等我联系你。"

说完，楚逸辰揽过顾筱筱的肩膀就要往外走，顺便把黄兴宝贝的相机给拿走了。

"你这人，你走就走呗，你把我的东西给我放下啊！"黄兴急了，冲着楚逸辰吼道。可楚逸辰连回头看他一眼都懒得看，径直下了楼开车回家。

黄兴站在窗边，看着车子飞快地消失在视线里，呸了一声："他奶奶的，今天真是晦气！"

他坐回到椅子上，眯了眯眼睛，盯着楚逸辰给的那张支票，心想，这支票不会是假的吧？不过他很快就打消了这个念头，不管怎么看，楚逸辰都不像是个普通人。

　　顾筱筱坐在车里，一路上沉默不语。她很气愤，尤其是在看到相机里还有沈千云的照片，她更是气得心里难受。金婧是顾筱筱这辈子见过的做事最没有底线的人，为什么连一个老人家都要牵扯进来呢？年后金婧就要和沐云帆结婚了，消消停停地过他们的日子不好吗？

　　跟着楚逸辰回到家中，顾筱筱小脸紧绷，坐在沙发上不说话。

　　"不高兴了？"楚逸辰脱下大衣，坐到她身边捏了捏她的小脸，浅笑着问道。

　　"怎么可能高兴得起来！她真是太过分了！"顾筱筱真的很想大骂几句，但因为在这方面词汇贫乏，只能用过分来形容金婧的做法，"男朋友是她抢走的，坏事也是她做的，我就真的那么好欺负吗？都过去那么久了，她为什么还不肯放过我？"

　　难得见到顾筱筱发脾气，楚逸辰浅笑不语，安静地看着她。

　　"竟然还想到用私家侦探！她真是越来越幼稚了！她……"说着说着，顾筱筱觉得自己的声音有点大，就停了下来，"你别这么看我，我是真的很生气。"

　　"我也很生气。"长臂一伸，楚逸辰将她拉入怀里，"所以我们得做点什么才行。"

　　"你要干什么？"顾筱筱仰起头来看他，很好奇，又有点担心。虽然楚逸辰没在顾筱筱面前发过脾气，但顾筱筱一直有种感觉，他的脾气可能并不像自己想象中那么好。

　　"到时候你自会知道。"楚逸辰神秘一笑，把顾筱筱的好奇心勾到了嗓子眼。

　　"等金婧和沐云帆结婚，我带你去参加他们的婚礼可好？"楚逸辰摸了摸顾筱筱的头，低声问道。

　　"他们的婚礼？"顾筱筱认真想了想，摇头回道，"不要。"

　　低下头，顾筱筱抓过楚逸辰的手，心不在焉地拉扯着他的衣袖："筱都以前说过，如果他们的婚礼敢请我去，她就敢把他们的照片PS成黑白的当成遗像送给他们做礼物。我虽然没有那种想法，可我还是不想去，更不希望他们邀请我。"

　　"我还以为，你不愿去参加婚礼是因为那个人呢。"

　　楚逸辰虽没有提到沐云帆的名字，可顾筱筱还是马上反应过来他说的是谁："你不要乱想！"顾筱筱慌忙回头看向楚逸辰，因为心急，并未发现他嘴角玩味的笑意，"我已经不喜欢他了，他和谁在一起，都和我没关系！"

　　"这番话的意思可是想告诉我，你如今喜欢的、你今后生活中需要的，是我？"

　　楚逸辰眼中隐隐的笑意，让顾筱筱开始后悔自己说了那么多话。她转过头不去碰触他灼热的视线，撇撇嘴，小声嘀咕道："反正你怎么说都有理，我说不过你就是了。"

　　楚逸辰环抱住她柔软的身躯，吻了吻她的侧脸，靠在沙发上，没再说什么。他的小妻子总是能在不知不觉中让他开心，却还浑然不知。

　　"对啦，上次忘了问你件事。"过了一会儿，等脸不红了，顾筱筱回头看向楚逸辰，化身为好学宝宝，"那两只股票，你当初是根据什么选择它们的？"

顾筱筱之前来就想问他，没想到后来自己到这儿就睡了，也没问成。

"我赚了好多钱，把之前赔的都赚回来了！"顾筱筱一脸崇拜地看着楚逸辰，"你教教我，好不好？"

"想学？"

"当然想学！"顾筱筱连连点头，诚恳地说道，"你这么厉害，一定有什么秘诀吧？"

"想学的话，是不是应该交点学费？"

顾筱筱可不觉得楚逸辰口中所说的学费指的是钱："在和你说正经的，不要闹！"

"你炒股多久了？"楚逸辰牵着顾筱筱的手站起来，走向书房。

"真正试水的时间不到一年，之前小赚了一点，不过最近几个月行情不好，基本都亏进去了。"

"前几个月你会赚，是因为大家都在赚。选股不需要什么水平，只要买了，就有钱拿。"楚逸辰毫不留情地打击着顾筱筱，"想看一个人的水平如何，在那种行情是绝对看不出来的。"楚逸辰打开电脑点开一个软件，拥着顾筱筱坐在他的腿上，轻声给她讲着自己的经验。

"话说回来，我们总裁炒股也很厉害。"顾筱筱忽然想到一个人，"外界好像都叫他股神来着，不知道你和他比……"顾筱筱瞄瞄楚逸辰，为难地说道，"应该还是我们大boss更胜一筹。"

楚逸辰听到这话，哭笑不得。"你没见过你们boss？"楚逸辰随口问道。

"没有！听说我们公司见过他的人也就那么屈指可数的几个。之前本来说年会的时候他会露面，可到最后他也没有出现。倒是苦了公司的那帮女同事，她们下狠心买了好贵的礼服，最后却没派上什么用场。"顾筱筱说到这个细节，没忍住笑了笑。

"你们大boss叫什么来着？"楚逸辰又问。

"叫……"顾筱筱张了张嘴，猛地发现，自己竟然不知道自家老板的名字，"叫……什么来着？"

她努力想了想，说："和你一样也是姓楚。我只知道我们之前老总的名字，因为这个新任总裁真的是太神秘了，回来后不在公司露面不说，公开场合也见不到他的身影。我之前看过几篇报道，里面都用'楚少'来称呼他。而且，我还有小道消息！"

"小道消息？说来听听。"楚逸辰饶有兴趣地问道。

"听说……我们老板是个gay（同性恋）。"顾筱筱神秘兮兮地开口，看到楚逸辰微怔的表情，笑道，"你也觉得很不可思议吧？我也是这么觉得的！"

"你这消息是从哪儿听来的？"楚逸辰已经做好打算，要让那家八卦杂志关门了。

"筱都告诉我的呀！"顾筱筱的诚实让人有点不忍直视，"她说她见过我们boss，还说我们boss对女人不感兴趣。"

"哦，原来是楚筱郗。"楚逸辰微微一笑，"我也见过你们boss，回头介绍你认识。"

"咦？真的？"

目光一闪，楚逸辰点了下头，然后转移话题，继续和顾筱筱聊起股票来。

一转眼的时间，春节假期马上就要过去了。楚筱郗也从万恶的美帝飞了回来，准备年后进风扬工作。

"姥姥，怎么我刚一回来你就要走啊？"看着已经收拾好行李、买好票的沈千云，楚筱郗特别不高兴，"之前生病也不告诉我，你完全把我当外人了嘛！"

"姥姥不是怕你们担心嘛！"沈千云笑着安抚楚筱郗，"这年也过去了，你们一个个也都要开始忙了，姥姥自己在家也没什么意思，不如回老家去。等想你们了，我再来。"

沈千云要走的心很坚决，没办法，大家只好把她送上了车。

假期结束，重新回归工作状态。顾筱筱早早来到公司，等同事们都到了，跟大家相互拜年，气氛还挺不错。

"这个年也算是过去了，大家整理一下散漫的心情，年初开始就是我们市场部要忙的时候了。十点钟，咱们部门参加新项目的同事记得去这层的小会议室开会。顾筱筱，这份资料你看一下，把后面的几页顺便翻译过来，明天下班之前打印出来分发给大家。"

整理了一下手头的工作，等到了十点的时候，顾筱筱跟随张雅丽和另外一名老员工黄岐来到会议室。其他部门的同事也差不多都到了，等了一会儿，大门被推开，徐明从外面缓缓走来。他身后还跟了一个人，一个顾筱筱很熟悉的人。

"今天把大家叫来，是想给大家介绍一下——楚筱郗，咱们今年的新项目由她接手。今后有什么问题，大家直接找她就可以。"

楚筱郗一身精致的黑色工装，简练、帅气。虽然她提前和顾筱筱打过招呼，说会空降到公司，可顾筱筱还是很意外，她竟然一降就降到了项目总监的位子上！

顾筱筱在心里为楚筱郗感到高兴，刚想拍手鼓掌表示欢迎，却发现会议室的气氛好像有点不大对劲。她双手已经抬起来了，僵在半空中，扭头去看其他的人。只见大家都面面相觑，然后看着楚筱郗，好像对她的到来并不是特别欢迎。

楚筱郗一看他们的神情，就知道他们在担心什么。这个项目是和他们未来一年的业绩直接挂钩的，之前由徐明负责，他们自然信心满满，现在突然间转交到她的手上，他们怎么会不担心自己的红包？

楚筱郗看向徐明，冲他点了点头，徐明就先出去了。会议室门被关上，楚筱郗微微一笑，坐到椅子上，轻声开口："看来大家对我似乎都有些好奇。有什么想问的尽管问，过了今天，你们就没有这个机会了。"

楚筱郗虽然说让大家随便问，可真正敢问的人又有谁？这么年轻就能爬到这个位置，再想想她姓什么，很多人心里已经有底了。如果真和总裁有什么关系，谁敢说什么？

顾筱筱没想那么多，就算知道风扬集团的总裁姓楚，她也没想过要和楚筱郗与楚逸辰联系在一起。在顾筱筱的眼中，顶层大boss和他们完全是两个世界的人。那种人只适合她远远地观望，怎么可能会认识并成为朋友呢？

会议室内静悄悄的，没人说话，气氛一时有点尴尬。顾筱筱单手托腮，目光偷偷地扫视着那些人，又看了看坐在前面的楚筱郗，蹙了蹙眉头。

"我有问题要问。"慢慢举起手来，顾筱筱出了声，把她身边的张雅丽给吓了一跳。张雅丽在下面拽了拽顾筱筱的衣服，真是没想到她竟敢在这种时候出头。

"什么问题？"楚筱郗笑意盈盈地看向顾筱筱。

"公司之前说过，我们手头上的两个新项目要在国外开展，而我们所有参加项目的人，年底都会有奖励。我想问问楚总监，既然这奖励是和业绩挂钩的，那么你觉得，我们今年拿到的年终奖会和之前的有多少差距呢？"

顾筱筱的话一问出，其他人全部倒吸一口气。她这问题问得也未免太过直接了吧？虽然这是大家都关心的，可是……

楚筱郗微微一笑，视线一扫在座的众人，悠然说道："年终奖这个问题不光你们关心，也是我关心的问题。最终你们能拿到多少钱，我不能给你们一个明确的答复。但是我保证，只要你们努力工作，配合我共同完成这两个项目，最后能拿到的钱绝对只会比当初你们部长透露给你们的数目要多，而不会少。"

楚筱郗顿了顿，接着话锋一转："但是进入这个项目，也不代表你们就高枕无忧了。我会根据你们的能力和业绩，选择是否让你们继续进行手头上的工作。三个月一审核，达不到我要求的，抱歉，这个项目组不适合你们。"

新官上任三把火，应该就是这样了吧？大家面面相觑，心知肚明。楚筱郗打开她拿来的一个文件，继续说道："每个部门派来三人，现在我分配一下你们的工作。"

顾筱筱所在的部门是市场部，负责公司新产品的开发战略、定位、市场推广以及宣传和销售，可以说是所有部门中最忙碌也最辛劳的一个部门。

"顾筱筱，你这周做下准备，下周开始去英国和美国收集竞争公司的市场情报和各级政府、业界团体发布的行业政策和信息；张雅丽、黄岐，新产品的开发方案，你们要尽快交到我手上。"

"去、去英国和美国？"顾筱筱有点傻眼，她看向楚筱郗，以为自己听错了。

市场调研对于一个新项目的开发管理来说，其重要性犹如侦察之于军事指挥。不做系统客观的市场调研与预测，仅凭经验或不够完备的信息就作出决策，是非常危险的。

顾筱筱经验不足，入职风扬后一直是坐在办公室里工作的。即便以前她帮着大家查询整理过不少外部公司的资料数据，但也仅限于从网络上收集而已。

"有问题吗？"楚筱郗看向顾筱筱，反问。

"我一个人？"顾筱筱追问，在得到楚筱郗肯定的答复后，脑子一片空白地点点头，发蒙地说，"好，我知道了。"

楚筱郗的决定，让其他人不由自主地同情起顾筱筱来。市场调研可不是什么好工作，费力不讨好，还要东奔西跑，如果不是专职市调人员，不到万不得已，这种事情是谁都不愿意接受的。顾筱筱一个二十出头的小姑娘单枪匹马去英美调研，这不是明摆着给她难题吗？看来，这个项目组里第一个要走的人基本上已经定下来了。之前还有人说顾筱筱是有背景才进的风扬，现在看来，在真正有背景的人面前，她倒更像是得罪了谁才会被如此对待。

会议结束，顾筱筱在张雅丽和黄岐两人的陪同下回到自己部门。市场部部长马天华在听到三人的工作分配时，也吓了一跳："筱筱，你是不是什么时候得罪过这个新上任的总监啊？"

"没有呀……"顾筱筱如实回答，昨晚她们两个还躺在一张床上睡觉呢，楚筱郗总不能因为她半夜抢了被子就这么报复她吧？"部长，我觉得总监她是想锻炼锻炼我才做出这个决定的吧？"

顾筱筱的话让马天华三人不约而同地叹了口气，这小丫头的想法是不是太单纯了点？

马天华心中为难，新任总监刚刚上任，谁都不想去得罪，遭罪的人就只能是顾筱筱了。

顾筱筱坐回到座位上，从未有过如此大的压力。楚筱郗之前完全没有和她提起过这件事，突然给她这么大个惊喜，这惊的程度完全盖过了喜，让顾筱筱不免有些担心，万一她搞砸了怎么办？

张雅丽坐在顾筱筱旁边，欲言又止。

市场调研这活儿只能交给他们市场部的人来做，如果顾筱筱不去，那任务就会落在她和黄岐的身上。两人都有家有室，谁也不想跑去国外风吹雨淋地遭罪，所以再三考虑之下，她还是没提议顾筱筱去找总监求情。

顾筱筱发了会儿呆，然后深吸一口气，打起了精神。车到山前必有路，楚筱郗是了解她的，既然给了她这份工作，她就得努力去做并且尽力做好，不然最后吃亏的是她们两个。

楚筱郗只给了顾筱筱一个星期的准备时间，毫无疑问，时间很紧迫。两个新项目的定位其实是一致的，都想在繁华的闹市中打造一个集娱乐、购物、休闲及居住为一体的标志性社区。风扬集团有分公司驻扎在国外，不过负责的项目是金融和电子科技。虽然公司在某些城市也有自己的酒店，但和这一次的投资项目完全没有联系，这也是让顾筱筱头疼的一点。

这项目做好了，成功了，人们会觉得是正常，因为是风扬集团投资的，有强大的背景衬托，想做好自然很简单。但若是做不好，就会成为众人的笑柄。国外和国内的文化环境又不一样，想靠国内成功的那一套做法去国外试行，未必能行得通。

"知己知彼，百战不殆"，一句老话道出了竞争研究的重要性。在市场竞争日趋白热化的今天，不了解竞争市场情况、不认识竞争对手，就意味着没有胜算。

到了下班时间，同事们一个接一个都回家了，只剩下顾筱筱一人还在忙碌着。终于把最后一个字敲完，她疲惫不堪地趴在桌子上，心情有点复杂。

风扬顶层，总裁办公室。楚筱郗等了好久，终于等到楚逸辰开会回来。

"怎么还没回去？"楚逸辰看了她一眼，径直走到办公桌后。

"在等你。"楚筱郗眉头紧蹙地看着他，她想了一下午，觉得把那个工作交给顾筱筱有些过分了。

"你真的打算把她一个人扔到国外去？"这个决定是楚逸辰做的，不然楚筱郗绝对不会那么说的，"你想好啦？"

"她不是养在笼子里的金丝雀。"楚逸辰垂眸看着刚刚收到的邮件，语气清淡，"决定了的事情，没必要再改。"

"好好好，你舍得就好！"楚筱郗连连点头，转身就走，"自己的老婆自己不疼，我跟着掺和什么！下班了，拜拜！"

楚筱郗回到家中时，顾筱筱正在厨房一手拿着铲子一手拿着本书，身上穿着围裙，全神贯注，完全没有发现楚筱郗已经回来了。楚筱郗蹑手蹑脚地走到她身边后，很轻松地就把她吓了一跳。

"筱筱，"楚筱郗靠在厨房门口，有点担心地看着她问，"你没生我的气吧？"

"生气？"顾筱筱被问得愣了一下，望着楚筱郗想了想，翻了个白眼，"我懒得和你说，去客厅等着。"

被顾筱筱关在门外，楚筱郗吐了吐舌头，乖乖地去沙发上坐着。等顾筱筱做好饭，两人才相聚在餐桌旁。

"我说楚筱郗同学，你能不能不要再偷看我了？"顾筱筱哭笑不得地看向身边的人，"我没有生气，再说我好端端的生什么气呀？你是给我升职加薪的好机会，我又不是不懂你的意思！"

"我是有点担心，你这次出去估计要一两个月才能回来。"楚筱郗暗暗在心里骂着楚逸辰，又不能说实话。

"嗯……"顾筱筱抿了抿唇，筷子抵着下颔想了想，"我也有点担心，不过我英文应该没有太大的问题。"

楚筱郗长嘘一口气，顾筱筱天性乐观，也不知道这到底是好事还是坏事。吃完饭、收拾完碗筷后，顾筱筱就钻进了书房，熬夜将马天华给的资料翻译出来收进文件夹，伸了个懒腰抬头一看，已经两点半了。

一周时间很快过去，顾筱筱的机票订在周日，周五下班她被楚逸辰直接带走，楚筱郗也没有任何怨言。两人回到锦园的别墅，顾筱筱一进门，就迫不及待地拉着楚逸辰走向客厅。迎面和一名中年女子撞了面，顾筱筱吓得呼吸一顿。

"少爷，少夫人。"

"做好饭叫我们。"楚逸辰点点头，拉着明显有点发蒙的顾筱筱进了书房。

"她竟然叫我少夫人……"关上门，顾筱筱小声开口，"电视剧看多了吧？"

楚逸辰无声一笑，问："你刚刚想和我说什么来着？"

"哦，对了，我有件事想问你。"顾筱筱这才想起正事来，一脸认真地看向楚逸辰，和他讨论起工作上的事，"你之前说过，我们公司的两个新项目和你们公司是有合作的，美国申德公司那边的事情你应该听说了吧？"

"你是想问我对这件事的看法？"

"对。"顾筱筱点了点头，"申德公司作为美国最大的房地产公司，竟然公开发布这种不负责任的言论，想想还真是有点生气。"

顾筱筱今早在看新闻的时候看到一则消息，申德公司经理在接受杂志采访的时候提到了中国风扬集团准备进军美国房地产一事，并且发表了自己的看法。而他所谓的看法就是呼吁业内人士对风扬集团做出抵制，这对于马上就要去美国的顾筱筱来说无疑是个不小的打击。顾筱筱知道，随着中国逐渐强大，会有很多人对这个亚洲国家的看法发生改观，也依旧会有那么一群人，戴着有色眼镜来看待这个东方古国，申德公司的总经理很明显就是瞧不起中国人的那一类。

"响水不开，开水不响，申德公司如此着急的原因是什么，你猜不出吗？"楚逸辰没有顾筱筱的忧虑，在他看来，申德的反应像是笑话一般，"风扬的人还没过去，他们就已经急得想关门放狗了。如此不自信，你觉得他们会是风扬的对手？"

顾筱筱浮躁的心情慢慢平缓下来，楚逸辰说得没错，用实力说话才是最可靠的。申德虽然是美国最大的房地产开发公司，但近几年来它们所占的市场份额已经逐步呈下降趋势，因此，在面对来势汹汹的风扬集团时，才会想到拉拢其他人共同抵制。

"过去以后的行程安排得怎么样了？"抱着顾筱筱坐到自己的腿上，楚逸辰低声询问。见她对自己毫无防备之心地将行程表拿了出来，楚逸辰认真看完，接着赞扬，"行程计划周密，无可挑剔。"

"你这么夸我，我是挺高兴的，可还是有点担心。"顾筱筱抬起头来看他，这是她第一次出门走那么远。

"我看人的眼光可是很好的。"楚逸辰故意误导顾筱筱的想法，"按照你的行程去做，就不会有问题。况且你们公司不是安排了人在那边接应？有什么问题直接找他就可以。"

他看人的眼光再好，也比不上自己吧……顾筱筱回想起当初和他去领结婚证的画面，头垂得越来越低。楚逸辰也不知她是想到了什么，看着她的小耳朵越来越红，就忍不住想要逗逗她。"不舍得让我独守空房那么久的话，我也不介意请个长假，陪你一起

70

过去。"楚逸辰的薄唇有意无意地扫过顾筱筱的耳垂，用着诱惑的声音低声说道，"就当是去度蜜月了。"

"你流氓！"顾筱筱抬起头来，恼羞道，"我是去工作的，才不要你陪着！"

"这两个国家可是有不少好玩的地方，我看你的行程表上连休息游玩的时间都没空出来，就不怕回来以后会后悔？"

"事情搞不定才会后悔！我们公司现在好多人都以为我是得罪了楚筱都总监才会被安排这么一份苦差事，等着看我们两个笑话的人多着呢，我怎么能让他们如愿！"

顾筱筱斗志昂扬，不愿服输的心情完全表现在了脸上。看着她一脸认真的样子，楚逸辰眼底浮现一抹笑意。楚筱都说得没错，顾筱筱这一趟绝对会又苦又累。这完全是份顾筱筱承受能力范围外的工作，但他深思熟虑后，还是选择让她一个人去闯。不是不心疼，也不是不担心，可楚逸辰心里明白，这是顾筱筱必须要走的路。他坚信她会成长，并且是以很快的速度成长。直到有一天，她能够安然站在他的身旁，能够不去理会那些形形色色的异样眼光，能够有足够的自信成为风扬集团的总裁夫人，能够不再因为他的身份而犹豫着是否逃离他的身边。

楚逸辰目光炙热地望着顾筱筱，距离那么近，让她无处可逃。

"少爷，少夫人，饭做好了。"突兀的敲门声将屋内寂静的气氛打破，顾筱筱看着楚逸辰眸底一闪而过的恼火，忍俊不禁。

楚逸辰将外人打发走，家中只剩下他和顾筱筱两个人，顾筱筱觉得他越来越危险了。整顿饭下来，顾筱筱几乎是硬着头皮吃完的，她甚至都不敢触碰楚逸辰的视线，全程低着头，努力无视他的存在。

"唔，重了一些。"吃过饭后，楚逸辰直接将顾筱筱抱起，向楼上走去。

"我才没有！"顾筱筱挣扎着，不用想也知道他想要做什么……

回到楼上的卧室，顾筱筱钻进被子里，听着楚逸辰在浴室放水的声音，轻咬着下唇。

不一会儿他就放好洗澡水来叫她了。身上的被子被掀开，顾筱筱回眸看去，问："要不你先洗吧？"

楚逸辰轻挑眉尖，点点头站起来，当着顾筱筱的面解开衣扣，看得顾筱筱眼睛都直了。

怎么办，她真的被这个男人迷住了……

怎么办，她好像越陷越深了……

楚逸辰脱掉上衣后并没有转身走进浴室，而是长臂一伸，将床上的人给拽了起来。顾筱筱惊呼一声，跟跄地跟随着楚逸辰的脚步进了浴室。浴室门啪嗒一声被关上，她面红耳赤地问："你想干吗？"

"想。"楚逸辰干净利落地回答，"夫人难得邀我共浴，这么好的机会我怎能放过？"

眼前的男人犹如毒药一般让顾筱筱上了瘾，即便她知道他们之间有着差距，也知道他们未必能走得很远，但是，在临近出国前的这一刻，顾筱筱终于看清楚了自己的心。

喜欢，真的很喜欢。

如果可以，她真的想在这个人身边一辈子，再也不分开……

清晨，第一缕阳光透过窗帘打在顾筱筱的脸上，她缓缓睁开了眼睛。温暖的怀抱，让顾筱筱几乎一动不想动。看着身边熟睡的男人，她沉思了很久，才又微笑着合上了双眼。

一整天的时间，顾筱筱和楚逸辰都没有出门，窝在家里享受着他们的二人世界，到了周日的早上，才驱车回到金融街的公寓。

顾筱筱的行李早已经收拾好了，飞机是下午五点，她回家后又检查了一遍，确定东西都带全了，便将行李都拿到车里，证件放进随身携带的背包。

"亲爱的，马上就三月份了，到时候我给你打电话，你抽空去意大利一趟吧。"楚筱郗挽着顾筱筱的胳膊，坐在车后座位上轻声说道。

"意大利？我去那里干吗？"顾筱筱惊讶地看向楚筱郗，"不会还要去那边做调研吧？"

"GJ发布会，你忘了？当初咱们可是和金婧约好了，她前几天托关系想要两张邀请函，我也点头给了。到时咱们去意大利灭灭她的气焰，最好让她以后再也别穿我设计的衣服！"

楚筱郗这么一说，顾筱筱才想起来好像的确有这么回事。当初她们还都住在学校，顾筱筱没想到这两个人还真的较了真。

"我就不去了。"想想自己此行的任务，顾筱筱压力不小，"你也不要和她一般见识，那种人不值得我们认真。"

"不认真的话，她是会蹬鼻子上脸的。金婧是个什么样的人，就不用我再提醒你了吧？"楚筱郗冷冷一笑，"你要是不去也行，反正我一人也能搞得定她。到时我给你现场直播，让你在工作之余找点乐子！"楚筱郗是打定了主意要在意大利让金婧难堪。

楚逸辰从后视镜看了眼她们两人，目光闪烁，却什么都没说。

在机场附近的商场吃了些东西、逛了逛，时间就差不多了。送顾筱筱到机场办好登机手续，楚筱郗抱着顾筱筱不放手。

家养的小白兔马上就要放走了，她怎么能放心得下！她恶狠狠地回头瞪了一眼楚逸辰，明明就是他出的馊主意，却要让自己背黑锅！

"筱郗，我是去两个月又不是两年。"顾筱筱无奈地笑着，小声对身前的人说道。

楚筱郗头不抬眼不睁，继续抱着顾筱筱不放手。最后楚逸辰看不下去了，伸手把她拽了过来，"进去吧，到了打电话。"揽着顾筱筱的肩膀，楚逸辰陪她去排队，把楚筱郗扔在后面，任她目光幽怨地望着他俩。

很快顾筱筱就该进去安检了，她回头看了看楚逸辰，扬起一抹笑容，轻声说道：

"我会想你的。"

顾筱筱眼里的清澈眼神和唇角自然的笑容，还有脸颊上那悄悄浮现的红晕，让楚逸辰愣怔了一下，眼里划过一丝惊讶，随后便是喜悦。

"宝贝，照顾好自己。"松开顾筱筱的身子，楚逸辰目光灼灼地看着她，揉了揉她的头发，然后，转过她身子，轻轻在她背后一推。

顾筱筱顺着楚逸辰的力道往前走了两步，回头看了看楚逸辰和楚筱郗，冲他们挥挥手，迈步走了进去。

十五个小时，是顾筱筱这辈子坐过的最长时间的飞机。当脚步踏上异国的这片土地时，她觉得腿有点软。算了下时间，楚逸辰应该起床准备上班了。打电话回去报了平安，沈千云那边也一样。

纽约这边现在是晚上将近八点，顾筱筱到了酒店，因为时差毫无睡意。楼下灯红酒绿、车水马龙，顾筱筱趴在阳台的栏杆上低头望着下面，心情雀跃而紧张。

顾筱筱不在，楚逸辰和楚筱郗两人将所有的时间全都投入到了工作之中。

这天，楚逸辰接到王凯的电话，说有事情想和他聊一下，两人约了时间，下班后楚逸辰开车前往。

"王总你好。"楚筱郗站在楚逸辰身后，主动打起招呼，"我是跟着来蹭饭的，王总别嫌弃。"

"怎么会！"王凯笑着请两人进了包间，点了几样菜，三人坐在桌边聊起来，交流了一下新公司的准备情况以及目前遇到的问题。等他们聊完，已经是晚上将近十点了。

出了门，楚逸辰没想到会在这里遇到金峰。金峰看到楚逸辰和王凯两人，脸上也是一阵不自然。

"楚总，王总，这么巧。"金峰上前一步，向两人伸出了手，"不知道你们也来这里吃饭，今天这顿算我的。"

"金总客气了。"王凯笑了笑，"不过能在这里遇到，的确很意外。"

"楚总，想见你一面可是非常不容易啊。"金峰扭头看向楚逸辰，提议道，"时间还早，不如咱们换个地方再喝一顿？"晚上十点，对于习惯酒局的人来说确实还早。

"不早了。"楚逸辰笑了笑，婉拒，"家中还有人在等着，回去晚了可是不好解释。"

听了楚逸辰的话，金峰一愣，刚刚在和楚逸辰握手的时候他就注意到楚逸辰手上的戒指了，现在再听这话，不由得有些惊讶。他看了看楚逸辰身后的楚筱郗，又看了看楚逸辰手上的戒指，开口："楚总不会是有家室了吧？"

"已经结婚几个月了，和你女儿订婚的时间差不多。"楚逸辰也不遮掩，大大方方地承认，"到时婚礼还请金总赏脸出席才是。"

楚逸辰结婚了？金峰大吃一惊，而他心里的想法也全都表现在了脸上。

最近完全没听说风扬集团和其他公司联姻的消息，就算是合作，也只有浩远科技这一家。可是王凯家里是个儿子，没有女儿，那么和楚逸辰结婚的到底是谁？

"一定一定，一定出席。"金峰连连点头，陪着楚逸辰往楼下走去。

一楼的卡座角落处坐着两个人。楚筱都结账的时候一不小心就看到了那里坐着的是谁。

"大晚上的，躲在这角落里偷偷摸摸的干什么坏事儿呢？"

楚筱都突然间出现，让正准备把文件夹交给金婧的黄兴一下子收了手。

"什么东西？"楚筱都眉头一蹙，上前一步，态度强势地从黄兴手中把文件夹夺了过来。金婧之前对顾筱筱做过那么多坏事，所以楚筱都下意识地觉得里面的东西会不会和顾筱筱有关？

"楚筱都你干什么？"见她抢了自己的东西，金婧赶紧起身厉喝道，"你当这里是什么地方？把东西还我！"

楚筱都紧紧地把文件夹拿在手里，目光尖锐地看着试图上来抢东西的人，冷笑道："不做亏心事，不怕鬼叫门，这里面的东西，我今天还一定要看了！"

两人之间的争执引起了楚逸辰这边的注意，而金峰这时也总算是有机会问一句楚筱都的身份了。

"我妹妹，之前一直在国外，金总不认识也是正常。"

楚逸辰迈步走向楚筱都，金峰和王凯见状也赶紧跟在身后。

楚筱都动作迅速地撕开文件夹，里面的照片随着她的动作一张张落在地上。看清楚照片上的人以后，楚筱都火气一下子就蹿了上来："金婧你要不要脸？竟然跟踪调查筱筱！"

楚筱都喊出这一句的时候，楚逸辰等人正好走到她身后。

"怎么回事？"金峰皱着眉开了口，金婧回头看到楚逸辰后，脸色变了变。

"金总，这是我第一次见你，本来是想给你留个好印象的，可惜你女儿并不这么想。"楚筱都的一番话让金婧彻底傻了眼，"金婧，你不是很想知道我到底是什么来历吗？现在我告诉你——我叫楚筱都，楚逸辰，是我哥。"

她是楚逸辰的妹妹？这怎么可能？事情的发展让金婧目瞪口呆，也让一旁的金峰尴尬难堪。

"楚总，这里面或许有什么误会。"金峰试图缓解一下紧张的气氛。

楚逸辰什么都没说，只是把目光投向一直没说话的黄兴。黄兴被他阴冷的视线看得一颤，不等他问什么，就全都交代了："我就是个小侦探而已，几位老板别为难我……"黄兴一边说着话，一边往没人的地方挪，随时准备跑路，"她给过我定金，尾款我不要了，你们放我走好不好？"

"看来，这里面没什么误会。"楚逸辰目光一转，看向了金峰，"金总，时候不早，我先走了。"楚逸辰说完，转身大步离开。楚筱都把文件拿在手里，顺手将黄兴也给抓走。

王凯没想到，他只是约楚逸辰吃个饭，竟能看到这样的好戏。顾筱筱是谁，别人不知道，他难道还不知道吗？金峰的女儿竟然去调查风扬集团的总裁夫人，看来他们金氏以后的路是不好走喽！

楚筱郁走出餐厅，一把夺过黄兴的背包："我告诉你，老实点，不然我送你去警察局！"翻找着他的背包，楚筱郁担心里面还有其他的东西，"那个女人给了你多少钱？你还查到了什么？"

"行了，上车吧。"楚逸辰打开车门，波澜不惊地说了一句话，让楚筱郁有一种不太对劲的感觉。有侦探跟踪调查顾筱筱，最紧张的人应该是楚逸辰才对吧？他怎么一点儿也不生气呢？

楚筱郁狐疑地看了看楚逸辰，又看了看站在一旁的黄兴："怎么回事，你把话给我说明白了！"楚筱郁的脑子乱成了一团糨糊。

"上车再说。"楚逸辰启动了车，心情看起来还不错。

楚筱郁目不转睛地看着他，弄清楚事情的经过后，她哭笑不得，又气又恼："你连自己亲妹妹都利用！这日子还能不能过了？"

楚逸辰今天会来这家餐厅，是受王凯所邀。而楚筱郁会跟着一块儿过来，也在他的意料之中，因为顾筱筱不在家，她的晚饭没有着落。至于黄兴和金婧会在这儿，则是因为楚逸辰知道地方后给黄兴发了信息告诉他的。所有的一切都是楚逸辰计划好的，唯一让楚逸辰没有想到的是金峰竟然也参与了进来，让计划的效果翻了倍。

"所以，你从一开始就打算让我和金婧撞上，然后让她知道我的身份，给她难堪？你就不怕有什么差错，让她真的拿到这份调查资料？"

"里面只有老板娘一人的照片，都是我照得好看的。资料也是我从网上随便下载打印的小说，就算给那女的抢走了，也没什么。"黄兴坐在后车座上，弱弱地说道。

楚逸辰已经结婚的事情王凯之前一直都没敢宣扬，因为楚逸辰提醒过他。可是这一次，金峰并没有接到楚逸辰的提醒，所以不出三天，整个B市金融界的上流人士几乎全都知道了这个消息。

第5章

　　金峰放消息出去，本是想看看有哪家企业会有反应，顺带也能知道与风扬集团联姻的对象是谁。不过没想到的是，一连那么多天过去，都没有人站出来。

　　楚逸辰的电话这几天就没消停过，他结婚了的事情就连美国那边都知道了。最后被烦得受不了，他干脆关了手机，给自己找点清净。

　　"楚逸辰你接电话！"楚筱郗抓狂地从外面走进来，把自己的手机扔给他。楚逸辰低头一看，是美国打来的，二话不说就给挂断了。

　　"你现在准备怎么办？"楚筱郗双手抱胸，蹙眉看着淡定自若的楚逸辰问。

　　"什么怎么办？"

　　"现在整个B城哪个不知道你结婚了？妈刚刚还问我你是不是找了个男的结婚！你再不跟她摊牌，她这两天就会回来查你的老底！"

　　"知道就知道，等她回来再说。"楚逸辰一脸的无所谓，继续低头看iPad上的新闻。

　　他不想那么快让别人知道和他结婚的人是顾筱筱，并不代表他不想让别人知道他结了婚。如今正好顾筱筱不在国内，把这消息传出去也好，以后他就是有主儿的人了。

　　美国。

　　顾筱筱在大雪中奔波了一天，累得浑身瘫软地趴在床上看着新闻。

　　中国神秘富商意外闪婚，亿万新娘究竟是谁？顾筱筱正昏昏欲睡，一条新闻引起了她的注意。毕竟在美国能看到国内新闻的机会还是很少的。

　　她坐起身来抱着枕头，一脸八卦地听着主持人的播报："风扬集团继承人今日承认，他的确已经结婚，却并未透露结婚的对象是谁。让众人瞩目好奇的亿万新娘究竟是谁？目前并未有任何媒体新闻做出报道。"男主持人用英语以一种欢快的语调、流畅的语速讲述着风扬集团的光荣史，顺带还挑选了几个有可能是风扬集团总裁夫人的白富美候选者。

顾筱筱看了一会儿，新闻结束后赶紧拿起手机给楚筱郗发了条信息——"咱们大boss结婚了？怎么我前脚刚走，他后脚就'嫁'出去了！老板娘是谁，你知道吗？"

电话的这一端，楚筱郗一脸生无可恋地重重叹一口气，把手机扔给楚逸辰："你老婆，自己哄着玩吧。我饿了，出去买饭。"

楚筱郗走后，楚逸辰坐在沙发上，唇角微扬地和电话那头的人聊天："不知道，等探出消息告诉你。"

"好的！这个艰巨的任务就交给你了！"顾筱筱说完，还不忘在后面加个握拳的表情。

楚逸辰苦笑，正琢磨着怎么回她信息，她忽然又说："亲爱的我睡了，爱你么么哒！"

楚筱郗从外面买了饭菜回来，见楚逸辰把手机放到了桌子上，就随手拿过来想看看他们两个都聊了些什么。不料对话框里空空如也。

"你干吗删我聊天记录？"

"夫妻秘话，怎能让你一个外人看见。"

楚筱郗目瞪口呆，觉得他最近真是越来越无耻了。

"我以前怎么没发现，你脸皮这么厚？"楚筱郗跟在楚逸辰的身后来到餐厅，若有所思地看着他，感慨，"你以前不是这个样子的。"

"被调教得好？"楚逸辰想了想，给出这么个回答，"或许，你该去问问你嫂子这个问题。"

"换话题！不说了！"楚筱郗崩溃，"对了，听说美国那边这两天下大雪，也不知道筱筱能不能抵挡得住。"

顾筱筱的工作需要每天往外跑，就算是回到宾馆，也需要整合资料，没有一点出去玩的时间。正如楚筱郗担心的那样，到美国不出一个星期，顾筱筱就遇上了暴雪。天寒地冻加上水土不服，会感冒发烧，一点儿都不意外。

她每天穿得像熊一样往外跑，国内的一切风波，她还并不知晓。

对于楚逸辰妻子的身份，各界都在猜测议论。王凯知道真相，可在这种情况之下也不能乱说，反倒渐渐有些担心了。

"楚总，有句话，我不知该不该讲。"又一次和楚逸辰碰面，王凯欲言又止。

"没什么不该讲的，王总有什么话尽管说。"

"你和顾筱筱的事。"王凯迟疑了一下，"现在大家全都在猜和你结婚的会是哪家企业的千金，如果他们知道了顾筱筱的身份，会不会对风扬集团造成什么影响？"

最近急着找风扬集团合作的公司急剧增加，都被楚逸辰无视了。

　　"王总的意思我明白。"楚逸辰释然一笑，"如果风扬集团只能靠联姻的方式来壮大的话，那我这个总裁岂不是太没用了？"

　　楚逸辰从来就没考虑过自己的妻子应该是什么身份，以前没有，现在更没有："筱筱的事情我会处理好，还希望王总能像现在一样，帮我保住这个秘密。"

　　"那是肯定。"王凯笑着点了点头，望着眼前的男子，真心觉得他太不一般。

　　虽然楚逸辰接手风扬总裁一职的时间还很短，但董事会的人都清楚，最近几年风扬的几个大项目，都是他一手策划的。正是他，在去年让风扬集团的利润比前一年几乎增长了百分之五十，这是别人想都不敢想的。

　　王凯当初听到这件事的时候也觉得不大可能，现在楚逸辰就站在他的面前，他忽然觉得，在这个年轻人的身上，什么都有可能。

　　"筱筱是个好女孩，所以我多说了几句，楚总不要介意。"

　　"明白。"楚逸辰点点头和王凯道别，刚坐上车，电话就响了。

　　楚逸辰低头看上面的号码，有点意外。接起电话，他浅笑说道："你怎么有闲心给我打电话了？"

　　"听说你结婚了？"电话那头的人并不废话，开门见山地问道，"怎么也不告诉家里一声。"打电话的不是别人，正是楚家的大少爷、楚逸辰的亲哥楚逸轩，"我下个月会回B市一趟。"

　　"我媳妇去美国了，你回来也见不到。"他是什么意思，楚逸辰一下子便猜了出来，"想见的话，两个月以后再说。"

　　楚逸轩皱了皱眉头，实在是想不出楚逸辰会和什么样的女孩儿结婚。虽然两人不常见面，可是楚逸轩知道他身边一直都没有女人。这么突然就结了婚，不免让人联想到他以前的女朋友。

　　"是千羽吗？"楚逸轩沉默了一下，问道。

　　"不是，我和她早就没有联系了。"楚逸辰痛快地否认，"是筱郗在B大的同学，等你回来带她见你。"

　　"嗯，也好，到时电话联系吧。"

　　挂断电话，楚逸辰开车到公司，一直忙到晚上八点，他才收拾了一下，准备回家。刚刚起身，手机便响了。他低头看了看，是个陌生号码。知道他私人电话的不多，楚逸辰没多考虑就接了起来。

　　"是我。"有些熟悉的声音从电话中传出。

　　楚逸辰眉头一皱："凌千羽。"楚逸辰没想到她会给自己打电话，怔了一下，"你回国了？"

　　"嗯，已经回来一个月了。今天突然想起你，就试着打了个电话，没想到你竟然还在用这个号码。"凌千羽温婉地笑道，"有时间的话一起吃个饭吧。"

"没时间。"

"那就等你有时间再说。"凌千羽已经习惯了他这个样子，"叔叔阿姨回来了吗？我想找个时间去看看他们。"

"他们回国的时间还没有定。"

"好吧，那就不打扰你工作了。先这样，拜！"

穿上衣服，楚逸辰回了家。看了看表，算了下美国那边的时间，给顾筱筱打了个电话。

"Hello（喂）！"

"感冒了？"听出她的声音有些不对劲，楚逸辰低声问道。

"没有啊，你听错了吧？"顾筱筱心虚，"我身体好着呢，怎么可能会感冒！"

"自己注意身体，生病了就去医院，公司的事情不急。"

"你又不是我们公司的，怎么知道不急！"

"听筱都说的。"

顾筱筱每隔三天就会给楚筱都发一些资料数据，以便国内这边制订方案。她的工作效率远远超出了其他人的想象，楚逸辰现在也有点担心，她那身子到底能不能撑得住。顾筱筱努力保持着欢快的语气，直到楚逸辰把电话挂断，她才像霜打的茄子一般蔫了下来。一人经受着漫长的考验，来到美国一个月，她学会了面不改色心不跳地完美扬起嘴角，向人展示最自信也最优秀的一面。

终于结束美国的工作，顾筱筱随即风尘仆仆地赶往英国。有了在美国这边的工作经验，到那边后很多事情也变得顺手起来。楚筱都这几天抽空去了意大利一趟，她设计的服装品牌GJ发布会即将在这里举行。此次发布会也是为了庆祝GJ品牌创建五周年，所以规模不小。来自全球各国数十位的顶尖模特云集，吸引了各国的娱乐媒体关注报道。

GJ，一个风靡全球的世界奢侈品品牌，一年又一年地创造着时尚界抢购狂潮的奇迹。听说今年新加入了婚纱梦幻系列，很多人都很期待。

金婧之前拿到了两张邀请券，楚筱都认定她不会放过机会，肯定会出现，因为此前几年她都没有这种机会。浪费了点时间，终于找到了人。金婧坐在第一排的位置，很开心，也很兴奋。

远远地看着她们，楚筱都嗤地一笑，回到后台，等模特们全部出场展示完新品服装，她最后一个缓缓走入人们的视线。这是楚筱都第一次以GJ品牌设计师的身份出现在公众视线里，也是她第一次点头同意，让自己与GJ画上等号，开始抛头露面为GJ正式做宣传。

金婧在看到楚筱都的一瞬间，简直崩溃了。她最近一段时间最不想看到的就是楚筱都的脸，可谁能想到她从中国跑到了意大利，还是给遇见了，而且是以这种方式。往事历历在目，羞辱感油然而生。当楚筱都似笑非笑地把目光投向她的那一刻，金婧恨不得扯掉自己身上的衣服，当作从没来过这一趟！

79

忙碌的一天过去，楚筱郗开完庆祝会回到酒店，迫不及待地给顾筱筱打了通电话，向她汇报战果："我说顾筱筱同志，你已经一个多月没见我了，就没有什么表示吗？"

"你想让我有什么表示？"顾筱筱耳朵里塞着耳机，手上还不停地忙着，"这边的工作应该会提前完成，到时我是提前回去，还是有其他的工作交接过来？"

楚筱郗一向清楚她的工作效率，听到这样的话后还是忍不住吃了一惊。顾筱筱原本应该定在四月二十几号回国，现在才三月末，她敢说出这种话，表明手上的事做得差不多了。

"这么快？"

"嗯，之前刚到美国的时候什么都不懂，跑了不少冤枉路，到这边的话就顺手多了。"

"那等我回去问问公司，然后再给你答复。"

楚筱郗忙完回到国内，已经是四月份了。和顾筱筱沟通后，决定把她回归的日子定在十五号，提前十天回来。

终于可以回家了，顾筱筱这天早早地就起床，拎着皮箱出了门。飞机是下午五点的，到达机场的时候，才刚刚过三点。她吃了点东西，办好登机手续，算了算国内的时间，那两人应该已经睡醒了。她正想打个电话，手机忽然响了，扫了一眼，是楚筱郗。

"筱筱，你已经在机场了吧？"

"嗯，刚刚托运好行李。"顾筱筱低头看着手上的机票，准备过安检到里面候机。

"筱筱，你说咱们老板是不是有点太抠了？"楚筱郗瞥了眼屋内的某人，"好不容易出去一趟，工作才刚刚做完他就让你回来，什么人呀！我跟你说，英国可是有不少好玩的地方，帅哥特别多！"

顾筱筱被楚筱郗逗得忍俊不禁："是我想要回……"

砰！一声枪响突兀地在候机厅响起。顾筱筱愣了一下，以为是自己听错了。她还没反应过来是怎么回事，一连串的枪声便朝着这边逼近。人们慌忙逃窜，手机被撞到了地上。

"小心！"一声提醒从身后传来，顾筱筱下意识地回头，身子被扑倒在地，滚了一圈，到了柱子后面。

最近身子本来就有点虚，经过这么一遭，顾筱筱的眼前有短暂的黑暗，几乎晕厥过去。她脸色苍白，眼圈泛红，不是被吓的，而是疼的。

男子身手利落地救了顾筱筱一命，看了眼她的胳膊，皱了皱眉，低声说道："忍着点。"

枪声还在喧嚣着，顾筱筱却觉得整个世界出奇安静。肩膀被子弹击中了，痛，钻心刻骨的痛……狼狈而慌张地抹了把眼泪，顾筱筱怯怯地望着眼前的男子。他目光尖锐，眼中不见丝毫惧意。

"他没有特定目标，你不让他发现，就是安全的。"注意到顾筱筱看自己的眼神，男子侧眸看了她一眼，声音平静地开口，"这边出警很快，你再忍一忍。"

顾筱筱惴惴不安的心在听了他的一番话后有了片刻的安稳。

在国内的某人却无法淡定了。楚筱郗拿着手机僵在那里好久，枪声、人们尖叫的声音……她确定自己没有听错。

重拨了几遍顾筱筱的电话，都是无人接听。楚筱郗猛地回过神来，跑到楚逸辰的面前，脸上的神情已让他觉得不对劲。

"怎么了？"

"筱筱好像出事了。"将刚刚自己听到的一切全都说了出来，楚筱郗目不转睛地看着起身去拿电话的楚逸辰，跟在他身后，带着哭腔问："筱筱不会有事的，对吧？"

楚逸辰没有回答，先联络了在英国的某人，然后吩咐楚筱郗给他订机票。拿好证件，两人一路开车狂飙到机场。这期间楚筱郗一直在打顾筱筱的电话，没有一次能打通。

北京时间八点十五分许，伦敦希思罗国际机场发生枪击案，机场部分人员被紧急疏散。目前有两名旅客被击身亡，受伤人员暂不确定。事发后，伦敦希思罗国际机场航班暂停起降。一名枪击案的嫌犯受伤被拘，警察正在搜捕可能存在的嫌疑人，但尚未发现其他嫌犯。

新闻中很快就报道了这一消息，楚筱郗仔细地望着屏幕上的每个字，不知所措。目送着楚逸辰走远的身影，她双脚发软地坐在椅子上好久，站都站不起来。一个多小时，这是顾筱筱这辈子过得最漫长的时间。

疑犯被抓住，伤者被送往医院。被带到安全的地方，顾筱筱第一个想到的，就是要给楚筱郗报个平安。按下熟悉的号码，顾筱筱焦急地等待着。

"喂？"楚筱郗略带慌张的声音传入耳中，让她心中暖暖的，鼻子酸酸的。

"筱郗，是我。这边发生了点事情，我电话摔坏了，所以暂时没办法和你联系。这是别人的手机，我也不能和你说太多。不过你放心，我很安全，也没什么事。等我忙完以后再打电话给你，好吗？"为了节省时间，顾筱筱一口气把话说完。

楚筱郗在听到她声音的一瞬间，悬在半空中的心总算落了地。她握着手机，流着泪连连点头："好，你没事就好。我等你电话。"

通话结束，顾筱筱感激地将手机还给医生，道了谢，就被推进了手术室。疲惫、恐惧、伤痛，在经历这一切之后，打上麻药，顾筱筱昏睡了过去。

她不知道自己睡了多久，当她醒来的时候，已经在病房里，房中还有个陌生人。是警察吗？顾筱筱下意识地这样认为。她亲眼目睹了一切，包括凶手的长相，也包括那两个人是如何中枪倒在了血泊之中……

"你醒了？"发现顾筱筱睁开了眼睛，安承朗松了口气，"我是逸辰的朋友，他的飞机应该快到了。稍后会有警局的人来问你一些问题，不用害怕，不想答的话不答便是。"

顾筱筱的注意力全都集中在了那句"他的飞机应该快到了"上，愣了愣神，点点头，道："谢谢你特意赶过来，麻烦你了。"

男子淡然一笑，说了句"你先休息吧"，就走出了病房。他走后没多久，便有两名女警察出现。第一次经历这种事情，顾筱筱身心疲惫地躺靠在病床上，望着窗外阴沉沉的天，感觉像是要下雪了。

病房内静悄悄的，一阵脚步声在走廊内响起，她听得很真切。脚步在房间外停了下来，顾筱筱扭过头去，看到了一张思念已久的脸孔。楚逸辰神情凝重地走到床边，望着她清瘦的小脸，开始后悔当初自己让她出来的决定。

"刚刚来的警察都没有你这么吓人。"顾筱筱仰头看他，微笑道，"见到我，不高兴？"

听到顾筱筱的声音，楚逸辰冷若冰霜的脸色总算缓和了一些。他慢慢弯下腰身，吻了吻她的额头："以后绝对不再让你离开我身边。"

"我真的没事了，你看，我这不是好好的吗？"扯了扯楚逸辰的衣角，顾筱筱讨好地说，"你笑一笑，我好久都没见过你笑了。"

"好好的？"楚逸辰眉头一扬，故意伸手碰了碰她伤口周围，看着她倒吸一口气的样子，问，"这叫好好的？"

顾筱筱心虚地低下头，想也知道，他能找到医院来，肯定也知道了她受伤的事。顾筱筱沉默不语的样子让楚逸辰叹了口气，拿出手机扔到床上："给姥姥打个电话，告诉她，你手机丢了，和我在一起。我去问问医生什么时候出院。"

楚逸辰说完后就走出病房，顾筱筱歪头看着房门被关上，嫣然一笑。

在国外，医生一般是不建议长时间住院的，再加上顾筱筱伤在肩膀，基本不影响生活，很快就被允许离开。

乘车渐渐离开市区，顾筱筱也不知道要去什么地方。到了以后，她惊讶地睁大了双眼，看向身边的楚逸辰。即便是开着车，从大门入口到里面也花了十几分钟时间。顺着这条私人车道，顾筱筱一路上看到了牧场、网球场，好像还有打高尔夫的地方。

停了车，楚逸辰很自然地带着她往别墅里面走去。门口站着一个身穿燕尾服的英国男子，看到他们，举止优雅地微微躬身。地道的伦敦腔从男子的口中说出，听得顾筱筱简直非常享受。上了楼，顾筱筱忍不住好奇地问道："这里是什么地方？"

"朋友家，我们这段时间就借住在这里。"推门进了房间，楚逸辰自在的举动让顾筱筱怎么看怎么觉得不对劲。

"以前在这边上学的时候经常来他家里玩，所以这边的人都认识我。你之前应该在医院见过他，他有事出差了，过几天才能回来。"

"哦，就是那个去医院看我的帅哥！"顾筱筱恍然大悟，也忘了自己刚才的疑惑。

"他有我帅？"楚逸辰动作一停，转头看着顾筱筱认真问道。

顾筱筱抿嘴一笑，拒绝回答他这个问题。她坐在沙发上环顾了一圈屋内，咬了咬下唇。这卧室比自己和姥姥的整个家都要大。想起韩奕，又想到这座豪宅的主人，顾筱筱心情复杂地看向楚逸辰。

物以类聚，人以群分，这道理顾筱筱自然明白。他的朋友都如此优秀，他又能差到哪儿去？巨大的差距让顾筱筱内心不安，这样的他，她究竟要怎样努力才能追得上他的步伐、才能配得上和他站在一起？

顾筱筱低着头半晌没有开口说话，楚逸辰放好行李后回头看她，轻声叫道："筱筱，过来。"

顾筱筱打起精神仰起笑脸，起身朝他走去。刚刚来到他面前，就被他不轻不重地在脑门上弹了一下："想什么呢？一脸沮丧的样子。"

"没想什么呀！你是不是困了？时差还没调过来，要不睡一会儿？"

"见到我就想睡觉？"楚逸辰意味深长地笑道，故意歪曲她话中的意思，"那好，满足你。"不给顾筱筱反驳的机会，楚逸辰拥着她坐到床上，顺势躺下。

顾筱筱闭着眼睛，呼吸间满是他身上熟悉的气息，才发现自己是真的想他，想他轻声对自己说话时的温柔，想他邪笑调侃自己时的无赖。

"今天好好休息，明天带你出去走一走。这附近环境不错，下周伤口恢复得好一些了，我们就回去。"

顾筱筱瘦了一圈，楚逸辰可不指望能用英式料理把她养回原来的样子。

"我刚才看到外面有马，这里有马场吗？"

"外面的马都是以前比赛的赛马，老了不能比了就被送到这边养老。你想去看的话，附近还有一个专门养马的牧场，带你过去转转。"

"老了能在这种地方养老，还真是人不如马啊……"顾筱筱幽幽地叹道，楚逸辰听后不着痕迹地一笑。两人相拥躺在床上，享受着安静的美好。手机铃声响起，让楚逸辰不甘不愿地睁开眼，在看到屏幕上的号码后，他的视线沉了沉。拜良好的记忆所赐，他很清楚这个手机号是谁的。

顾筱筱起身从他的怀里钻了出来，以为他要谈公事，就准备自动撤退。没想到却被楚逸辰拽了回来。一手拥抱着顾筱筱柔软的身体，一手拿起电话放在耳边，楚逸辰清声开口："找我什么事？"

凌千羽被他问得一怔，嘴角的笑容有些僵硬。她深吸口气，回答："不知道你最近忙没忙完，想见见你，一起吃个饭。"

顾筱筱眨了眨眼睛，听着他们的对话，觉得有点尴尬。她发誓她真的不是有意偷听，可是楚逸辰就离得那么近，电话里面说了什么，她都听得一清二楚。

"没想到现在想见你一面这么困难。"凌千羽自嘲道，"逸辰，我很想你。"

顾筱筱的身子不由自主地一僵，心口也有点闷闷的。

"我在英国，想吃饭的话回去联系。"楚逸辰垂眸瞥了眼身边的人，"到时带上我老婆，一起给你接风。"楚逸辰话音顿了顿，抽空耍了个流氓，轻吻着顾筱筱的耳根，而她的反应也让他很是满意。

听着电话那端的沉默，楚逸辰问道："还有别的事吗？"

"没事，先挂了。"

凌千羽话中的失落，楚逸辰不是听不出来，毕竟他们曾在一起那么多年。他和凌千羽的事情身边几个朋友全都知晓，他也没指望能在凌千羽回国后瞒得住顾筱筱。更何况，也没有瞒着的必要。

楚逸辰把电话随手扔在一旁，捏了捏顾筱筱的脸蛋，让她正眼看自己。"你要是个演员的话，收视率一定会很低。"望着顾筱筱自认完美的笑容，楚逸辰调侃道，"笑得这么难看，还不如不笑。"

"那就不笑喽。"顾筱筱撇撇嘴，觉得这人真不识相，明明是给他面子，还故意拆自己的台。

敷衍过这个话题，顾筱筱当什么都没发生。在英国兜兜转转几天后，和楚逸辰坐上了回国的飞机。

"筱筱！"楚筱郗一见到人，就迫不及待地冲过去，一把抱住了她。

"……疼。"顾筱筱倒吸一口气，看着楚筱郗被楚逸辰拽着衣领拉开，她咧嘴一笑，"我回来啦！"

开车回到家中，楚筱郗看到顾筱筱肩上的伤痕，眼睛都红了。顾筱筱这种状态，就算是她想去上班，楚逸辰和楚筱郗都不会同意。于是，她开始了漫长而无聊的假期。

好不容易熬到了周六，上午起床收拾了一番，顾筱筱就被楚筱郗拖着出了门："筱筱，这个餐厅我可是提前半个月就预订了，到今天才有位子。可怜我哥没这个口福，偏偏挑在今天出门。"

到了楚筱郗所说的餐厅，顾筱筱记得自己曾在某本杂志上看过。每天只接两桌客人，而且价钱不菲。

两人一前一后走了进去，验证身份后，便坐下聊天等着上菜。

"筱郗？"一道女声从入口处传来。

楚筱郗顺着声音看过去，脸上有片刻的惊讶："千羽姐？你什么时候回来的？"

"有些日子了。"凌千羽走向楚筱郗，微笑道，"没想到会在这儿遇见你。你和你哥最近还好吧？"

"还是以前那样儿呗！"凌千羽主动提起楚逸辰，让楚筱郗有点尴尬。她看向一旁随着自己站起来的顾筱筱，轻声介绍道："千羽姐，这是我嫂子。"

楚筱郗话音刚落，凌千羽便不可思议地看向了顾筱筱，认认真真将她打量了一番。凌千羽打量顾筱筱的同时，顾筱筱也在看她。

不同于顾筱筱的白皙皮肤，凌千羽的肤色是很健康的小麦色，一头栗色的长鬈发，踩着过膝的长筒靴，穿着宝蓝色的羊绒大衣，举手投足之间散发着优雅成熟的气质，而精致的妆容，又让她整个人看起来妩媚妖娆。

"我还以为他结婚的消息是假的。"凌千羽看着楚筱郗，淡然地说了一句，然后，把目光再次转移到顾筱筱的脸上，微微一笑，伸出了手，"你好，我是凌千羽，逸辰的前任女朋友。"

凌千羽的自我介绍让顾筱筱完全没有想到，更是把楚筱郗给吓了一跳："千羽姐！"楚筱郗睁大双眸，看了看淡定自若的凌千羽，又看了看明显有些讶异的顾筱筱，一片凌乱。

"你好，我是顾筱筱，楚逸辰的合法妻子。"伸出手去，顾筱筱并不示弱地说道。在凌千羽说完刚刚那句话的时候，顾筱筱就已经想到了在英国时的那通电话。

"筱郗，我们应该有四五年没见过面了吧？难得遇上，不如今天一起吃吧。"

凌千羽的热情让楚筱郗无所适从，印象里，她并不是这样的一个人。她有意说出自己和楚逸辰以前的事情，有意无视顾筱筱的存在，有意和自己装得热络。

顾筱筱吃着昂贵的午餐，听着凌千羽讲述过去的种种趣事，忽然间觉得，这饭还不如自己在家煮的泡面好吃。

漫长的一顿午餐，吃得楚筱郗胃病都快出来了。好不容易找了个借口带着顾筱筱匆匆离开，一出餐厅的大门，她就长长地舒了口气。

"筱筱，你不要在意她说的话。"看向一直话很少的顾筱筱，楚筱郗担忧地说道。

顾筱筱苦涩一笑，有些事情，怎能不在意？上了车，系好安全带，顾筱筱看了楚筱郗一眼，轻声开口："今天的事情，不要告诉楚逸辰。"

"为什么？"楚筱郗十分不解，她还准备回去就给楚逸辰打电话来着。凌千羽的变化也太大了，让楚筱郗都有些吃不消。

"因为没有必要。"顾筱筱扭头看向窗外，语气平静得没有任何波澜起伏，"就当我们今天没有见过这个人。"

顾筱筱冷静得让楚筱郗有些不安，不过最终她还是听了顾筱筱的意见，没有向楚逸辰透露只言片语。

回到家后，顾筱筱一直待在书房里看书。天色渐渐变暗，洗漱之后回了房间。躺在床上，她睁着眼睛看着天花板，慢慢用力咬住唇角，特别不开心。静静地躺了好久，顾筱筱始终没有困意。她起身翻了翻抽屉，找出自己当初和楚逸辰领的结婚证。看着照片上的两个人，摸了摸楚逸辰的脸，有种说不出来的委屈。

医生说她身上的伤想要完全恢复，至少需要两个月的时间。这期间不能沾水，也不能吃刺激性的食物。可是两个月如果让顾筱筱一直这么待下去，她觉得脑袋上会长出蘑菇的。

在家是工作，去公司也是工作，她为什么不去公司赚钱，而要躺在家里被扣钱？顾筱筱出现在公司时，把很多人都吓了一跳，视线一下子都集中在了她的身上。

"筱筱，你怎么这么快就来上班了？不是说受伤了要休病假吗？"

部长去开会了，同事们一窝蜂地拥了上来，吓得顾筱筱赶紧伸出胳膊和他们保持着距离。"我就是伤到了肩膀，在家待着也没什么意思，就来上班了。"顾筱筱说着话，指了指自己受伤的肩膀，"不碰它，就没有问题。"

站在她右侧的同事听了这话，条件反射地往后退了几步。楚筱都听到顾筱筱来公司的消息，赶紧跑到市场部。看着坐在电脑前低头整理数据的人，把她喊了出去。

"我哥要是知道你来公司，会弄死我的！"站在顾筱筱身边，楚筱都咬牙切齿地低声说道，"我的小祖宗，回家待着好不好？"

"你要是再让我在家待着，我会把自己弄疯的。"顾筱筱态度很坚定，楚筱都最怕她这个样子，因为她一旦决定了的事情，没人能改变。

楚筱都由着顾筱筱上了班，不过私下跟市场部打了招呼，不让她做繁重的工作。

这天，下班之后顾筱筱给楚逸辰发了条信息，就收拾东西下了楼。风扬集团大楼外，一名长相妖娆的年轻女子正站在那里，吸引着来往人群的注意力。

凌千羽，顾筱筱远远地就看到了她。以为她是来找楚筱都或者楚逸辰的，面无表情地走了过去，想当作没看见她。

"顾筱筱。"没想到凌千羽大大方方地叫出她的名字，顾筱筱不得不停下脚步。

"一起吃个饭？"凌千羽微笑看着她，提议道，"就我们俩。"

"你是想和我说什么吧？"顾筱筱考虑片刻，开口，"吃饭就算了，我没什么食欲。对面有间咖啡厅，想聊的话就去那儿坐会儿吧。"

凌千羽没想到顾筱筱比她还直接，笑了笑点头说好。两人走过人行横道，进了店门。点了两杯咖啡，顾筱筱坐在座位上和凌千羽四目相对。

"你胳膊怎么了？"凌千羽盯着顾筱筱的右肩膀，"废的？"

"受了点伤，最近行动不大方便。"顾筱筱语气平静地回道，"我知道你找我不是为了嘘寒问暖，想说什么，说吧。"

"你觉得我找你，还能说些什么？"凌千羽垂眸一笑，"你们两个结婚多久了？"

"差不多半年。"顾筱筱诚实地回道。

"那你知道我和他在一起多久吗？"凌千羽自问自答，"六年，应该比你们认识的时间还长吧？"

顾筱筱听了这话，心里有点不舒服。不过她也点头承认了，事实的确如此。

"我知道，像你这种女生，不管我说什么，你都不会主动离开他身边的。毕竟，就算我再怎么拿钱诱惑你，也没有楚逸辰能给你的多。"

"我和他在一起并不是为了钱。凌小姐，我希望你说话的时候，能够尊重一下别人。"

"那是为了什么？"凌千羽嗤地一笑，"你不要告诉我说，你没花过楚逸辰一分钱；也千万别跟我说，堂堂风扬集团总裁夫人的称号对你一点吸引力都没有。这么多年，想爬上他床的女人数不胜数，虽然我不知道你是怎么得偿所愿的，但我知道，他并不爱你。"

"你刚刚说什么？"顾筱筱目光有点呆滞，以为自己听错了，"风扬集团总裁夫人？"他们之间的事，怎么还和大boss扯上关系了？

顾筱筱的迷茫在凌千羽眼中就是在故意装纯，她无比讽刺地笑了笑，觉得自己有点小瞧这个小姑娘了："也对，毕竟逸辰现在还没对外公布你的身份，没几个人知道你和他结了婚。不知道他到底打算什么时候向外界介绍你？你说，要是大家知道风扬集团总裁……"

凌千羽的话还没说完，顾筱筱就脸色苍白地拍案而起。她双手按在桌面上，并不在乎自己的伤口会不会因为剧烈的动作而裂开："你的意思是说，风扬集团的总裁，是楚逸辰？"

顾筱筱惊慌失措的神情并不像是装。凌千羽见状，心里也不由得慌了一下："你千万别说，楚逸辰没告诉过你他的身份，你和他在一起也并不是因为他的钱。男人嘛，大鱼大肉的吃惯了，总会想要吃些清淡的小菜。在我看来，他找上你，也不过就是一时新鲜而已。"

凌千羽还说了什么，顾筱筱已经无心再听了。

楚逸辰是风扬集团的总裁。她满脑子想的都是这句话，犹如一桶冰水从头顶浇下，让她浑身冰冷。

"我还有事，先走了。"拎起背包，顾筱筱失态地转身离开。可是走出咖啡厅，望着人潮涌动的街道，却不知自己能去哪里。

楚逸辰……

顾筱筱手忙脚乱地翻出电话，打通了他的号码。

"你还在公司吗？"顾筱筱出声问道。

"嗯，还有点事情要处理。"楚逸辰笑了笑，"想我了？那我现在就回去。"

"不用！"顾筱筱慌张地回答，"我没事，就是随便问问，你先忙吧。"

挂断电话，顾筱筱飞快地跑向公司的停车场。

除了公司的高层，普通员工是没有什么机会见到总裁的，因为总裁的专属电梯不准其他人乘坐，而且，听说电梯都是直达底层停车场的。风声从耳边呼啸而过，顾筱筱用最快的速度跑到了停车场。她气喘吁吁地四下扫视寻找着，看到楚逸辰的座驾后，整个身子都僵住了。

也许，他只是把车子停在了这里而已，毕竟这附近停车位挺紧张的。顾筱筱试图说服自己，但是她发现，她骗不了自己。顾筱筱找了处隐蔽的角落，眼睛一直紧盯着某个地方。她眼睁睁看着楚逸辰和楚筱郗从专属电梯中走出来开车离开，终于控制不住情绪，哭了出来。

楚逸辰是风扬总裁，这件事对她而言只有惊，没有喜！她一直以为，只要她足够努力，终有一天，她会有机会和他并肩站在一起！她是那么渴望凭借自己的努力成为让他满意且不会失望的妻子！到头来，却发现原来这一切都是一场骗局！

她进风扬实习、留在风扬工作，并不是因为她有实力，而是因为风扬集团的总裁叫楚逸辰！这是多么讽刺可笑的事实！

　　难过，彷徨。顾筱筱哭着哭着就坐到了地上，她狼狈地环住自己的身体，把头埋在双膝之间，不知究竟该怎么办。电话铃响起，引起了她的注意。她抹了把眼泪，看到屏幕上的名字时，眼中瞬间充满了委屈和恨意。

　　毫不犹豫地挂断电话，顾筱筱深吸一口气站起来，低着头，缓步走出了停车场。另一端，被挂断电话的楚逸辰，心中忽然有了种不好的感觉。顾筱筱没在家里，也不接自己的电话，她去了哪里？

　　"哥，怎么了？"楚筱郗一回头，就看到握着电话有些失神的楚逸辰。楚逸辰没出声，又一次打了顾筱筱的电话，结果和上一次一样。楚筱郗也看出怎么回事儿了，两人对视了一下，她转身拿起自己的手机，依旧没能听到顾筱筱的声音。

　　"什么情况？筱筱不接你电话，也不会不接我的呀！"

　　顾筱筱独自一人走在大街上，夜色渐浓，她不知自己究竟走了多久，当她停下脚步时，天已经很黑了。她看了看四周的霓虹灯，不禁苦笑。这偌大的城市，竟没有一处是能容得下自己的归处。

　　找了家酒店，顾筱筱坐在温暖的房间里，目光无神地拿出手机。上面有很多通未接电话，有楚逸辰的，也有楚筱郗的。因为设置了静音，她一个都没听见。难过也好，失望也罢，顾筱筱终究不是个任性妄为的人。电话再次响起时，她接了起来。

　　"我的小祖宗啊，你终于接电话了！"楚筱郗长舒一口气，"你在哪儿呢？怎么一直不接电话？"楚筱郗的声音有点急，也有点恼。

　　顾筱筱听着那既熟悉又有些陌生的声音，想了想，低声开了口："我最近有点累，想一个人静一静。我没有什么危险，你们不要担心，不要找我。"

　　顾筱筱声音很平静，平静得让楚筱郗开始心慌。声音里的清冷和疏离，是楚筱郗以前从未感受到的。

　　"什么叫不要找你？"楚筱郗眉头紧皱，"你到底有没有把我当成家人？有什么事不能和我说？"

　　"筱郗！"顾筱筱眼泪滴落，"那你有没有把我当成家人？"顾筱筱带着哭腔的询问，把楚筱郗给问蒙了，"楚筱郗，风扬集团的大小姐，你究竟想瞒我瞒到什么时候？"

　　完了……楚筱郗在听到顾筱筱说这话的一瞬间，就知道大事不好了。

　　"筱、筱筱，你听我解释。"楚筱郗紧张得有点结巴，"我们不是故意要骗你，就是，就是担心你会一时接受不了，所以才不敢说的。"

　　"事实证明，我的确是接受不了这个现实。"顾筱筱自嘲地一笑，"你是知道我的，我就是普通家庭中一个很普通的孩子，我没做过什么痴心妄想的梦，也没想过要一步登天，更没想过要成为风扬集团总裁的夫人。"短暂的停顿过后，顾筱筱继续说道，

"我需要静一静。"

挂掉了电话，楚筱郗心口有点发闷。她其实是有火气的，但又不知道该向谁发。既然是谎言，就终有露馅的一天。楚筱郗不是不明白这个道理，只是她没想过，当真相终于浮出水面的时候，该怎么面对顾筱筱被谎言伤害的心。

顾筱筱从小就知道自己是被父母抛弃了的孩子，她小心翼翼地善待着身边的每一个人，不想自己再次被抛弃。顾筱筱也从小就很清楚，有钱是件很幸福的事情。人们每日忙忙碌碌、奔波劳累，谁不是为了钱？她不是圣人，自然也免不了俗。她的脑子从来没有这么混乱过，即便是在当初知道沐云帆背叛自己的时候也没有。

风扬集团总裁——她只要一想到这几个字，就不由自主地觉得好笑。他是有钱人的代名词，也是无数奋斗在这个城市的年轻人心中崇拜仰望的对象，包括顾筱筱自己。想想这段时间发生的事情，顾筱筱知道是自己太蠢了。她从来没有怀疑过楚逸辰和楚筱郗的身份，也从来没有质疑过自己的工作能力。对那两个人而言，她能有什么利用价值？

顾筱筱不打算高看自己，这世上或许没有多少像楚逸辰那样优秀的人，但想找出她这样的人来，则是一抓一大把。

吃惯了大鱼大肉，所以想吃些清淡的小菜。脑海里浮现出凌千羽说过的这句话，顾筱筱感到无比难堪。他们豪门之间的游戏，她玩不起，也从没想过要去那个圈子插一脚。所以，一切就到此为止吧。

她退出，她不玩了！就当所有的事情都没发生过，从今以后，他们还是不同圈子里两个毫无关系的人。

故事的开头总是这样——适逢其会，猝不及防。

故事的结尾也总是这样——花开两朵，天各一方。

顾筱筱曾经看过这样的两句话，却没想过这种事情会发生在自己的身上。躺在床上一夜无眠，就这样旷了人生中的第一次工。顾筱筱躺到九点多，才身心疲惫地起身去洗了洗脸，收拾了一下后出门去超市买了很多东西，然后打车来到城郊的孤儿院。

"筱筱姐姐，你怎么好久都不来看我们了？我们好想你！"

"筱筱姐姐，你看我有没有长高一点？"

"筱筱姐姐，你看我掉了的牙已经长出来了！"

顾筱筱一出现就被孩子们团团围住，让她空荡荡的心瞬间温暖了很多。

"姐姐最近工作很忙，所以才没时间来看你们。为了赔罪，姐姐带了好多好吃的给你们，就原谅我这一次好不好？"顾筱筱笑着哄着孩子们，等他们被院长叫走以后，才慢慢松了口气。

"筱筱，你肩膀怎么了？"于春涵不经意间发现顾筱筱表情有些痛苦地摸了摸右侧的肩膀，上前询问道，"怎么瘦了这么多？你一个小姑娘在外面，要好好照顾自己，工作重要，身体也重要呀！"

"我没什么事儿，就是工作有点忙，所以瘦了。"顾筱筱笑得有些牵强，"最近有些累，今天请了假过来，想着休息一下，也顺便看看孩子们。"

"你这丫头，每个月都给我们打钱，孩子们都知道你的好，天天想着念着要见你。"于春涵叹了口气，感激地说道，"筱筱，谢谢你这几年对福利院的支持。"

顾筱筱从大一来到这座城市开始就跑来这个孤儿院做义工，这几年来她一直没停止对福利院的帮助。以前没工作的时候她会去兼职，虽然赚的钱不多，可她总会给孩子们买东西。后来上班没时间，就定期打钱过来。小小年纪，有这样坚持的毅力，这让福利院的工作人员都不免对她佩服又感激。

"于院长，你这是说的什么话？我来看孩子，自己也开心，你们就不要和我客气了。"顾筱筱扭头去看那些正玩得高兴的孩子，脸上浮现一抹浅浅的、欣慰的笑意。

"我这两天都有时间，就住在这里，有什么需要帮忙的，你们尽管和我说。"

"好，好！"于春涵连连点头，"你能在这儿住下，孩子们可是要高兴坏了！"

孤儿院中，顾筱筱麻木着自己的情绪，打发着时间。风扬集团大楼内，有些人的情绪就没那么好麻木了。

"我说，你这脸还能再臭点不？"徐明看着办公桌后的楚逸辰，忍了好久，还是没忍住，"从早上开会一直到现在，我就没见你心情好过。你这样上班，会给我们下属带来很大压力的知道吗？"

徐明一番话说完，楚逸辰没什么反应。若有所思地看了他一会儿，徐明恍然大悟："你不会是因为凌千羽回来了才这样的吧？"

楚逸辰目光一沉，抬起头来看向徐明。

"筱筱昨天回家跟你闹了？"徐明幸灾乐祸道，"我昨晚看见她和凌千羽在对面喝咖啡，就知道……"

"筱筱昨晚和凌千羽在对面的咖啡厅？"

"你不知道？"徐明怔了一下，意识到自己说错了话，"那个，我还有个会要开，先去忙了。"

"什么时候的事？"楚逸辰追问。

徐明只好停下脚步："就下班那会儿。我以为你知道，就没提。"

楚逸辰扔下手中的笔，拿起外衣准备离开："这两天有什么事你处理，我不来公司了。"

楚逸辰翘班，这可是非常难得的事情。徐明目送他走出办公室，也不知发生了什么。他想了想，下楼去找了楚筱郗，这才知道原来顾筱筱今天也没有来公司。

黄昏时分，顾筱筱坐在秋千上，仰头望着灰蒙蒙的天空发呆。她已经来孤儿院这边两天了，想想也该回去了。东西都在那里，她得搬出来才行。顾筱筱刚刚做好决定，就听到有脚步声靠近，她偏过头去一看，便看到了楚逸辰。心中下意识地想逃的，但是当手握在秋千绳索上时，她又放弃了这个想法——做错事情的人不是她，她为什么要逃？

楚逸辰一步步走到顾筱筱的面前，望着她紧绷的小脸，叹了口气。

"你来了。"顾筱筱起了身，也不多看他一眼，转过身去，说道，"走吧。"

凭楚逸辰的能力，能找到她在这里，顾筱筱一点儿都不意外。快步走回楼里，迎面和于春涵碰上，顾筱筱主动开口道："于院长，我今天有事先回去了，改天再来看孩子们。"

"好。"于春涵笑着点点头，好奇的视线落在顾筱筱身后的人身上，"这位是？"

"朋友。"顾筱筱风轻云淡地开口，没有一丝犹豫，听得楚逸辰十分不爽。

"你好，我是筱筱的丈夫。"上前一步，楚逸辰站到顾筱筱的身边，一把搂住她的肩膀道。

顾筱筱蹙眉看了看他的手，一点儿都不想和他有任何肢体接触。但有别人在，她又不好发脾气让人难堪。

"筱筱，你结婚了？"于春涵又惊又喜，"你这孩子，这种大事怎么也不通知一声！"

"他是开玩笑的，于院长我先走了。"顾筱筱敷衍地笑了笑，随后用力挣脱楚逸辰的怀抱，去房间拿自己的东西。

她走后，楚逸辰有些无奈地看向于春涵，解释道："我们的婚礼还没有举行，这两天多谢于院长的照顾。"

看得出来这两人是在生气冷战，于春涵理解地点点头，微笑着嘱咐："筱筱是个好女孩，好好对她。"

"我会的。"

两人短短的几句交谈沟通，顾筱筱已经拿好东西回来了。跟于春涵告别后，她和楚逸辰并肩一起往外走去。

坐上车，她目光淡然地望着前方："明天上午空出一些时间来，我们去把婚离了。"

楚逸辰目光一沉，瞥了一眼顾筱筱，没出声。车子一路狂奔，很快就到了目的地。顾筱筱坐在车上蹙蹙眉头，没有下车的打算。因为这里并不是金融街的公寓，而是锦园的别墅。

楚逸辰下车打开车门，解开她的安全带，望着一动不动的顾筱筱，伸手去抱她。顾筱筱不躲不闪，视线冷漠。

"是我的错。"楚逸辰主动开口承认错误，倘若有旁人在身边，见到这一幕定会惊讶得目瞪口呆，"我不该瞒你。"

顾筱筱垂下眼帘，片刻过后，她扬起温婉的笑容："没事，不要再说这个了，送我回去吧。"

面对顾筱筱的有意疏离，楚逸辰很不安："我们今晚住在这边。"他低声开口，想要拥着顾筱筱下车。顾筱筱皱眉伸手去挡，刚想说什么，不远处的房门就被推开了。

"光天化日的，拉拉扯扯干什么呢！"傅子恒倚靠在门口，看着前方的小两口，完全没把自己当外人，一脸不满地说道，"顾及顾及单身贵族的心情行不行？"

　　顾筱筱没想到会有其他人在，而楚逸辰对傅子恒的出现，似乎也有点意外。"你怎么在这儿？"楚逸辰看着他问。

　　"我还没问你呢，大哥难得回来，你不告诉我，你什么意思啊？"傅子恒下巴一仰，反问道，"我好歹也算半个家属吧？你带媳妇见家属不找我，说得过去吗？"

　　傅子恒强烈表达着自己的不满，在他说话的时候，韩奕和徐明从他身后探出头来，让顾筱筱的脑子更乱了。顾筱筱咬了咬唇，不知道怎么冒出这么多人来。楚逸辰瞥了眼他们幸灾乐祸的表情，附在顾筱筱耳边开了口："今天人多，夫人手下留情，给点面子可好？"

　　顾筱筱瞪了眼他，深吸一口气，下了车。楚逸辰是了解她的，不管他们之间发生了什么，她都不会当着外人的面和他吵。两人一前一后进了屋，脱了鞋，顾筱筱有些不自在地坐在沙发上听着他们聊天。

　　"应该快到了吧？"傅子恒看了看时间，问，"筱郗都去一个小时了，这人怎么还没接回来？"

　　"我去厨房帮忙。"顾筱筱瞧了瞧厨房的方向，里面只有做饭阿姨一个人。

　　"你的伤还没好。"楚逸辰不准她走，气得顾筱筱直瞪眼睛。旁边几人相互交换了一下视线，都在彼此眼里看到了笑意。

　　听说顾筱筱已经知道楚逸辰的身份了，而且两三天都没照面。看他们两个现在的架势，八成还在冷战。今天要不是为了看热闹，傅子恒几个也不会来得那么快。所谓看热闹的不嫌事大，他们很乐意见这两人大眼瞪小眼，最好打起来，那他们才高兴呢！

　　气氛有点怪，顾筱筱望着楚逸辰一脸宠溺地笑看自己，又看了看傅子恒那几人脸上很明显的不怀好意的笑容，起身上楼去换衣服。楚逸辰尾随其后，寸步不离。两人回到房间，顾筱筱埋怨："你没说今天要见别人。"

　　"楼下那几个是自己跑过来的，我也没想到。"楚逸辰把衣服放在床上，顺手去帮顾筱筱解衣扣。

　　"你别碰我！"顾筱筱反抗，拉扯到肩膀的伤口，疼得她倒吸一口气。

　　"你是我老婆，我不碰你，碰谁？"楚逸辰说得理直气壮，态度强硬，高大的身躯直接把顾筱筱压在身下，让她动弹不能。

　　"要怎么做你才能不生气？"缱绻的声音中带着些怜惜，带着些无奈。

　　"离婚。"顾筱筱回答得直接痛快，"你放了我，想玩的话去找别人。"

　　"玩？"楚逸辰眼底隐隐浮现一抹怒意，"在你眼中，我对你的感情只能用这个字来形容吗？"

　　"楚逸辰，我不想和你吵，我只要离婚。"

　　"你想得美！"楚逸辰说着低下头去。

顾筱筱眼看着他的脸就要贴过来，赶紧抬手去挡，不想，他伸出舌头在她的手心舔了一下，吓得她赶紧缩回手来。

"臭流氓！"

"我不介意更流氓一点。"

楚筱都狂奔到楼上，推开房门的时候，看到的就是楚逸辰压在顾筱筱身上的画面。屋内屋外的人都不约而同地愣住了。楚逸辰不悦地回过头看向楚筱都："出去！"

"我……"楚筱都心虚了一下，不过她心一横，大步走到床前，生拉硬扯地把楚逸辰给拽了起来，然后推到了门外，"你才出去！"

锁好了门，楚筱都靠在门上，小心翼翼地看着坐在床上的人。顾筱筱看也不看她一眼，慢慢起身换衣服。肩上的伤口早就裂开了，顾筱筱这两天在孤儿院也没心情理会，导致现在有点发炎。楚筱都瞥见红肿的伤口，赶紧走过来，心疼地问："疼吗？"

"没事儿。"

"筱筱，"楚筱都一把抱住顾筱筱的身子，委屈地开了口，"你不要生我气了好不好？我知道错了，以后再也不瞒你什么了，你不要不理我。我当初真的没想那么多，你相信我，我不是故意要骗你的！"

楚筱都心急地和顾筱筱解释，刚刚听到顾筱筱在上面，她脑子一片空白地就冲了过来。被楚筱都紧紧地抱着，听着她的道歉，顾筱筱心里并不好受。楚筱都是个好人，顾筱筱从来不否认这一点。想想她的身份，顾筱筱也可以想象得到，从小到大，她应该不曾向什么人低过头。现在她却愿意一次次和自己道歉，甚至是哀求自己不要不理她。

"筱都，你让我把衣服穿好，还有人在下面等着。"沉默了片刻，顾筱筱开了口，"我不生你的气了，其他的事，等过了今天再说吧。"

"真的？"楚筱都猛地站直身子，"真的不生我气了？"

"嗯。"顾筱筱微微一笑，点了点头。换好衣服，两人下楼。在楼梯的拐角处，顾筱筱看到楚逸辰等人都围坐在沙发那边，听到脚步声，他们纷纷把目光投向了她这边。

这是顾筱筱第一次见到楚逸轩，望着坐在沙发上的男人，她不由得暗中感叹，他们家的基因还真是强大。楚逸轩穿着一身军装，肩章上有好多星星和杠杠。他和楚逸辰长相有着几分相似，因为身上军人的气质太突出，整个人看起来十分刚硬端正、内敛锋利。

顾筱筱在他的迎视下走了过去，轻声开口："你好，我是顾筱筱。"

"你好。"楚逸轩笑着点点头，"最近部队一直很忙，所以没抽出时间来看看你，别介意。"

"不会。"顾筱筱连忙回道，心想，你其实完全不用跑这一趟的，因为下次你再见到自己的弟媳就不会是我了。

众人说了会儿话，已经晚上八点多了，酒菜端上了桌，顾筱筱坐在楚逸辰身边，心情复杂地吃完了这顿饭。所有人全部留在这边的别墅过夜，楚逸辰和楚逸轩去楼上不知聊什么事情，楚筱都也被韩奕和徐明给叫走了，顾筱筱没什么事做，就在楼下收拾着残局。

傅子恒走进厨房，顾筱筱扭头看他，问："是要水吗？冰箱里有。"

"不要，我就是过来看看你。"傅子恒开门见山地说，"顺便和你聊聊天。"

"和我聊天？"

傅子恒回头看了看外面，除了他们两个，所有人都在楼上，没人来干扰："听说凌千羽找过你，她都说了什么？我挺好奇。"

傅子恒的话让顾筱筱眉头微蹙，这种事情，他是怎么知道的？

"别误会，这事儿和逸辰没关系。凌千羽是我们几个从小玩到大的朋友，她回来的事我们自然都清楚。"

"既然如此，那你去问她不就行了。"顾筱筱并不喜欢那个人，也不想提起关于她的事情。

"听你这话，我大概就能猜出究竟发生了什么了。"

"我不太想听她的事情。"

"我就不信，你真的不好奇她和逸辰以前都发生过什么事情？"傅子恒轻挑眉尖，"当初她千辛万苦地把逸辰追到手，如今却只能看着逸辰对你百般呵护，我跟你打赌，她是不会这么轻易地放过你的。"

顾筱筱咬了咬唇角，目光微动。

"你也是个聪明人，应该知道，对于我们这种人来说婚姻意味着什么。"傅子恒轻叹口气，"其实当初得知你和逸辰已经结婚的时候，我挺惊讶的。我认识他二十多年，还是第一次见他这么费心思。隐瞒身份跟别人结婚，这事儿够我们笑他一辈子了。"

顾筱筱微垂着头，静静地听完傅子恒的话，抬眸看了看他："所以，你真正想说的是什么？"

"想玩你，拿钱足够了，没必要赔上一张结婚证。你和逸辰结婚的消息已经渐渐在圈子里传开，他是什么意思，你应该好好想想。"傅子恒神态异常认真地盯着顾筱筱的双眼，这和他平日里话多的形象一点都不一样。

"我知道你们之间因为凌千羽出现了一点问题，说实话，我还挺乐意看见她找你麻烦的。"说着说着，傅子恒就又恢复了平常不大正经的样子，"这女人之间玩起心眼，可是比男人打架有意思得多。凌千羽从小就和我们翻墙爬树，想动你的话，你不可能是她的对手。万一她真打了你，不知道逸辰会怎么办？"

"收起你的恶趣味好吗？"

"不好。"傅子恒摇摇头，本来还想再说点什么，不过楼上已经传来了脚步声。回眸一看，看到了楚逸辰的身影。傅子恒眼中目光一闪，上前一步，低头贴在顾筱筱耳边："据我所知，大哥是被他叫回来的。现在除了找外援，他已无计可施了。别那么快就原谅他，好戏我还没看够呢！"

楚逸辰下了楼，看着傅子恒一脸奸笑，问："说什么呢？"

"没说什么啊，我就是闲着无聊，来跟你老婆谈谈人生。"傅子恒痞笑，"筱筱，改天我单独请你吃饭。其实我朋友挺多的，女的有，男的更多。"

"滚出去！"楚逸辰不悦地开了口，看那样子，就差抬腿把傅子恒给踢出去了。

"好好好，我滚，不打扰你们夫妻两个。"傅子恒倒退两步，很听话地出了厨房。不过他三步一回头，看起来还是挺好奇厨房里接下来会发生什么。

"你也出去，别打扰我收拾厨房。"

楚逸辰是被顾筱筱推出来的，他站在门外，听着远处傅子恒放肆的笑声，靠在墙上，长腿舒展，等着里面的人走出来。顾筱筱在厨房里忙了大半个小时，擦了把汗走了出来，一迈出厨房的门，就被等在门口的人吓了一跳："你怎么还在这儿？"

"等你。"楚逸辰很自然地拥过她，朝楼上走去，"明早带你去医院处理一下伤口。"

"我倒是希望你说，明早带我去民政局处理一下离婚的事。"

听了顾筱筱的话，楚逸辰并没什么反应，快步拉着她回了房间。房间门被关上的一瞬间，顾筱筱的身子顺势被推着靠在了门上。楚逸辰阴冷锐利的眼神紧盯着顾筱筱的双眼，让顾筱筱心里莫名委屈。楚逸辰平日里在她面前都是温和的，但任何人都不能否定，他是个危险的人物。天生的傲骨加上在商场上多年打磨历练出来的王者气息，恐怕不光是顾筱筱，任谁被他这样愠怒地盯视着，心里都会恐惧。

顾筱筱起初还仰着脖子，一脸不服输地和他瞪视。可是没过去半分钟，她的气势就越来越弱，眼神也越来越虚，最后干脆红了眼睛。

"说谎骗人的又不是我，你凭什么这么理直气壮？"一开口，眼泪就啪嗒一下落了下来。"只许州官放火，不许百姓点灯，楚逸辰你讲不讲理？"顾筱筱愤怒地哭诉，"当初没弄清楚状况就拖着你去结婚，我承认是我的不对，我现在改还不行吗？"

抹了一把眼泪，顾筱筱觉得在他面前哭太丢人了。她吸了吸鼻子，红唇紧抿，眉头微蹙，一双明眸闪着泪光，却倔强得不肯再哭："我说离婚你还瞪我，你堂堂风扬集团的总裁，欺负、吓唬我一个小员工，你还有理了？离婚！我就要离婚！凭什么我得受这委屈？你爱找谁结婚就找谁结婚去，反正我不干了！"顾筱筱一口气说了好多话，声音也控制不住地越来越大，充分表达出她内心的不满情绪。

楚逸辰看着爆发的人，眼中的笑意一点点扩大。

"你还笑我？"留意到楚逸辰微扬起的嘴角，顾筱筱气得抓狂，"你……"

一低头，楚逸辰得偿所愿地吻住那张喋喋不休的小嘴。顾筱筱毫无防备，被他轻易得逞，"唔……"肩膀受伤的胳膊被楚逸辰紧紧握住了手腕，动弹不得。

唇舌纠缠，顾筱筱感觉到，他修长的手指滑入了她的衬衫。楚逸辰长腿向后稍稍退了一步，拥住顾筱筱的手轻轻用力，把她抱住。

顾筱筱脑子一片混乱，没弄清楚是怎么回事，身子一转，背靠在楚逸辰的怀里。他就站在她身后，身子紧紧地贴着她，不安分的手已经解开了她胸前的衣扣："我就是不讲理，在你面前我装够了好人。离婚？你这辈子都别想！"楚逸辰略带惩罚地咬住她的耳垂，拥着她朝床边走去。高大的身躯将顾筱筱完全控制住，房门早就上了锁，不必再

95

担心有什么人会来坏他的好事。

"再不乖乖听话还喊着离婚，我就不仅仅是吓唬你这么简单了。"按住顾筱筱不安分的小手，楚逸辰警告她。

"你……"顾筱筱趴在床上，回头看了眼身后的无赖，"你敢打我，我就报警告你家暴！"

"我疼你还来不及，怎么舍得打你？"楚逸辰声音一沉，嘴角噙笑地低下头去，舌尖顺着她的耳郭轻轻划过。

顾筱筱的身子随着他的动作轻轻一颤："楚逸辰！"略带娇嗔的声音，格外好听。楚逸辰的手顺着那曼妙的曲线一路向下，在她再次想要出发抗议的时候，低声提醒："今天家里人多，但我不介意你叫得大声一点。"

顾筱筱瞬间明白了他的意思，脸色绯红。偏偏这人还不肯放过她，继续说道："如果我没记错的话，你曾怀疑过你的老板是个gay，对吧？"想起两人某次的对话，楚逸辰加快了手上的动作。

"我没有。"顾筱筱无力地挣扎着，又羞又恼，"楚逸辰你不要……不要转移话题！"

"宝贝乖，我们不离婚。"楚逸辰微微起身，让她正视自己，轻吻着她的嘴角，清晰地说道，"除了你，我谁都不要。"

夜深人静，一室旖旎。

清晨睁开眼，顾筱筱浑身酸痛，一点儿都不想动。两人是将近凌晨四点才熄灯睡觉的，想起黑夜中发生的一切，顾筱筱蹙着眉头，看着眼前的人。楚逸辰曾说过，他拿她没有办法。可是在顾筱筱看来，真正没有办法的那个人是她才对。轻叹口气，顾筱筱准备起床。不料刚刚一动，身旁的人就醒了过来："再睡一会儿。"

"不行，还有客人在。"顾筱筱的侧脸贴在他的胸膛上，听着他强有力的心跳声，闭上双眸，心情复杂地说道，"我去冲个澡，你躺着吧。"

"一起。"楚逸辰双眸微亮，主动抱着她起了身，不由分说地拉着她进了浴室。这个澡洗得特别漫长，以至于顾筱筱换好衣服下楼时，才发现其他人都已经起来了。顾筱筱低着头，有种没脸见人的感觉。身后的楚逸辰倒是坦然自若，抬手随意地搭在她的肩膀上，走向客厅，看着那些人不客气地问："你们怎么还没走？"

"有你这么对待客人的吗？"傅子恒跷着二郎腿，一副大爷样儿坐在沙发上看着他，"你要是这么说的话，小爷我今天还真就不走了。"

"随便你，你愿意在这里给我看家，我也不介意。"楚逸辰说着话，看向楚逸轩，"今晚回老宅吗？"

"不了。今天要见两个朋友，明早就回部队。等爸妈回国，我再请假回来。"楚逸轩看起来并不比楚逸辰几个悠闲，顾筱筱听着他的话，想到昨晚傅子恒和自己的那番对话。难道，他真是被楚逸辰打电话叫回来的，只为见自己一面？

第6章

　　楚逸辰开车送楚逸轩去与人约好的地方，两人在车上聊起她中枪的事情。楚逸轩回头看了眼顾筱筱，笑了笑，提议："你有时间带她去练练枪。打顺手了，再想起那事儿就不会怕了。"顿了顿，楚逸轩又说："对了，老爷子也知道你结婚的事了，好像不大开心，你找个时间过去一趟。"

　　楚逸辰皱皱眉头，想了想："明天没什么事，就明天过去吧。"

　　到了地方，顾筱筱下车和楚逸轩告别，等他走远后，才回过头看向楚逸辰："明天要去哪里？"

　　"去见个老头儿。"楚逸辰回答得颇为轻松，"我爷爷。放心吧，他最喜欢像你这样招人疼的小丫头了。"

　　顾筱筱被楚逸辰拖着去医院处理了伤口，拿了药回来后，先回了公司。这是顾筱筱第一次进楚逸辰的办公室，她拘谨地站在那里扫视着整个房间，心里还是有些愤愤不平："所以我当初进风扬，也是你点头同意的，对不对？"

　　"我可没那么多时间。"楚逸辰随手把衣服扔到沙发上，到办公桌后打开电脑，"你能进风扬是凭你自己的本事，不过转正一事，是徐明的意思。"

　　"徐总经理？"顾筱筱有些意外。

　　"徐明很欣赏你的工作能力和水平，在不知道我们的事情之前，还在我面前夸过你。你转正是早晚的事情，提前一些，为公司留住人才也不是什么坏事。"

　　"他怎么夸我的？"

　　楚逸辰手上的动作一停，这才看了她一眼，说："他夸你长得漂亮，说咱们公司有很多人都盯上了你。"

顾筱筱小脸一垮，就知道不该在他这儿抱什么希望。见顾筱筱有些失望，楚逸辰微微一笑，道："有些事情不必说，大家有目共睹。海外项目的工作你完成得很好，所以你的辞职信已经在垃圾桶里了。"

　　"你知道我辞职的事？"

　　"只要是关于你的，我自然会留意。"楚逸辰处理了一会儿公事，望着邮箱里剩下的邮件，有点头疼。手指在桌面上敲了两下，起了身。

　　"走吧，回家再处理这些事情。老顽固特别难搞定，所以明天就拜托夫人了。"走进电梯，楚逸辰动作暧昧地抱着顾筱筱说。

　　"哪有你这么说自己爷爷的？我要是他，听到你这话也会不高兴的。"

　　不管情愿与否，第二天，顾筱筱还是被带到了N市。晚上十点半，飞机准时落地。一出机场，就看到了前来接他们的人。上了车，顾筱筱紧张地握着拳头，望着车窗外的夜景，思绪混乱。差不多一个小时后，车子开始缓慢行驶。车子驶进大院，在一幢别墅前停下。顾筱筱跟在楚逸辰身边进了屋子，看到一个笑容和蔼的老人。

　　林菀薇笑着看了看楚逸辰及他身边的顾筱筱，点了点头，柔和的眼神里隐藏着不易察觉的精光。

　　"这么晚了，你怎么还没睡？"楚逸辰走过去搂住她的肩膀，轻声说道，"早知道就先在外面住一宿了。"

　　"你个臭小子，都回到家了，还住什么酒店！"林菀薇气得伸手拍了他一下，"结婚这么大的事情，也不和家里打个招呼！你爷爷在楼上等着呢，上去以后记得说点好听的，大晚上的，别和他吵。"

　　"好，我知道。"

　　上了楼，林菀薇浅笑着目送楚逸辰两人进了书房，担心地站在门外，听着里面的动静。

　　推开门，顾筱筱看到书桌后站着一位老人。他正在低着头写毛笔字，听到楚逸辰叫了声爷爷，才抬起头来。顾筱筱刚看清楚老人家的模样，还没来得及出声，就见老爷子抄起手边的砚台，眼也不眨地朝着楚逸辰砸来。顾筱筱就站在楚逸辰的身边，被吓得目瞪口呆。好在楚逸辰反应快，拥着她不紧不慢地往旁边挪了挪，砚台砰的一声打在了门上，墨汁溅了一地。楚逸辰瞥了眼脚边的砚台，面不改色地开口："这砚台挺贵的，这么摔着玩不合适吧？"

　　顾筱筱满眼的慌张，听到楚逸辰的话后，更是倒吸了一口气，脸上一个大写的蒙字。

　　"你小子有钱，老子怕什么！"楚云飞气势如虹地拍了一下桌子，伸手指向楚逸辰，盛气凌人地骂道，"你给我滚过来！"

顾筱筱脑子一片空白，被楚云飞这么一指，她不由得一怔，心都提到了嗓子眼，条件反射地迈步朝前走去："爷、爷爷好，我叫顾筱筱。"

"没叫你，回来。"楚逸辰看着顾筱筱呆萌的样子，唇角微扬，拽过她的衣领，把人拉回自己身边。

顾筱筱看了看风轻云淡的楚逸辰，又看了看那边正打量着自己的楚云飞，一时不知如何是好。她长这么大，还是第一次见这种阵势，想到楚筱郗之前的提醒和警告，总算是明白楚筱郗为什么没跟着一起过来了。

顾筱筱欲哭无泪，一咬牙，再次朝楚云飞走了过去。做错事就得认，所以今天就算挨打，她也认了。顾筱筱微垂着头站在书桌前，小心翼翼地抬眸看着楚云飞，胆怯地又叫了声"爷爷"。

"还知道有我这么个爷爷？"楚云飞眉头一扬，十分不悦，不过说话的声音倒是没有刚才大了。

"大晚上的，火气这么大不好。"楚逸辰笑盈盈地走到顾筱筱身后，一开口就被顾筱筱用手肘推了推，"本来是想过完年回来见你的，不过筱筱受了伤，所以就耽误了。"楚逸辰早就找好了借口，"她之前去英国出差，在机场遇上了枪击案，现在肩上的伤还没好。"

楚云飞不大相信楚逸辰的话，看向顾筱筱，见顾筱筱连连点头，他又不悦地瞪向楚逸辰："那国外有什么好的？以后不准去！"

"我不多出几趟国，多赚点洋鬼子的钱，怎么给你买砚台回来摔着玩？"楚逸辰搂着顾筱筱的肩膀笑道，"爷爷，人我也给你带回来了，你看还满意不？"

顾筱筱讨好地笑着看向楚云飞，楚云飞皱眉看了看她，冷哼一声。

"你先出去，回房等我。"楚逸辰低头小声开口，顾筱筱眼睛一扫书桌，提心吊胆地离开。桌子上虽然没有砚台，可是还有一大块玉刻印章呢。那么近的距离，也不知楚逸辰能不能躲得过去……

顾筱筱心惊肉跳地走出书房，看到门外的林菀薇，神经更加紧绷。

"吓到了吧？"林菀薇微笑开口，见顾筱筱否认的样子，安抚她，"你爷爷是刀子嘴豆腐心，放心吧，让他骂一通就好了。"

林菀薇带着顾筱筱去了房间，看着她，叹了口气："你们这些孩子，真是管也管不了，说了也不听。这件事不要怪你爷爷生气，其实小辰能结婚，他心里高兴着呢。"

"这件事是我们做得不对，不怪你们生气。"顾筱筱暗暗叹息，没想到事情会变成这样。自己明明前脚还在想着要怎么和楚逸辰离婚，可后脚就见了他的家人。计划没有变化快，她也不知该怎么办好了。

"时候不早了，先睡吧，有什么事明天再说。"

送走林菀薇，顾筱筱坐在床上发呆。楚逸辰回来后，她有点紧张地上下扫视着他，寻找着被打的迹象。

"担心我？"看出她在想什么，楚逸辰浅笑着上前问道。

"爷爷说什么了？"

"他能说什么，骂我骂累了，就让我先滚回来睡一觉，明天继续。"

看了看时间，楚逸辰起身脱了衣服："早点睡吧，爷爷起得早，明天一定睡不安稳。"

楚逸辰是有经验的，可是顾筱筱就不一样了。清晨，躺在温暖的被窝里听到军号响起的那一瞬间，她如同弹簧一样从床上坐起来看向窗外，不知发生了什么。

楚逸辰也已经醒来，看到顾筱筱的反应，一时忍俊不禁。两人起床洗漱后下楼，见楚云飞和林菀薇都在，顾筱筱开口道："爷爷奶奶早上好。"

"嗯。"楚云飞面容冷峻地瞥了他们一眼，"跟我出去跑步。"

"啊？"顾筱筱愣了一下，在楚云飞再次看过来的时候马上点头，"好，跑步。"

"我不去。"楚逸辰可没顾筱筱那么好说话，他懒散地往沙发上一坐，迎视着楚云飞阴沉的视线，"难得放假休息，不跑。"

"你个兔崽子！"楚云飞说着就朝楚逸辰走了过来。顾筱筱以为他要动手，吓得赶紧半路把人拦住："爷爷，我陪你！我们出去跑步！"

楚云飞看了看顾筱筱，又看了看楚逸辰，咬牙切齿地告诉楚逸辰等他回来，然后带着顾筱筱出了门。

楚云飞的体力远远超出了顾筱筱的，以至于到最后，顾筱筱喘得像只小狗、就差没伸舌头了的时候，楚云飞的气息还很平缓。

"爷爷你好厉害！"顾筱筱停下来休息，开口夸赞，"明天我们把楚逸辰也叫出来一起锻炼吧！"

楚云飞眼底划过一道光芒，绷着脸训道："你们这些年轻人，平时就是不知道锻炼身体。你别走了，在我这儿待几个月，让我好好训练训练你！"

几个月……

顾筱筱嘴角一僵，觉得楚云飞这话好像并不是在开玩笑。她想了又想，小心翼翼地开口："可是，我还得回去上班呀。"

"上什么班！"楚云飞眉头一扬，"我听说你是在风扬工作？"

"嗯，对。"顾筱筱紧跟在后，点头承认，"刚刚入职不长时间，所以爷爷，我不能请那么久的假。"

"那就不用去了，回头我给你开工资。"

楚云飞的话让顾筱筱哭笑不得，在外面转悠了差不多一个小时，两人总算回到家中。

坐在餐桌旁，顾筱筱还没来得及放松一下，就听到楚云飞问："你们两个打算什么时候生个孩子啊？"

"等筱筱毕业，现在还不方便。"楚逸辰看了眼成功被水呛到的顾筱筱，悠然抬手拍了拍她的后背，"这事儿急不得。"

"什么叫急不得？你都多大了？老子像你这么大的时候，你爸都会出去跟人打架了！"

"你都盼了那么多年了，也不差这一年。"

顾筱筱双颊滚烫，低头听他们两个谈论这个话题，终于明白了为什么楚逸辰每次都会做好防护措施……

紧张地吃完了早饭，顾筱筱坐在客厅看着楚逸辰陪楚云飞下棋。然后，便是一个接着一个上门拜访的客人。

"傅子恒、韩奕和徐明的爷爷，你一次性都见全了。"楚逸辰站在顾筱筱身边，小声解释，"你以为老爷子早上真是想带你出去跑步的？他那是炫耀去了。"

"可是我们也没见过这些人呀？"顾筱筱天真地说道。

"在这个大院里没什么秘密。这院儿里的孩子谁闯了祸、谁挨了打，不出半天时间，肯定全都知晓。我们几个不结婚，这些老爷子暗地里都在较劲儿，你今天算是给他争脸了。"

听了楚逸辰的话，顾筱筱再看向楚云飞那边，果不其然，他脸上的得意劲儿藏都藏不住，和昨晚见面的时候简直判若两人。

"筱筱，来！给你韩爷爷倒杯茶！"楚云飞嗓音洪亮地开了口，顾筱筱立马听话地跑过去伺候着。见他心情好了笑得开心，她也不那么紧张了。

"老韩啊，中午就在这儿吃饭吧！我跟你说，我这个孙媳妇儿，厨艺那是一流啊！"到了中午，楚云飞开始留人吃饭了。

韩天睿不耐烦地摆摆手："你瞅瞅你笑得那个样儿！知道你有孙媳妇儿了，行了吧？我走了！"

韩天睿一脸不高兴地出了楚家大门，大步走回家中，第一件事就是给韩奕打电话开骂。

短短的一上午，韩奕、傅子恒和徐明等人都相继接到了家中老爷子的来电，被劈头盖脸地训了一顿，皆是苦不堪言。

在N市待了两天，在楚云飞不高兴的注视下，顾筱筱和楚逸辰坐上车前往机场。

"宝贝儿，你准备什么时候告诉姥姥咱们结婚的事？"楚逸辰长臂一伸，揽过顾筱筱的肩膀，柔声问道。让沈千云知道他们两个的事，顾筱筱就不敢再吵着离婚了，这是楚逸辰心里打的小算盘。

"不告诉她。"

揉了揉顾筱筱的头发，楚逸辰彻底无视她的回答，下巴抵在她的头顶上，幽幽说道："嗯，那就等下个月你伤彻底好了以后，我们回去看她吧。"

飞机落地，回到金融街的公寓，顾筱筱坐在床上看着林菀薇送她的礼物，红唇紧抿。一对玉镯子，她虽然不懂这些东西，可是想也能想得到，肯定价值不菲。

至于楚云飞的礼物，那就更直接了，真金白银，给的比她一年的工资还要多……

"想什么呢？"楚逸辰从浴室走出，看着一脸纠结的顾筱筱问。

"我在想，所谓的傍大款，是不是就是我现在的状态。"顾筱筱无力地开口，身子往后一仰，顺手扯过一个枕头蒙在自己的脸上。她真不敢去细想自己到底嫁了一个什么样的人。

"傍大款的感觉是什么样的？"楚逸辰侧着身子躺在她一旁，拿起枕头，看着她的表情追问。

复杂，这感觉真的是太复杂了！一个原本以为没有机会靠近的人，忽然间成了她的丈夫，这会让人兴奋、激动，却也会惶恐、不安的。

"你真的不打算和我离婚？"顾筱筱犹豫了一下，看着眼前的男人，轻声问道。

"从来没有过这个打算，以后也不会有。"

四目相对，片刻后，顾筱筱伸手遮住了他的眼睛。不过很快她的手就被他握在了手里："我曾说过，你是我的妻子，这辈子都不会改变。而我会是你最大的筹码，让你无所畏惧。"抱着顾筱筱，楚逸辰轻吻她的额头，话语间满满的皆是浓郁到化不开的宠溺。

这些话顾筱筱的确曾经听过，现在和那时的感觉却又完全不同。

抬眸看向楚逸辰，顾筱筱很难得地吻了吻他的唇角，让楚逸辰受宠若惊。

"谢谢你选了我，不管以后会怎么样，我都会努力，不想让你失望。"顾筱筱话中所言亦是心中所想。无论今后她和楚逸辰会怎么样，她知道自己都必须变得更优秀，也更勇敢。

翘了一个星期的班，顾筱筱终于又回到公司开始忙碌。但她没想到，会在自己的办公室里见到楚逸辰。接了杯咖啡，顾筱筱聚精会神地盯着电脑。听到有脚步声停在自己身后，还以为是哪个同事找她有事，就回头看去。

噗！楚逸辰的脸孔吓得顾筱筱一口咖啡喷在了他的衣服上，慌张地起了身，不知道他怎么会在这里。

"总裁？"马天华从外面回来，还以为自己忙花了眼、看错了人。发现站在里面的人真的是楚逸辰后，他惊讶地开了口，然后才注意到气氛好像有点尴尬。

马天华的一声总裁，叫得整个市场部的人眼睛都直了。总裁？这个气宇不凡、年轻帅气、比徐总经理还要养眼的男人，就是风扬集团的总裁？

顾筱筱窘迫不堪地盯着楚逸辰的西装发呆。她咬了咬下唇，慢慢抬眸与楚逸辰对视，小声开了口："总裁好。"

楚逸辰身子前倾，吓得顾筱筱顺势往后一躲。楚逸辰拿起顾筱筱桌上的纸抽，擦了擦脏了的西装，在众目睽睽之下，幽幽开口："这衣服挺贵的。"

"那……从年终奖里扣？"顾筱筱没办法，憋出这么一句话来，急得马天华脑门都冒汗了。

楚逸辰扬唇一笑，微微俯身，在她耳边小声说了一句："晚上陪我去买套新的。"他说完转身离开，留下一脸纠结的顾筱筱站在那里，郁闷至极。

他到底是来干吗的？来看她笑话的？大boss难得露面，听说就被市场部的顾筱筱吐了一身咖啡。这消息不胫而走，到了下班的时候，顾筱筱差不多已经成了全公司讨论的对象。

顾筱筱郁闷地趴在桌子上，等人都走光了，她到顶楼来找楚逸辰算账。可看到他坐在办公桌后认真工作的模样，她又有些失神。眼前的这个男人，成熟内敛、清雅俊逸、自信沉着，他在外人的口中是孤高阴鸷的，可在她面前，却从不吝啬表现出他的温柔体贴。他一次又一次地放低自己的姿态，为的，只是把她留在身边。

"在想什么？"楚逸辰关上电脑，走到顾筱筱身边。看着她目不转睛地盯着自己，疑惑地问道。

"没想什么。"顾筱筱狡黠一笑，才不会让他知道自己刚刚在心里面夸他，"我们要去哪儿？"

"不是说好去给我买衣服？那衣服真的不便宜。"

"有多不便宜？"顾筱筱撇嘴问道，"我有钱，赔你就是。"

"我更希望你问我……"楚逸辰揽过顾筱筱的肩膀往外走，嘴角噙笑说道，"肉偿行不行。"

"流氓！"顾筱筱红着脸小声嘀咕了一句，跟着楚逸辰走出公司，开车到了附近的商业区。

天色已晚，但来此逛街的人还有很多。进了一楼的某家专卖店，顾筱筱选了几件衣服拿给楚逸辰，然后懊恼地发现，这男人简直就是天生的衣服架子，不管什么衣服穿在他身上，都只能用"好看"两个字来形容。

"这是什么表情？"楚逸辰走近顾筱筱，看着她扶额低头的样子，不解地问道。

太帅了……顾筱筱忍了又忍，好不容易才把心里话给压了下去。她深吸一口气，抬起头来，目光微亮地开了口："买买买买买，这几件我们都买了！"

虽然没说出心里话，可顾筱筱心里想的什么，全都写在脸上了。自家夫人一脸花痴地盯着自己看个不停，楚逸辰自然是高兴的。不过她把自己的台词都说了，让他怎么办？

难得找个借口把顾筱筱拽出来，楚逸辰不可能真的是想让她赔自己一件衣服。半个小时后，两人满载而归，手中拎的大部分东西都是顾筱筱的。愉快地享用了晚餐，已经是晚上十一点了。两人下了楼，朝着停车场走去，顾筱筱垂头看着自己被楚逸辰牵住的手，嘴角微扬。

同一条街上，凌千羽独自一人出来闲逛，远处的两抹身影吸引了她的注意力。她冷眼看去，当看清楚那两人的容貌时，不禁眉头一蹙。

时间虽晚，可街上的行人还有不少。凌千羽目不转睛地望着那个不论在哪里都会成

103

为焦点的男人，本就不太好的心情变得越发糟糕。他身边的小女人不知道在说些什么，他微微偏着头，眉目间的宠溺即便是数米之外都能感受得到。

拳头在不自觉地收紧，心口也越来越压抑。凌千羽的失落和难过，在楚逸辰蹲下身为顾筱筱系鞋带的那一刻，变得一发不可收拾。什么时候开始，他竟会对一个女人如此温柔了？

凌千羽手中的袋子纷纷落地，她紧咬牙关，强迫自己盯着他们的一举一动。

"下个月英国那边有朋友结婚，我们一起过去，顺便带你见见家里人。"夜风袭来，楚逸辰拥着顾筱筱的肩，轻声说着自己的安排，"爸妈已经等不及想要见你了，估计是爷爷打了电话给他们。"

"他们要是见了我以后失望怎么办？"顾筱筱有点担心，仰头看着楚逸辰问。

"怎么可能？"楚逸辰抬手捏了捏她的脸颊，怜惜道，"我的眼光他们一向放心，不然也不会这么久还不回来看你。我听筱都说，妈前两天还打电话给她，问你有没有生气。"

"我为什么要生气？"

"因为他们这么久都没有露面，担心你会不高兴。国外公司这几年一直很忙，我回来后大部分事情都由他们处理，很难抽出身来。爷爷为这事也骂了他们好多次，所以今年他们才决定搬回来。"

楚逸辰一番话说得顾筱筱窝心，她抿嘴一笑，小声说道："我能想象到爷爷大发雷霆的样子。你小时候是不是被他打过好多次？看爷爷上次想打你的动作那么熟练，不像是一次两次能练得出的。"

两人闲聊着，不知不觉走到了停车场。楚逸辰邪佞一笑，压着顾筱筱的身子靠在车门上，低头问道："小没良心的，不心疼我，反倒偷着乐？"

"看爷爷的样子，好像还挺喜欢我的，所以，以后你要是欺负我，我是不是就可以打电话给他让他骂你？"

"你确定要这么做？"楚逸辰的手握在顾筱筱腰间，慢慢低头，危险的气息迎面而来。

"别闹！"顾筱筱轻笑着转过头去，吻落在了她的颈间，"别人会看到。"

"让他们看。"楚逸辰无所谓地说道，一副恨不得让天下人都知道他和顾筱筱关系的样子，深深刺激到了尾随他们而来的凌千羽。

一记深长热吻，让顾筱筱的心跳加速。望着楚逸辰得逞的笑容，她推开他，恼羞成怒地开口："我今晚要去筱都那边睡！"

楚逸辰高大的身躯从顾筱筱的身前挪开，她一眼便看到了不远处的凌千羽，神情不禁一僵。顾筱筱的反应也让楚逸辰回头看去，其实他早就察觉有人在跟着他们，不过他没想到这人会是凌千羽。

楚逸辰眼底划过一丝阴冷的寒芒，和前一秒判若两人。他只看了凌千羽一眼，就打开车门要带顾筱筱离开。

"你什么时候变成了这个样子？"看着从自己面前走过的楚逸辰，凌千羽不可思议地开口，"我还以为是自己认错了人。"

楚逸辰将凌千羽的话当作耳旁风一般，脚步并没有因为她的出现而停留片刻。

夜，静悄悄的，顾筱筱坐在车里，也能清楚地听得到凌千羽的那句话，还有她最后歇斯底里喊的那句"楚逸辰你个王八蛋"。停车场内有灯光，凌千羽脸上绝望而愤怒的表情，顾筱筱全都看得清楚。

顾筱筱曾和凌千羽有过几次照面，每一次在她身上看到的皆是自信和与生俱来的高傲，可就在刚刚，她却让顾筱筱看到了痛哭流涕的一面。感情这回事是很微妙的，一个人的努力达不到两个人的关系，但一个人不爱了，却能让感情分崩离析。顾筱筱从不喜欢打探别人的隐私，看到凌千羽那个样子，她却不由得想要知道，两个人当初究竟为了什么才会分手的。

楚逸辰冷着脸，顾筱筱看着他不高兴的样子，什么都没说。回到家后，楚逸辰似乎忘记了刚刚发生的事情，逗着顾筱筱玩了会儿，就搂着她睡觉休息了。

第二天清早，顾筱筱刚到公司，就被神秘兮兮的楚筱郗给抓住。"我哥昨晚带你去哪儿了？"楚筱郗四下看了看，小声问道。

"去逛街吃饭了，怎么了？"

"还挺有觉悟的。"楚筱郗抿嘴一笑，给顾筱筱打小报告，"他昨天问我怎么哄你来着，我就告诉他买买买，没想到他还真信了。"

"我说他怎么给我买了那么多东西……"顾筱筱恍然大悟，"你以后别这么逗他，我什么也不缺。"

两人下班一起回家，吃饱喝足后窝在沙发上看着电视聊着天。

"宝贝儿，我发现我哥对你还真是不一般。"楚筱郗低头看着躺在自己腿上的人，随手玩着她的头发，饶有兴趣地说，"他以前可没对谁这么用心过。"

"那凌千羽呢？"顾筱筱轻声询问，转头看了眼表情有些僵硬的楚筱郗，解释道，"我不是生气，我就是好奇。"她把昨晚遇到凌千羽的事情告诉楚筱郗，叹了口气，"其实我也知道不该打探别人的私事，可我就是好奇。这话又不敢和别人说，更不敢问你哥。"

六年，人的一生能有多少个六年？明明一起走了那么长的路，为什么还要分开？

"唉！"楚筱郗的叹息声比顾筱筱的还要长，她五官皱了皱，不知该怎么说那两人的事情，"其实当初是凌千羽先追的我哥，那会儿她总和我哥与徐明他们几个一起玩，活脱脱像个假小子。后来慢慢地她开始往我家跑，我们都以为她是喜欢大哥，没想到她看上的竟然是你老公。"

"那为什么会分开？男才女貌、家境相仿，他们两个要是结婚的话，肯定是很般配的一对。"

"我也不知道为什么分开，只知道当时……是凌千羽说的分手。后来她就出国了，满世界跑，听说还在非洲待了三年。我一直以为她会找个外国帅哥结婚，没想到她竟然回来了，而且看起来还没有放下我哥。"

凌千羽说的分手……

顾筱筱听着这话中的重点，要说一点感觉都没有，肯定是骗人的。难怪楚逸辰再见到凌千羽脸色会那么难看，原来是这样……

九点左右，楚逸辰从公司回来，把顾筱筱拽回家里，然后通知她，第二天跟他去上海开会，同行的还有她的上司马部长。三人抵达上海，忙碌了一天，顾筱筱躺在楚逸辰身边，出声问道："明天那个会议你会出席吗？"

"我有其他的事要忙。怎么，怕了？"

"也不是怕，就是有点紧张。"顾筱筱垂着头，犹豫地开口。

"相信我，你明天要见到的那些人，绝对会比你之前遇见的好搞定得多。"楚逸辰的话，像是给顾筱筱吃了一颗定心丸。

"你确定我能行？"

"你若是不行，我也不会让你接这份差事。工作上的事情我一向认真，你是知道的。"

"也对，那我就放心了。"顾筱筱若有所思地点了点头，合上眼睛准备睡觉。

"宝贝儿，"楚逸辰的手，若有似无地抚过她的胸前，抱住了她，"这是不是我们第一次住酒店？"

"我睡着了。"顾筱筱紧闭双眼，不肯回答他这个难题。

"那你就当是在做梦好了。"

轻柔的吻落在顾筱筱唇间，一路向下，待她想要制止时，为时已晚。异样的感觉贯穿了四肢百骸，顾筱筱不由自主地呻吟出声，羞得连身子都泛起了淡淡的红晕。暧昧的气息弥漫了整间屋子，楚逸辰略带沙哑的声音在顾筱筱的耳边响起："说你爱我。"

顾筱筱呼吸一顿，随后给了他想要的回答："我爱你。"轻软的声音带着一丝娇羞，却无比地肯定。

这是顾筱筱第一次说这三个字，一直以来压抑在心底的情感瞬间爆发，她双手环在楚逸辰颈间，听着楚逸辰满足而欣喜的回应，这一刻，觉得自己是世界上最幸福的人。

清晨，顾筱筱睁开眼睛，小心翼翼地偷吻了一下身边的人，动作轻盈地起了身。

快速地梳洗完毕，看了眼时间，还很充裕。这时，楚逸辰也醒了过来。

房间门铃响起，顾筱筱像做贼一样看向门口。

"去开门。"楚逸辰推了推她。

顾筱筱连连摇头，门外肯定是马天华，她开了门，然后怎么办？

"我先走了！"小东西跑得飞快，也不知她在怕什么。楚逸辰从身后把她抱住，一边拥着手忙脚乱挣扎着的人儿，一边走向门口去开门。

"你疯啦！"意识到楚逸辰想做什么，顾筱筱眼神慌乱地看着他，压低了声音问道。

"你是我老婆，怕什么？"楚逸辰几步走到门口，门外的马天华看到他，下意识地觉得是自己走错了房间，刚想开口道歉，却看到了楚逸辰身后的顾筱筱。

总裁怎么会在顾筱筱的房间，还衣衫不整、一看就是刚睡醒的样子？马天华怔了一下，万万没想到顾筱筱竟然是这样的人！

"进来吧。"楚逸辰开了口，转身走进房间，顺手拥过还站在那里发呆的顾筱筱。

马天华迟疑地走了进来，关上房门，不知道楚逸辰叫自己是什么意思，难道是想堵住他的嘴，不让他把这事说出去？顾筱筱沉默不语，红唇紧抿，坐在床上，有点生气。他之前明明答应过自己暂时不让公司的同事知道他们的关系，现在却出尔反尔，这个说话不算数的家伙！

"马部长入职风扬几年了？"楚逸辰平静淡然地看着马天华，轻声问道。

"已经九年了。"

"对筱筱印象怎么样？"

"这……"马天华欲言又止。顾筱筱工作能力很强，这一点他一直都不否认。可是现在看着眼前的场景，这话堵在他的喉咙里，怎么也说不出来。

"怎么，很难回答？"楚逸辰挑眉追问。

看着马天华窘迫的模样，顾筱筱知道楚逸辰是故意的。

"我已经结婚了，这消息马部长应该听说了吧？"

"听说了。"马天华点点头，这才意识到一件事——顾筱筱不光出卖了自己的肉体，还当了小三儿……

"介绍一下，我夫人顾筱筱。"楚逸辰也不和他绕弯子了，自家夫人已经在一边瞪了他好久了，"我们结婚快一年了，她不希望公司的同事知道她的身份，所以一直没公开。"

马天华脸上的表情很精彩，从一开始的冷漠不屑，到最后的目瞪口呆。他不可思议地看向顾筱筱，见顾筱筱不好意思地笑了笑，他恍然大悟——原来是这么回事！

"好了好了，要来不及了！"顾筱筱见楚逸辰还想说什么，赶紧起身插话，"我们先走了！"

她风一样跑出房间，马天华被她拖着跑，头上的假发都差点掉下来。

出了酒店，顾筱筱这才松了口气。看了眼马天华，她略带歉意地说道："马部长，今天的事情你能当没发生吗？"

"好好。"马天华想也不想，连连点头。总裁夫人发话，他怎么可能拒绝？

轻声安抚了马天华几句，两人乘车到了会展中心。顾筱筱今天要做的事情说难不难、说简单不简单，作为风扬集团的发言人，她等下需要上台将风扬集团目前与浩远科技合作研发的医疗产品介绍给大家，这是她今天的任务。因为场下有不少国外的客户，所以中英文双语也是必不可少的。

顾筱筱拿到这份资料只有不到两天时间，让马天华瞠目结舌的是，她竟然利用这短暂的时间，完完全全将里面的内容记在了脑子里，在这么多人面前，也没有紧张得忘记一点。不知情的人一定不会觉得她是第一次出席这种会议。

顾筱筱下了主席台，看到马天华赞许的眼神，松了口气。接下来也正如楚逸辰之前保证的那样，她并没有感觉到有什么困难。她只需要站在马天华的身边，在他与前来探讨合作的外国客户交谈时翻译几句便可。

金氏集团也在做同样的研发，金婧和沐云帆今天来这里就是为了这件事。远远地看着顾筱筱，金婧的目光阴郁不堪，顾筱筱身上耀眼的光芒让她越发觉得刺眼。

"马部长，你好。"

对方主动上前来打招呼，顾筱筱并没多大的意外。她波澜不惊地看着金婧和沐云帆，再想起以前发生的那些事情，竟一点感觉都没有了。

沐云帆和马天华在认真地交谈，金婧目不转睛地盯着顾筱筱，顾筱筱则无聊地看向其他的地方。

"没想到你还挺能装的。"金婧上前两步，站到顾筱筱的身前，用只有两人能听到的声音讽刺道，"以前我还真是小看你了。"

"人有很多面，你知我几分？"顾筱筱眉头微蹙，看着她清声说，"你若是站在那里一声不吭，谁又能看得出来你曾经做过那么多龌龊的事情？"顾筱筱毫不畏惧地和金婧对立，对她的厌烦已经上升到了顶点，"我和沐云帆早就已经是不相干的两个人了，你一直找我麻烦，不觉得自己幼稚吗？"

结束了上海的行程，顾筱筱带楚逸辰回了老家。她早就和沈千云打过招呼说今天会回去，不过没说过楚逸辰会和自己一起，所以当沈千云看到两人时，不由得怔了怔神。顾筱筱搂着沈千云的胳膊进了家门，听着沈千云的唠叨，嘴角微扬。

"你这丫头，带朋友回来怎么也不提前告诉我一声，我好准备准备。"

"我们两个去上海出差，顺路回来看看您。"楚逸辰开口帮顾筱筱解围，让顾筱筱松了口气。

沈千云已经做好了饭菜，三人吃完饭后坐在客厅聊天。顾筱筱时不时偷瞄楚逸辰一眼，心里有点紧张，不知该怎么开口告诉沈千云他们两个的事情。

"姥姥，其实这次回来，是有件事情想告诉您。"楚逸辰并没有顾筱筱的那份紧张，他云淡风轻地开了口，顾筱筱听得身子一僵。

"什么事？"沈千云看了眼身边不大自然的顾筱筱，疑惑地问道。

顾筱筱心都提到了嗓子眼，不敢直视沈千云的眼睛。她微垂着头，当听到楚逸辰说出他们已经结婚的事情时，更是吓得身子往旁边挪了挪，慢慢偏过头去小心翼翼地看沈千云的表情。

这两个人相互都有意思，沈千云在B城过年的时候就已经注意到了。可是，结婚会不会太快了一点？这种大事，顾筱筱肯定不敢开玩笑骗自己。沈千云看了看顾筱筱，又看了看楚逸辰，沉默片刻，开了口："筱筱，你先回房间，姥姥有些话想和逸辰说。"

被沈千云支开，顾筱筱不安地瞥了眼楚逸辰，慢吞吞地回了卧室。

"结婚是什么时候的事？"顾筱筱走后，沈千云看着楚逸辰问。

"有些日子了，筱筱怕您担心就一直没敢说。"

"我们家的条件你应该清楚，这结婚的事情，你家里的人是什么反应？"沈千云也不拐弯抹角，顾筱筱只有她一个亲人长辈在身边，她自然不希望筱筱以后受委屈。

"姥姥放心，家里的人都很喜欢筱筱，尤其是我母亲和爷爷。我们本来是打算等筱筱毕了业再领证的，是我有点等不及，这么好的女孩儿，我不想错过。"楚逸辰很了解沈千云在担心什么，一番话不光安抚了沈千云的情绪，更是给了沈千云一个保证。

顾筱筱在房间里忐忑不定，总觉得这时间太漫长了。好不容易楚逸辰出现在房门口，她迫不及待地扑了过去，小声问他："姥姥怎么说？"

"姥姥说终于把你个小麻烦给嫁出去了，她总算能松口气了。"楚逸辰抬手捏了捏顾筱筱的鼻尖，调侃道，"去吧，她等你呢。"

顾筱筱像个做了错事的孩子，走到沈千云面前，大气也不敢喘一下："姥姥……"

"坐。"沈千云平静地看着顾筱筱，牵过她的手，并未责怪什么，"姥姥知道早晚会有这么一天，不过没想到这一天来得这么快。"

轻叹一口气，沈千云继续说道："你嫁了人也好，这样姥姥以后就不用再担心没人照顾你了。"

"姥姥，对不起。"顾筱筱把头靠在沈千云的肩上，有些懊悔，"这件事我应该早些告诉你的。"

"婚都结了，就不要说这种话了。姥姥知道你是个听话的好孩子，既然这是你的决定，姥姥就一定会支持你。看得出来，逸辰也是个好孩子，你们在一起，姥姥放心。"

一直压在心里的秘密终于说了出来，结果比想象中要顺利得多，这不免让顾筱筱觉得有些神奇。

在家待了两天，顾筱筱和楚逸辰返回了B市。晚上九点多的航班，上了飞机后顾筱筱就盖着毯子昏昏欲睡。

不知过了多久，她听到有人在和楚逸辰说话："这位先生，请问您需要什么饮料？"温柔的女声轻轻响起，楚逸辰头也不抬，冷声拒绝道："什么都不需要。"

女子嘴角的笑意有些僵硬，不过并未多说什么，只是将一张小纸条放到楚逸辰的腿上，然后装作什么都没发生一样走开了。楚逸辰不想喝，可是顾筱筱想。她睁开眼睛，正好看到楚逸辰扔了什么东西到前面的垃圾袋里。

"我要一杯咖啡！"顾筱筱开口道。

"不许喝咖啡。"楚逸辰看着她睡眼惺忪的样子，"回去会睡不着觉。"

说完，他扭头看向刚刚的空姐，道："一杯热牛奶。"

楚逸辰对顾筱筱的温柔体贴，让那空姐的脸色有些难看。顾筱筱捧着牛奶看了看空姐，又看了看楚逸辰，把头凑过去，小声问他："这美女怎么好像不大高兴？"

"这美女刚刚想要你老公的电话，没有要到，自然不高兴。"

"你怎么这么不给面子？"顾筱筱撇撇嘴，低声和楚逸辰贫嘴，"人家好不容易张一次嘴，多不容易。"

楚逸辰不轻不重地在顾筱筱的脑门上弹了一下，懒得理会她的挑衅调侃。"回家再收拾你。"简简单单几个字，就让顾筱筱老老实实不敢再多说什么了。

回了家，楚逸辰进了书房，顾筱筱上楼冲了个澡。她忘记带睡衣进浴室，只好围着浴巾出来，一开门就看到楚逸辰。顾筱筱条件反射地倒退一步关上门，眉头紧蹙，门外传来楚逸辰带笑的声音："你今晚是打算睡在里面吗？"

"你帮我拿睡衣过来。"顾筱筱小声要求道。

"不拿。"楚逸辰拒绝得很干脆，"出来。"

"不出！"顾筱筱的回答也很干脆，还学会了小聪明，假装咳嗽了两声，"我快要感冒了。"

"好，我给你拿。"楚逸辰转身回房拿了件衣服，再次来到浴室外敲了敲门。

顾筱筱小心翼翼地把门打开一条缝，伸出一只手去接衣服。楚逸辰目光一闪，抓住她手腕朝着自己的方向一拽，里面的人就踉跄地出现在他的视线中，跌进了他的怀里。

"你使诈！"

"演技还有待提高。"楚逸辰拥着顾筱筱回到卧室，见她迫不及待地扯过被子把自己裹了个严严实实也没阻止。楚逸辰去拿了吹风机过来给她吹头发，见她一脸享受，像只小猫一样，目光不禁越来越柔和。

"你最近好像对我越来越好了。"顾筱筱发了一会儿呆，突然冒出这么一句。她眉头微蹙，表情复杂："不要这样了。"

"对你好还挑理？"

"我这哪儿是挑理，我这是在好心地给你提建议！"顾筱筱一本正经地看着楚逸辰，义正词严地说道。

"嗯，最近说话越来越有底气了，不错。"楚逸辰很满意自己的努力成果，揉了揉顾筱筱半干的头发，"怎么，怕自己以后上了天，我收拾你？"

顾筱筱沉默着没回答。其实楚逸辰说得很对，顾筱筱就是担心他现在对自己太好，要是有一天不好了，她心里肯定会有落差感，还不如一开始就不要这样。

熄了灯上床，楚逸辰抱过顾筱筱，身子一翻，将人压在身下："我就是要把你宠得无法无天，让你再也瞧不上别的男人，只能乖乖待在我身边。"

甜言蜜语，没有女人不喜欢。顾筱筱听着楚逸辰的话，视线不自然地看向一边："嘴那么甜，又偷吃糖了不成？"

楚逸辰是个调情高手,顾筱筱从不怀疑这一点。短短两三分钟时间,她就软成了一摊,只能任他为所欲为。几番缠绵,顾筱筱疲倦地躺在楚逸辰臂弯中沉沉睡去。半夜惊醒,她看了看窗外,天还是黑的。刚刚,她又梦到了英国的枪击现场。摸了摸肩膀上的疤痕,她突然有了一种想法——好想给他生个孩子。

一直到早上七点,顾筱筱都没有什么睡意,干脆到书房看看书,整理一下手头上的工作,趁着楚逸辰醒之前做好早饭,然后一起去公司。对自己这一夜几乎没怎么合眼的事,她只字未提。

马天华自从知道了顾筱筱真正的身份,就不得不对她高看一眼。一个没权没势的小丫头,为了自己以后的生活更好一点,努力一点、勤奋一点,这很正常;可是一个既有权又有势、还每天拼命工作的总裁夫人,就让人敬佩且畏惧了。把所有的精神都集中在如何让自己变得更加优秀上,顾筱筱每天忙得像个小陀螺,其他同事支使她干活也越发顺手。除了工作,顾筱筱最近没心思想别的,所以当有人送她花的时候,她不免有些傻眼。

"是顾小姐吧?麻烦您在这里签收一下。"

"我的?"顾筱筱不大确定地问道,什么人会送花给她?楚逸辰吗?不应该呀……

"您是顾筱筱吧?"送花小哥再次确认了一下,看到她点头,笑着说道:"那就对了,签收吧。"

顾筱筱收了花,一回到座位上,就有好几个女同事围了上来。

"筱筱,今天是你生日还是什么日子呀?"

"有男朋友送花,真是幸福!"

"这家花店我在网上看过,很贵的!我上次看过他们家的七彩玫瑰,才十一朵就要一千块钱,你这应该有九十九朵了吧?"

听着她们七嘴八舌的议论,顾筱筱有些迷茫。第一次收到花是真的,第一次收到这么多花也是真的,可是直觉告诉顾筱筱,这花不会是楚逸辰送的。卡片上除了一个简简单单的N什么都没有写,单从这张卡片,顾筱筱完全猜不到是谁。事实也证明,这的确不是楚逸辰所为。

"我的妈呀,这事儿我哥知道吗?"午休时,楚筱郁来找顾筱筱,看到那束花,问了怎么回事后,惊讶地问道。

"没说。"

"你傻呀?这事儿得让他知道呀!"楚筱郁行动迅速地拿出手机,不顾顾筱筱反对,拍了张照片就给楚逸辰发了过去,"告诉你筱筱,你太顺着我哥了,这样不行。"楚筱郁用心良苦地教导着顾筱筱。

连续一周都收到价值不菲的鲜花,顾筱筱真的有些慌了。这人到底是谁?

"把花拿回去吧,我不会收了。"再次看到送花小哥,顾筱筱蹙眉说道。

"小姐,你别为难我呀,我也只是个跑腿的。客人说了,这花要是送不到就要投诉我。我一个月工资也不多，要是再扣的话，那……"

谁都有难处，大家都是为了生活而奔波。顾筱筱见他这样，有些心软："那你告诉我客人的名字，不然我也投诉你。"

"这……"没想到顾筱筱会这么说，送花小哥愣了一下，哭丧着脸说，"我们也不知道对方的名字啊，都是在网上下单、电话沟通联系的。这人长什么样子、是男是女，我都没见过。"

"那我不要了，你拿回去吧。"顾筱筱一狠心，"我有男朋友的，收了这么多花，他都不高兴了，我不能再收了。"她头也不回地进了办公室，一整天心情都不怎么好。

楚筱都见她闷闷不乐，下了班就拖着她陪自己去晚宴，想让她散散心。

时尚界的晚宴，少不了名流巨星。

"那边那个，穿着红色裙子的那个，看到没？"楚筱都站在顾筱筱身边，小声和她说着八卦，"去年为了一个代言，她想尽了办法和品牌区域总裁上了床，后来被那男人的老婆发现打了她一顿，一个月没敢露面，说是去国外休假了。还有那边那个，听说上个月刚去韩国整了容，那张脸都不知道动了多少次刀了。"

"真的假的？"顾筱筱很震惊。

"我的话你还不信？娱乐圈脏着呢，平时看见这些人，我都懒得搭理她们！"楚筱都话语间都是满满的不屑。不过也只有她这种不差钱的人，才能用这种心态、这种语气说出这样的话来。

"来了来了，鲜肉来了！"入口处一阵嘈杂。

楚筱都顺势看了过去，看到某人后，戏谑地对顾筱筱说："苏佐楠，听说过吧？"

顾筱筱虽然不追星，对这个名字还是十分熟悉的。不管是在家看电视还是上网或是看杂志，甚至出门逛街、坐地铁公交，这个人都是无处不在的。他可算得上是近两年来国内最火的明星，没有之一。看这势头，还有往上蹿的架势，在国际上也开始崭露头角。一张俊俏的脸不知迷了多少小姑娘的眼，心甘情愿地花钱支持他，甚至是老公老公地叫着他。

"我跟你说，你去他微博下面瞧瞧，喊他老公的人一片一片的。你再看看那几个明星看他的眼神，羡慕嫉妒恨，却拿他一点办法都没有！"

被楚筱都普及了一下苏佐楠的火热程度，顾筱筱浅笑着提议："GJ今年的代言不是还没定下，不如就请他怎么样？我看你前几年的代言找的都是国外的明星，换成亚洲新面孔说不定效果会更好。"

"再说吧，这种事儿用不着我操心。"楚筱都无所谓地回道，浅酌了一口杯中的红酒，和顾筱筱站在角落里吃着东西，偶尔和上前来套近乎的人打个招呼，准备填饱肚子以后就回家休息。

顾筱筱趁着她与人交谈的时候去洗手间，回来的时候，迎面走来两个人。苏佐楠正偏着头和身边的人说着什么，留意到前面有人，扬起一抹职业性的微笑看过来。看到顾筱筱后，目光一闪，停下了脚步。他的举动让顾筱筱有些疑惑不解，不过这并没有影响到她前行的步伐。苏佐楠轻声让身边的人离开，拦下与自己擦肩而过的人。迎视着顾筱筱的目光，他微笑着开口："你好，我是苏佐楠。"

"你好。"顾筱筱迟疑地回道，"你有什么事吗？"

"我都告诉你我的名字了，你不打算自我介绍一下？"

顾筱筱蹙蹙眉头，犹豫一下，还是给了他答案："你好，我叫顾筱筱。"

听到顾筱筱的名字，苏佐楠嘴角的笑容渐渐扩散。顾筱筱看着他笑着伸出来的手，礼貌地和他握了握手，脑袋里想着离开的借口。

"你这丫头，果然和小时候一样，心里面想的什么，一眼就能猜透。"苏佐楠的话让顾筱筱目光一僵，连手都忘了抽回来，任凭他握在手中。

"你认得我？"

"你真的不记得我了？"苏佐楠身子往前一倾，脸瞬间就凑到了顾筱筱的面前，吓得顾筱筱踉跄地往后一退，脚下不稳，差点摔倒。

"小心！"苏佐楠手疾眼快地将她扶住，看着顾筱筱站稳之后立刻将自己推开，他重重地叹了口气，表情很是受伤，"亏我一直惦记着你，没想到你这丫头这么没有良心！"

苏佐楠说着拿出手机递到顾筱筱眼前。顾筱筱看向手机屏幕，不由自主地一怔。屏幕上是一张照片，照片上是一男一女两个小孩子。女孩扎着两个小羊角辫，嘴里咬着棒棒糖，正坐在男孩儿的怀里仰头看着他傻笑；男孩儿坐在地上，手里拿着另外一个棒棒糖，似乎正在逗小女孩儿开心。

这照片晃了顾筱筱的眼，因为她也有同样的一张。这是她当年在孤儿院的时候拍的，如今还摆在她老家的房间里。顾筱筱出生后就被丢弃在孤儿院的大门前，到三岁的时候才被沈千云领养。对三岁前的事情，她只有模糊的记忆片段，可是照片上的男孩儿她是知道的，也知道那是她在孤儿院的时候对她最好的人。

"你是……"顾筱筱的视线慢慢地从手机转移到苏佐楠的脸上，双眸渐渐睁大，似乎有些不太敢相信。

"看来是想起我来了。"苏佐楠满意地勾起嘴角一笑，"没白费我小时候给你那么多好吃的。"

"这怎么可能？"顾筱筱脑子有些混乱，"我听说，你不是从小在国外长大的吗？"

"嗯，是被国外的一对夫妇收养了。"苏佐楠点了点头，然后压低声音，苦着脸说，"你知道当初去那鸟地方过得有多苦吗？到处都是说鸟语的洋鬼子，也不知道他们是不是在偷偷地骂我。"

顾筱筱被他说话的表情逗得一乐，眉开眼笑地看着他，问："我长得和小时候又不一样，你刚刚是怎么认出我来的？"

"谁说长得不一样，明明就是一模一样！"苏佐楠强词夺理，见顾筱筱一脸不信，只好换了个答案，"好吧，我承认我是见你长得漂亮故意搭讪的，没想到搭上自家人了。这个回答你满意了吧？"

顾筱筱哭笑不得："你一个红得发紫的大明星，可不可以稍稍注意一下形象？"

"在你面前哪用得着形象？走吧，这里凉，我们去里面说。"

顾筱筱和苏佐楠并肩走回宴会厅，一路上，她时不时地偷瞄身边的人，还是觉得不可思议。这世上，怎么会有这么巧合的事情！

楚筱郁和朋友聊了好一会儿也不见顾筱筱回来，找了个借口想出去找她，不经意地一瞥，却看到顾筱筱和苏佐楠站在一起相谈甚欢的画面。他们两个认识？不应该啊……

楚筱郁满腹疑惑地朝着两人走了过去，轻声叫着顾筱筱。两人不约而同扭头看向她，楚筱郁也笑意盈盈地看向苏佐楠。

"你们两个认识？"

"老朋友，"苏佐楠代替顾筱筱回答了这个问题，"认识十几年了。"

这回答让楚筱郁很惊讶，狐疑地瞥了顾筱筱一眼，见她有些尴尬地笑着，便没有多问。三人说了会儿话，楚筱郁就提出要回去。苏佐楠四下看了看，觉得自己也是时候该撤了，就和两人一同离开。

走出酒店，苏佐楠见二人左右张望，以为她们要打车，便提议道："筱筱，我送你们回去吧。"

"不用了，有人来接我们。"顾筱筱微笑着婉拒，半是开玩笑半是认真地看着他说，"你可是大明星，再不走，一会儿你的粉丝就要找过来了。"

"臭丫头，真是长大了，竟然敢调侃我！"苏佐楠抬起手，自然而然地点了下顾筱筱的额头，"不送你也罢，改天有时间再请你吃饭。你电话多少？"

苏佐楠掏出手机准备记下顾筱筱的电话号码，就在这时，另一道男声响起，叫了顾筱筱的名字。顾筱筱偏头一看，就看到了不远处的楚逸辰。看着他迈步朝自己走来，她有些心急地和苏佐楠道别："我还有事，先走了，再见。"说完话，顾筱筱就迫不及待地想要去楚逸辰的身边。可是她刚刚迈出一步，手腕就被苏佐楠拽住了。

苏佐楠的举动让所有人都没有料到，包括他自己。意识到自己的失礼，他冲着顾筱筱歉意地一笑，无视楚逸辰阴冷的视线，重复了下自己刚刚的话："筱筱，电话。"

"哦。"顾筱筱有点呆地点点头，轻声说出一串数字后，几步走到楚逸辰的身边，挽着他的胳膊，微仰着小脸看着他说："我们回家吧。"

想看穿一个人是不是喜欢另一个人，其实是很简单的事情。你自以为藏得很好的喜欢，其实周围的人都看得出来，因为你看他的眼神不同，小心翼翼里带着些窃喜；你和他说话的语气也不一样，就算是埋怨，里面也充满了甜蜜。

顾筱筱看向楚逸辰时那幸福的表情，让苏佐楠的心情瞬间变得很不好。那感觉说不大真切，只是他知道自己心里闷闷的，有一口气堵在嗓子眼，想吐又吐不出，想咽又咽不下去。

　　"筱筱，"苏佐楠声音平静地开了口，一字一顿地问道，"我送你的那些花喜欢吗？"这件事苏佐楠本不想那么快让顾筱筱知道，但有些时候、有些事总不是那么容易掌控的。

　　楚逸辰脚步一顿，侧着身子看向他。楚筱郗就站在苏佐楠的身边，看到楚逸辰的眼神，后背不由得一凉。

　　"那个，"轻咳一声，楚筱郗努力想要缓解一下紧张的气氛，"苏佐楠——哥，你应该听过吧？"

　　"没什么印象。"楚逸辰的回答让楚筱郗的努力全部白费，她身子僵硬地从苏佐楠身边撤到顾筱筱身后，她也不知道事情怎么会变成这个样子。

　　"花是你送的？"顾筱筱不可思议地开口问道。他们两个今天不是第一次见？他怎么知道自己在风扬上班的？

　　苏佐楠微笑点了点头，说了一句"你小时候很喜欢花的"，接着，便大步走到楚逸辰身前，伸出了手："你好，我是苏佐楠。"

　　楚逸辰的视线缓缓下落，看了眼苏佐楠的手，似笑非笑地勾了勾嘴角，一身傲气地揽过顾筱筱的肩膀，转身就走。顾筱筱被他态度强硬地带回车里，她又不傻，怎么会看不出来楚逸辰的心情不好？她一路上什么也不敢说，坐在后面的楚筱郗更是连大气都不敢喘一下。等到了停车场后，楚筱郗和两人道了句拜拜就赶紧跑回家里，一秒都不想和这两个人多待。

　　顾筱筱跟在楚逸辰的身后，一路上垂着头，像个做了错事的孩子。可是她到底做错了什么？顾筱筱自己也不知道。他生气，她还委屈呢！可是他敢表现出来，她却什么都不敢说。

　　进了家门，顾筱筱脱下鞋坐在沙发上，视线一直盯着楚逸辰看："你生气了？"

　　"我为什么要生气？"瞥了顾筱筱一眼，楚逸辰反问。

　　顾筱筱接连收到一个星期的花，这事楚逸辰自然是知道的。那些花全被他丢进了外面的垃圾桶，虽然什么也没说，可顾筱筱知道他不高兴。

　　轻咬着红唇，顾筱筱看了楚逸辰一会儿，深吸一口气，站了起来："我上楼睡觉了。"

　　胳膊被用力一拽，顾筱筱毫无防备地跌进了楚逸辰的怀里。脚踝扭了一下，疼得她皱紧了眉头。

　　"你是什么时候和他认识的？"楚逸辰冷声开口，说话的语气吓得顾筱筱目光一抖。

　　"如果我说是今天晚上，你信吗？"声音有些颤抖地回答着楚逸辰的问题，顾筱筱咬紧牙关，不想让自己看起来太情绪化。

　　爱一个人就是这样，在他面前，她想戴上最美的面具，又想卸下所有的伪装。顾筱筱努力抑制着自己的心情，和楚逸辰四目相对："你和我生气，无非是因为不相信我。既然不信，那我说什么都是多余的，又何必解释？"

顾筱筱说这话时的心情，楚逸辰应该不会懂。她目光清冷地望着楚逸辰，眸底深处闪烁着点点泪光："你这些天都不爱和我说话，无非就是因为我收了那些花。可就算我收了又能怎么样？你连问都不问一句我和苏佐楠的关系就和我发脾气，你想让我说什么？"

当初他和凌千羽的事，她有多问他一句吗？她相信他，可是他呢！顾筱筱双眼泛红，视线依旧尖锐地盯着楚逸辰看："放开我，我困了，要去睡觉。"

说完话，顾筱筱挣扎着从楚逸辰怀里站起，忍着脚踝的阵阵痛意，头也不回地上了楼，连衣服都懒得脱、澡也懒得洗，躺到床上拽过被子蒙在脸上，越想心里越不是滋味。

楚逸辰眼睁睁地看着她上了楼，过了一会儿才慢慢起身，上了楼。房间的灯暗着，楚逸辰站在门口，看着顾筱筱把身子缩成一团，蜷缩着躲在被子里，迈步走了过去。

"你去客房睡！"

"那怎么行？"

"你不去我去！"顾筱筱猛地起身，看也不看楚逸辰一眼，直冲着外面而去。

楚逸辰怎么可能让她走掉？长臂一伸，就把人拉了回来。借着门外照射进来的光线，他凝视着顾筱筱的小脸，一言不发。

"你到底要干吗？你不走我走还不行吗？我现在不想看见你，也不想和你说话！"

"不生气了。"抬手为顾筱筱拭去她眼角的泪滴，楚逸辰低声开口，任凭顾筱筱挣扎，硬是抱着她不放手，"我不是不相信你，只是……"不安而已。

楚逸辰是不擅长哄人的，他活了这么多年，还真是没遇到什么能让他哄的人。看着眼前的顾筱筱，楚逸辰第一次有种莫名的不知所措。那种患得患失的心情，让他觉得烦躁不安。他什么都不缺，即便是在当初最苦的那几年，他没用家里一分钱，也可以凭借自己的努力得到一切想要的东西。可是现在，他总是觉得自己缺了点什么。

眼前的女人正如她的名字一样，整个人都是柔弱娇小的。可就是这个小女人，却一次又一次搅得他心神不宁。倘若有一天这个女人不在自己的身边了，他会怎么做？

不用多想，楚逸辰已经有了答案："是我不好，不该冲你发火。"

楚逸辰轻柔的声音，让顾筱筱用力咬住自己的唇角："楚逸辰你不能这么卑鄙！"

他明明知道她最无法抵抗的就是他这种宠溺的语气，却还一次又一次地用这种伎俩。

"我本就是个卑鄙的人，不然怎么把你骗到手？"轻拥过顾筱筱微凉的身子，楚逸辰低声哄道，"不哭了，乖！"

顾筱筱眉头紧皱，一言不发地被楚逸辰拉着坐到床上，始终垂着头，不肯多看他一眼。

"宝贝儿，"沉默了许久，楚逸辰终于出声，"你可知那个苏佐楠在看你的时候，眼神有多么不怀好意？"

　　"我和他不是那种关系。"楚逸辰言语间的醋意，顾筱筱怎会听不出来？"他只是我小时候认识的人而已，我也不知道他今天怎么会认出我的。你不能因为他送我花就迁怒于我，再说了，你还从来没送过我花呢！"顾筱筱说着说着，不满地撇了撇嘴。

　　"喜欢花？"楚逸辰唇角噙笑地说道，"那我明天就去买个花圃。"

　　"你少拿钱砸我！没你这么强词夺理的！"

　　"嗯，是我不好。"搂着顾筱筱在怀中，抱着她软软的身子，楚逸辰觉得整个心都是满的，"让宝贝儿受委屈了。"

　　昏暗的灯光下，顾筱筱听着楚逸辰低沉的声音，觉得自己很没出息。只要他说几句好听的话，她这心里的气真的就一点一点消散无遗了。

　　自我挣扎了许久，顾筱筱总算是过了自己这关："你以后不准不信我。"小手慢慢搭在楚逸辰的腰间，"不然下一次我再也不理你了。"

　　"我从来没有不相信你，只是不相信有些人而已。"楚逸辰吻了吻顾筱筱的额头，异常认真地问，"我们这几天找个时间公开你的身份。"

　　"不行！"顾筱筱反应很强烈地拒绝了楚逸辰的这个想法，露出脸来看向他，有些慌张地说，"我还没见过你的父母。"

　　"那见了以后就公开。"

　　"也不行！"

　　"为什么？不想让别人知道我们的关系？"

　　"我不是这个意思！"顾筱筱紧张地解释，甚至坐起身子，看向楚逸辰。

　　整理了一下自己的思绪，顾筱筱对他说道："我不知道做你的妻子需要什么资格，但是我很清楚，现在的我没办法撑起风扬集团总裁夫人这个头衔。我知道你是为了我好，你和筱都，还有爷爷奶奶、你的家人对我都非常好，也正因为这样，我才不想给你们惹麻烦。"

　　"你从来都不是麻烦。"

　　"但我也不想被别人指指点点地说闲话。你不能否认，倘若别人知道你的妻子只是一个还没有毕业的大学生，甚至是一个什么背景都没有的孤儿，随之而来的一定是闲言碎语。我的出身我改变不了，但至少其他的我还可以努力。"

　　"筱筱，我觉得有些事你想多了，也想错了。"楚逸辰躺在床上，拉过她的手握在手心，"做我的妻子不需要什么资格，如果非要说的话，那么只有一个，就是我喜欢。而且，你也足够优秀。"

　　顾筱筱一直担心自己不配站在楚逸辰的身边，所以她拼了命地努力。但她不能否认的一点是，不管她怎么努力，想要彻底追上楚逸辰的步伐，是很困难的事情。

　　"你觉得自己没办法撑起风扬集团总裁夫人这个头衔，那在你看来谁配得上？凌千羽吗？还是别的女人？你是我的妻子，这件事不必隐藏躲闪。我当初不告诉你我的身份，是怕你知道真相而不是怕别人，我希望你能区分这两者之间的差别。你想要时间适应自己的身份，我可以给你，但是最多三个月，我不能再等。"

楚逸辰做出了让步，就在顾筱筱认真地想三个月她可以把手上的项目做到什么程度的时候，楚逸辰忽然起身靠近她："那么多狼盯着你这块肥肉，让我心慌。我要你带着'楚逸辰专属'这几个字出现在别人的眼前，让他们看得见吃不着，只能把口水再咽回肚子里。"

"原来你是个醋缸。"顾筱筱看了楚逸辰片刻，得出这么一个结论，"怎么不见你吃沐云帆的醋？"

"他那种水平的人，我看不上眼。"提到沐云帆，楚逸辰根本不屑一顾。只能靠女人一步步往上爬的男人，楚逸辰不信他最后能站得有多高、走得有多远。

把顾筱筱拉入怀中，楚逸辰轻声说道："更何况，连你都能把他摆平，又何须我出手？"

又一次被他轻易搞定，顾筱筱也觉得自己挺没出息的。第二天上班，她接到了苏佐楠的电话。两人只是简单聊了几句，确认一下电话号码是否正确，就结束了通话。

顾筱筱不知道该怎么说苏佐楠的事，他的特殊身份，所以他以前是孤儿的事自然是越少有人知道越好。可楚筱都对他很感兴趣，因为这个情敌来势汹汹。

"我很小的时候的玩伴。那会儿还不怎么记事，不过知道和他的关系很好，姥姥家现在还有当年我和他的合照。"

小时候的朋友？楚筱都也有。不过她还真没见哪个朋友这么用心，在重逢后一连那么多天，天天都安排人送花。这明明就是追女孩子的伎俩，当别人傻，看不出来吗？

"我说宝贝儿，我哥昨天吃醋了，你看出来了吧？"楚筱都揽着顾筱筱的肩膀，拉近两人之间的距离，笑容诡异地问道，"我跟你说，别让他太得意，偶尔让他吃点醋是好事儿。你被他吃得太死了，不好。"

"我忙得要死，哪有力气和他作对？"

"机会是人制造出来的，你这丫头就是死心眼！"点了点顾筱筱的额头，楚筱都心疼，"我哥简直就是把你当成了廉价苦力，太不人道了！"

两人背地里偷偷说着楚逸辰的坏话，一路走回家中，顾筱筱把包放下就去做饭。做得差不多的时候，楚逸辰也回来了。

楚筱都开门，见到他后撇嘴说道："吃白食的家伙！"

"吃白食？"楚逸辰不冷不热地瞧了眼跑来自己家蹭饭的人，"你的工资都是我给的，居然说我吃白食？"

饭菜端上桌，三人围坐在桌旁吃着饭，聊着天。

"筱筱，你明天出差吧？几点的飞机？"楚筱都看向她问，"我送你。"

"下午两点去厦门，不用你送，我直接打车过去就可以。"

118

"厦门？"楚筱郗目光一闪，偷瞄楚逸辰一眼后开了口，"我记得前段时间看娱乐新闻，那个苏佐楠现在正在厦门拍戏吧？"

"他是在深圳，不是在厦门！"没想到楚筱郗会突然间提到苏佐楠，顾筱筱连忙紧张地解释道。不想她这一开口，气氛好像更糟了。

"哦……是在深圳啊。"楚筱郗意味深长地笑道，"那也不算远哈。"

"吃饱了？"楚逸辰总算开了口，看向楚筱郗，"吃饱了回家去，别在这儿碍眼。"

"这就嫌我碍眼了？那我什么也不说了。"楚筱郗老实地闭上嘴，吃完饭后去客厅看电视。各个频道都经常会播放苏佐楠的广告，楚筱郗才看了没多久，就已经看了好几回苏佐楠的脸了。

"回家去。"楚逸辰走过来，不轻不重地在楚筱郗的头上打了一下，打得她啊了一声。

"我就不回！我今天住你们家了！"楚筱郗眉头一扬，双手举着抱枕放在自己的头上，以防他再打自己，"你再打我，你晚上就准备睡客房吧！"

"威胁我？"楚逸辰晦暗不明地一笑，让楚筱郗有些不安。

"威胁你怎么了？"楚筱郗看了看远处的顾筱筱，压低了声音，"我告诉你楚逸辰，想知道更多苏佐楠的事，你得讨好我，不然我知道什么都不告诉你！"

"咱们公司在非洲那边正好缺个管事的，你下周就可以调过去了。"楚逸辰话锋一转，让楚筱郗身子一怔。

"你敢！"

"我敢让自己老婆当苦力，不敢让你去非洲当总管？"楚逸辰嗤地一笑，"风扬集团从不时兴走后门一说，若不是爸开口，我压根就不想要你。不摆正自己的态度还敢和我叫嚣，你胆子也是越发大了。"

楚筱郗缩了缩脖子，楚逸辰言辞间都充满了警告的味道，摆明了是要公报私仇，她这么聪明，会听不出来？

楚筱郗风一样地跑掉了，顾筱筱看见后好奇地问道："你欺负她了？"

楚逸辰拿过遥控器关掉电视，不承认也不否认。待顾筱筱走到他身边后，轻声说道："改天去考个驾照。"

"不考。我有那么多司机，为什么还要自己开车？"顺势靠在楚逸辰怀里，顾筱筱得了便宜还卖乖。她想了想，扭头看身旁的人，问："开车是什么感觉？"

"走，带你出去试试就知道了。"楚逸辰雷厉风行地起身带着顾筱筱出了门。已经过了下班的高峰期，街上的车不那么多了。楚逸辰又专往偏僻的地方走，很快，基本上就见不到别的车了。

把车子停在路边，楚逸辰和顾筱筱换了地方。帮她调好了座椅和后视镜，他一派从容地坐到副驾驶，大爷一样散漫。

顾筱筱双手握在方向盘上，浑身僵硬，侧眸看了看楚逸辰，小声说道："要不，还是回去吧？"

"怕什么？"

"我要是撞上别的车怎么办？"

"你老公赔得起，开吧！"

楚逸辰的回答让顾筱筱哭笑不得，有他这么怂恿人的吗？！

被楚逸辰手把手地教着，顾筱筱紧张而又有些雀跃。大概一个小时后，她就提出要回家了，还有一大堆工作等着呢。

终于又坐回副驾驶上，顾筱筱心情不错。点开收音机，正好听到主持人在介绍苏佐楠的新歌。前奏才刚刚响起，一句歌词都没有唱出，楚逸辰就伸手切换了台，还瞥了顾筱筱一眼，说："不准听！"

顾筱筱胆大包天，笑着看他，又把频道调了回去："我就听，你能把我怎么样？"

车子很快就驶回了公寓的停车场，停了车，顾筱筱解开安全带，身子才刚刚一动，就被楚逸辰给制止了。他的身子忽然就压了过来，顾筱筱惊得去推他，楚逸辰又怎么可能让她如愿？

"知道错了吗？"

"知道了。"顾筱筱红唇紧抿，连耳朵羞得都红了。

"下次还敢吗？"

"不敢了。"

楚逸辰眼底快速划过一抹笑意，在顾筱筱的眉间轻轻一弹，起身下了车。顾筱筱赶紧坐起身来整理衣服，扣子还没弄好两颗，车门就被打开了。楚逸辰手上拿着他的衣服，往顾筱筱身上一裹，将她拦腰抱起。锁了车，大步朝着家的方向走去。

顾筱筱的脸贴在楚逸辰的胸前，听着他强而有力的心跳，轻咬着下唇。终于到了家门口，顾筱筱松了口气。可刚一进家门，她就知道自己想错了。连楼都没上去，身上的衣服就不见了。

一番缠绵，当楚逸辰想撤离她的时候，顾筱筱忽然抱住他，不准他离开。楚逸辰有些惊讶地看向她。顾筱筱直视着他的双眼，犹豫了一下，开口，"让我给你生个孩子，好不好？"

顾筱筱鼓足了勇气才说出这句话，说完后她就立刻垂下眼帘，不敢去看楚逸辰的表情，因此，她没能看见楚逸辰脸上那难得的欣喜若狂的表情。

楚逸辰抱紧了顾筱筱，缱绻的声音在她的耳边幽幽响起："你可知道，我多期盼你能快点长大？"

第7章

"我不是小孩子了。"顾筱筱红唇微嘟，不满地抗议。

"嗯，不是小孩子了。"楚逸辰怜惜地拥着她，恨不得将她揉入身体，"等你毕业，我们就要孩子。"

楚逸辰幽幽出声，说起让顾筱筱在意的话题："我心里比你要急，但是我不想你被孩子牵绊住。而且这段时间我们要忙的事情也很多，没有婚礼，不觉得自己亏吗？"

"亏，亏死了。"

"怎么能让你吃亏？"楚逸辰轻笑，手慢慢抚上顾筱筱的小腹，缓缓说道，"趁着这段时间做你想做的事情，以后爸妈回来了，再加上爷爷那边，你想不生都难。"

一想起楚云飞，顾筱筱就忍俊不禁："等我出差回来，我们去看看爷爷他们和姥姥吧。"

"好，听你的。"

相拥而眠，顾筱筱第二天睡到楚逸辰去上班了，才慵懒地起了床，收拾了行李，出发前往厦门开始忙碌的工作。

她没想到会在厦门见到沐云帆，两人还是竞争对手。

"在风扬工作得怎么样？"

"还不错。如你所见，一直都在忙，挺充实的。"顾筱筱如实回答。

沐云帆沉默片刻，又问："和你男朋友最近也还好吗？"

顾筱筱怔了一下，扬起明媚的笑靥："我们已经结婚了，他对我很好。"

沐云帆绝对没有想过，他会在顾筱筱的口中听到"结婚"这两个字。

"结婚？"他以为自己耳朵出了问题听错了，可顾筱筱的回答再一次打碎了他心中仅存的希望。

"已经结婚有段时间了。"顾筱筱看着沐云帆脸上的失落和随之而来的愤怒，淡然自若地浅笑道，"其实我也没想到会比你和金婧还要快一步，可能就是缘分吧。"

"顾筱筱你疯了吧？"沐云帆有些激动地抓住顾筱筱的肩膀，不可思议地看着她问，"你和他才认识多久，就结婚了？你就不怕他是逗你玩儿的吗？还有姥姥那边，你要怎么和姥姥解释？她是不可能……"

"姥姥已经知道这件事了，而且也见过他了。"顾筱筱打断了沐云帆的话，挣扎着向后退了一步，"我很清醒，甚至可以说从来没有这么清醒过。你知道你想要的是什么，我也一样。我告诉你这件事，只是希望你好好待金婧。我虽然不喜欢她，可是我看得出来，她是真的喜欢你。咱们两个认识这么多年了，做不成朋友，我也不希望成为敌人。所以我想我应该提醒你一句，眼前的才是最重要的，不要再想其他的了。"

沐云帆沉默不语，眼睛猩红地看着顾筱筱。

"该说的我都说了，我先回去了，再见。"转身迈步，顾筱筱的胳膊忽然被身后的人拽住，整个人被用力地朝着他的方向拽去，顾筱筱睁大双眸，眼睁睁地看着沐云帆的五官渐渐放大，心都提到了嗓子眼。

啪的一声，清脆的巴掌声打在了沐云帆的脸上。顾筱筱狠狠地推开了他，不敢想他刚刚想对自己做什么。

"沐云帆，我已经结婚了！你也是有未婚妻的人，尊重一下我，也尊重一下你自己行吗？"顾筱筱愤怒地开口，心有余悸地和他保持着距离，头也不回地快速离开。一天的好心情，就这么被他破坏了。

顾筱筱不想和他有任何的身体接触，光看她的反应，沐云帆就已经无比清楚这一点了。她清丽的背影渐行渐远，想起曾经她在自己身边小鸟依人的模样，沐云帆紧握双拳。真的是一步错、步步错吗？他当初选择金婧这个跳板，真的是个错误的选择吗？他明明是为了他们能有个更美好的将来才暂时离开，为什么她不肯再等等他？只要再过一年，一年就好啊……

顾筱筱不受沐云帆影响，奔波多日，成功签下合同。却不料在离开的前一天，看到了楚逸辰。

"你怎么来了？"顾筱筱又惊又喜，疑惑地问道。

"接你回家。"

"真的假的？"

"当然是真的。"

闲来无事，两人乘车去厦门大学溜达了一圈。出了校门，顾筱筱撇着嘴感慨B市的大学环境都太差了，早知道这边这么好，她当初就考来这边了。

"上学没上够？那不如去国外再读几年？"

"不要。"顾筱筱斜了他一眼，痛快地拒绝，"以后再说吧。"

"哦？我还以为我们家宝贝儿是个爱学习的孩子，难道是我想错了？"摸摸顾筱筱的头，楚逸辰嘴角噙笑。

"我本来就是个爱学习的孩子！"顾筱筱脖子一扬，不服气地看着他，"我每年都拿奖学金的！"只不过她毕业以后还有事情要做，国外的大学和国内可不一样，去了是要拼命学习的。真出去了的话，她还怎么生宝宝？

顾筱筱心里打着自己的小算盘，还以为楚逸辰不知道，心虚地转移视线去看其他方向，直到手机响起。顾筱筱拿出手机看了一下，愣了愣神，扭头去看楚逸辰。屏幕上显示着苏佐楠的名字，在楚逸辰不怀好意的笑容下，顾筱筱轻咳一声，接起。

两人寒暄了几句，苏佐楠问顾筱筱是不是还在厦门："我现在在厦门，这边有个歌迷见面会，晚上方不方便给个面子，出来吃个饭？"

"你在厦门？"顾筱筱又回头去看楚逸辰，把电话拿得远远的，小声说道，"大明星要请我们吃饭，去吗？"

楚逸辰漫不经心地点点头，顾筱筱这才把电话重新放回耳边："我有时间，不过不是一个人。嗯……上次和你说的那个人还记得吧？我们在一起。"

电话另一端的苏佐楠沉默了片刻，然后开了口："正好，你不是说要介绍给我认识的吗？一起过来吧，回头我把地址发你手机上。"

"那好，一会儿见。"

挂了电话，顾筱筱心情有点复杂。她上次给沈千云打电话的时候不经意地提起小时候的苏佐楠，没想到沈千云还记得他，还和顾筱筱说了许多他们小时候的事。听沈千云说，那会儿她去领养顾筱筱的时候，顾筱筱挂在苏佐楠身上死活不放手。得知要和苏佐楠分开，她号啕大哭，把大家都给哭蒙了，自打她进孤儿院开始，还没哭得那么伤心过。顾筱筱鼻涕一把泪一把，说什么都要和她的楠楠哥哥在一起，甚至哭得快要背过气去了。

沈千云也考虑过要把两个孩子一起带走，可那时候已经有一对国外的夫妇看中了苏佐楠，而沈千云一个孤寡老人，给两个孩子带来的生活必定比不上富裕的家庭，在经过一番思量后，她只带走了顾筱筱。

转了那么一大圈，没想到最后还能和苏佐楠遇到。这是怎样的缘分顾筱筱说不清，可是能见到故人，她真的还是挺高兴的。同是一个孤儿院走出来的，看着苏佐楠如今成为众人仰慕的大明星，顾筱筱自然也为他开心。

收到苏佐楠的短信，顾筱筱和楚逸辰前去赴约。

"你这装扮也太夸张了吧？"看着苏佐楠脸上的口罩、墨镜，还有头上的鸭舌帽，顾筱筱忍俊不禁，"而且也太容易被认出来了。这种天气，像你这种装扮的，不是明星就是神经病。"

"没办法，现在的狗仔都太没职业道德了。"苏佐楠摘下口罩，埋怨道，"偷拍就偷拍，也不知道回去给修个图P一下，专挑丑的照片往上传，还说什么整容失败没来得及去修补，小爷我是那样的人吗？"

苏佐楠和楚逸辰的第一次见面并不愉快，这第二次，看似平静的氛围下似乎也有一种异样的感觉，只不过顾筱筱没有察觉到罢了。

"楚总你好。"苏佐楠走过去率先抬起手来，热情地打着招呼。楚逸辰也很给面子，微微一笑，伸手过去："你好。"

两只笑面虎站在一起，顾筱筱看着他们的笑容，觉得很养眼。

和楚逸辰坐在一侧，这也是上次在晚宴见到苏佐楠后，顾筱筱第一次见他。即便有着小时候的交情，可说到底他们还是不熟。到最后，大多数时间竟都是苏佐楠和楚逸辰在说，而顾筱筱只是坐在一旁听。

"话说回来，没想到楚总会找筱筱这样的女孩子当女朋友。"顾筱筱起身去了洗手间，苏佐楠话锋一转，开口说道。

"不是女朋友，是妻子。我们已经结婚了。"

风扬集团总裁结婚一事，苏佐楠当然知道。消息传得沸沸扬扬，就算是普通的老百姓茶余饭后都会聊一聊、猜一猜这位总裁夫人到底是什么来头。苏佐楠没想到楚逸辰娶得人竟然是顾筱筱，一无所有的顾筱筱。

人和人之间有一种奇怪的嗅觉，类似于野兽一般的嗅觉。例如一个女人，不管外表多么温柔可爱、知书达理，可是在聪明的女人面前，她是人是婊，只要一眼就能分辨出来。这听起来似乎有些玄乎，可事实就是如此。

而男人和男人之间也有着类似的感觉，尤其是同一类聪明的男人。对方心里打的什么主意，只要稍稍一猜，就能猜得出来。苏佐楠看顾筱筱的眼神绝对不单纯，即使他隐藏得再好，也逃不过楚逸辰的眼睛。

"所以，我就更加吃惊了。"苏佐楠半是开玩笑半是认真地说，"我也以为会是什么富家千金，没想到是个无父无母的平凡丫头。"

唇角一动，楚逸辰淡然一笑，轻声开口，悠悠说道："筱筱和别人不同。"

"是啊，不同。"苏佐楠不知道在楚逸辰眼中顾筱筱是怎样的不同，在他心里，她始终占据着某个角落，从未离开。这是从他见到她第一眼起就已经注定了的。

小时候的事，顾筱筱因为当时太过年幼，已经不记得什么了。但那段回忆深深烙印在了苏佐楠心里。

顾筱筱被抛弃在孤儿院门口的那天，是苏佐楠第一个发现她的。她不哭不闹，只是躺在襁褓里好奇地望着蓝天。当时苏佐楠也才五岁而已，他是第一次见到这么小的小孩儿，蹲下身来戳戳她柔嫩的小脸蛋，然后就看到了如天使般能够融化人心的笑颜。一晃，这么多年过去，这些年来苏佐楠也经历了许多，可是那一天、那一幕，他却始终无法忘怀。

顾筱筱出现的那天，苏佐楠到孤儿院刚好两个月。那时他每天最常做的事情就是蹲在大门口，他期盼着能够回家，回自己的家，而不是那个弃婴的聚集地。

没有人知道，当年的那个小婴儿给苏佐楠带来了多大的影响。她像是雨后的一道阳光，穿过云层打在了他的身上。他眼睁睁地看着她一点一点长大，看着她叫自己第一声哥哥，看着她学会走路，学会装模作样、狐假虎威。

顾筱筱小时候很黏人，至少在苏佐楠的印象里是这样。她小时候也是很懒的，只要有苏佐楠在，她就不爱走路，爱让他背着自己。

房门被推开，顾筱筱从外面走了进来，正好对上苏佐楠的视线。她嫣然一笑，拢了拢耳边的碎发，几步走到楚逸辰的身边，附在他的耳侧小声说了句什么。

苏佐楠凝视着她的笑靥，垂下眼帘，遮住眼底那一闪而过的阴霾。

寻寻觅觅了那么多年，终究，还是晚了一步吗？

一顿晚餐，吃得还算融洽。顾筱筱站在楚逸辰身边，乖巧地和苏佐楠挥手道别。走出酒店，坐上车，顾筱筱把头倚在楚逸辰的肩上，闻着他身上淡淡的酒气，低头看着手机。

"回去再玩，小心晕车。"

终于结束了在厦门的行程，晚上顾筱筱早早就躺下休息了。第二天清晨和楚逸辰赶往机场，中午回到B市，回家休息了一下午，第二天正常到公司上班。和项目组的人研究了一下，拿到最新的数据文件，顾筱筱开始准备去美国要用的资料。

"筱筱，你才回来就又准备走啊？"下班后，楚筱都拖着顾筱筱在外面闲逛，埋怨道。

"嗯，不出意外的话，应该三天后走。"顾筱筱漫不经心地看着店内的衣服，"到时还要去英国待几天，所以行程比较忙。筱都，你父母都喜欢什么啊？我不知道要带什么见面礼过去……"一想到要见楚逸辰爸妈，顾筱筱的小心脏就猛跳不停。

"我妈喜欢孙子，你什么都不用带，只要告诉她你怀孕了，保证她会比我哥还要宝贝你。"楚筱都转过头来笑着调侃顾筱筱，见她一脸紧张的样子，安抚道，"放心吧，我妈很好说话的。"

选了两件衣服，楚筱都去试衣间换，再出来的时候，发现店员好像一直在对顾筱筱指指点点，也不知在小声议论着什么。楚筱都很疑惑也很好奇，她若无其事地走过去照镜子，竖起耳朵听着她们的谈话。

"你看，真的好像，会不会就是她啊？"

"不应该吧，不是说在厦门吗？"

"苏佐楠都回深圳拍戏了，她也没理由再继续留在厦门啊！"

楚筱都耳尖地听到了"苏佐楠"三个字，眉头一蹙，直接走了过去，笑问："两位美女，聊什么呢？"

两名店员知道楚筱都是和顾筱筱一起的，见她过来发问，赶紧尴尬地否认："我们在说，这身衣服真是太适合美女你了！"

楚筱都才不会信她们的话，笑意盈盈地向前一步，看着她们放在玻璃柜上的iPad。打开的屏幕上是条八卦消息，国内某知名狗仔发出的几张照片，在短短一个小时内已经在网上传开了。楚筱都低头看了看，发现那照片上的女主角不是别人，正是自家小嫂子顾筱筱，她忍不住倒吸了一口气。

楚筱郗皮笑肉不笑地扯了扯嘴角，回到试衣间脱下了衣服，头也不回地拽着顾筱筱离开。

"你怎么了，紧张兮兮的？"顾筱筱看出她有点不对劲，不解地问道。

"你在厦门见到苏佐楠了？"楚筱郗头也不抬地翻看着手机，不一会儿就在微博上找到了，"我的天，这才一个小时就有几十万的转发量，筱筱你这是要火的节奏啊！"

顾筱筱不知道她在说什么，探过头去看了看，然后怔住了。回想起苏佐楠对那些狗仔记者的评价，顾筱筱气得牙痒痒："果然是没有职业道德！"

"这么说，你还真去见他了？"楚筱郗四下看了看，小心谨慎地问，"你就不怕我哥知道了生气？"

"有什么好怕的？"顾筱筱翻了个白眼，"那天苏佐楠说要请我们吃饭，我们两个一起过去的。谁知道这没道德的记者竟然只拍了我和苏佐楠，楚逸辰那么高的个子，他没看到吗？"

顾筱筱看着那条微博，挺郁闷，也挺生气。苏佐楠名气那么大，她莫名其妙地就成了他的绯闻女友，而且消息还传得这么快，要是别人信以为真了怎么办？

楚筱郗看着顾筱筱眉头紧皱的模样，叹了口气，"这个BB88杂志社是出了名的八卦。你看它的主页就知道了，全部都是各个明星的隐私、绯闻。苏佐楠出道这么多年，还没和哪个女的传出过绯闻呢。我看他们未必没有拍到我哥，只是没有放出来而已，为的就是博眼球。"

娱乐狗仔不认识楚逸辰是谁也很正常，不然，拍到风扬集团总裁和夫人的照片，可是远比拍到苏佐楠和绯闻女友要值钱得多。

照片在网上转发评论得那么快，顾筱筱也是无能为力。晚些时候她接到了苏佐楠的电话，听得出来，苏佐楠的情绪并不怎么好。他让她放心，说这件事会尽快平息下去。

顾筱筱倒是挺放心，她马上就要去美国出差，楚逸辰几天后也会过去。

这天，已经在美国忙了一个星期的顾筱筱提前到了机场，无聊地在外面等着接机。左顾右盼，终于看到了楚逸辰出现，她飞快地跑到楚逸辰面前，扬着明媚的笑脸道："老板好！"

"秘书好！"楚逸辰极其自然地揽过顾筱筱的肩膀朝机场外走去，"忙得怎么样了？我们明后天去爸妈那边。"

"其他的都差不多了，不过我在等一家公司的回复，他这两天应该会给我打电话的。"

顾筱筱和楚逸辰愉快地聊天时，手机响了，接起后一听，竟然是她正在等的那通电话。

"你好。"顾筱筱有些兴奋地接起电话，脸上的神情在一点点发生着变化。

楚逸辰看着她的表情变化，听着她与对方的交谈，不着痕迹地皱了皱眉头。天都黑了，这时候出去谈合作，对方安的是什么心，简直太明显了。

"不好意思，我现在正和我丈夫在一起，可不可以约在明天早上？"

"哦？你已经结婚了？"对方听到这样的消息似乎很惊讶，不过依旧没有改变自己的主意，"我想，我只能给你这一次机会了。要不要来，你自己考虑。"

顾筱筱被对方的语气气得不轻，她戴着耳机，眉头微蹙。对方是什么意思，她不是不明白。正因为猜到了，她才会生气！

生意必须要在床上谈吗？这人的思想怎么可以如此龌龊！

"只要你来，我就签合同。"对方说完，就率先挂断了电话。顾筱筱气得咬牙切齿。

"怎么回事，说来听听。"楚逸辰搂着顾筱筱继续往外走，一下又一下地捏着她的脸蛋，开口问道。

顾筱筱把前因后果说给他听。其实他们现在已经签了四份合同，预期目标已经达到了，可是对方这种态度，让顾筱筱特别不爽："他还说什么中国人是很狡猾的，我还想说美国人是很好色的呢！"顾筱筱狠下心来决定放弃，因为对方的要求她做不到。

"那么想签这个合同？"感受到顾筱筱的愤愤不平，楚逸辰垂眸看她。见她毫不犹豫地点头，他风轻云淡地一笑："打电话问他地址，老公带你过去签合同。"

"啊？"顾筱筱没想到楚逸辰会这么说，"你要去和他谈？"顾筱筱心情有点儿雀跃，得到楚逸辰肯定的回答后，她马上回了电话过去。

回酒店放好行李，顾筱筱就跟在楚逸辰身后出了门。大boss亲自出马，究竟会怎么搞定对方，顾筱筱真很好奇！她一直知道楚逸辰很厉害，可她还没亲眼见过楚逸辰和对手交锋，而且，还是在这种情况下……

坐上车，楚逸辰低头快速看了看顾筱筱给对方的合作方案和这家公司最近两年来的分析资料，了解了一下顾筱筱之前和对方的交谈内容，便不再提工作上的事情了。

"这几天是不是又没有好好吃饭？"偏过头看着顾筱筱，楚逸辰很肯定地问道。

"没有啊，我吃得挺多的。"

"小骗子。"刮了下顾筱筱的鼻子，楚逸辰回头看向车外。

车子已经来到了他们的目的地，一家酒店。牵着顾筱筱的手下了车，楚逸辰眸底寒芒一闪而过，迈步朝前方走去。

进了酒店，上楼到了房间外，顾筱筱不太确定地看向身边的人，却被他不正经地亲了一口。这人……真的是带自己来谈生意的吗？

顾筱筱有点慌了，慢吞吞地按响了门铃，等着里面的人出现。楚逸辰长腿舒展，靠在一旁的墙壁上，低头悠闲地玩着手机。从门上的透视镜完全看不到他的存在，而从他的身上，也丝毫找不到任何紧迫感。

很快，房门就被里面的人打开。看到顾筱筱，里面的人很开心，伸手把她拉进去，完全没想到门外还有另一个人存在。口哨声在房门即将被关上的时候响起，门板被楚逸辰从门外推开，男子回过头，还没来得及反应，外面的人就已经强势地走进了屋里，顺手把门给锁上了。

男子裸露着上身，头发还没有完全干，身下系着浴巾，怀里搂着一脸慌张的顾筱筱。

楚逸辰料到事情会是这样，不过没想到这人的性子如此之急。人还没到呢，他就已经把裤子脱了。

"你是谁？"看着楚逸辰嘴角那若有似无的笑意，男子愤怒地问道，"这是你的朋友？"

楚逸辰懒得回答他，胳膊一伸，把他怀里的小人捞了回来。顾筱筱的身子顺着楚逸辰的力道跌进他的怀里，脸紧贴着他的胸膛，完全看不到身后的景象。可是楚逸辰动了手，这种激烈的动作让顾筱筱脑子有些空白。

楚逸辰一脚将身前的人踹倒。因为完全没有料到他会有这样的举动，所以那白人男子毫无防备地向后倒去，身下的浴巾也随着他的动作脱落掉地。

楚逸辰手中的手机正好派上用场，对准男子一丝不挂的身子连拍了好多张。

顾筱筱条件反射地想回头看下出了什么事，但楚逸辰空出来的手紧紧地按住了她不安分的小脑袋，让她只能趴在他的胸前，听着他的心跳。

"身材没有我好，不值得一看。"楚逸辰垂眸瞥了眼一脸慌张无措的顾筱筱，调侃道。他看向站了起来正准备反击的男子："穿好衣服，不然我立刻打电话给Aaron，让他见见自己的下属到底是怎么和人谈生意的。"

楚逸辰从容不迫地开了口，身上的气势无形之中给人一种压迫感，也让暴怒中的男子找回了一丝理智："你究竟是谁？"

楚逸辰不搭理他，只是快速从手机中找到对方总裁的私人号码，在男子的面前晃了晃，指尖似乎随时都会按上屏幕，把电话打出去。

顾筱筱抬头望着他，余光瞥到他流氓一般的举动。等身后的男子乖乖去穿了衣服，自己终于被楚逸辰放开后，她不可思议地问道："你就是这么谈生意的？"

楚逸辰无赖地笑了笑，摸了摸顾筱筱的脑袋，柔声开口："学着点。"

"我才不学！"

男人以最快的速度穿好衣服，回过身时，楚逸辰已经坐到沙发上，手中拿着已经签好的合同低头看着。看着合同上的签名，楚逸辰冷冷一笑，微微抬眸，看向面色不善的男子，开了口："合作可以继续进行，不过两年的免租期我要缩短到一年。这是给你们最大的面子，要不要接受，你考虑一下。"

顾筱筱站在一旁，看了看楚逸辰，又看了看那个叫Stephen的男子。

"Jessica，这和我们之前谈的不一样。"男子看向顾筱筱，不悦地说道。

顾筱筱无辜地耸了耸肩膀，表示自己无能为力："抱歉，他是我的上司。"

"你们之前谈的时候，不是也没有说过这合约要在床上签吗？"楚逸辰嘲讽道，"风扬手上从不缺资源，同样的条件拿到别的品牌面前，我想会有很多人愿意签这个合同的。"

"你们不能出尔反尔，这不合规矩！"

"规矩是人定的，在风扬集团，我说的话就是规矩。"直接无视对方的不满，楚逸辰风轻云淡地道，"更何况，中国人一向是狡猾的。与我们谈生意，你就应该有这个心理准备，不是吗？"

　　顾筱筱还是第一次见到生意这么谈的，头重脚轻地跟着楚逸辰走出房间，而Stephen的脚下，是一份已经被楚逸辰撕毁的合约。他们约定明天上午十一点在顾筱筱住的酒店楼下咖啡厅签署新的合同，至于条件，就是楚逸辰刚刚所说的那些。

　　走出酒店，顾筱筱长舒一口气，定定地看向楚逸辰，不得不说，她心里特别爽快。

　　"学会了？"迎视着顾筱筱的视线，楚逸辰轻声问道。

　　"没有。"直接摇头，顾筱筱痛快地答道，"我没你这么大的胆子。"

　　"有和我瞪眼睛的胆子，没有和他们耍手段的胆子？"楚逸辰一脸委屈，"我可是比他们厉害多了，夫人是不是哪里搞错了？"

　　顾筱筱懒得和他贫嘴，唇角微扬着转身。直到两人回到下榻的酒店，她都没有再说什么，只是不停地回想着刚刚的一幕幕画面，回想着楚逸辰是如何把对方逼得一句话都说不出来的。

　　回到酒店，顾筱筱坐在床上，看着楚逸辰不说话。

　　"想什么呢？"走到顾筱筱身前，楚逸辰点了点她的额头，疑惑地问道。

　　"我在重温楚总的流氓谈判过程，别打扰我。"扯下楚逸辰的手，顾筱筱一本正经地说道。

　　"我问你，招商谈判过程中，要掌握谈判的节奏，必须做到哪几点？"

　　"利益和压力并用；要懂得观察和利用对方的心理，不要急于表态；如果不愿让步太多，就先让步。当双方利益差距合理时，即可釜底抽薪。"顾筱筱大致说出了几点，"我知道你今天就是抓住了对方的心理弱点才敢那么做的，可是……"可是有些事情，真的不是知道就能学会的。

　　楚逸辰看着顾筱筱若有所思的样子，轻声说道："生意不一定要老老实实地谈，我就是想让你明白这一点。今天的事情只是个开端，今后不知还有多少人想要在你身上捞油水、占便宜，对这种本就揣着坏心思来和你打交道的人，不必给他们留所谓的情面。你是风扬集团总裁的夫人，就算是怕，也是他们怕你，你不必惧怕任何人。"

　　"那我若是判断失误，造成了损失，怎么办？"顾筱筱小声问道。

　　"有我在。"楚逸辰垂眸看她，一字一顿说道，"我有足够的资金为你的失误埋单，更有足够的能力帮你挽回失误的局面。所以，怕什么？"

　　是啊，她怕什么呢？顾筱筱仰着头看着楚逸辰，消化着他刚刚所说的每一句话。

　　目光微转，顾筱筱释然一笑，跳起来搂住楚逸辰的脖子，微踮脚尖，在他的薄唇上亲了一下："给你的奖励。"

　　"在夫人眼里，我就这么好打发？"楚逸辰目光深邃地抱住了她，对于这种投怀送抱的举动，他可是求之不得，"一个吻就够了？"

　　"明天还有正经事呢……"顾筱筱低下头，不大好意思地说道。她可没有他那样的好体力，每次被他折腾完，她都恨不得在床上躺个一天半天的。

"好，我今晚会注意收敛的。"到嘴的肥肉，不管怎么说都不能让她跑了。楚逸辰嘴上答应着，可实际怎么做，就是另一回事了。

一夜好梦，顾筱筱第二天睡到九点多才慢慢睁开双眼。楚逸辰已经醒了，正在用iPad看金融新闻。顾筱筱凑过去瞧了瞧，小嘴一撇，道："丢人现眼的行情，简直太不要脸了，没法儿看！"外围大涨，国内股市暴跌，不知有多少人又被套住了。

"后市怎么看？"听她这么说，楚逸辰饶有兴趣地问。

顾筱筱看了看他，坐了起来，拿过iPad认真看了会儿，轻声说道："最近一段时间的走势都不好，加上今天大跌，创业板指数macd黄白两条线已经死叉向下，指数创出波段新低，后期形成背离的概率已经非常高了，现在能做的就是等。主板要看创业板的走势，所以也是一样。不过乱世黄金股，最近炒炒黄金或者煤炭资源股，应该是不错的选择。"

楚逸辰眉头微皱着看向顾筱筱，顾筱筱见他这副表情，有点迷茫："我……说错了？"

轻叹一口气，楚逸辰有些无奈地说道："小东西怎么这么聪明？"

顾筱筱接触股市的时间楚逸辰是知道的，而且她大多数知识都是从楚逸辰这儿学去的。眼睛这么毒、思路这么清晰、学东西这么快，这让楚逸辰不免感到自豪，还有感叹。

"谢谢老板夸奖！"顾筱筱咧嘴一笑，在楚逸辰脸上吧唧亲了一口就起床洗漱去了。

时间过得很快，到了中午，顾筱筱下楼去签了新的合同回来，一脸的兴奋。

美国之行完美收官，接下来要做的就是去英国办公司的事情、参加婚礼，然后……见他的父母。

飞机到达英国，有人来接机。顾筱筱看了那人一眼，就认出来是她之前中枪在医院前来探望自己的男子。

乘车去住处，来到上次住过的庄园，顾筱筱觉得有点不太对劲。等终于剩下两个人的时候，她忍不住问道："我们怎么又住到这里来了？"

楚逸辰浅笑不语，从他的表情里，顾筱筱已经得到了答案。楚逸辰口中的那个朋友，指的就是他自己；这大得惊人的豪宅庄园，应该就是他在英国的落脚处。

"骗子。"低下头，顾筱筱小声嘀咕了一句。

"不生气了。"楚逸辰走到她身后抱住她，"休息一下换身衣服，带你去骑马？"

"那些马比我都贵，我怎么舍得骑！"一想到楚逸辰上次说过这边都是比赛用的赛马，顾筱筱就打了退堂鼓。一匹专业的英国国家障碍赛马，一年的费用在几十万到上百万英镑不等。顾筱筱可不觉得楚逸辰养的马会便宜。

"你知道自己的身价是多少？"楚逸辰挑眉问道。见顾筱筱眨了眨眼睛，真的开始认真计算自己有多少存款，一时忍俊不禁。

和楚逸辰闹了一会儿，顾筱筱脸颊泛红地趴在床上平缓着呼吸，想起在机场接他们的那个人，她忍不住好奇地问道："逸辰，来接我们的那个帅哥也住在这里吗？"

"找他有事？"

"没事，就是问问。"顾筱筱爬起身来，谄媚地冲着楚逸辰笑，神秘兮兮地打探，"他叫什么名字？结婚了吗？有女朋友吗？"

顾筱筱难得八卦，楚逸辰皱眉苦笑，打量着她，猜想着她心里的想法："有夫之妇，还有别的念想？"

"想什么哪你！"顾筱筱愣了一下，立刻反驳，"我是帮别人想的！"

"筱郡？"

被猜中了，顾筱筱点了点头："我都认识她好几年了，也不见她交男朋友，所以……"

"他们两个的事情，不要管。"顾筱筱的话还没说完，就被楚逸辰打断了。

看着楚逸辰严肃认真的表情，顾筱筱抿了抿唇，缓缓出声问道："他们认识？"

"认识很久了。筱郡明天也会过来，两点的飞机。"揉了揉顾筱筱的头发，楚逸辰很快就转移了这个话题。顾筱筱虽然有一肚子的疑惑，可还是什么都没问。

一天很快过去，第二天顾筱筱和楚逸辰去机场接到楚筱郡，两人的话匣子便止不住了。

"宝贝儿，你那合同是怎么签到的？"楚筱郡搂着顾筱筱在前面走，把行李全都扔给了楚逸辰，兴奋又好奇地问道。

顾筱筱知道她指的是哪个合同，不好意思地笑了下，指了指后面的人，小声回道："是他谈下的，不是我。"

楚筱郡回眸瞥了楚逸辰一眼，如果换成是他，那也没什么可意外的了。走出机场，楚筱郡左右张望，看到某个人的时候，她身体不由自主地一僵，一路上都是沉默不语，回了住处，就迫不及待地拉着顾筱筱进了房间。

楚逸辰朋友结婚典礼的日子转眼就要到了，晚上，顾筱筱洗完澡，闲着没什么事做，就换了身衣服想去书房待一会儿。还没走到楼梯口，就看到一名陌生的中年女子迎面走来。

对方一直在看顾筱筱，看得她有些心慌。顾筱筱想要开口说点什么的时候，对方终于出了声："你是苏佐楠的女朋友吧？"

"啊？"顾筱筱被问得目瞪口呆，她和苏佐楠的绯闻都传到英国来了？

"不、不是！"顾筱筱连忙解释，"我们只是朋友而已，是媒体乱写的。"

"可是照片都有的。"对方满脸的好奇，上前两步拉近和顾筱筱的距离，"你真的不是他女朋友？"

"妈！"顾筱筱哭笑不得之际，听到了楚筱郡的声音。

妈？顾筱筱有点蒙，她看了看楚筱郡，又看了看眼前这气质不凡、秀丽优雅的女

131

子，脑子有点乱。

她是楚筱郗的妈妈？不对啊！楚逸辰不是说要等婚礼结束才会见到他的父母吗？这一家人，怎么都不按套路出牌的？

楚筱郗大步走到姚慕青的身边，挽住她的胳膊拉着她往后退了一步："你别把筱筱吓到！"

"阿姨好！"回过神来的顾筱筱赶紧再次开口打招呼。她没想到，自己第一次和楚逸辰的母亲见面，竟会是这种情况。

"原来真的不是苏佐楠的女朋友。"姚慕青轻叹口气，脸上浮现出一抹笑容，"我还以为苏佐楠也来了呢。"

"筱筱，我妈最近在追苏佐楠拍的电视剧，你别在意啊！"楚筱郗无奈地说道，没想到姚慕青竟然也开始追星了。

"不是也好，这么漂亮的小丫头，不能便宜了别人家。"看到顾筱筱有些局促的样子，姚慕青微笑着说道，"我刚刚过来，没提前打招呼，急着见你就自己跑上来了。外面凉，咱们回屋去聊。"

"好。"顾筱筱点点头，连忙把人带进房间。一直被姚慕青带着笑意的视线打量，顾筱筱也看不出她对自己到底是满意还是不满意。

楚逸辰这一家子都是会笑的人，哪怕见到再不喜欢的人，只要他们想笑，也能保持着完美的笑容与对方交谈。这一点，顾筱筱早就发现了。

"身上的伤已经好了吧？"回到房间，姚慕青提起顾筱筱之前在机场受伤的事情，"我上次本来是想过来看你的，可小辰说什么也不准。让我看看，伤到哪儿了？"

顾筱筱中枪的时候还不知道楚逸辰就是风扬集团的总裁，他敢让她见他的父母才怪……

"在肩上，已经没有事了。"顾筱筱拽了拽衣服，微露香肩。

姚慕青看着她，越看越满意。眼前的人儿皮肤白皙透亮，刚刚洗过澡，身上一股淡淡的牛奶甜香，脸上不描不画，更显本色之美。

顾筱筱有着让人眼前一亮、好看又讨喜的长相。姚慕青这么多年在外奔波，阅人无数，任何一个人，她说上几句话、看上几眼，就算不能完全看出对方是什么品行，至少也能看出七八分来。

人，他们自然是调查过的。家世背景这些东西，姚慕青不放在眼里。楚家人从来看的都是能力，不论男女老少，站出来都要能够独当一面。顾筱筱刚刚离开校园，就已经锋芒初露，对她今后的成长，姚慕青也很期待。

说话间，房门被打开。几人动作一致地扭头看去，就看到楚逸辰出现在那里。楚逸辰没有进来的打算，对上顾筱筱的视线，他轻声道："爸在书房，去见见。"

顾筱筱垂眸看了看自己身上的装扮，又看向楚逸辰，无声地询问他：现在？

楚逸辰眸中含笑，点了点头，给了她答案。顾筱筱心一横，起身走出房间，长舒一口气，伸手拍了拍胸口，仰起头来看向楚逸辰："不是说要过几天才能见到吗？丢死人了！"

楚逸辰浅笑不语。顾筱筱看着他，突然意识到一件事："你早就知道他们今天会过来，对不对？"

"还不算傻，被你发现了。"

没时间找楚逸辰算账，顾筱筱就已经被带到了书房门外。她提了口气，跟在楚逸辰身后进了房间。在看到楚明远的一瞬间，感觉自己的心脏都跳到嗓子眼儿了。

就是这个人，她以前曾经看过好多篇关于他的报道，自然清楚他是怎样一个厉害的人。电视上或者报纸上的楚明远都是不苟言笑的，他就像所有企业的领导者一样，威严、认真，让人见到就有种压迫感。而现在，他就坐在离顾筱筱几步开外的地方，静静地望着她。

"总……"看着楚明远的脸，顾筱筱条件反射地想叫总裁，刚一开口，她就反应过来不对，连忙改口道，"叔叔好。"

楚明远点了点头，淡淡一笑："明天有什么事吗？"

"明天要去项目场地那边办点事，然后就没有别的事了。"确定是问自己后，顾筱筱立刻回答。

"好，到时一起过去。今天不早了，回去休息吧。"

短短的几句交谈，顾筱筱就和楚逸辰离开了。她回想着楚明远刚刚的话，不可思议地看向楚逸辰，问道："大老板这是要检验我的工作吗？"

"我现在才是你老板。"

楚逸辰拥着顾筱筱回到房间，两人坐在床上四目相对，顾筱筱觉得他的家人好像也没有想象中那么难以相处……

早早睡下，早早起床。次日清晨，大家在楼下吃完早餐后，楚明远就点了顾筱筱的名字，让她和自己走。顾筱筱原本以为楚逸辰也会一块儿去，没想到最后就只有她一个人跟在楚明远的身边。

楚筱郗意味深长地笑着和她挥手，目送她离开后，伸了个懒腰，回头看向姚慕青问道："妈，我爸是怎么和你评价筱筱的？"

"你觉得呢？"姚慕青噗地一笑，"会赚钱、能和他一块儿工作的儿媳妇，他会不喜欢？"

"也对，都是工作狂，肯定有共同语言。"楚筱郗撇撇嘴，若有所思地点头，"妈，你和爸准备什么时候回国？"

"过几天跟你们一块儿回去。"姚慕青转身走向屋内，"你爷爷昨天打电话了，又被骂了一通。"

顾筱筱之前可是说过要去看楚云飞的，现在倒好，儿子、儿媳妇在国外不回去，孙子和孙媳妇也跑到这边来凑热闹了。楚云飞给楚逸辰打电话，被楚逸辰敷衍得火冒三丈，于是一通电话又打到楚明远这儿来，责令他们这个月必须回国去见他。

"你爷爷惦记着早点给他们举办婚礼。想想也是，都领证这么长时间了，现在才见到我们，也没对外公布她的身份，委屈这孩子了。"姚慕青有些愧疚地说道。

"妈，我看筱筱未必是这么想的。你知道她当初是因为什么才和我哥结婚的吗？"楚筱郗神秘兮兮地说道，把姚慕青的好奇心都给勾了出来。

"因为什么？不是你介绍的？"

"才不是！"楚筱郗没忍住翻了个白眼，她说得绘声绘色，姚慕青听得津津有味。

大致了解了顾筱筱和楚逸辰之间的事，姚慕青特别后悔自己这一年没在国内。她忽然想起自己之前看到的娱乐消息，又问道："筱筱和苏佐楠是朋友？"

"嗯，对。"楚筱郗点了点头，"两人小时候就认识了，其实狗仔拍到的是三个人的照片，里面还有我哥，不过八成是不认识我哥的缘故，就把他截掉了，哈哈！"

坐在沙发上看着电视，乐此不疲地说着楚逸辰的糗事，楚筱郗和姚慕青这一天过得特别开心。

而顾筱筱那边虽然有些累，不过感觉也还不错。

和楚明远一起到了项目场地，边走边讨论着这边的招商计划。新项目虽然是由楚逸辰全权负责，可楚明远在这边，不可能一点都不过问。顾筱筱大致和他讲了一下这边的进度和计划，在楚明远问她美国那边的工作近况如何时，赶紧如实汇报。

顾筱筱调查做得足，资料、数据脱口而出。听完顾筱筱的话，楚明远淡淡一笑，没再说什么。

结束了英国的行程，几人一同回国。飞机在B城国际机场降落时，是下午三点，机场外已经有人专门在此等候接机。顾筱筱稀里糊涂地坐上车，看着窗外的风景，不知这是要到什么地方去。

和楚逸辰结婚这么久，顾筱筱一直没见过他真正的家。公司旁的公寓也好，锦园的别墅也罢，似乎只是楚逸辰的某处落脚点，楚家大宅，顾筱筱只在他们之前的对话中听过。

B城是个寸土寸金的地方，在顾筱筱的脑海里，楚逸辰的家就算大，也不可能像英国那边的庄园别墅一样夸张。但是……

大门缓缓打开，顾筱筱看着窗外，表情在一点点发生着变化。车子慢慢向前行驶着，顾筱筱的心却越来越凉，复杂的情绪没人能够理解。下了车，看着一排用人站在别墅外候着，听着他们叫自己少夫人，顾筱筱微微一笑，心很累。

顾筱筱和楚筱郗到外面散步，在别墅不远处的地方，有一个操场大的停车场。看着那数十辆的豪车，顾筱筱开口问道："这些，都是楚逸辰的？"

"哦。"楚筱郗点点头，没太在意地回答道，"不过都是以前买的，他最近两年好像不大喜欢玩这个了。"

顾筱筱没接楚筱郗的话，这些车的牌子她其实大多都不认得，可是笨人有笨人的办法，拿出手机搜了搜，打开网页，看着上面一张张豪车的图片及报价，再看看眼前这个简直就是用钱堆起来的停车场，她深吸了一口气。

"想什么呢？"楚筱郗推了推她的胳膊，笑道，"我之前不是告诉过你他车多吗？改天去考个驾照，回来这些就都是你的了。"

"我在想，我是不是嫁错了。"顾筱筱收起手机，抿嘴一笑，"筱郗，如果……我知道你们家是这种情况，我是绝对不会和楚逸辰结婚的。"很多事情，凭空想象和亲眼见到完全是两回事。就像很多人都知道一亿是很多钱，可这钱究竟有多少？不摆到眼前，永远都不可能知道。

顾筱筱说的是真心话，一向清澈透底的眼睛此时蒙上了一层阴霾。楚筱郗看着她，心猛地一沉。

"筱筱。"楚筱郗小声开口安抚道，"你不要想太多，我哥的就是你的啊，你已经是我们家的人了，计较那么多干吗呢？"

楚逸辰的就是她的吗？顾筱筱从来没有过这种想法。有时候她也希望自己的脸皮能够再厚一点，别人给的伸手接着就好。可是不管怎样，她终究没办法过得了自己心底的那道坎。

在没遇到楚逸辰之前，顾筱筱是很容易满足的一个人。没有人给她买几万块的包包、几十万的手表，也没有人带她住几百平方米的别墅、几千平方米的庄园。皇室贵族的婚礼？那是在电视上才能看到的情节；价值上亿的停车场？那应该是在车展上才能看到的画面。可是当这一切理所应当地发生在顾筱筱身上时，她发现自己变得贪心了，而且越来越矛盾了。

钱是个好东西，不管到什么时候，这都是任何人没法否定的事情。

顾筱筱眼睁睁地看着自己银行卡里的钱越来越多，有工资、有楚云飞给的红包、有楚逸辰帮她选股赚的外快，可是，看着那些数字，顾筱筱却一点儿安全感都没有。这么多钱，有多少是她自己赚到的？倘若没有楚逸辰、没有楚家的庇护，她现在的生活又是什么样子？

辛苦两三年，攒个首付，在这里买套小房子，然后变成房奴，努力赚钱还房贷，这是大多数奔波在这个城市的人面临的现状，原本也该是顾筱筱要经历的坎坷。但是看看她现在的状态，这从天而降的好运，简直就是把顾筱筱架在了半空中，让她想往上爬难上加难，想往下走，又有那几个人拦着不放。

"筱筱，你想什么呢？"顾筱筱半晌不出声，楚筱郗看着她发呆的样子，有点心慌。

"啊，没想什么。"顾筱筱回过神来，笑道，"在想公司的企划案，最近悠闲得有点过了，得打起精神来，不然压根就不在状态。"

"行了吧，我还不知道你！"搂过顾筱筱的肩膀，楚筱郗继续带着她往前走，"你就别想太多了，反正我哥看上你，你是跑不掉了，认命吧！而且爸妈现在也都回来了，我估计他们很快就会研究你们两个的婚礼了。"

"这么快？"顾筱筱身子一滞，吃惊地问道。

"宝贝儿，你都领证多久了？换成别人，巴不得马上办婚礼、找媒体宣布自己的身份呢，怎么到你这儿就全变了？"

在外面转了一圈，顾筱筱头重脚轻地回到房间，看了楚逸辰一眼，转身扑到床上，面朝下趴着，一动不动。

楚逸辰看她赌气的样子，走过去拍了拍她的屁股："怎么了？"

"别跟我说话，我要睡觉，太累了。"

人和人之间的差距为什么要这么大？是不是不管她怎么努力都是不够的？

烦躁，抓狂！这种无能为力的感觉，是顾筱筱鲜少会有的。不想了，她什么都不要想了！她只想好好睡一觉，一觉睡到明天早上，然后回公司去当她的小员工。跑着业务，整理着资料，赚着她的小钱就好了！

不甘心地蹬了两下腿，顾筱筱孩子气的举动彻底把楚逸辰逗笑，想把她抱起来问个究竟，可顾筱筱死死地抓着身下的床单不肯放手，也不肯看楚逸辰一眼。

"什么事这么严重？"稍稍用力，楚逸辰将人抱到自己腿上，低头看着她一脸委屈的模样，不解地问道。

"你！烦！"痛快地给了楚逸辰答案，顾筱筱眉头紧皱着看他，抬手戳了戳他的眉间。

"嗯，我烦。"顺着顾筱筱的心思，楚逸辰不着痕迹地观察着她的一举一动。小东西回来以后就暴躁得像只多了毛的猫。顾筱筱很少会发脾气，因为单纯，没有那么多的欲望。她突然间这样，楚逸辰没法视而不见、放任不管。

凝视着顾筱筱慌张的双眸，楚逸辰沉思片刻，开了口："今晚先在这边住下，明天我就带你回公寓那边住。"

顾筱筱小嘴一撇，没回应。

"下周放假，我们要回N市一趟去见爷爷。"

顾筱筱继续保持着沉默，不说话。

"到时老头子一定会提起婚礼的事，你是想自己策划，还是交给他们去办？"

顾筱筱目光一抖，终于有了反应。"婚礼会来很多人吗？"她小声问道。

"那是自然。"

顾筱筱歪着头，认真看了他好一会儿。

说离婚，说不办婚礼？那是不现实的事情。

父母都已经见过了，这种时候说这种混账话，既不尊重长辈，也不尊重对方。说到底，不管自己有多么闹心、多么抓狂，该发生的事情还是要发生。日子还是要过，所有的一切，都不会因为她一个人的情绪而发生任何改变。

顾筱筱仰头看向天花板，呆呆地看了好一会儿，才一脸惆怅地坐直了身子，拿了一本书来看。

自从下飞机，楚逸辰和她都没有合眼，时差还没调整过来，楚逸辰脑子也是昏昏沉沉的。

长臂一伸，楚逸辰拉着她走到阳台，抱着她紧绷的身体，安抚着她不安的情绪："一个失败的投资项目我不会做，一个会让我丢脸的人，我也不会娶。所以，不要觉得自己有多差，也不要在意我给你带来的这些多余的环境和条件，因为这些都是你该得的。"

"为什么是我该得的？比我努力的人还有很多。"

"因为不公平。"楚逸辰邪佞一笑，"我看上了你，看不上别人，有什么办法？"

"你强词夺理！"

"宝贝儿，你知道风扬集团旗下有多少员工吗？"楚逸辰忽然转移了话题，看着顾筱筱有些迷茫的表情，继续说道，"正常编制内的有二十万人。这些人很有可能会因为我们的一个错误决定而就此没了工作。风扬集团所有的财富，也绝对不是一天得来的。在其位、做其事、说其话，最根本的道理，我不信你会不懂。而还有一个道理，我也希望你能明白。"

楚逸辰话音一顿，亲吻了一下顾筱筱的鼻尖："拥有的多，压力也就更大。你很聪明，可是，懂得充分利用身边能够接触到的一切条件，让自己变成一个更好的人，这才是最聪明的表现。"

低下头，楚逸辰轻咬着顾筱筱的唇角，轻舔着她的唇瓣。顾筱筱眉头一蹙，扭过头躲过他的挑逗，"你怎么突然就不正经了！"

"乖，让我亲亲。"

清风袭来，吹得人神清气爽。顾筱筱无暇去想太多，因为所有的思绪都被楚逸辰牵动着。

"不准再有任何离开我的念头。"楚逸辰牵着顾筱筱的手回了房间床上，看着身下的人，一字一顿地认真说道，"你若离开，我会做出什么，连我自己都不清楚。"

"吓唬人。"顾筱筱眼睛一弯、嘴角一扬，伸手挡住楚逸辰闪烁着点点寒芒的双眼，小声说道。

抓下她的手亲了下，楚逸辰抱着她躺在床上，也有些疲惫。平静下来，顾筱筱这才有空闲去想楚逸辰刚刚说的那番话。改变不了，就只能接受吗？顾筱筱想了很久，身后的人呼吸越来越平缓。她好奇地回过头去一看，原来楚逸辰已经在不知不觉中睡着了。

顾筱筱动作轻盈地把他搭在自己身上的手挪开，静静地看着他的五官，最后慢慢一笑。她或许很累，但更累的，另有其人吧？他虽然起点高、条件好，可要付出的精力和努力，也一定是别人的数倍。

顾筱筱爬起身来，趁着楚逸辰睡着之际，低头在他的下巴上亲了亲。她实在没什么睡意，就悄悄下了床，坐到一旁继续忙去了。

137

楚逸辰睡了两个小时后醒来，拉着她进了浴室。这一晚，顾筱筱几乎就没怎么合眼……

天气暖了，天亮的时间也早了。清晨，闹钟叫醒了她，也叫醒了楚逸辰。被子下的两人寸缕未着，顾筱筱强撑着身子爬起来关掉闹钟，又颓唐地倒在床上，一动不想动。

内心挣扎了许久，她是真的、真的想起身去洗漱，然后上班，可是……

"我不上班了！"带着哭腔的声音响起，顾筱筱用尽力气拽过被子蒙在脸上，崩溃地说道，"我要请假，今天不去了！"

太累了，太难受了！就算是高三最辛苦的那一年，她也没有这样疲惫过。

"不上班可是要扣工资的。"楚逸辰起身穿衣服，看着床上的人提醒道。

"扣扣扣！随便你扣！今天就是不上班，爱怎么扣怎么扣！"顾筱筱难得在工资上大方了一回，由此可见，她是有多不想离开这张床。

楚逸辰出了家门，顾筱筱还在床上赖着，一觉睡到大中午。她本以为可以在家里悠闲地混一天，结果接到了公司的电话。

"筱筱，你现在在哪儿？"马天华的声音听起来有些不大对劲。顾筱筱听着他的问话，回答："在家，今天身体有点不舒服。怎么了？"

马天华犹豫了一下，说道："公司出了点事情，资料好像被泄露了，而且是从你电脑发出去的。"

顾筱筱脑子嗡的一下，瞬间空白："什么资料？是现在正在进行的医疗项目资料，还是国外的？"

"两者都有。"

"我马上去公司，等我！"

顾筱筱慌慌张张地穿好衣服，气喘吁吁地跑到了公司。

她一出现，其他人纷纷扭头看过来，眼神中都带着几分轻蔑和不屑。

顾不上理会他们是不是在怀疑自己，顾筱筱大步走到马天华的办公室，敲门走了进去。"马部长，公司上层已经知道这件事了吗？"看到马天华，顾筱筱开门见山地问。

马天华点了点头，叹了口气："上面正在开会研究对策，你也别急，等调查结果出来，自然就都清楚了。"

别人不知道顾筱筱的身份，马天华可是知道的。她都嫁给楚逸辰了，还用得着泄露公司的内部资料来赚那些不干净的钱？答案是显而易见的，但事情糟就糟在顾筱筱的电脑上面。资料传输出去的IP正是顾筱筱的那台电脑，而昨晚部门内部的监视器又莫名其妙地坏掉了。所有的事情加在一起，更像是一场阴谋。至于是谁策划的，却没有人知晓。

顾筱筱向马天华了解了情况后，垂着头回到座位上。她单手支撑着额头，不知事情怎么会变成这个样子。

"顾筱筱，你身上背的这个包是刚出的春季新款吧？"顾筱筱正伤神之时，听到有人叫自己的名字。

愣了一下，她蹙眉反问："有什么问题吗？"

"没问题，就是随口问问而已。毕竟这么贵的包也不是什么人都背得起的。"

对方戏谑嘲讽的语气让顾筱筱觉得心里闷闷的，她不是不明白对方是什么意思，只是想不通为什么人会变得这么快。桌子上的包，顾筱筱不是第一次背，自然也不是第一次被她们看见。选在这个时候说出来，原因只有一个，她们怀疑自己。

"或许吧。"顾筱筱惆怅地一笑，懒得解释什么。她安静地趴在桌子上，想着等楚逸辰他们开完会上去问个清楚。

其实顾筱筱真正在意的并不是这件事是谁做的，而是后续应该怎么应对。她电脑里的东西太全了，包括许多合作商的资料和项目的企划案，全都在里面。

不被信任的滋味，难以想象地难受。顾筱筱深吸一口气，起身去茶水间喝水。资料泄露的事情已经传开了，这事儿发生在顾筱筱身上，似乎也被人知晓了。

顾筱筱接水的工夫，就被人指指点点。她回过头迎视着对方，看着对方闪躲的目光，心烦气躁。

"她就是市场部的顾筱筱？"

"嗯，听说她被包养了，钱包里好多张黑卡呢。"

"现在的小姑娘，真是不得了！靠着一张脸，就能比别人少奋斗那么多年。"

顾筱筱的思绪被她们的话牵动着，一不留神就打翻了自己刚刚冲好的咖啡。滚热的水直接洒在了手上，痛得她吸了口气，紧咬了牙关。

没错，她就是市场部的顾筱筱。如果非要说她被包养了的话，也不是不可以，毕竟楚逸辰那么有钱。的确，她钱包里是有所谓的不限额黑金卡，也是楚逸辰给的。可她们是什么时候看到的？然而，最重要的是，为什么她们看到的不是她加了多少班，记住的不是她帮她们赶了多少文件？

人心难测，原来这个社会真的是如此扭曲冷漠。只要你做错了一件事，不管你曾经付出过多少努力，在其他人眼里就都被抹杀了。

顾筱筱拿起打翻的一次性纸杯，握在手中捏成了一团，冷笑着扔进垃圾桶。身正不怕影子歪，面对其他人异样的目光，顾筱筱若无其事地上楼到了楚逸辰办公室外。

这是顾筱筱第一次在上班时间过来，以前她都是下班后偷偷来的，那时门外的秘书已经下班了。

"总裁开会回来了吗？"顾筱筱径直走过去，低声问道。

"还没有。你是哪个部门的，找总裁有事？"

顾筱筱点了点头，拿出手机给楚逸辰发了条信息，然后就站在办公室外等着他回来。

"你有什么事的话可以留下口信，等总裁回来了我会告诉他。"见顾筱筱无意离开，座位上的秘书蹙蹙眉，开口提议。

"不必了，我在这儿等他。"

顾筱筱的回答让秘书的表情僵了僵，她是谁？不知道这里是什么地方吗？

顾筱筱等了差不多二十分钟，终于见到了楚逸辰。他和徐明一起上来，看到顾筱筱，问："怎么不去里面等着？"

"在里面也没什么事，站在这儿挺好的。"

在秘书惊讶的视线中，顾筱筱跟着楚逸辰进了办公室。关上门后，她立刻问起资料泄露的事情："监控视频调出来了吗？知道是什么人做的了吗？"

"还在调查。你就是为了这个过来的？"楚逸辰走到桌后坐下，从他的身上完全看不出事态严重的样子。

虽然开了几个小时的会，可是顾筱筱觉得，如果不是马天华给她打了电话，楚逸辰应该是不会告诉她这件事的，至少在上班时间不会向她透露。

"不然呢？都已经被当成嫌疑犯了，我怎么可能在家睡得安稳。"顾筱筱有些沮丧地坐在沙发上，想着对策。

"我们要不要先联系客户那边，告诉他们这件事？万一被他们知道的话，肯定会影响我们的合作。"

"已经知道了。"徐明看了眼手机，苦笑道，"'风扬集团客户资料泄露'上了头条。现在的记者鼻子还真是灵，不服不行。"

顾筱筱吃惊地凑过去看了看徐明的手机，觉得事情简直不能更糟了。"完蛋了，明天股价肯定要跌停。"顾筱筱一屁股坐到沙发上，罪恶感十足地说道，"你们两个的身家不知道要缩水多少，这么多钱，我怎么赔得起？"

徐明本来开会开得心情挺不爽，听了顾筱筱的话却被她给逗乐了："逸辰，听到没？你老婆要赔我钱，年底分红记得把这钱给我算进去。"徐明扭头看向楚逸辰，笑着提醒。

"这是她答应的，我可什么都没说。要钱的话，管她要。"楚逸辰把自己撇得干干净净，低着头忙着处理公事，头也不抬地吩咐徐明，"查一查第一个发出新闻的媒体是哪家，我要知道他们的消息是从哪儿得来的。"

"行，我这就去查，有事儿打电话。"徐明随口应下，很快就走出了办公室。

房间里只剩下顾筱筱和楚逸辰两个，看着楚逸辰繁忙的样子，好像也不打算搭理自己。她想了想，动作缓慢地走了过去。

"生我气了？"顾筱筱抬手戳了戳楚逸辰的肩膀，小声问道。

睨了一眼顾筱筱的手，楚逸辰眉头一皱。"怎么弄的？"他停下手上的动作，抓过她的手低声问道。

"不小心把水弄洒了，没事儿。"抽回手来，顾筱筱追问道，"我听同事说已经报警了，有什么头绪了吗？"

"还在等消息，应该很快就会有回信了。"看着顾筱筱不安的样子，楚逸辰风轻云

140

淡地笑了笑，"不是什么大事，这么紧张做什么？"

"资料是通过我的电脑泄露出去的，还不知道对方的意图是什么，也不知道要给公司带来多大的损失，这还不是大事吗？"

"从你的电脑发出去的不代表事情就是你做的。你昨晚人在哪里、做了些什么，我还不清楚吗？"楚逸辰单手扶额，看着顾筱筱邪笑，"至于损失，我会从他们身上讨回来的。"

"你严肃一点！不是我做的，但我也有责任，你不能这么偏袒我！不过话说回来，我电脑明明设了密码，资料也加了密，那人是怎么打开的？"

"破解密码不算难事，这事儿落在你头上只能算你倒霉。至于责任，还轮不到你来担。自己去楼下药店买烫伤药，一会儿给你安排活儿干，省得你无聊。"楚逸辰了解顾筱筱，知道她是闲不住的人。

顾筱筱叹了口气，觉得他太纵容自己了。虽然他的话也不是没有道理，可这事儿要是发生在别人身上，肯定就是另外一个处理方法了。

顾筱筱出了办公室，下了楼。接到楚筱郗的电话，直接去了她那儿。

"我刚才一直在忙，才看到你的消息。"楚筱郗看起来就没有楚逸辰那么淡定，"你来多久了？"

"几个小时了，马部长给我打的电话。"

"妈的，我非要把这个人揪出来不可！"难得听楚筱郗爆粗口，由此可见，她现在的心情真的不怎么好，"等我一会儿，我弄完这个文件咱们两个出去吃饭，然后去警局走一趟。"

"我帮你吧，闲着也没事做。"

"嗯，你帮我去马天华那儿拿两份资料回来，我之前跟他打过招呼，他知道的。"

顾筱筱扔下包出了门，见到马天华，和他说了之后，拿了资料就准备回去。

"部长，你怎么还把公司的资料交给她啊？"顾筱筱一转身，没走出多远就听到有人在和马天华说话。声音不大，可也不小，她听得很清楚。

脚步一顿，顾筱筱扭头去看说话的人。看到是谁之后，她嗤地一笑。

许是顾筱筱不屑的笑容让他感到受了极大的侮辱，也许是他早就看顾筱筱有些不爽了，所以，在顾筱筱这一瞥后，他的不满也爆发了："马部长，别人都说咱们公司是个靠实力的地方，可现在有些人凭着关系一路往上爬，甚至卖了公司的东西还能安然无事地待在公司里。如此差别对待，让我们怎么能安心做事？"

"蒋烨，公司的资料是从我的电脑里泄露出去的没错，但究竟是不是我做的，连公司上层都还没有下结论，你怎么就如此肯定？我电脑里的资料最多，那是因为我做的事情最多。如果我没记错的话，你这个星期有两份文件还是我帮着整理做出来的吧？"窝了一天的火气被彻底点燃，处处碰壁被怀疑的顾筱筱目光尖锐地盯着蒋烨，也表达着自己的不满。

"我帮你们加了多少班，你们自己心里有数。我是有关系没错，如果我真的靠着这个关系的话，绝对不会到现在还坐在这个办公室，还帮你们加班做事。你说得对，风扬集团靠的就是实力，有实力的往上爬，没实力的原地待着，不应该吗？"

顾筱筱的脾气好是大家公认的，她做事效率高，这也是大家都清楚的。至于一直有传言说她有关系、有背景，这还是第一次从她嘴里得到证实。

两人的对话把整个办公室的注意力全都吸引了过来。蒋烨也算是个老人了，被顾筱筱一个新人如此义正词严地驳斥，他的面子自然是挂不住的："顾筱筱你别太过分！新人多做事这是规矩，让你多做事那是看得起你！"

"我谢谢你看得起我。"多说无益，顾筱筱叹了口气，不想和他再争执，转身要走。她绝对没有想到，蒋烨会恼羞成怒对她动手，其他人也都没有想到。

头发被人从背后用力扯住，顾筱筱没来得及反应，身子就被迫转过去，脸上被重重地打了一巴掌，脑袋也重重地撞到了墙上，随即眼前一片漆黑，身子摇摇晃晃的快要站不住了。

"蒋烨你干什么？！"马天华吓得大叫一声，连忙联系楚逸辰。

顾筱筱额头被撞破，血流不止。她倚靠在墙上，不可思议地看着蒋烨，脸色苍白得说不出话来。

楚逸辰的出现让屋内的气氛又紧张了几分。他走到顾筱筱的身边，看着她额头上的血痕，面色冷峻得让旁人连大气都不敢喘一下。

"谁动的手？"楚逸辰寒霜罩面，目光阴冷地看向旁边的几个人。大家的视线全都落到某人身上，他也顺势看了过去。

被楚逸辰这么一看，蒋烨的脑子也清醒了。他身子一抖，支支吾吾地开了口："是、是她先出言不逊的。我打人是不对，可公司就不该留这种吃里爬外的人。"

"吃里爬外？"楚逸辰嗤地一笑，"你的意思是说，她做了对不起公司的事情？"

"她泄露公司内部机密文件资料，这事大家都知道了。"

"我楚逸辰的妻子，用得着卖公司的资料？"楚逸辰眸底寒芒一闪，整个人身上散发出的冷意让温度似乎都降了几分。

"别说了。"顾筱筱伸手扯了扯他的衣袖，不想在这儿再待下去，"先去医院吧。"

楚逸辰的……妻子？

楚逸辰的话让众人目瞪口呆。顾筱筱是楚逸辰的妻子？之前大家传得沸沸扬扬的总裁夫人，居然是顾筱筱？

楚逸辰俯身抱起顾筱筱，迈步朝外面走去。马天华目送着两人离开，等他们完全走出办公室后，才看向闯了大祸的蒋烨："你啊你，平时看起来老老实实的，怎么脑子这么浑！这里是公司，不是你家，居然出手就打人！这下好了，看看你打的是谁吧！"

第8章

被楚逸辰抱着离开公司，顾筱筱闭着眼睛平复心情，一路上不知道被多少人看到了。

坐在车里，她定定地看着窗外，不说话。到了医院，她也任由医生处理伤口，疼的时候只是蹙蹙眉头，什么也不说。

医生做了检查，没什么大碍，只是皮外伤。包扎好伤口，两人开车回了家。

此时公司已经炸开了锅，爆炸性的消息迅速在公司散播开来。楚筱郗在办公室等了好一会儿也不见顾筱筱回来，疑惑之余去市场部看了看，没想到却听到了这样的消息。她慌慌张张地打了电话，是楚逸辰接的。询问了顾筱筱的伤势后，楚筱郗气得整个人都要炸了，完全没有心思工作，拿了东西匆匆回了家，等了一会儿，顾筱筱和楚逸辰也回来了。

"你在家陪她，我回公司处理些事。"

"好，你去吧。"

楚逸辰离开后，楚筱郗怜惜地摸了摸顾筱筱的头，心疼地说道："肯定很疼吧？想吃什么？我去给你买。"

"抱抱。"顾筱筱红唇微噘，往楚筱郗怀里一钻。

"宝贝儿，委屈了就哭出来。"楚筱郗抱着顾筱筱，柔声哄道，"别自己憋着。"

"哭过了，不想再哭了。"顾筱筱趴在楚筱郗的怀里，感受着她怀抱的温暖，小声道，"就是脑子有点乱，好多事情想通了，可是又接受不了。"这个社会真的是太现实了，现实得让才意识到这一点的顾筱筱有些恐惧。

"现在公司的人应该都知道了我的身份，是好事一桩，也是坏事一件，至少以后不用这么累了。"听着楚筱郗的心跳，顾筱筱缓缓说道。

"早就应该让他们知道！你就是心太软，平时对他们太好了。筱筱，有些人是不能可怜的，可怜之人必有可恨之处，你明白这个道理吗？那个蒋烨的事情，不管我哥怎么处理，你都不可以插手。你要知道，这不单单是你的事情，更是我们楚家的事情。"

"嗯，不插手。"顾筱筱面无表情地回应着楚筱郗的话，整个人安静得让楚筱郗觉得心慌。

"宝贝儿啊，你跟我说说话呗！"

"你说，我电脑里的资料到底会是谁发出去的？"顾筱筱很认真地思考着这个问题，"办公室里那么多电脑，却偏偏选中了我的。难道，是市场部的同事？"

"一定是公司的同事，不然不会对公司情况那么熟悉。至于是不是你们部门的人，我一时半会儿也说不准。"这是一件恼人的事情，顾筱筱猜不出来，楚筱郗也没有什么头绪。

楚逸辰回到公司的时候，蒋烨已经被警察带走了。人是徐明打电话叫来的，罚款拘留肯定是逃不掉了。至于公司这边，想也知道，不可能再留他了。

短短一天，市场部就迎来了几位公司高层，这在平常是不太可能的事。已经到了下班的时间，办公室内却依旧热闹，马天华还是第一次见这些人不急着下班回家。

"部长，顾筱筱真的是总裁夫人？"

"对呀部长，这怎么可能呢！"

"部长，你是什么时候知道这件事的啊？"

"平时怎么不见你们这么求学好问？"马天华无奈地说道，"连总裁都亲口承认了，这种事情还能有假吗？"

"可是，一点儿也没看出来啊……"

"那是人家顾筱筱不想那么快就让你们知道！"马天华无力地看着手下的这些人，"多余的话我就不说了，你们回家以后自己都好好想想吧！人家顾筱筱对你们什么样，你们对人家什么样，唉！"

马天华大步离开，留下一群人面面相觑、不知所措。

顾筱筱是总裁夫人，这消息实在是太有爆炸性了。市场部一时成了热门观光地，很多其他部门的人听到消息，特意跑过来求证。

顶层总裁办公室，楚逸辰低头处理着公事，在徐明提到蒋烨的时候，他才总算开口说了句话："别的地方我不管，但在B市，我不希望任何一家公司录取蒋烨当员工。如果有不合作的，告诉我，我处理。"

楚逸辰这是要下"封杀令"，徐明听后笑着点头："蒋烨一家老小全都在B市，在这儿找不到工作的话，就只能滚蛋了。"

"那是他的事。"楚逸辰关上电脑，穿上外衣准备回家。

"筱筱的伤没什么大事吧？"徐明关心地问道。

"拍了片子，没什么大碍，不过要休息一段时间。"

"行，回去吧，有事给我打电话。"

楚逸辰开车回到家，顾筱筱正和楚筱都坐在餐厅准备吃饭。

"回来得还挺是时候，自己拿碗，我没带你的份儿。"楚筱都不客气地说道，"爸给没给你打电话？"

"还没。他今天没来公司，估计要明天才能知道。"

"都会知道吗？"顾筱筱意识到他们是在说自己的事情，愣了一下，有点不好意思地问。

"这种事情，你觉得能瞒得过去？"楚筱都瞥了她一眼，笑道，"不把你接回老宅让你休养一个月，就算便宜你了。等着吧，电话攻击。"

"我不想回去。"顾筱筱无助地看向楚逸辰，他们两个都留在这边工作，她一个人回那边？

"把饭吃完再说其他的。"楚逸辰面色清冷。

顾筱筱讪讪地点了点头，老老实实地低头继续吃饭。

楚筱都吃完饭就回家了，顾筱筱两人回到楼上。楚逸辰皱眉看着她头上的伤，低声问道："还疼吗？"

"你是在心疼我吗？"顾筱筱不答反问，"可你的样子看起来更像是在生气。"主动抱住楚逸辰，顾筱筱把脸贴在他的胸口，听着他的心跳，莫名地感到安心。

"公司的人都知道我和你的关系了？"她小声问道。

"嗯，都知道了。"楚逸辰顺了顺顾筱筱的头发，"还是不想让他们知道吗？"

"那我这次病假，是不是就可以不被扣工资了？"顾筱筱仰起小脸看向楚逸辰，认真地问道，"我是总裁夫人，绩效也给我按双倍算，可以吧？"

"没出息。"

"我就是没出息！"顾筱筱爬上楚逸辰的身，振振有词地说，"背靠大树好乘凉，我发家致富的梦想，以后就要靠着大boss你实现了。所以，你不能开除我！"说了那么多好话，其实顾筱筱就是担心楚逸辰以后不让她去上班。

听出她话里的意思，楚逸辰无声地一笑，她说什么就是什么："养好身子，其他的看你表现。"

"嗯，我会好好表现的！"用力点了点头，顾筱筱乖巧得像只听话的布偶猫。

第二天，她还是被楚逸辰送到了N市，一同前往的还有楚明远和姚慕青、楚筱都。

"你这丫头是怎么回事？"楚云飞一见到顾筱筱，脸色马上一沉，"怎么每次回来都要把自己搞得一身伤？"

看着楚云飞吹胡子瞪眼的模样，顾筱筱大气也不敢喘一下："我也不想的呀。"

"还敢顶嘴？"楚云飞猛地提高声音，吓得顾筱筱身子一抖。

"不敢！我错了！"顾筱筱身子站得笔直，活像个被训斥的小学生。

回到N市，生活似乎规律了许多，顾筱筱每天早上准时被军号叫醒，然后和楚筱都陪着楚云飞一起出去跑步锻炼。白天没事做，就被姚慕青拉着打麻将。

儿子儿媳、孙女孙媳全都回来看自己了，楚云飞纵使板着脸，也能看出他眼中的笑意。

晚上，顾筱筱和楚筱都趴在床上聊天，看着翻出来的小时候的相册。两人聊了许久，直到后半夜才熄灯睡觉。第二天上午醒来，顾筱筱看到新闻，拨通了楚逸辰的号码："泄露信息的人已经查出来了？"

"嗯。"楚逸辰波澜不惊地说出一个人的名字，让她万万没有想到，"怎么会是他？已经证实了吗？"

"指纹和监控全都指向他，而且还有其他的证据证明，这并不是他第一次泄露我们公司的机密。"

商业间谍——这种事情顾筱筱以前只在电视上见过，却没想到有一天真的会出现在自己身边。

"那，知道他是受什么人指使的吗？"

"还在查。"楚逸辰拿起酒杯和身边的人碰了碰，喝了一口后继续和顾筱筱聊，"什么时候回来？"

"还不知道。"顾筱筱的思绪被楚逸辰牵引着，"今天被爷爷带出去打枪，丢死人了！他还在我面前夸你来着，说你打得特别准，不像我，枪枪脱靶。"

"一枪也没打中？"

"中了中了！"顾筱筱连忙解释，"就是打得有点歪而已！"

楚逸辰轻笑出声，陪她说了会儿话，挂断了电话。

不知不觉，顾筱筱到N市已经有半个月，也到了该回B市的时候，可楚云飞就是不放顾筱筱走，大家谁都没办法。

"爷爷，我还得回去上班呢，过段时间再来陪你，好不好？"看着生气的楚云飞，顾筱筱问。

"脑袋都破了，还上什么班！"楚云飞冷冷地瞥了眼顾筱筱，厉声说道，"想走也行，让楚逸辰那小子来接你！"

"爸，那我们可以走了吧？"见楚云飞只拦着顾筱筱，楚明远开口询问。

"走走走，赶紧走！"楚云飞看都不看他一眼，只盯着顾筱筱。两人大眼瞪小眼的画面让其他人都觉得很好笑，可谁也不敢笑。

就这样，顾筱筱一个人被单独留在了N市。她趴在门框上，看着楚筱都几人渐行渐远，目光幽怨。怎么都这么不讲究、这么没义气……明明是一起来的，怎么就不能一起

146

走呢？

　　顾筱筱上了楼，顾筱筱给楚逸辰打了个电话说明情况。楚逸辰答应她这周放假就来接她，她的心情这才好了一些。

　　挂了电话，顾筱筱无聊地玩着手机，然后发现了一条新闻——风扬集团客户信息泄露，系金氏集团间谍所为。

　　顾筱筱愣了片刻，没想到这件事会和金氏集团扯上关系。她想着楚逸辰之前说的话，公司泄露资料的人叫杨超，是她市场部的一个同事。这人平时话挺多，和同事们的关系也都不错，顾筱筱初到公司的时候，他也教了她不少东西。

　　他为什么要做这种事情？是受谁指使？金婧吗？肮脏的事情金婧做得可不少，这种手段作风，倒像是她所为。

　　目前风扬集团已经发了公告，临时停盘半个月，不知会有什么大的动作。另外一家备受关注的公司——金氏集团则并不乐观。

　　想到金婧，自然就想到了沐云帆。当初他是因为金氏集团才和金婧在一起的，可惜世事无常，没想到还没等到他们结婚，就发生了这种事情。顾筱筱叹了口气，觉得自己好像错过了一场很精彩的大戏。不过她没感慨多久，就被楚云飞喊到书房去了。

　　楚云飞练字，顾筱筱就站在一旁帮着研墨。她看得聚精会神，楚云飞余光瞥到她的神情后，很是得意、自豪。"你看得这么认真，看出什么来了？"楚云飞拿着笔，扭头看着顾筱筱问。

　　"看出爷爷写得好啊！"顾筱筱脱口夸道，"古人云，善书者不择笔。我知道，不同的字体和书体在笔法的法度上有不同的方法法则，主要体现在点画的造型上。笔法技巧的关键所在，就是运用笔毫和调节笔锋将点画的造型准确地刻画出来，并且要具有丰富的表现力和美的效果。我也看爷爷写过不少字了，真心觉得爷爷写得棒！"顾筱筱说着，忍不住竖起大拇指。

　　"哟呵，你也练过？"

　　"小时候练过一阵儿，不过后来就扔掉了。"顾筱筱不好意思地说，"现在想再捡起来，可工作又忙，没时间。"

　　"哼，都是借口！来，写个字给我瞧瞧。"

　　顾筱筱接过楚云飞递过来的笔，蘸墨之后，俯下身子在楚云飞刚刚写完的一个字旁写了一个小的。写完，连她自己都看得笑了，差距太大了。

　　顾筱筱写的是小楷，字迹清秀端正，看得出来是有基本功的。可就如她所说，太久不练，写不出味道来。

　　"爷爷，最近怎么都不见你找韩爷爷他们玩儿了？"把笔还到楚云飞手中，顾筱筱轻声问道。

　　"才不找他们！"楚云飞撇撇嘴，一脸的不屑，"有你陪我，找他们做什么！"

　　"爷爷，你这么说就不对了！"顾筱筱狡黠地笑道，"就是因为我在，你才应该找他们呀！这样他们一着急，韩奕他们也就能早点结婚了。你说对不对？"

　　顾筱筱说完，自己都觉得自己太坏了。其实她就是想让楚云飞找韩天睿他们多分散一些心思，这样等自己和楚逸辰回B市的时候，他也就不会那么失落了。

　　"嗯？"楚云飞顺着顾筱筱的话想了想，点了点头，"说得有理！走，咱们找他们去！"

　　顾筱筱跟在楚云飞身边，陪着几个老头儿玩了一天。他们下棋，她给端茶倒水；他们吵嘴，她还得给当仲裁……一天下来，简直比工作加班还累几分。

　　吃完晚饭，顾筱筱陪着林菀薇看了会儿电视、说了会儿话，就回楼上休息了。再打开电脑翻看金融板块的时候，只见大大小小的消息全是有关风扬集团要收购金氏集团的内容。

　　楚逸辰要收购金氏？

　　顾筱筱咬着草莓睁大双眸，再去看金氏集团的官网，上面已经发出了公告，是关于风扬集团有意诬陷他们的声明。看样子，是打算打官司了。

　　事情闹得这么大，顾筱筱真的有点坐不住，想要回去了。公司那么忙，楚逸辰怎么可能还有时间来接她？她不安地睡着，第二天陪着楚云飞几人又混了一天，晚上回到家的时候，楚逸辰已经坐在客厅里了。

　　"你来干什么？"楚云飞一见楚逸辰，有点不高兴地问道。

　　"不是爷爷你让我来接她回去的吗？"楚逸辰回过头，看着楚云飞用身子把顾筱筱挡得严实，挑眉笑道。

　　楚云飞是说过这话没错，可是，他没想到楚逸辰会来得这么快……

　　楚云飞赶紧拉着顾筱筱进了书房，动作迅速地把门上了锁。他看向顾筱筱，小声道："丫头，咱们不回去好不好？爷爷有钱，爷爷给你开工资，不跟他走！"

　　楚云飞讨好的神情让顾筱筱哭笑不得，刚刚在外头他还训自己腰板挺得不直溜呢，那语气和现在可谓天壤之别。

　　"爷爷，你再有钱也没我有钱。"门外传来了楚逸辰的声音，很明显，他是跟随两人一起上来的，"更何况她是我老婆，你这么做不合规矩吧？"

　　"放你娘的屁！哪那么多规矩？"楚云飞破口骂道，冲着门口的方向瞪了一眼，和顾筱筱坐到桌旁下棋。过了一会儿，房门被楚逸辰在外面用钥匙打开了。

　　楚逸辰径直走到两人身边，把顾筱筱拉起来，对她说了句"下楼去陪奶奶"，就坐到了顾筱筱刚刚的位置上，迎视着楚云飞，顺便吃掉他的一颗棋。

　　晚上十点半，顾筱筱和楚逸辰终于回了房间休息。房门一关，被他从身后抱住。

　　"公司的事情忙完了？"

　　"没有，剩下的事就交给徐明。"楚逸辰拥着顾筱筱躺到床上，仔细检查了一下顾筱筱的额头，见没什么事了，目光才柔和了一些，"明天我们去姥姥那儿，接她到B市。"

"咦？"顾筱筱惊讶，"明天吗？"

"嗯，我已经给她打过电话，她也答应了。"

顾筱筱不知道他们说了什么，总之去见了沈千云之后，她真的痛快地跟着他们走了。

晚上，大家齐聚到楚家的大宅，算是双方家长第一次见面。

"沈老师？"楚明远看到沈千云后，惊讶地开了口。他这一声沈老师，不光把沈千云叫愣了，也让其他人不知是什么情况。

顾筱筱就站在沈千云的身边，眉头紧蹙。沈千云以前做过老师吗？她怎么不知道？

"你是我的学生？"沈千云努力回想了一下，并不认得楚明远。

"我没上过沈老师的课，可沈老师当年在学校，大家都认得。咱们学校能开画展的老师，您可是头一个。"楚明远笑着把她迎进了屋里，很自然地聊开了。

顾筱筱一头雾水，楚筱郡也是目瞪口呆。

楚筱郡知道沈千云以前会画画，她上一次的服装设计中，有一张图案就是沈千云授权的。不过沈千云叮嘱过她，这件事不想让顾筱筱知道，她也就没多嘴说什么。

顾筱筱对沈千云过往的一切，则是一无所知。在她的印象里，沈千云就是很普通的一位老人，她没有丈夫、没有孩子，收养了顾筱筱以后，全部的心思就都放在了顾筱筱的身上。她把顾筱筱教育得很好，对自己的事情却从不肯多说。

顾筱筱沉默地听着沈千云和楚明远等人的谈话。看得出来，楚明远很高兴能够再见到沈千云，姚慕青似乎也对沈千云的事情有所耳闻。

"姥姥以前是这么厉害的人？"饭席间，楚筱郡压低了声音询问顾筱筱。

"你看我像是知道的样子吗？我连她会画画都不知道，更别提她以前当过老师、办过画展了。"

一顿饭很愉快地结束，顾筱筱和沈千云回了房间，楚筱郡则去找姚慕青打探消息。

顾筱筱坐在床上，一言不发，满脸的不高兴。

"谁惹我们家丫头不高兴了？"沈千云走过来，笑问。

"姥姥惹我不高兴了！"顾筱筱眉头一皱，"别人都知道你的事，可我什么都不知道！姥姥你为什么不告诉我？"

"都是过去的事了，有什么好说的？"

"我姥姥是个很厉害的人，你应该让我知道这一点啊！你当初为什么要辞职？因为我吗？"

"姥姥没有想骗你的意思，只是以前的事情我真的不想再提了。"看着顾筱筱，沈千云摸了摸她的头，缓缓说道，"你是姥姥的唯一，姥姥只想让你好，其他的都不重要。"

另外一间房里，楚筱郡拉着姚慕青的手不放，追问着沈千云的事情："妈，筱筱的姥姥以前真的很有名吗？"

"是挺有名的，她的几幅画现在都能拍卖到百万以上的价格，而且很难再见到了。我是听你爸说的。你也知道，在那个年代，能当大学老师、能开办画展，是什么样的水平？看来，筱筱和我们家就是有缘。"

楚筱都若有所思地点了点头。别说是那个年代的大学老师了，就算是那个年代大学生的含金量，现在都是没法比的。

晚上，到了该睡觉的时候，顾筱筱躺在楚逸辰怀里，自我检讨、反省："上一次姥姥来这边，去见的那位老朋友是什么来历？"

"你们学校的教授，姥姥以前的同事。"楚逸辰风轻云淡地回答。

"所以，你早就知道姥姥以前的事情？"顾筱筱爬起身来，不满地看着楚逸辰，"那你为什么不告诉我？"

"姥姥以前是个老师，也是个画家，这事我的确知道。她既然这么多年不告诉你，原因何在，你没有想过吗？她不愿再提起，我们又何必去苦苦追问呢？"

楚逸辰的话让顾筱筱想到沈千云今天的那个眼神，她重新趴到他怀里，小声说道："知道了，我以后不会再问了。"

重回B市，顾筱筱也努力想让自己快一点回归工作状态。

这天早上，她和楚筱都一同来到公司。她的再次出现，很快就吸引了大批人的目光。不管走到哪里都有人注视，这感觉让顾筱筱有些不适应，可又无能为力。

"怎么样，有没有一种当明星的感觉？"楚筱都看了眼顾筱筱，笑着问道。

"当明星就是这种感觉吗？"顾筱筱惆怅地叹了叹气，"那我倒是有些心疼苏佐楠了，他可真是不容易。"

两人相视一笑，楚筱都先回了办公室，顾筱筱则回了市场部。

她日后的工作职位肯定是要发生变化的，不过在这之前，还得在市场部待一段时间。

她和楚逸辰结婚的消息已经彻底地传开，各大媒体娱乐板块已经都是她的新闻了，在金融板块中也能看到她的名字。

顾筱筱知道，站在楚夫人这个位置上，她就必须接受其他人各式各样的眼光和议论。要得到就要付出，并且坚持，如果觉得难，那就不要有任何抱怨地放弃。

让顾筱筱放弃楚逸辰？她做不到。所以她要努力，努力地、无所畏惧地活出自己的样子。

顾筱筱把所有心思都放在了工作上，有了出差的任务，她也斗志昂扬地跟着同事一起前往G市。

早上8点，顾筱筱和同事张雅丽下楼吃了饭，打车去了会展中心。人越来越多，顾筱筱也越来越忙，不过她忙了大半天也没见到一个金氏集团的人出现在这里。她还以为这次会和那边对上，再一次成为竞争对手呢。

顾筱筱暗自疑惑，会展结束后，她和张雅丽说起了这件事。金氏集团自从窃取他们

150

公司机密之后，就一直没什么大的动作，就连一开始说要告风扬集团诽谤，最后也不了了之。

听了顾筱筱的疑惑，张雅丽笑道："他们现在哪还有时间来这边？你来公司的时间还短，所以不知道公司高层的手段，咱们公司要是想吞并收购一家……"张雅丽一时间忘了顾筱筱的身份，说着说着才意识到不对劲，面露尴尬地看着她，停了下来。

"说呀！"顾筱筱听得正来劲儿，"丽姐你别这么看我，我来公司第一天起就是你带着我的，要是你也这么排斥我的话，那要我怎么办？"

"不是排斥，真的不是。"张雅丽惶恐地解释，"就是一时间还有点接受不了你的身份而已。"

"你们接受不了，我自己也是一样。"顾筱筱苦笑，"没有别人在，快和我多说一点儿公司的事情。"

她迫不及待地想要继续刚刚的话题，张雅丽无奈地笑笑，只好又开了口："收购一家公司的时候，咱们公司高层是会从几个方面同时出手的。所以我想金氏集团那边现在恐怕不光在B市的总部出了问题，其他的分部，甚至是国外的分公司和厂子也都面临着危机。这个时候，他们肯定没时间再出来接新的单子。就算来了，有我们在，又有什么人愿意和他们签单？苍蝇腿儿而已，金氏肯定是看不上的。"

"也对。"听了张雅丽的话，顾筱筱若有所思地点了点头。

两人回了酒店，顾筱筱满身疲惫地推开门，把背包随手扔到床上，转身换下高跟鞋，想要休息。但她还没来得及脱下身上的小西服，后脑便被重重地击打了一下，随后眼前一片漆黑，身子瘫软地倒了下去……

顾筱筱出差在外，每晚都会给楚逸辰打视频电话。可是今天，楚逸辰却一直没有接到她的来电。他心中莫名地有些烦躁，看了眼时间，已经晚上9点了。

拿起电话打了过去，那边始终忙音。楚逸辰以为顾筱筱是在洗澡，但连打了几个电话后，他觉得事情有些不对。楚逸辰放弃拨打顾筱筱的电话，转而找到酒店前台。问清楚她房间的座机后，继续拨打，一连十个电话过去，依旧一点儿动静都没有。

同一家酒店内，张雅丽正坐在桌子前用电脑和家中的女儿视频，手机忽然响起，是个陌生的号码。她随手接起，说了句"你好"，万万没有想到对方会是楚逸辰。

"筱筱吗？她今天晚上好像是约了鸿光药业的李总吃饭……对……嗯好，我过去看一下。"挂掉电话，张雅丽赶紧出门到了顾筱筱的房间外按了按门铃，里面没人响应。她又打了顾筱筱的电话，把耳朵贴在门上，隐约听到电话铃声从房内传来。

顾筱筱出去吃饭可能不带电话吗？不可能！突如其来的状况让张雅丽脑子瞬间一片空白。她慌张地给楚逸辰回了个电话，匆匆忙忙跑到楼下找到酒店的工作人员说明了情况，让他们帮忙打开顾筱筱的房间。

房间空荡荡的，完全看不到顾筱筱的人影，这让原本以为顾筱筱是因为身体不适晕过去的张雅丽也没了头绪。

鞋在地上，包在床上，电脑在桌上。

人呢？

人在哪里？

张雅丽动作有些僵硬地走到床边，打开顾筱筱的背包看了看。钱包之类的东西都在里面，手机也在。

楚逸辰得到这些消息后，拳头猛地握紧。他沉默了几秒，整理了一下思绪，对张雅丽说："你跟酒店的人去调看一下监控录像，我再找鸿光药业的人问问她在不在那里。"

"好！"张雅丽连连点头，挂了电话，紧蹙着眉头跟工作人员提了要求。

对方似乎也知道这房间里住的人不简单，很快就找到了经理，带着张雅丽去看了视频。这一看不要紧，看了以后，所有人都慌了——在顾筱筱和张雅丽回到酒店之前，有两名男子打开顾筱筱的房门潜了进去。他们抱着昏迷不醒的顾筱筱离开的画面，定格在下午三点半。

张雅丽握着手机的手都是颤抖的，楚逸辰那边自然也没有顾筱筱的消息。

楚逸轩很少接到楚逸辰的电话，一般情况下，如果没有什么事，他们两兄弟是不存在"联络感情"这一说的。所以，看到楚逸辰的来电，即使身边还有很多人在，他也立刻接了起来。

"你现在还在G市吗？"

听到对方的问话，楚逸轩轻声回答："在。什么事？"

"天河新天希尔顿酒店，你现在过去一趟。筱筱下午三点半被人带走，现在还没接到任何电话。"

"我马上过去！"楚逸轩眉头一皱，站起身来说道，"等我消息。"

楚逸轩拿起一旁的衣服，目光清冷地跟屋内的其他几人道别。众人不知发生了什么事情，可看楚逸轩严肃的表情也知道是留不住他的。

楚逸轩开车一路奔到酒店，此时酒店这边也乱成了一团。张雅丽怕酒店这边推卸责任删掉监控视频，一直留在监控室不肯离开。毕竟那两名男子是大摇大摆走进房间的，他们手上拿着房卡，仿佛是房间的住客一般。

楚逸轩到了酒店后立刻查看监控视频，他到后不久，安承朗也出现在了酒店。两人很久没见面了，简单地打了个招呼，安承朗知道这事儿不好办。从顾筱筱被带走到现在已经快七个小时了，如果是绑架的话，对方一直没有打来电话；如果不是绑架的话，那会是什么人做的？目的又是什么？

"我去看下房间。"楚逸轩来到顾筱筱的房间，仔细检查了房间的每个角落，在地上发现了一丝血迹。他的心猛地一沉，绑架这种事他们并不是第一次经历，可上一次楚筱都被绑架的时候，绑匪很快就打来了电话。

安承朗认真地看着酒店的监控视频，注意到两名男子开车离开的方向，打了个电话，对电话那边的人说："帮我查个车号……对，就是这个。从天河新天希尔顿这边往东的路线全部都调出来，我差不多半个小时后到你那边。"

挂了电话，安承朗冷眼看了看监控室内的几人，警告道："这件事不准张扬，不然后果自负！"

张扬？他们哪敢！这种事，他们巴不得能息事宁人，越少人知道越好！

凌晨两点多，楚逸辰抵达G市。他了解了一下情况，一言不发地拿着顾筱筱的手机翻看着。

楚逸轩拍了拍他的肩膀，低声安抚道："别急，不会有事的。"

"嗯。"楚逸辰轻声回了句，表情并没有什么变化。

现在报警是没有意义的，他们的手段还没有自己的人可靠。

回到酒店，几人坐在房间里各自忙碌。视频中两名男子都戴着手套，所以想要找到他们的指纹是不可能的。

时间缓缓流逝，很快就到了清晨五点。

"找到了！"安承朗眼中泛着血丝，嘴角微扬地看着屏幕上定格的画面，对凑过来的两人说，"最后是在这里。"

安承朗指的是城边的某个村子，马上派了人过去查。楚逸辰站在窗前，烟不离手，任谁都看得出他心情浮躁。

从顾筱筱被带走到他们发现出事，中间隔了六七个小时。如果罪犯想逃离的话，足够离开G市了。另外，对方迟迟没有打来电话，所以他们的目的是为了要钱还是做什么，也还不明确，这也是让楚逸辰最为不安的一点。

每一分每一秒都是煎熬，发生了这种事，最大的责任在于自己。楚逸辰深吸一口气，没有任何说话的心情。

上午九点半，安静了好久的顾筱筱的电话终于响起。楚逸辰和安承朗使了个眼色，接起电话。

楚逸辰轻声开口，主动和对方说道："我只想知道我妻子现在是否安全。"

"她很安全。你准备好二十个亿，不准报警，不然我们马上撕票。"

"可以。"楚逸辰想也不想，直接应下，"不过，我要先和我妻子说句话。"

对方沉默了片刻，楚逸辰看向安承朗。安承朗无声地说了几个字，他点了点头，继续与电话另一端的人周旋。

双手被捆，眼睛被蒙。顾筱筱不知道这里是什么地方，当她醒来，就已经身在此处了。脑后依旧阵阵剧痛，回想起最后的记忆，她忽然间就懂得了什么叫真正的恐惧。

绑架，在顾筱筱二十几年的生涯中，这是极为陌生的一个词汇，如今却实实在在地发生在她身上。门吱嘎一声被推开，顾筱筱的身子也随之一颤。听着脚步声越来越近，她紧紧地咬着牙关，不知他们想干什么。

"说句话！"电话被粗鲁地按到顾筱筱的耳边，嘴上的胶带被撕下，中年男子厉声命令道。

顾筱筱不知道电话那端的人是谁，楚逸辰低沉的声音传入耳中时，她鼻子瞬间就酸了。

"他们有没有对你做什么？"

"没有。"顾筱筱口干舌燥地开口，还没来得及多说，手机就又被男子抢走了。

"现在放心了？"男子拿着电话走出房间，顾筱筱只能隐约听到他和楚逸辰的交谈，"我给你五个小时的时间，二十亿！"

"钱没有问题，但是你也要给银行准备的时间。二十亿不是个小数目，我能拿得出，他们未必备得出来。更何况，我才刚到G市没多长时间，就忽然间转这么一大笔金额到你的账户，警察不会查吗？你既不希望我报警，又想让我惊动警方，这多少有些矛盾吧？"

楚逸辰的一番话，让男子皱紧了眉头："好，那就按你说的，我给你一天时间，明天这个时候我给你打电话。记住，不准报警，否则后果自负！"说完，他立刻挂断了电话，关机交给身边的人，让他开车扔到别的地方去。

二十亿……

顾筱筱在黑暗的空间中，唯独把这个数字听得清清楚楚。

她值二十亿吗？楚逸辰会拿二十亿来换她的一条命吗？

她脑子一片混乱，蜷缩在角落里，除了等待，什么都做不了，只能听天由命。

希尔顿酒店内，楚逸辰低头看着嘴角微扬的安承朗，知道他是查到了什么。

"位置确定了？"

"差不多了。"安承朗稍稍松了口气，站起身来。

这里是G市，不是楚家的地盘。确切点说，楚家在这边"敌人"可是不少。楚家的关系网大多在N市和B市那边，而安家已经转到这边十几年，自然也有一定的势力和地位。

安承朗出去打电话，楚逸辰掐掉手中的烟，对楚逸轩说："筱筱来G市出差，只有为数不多的公司同事知道。对方不是没有准备就动手的，应该是已经盯了她一段时间了。"

"单纯的绑匪，还是和生意上有什么矛盾冲突的？"

"还不能确定。"

门外，安承朗靠在墙上，低着头等着那边的人接起。"姐夫，事儿办得怎么样了？"他安静地听着对方的回答，点了点头，继续说道，"行，我给你具体地址，回头再过去查查。记得你亲自过去，别人我不放心……嗯，对，让你手底下的人随时准备好，等消息。"

154

打完电话，安承朗推门进了房间，打了个哈欠。三人都是一夜未眠，下巴上也都冒出了青色的胡楂儿。相互看了一眼，安承朗长叹一口气，往床上一躺，闭着眼睛说："人我都给你找好了，办事相当靠谱。"

"谢了。"

"少放屁！"睁开一只眼睛，安承朗看了楚逸辰一眼，"想谢我，直接把你妹妹嫁给我，比什么都强。"

"祸是你自己闯的，活该！"当年若不是他作死，现在早该和楚筱都结婚了。

楚逸辰拿着电话出了门，把安承朗给骂毛了，他一下子从床上坐了起来，看着关上的房门磨了磨牙，问楚逸轩："你弟弟这么见色忘友，像谁？"

楚逸轩单手插兜，低头摆弄着电话，取消了原本订好的航班。听到安承朗的问题，看了他一眼，回答："你可以给筱都打电话问问看。"

对这两个不近人情的人，安承朗没话可说。进浴室洗了脸刮了胡子，楚逸辰也回来了。

他交代徐明在一天内给自己准备好二十亿资金，这数目把徐明弄得有些蒙。他知道，距离动用资金收购金氏集团还有一段时间，最近似乎也没什么事能用到这么一大笔钱。而且楚逸辰昨晚还在B城，怎么一夜之间就跑去了G市？

煎熬而漫长的一天，在无边际的等待之中度过。

热闹的市区，似乎比往常更加拥堵。白子洛开着车，烦躁地看着车外，和朋友聊着天："今儿怎么回事儿，这么堵？"

"全城封锁，好像在找什么人。"副驾驶的男子嗤地笑道，"听说是安家那边的人弄出来的动静。"

"安家？安承朗那小子最近回来了吧？"后座的男子一脸兴奋，"哪天叫出来聚聚。"

"别他妈犯浑！"白子洛回眸看了看两人，警告道，"告诉手下的人少招惹那边，安承朗这次回来就不走了，弄僵了以后不好办事。"

车子缓慢地前行，当看到特种大队的车在另一条车道上反方向驶来时，白子洛越发觉得事情不大对劲。

回到家中，白子洛上楼打了几个电话。听说安承朗和楚逸轩昨晚都去了交通局那边调取监控录像的时候，他对这件事就更感兴趣了。闹这么大动静，是在找什么人呢？

一天终于过去，第二天清晨，才睡了三个小时的楚逸辰几人又聚在一起，等着劫匪的电话。

但是，比起劫匪的电话，他们最先等来的，却是媒体的报道——刚刚曝光没多久的风扬集团总裁夫人，竟然在G市出差的时候被绑架了！

消息的火爆程度，简直比最近任何一则新闻都有过之而无不及。

155

楚逸辰凝视着电视上的新闻，忽然冷笑一声，把旁边的安承朗笑得有点怕。

"想什么呢？"安承朗不安地问道。

"想到一个人。"楚逸辰眼底闪烁着阴冷的寒芒，把顾筱筱的电话扔给楚逸轩，大步走出了房间。

安承朗和楚逸轩面面相觑，也不知他指的是谁。不过这则新闻会带来什么样的影响，他们可是想到了……

B市，沈千云和楚筱都才刚刚起床不久，吃着早餐，听着新闻。关于顾筱筱的消息一出，两人都不由自主地怔住了。

楚筱都扔掉筷子，拍案而起，跑到电视前目瞪口呆地看着电视画面。她愣怔了几秒，很快就缓过神来，看向沈千云："姥姥你别急，这媒体最爱胡说八道了！我现在就给筱筱打个电话，你别急啊！"

虽然嘴上劝着沈千云，可楚筱都的状态也没好到哪儿去。她握着手机的手在微微颤抖，找到顾筱筱的号码后迟疑了一下，咬着牙拨了过去。

电话响了几声，被人接起的那一刻，楚筱都感到了安心。当她听到楚逸轩的声音后，心又猛地坠落谷底。

"筱筱呢？"楚筱都轻声询问，听不到对方的回答，她又小心翼翼地问了一句，"电视上播的，不会是真的吧？"

"是。"楚逸轩叹了口气，"逸辰和我都在这边，不用急。"

听着楚逸轩的话，楚筱都脑子一片空白："什么时候的事儿？接到电话了吗？对方有什么要求，她现在还安全吗？"

楚筱都一连问了几个问题，她身边的沈千云一听这话，觉得眼前有些发黑。

"姥姥！"楚筱都一转头，正好看到沈千云想要抓住自己却没能抓住倒了下去。

"回头我再给你打电话！"楚筱都大声对着电话那头的人说完，赶紧扶起承受不住这种打击晕倒了的沈千云，努力把她搀扶到沙发上。

抬手擦了把不知道什么时候掉下来的眼泪，楚筱都努力整理了一下自己的思路。

她现在应该干什么——对，得送沈千云去医院！

麻木地踩着油门，兜里的电话一直响个不停。短短的几分钟路程，楚筱都接连接到了四五个电话。她心情烦躁不堪，一一将电话挂掉，等到医院安顿好了沈千云，才一个个回了过去。

徐明终于明白了楚逸辰急要二十亿的原因，也没有了上班的心思，接到韩奕和傅子恒的电话后，三人干脆聚在一起探讨着这件事。

新闻是全国播出的，所以不光B市这边知道了，N市那边也瞒不住了。

满城风雨、尽人皆知，这不是任何人希望的，包括楚逸辰这边，也包括绑匪那边。

顾筱筱一直被关在阴暗潮湿的房间里，因为眼睛被蒙住看不见，她的耳朵就比以往更加灵敏了些。

很累，很冷，很怕。

她完全没有困意，把头倚靠在墙上，仔细聆听着房门外的动静。

有很多人，至少六七个。他们大多数时候都鲜少说话，很难从他们的言语间找到有用的信息。

她知道，他们与楚逸辰约定的时间马上就要到了。二十亿，如果楚逸辰真的给了，那么自己会有两种下场。一是这些绑匪言而有信，放了自己；二是拿到钱后直接把自己杀了。

就在顾筱筱沉思之时，紧锁的房门突然间被人推开。她身子一僵，下意识地看向声音传来的方向。才刚刚坐直的身子却被用力甩过来的一巴掌打得倒了下去。

"臭娘儿们我告诉你，老子今天要是拿不到这二十亿，你他妈的就等着陪我一块儿死吧！"

"大哥，他们已经报警了，要不要给他们点颜色瞧瞧？"旁边有人建议，随后就走过来伸手摸向顾筱筱。

刺啦一声，顾筱筱听到自己身上衣服破裂的声音。

"唔……"她努力摇着头，呜咽着，眼泪瞬间流下来。

"滚！"离自己最近的男人被拉开，顾筱筱绝望地倚靠在墙角。她想到了死——如果自己真的被这些男人碰了，那活着还有什么意思？

"拿了钱再说，二十个亿！都出去给我盯着点，有任何风吹草动，立刻拿家伙！"男人一声令下，挤在狭窄房间内的人纷纷离开。

顾筱筱紧绷的神经终于缓缓松懈了一些，她不知发生了什么事情，让这些平静了一天的歹徒突然间情绪如此激动。她深深地呼吸着，平缓着内心害怕的情绪，听着外面的动静。

顾筱筱的手机在沉寂了一天后再次响起。

接起电话，楚逸辰听着对方不悦的语气，反问道："二十个亿我都心甘情愿地拿，又何必多此一举？我说过，我只要我妻子平安无事。这件事不是我泄露出去的，与其怀疑我，不如想想你那边的人。"

"楚逸辰，你少跟老子来这套！"挑拨离间？谁都会用！

"信不信由你，这种事对我而言没有任何好处。账号给我，你安排交人的地点。一切我都可以听你的安排，不过在给你钱之前，我要和我妻子说两句话。"

"我要你安排专机送我们离开！别以为我不知道，现在整个G市都被你们封锁住了！"

"好，我答应你。至于设路障这事，也与我们无关。你可以查一下新闻，有通缉犯逃了，他们是在找逃犯，只不过现在被我们的新闻压下去了而已。"

"那你等我电话安排。楚先生，我希望你不要出尔反尔。"

"我做生意向来言而有信，希望你也是如此。记住，我不希望你们动她一下！"

"呵！"男子轻笑一声，把电话挂了。这时，楚逸辰这边也能确切定位顾筱筱所在的位置了。

得到消息的媒体蜂拥而至，很快就把酒店楼下的出口围得水泄不通。安承朗站在阳台上看着楼下熙熙攘攘的人群，烦到不行："这帮人怎么跟狗一样，鼻子这么灵？"

"不是他们鼻子灵，是有人故意泄露了风声。"楚逸辰低着头，漫不经心地说道。

门铃响了，安承朗皱皱眉头，不大情愿地去开了门。他以为是酒店的工作人员，没想到看到的却是另一个人。

"白子洛？"他惊讶地开口，"你来干什么？"

"不打算让我进去？"白子洛看着挡在门口的安承朗笑道，"我可是来执行任务的。"

顾筱筱身份特殊，发生这么大的事情，上面也坐不住了。可是派白子洛过来，不会让事情更糟吗？要知道这两人可是一直不合拍，以前甚至还动过手。

"让他进来。"楚逸辰冷声开口，看着走进房间的人，没动地方。

"来G市也不打声招呼，还得让媒体通知我，太不够意思了吧？"白子洛挑眉笑道，径直走到楚逸辰面前，"这两天各个路口都有人把守，我还以为是怎么了，原来是你老婆丢了。哦对了，你老婆叫什么来着……顾筱筱是吧？话说回来，我跟她还真是挺有缘的。"

有缘？楚逸辰并不觉得这两个字适合用在白子洛和顾筱筱之间。

"她之前是不是在伦敦也出过事儿？"迎视着楚逸辰的视线，白子洛眸中含笑，"我曾在那儿救过她一命，这人情你该怎么还我？"

不知白子洛说的是真是假，楚逸辰现在也没心情和他讨论这个问题。他转身看向窗外，清声说道："人质现在还在绑匪手中，你来跟我谈人情，这就是上头给你的任务？"

白子洛就知道，想在楚逸辰这个人嘴上占点什么便宜，是不可能的事。他咳了一声，说起正事："上头让我来配合你们把人救出来。现在事情已经闹得这么大，不可能让你们悄无声息地用钱摆平。"

楚逸辰想要人平安无事，高层却更想要颜面。顾筱筱是风扬集团的总裁夫人，此事的影响力非同一般。各个领导层都已经坐不住了，人，他们要救；劫匪，他们也要抓。现在，特种部队和警方已经全部到位，G市市区上空还有几架直升机在搜寻顾筱筱的下落。白子洛则是奉命来楚逸辰这儿打探消息的。

"顾筱筱现在人在哪里，你应该已经知道了吧？"看着楚逸辰的侧脸，他很肯定地问道。

"你过来，咱俩唠。"安承朗看了看两人，把白子洛拉到身边。楚逸辰现在烦着呢，他倒好，问题一个接着一个，问起来没完没了。

　　拽着白子洛出了房间，安承朗看向他："都什么时候了，别找不自在。"

　　现在的楚逸辰，谁惹他谁没好果子吃。虽然这里是G市，是白家的天下，可正因为如此，才更加容易让楚逸辰动怒。白家在G市的地位就如同楚家在B市一般，不说是只手遮天，也绝对是跺一跺脚，整个城市都会颤三颤的。

　　"上边什么意思？围剿？"安承朗不安地问道。

　　"就是你想的那个意思。都是要面子的人，那些老东西都被惊动了，更不可能让你们私下了结了。"

　　"唉！"安承朗重重地叹了口气，现在的情况，已经不是他们几个人能左右的了。

　　"有把握吗？"他看向白子洛，追问道。

　　"这事儿谁也说不准，不过最好的人都被挑出来了，估计没什么大问题。"话不能说得太满，以防最后打了自己的脸。白子洛看着安承朗，询问具体的细节。

　　"还不能确定几个人，不过至少五个人，手上有枪，现在在城东的一个村子里。要求是二十亿，准备专机送他们离开。逸辰全都答应了，现在就等对方安排见面时间。"

　　这种情形下，再安排谈判专家已经没什么大用处了。白子洛皱眉低头沉思片刻，抬头看着安承朗，说："走吧，车在下面呢。"他是来接楚逸辰他们去指挥部和其他人碰面的，然后就是准备去救人质。

　　楚逸辰三人下了楼，一出酒店的大门，就被数家媒体的记者和摄影机堵住了去路。好在白子洛还带了其他人来，将这些恼人的媒体隔开，才顺利坐上了车。

　　到了目的地，楚逸辰见到几张熟悉的脸孔。他上前一一握手，然后讨论起行动安排。

　　"逸辰，有什么问题吗？"问话的人是白子洛的父亲白英杰，他会出现在这里，也是让很多人意外的一件事。

　　楚逸辰薄唇微动，出了声："没有问题。"

　　"那我们现在就出发。"

　　一声令下，众人纷纷站起，整装待发，前往顾筱筱所在的城中村。

　　行动以突袭方式开始，直升机在低空盘旋的声音和突如其来的枪声，让已经两天没有休息过的顾筱筱瞬间清醒无比。

　　房门砰的一声被人踹开，有人大步走到她面前，蹲下身快速解开了她腿上和脚上的绳子。双腿刚刚重获自由，下一刻，顾筱筱便被那人用力拽着头发，强迫着站了起来。

　　那人大声冲外面的人喊着什么，他说的是少数方言，顾筱筱听不懂。身上被套上了一件背心，顾筱筱无力地挣扎着，结果亦是毫无用处。

　　那人干枯苍白的唇紧抿着，用顾筱筱当挡箭牌，小心翼翼地一步步向前走去。直到外面的枪声渐渐平息，他靠在墙上的姿势才稍稍有了些改变。

　　警方和特警来得突然，这伙绑匪下意识的举动，就是挟持顾筱筱保证自己的安全，力求顺利离开这里。

外面传来警方的喊话声，顾筱筱被黑布蒙住的眼睛干涩到流不出一滴眼泪。男子刚刚给她穿戴上的是什么东西，此时此刻，她已经心中有数。

炸弹——沉甸甸的炸弹。

顾筱筱身体麻木地被身后的人牵制着，赤着脚站在地上。在刚刚的移动中，脚底已经被酒瓶的碎片刺破，隐隐作痛。

"里面的人听着，你们已经被包围了……"有些熟悉的台词，似乎曾经听见过很多次，不过都是在电视剧中。

警方安排了狙击手，在之前的针锋相对中，已经击毙了四名罪犯，现在这边还有四人。

"楚逸辰！你他妈说话不算话！还想要人活着的话，马上安排专机送我离开！"男子说话的同时，冰冷的枪抵在顾筱筱的太阳穴处。他用力勒住顾筱筱的脖子，整个身子躲在顾筱筱的身后。两人前胸贴后背地走出了房间，出现在众人的视线之中。

楚逸辰拿着望远镜关注着那栋二层小楼周围，他身边的楚逸轩、安承朗以及白子洛等人亦是如此。

看着顾筱筱身上的炸弹，所有人的心都猛地一沉。

"马上安排拆弹专家！"白英杰眉头紧锁，吩咐身边的人。

"怎么是他？！"看清楚顾筱筱身后瘦小的男人时，白子洛脸色一变，扭头看向其他人，觉得事情有些不妙。

"臧汉飞，毒贩，近些年来一直在金三角地带活动。我们的人已经盯了他四五年，怎么会跑到这边来了？"白子洛有些不可置信地低声说道，拿起望远镜再次确认男子的身份。

这种亡命之徒，早已看透了许多事。他们完全就是扛着自己的脑袋，过着有一天没一天的日子，枪杀掠夺、无恶不作。因为不知道明天会不会被警察抓住，也不知道后天会不会是被敌人杀死，所以手段极其随意残忍，几乎是想做什么就做什么。

臧汉飞身材矮小，只有一米六几的身高，再加上常年吸毒导致身材瘦削，因此他站在顾筱筱身后，就只露出一点点头顶。

"松发式炸药，他是想捞一笔再走。"楚逸辰很快就确认了顾筱筱身上炸药的类别。

所谓松发式炸药，就是打开保险后必须一直按住，否则只要一松手就会爆炸。

臧汉飞是想近距离地和警方的人接触，用什么东西和顾筱筱交换。

炸药开关在顾筱筱背后，就算她被放开，也无法凭一己之力不让炸弹爆炸。因此，负责接近他们的谈判人员也就无法对臧汉飞做什么，而需要把注意力放在顾筱筱身上。

臧汉飞是个很狡猾的家伙，多年的逃亡生涯，让他对警察的那些套路太清楚了。

"臧汉飞，你有什么要求，说吧！"白子洛和臧汉飞彼此认识，于是与他沟通这事就落到了白子洛身上。

臧汉飞一听对方直呼自己的大名，就知道对方已经认出自己了。他也不客气，直接开了口："二十个亿，现在马上让楚逸辰打到我的卡上！派一架直升机过来，让我的人上去开，不然，我就直接毙了这娘儿们！"

臧汉飞没有忘记楚逸辰答应他的那二十个亿，他这次动手，就是为了那些钱。"别他妈以为老子不敢动手，今天就算是死在这儿，老子也得让她给我陪葬！"臧汉飞喊完话，抵在顾筱筱头部的枪就转移到了她的大腿部，没有任何迟疑地开了枪，算是给他们一个警告。

"唔！"强烈的剧痛让顾筱筱猛地倒吸一口气，条件反射地想向一旁栽去，可是臧汉飞的胳膊用力勒住了她的脖子，她才刚刚倒下去一点儿，就马上被拽了回来。顾筱筱被勒得几乎不能呼吸，憔悴苍白的脸孔因为痛苦而发生着变化。

远处的楚逸辰眼睁睁看着这一切，几乎咬碎了牙。

"答应他的条件。"他目光猩红地看向白子洛，冷声说道。

按照楚逸辰的要求，白子洛回了臧汉飞的话。不过，臧汉飞那边的条件并非仅此而已："让姓楚的亲自过来！我要亲眼看着他转账成功才放人！"

楚逸辰？！

顾筱筱听到臧汉飞这句话，拼命地摇头，被胶带封住的嘴里发出抗议的呜咽声。不行，不可以！

"再他妈叫唤，我就一枪崩了你！"臧汉飞被顾筱筱的声音搅得心烦气躁，从把她抓回来到现在，还没见她有过这么激烈的反应。

比起顾筱筱的不安，楚逸辰这边却有种"正合我意"的想法。不光是他，就连白子洛等人也觉得臧汉飞这次真是挑错人了。

楚逸辰？他的身手可不比身后的这些人差。

快速准备好臧汉飞要的一切东西，楚逸辰和楚逸轩低声商量了一下。

"你确定？"楚逸轩皱眉，看着他问。

楚逸辰点头笑了笑："你办事我放心。其他几个我不管，可是臧汉飞必须要杀！"

"好，我知道了。"

穿好防弹衣，楚逸辰拎着电脑准备前往臧汉飞和顾筱筱的身边。此时，臧汉飞要的直升机也停在了房前空旷的平地上。

臧汉飞亲眼看着自己的人先上了飞机坐在驾驶员的位置上。他点名要的是武装直升机，与普通直升机只能坐两个人不同，这种机型可以搭乘八人。他想带走自己所有的手下，贪心程度可见一斑。

楚逸辰在众人的注视下大步走到目的地。楚逸轩这边也开始低头检查手中的狙击枪。

打开电脑，登录银行页面，网银界面出现在电脑屏幕上。楚逸辰将电脑屏幕转向臧汉飞的方向，在他的盯视之下，完成了整个交易过程。

"钱已经给你转过去了，可以放人了。"楚逸辰把电脑直接扔在地上，目光阴沉地注视着臧汉飞，低声说道。

"楚逸辰，你说你这是何必？"臧汉飞冷笑着看他，"早晚钱都是要到我手上的，弄这么一出，大家谁都不好看。"

"消息不是我散出去的。我说过，我只要我妻子平安无事。只要你放人，四十亿我也愿意出。场面搞成这样，你最好回去问一问给你消息的人，她是怎么想的。政府的人要面子，这种事不是我能阻止的。"

楚逸辰冷静地说出一番话，臧汉飞目光一闪，沉思片刻，冷笑出声。早知道楚逸辰这么大方，他当初就多要一些了。不过现在就算了，二十亿也是需要准备时间的，他没那么多时间和这些警察浪费。

臧汉飞大声喊着自己的人过来，让他们将自己团团围住，挟持着顾筱筱走到直升机旁。

臧汉飞身材瘦小，他的手下却都人高马大。三个人配合着保护臧汉飞的安全，额头都冒了冷汗。这种场合，如果说心里不怵，那是不可能的。

臧汉飞十分安全地到达了直升机门旁，他是真的有准备，在打开顾筱筱背上的保险、将她推给楚逸辰的一瞬间，从胸前掏出一枚烟幕弹扔在了地上。

烟幕弹一拉开就生效，效果持续时间约半分钟左右。不过在最初的几秒钟烟雾有些小。

楚逸辰心惊地抱住被臧汉飞推过来的顾筱筱，按住她背后的保险，快速往之前早就选好的安全点转移。

没有人不怕死，就算是臧汉飞这种亡命之徒也是如此。想尽一切办法不被敌人发现自己，发现敌人，打一枪换一个地方，是他的一贯作风。所以，在手上没了人质后，臧汉飞唯一想的就是保命，而不是去找楚逸辰和顾筱筱的麻烦。他知道，在他看不到的地方隐藏着许多敌人，他们手中的枪全部瞄准着自己的脑袋。可是他没有想到，在烟幕弹扔出去的那一瞬间，就已经有人开了枪。

楚逸轩，在近五年来的世界军警狙击手锦标赛中，他带领队伍蝉联了五届冠军，个人赛的桂冠也毫无悬念地落在了他的身上。他的枪法，无人质疑。

"别怕。"楚逸辰拥抱着顾筱筱，一手按住她背上的保险，一手捂住她的耳朵，让她的脸贴在自己的胸口上。

怀里的人瑟瑟发抖的身子像是一只在大雨中无处可躲的小猫，她泪流满面，却始终无法出声宣泄自己的情绪，双手被绑在身后，嘴上的胶带不知贴了多久，厚厚的黑布让她从被抓的那天起就再没有见过阳光。

熟悉的怀抱，熟悉的气息。再一次回到他的身边，顾筱筱只想哭，把她的害怕、她的委屈、她的不满全部都哭出来。外面的枪声在持续了几分钟后慢慢平息，楚逸辰紧绷的身子也渐渐放松了些。

"逸辰！"安承朗的声音在急速靠近，他和楚逸轩焦急地跑了过来，看到两人都没事，不约而同地舒了口气，上前帮着顾筱筱松了绑，撕下她嘴上的胶带，摘下她脸上的黑布。

刺眼的阳光让顾筱筱无法接受。她流着泪，被楚逸辰微凉的手掌捂住眼睛，努力适应着光明的环境。子弹还在腿中，她无法站立，只能狼狈地坐在椅子上。

拆弹专家来了，楚逸辰三人被告知离开等待。

"我来。"楚逸辰语气坚定地开了口。他谨慎地按住那关乎她性命安全的按钮，看着想要代替自己的拆弹专家，摇了摇头。

"楚逸辰！"顾筱筱泣不成声，抬起头来看向他，"我求求你，你走！我不要你陪我！"她流着泪，哭着求他，"我不能害你，你不能陪我！你走，快点！"

"乖，安静点！"楚逸辰看着顾筱筱，把她拥在了怀里哄道，"这样会影响别人工作。只是个小东西，很快就拿掉了，没事的！"

"你骗人！你不能有事，我不要你有事！"顾筱筱一向听话，可这一次她怎么都不从。

楚逸轩知道自家弟弟的性情，他说了的话就不会改变，于是也不加以阻拦，迈步离开了。安承朗欲言又止地看了看楚逸辰，最后也没说什么。

顾筱筱身上的炸弹的确不是强力炸药，可即便如此，那也是炸药，也是有危险的。现实和电影不同，电影里的拆弹专家穿上厚厚的排爆衣，毅然决然地走向炸弹；现实中大多数拆弹专家都是坐在汽车里，拿着PS3的手柄操控着排爆机器人。

今天的情况不同，炸弹绑在人质的身上，人质的身份又非比寻常，所以这帮专家也只能亲自上阵了。

"哟，美女，咱们又见面了！"就在顾筱筱还要和楚逸辰说些什么的时候，白子洛从外面走了进来，他看着顾筱筱，笑道，"太狼狈了，没有上次好看。"

顾筱筱头晕目眩地靠在楚逸辰的身上，一脸疑惑不解地看着他。他的脸孔在脑海中一闪而过，很快，顾筱筱就想到了他是谁："是你！"上次在伦敦机场，就是他拉了自己一把，不然那一枪还不知道会打到什么地方。

"还记得我，不错。"白子洛嘴角微扬，上前弯腰看了看她身上的炸弹，然后抬头和楚逸辰对视，"TNT老式炸药。"

"嗯，二百克左右。"楚逸辰看了他一眼，又低头去看怀中惴惴不安的顾筱筱，轻声说道，"让他们看看雷管的位置。"

"我来吧！"白子洛挽了挽衣袖，蹲在顾筱筱身边。

他开了口，旁边的几人也就真的老老实实站在那里。其实拆弹专家最主要的工作就是制造爆炸物，最好的制造者等于最好的拆卸者，这是毋庸置疑的。从某种程度上而言，白子洛可以算是这个领域中的佼佼者。

顾筱筱不知道他是谁，也不关心他是谁，她只想让楚逸辰离自己远一点。她仰起头看向楚逸辰，还没出声说话，就被白子洛制止了："别动啊美女，我这手一抖，咱们几个就都完蛋了！别看你老公了，来，看看我！"

　　紧张的时间，一分一秒地度过。白子洛不敢有丝毫的怠慢，忙了十几分钟后，他长舒一口气，抽出雷管快速扔给一旁的人，然后和楚逸辰一起迅速扒下顾筱筱身上的东西，赶紧离开了这个地方。臧汉飞那种狡诈的人，不知道有没有在周围埋下其他炸药，这地方不宜久留。

　　救护车早已安排在外面，楚逸辰抱着顾筱筱上了车，看着因为体力不支而晕厥过去的人儿，他知道，这件事并没有就此结束。

第9章

顾筱筱的伤势虽不至于危及生命，但也不算轻。脑后被重物袭击的伤口已经发炎，两三天没有进食进水，身体状况十分糟糕。腿上的子弹打中了骨头，身上其他小伤痕不计其数。

顾筱筱整整昏迷了一天一夜才醒过来。她慢慢睁开双眼，安静的环境让她变得不安。她四下张望着，当看到站在落地窗前的那抹身影时，眼睛忽然就湿了。

楚逸辰沉默地看着窗外，发现床上的人睁开了眼睛，他先是怔了一下，然后微微一笑，走了过来："哪里不舒服？我去叫医生。"擦掉顾筱筱眼角的泪滴，楚逸辰轻声问道。

顾筱筱摇了摇头，动作很快地抓住他的手，生怕他离开："你别走。"

"我哪儿也不去，就在这儿陪你。"楚逸辰安抚地摸了摸她的头发，扶着她坐了起来。还没等站直身子，就被顾筱筱牢牢地抱住不放。

外面下着雨，天气微凉。楚逸辰穿了件白色的衬衣，真的很好看，可惜，这衣服很快就被顾筱筱的眼泪给毁了。

顾筱筱不想哭，可是眼泪止不住。那漫长的几天，没有人能够了解她的处境和心情。

抱着他，感受他身上的温度，顾筱筱的心中翻腾着，不知道应该说什么，也不想说什么，只想真真切切地感受着他的存在。

二十亿，或许在很多人眼里就只是一个数字而已，不摆在面前，永远不会知道那究竟是多么巨大的一笔款项。这笔钱，楚逸辰给得干干脆脆、痛痛快快，似乎对方再加一些筹码，他也会同意。

顾筱筱亲身经历了这一切，若问她感不感激，她一定会说怎么可能不。可是所有感激的话堵在嗓子里，最后都变成了眼泪。

"我想回家。"痛痛快快地哭了一场，顾筱筱红着鼻子抬起头来看向楚逸辰，小声开口。

"嗯，明天就回家。"楚逸辰随手拿过床头柜上的纸抽，动作轻柔地为她擦拭着眼泪，"等下承朗他们会过来，别让他们看到你的小花脸，不然他们以后会笑话你的。"

"笑话就笑话，大不了以后我不见他们。"顾筱筱小声嘀咕着，眼睛却不由自主地瞥向房门，生怕安承朗他们现在就出现。

注意到顾筱筱的小动作，楚逸辰无声地一笑，拿出手机打电话让人送些吃的过来，然后就侧着身子坐在床边搂着顾筱筱，两人拿着iPad看着，时不时低声交谈几句。

这种时候是不适合看电视的，随便哪个台按过去，都会出现有关他们的新闻。楚逸辰不想让顾筱筱想起那几天的事情，努力帮她转移注意力。

安承朗和楚逸轩的到来，让屋内的气氛热闹了一些。除了他们两个，另外几人的到来就很出乎楚逸辰的意料了。

顾筱筱安静地听着楚逸辰和他们说着客套话，有人问起她的身体状况，她才开了口："没什么大碍，多谢领导关心。"顾筱筱拘谨地看着白英杰，挤出一抹笑容，"给你们添麻烦了。"

"没什么麻不麻烦的，你没事就好。"白英杰笑着说道，然后看向楚逸辰，"婚礼定在什么时候？"

"九月末。"

"到时记得通知。"白英杰拍了拍他的肩膀，笑道。

双方寒暄许久，最后楚逸辰和楚逸轩送那几个人出去，留下安承朗在病房陪着顾筱筱。

"面子不小啊！"安承朗关上房门，削着苹果皮，笑着调侃顾筱筱，"知道刚才来的人是谁吗？"

顾筱筱诚实地摇头。

"G市的这个。"安承朗说着竖起了大拇指，"想见他一面可不容易。"

顾筱筱蹙眉，沉默。

安承朗看了她一眼，又说："这次的事情不怪你，警方也是有责任的。"

臧汉飞这种人物竟然神不知鬼不觉地潜进了G市，还策划了如此天价的绑架案。毫无疑问，这是G市警方的失职。白英杰等人今天出现在这里，给楚家面子是一方面，另一方面是想息事宁人。

好在顾筱筱现在平安无事，不然这事儿真就有的闹了。

N市那边蠢蠢欲动，B市那头也是各种表达不满。别看楚云飞整天坐在家里跟几个老头子喝喝茶、聊聊天、斗斗气，可他说句话，没人敢不给面子。楚云飞昨天还吵着闹着要来G市，最后被楚逸辰给劝住了。他要是过来的话，这医院可真就热闹了……

深夜，时钟指向十点，病房内终于恢复了安静。楚逸辰看了看怀中的人，低声问道："在想什么？"

"想你。"贴靠在楚逸辰的胸膛，听着他的心跳，顾筱筱缓缓出声。

深吸一口气，她抬头看向他，平静的脸孔让人无法猜出她的想法。自从醒了哭过以后，她就一直这样，有人的时候，她温婉完美地笑着；没人的时候，她安静得让楚逸辰有些不安。

"我就在这儿，想我什么？"

"想你……"顾筱筱话音一顿，露出一抹浅浅的笑意，"想你如果没了我，会过着什么样的生活；想你在见不到我的时候，是什么样的心情；想你当时听到他们提出那二十亿金额的时候，有过什么样的想法。"

"以后不会再让你离开我身边。"

"可我总是要有自己的生活啊。"顾筱筱扭过头，倚靠在他身上，"我可以依赖你，可我不能一直缠着你。逸辰，我被你保护得太好了，以至于……以至于我现在觉得，如果没有你的话，我会溃不成军。"

这些天，顾筱筱一直在思考。被抓起来的时候她在想，被救出来的时候她还在想。她是被抛弃的孩子，但她现在还活着，就是那两个人曾存在过的最好证明。如果她现在死了，那么很多年后，她还能留下什么活过的印迹？

什么都没有！她想要个孩子，她和他的孩子。她等不到一年后的毕业，也不想再等。

顾筱筱把手放在他的掌心，没有听到楚逸辰的声音。看他一眼，果不其然，就看到一副十分不爽不开心的表情。她知道，他一定在生气，气她胡言乱语。

漫长的夜晚，顾筱筱一直等到天亮了才合上眼睛。不是她不想睡，只要一闭上眼睛，她就会想到在那黑暗的房间里度过的时刻。

楚逸辰说话算话，他答应了她今天回家，就真的带着她回了B市。

飞机降落在机场，顾筱筱被楚逸辰抱着下了飞机，楚家的车停在不远处。一辆挂着B安牌照的黑色劳斯莱斯，放眼望去，是唯一一辆开到这里面的车。

再一次见识到楚家的势力，顾筱筱嘴角微微一动，眼中却蒙上了一抹阴郁。车子飞快地在路上行驶着，两个小时后，到达了楚家大宅。刚一下车，顾筱筱就看到了门口的一群人。有楚筱郗、有沈千云、有楚逸辰的父母，甚至还有原本应该在N市的楚云飞和林菀薇。

"爷爷，你这么瞪我，不累吗？"从进屋开始，楚云飞锐利的视线就一直没从楚逸辰脸上移开过。

"瞪你？我还想打你！一群没用的东西！"楚云飞用力一拍桌子，吓得所有人都不敢出声。他冷冽的视线从楚逸辰等人身上一一扫过，最后落到顾筱筱身上，才稍稍缓和了一些："丫头，明天就跟爷爷回N市！咱们不在这鬼地方待着！"

楚逸辰暗中戳了戳顾筱筱，示意让她想办法把楚云飞的火气给压下去。

"爷爷，你是不是想了我呀？我昨天还和楚逸辰说想你来着。还有那些去医院看我的人，他们也都提到你了！"

"嗯？那些人说我做什么？"楚云飞眉头一皱，疑惑地问道。

"说爷爷你厉害啊！要不是你的话，我也不可能这么快就被救出来。你一发话，他们哪敢不从？全都排着队要去救我，想要卖你老人家这个人情呢！"

"哼，就你嘴甜。"楚云飞冷哼一声，G市那边的人什么德行他还不知道吗？不过他的心情还是被顾筱筱哄得好了一些。

楚逸辰等人沉默地相互交换视线，这种情况下，也只有靠顾筱筱和楚筱郁两人搞定了。

几人说了会儿话，顾筱筱上楼去休息，沈千云陪着她在房间。

"姥姥，对不起，让你担心了。"看着沈千云消瘦的脸庞，顾筱筱心里特别难受。短短几天而已，沈千云就瘦了一大圈，连眼睛也是红肿的，看得出来她有多么难过不安。

顾筱筱主动抱住沈千云的身子，小声说道："我保证，以后再也不会发生这种事情了。是我一时疏忽大意才会这样，以后我一定会注意的！"

"你这孩子，真是吓死我了！"抱着顾筱筱，沈千云又气又心疼，"你要是有个三长两短，让我怎么活？"

"我没事，以后也不会有事，姥姥也会长命百岁的。"顾筱筱坐直了身子，看着沈千云流泪的脸孔，觉得自己真是糟透了，已经是二十多岁的人了，却还要一个老人家如此操心。

"姥姥，不要哭了。你哭的话，我也会想哭的。"顾筱筱瘪瘪嘴，有些委屈地说道。

"回来就好，没事就好。"

两人聊了差不多半个小时，顾筱筱的房间门被敲响。

楚筱郁已经忍了好久，还是忍不住跑了上来。看到顾筱筱，她的眼泪就不受控制地往下掉。"宝贝儿，腿上的伤还疼吗？"楚筱郁坐到顾筱筱的身边，眉头紧蹙，"这群王八蛋，这么打死，真是便宜他们了！"

"不疼了。"顾筱筱笑着摇摇头，"打死都算是便宜的话，那应该怎么办，才算是不便宜他们？"

"大卸八块、五马分尸！把古代那些极刑全都拿出来走一遍！"

沈千云看着楚筱郁气得抓狂的样子，抿嘴一笑，站了起来："你们两个聊，姥姥先回房间了。"

"姥姥，你别走呀！我不是来赶你走的，我就是想看看她。"楚筱郗有些愧疚地抓住沈千云的手。

"姥姥是有些倦了，她现在没事，我就想回去躺着休息。你们聊吧，姥姥回去睡了。"

沈千云这几天也几乎没合过眼，楚筱郗听了这话，才半信半疑地松了手，让她走了。

日子过得很慢，可又过得很快，从回到B市到现在，已经过去三天了。顾筱筱每天晚上睡不着，白天大多数时候都在发呆。

这天，楚筱郗找到楚逸辰，说了她的想法："哥，我觉得筱筱有点不对劲。"楚筱郗不安地看着楚逸辰，提议道，"要不要带她去看看医生？"

"医生？"

"嗯，心理医生。"楚筱郗点点头。

楚逸辰听到这个提议，皱了皱眉头，想了片刻，说了句："好，这事我来安排。"

家里来了客人，顾筱筱不得不下楼去见，陌生的脸孔，她完全不认得是谁。

见了面打了招呼，顾筱筱无可挑剔地笑着看他们交谈，在话题转到自己身上的时候，偶尔也会附和两句。聊了差不多半个多小时，她以身体不适为由回了房间。关上房门，她走到沙发旁坐下，拿起沙发上的一本书翻看，不到一分钟，就把书扔到了一旁，完全看不下去。

顾筱筱不知道自己怎么了，她明明很爱看书，现在却觉得看书是一件麻烦的事情。

顾筱筱仰头长叹，盯着棚顶的水晶灯，一看就是将近两个小时，她却浑然不知。

"按现在的情况来看，楚夫人很有可能是有轻微的抑郁症。"女子通过监控器观察着房中的顾筱筱，蹙眉轻声说道，"不算严重，可是必须要注意治疗，以防加重。"

抑郁症！

这三个字让楚筱郗和楚逸辰的眼神瞬间一变，更让无意间经过门外的沈千云手一抖，摔掉了手中的杯子。

顾不上地上的狼藉，沈千云推开门走了进来，声音颤抖地出声："你们刚刚是在说什么？"

"姥姥！"楚筱郗有些不知所措地看着她，又看了看一旁的楚逸辰，不知道该怎么开口。

"筱筱的情况不算严重，配合治疗的话，是没有问题的。"楚逸辰见沈千云已经知道了，也就不再隐瞒。

没想到，沈千云完全接受不了这个事实。

"医生，你是医生对不对？"她有些激动地抓住女子的手，整个人都很慌张无措，

169

"有没有可能是哪里出了问题误诊呢？筱筱是很开朗活泼的孩子，她不会、不会是抑郁症的！"沈千云说着话，眼圈很快就变红了，"不能是抑郁症，她不能是抑郁症……"沈千云不停地喃喃自语着。

她的反应让楚逸辰和楚筱都都觉得不对劲。

沈千云文化程度、素质及教养都很高，她一向懂得控制自己的情绪，现在却完全是失控的状态。

"您先不要着急担心，楚夫人刚刚经历了一些事情，目前情绪还没有稳定下来。楚先生不太希望我以医生的身份去与她交谈，所以我只能先通过观察来想办法。抑郁症只是我的初步诊断，就算是确诊了也是有办法解决的，不要这么悲观。"女子很冷静地安慰着沈千云。

沈千云摇了摇头，深吸一口气。她看了看屏幕上的顾筱筱，很努力地控制着自己的情绪。她知道自己现在很失态，可是，她没有办法。

"姥姥，你放心，筱筱肯定不会有事的。"楚筱都接到楚逸辰给她的眼色，搂着沈千云的胳膊说道，"我们大家都陪着她呢对不对？我们去和她说说话，你看她一个人多无聊。"

"对，要陪她，不能让她一个人。"沈千云像是想到了什么，连连点头。

她看向医生，略带歉意地说："抱歉，你们先聊。"

沈千云和楚筱都走后，楚逸辰继续和医生进行刚刚的话题："筱筱最近几日晚上都会失眠，要不要开些药给她服用？"

"需要，回头我让人送来一些。不过服用这些药时，最好不要让她有排斥的心理。"

"好，我知道了。"

送走了医生，楚逸辰叹了口气，在大门口站了好久，才转身回到屋内。

"姥姥，你不开心？"房间里，顾筱筱看着沈千云，蹙眉问道。

"没有，姥姥只是有些累了而已。"沈千云笑着摇摇头否认。

"那你就不要陪我了，回去休息吧。"

"姥姥想看看你。"沈千云看着顾筱筱，心中苦涩压抑。她抬起手来轻轻摸了摸顾筱筱清瘦的脸颊，问道，"姥姥以后就留在这边陪你，好不好？"

"真的吗？"顾筱筱一听这话，平静的眼眸中总算有了些光芒，"不是骗我的？"

"不骗你。"沈千云语速缓慢地说，"以后筱筱在哪儿，姥姥就在哪儿。一直陪着你，哪儿也不去！"

沈千云以前一直排斥留在B市，希望回老家去，顾筱筱也不知道该怎么劝她。没想到，这次她竟然主动提出来留下，这让顾筱筱怎能不高兴？

"想吃什么？姥姥晚上亲自下厨给你做。你这些天都没有正经吃过东西，瞧瞧你瘦的，都快皮包骨了。"

"姥姥做什么我都爱吃。"

晚上，一大家人在楼下吃了饭，聊了好久才散开回自己的房间。

顾筱筱觉得有些无聊，可是，又不知道自己该做些什么。她以前的生活从来都安排得满满的，学习、工作。可现在，真的什么都不想做，觉得好累、好烦。

楚逸辰好像是去书房和楚明远聊工作上的事情了，顾筱筱打开电视，正好看到有关自己的新闻。

惊动全国内外的天价绑架案——这是媒体对发生在她身上的那件事的形容，也是大家公认的事实。顾筱筱垂着眼眸，回想着那几天发生的每个细节，不由自主地握紧了拳头。

沈千云的房间内，楚逸辰和楚筱郗两人疑惑不解地看着她。他们都是被沈千云叫来的，想也知道，应该是为了顾筱筱的事。

沈千云看着他们，欲言又止。仿佛有很多话要说，又一时间不知该从哪里说起。她整理了一下心情，牵强地笑了笑，说："筱筱这孩子最近给你们惹了不少的麻烦，我得谢谢你们这么帮她，不然……"

"姥姥，你不要说这种见外的话。筱筱本来就是我们的家人，没有麻烦一说，也不需要说什么谢谢。"楚筱郗心急地看着她，不希望听到这些。

"我今天把你们叫来，是想告诉你们一件事。"沈千云犹豫了一下，看得出她内心很挣扎，"今天医生说的话，我是真的担心。因为……因为筱筱的母亲，当年就是因为抑郁症，自杀的。"一句话，中间停顿了三次才说完。

楚逸辰目光一闪，楚筱郗更是倒吸了一口气，睁大了眼睛。

这是他们第一次听到有关顾筱筱父母的事情。他们知道顾筱筱是孤儿，也知道当年是沈千云收养了她。

"姥姥知道你们都是好人，也都是真心疼筱筱的。所以，帮帮她，不要让她有事！"

"姥姥，筱筱不会有事的。"楚筱郗上前一步，走到沈千云的身边抱着她安慰。

楚逸辰沉默不语，眉头微皱。沈千云的请求，就算她不说他自然也会去做。不过现在，他在意的却是另外一件事。

"筱筱是姥姥的亲外孙女，对吗？"楚逸辰忽然开口问出这么一句。

他的话，让沈千云身子一僵，也让楚筱郗脑子有些混乱："哥！"

楚逸辰不理会楚筱郗的视线，只是凝视着沈千云，然后得到了他想要的答案。

"对。"沈千云深吸一口气，像是用了很大的勇气，才说出这个事实，"筱筱是我的亲外孙女，她的母亲，是我女儿。"

"姥姥……"楚筱郗的眼泪唰的一下就流了下来，也一下子就明白了沈千云白天情绪那么激动的原因。

171

这些年，沈千云是以怎样的一种心情将顾筱筱抚养长大？看着顾筱筱，她是不是也会偶尔想起自己那已经去世了的女儿？残忍的事实让楚筱都有些无法接受，眼前的老人都经历过什么？她当年从学校辞职，也是因为顾筱筱吧？

"我知道了。姥姥放心，筱筱是我的妻子，我会好好照顾她的。这件事，我们也不会让其他人知道。筱都，你在这儿陪姥姥，我先回去了。"楚逸辰走出房间，大步朝着自己和顾筱筱的卧室走去。

楚筱都留在沈千云的身边，泣不成声："对不起姥姥，我们不该提起你的伤心事。"她抹着眼泪和沈千云道歉，知道沈千云心里一定不好受。

"傻孩子，哭什么！"沈千云微笑着，可是她不知道自己脸上的笑容有多么不自然，"我没事，都过去那么多年了，再难过也不算什么了。"

不算什么？真的不算什么吗？

楚筱都知道她在说谎，却不想再去戳她心底的伤，于是努力转移话题，希望让她忘记刚刚的对话。

楚逸辰回到卧室推开门，看着坐在床上的人，走了过去。

"这有什么好看的？"楚逸辰瞥了眼电视上有关她的新闻，轻声说道。

"枪战片，怎么不好看？"顾筱筱戏谑地笑道，看向楚逸辰手上的药和水，眉头一蹙，"给我的？"

"给你的。"楚逸辰点点头，给了她肯定的回答。看着她不太情愿的表情，他弯下腰，在她耳边小声说了句话，顾筱筱嫩白的脸颊因为楚逸辰的话红了。

"乖，把它吃了。"楚逸辰站直身子，看着她听话地吃了药，满意地笑了，"明天我得回公司一趟，跟我一起去。"

"不要。"顾筱筱很干脆地拒绝，"我去了也帮不上什么忙，就不碍事了。"

"什么叫帮不上什么忙？不准犯懒！"

顾筱筱小嘴一撇，很明显是不乐意了。注意到她的举动，楚逸辰拿过她手中的水杯，去浴室洗了澡出来。顾筱筱坐在床上一动不动，斜着眼睛看他。

一条浴巾松松垮垮地系在腰间，好像随时都会掉下来一样，精壮的胸膛赤裸裸地暴露在空气中，上面还挂着一些水滴。

昏暗中，他向顾筱筱的唇角吻去。"乖，让我亲亲。"感觉到顾筱筱又要闪躲，楚逸辰耐心地哄道，"对别的不感兴趣可以，对我不行。"楚逸辰轻吻着她的唇角，低声说道，"今天请你生个孩子，明天请你吃顿火锅可好？"

顾筱筱身子一颤，不由自主地愣在了那里。

动作轻柔地解着顾筱筱身上的衣服，楚逸辰嘴角的笑意，她看不到。

医生说过，最好不要让顾筱筱带着排斥的心理吃那些药，楚逸辰就只能说了谎。他告诉她，那是能让她身体变好、备孕的药。顾筱筱什么也没说，痛快地吃了。

小小的人，小小的心思，有些时候就是那么好猜——她想要个孩子，她曾经亲口说过。如今，他也看得清楚。

他的妻子想要为他生个孩子，他又有什么理由一而再地拒绝？

楚逸辰不想让顾筱筱没有安全感，医生说过的话和沈千云说过的事他也都无法忽视。到底应该怎么做才能让顾筱筱以最快的方式从阴影中走出来？这是楚逸辰十分苦恼的。

"再过半个月，我们去巴黎。"放开被吻得气喘吁吁的顾筱筱，楚逸辰轻声说道，"所以最近不准偷懒，帮我做事。"

"为什么要去巴黎？"顾筱筱第一次听到这样的行程计划，"什么时候回来？"

"去拍婚纱照。"握住顾筱筱的手，楚逸辰一字一顿地说道，"欠你的婚礼还没举行，怎么能就这么糊弄过去。"

"可是……"

"没有可是，这件事没的商量。"楚逸辰堵住顾筱筱的嘴，不容她拒绝，很快把她身上的睡袍脱掉，不希望她有多余的时间去想别的事情。

一室旖旎。连续几天的失眠之后，顾筱筱终于不用等到天亮再闭上眼睛了。不知道是什么时候睡的，可是肯定不算早。第二天醒来，下楼吃完了饭，就被楚逸辰拖去了公司。

顾筱筱情绪不太稳定的事，楚逸辰和楚筱都并没有告诉别人，因为担心大家知道这件事后，会对顾筱筱格外小心照顾，也会增加顾筱筱的心理负担。

晚上吃过饭，顾筱筱回了房间，站在阳台上看着外面，放空心思发呆。她什么都不说，就那样静静地站了半个多小时。

楚逸辰起初是想要观察一下她的，但后来发现这么做不行。如果不制止的话，她说不定要在那里站上多久，心里又会想些什么。他走到顾筱筱身边，扳过她的肩膀垂眸看她："在想什么？"

顾筱筱这才后知后觉地发现，自己好像已经在这边站了很久。她摇摇头，诚实地回答："什么也没想，就是看看外面而已。"

楚逸辰暗暗叹气，什么也没想，这是他最不想听到的答案。

顾筱筱被绑架一事，没有结束。至少在楚逸辰眼里是这样。臧汉飞是如何盯上她的？他不是跟着顾筱筱从B市过去的，那么他是怎么知道顾筱筱住在哪个酒店、哪间房间，并且那么顺利地就拿到房卡？

这一切并不是偶然发生的。知道顾筱筱行程的人没有多少，除了公司的人，就只剩下有心留意观察她的人了。

到底是什么人想要害顾筱筱，或者只是单纯地想要利用顾筱筱从自己这里要一笔钱，这个楚逸辰必须要查清楚。斩草不除根，后患无穷，他不能让顾筱筱一直生活在危险之中。

顾筱筱有句话说得对，她不能一直黏在他的身边寸步不离，所以他就不能放过意图伤害她的人。不管对方是谁，他都要找出来，除掉。

七月份，天气炎热了起来。这天，顾筱筱坐在客厅陪着沈千云和姚慕青聊天。

"夫人，凌家小姐来了，在外面。"管家从外面走进来，轻声对姚慕青说道。

凌家小姐？顾筱筱听着这几个字，目光一闪。凌千羽好端端地跑来这里做什么？

姚慕青也没想到凌千羽会来拜访，蹙了蹙眉头，第一反应就是看向顾筱筱。毕竟凌千羽以前和楚逸辰是那种关系……

顾筱筱迎视着姚慕青的视线，笑了笑："来得正好，等下就要吃饭了，一起吧。"凌千羽能直接来这儿，肯定有充分的理由。而这个理由，顾筱筱觉得很大可能是自己。

凌千羽带着礼物来看她，美其名曰关心。顾筱筱温婉地笑着，眼中却是一片清冷。凌千羽穿了一身浅蓝色的衣裙，清新如风。她坐在姚慕青的身边，自然而然地握住姚慕青的手，看向顾筱筱："我本来是想早些时候来看你的，不过担心你的身子还虚弱，所以就没有过来。"她说话的语气，就像是和顾筱筱很熟或者是关系很好的样子。

"本来也不是多大的伤，是媒体报道得严重。麻烦你特意来看我，我倒是有些不好意思了。"

"都是朋友，算什么麻烦？对了，听说爷爷也来了，怎么没见到他？"凌千羽说着又看向姚慕青，好奇地问道。

"在楼上，一会儿就下来了。"姚慕青正说着，就听到楼梯上有脚步声。扭头一看，是楚逸辰和楚筱都。

楚筱都一看到凌千羽，表情顿时一僵。她来干什么？

楚筱都加快脚步走到几人身边，看了看顾筱筱脸上的笑容，蹙了蹙眉头。

"筱都，好久不见。"凌千羽主动打招呼。

"也不算久吧，前些天在韩伯伯的生日宴上不是还见到了？"楚筱都似笑非笑地扬起嘴角，并不领情。

拂衣坐下，楚筱都尖锐的目光，并没有让凌千羽有任何的不适。她波澜不惊、从容淡定，仿佛什么都没有发生过一般。

"妈，筱筱该换药了，我带她先上去，等会儿吃饭再下来。"

"行，去吧。"姚慕青点点头，不放心地交代，"你小心着点，别弄疼她。"

顾筱筱在楚逸辰的搀扶下，跟着他上了楼。看不到楼下的几人后，她睨一眼身边的人，嘴角微扬，又很快落下。

"笑什么？"楚逸辰注意到她的细微动作，疑惑地问。

"笑你这么紧张干什么。"顾筱筱垂下眼帘，遮住眼底的阴沉，"这里是楚家，她敢吃了我不成？"

楚逸辰脚步一顿，身影一移。顾筱筱还没反应过来，就被他堵在了两臂之间。她身子僵硬地靠在墙上，凝视着眼前的人，不大高兴："干什么？"

"我何时因为她紧张过？"楚逸辰目光平静地慢慢低下头，不希望她的情绪因为凌千羽出现而有波澜，"我只是不希望自己的妻子因为看到了碍眼的东西而心情不好而已。"准确无误地吻上顾筱筱的红唇，楚逸辰幽幽说道，"只要看我就好，不要理她！"

"你疯啦！"顾筱筱被他亲得紧张不已，这里是走廊，别人随时都有可能下楼看到。

"亲我自己老婆，谁有意见？"楚逸辰冷哼一声，拥着她回了房间。

小心谨慎地给她换了药，两人躺在床上说笑，直到吃饭时间，才慢悠悠起了身。

凌千羽的到来，让桌面上的气氛看起来热闹了一些，也怪异了一些。大家吃饱喝足，转到客厅去聊天。时钟指向八点半方向，凌千羽差不多该回去，顾筱筱也是时候上楼休息了。

"我帮你。"见顾筱筱要起身，凌千羽起身道，"正好有些话想和你说，不介意去你房间坐坐吧？"

凌千羽的话让气氛瞬间凝固，姚慕青不安地和楚筱郗四目相对，用眼神示意她阻止。不料，顾筱筱却无所谓地笑了笑："难得来一次，走吧，上去说。"

顾筱筱看起来并不排斥凌千羽，可仅仅只是看起来而已。

"一个个都这么紧张干什么？"楚云飞坐在沙发上，等顾筱筱两人上了楼，扫了楚筱郗等人一眼，嗤地笑道，"筱筱做的才是对的！"楚云飞不知道凌千羽的本性，只当她是真心实意来探望顾筱筱和自己的，自然就没有把人家往外面推的理由。

"哎呀，爷爷你不知道！"楚筱郗欲言又止，她总觉得凌千羽要见顾筱筱并不是那么简单，"这事儿以后我再告诉你！"

说完，楚筱郗就用力拉过楚逸辰的胳膊，强拉硬扯地把他拖上了楼。

"别跟我说你不在意。"她咬着牙低声提议，"上次安在房间里的监控器还在吧？快点，我要知道她们说什么。"

"筱筱知道会不高兴的。"

"不让她知道她就不会知道，你不想听我还想听呢，快点！"这种时候，楚筱郗才顾不上什么隐私不隐私的，拽着楚逸辰来到书房，打开房间监控的画面看着屏幕上的两人，屏住呼吸，仔细听着她们的对话。

顾筱筱不知道房间里有监控，凌千羽就更加想不到楚逸辰会在自己的卧室里安装那种东西，所以，两人全都是放松的状态。

其实，凌千羽今天来这一趟，顾筱筱还是挺开心的，因为就算她不来找自己，顾筱筱也想找机会见她一面。

顾筱筱坐在床上，调整到自己舒服的姿势，抬头看向面前的人，微微笑道："想和我说什么？说吧。"

"我没想到你会同意让我上来。"

"不然呢?"顾筱筱有些苦恼,"长辈们都在下面,你是想要我当着他们的面拒绝你,想让他们看看你的委屈,看看我的不懂事?可惜,我不是那么不懂事的人。"

"腿上的伤没事了?"凌千羽的视线慢慢转移到她受伤的腿上,目光飘忽,似乎在想什么事情。

"没触及神经,没落个瘫痪,也可以说是没事了。至于什么时候痊愈,还不确定。"顾筱筱戏谑地说道,"说不定婚礼的时候也需要拄着拐杖。"

凌千羽若有所思地点点头,顾筱筱的话似乎戳中了她的伤心处,她的神情看起来有些忧伤。

顾筱筱目不转睛地看着她,目光清凉:"你跟我上来,不会只是想问我的病况如何吧?"凌千羽迟迟不说正题,那顾筱筱就帮着她说。

凌千羽看着她,觉得她和以前有些不一样了。如果说以前的顾筱筱是个肉包子,那现在的顾筱筱就更像是个刺猬。她防备地坐在那里,已经做好了一切与人为敌的准备。

这样的顾筱筱……真的是比以前要有意思得多。

凌千羽眼底的笑意一闪而过,回答着她的问题:"如果我说,我今天来真的只是想探望一下你呢?毕竟大家都认识,是熟人。你受了伤,我来探病,合情合理,不是吗?"

"认识是真,熟人是假。我不认为自己和你有多熟,也不认为你来探望我是合情合理。"顾筱筱冷笑着开口,"凌小姐似乎永远都摆不正自己的位置,也看不清你和我之间的差距。"

顾筱筱看凌千羽的眼神就像是在看笑话。她倚靠在床头,悠悠笑道:"你以什么身份来探望我?朋友吗?我们不是朋友。你我之间的连带关系,只有一个楚逸辰。我是他的妻子,你是他的前女友。除此之外,还有什么?"

"也对。"凌千羽点点头,同意顾筱筱的观点,"前女友——所以这张床我也躺过,你的男人我也睡过。"

顾筱筱目光一闪,觉得这床明天可以扔掉了。"你睡过的男人不止这一个吧?"顾筱筱眉头轻蹙,神情晦暗不明,"女孩子要懂得自爱,我还以为这是大家都应该懂的。不过也对,你这个前女友要是真行的话,也轮不到我来当楚家的少夫人了。所以,我得谢谢你的不自爱。"

顾筱筱字字犀利,在书房观看着房间内画面的楚筱都惊讶不已,她是不是担心错了人?

凌千羽不出声,顾筱筱对她也没有那么多的耐心。顾筱筱本以为自己会心平气和地跟凌千羽说一些话。可是现在,她知道她想错了,比起手段、比起城府、比起隐忍力,她要远远差得多。

"我没有太多的话想和你说。"顾筱筱缓缓说道,"我只想告诉你两件事:第一,

176

我没有如你所愿地被强暴；第二，不要再来招惹我以及我身边的人。"

"你这话是什么意思？我不明白。"凌千羽轻笑出声。

"你最好是听不明白。"顾筱筱也笑了笑，"不然，就算有朝一日我真的死在你手上了，我做鬼也不会放过你。善恶终有报，天道好轮回。我是相信这句话的。别太坏，也别太绝，天下没有不透风的墙。你觉得呢？"

顾筱筱的一番话说完，房间内陷入了一片寂静之中，书房内也是如此。

"筱筱的话，是什么意思？"楚筱都不安地看向楚逸辰，低声问道。

没有如凌千羽所愿地被强暴……是什么意思？

楚逸辰没有回答，他的视线紧紧地落在屏幕上，面无表情的脸看起来分外严肃冷漠。

"还是不懂你在说什么。"凌千羽拂衣站起，"不过你和我说这些，就不怕我真的会对你做点什么吗？这房间里可只有我们两个人。"

"你敢吗？"顾筱筱反问，"楼下那么多人，不管我在这房间里出了什么事，你都跑不掉。别说你没对我做什么，就算是我现在自己从这楼上跳下去赖在你的身上，你又能拿我怎么样？"

坏心思谁都会有，只不过是做与不做的区别而已。

"该说的都说完了，时候也不早了，凌小姐可以回去了。"

"好，再见。"凌千羽很痛快地道了别，意味深长地看了顾筱筱一眼，走出房间，一个人下了楼。

顾筱筱目送着她离开，等房门关上以后，双拳紧握着低下了头。

是凌千羽吗？还是金婧？那通电话总该是她们其中之一打过去的，不然，还会有谁呢？

顾筱筱颓唐地倒在床上，双眼无神地望着天花板，心中复杂难受。往事浮上心头，她不得不大口呼吸来缓解心口的沉闷和阵痛。她没有杀过人，没有放过火，自认活了这么多年也没有对不起过谁。可是为什么就是有人不肯放过她？

顾筱筱沉思了好久，直到房门再次被推开，她才稍稍打起精神。

"宝贝儿，"楚筱都笑着进屋，"讨厌的人已经回去了，她没欺负你吧？"

"没有。"顾筱筱摇摇头，爬了起来，"在这里，她怎么敢欺负我？"

"她找你有什么事？"

"关心我，看我的伤好得怎么样了。"

"无事献殷勤，非奸即盗。"

"我也这么觉得。"顾筱筱敷衍地笑道，和楚筱都聊了会儿，等楚逸辰回来后就和她挥手道别。

在楚逸辰的注视下吃了药，顾筱筱抱着枕头盯着他看。

"一直看着我干什么？"

"你都不好奇我和凌千羽说了什么吗？我还以为你会问我。"

楚逸辰没有回答，只是身子稍稍前倾，在顾筱筱的额头落下轻轻一吻："我不想知道你们说了什么，我只想知道你有没有因为她不开心。"

"你觉得我像是不开心的样子？"顾筱筱挑眉微笑，"我有点困了，扶我去浴室吧，我想睡觉。"

洗漱之后，顾筱筱换了睡衣躺在床上，楚逸辰也紧随其后来到她身边。她想了想，问："凌千羽睡过这张床吗？"

"没有。"楚逸辰很肯定地给了她回答。

"真的？"顾筱筱在意地追问。

楚逸辰点了头："不要相信她的话。"

"好，我不信她。"顾筱筱转过头，转而看天花板上的灯。看了一会儿，慢慢合上眼。

楚逸辰见她想睡了，就关了大灯。搂着她，借着昏暗的床头灯静静地看着她的五官容貌。果然，在她被绑架的那几天，发生了什么他不知道的事情。

"不要这么看着我，我会睡不着的。"顾筱筱闭着眼睛，可还是能感受得到他的视线。抬手摸上他的脸，捂住他的眼睛。

"睡吧，明天还要去公司。"拉下顾筱筱的手，楚逸辰亲了亲她的手心。躺在她的身边，发现今天睡不着的人似乎变成了自己。

他不在她身边的那几天，究竟发生了什么？

顾筱筱这一觉睡得很沉，早上醒来的时候，楚逸辰已经不在身边了。

吃过饭，一个人在房间，顾筱筱有些无聊。楚筱都好像去找沈千云研究什么事了，神秘兮兮地不让她知道。她坐在床上长长地叹了口气，想起了一件事——她还没吃药呢。

左右看了看，药并不在这里。楚逸辰好像每次都是从外面把药拿回来的，难道是放在了书房那边？

顾筱筱站起身，步伐缓慢地来到书房。敲了敲门，里面没有人，她就直接进去，来到书桌旁坐下，顺手打开电脑。桌子上没有药瓶，她回头去看后面的书架，也没有找到。

"难道还是在卧室？"顾筱筱喃喃自语道，又认真回想了一下，确定那药是楚逸辰从外面拿回去的，便打开抽屉翻了翻。

人在很多时候是很奇怪的，越没有水喝的时候越渴，越没有东西吃的时候越饿，越是找不到的东西，就越是想要。

顾筱筱五官紧皱着找了好久，终于在一本笔记里找到了夹着的药。她舒了口气，脸上有了一丝笑容，但她的笑容在看到药名的一瞬间凝固住了。

顾筱筱不是不识字，不可能看不懂那上面写的是什么。她愣了好久，目光紧紧地盯在药上，用力咬着下唇，眼神有些慌乱。

他骗她！他给她吃的，压根儿就不是备孕用的药。几天累积下来的好心情，似乎在一瞬间就消失不见了。

神经衰弱吗？嗯，她是不吃药就睡不着的。回想一下，好像正是那天吃过这药之后，她才没了失眠的症状。

抗抑郁药物？哦，原来她变得奇怪，是因为有了抑郁倾向。顾筱筱趴在桌子上，目不转睛地看着两盒药。她不知道自己趴了多久，胳膊被压麻了，才慢慢坐直了身子，目光扫到电脑屏幕上，视线又是一沉。

顾筱筱手有些颤抖地摸上鼠标，看了一会儿，身子往后一仰，合上了双眼。

糟透了。她怎么变得这么糟……

楚逸辰晚上回到家已经十点半了，回到卧室，没有顾筱筱的身影。他下意识地以为顾筱筱在楚筱都或者沈千云那边，便没有太在意。

楚逸辰换了身衣服，来到了书房。顾筱筱会在这里，是他事先没有想到的。电脑开着，顾筱筱把脸埋在双臂中趴在桌子上。

听到开门声，她紧张地抬头看了看。看到是楚逸辰，她眼眸沉了沉，什么都没说，又低头趴下去。

楚逸辰握住门把的手不由自主地一紧，愣怔了一下，大步走到顾筱筱身边。两板药，扔在桌面上，卧室内的画面，正显示在电脑屏幕上。

顾筱筱的身子在微微颤抖着。楚逸辰看不清她脸上的神情，可是他知道，她现在不好受。伸手摸了摸她的头发，楚逸辰刚想开口，就听到了顾筱筱的声音。"别碰我！"她清冷地开口，"让我一个人静一静。"

"筱筱……"

"楚逸辰，我想一个人静静！"顾筱筱直呼他的名字，心情真的一点儿都不好。她不想多说其他，甚至不想再说一句话。好累，整个身体都处于极其疲惫的状态，像是几天几夜没有休息过一样，累得她好想睡觉。

顾筱筱的语气还算平静，只是说话的声音冷得让人无法接受。楚逸辰看着她神经紧绷地趴在那儿，难得地不知所措了，静静地站在她的身边，没有出声，也没有离开。

顾筱筱闭着眼睛，感觉到他的气息。她故作镇定地坐直了身子，抬眸看了看他，然后扶着桌子站了起来。楚逸辰想要扶她，却被她拒绝。她一个人走在前面，虽然速度很慢，可是走得很稳。一步步走回到卧室，身子一歪，倒在床上。

楚逸辰绕到她这边，慢慢蹲下身子拢了拢她额角的碎发。顾筱筱纤长的睫毛微微一动，张开眼睛与他四目相视，小声说："有什么事明天再说。我好困，想休息。"

楚逸辰担心的神情是那么明显，就算他什么都没说，可顾筱筱还是看得出来他在担心自己。有人关心自己，应该是件值得高兴的事，可为什么现在会觉得如此悲凉？顾筱

179

筱暗暗在心里问自己，明明有人想要迫不及待地毁掉她，怎么到了最后，却是她自己毁了自己？

抑郁症。

顾筱筱很想笑，但她笑不出来。

楚逸辰坐在地上，安静地注视着她。看着她呼吸平稳地渐渐睡着，这才松了口气。

怎么办？他无声地问自己。活了二十几年，能让他不知道该怎么办的事情屈指可数。而这些事情，又似乎大多数都聚集在了眼前的人身上。

不该让她知道的，自己怎么会如此疏忽大意？楚逸辰很懊恼，也很不安。思来想去，他觉得还是带顾筱筱去看看医生比较好。

顾筱筱沉沉地睡去，第二天清晨早早醒来，手习惯性地往旁边伸去，可身边空空如也。

一睁开眼睛没看到楚逸辰，再看看床的这边，顾筱筱红唇紧抿——他趴在床边，一整晚都没有离开。

眼中渐渐有泪光闪现，顾筱筱忽然间想哭。其实她很想大闹一场。她想撒泼打滚，她想大吼大叫，她想问他为什么要骗自己，她想知道是谁让他给自己吃那种药的。可是所有的话到了嘴边都没办法说出来，因为她知道，自己是真的病了……

以前的顾筱筱，不会是这个样子的。

以前的顾筱筱，不会这么讨人厌的。

她抬起手，小心翼翼地碰了碰楚逸辰。他很快就醒了，睡眼惺忪地看着顾筱筱泪眼蒙眬的样子，马上清醒。"怎么了，哭什么？"他起身坐到床边，将她拥入怀里小声问道。

顾筱筱抓紧他的衣襟，用力地摇摇头。

"乖，不哭了。"楚逸辰给她擦了擦眼泪，却怎么也擦不干净。

"你骗我！"流着泪跟楚逸辰哭诉，顾筱筱吸了吸鼻子，红着眼睛看着他，"你给我吃药，你们都把我当病人，又都不告诉我。"

"是我不对，是我不好，我不该骗你。"

顾筱筱整个人都坐在楚逸辰腿上，靠在他的怀里听着他轻声细语，心中越发难受。她搂着楚逸辰的脖子，眼泪打湿了他的衣服。

难怪，他一点都不好奇她和凌千羽说了什么。

难怪，他每次都是从外面把药拿回来给她吃。

他什么都知道，却一直装作毫不知情的样子。

想起楚逸辰骗自己吃药的借口，顾筱筱哭得更伤心了。"你不想要宝宝对不对？你只是想骗我吃药对不对？"顾筱筱抹了抹眼泪，瘪嘴看着他问，"那你有没有给我吃避孕药，你……"

"不准乱说！"楚逸辰神情严肃地打断了她的话，"我怎么会不要自己的孩子？"

180

顾筱筱被他训得身子一颤，哭得更凶了。

自从从G市把她救出来，除了在医院那次，这是顾筱筱第一次哭得这么厉害。不过对楚逸辰而言，这是好事。没有人希望她压抑自己，她只是个二十出头的小丫头而已，被臧汉飞那种人以那种方式抓起来，她怎么可能会不怕？

顾筱筱哭得伤心，她发泄着自己的情绪，双手紧紧地搂着楚逸辰的胳膊不放手。过了很久，才平复了一些："我病得严重吗？都有谁知道我生病了，大家都知道吗？"

"不严重，只有我和筱都知道。"楚逸辰安抚着她的情绪，柔声哄道，"我提前和爸打过招呼，他最近都没有去过书房。"

"你没骗我？"

"没骗你。"楚逸辰点头回答，"你想想，爷爷前几天都在，他要是知道你在吃药，早就大发雷霆了。而且你也不算是生病，就是被吓到了睡眠有些不好而已。医生是担心你有抑郁倾向，才给那种药的。"

顾筱筱半信半疑地点点头，追问："姥姥也不知道吗？"

"放心吧，她不知道。"

"你骗我是小狗。"

"嗯，骗你是小狗。"楚逸辰点点头，拿过纸巾再次给她擦了擦脸，嘴角无奈地微微勾起。

顾筱筱努力安定情绪，第二天楚逸辰上班后，楚筱都陪她去医院复查。

来到B大医院，早就提前打过招呼，一切检查都很顺利："头部和腿上的伤口恢复得都很好，不用担心。"

楚筱都松了口气，又询问了一些细节问题，带着顾筱筱走出了医院。

"筱都，"顾筱筱突然发问，"我吃药的事，你是知道的吧？"

楚筱都脸色顿时一变，身子也瞬间一僵，慢慢偏过头，看向顾筱筱波澜不惊的脸，咽了咽唾液，松开搂住她肩膀的手，双手合在一起，赶紧道歉："宝贝儿对不起、对不起、对不起！我不该骗你的，你别生我气别不理我，我知道错了！"楚筱都心惊肉跳，不知道顾筱筱是怎么知道这件事的。

"该道歉的人是我才对，明明已经变得不正常了，却还没意识到是自己的问题，给你们添了麻烦。"顾筱筱深吸一口气，"时候还早，就先别回家了，带我去见见那个医生吧，我想听听她怎么说。"

"筱筱……"

"我不想生病，也不想再吃药。带我去看医生吧，我会按照医生吩咐做的。"顾筱筱微笑着做出决定。

楚筱都上前一步，环抱住她，过了片刻后松手，带她去见医生。

苏浅看到顾筱筱主动来这里，有点惊讶。顾筱筱看到是她，并不意外："上次不知道你是医生，也没好好配合你的工作，让你白跑了一趟，不好意思。"

"哪儿的话，楚夫人客气了。"苏浅耐心地和顾筱筱聊着天，四十多分钟就这么过去了。

楚筱郗在另一个房间等得十分煎熬，好不容易等到顾筱筱两人出了房间，她赶紧站起来，欲言又止地看着苏浅，想知道结果。

"谢谢苏医生，那我们就先回去了。"顾筱筱和苏浅道别，挽着楚筱郗的胳膊离开了诊所。

"她说什么了呀？"楚筱郗紧张地问道。

"说我很快就会好的，不用担心。"

"真的？"楚筱郗有点不相信她的话，"给你拿药了吗？"

"家里的药还没有吃完，如果不好的话，等从巴黎回来再说。"

楚筱郗若有所思地嗯了一声。

五点半两人到了家，回来得早，姚慕青很是意外惊喜，于是拉着两人，又叫上沈千云凑成了一桌，打起了麻将。

楚逸辰下班后没有回家，而是直接开车去了机场。在机场等了十几分钟，就见安承朗和白子洛以及其他两人朝自己走来。

"能让你接我一回，真是不容易。"安承朗走到楚逸辰面前调侃道。

"不是说明天的飞机，怎么提前过来了？"

"想和你碰一面，就提前过来了。"白子洛戏谑地笑道，"到了楚少的地盘，记得叫你的人多照顾照顾我们。"

楚逸辰从后视镜中与他对视，嘴角微扬，笑了笑没说话。

如果不是这次顾筱筱出事，楚逸辰和白子洛说不定再过几年、几十年也不会有什么交集。以前年少轻狂，彼此看着不顺眼，打也就打了。现在就算双方不会再起什么争执，二人也不会是朋友。

开车先到了酒店，让几人放好行李，就直奔已经订好的饭店。此时韩奕和徐明早就等在那里了。见到白子洛几人后，双方客气地握手，落座之后开始谈起这次合作的事情。

"臧汉飞这条线我已经追了差不多有一年的时间，目前手上也掌握了一些证据和线索，有一些信息指向了一家名叫易畅的游戏公司。据我所知，楚少最近与这家公司有些来往，应该查到了一些东西。"白子洛开门见山，看向楚逸辰，不客气地说，"不知方不方便提供出来，协助我们破案？"

"易畅公司涉嫌洗黑钱的账目我已经交给徐明了，你们后续可以与他联系。我明天离开，大概半个月后回来。我不在B市，易畅和金氏那边说不定还会有什么动静，承朗，你记得多盯着点。"楚逸辰看向安承朗，叮嘱道，"与易畅有关联的一些公司我也已经列出了名单，不过除此之外还有个人，我建议你们多留意一下。"

"谁？"能让楚逸辰注意到的人，肯定多多少少都有些问题。白子洛、韩奕等人很好奇他会说出谁的名字。

"凌千羽。"

简简单单的三个字，却让整个房间的气氛都凝固住了。在座的这些人，除了白子洛带来的两个手下不认识凌千羽，其他人对这个名字都十分熟悉。韩奕几个面面相觑，不明白他这是什么意思。

"逸辰……"徐明最先回过神来，笑着开了口，刚叫了楚逸辰一声，就被敲门声打断了。

服务员把菜一一送上了桌，离开后，众人的视线就又聚集在了楚逸辰身上。楚逸辰有意无视掉他们好奇的视线，打开面前的酒瓶，给在座的几个都倒了一杯，放在桌面的大理石转盘上送了出去。

"前些天因为我妻子受伤所以走得急，没能好好谢谢几位。"看着白子洛和他身边的两人，楚逸辰缓缓说道，"如果没有各位帮忙，事情的进展也不会那么顺利。这杯我敬你们，谢谢各位帮我救出筱筱。"

楚逸辰这话是真心实意的，顾筱筱对他的重要性，韩奕几人均是心知肚明。为了顾筱筱，就算是和白家那边以前有过什么不悦，楚逸辰也愿意低这个头。

"客气。"杯酒下肚，白子洛也出了声，"没把臧汉飞看牢，我们也有责任，所以这次必须要斩草除根才行。"

斩草除根。白子洛这句话说到楚逸辰心坎里了。不管是谁，都必须要斩草除根，这是他早就决定好的事情。

"刚刚你说凌千羽，是什么意思？"白子洛没那么多顾虑，直接问道，"你怀疑她什么？"

"我怀疑她与几宗大的毒品交易以及易畅公司的洗钱活动有关。"楚逸辰一字一顿说道，让韩奕几人的表情都变了变。

楚逸辰喝酒的量在哪儿，至今还没人摸得清，刚刚那一杯白酒肯定是不足以影响他的。凌千羽和毒品洗钱有关？这话说出来，不管怎么听都像是玩笑。可是看楚逸辰的表情，完全不像是在开玩笑的样子。

"怎么怀疑到她的？"韩奕打破了屋内的沉寂，皱眉问道。

"派人盯紧她就知道了，还有她家里的那个司机。"楚逸辰并没有和盘托出的意思，其他几人目不转睛地看着他，还在消化他刚刚说的话。

凌千羽，韩奕几个人认识她的时间，没有二十年，也至少有十五年了。当初年纪小，大家做事都没有什么顾虑，当年凌千羽追楚逸辰追得惊天动地，大家也都当个笑话看，甚至最初都以为她喜欢的是大哥楚逸轩。

楚逸辰从小就闷骚，不过这话也只有他们几个敢说而已。他和凌千羽在一起几年，到最后大家都以为水到渠成、差不多该结婚的时候，凌千羽却忽然间消失了，走得干脆利落，没有一丝犹豫。而楚逸辰的反应也是出乎所有人意料，他平静得就像是没有发生过这件事、没有认识过凌千羽这个人一样。后来大家也都在怀疑，他有没有喜欢过凌千羽。

凌千羽的父亲在几年前的一次行动中意外牺牲，那次行动，是有关一起毒品走私的。毒贩火力很强，警方完全没有料到，当时死了三个人，其中一个就是凌千羽的父亲。所以，楚逸辰怀疑凌千羽贩毒，这也是让韩奕几个人不敢相信的理由之一。

虽然凌千羽这次回来，大家都感觉得到她的变化、看出她和以前的不同，可这姑娘真的坏到了那种程度吗？

"凌千羽的反侦查能力有多强，你们心里应该都有数。这件事找个靠谱的人去办，如果可以，最好是你亲自出手。"楚逸辰看向白子洛，提议道，"你们几个过来，别走漏什么风声。B市的毒品交易市场我已经安排人去查了，再过几天就会有消息，到时让徐明联络你们。"楚逸辰的话，说明他已经留意凌千羽一段时间了，而且私下里也是做了一些功课的。

这样的事实让几人心中沉重，反目成仇这种事，没有人会愿意发生在自己身上。

凌千羽……如果她真的与臧汉飞有来往、与易畅公司有关系的话，那么她就不可能是个小毒贩。

大毒枭吗？

一步错、步步错，她到底是哪一步走错了路，导致了今天这种局面？

一顿饭，几人吃得并不愉快。白子洛这次来的目的很明确，就是彻底捣毁他目前正追踪调查的这条贩毒线。如果凌千羽参与其中，她的下场就只有一个——死。

第10章

日子一天一天过去，眼看着距离婚礼越来越近，可走到这一步，顾筱筱还是有种不太真实的感觉——她要结婚了，她结婚的对象，是楚逸辰。

他们的飞机是晚上八点半，下午吃了饭后就启程出发了。飞机准时起飞，顾筱筱慢慢收回视线，头一歪，倚在楚逸辰的肩膀上，手自然而然地伸了过去，与他的十指相扣，心情很好。

飞机到达巴黎的时间是夜里十二点多，到了酒店，已经快凌晨两点了。

酒店地处巴黎金三角中心，紧邻香榭丽舍大道，与塞纳河仅数步之遥。下了车，酒店门童准确无误地叫出几人的名字，帮他们提着行李，迎着他们走进大门。

这是一家欧式建筑风格的酒店，走在酒店大堂内就能感受得到法国的艺术文化气息。来到顶层的套房，推开门，入眼便是起居室。桌上的巴卡拉水晶器具、隐藏在黑色镜子后的电视、摆放着古典书籍的书架、私人酒吧以及遥控窗帘等，瞬间映入顾筱筱眼帘。

墙壁上铺着Leliè vre奢华壁纸，白色诺的尔扶手椅让人忍不住想要坐上去尽享轻松惬意，凝灰石地板，搭配着Majilite织物和悬铃木，处处散发着迷人的典雅气息。

再往里走是卧室，淡雅的窗帘、盛开的白兰花、柔软的羊毛地毯和金色丝绸壁纸，让人眼前一亮。卧室外有很宽阔的私人阳台。顺着这个私人阳台还可以通往另外一个更加私密的阳台。

楚逸辰去收拾东西、摆放行李，顾筱筱就站在阳台上，身边环绕着名贵奢侈的花卉，摆放着修剪齐整的黄杨树丛，欣赏着远处那无与伦比的美妙景色。

埃菲尔铁塔、美国圣三一大教堂、圣心大教堂以及歌剧院、玛德莲教堂、先贤祠和巴黎荣军院等等，从这里都能看得到。顾筱筱深吸一口气，感觉心旷神怡，毫无睡意。

"早知道你喜欢，就该早些带你过来。"楚逸辰走到身后将她抱住，有些遗憾地说道。

"我喜欢的地方还有很多，你都要带我去吗？"顾筱筱听了这话，开玩笑地问。

"好啊。"楚逸辰很痛快地点了点头，附在她的耳边轻声说着自己的规划，"只要你喜欢，无论哪里都可以。以后我们每年去两个国家，等到不用再管公司的时候就去环游世界。我们去特罗姆瑟看极光，去基律纳坐雪橇，去罗瓦涅米看圣诞老人，去日本看樱花，去墨尔本玩热气球，去马尔代夫晒太阳度假……"

顾筱筱靠在他的怀里，听着他用低沉慵懒的声音描画着未来，眼中被笑意侵占："我要自己去，不带你。"

"那怎么行，我老婆长得这么漂亮，被别人拐跑了怎么办？"转过顾筱筱的身子，楚逸辰有些无赖，"以后你去哪儿我就去哪儿，甩都甩不掉。"

顾筱筱目光微亮地看着他，想起白天楚筱都对他的称呼，忍俊不禁："跟着我干吗？做随身提款机吗？"

楚逸辰没回答她的问题，低头给她一记热吻。顾筱筱面红耳赤，小声提醒："在外面，被别人看到怎么办？"

"这里是巴黎，所以不用怕别人看。"楚逸辰捏了捏顾筱筱柔嫩的脸颊，淡笑，"走吧，回去休息。明天白天去附近转转，晚上请人吃饭，后天就要开始忙了。"

顾筱筱点点头，跟着他进了屋，对于他口中所说的行程完全是一头雾水。在无意间看到酒店的宣传册后，更是傻了眼。

皇家套房，每天九千欧元。加上楚筱都的那间，每天一万三千欧元，就是九万六千元人民币！不吃不喝的话，半个月也要144万。如此一来，她已经不敢想象这套婚纱照要花多少钱才能照完了。

美丽的塞纳河旁，来来往往，有不少路过的游客。

"怎么这么多人看啊？"被围观得有点蒙，顾筱筱小声问着来给她补妆的楚筱都。

"八成以为你们两个是明星呢，不用理会，拍完咱们就走。"

楚筱都说不用理会，可顾筱筱又不是明星，哪儿被这么多人围观过？倒是楚逸辰把那些人无视了个彻底，心情好得还时不时逗逗顾筱筱，把她弄得脸都红了，也不知该怎么反驳。

顾筱筱身上穿着白色的低V款美人鱼婚纱，领口镶嵌着精致典雅的绣花，背部是蕾丝镂空，性感娇媚。晚上回到酒店的时候，她迫不及待地脱下身上的衣服，一刻都不想多穿。

"这么着急干吗？"楚筱都看着她笑问。

"快点快点，楚逸辰一会儿就过来了。"顾筱筱像做贼一样心虚，时刻注意着楚逸辰的动静。楚逸辰看向她的视线，实在是让她有点吃不消。那种像是要把她吃掉的眼神，顾筱筱太熟悉了，她差不多已经可以预想到今晚回去休息时自己的下场。

明天要去一栋古堡拍摄，后天大后天还有两天行程，然后就可以选片修片了。听楚筱都的意思，他们此行的目的不单单是拍摄婚纱照，还要将顾筱筱结婚的几套礼服搞定。

楚筱都的工作室在这边，顾筱筱结婚要穿的所有衣服都是她亲自设计的，全部手工打造，几件衣服下来，怎么着也要两个月的时间才行。

几天的时间就在忙碌中度过，照片拍出来的效果让人惊叹万分。

楚逸辰忙里偷闲，带着顾筱筱把这个城市转了一圈，然后就把楚筱都扔下去了意大利。从浪漫的巴黎到时尚的米兰，顾筱筱丝毫不知楚逸辰带自己来是要做什么。直到偶然间听到了楚逸辰的一个电话，才明白了他的心思。

珠宝首饰在法国那边已经买了一些，不过不是私人定制。来这边的原因，也是为了她。

楚逸辰不远万里，花费心思和金钱，似乎想把一切最好的东西都给她。

闻名世界的珠宝大师，听说已经六十多岁了，楚逸辰要去见他，只为让她在结婚那天戴着只属于她的、独一无二的首饰。

顾筱筱觉得幸福又不安。两人在意大利只停留了三天就回了国，楚筱都更是提前几天就到了家。

将近二十天的时间不在国内，楚逸辰回来后顾不上倒时差，立刻去了公司。半个多月的定向调查，已经可以确定，凌千羽真的不干净。她与臧汉飞有过联系，所以，顾筱筱被绑架一事，也和她有关。

坐在书桌后，楚逸辰拿起桌上的电话。三通未接来电，都是凌千羽的。

他和凌千羽……

再回想起那段经历，楚逸辰平静无比。当初的开始，是因为凌千羽的主动；当初的结束，也是因为凌千羽的别离。

不用别人说，楚逸辰自己也知道，当年年少轻狂的他对于感情这种事情真的不是那么在乎，或者说，没有想那么多。甜言蜜语，楚逸辰从来不会说。凌千羽之前曾对他说过一句话，她说，倘若他当年对她有对顾筱筱三分之一的耐心，她也不会离开。

是的，没错。凌千羽离开的原因楚逸辰早就已经知道了——因为他的冷淡，因为她的不甘。她以为他会去找她，会去追她，会因为她和别的男人上床而大发雷霆。毕竟他那么聪明，肯定什么都会查到的。可是她最后却是什么都没有等来。

当年的凌千羽，够作；当年的楚逸辰，也够狠。他对凌千羽心狠，也对自己心狠。

他没有想过凌千羽会用那种方式来背叛自己——选择和自己认识的男人上床，而且不止一个。即便是现在的楚逸辰，也是没法接受的。所以他放弃了，慢慢消化着心里的难受和不舒服，熬过了那几年。

凌千羽从小到大都像是一匹脱缰的野马，她一直以为自己是那个控制别人的人，可到了最后才发现，她是一直在找那个能控制她的人。楚逸辰是她的最佳人选，兜兜转转了这么多年，她都没有忘记过的人。只是可惜，他身边的位子没有留给她，换成了别人。

楚逸辰那么多年没有任何花边新闻，凌千羽以为等到她玩够了、回去了，他们还可以继续。顾筱筱的出现，出乎凌千羽的意料；楚逸辰对顾筱筱的感情，更是让凌千羽始料不及。

隐瞒身份对一个女人示好？这不是楚逸辰会做的事情。他到底怎么了？真的就那么喜欢那个女人吗？顾筱筱有什么不一样的？单纯到令人发指的黄毛丫头而已，就那么讨人喜欢？

让臧汉飞去绑架顾筱筱，是凌千羽的一个失误。因为臧汉飞太贪财了，如果当时抓了顾筱筱就杀了，也就不会有这么多事情。如今失了手，以后再想有那样好的机会，是不太可能了。在B城没法下手，里里外外到处都是楚家的势力。再看楚逸辰现在的样子，也是不会再让顾筱筱一个人出门了。

顾筱筱最近很忙，学校那边马上要考试了，她也有工作要做。

下班回家，顾筱筱坐在车上，一脸不在状态的表情。楚逸辰和楚筱郗都在讨论晚上吃些什么，她却是一点儿食欲都没有。

楚家二少爷和大小姐亲自下厨，顾筱筱不想太打击他们，于是就勉强地每个菜都吃上两口，但是没想到，最后把自己给吃吐了。

捂着嘴以最快的速度奔向浴室，她的反应把两人给吓到了。

"宝贝儿，快漱漱口！"楚筱郗拍抚着顾筱筱的后背，罪恶感十足地递给她一杯水，早知道这样，还不如带她出去吃火锅。

顾筱筱吐得厉害，脸色也显得苍白。

"哥，不会是食物中毒了吧，要不去医院吧？"楚筱郗回头看向楚逸辰，担心地提议。

"没事儿。"顾筱筱摇了摇手，拒绝，"我可能是最近吃饭不规律，所以胃有点不好。你们去吃饭，不用管我。"

她吐成这个样子，另外两人怎么可能吃得下去？等顾筱筱稍微平复了一点，楚逸辰带她回了房间。躺在床上，看着楚逸辰严肃的脸，顾筱筱觉得他以后估计再不敢做饭给自己吃了："其实味道还是可以的，是我自己的问题。"

楚逸辰没太在意她说什么，摸了摸她的头，问："想吃别的吗？我出门去买。"

"没什么想吃的。"

"那就休息一下，我等会儿就回来。"

出门半个小时，楚逸辰回来扔给楚筱郗一袋子零食，把她赶回家，然后上了楼："去洗手间自己验一下。"

"这是什么东西？"顾筱筱低下头，看清楚包装上的字后，脸唰的一下红到了耳根。

验孕棒。

仔细想了想，顾筱筱感觉后背发凉。最近事情真的太多，加上她身上大伤小伤，所以完全就没留意这件事。而且，不来大姨妈的日子确实是舒服的，一不留神就过去这么久了，还没什么感觉。

她钻进洗手间关上门，脸红心跳地看着包装上的使用说明，按照步骤试了一下，心急地等着结果。三十秒很快就过去，看到验孕棒上的两道杠杠后，她吓了一跳。

"逸辰，你那儿还有吗？我还想试试。"沉默了一会儿，顾筱筱小心翼翼地开口。

"嗯，还有，开门给你。"楚逸辰一直等在外面，听她说这话，心里就有数了。

顾筱筱的生理期他一直记得很清楚，起初的那几天，他以为顾筱筱可能是因为被G市那边发生的事情吓到受了影响。但是随着时间越来越久，楚逸辰也开始想到了其他方面。不做任何避孕措施已经有段时间了，没想到，真被他猜中了。

顾筱筱把门开了条缝，伸手朝他要验孕棒。接到后马上关上门，又试了一次，结果还是一样。顾筱筱一手拿着一根验孕棒，有点不知所措。

"宝贝儿，出来。"

顾筱筱深吸一口气，动作缓慢地站直身子，打开了门。

楚逸辰看着她红着的耳朵，眼中的笑意一闪而过，抬手去拿她手上的东西，亲眼看到后，嘴角的笑意更加明显。

他把东西放到一边，拥着她回了卧室。

顾筱筱坐到床上，红唇紧抿。

"怎么不说话？"楚逸辰声音含笑地问。

"那个东西……准吗？"

"应该是没错的，明早带你去医院再检查一下。"

一夜好梦，第二天早上醒来吃了点东西，楚逸辰就带着顾筱筱直奔医院。

检查结果和昨晚一样，医生笑意盈盈地看着两人，说着恭喜的话，又给了他们一些提醒和建议："前三个月是很重要的时期，尽量减少夫妻生活。"

医生的话让顾筱筱恨不得找个地缝钻进去，她身边的楚逸辰却淡定得不得了。

离开医院，回了老宅。餐桌上，楚逸辰决定："以后每天都回来吃，暂时搬回来住。"

"哥？"楚筱郗蹙蹙眉头，虽然他们两个不会做饭，可是在外面吃饭也是可以的啊！"我不想回来，好麻烦！"

"筱筱怀孕了。"

顾筱筱手中的筷子伴随着楚逸辰的这句话啪嗒一声掉在了地上。她就知道他回来是这个意思，没想到，还真就这么坦然地说出来了……

一瞬间，所有人的视线都聚集在了顾筱筱的身上。顾筱筱被看得有点紧张，低着头不敢触碰他们的视线。

　　"今天上午去了医院，她最近不太爱吃饭，所以还是回来比较好。"

　　"对对对，回来比较好！"楚筱都听了这话，又想起昨晚给顾筱筱吃吐的画面，赶紧点头，"以后我们就天天在家吃。"

　　顾筱筱一怀孕，整个楚家的气氛都不一样了。顾筱筱觉得自己成了重点保护对象，也有些别扭，可奈何身子不给力，也没别的办法。

　　早孕反应在六周左右出现，顾筱筱现在是四周多一点，还不到五周。自从那晚在家吐过以后，她的反应就越来越明显，每天都吐得天昏地暗，吐到她想哭。

　　楚逸辰下班回来，看着顾筱筱趴在床上看书的模样，出声问道："什么时候考试？"

　　"后天。"顾筱筱抬头看他，反问，"怎么了，有事？"

　　"连重点都没划的人，我很期待看到你这次的成绩。"

　　顾筱筱爬起身来，抱着书看着他说："我可是年年拿奖学金的人，你竟然敢瞧不起我？"

　　"那这次考个第一给我瞧瞧？"

　　楚逸辰一句话说得顾筱筱心虚，她咬咬牙提了口气，目光微亮地问："我要真考个第一，你有什么奖励？"

　　"要什么给什么。"

　　"这话说得，好像我不考第一，要什么就不给似的。"

　　转眼就到了考试的日子，清晨起床，顾筱筱和楚筱都吃完早饭就去了学校。停好车，步行前往教学楼，一路上两人都有种在走红地毯的感觉。

　　几天过去，终于到了考试的最后一天。

　　教室内，顾筱筱正准备收拾东西回家，忽然坐在她后面的人拍了拍她的肩膀。顾筱筱转头看去，微笑且疑惑地看向对方。

　　"这周日咱们同学聚会，有时间吗？"

　　每年考试之后，班上的同学都会一起出去吃饭、唱歌之类的，顾筱筱也是知道的。之前的几次，她也都无一例外地参加了。

　　感受到很多期待的视线，顾筱筱考虑之后，点头说好。

　　到了周日和同学聚餐的时间，顾筱筱本没有任何食欲，可看着同学在群里聊天，因为能和自己一起吃饭而那么开心，她不忍心食言扫了他们的兴，准备了一下，和楚筱都出门。

　　到了约定好的饭店，见到她们一起出现，屋内瞬间就安静了。两人坐下，跟大家客客气气地聊天。服务员把饭菜都送上来后，顾筱筱本来想给大家一些面子，多吃点东西，可是东西入嘴的一刹那，她就觉得味道不对。这饭店她和楚筱都以前也来过，而且吃过不止一次。之前觉得这儿的东西还好，虽然不便宜，但菜的味道是配得上它的价钱的，而今天……

强忍着咽下口中的东西，顾筱筱脸色有些难看。不知道是自己最近胃口越来越刁，还是这菜的用料有问题，总之，顾筱筱完全没了再吃下去的心思，全程只喝白开水。

结束聚餐，顾筱筱和众人道别，打道回府。

"他们家的菜什么时候这么难吃了？"发现饭菜不对的不止顾筱筱一个，没有外人在，楚筱郗就不客气地开始吐槽，"还不如学校食堂的麻辣烫，难吃死了。"

"估计是换了厨师吧，不过难吃倒是真的。"

车子启动没多久，顾筱筱就觉得胃里不舒服，捂着嘴让楚筱郗把车子停在路边，手忙脚乱地解开安全带，蹲在路边猛吐不止。

这不是顾筱筱第一次吐了，楚筱郗也知道该怎么应付，拿了瓶水走到她身边，一边轻轻拍抚着她的后背，一边把水递了过去。

顾筱筱脸色发白，浑身冒着虚汗，虽然是三十度的高温，可她却冷得打寒战。楚筱郗很快就意识到不对，开始慌了。"宝贝儿你别吓我！没事吧？"楚筱郗不安地扶着顾筱筱站了起来，连声音都是抖的，"我带你去医院！"

顾筱筱先是摆摆手，然后蹲在地上又吐了一阵，吐到几乎虚脱，才被楚筱郗拖上了车，猛踩油门朝医院奔去。

顾筱筱胃里难受，肚子也一阵阵绞痛。楚筱郗忐忑不安地陪在她身边，当听到医生说的话后，整个人都不好了。

"吃打胎药了？有流产的迹象。"

楚筱郗的腿一软，躺在床上的顾筱筱更是面如死灰。

"不可能！"短暂的愣怔过后，楚筱郗猛地握紧拳头，看着医生说，"我嫂子从来没吃过那种药，平日里饮食方面也很注意，怎么会有流产的迹象？"

楚筱郗的表情很严肃，医生也知道这两位身份不凡，更加不敢粗心大意，重新为顾筱筱检查了一遍身体，得到的结果还是一样。

时间一分一秒地流逝，顾筱筱的肚子从最初的阵阵绞痛变成了无休止的剧痛。她用力咬着下唇，沉默地捂着自己的肚子，痛苦地蜷缩在床上瑟瑟发抖。楚筱郗看着她，却无能为力。她脑子乱成一团，被医生赶出急诊室后突然回过神来，给楚逸辰打了电话。

楚逸辰赶到医院的时候，顾筱筱还没从急诊室出来。楚筱郗蹲在走廊里，抱着自己无助地哭成了泪人。听到他的脚步声，楚筱郗猛地站起来，扯住他的衣角泣不成声。崩溃地和楚逸辰说着事情的经过，她看看楚逸辰，又看看急诊室，几句话断断续续说了好几次才说全。

"哥，怎么办？"楚筱郗哭着扑进楚逸辰的怀里，一想到顾筱筱接下来可能面临的状况，就忍不住眼中的泪水。

孩子不能没了，不然筱筱一定会受不了打击的。她本来情绪就不稳定，要是……

抱住楚筱郗，楚逸辰半晌才开了口："今天出去吃了什么？"

"今天……"楚筱郗努力回想着今天发生的一切，抬头看他，"好多同学一起吃的饭，就在学校旁边的饭店。筱筱胃口不好没有吃多少，可她吃的东西我们大家都吃了，除此之外就没有再吃别的。"

"同学都熟悉吗？"

"都是一个班的同学，没有不认识的。"

楚逸辰简单问了她几个问题，就见到了从急诊室走出来的医生。两人赶紧上前询问，在看到医生惋惜的表情时，已经猜到了答案。

"胎儿不到两个月，正是最危险的时候，经不住任何风险。再加上你太太身子本就虚弱，所以这孩子……保不住了。"

孩子，保不住了。时间仿佛一下子静止了，楚逸辰和楚筱郗愣愣地站在原地，消化着这句话。

"进去看看她。"楚逸辰率先回过神来，把楚筱郗推进了急诊室。

他看着眼前的医生，冷声问道："我夫人究竟是吃了什么才导致流产的，有结论吗？"

"打胎药物，而且药效很强劲。从身体不舒服到来医院就诊，中间也就半个小时的时间而已。没有摔倒、没有惊吓，只能是吃了这种东西。"

楚逸辰垂下眼帘，又问了医生几个问题，叮嘱道："这件事我不希望有其他人知道。"

"明白明白，放心！"医生连连点头，有些畏惧地看着楚逸辰，迫不及待地从他身边离开。

急诊室内的顾筱筱已经打了镇静剂昏睡过去。她身下的床单上满是血迹，触目惊心。她经历过了什么，楚筱郗根本就不敢去想。握着她冰冷的手，楚筱郗很自责、难过。是她没有照顾好顾筱筱，才会发生这种事的，等顾筱筱醒来，她要怎么面对？

顾筱筱清醒的时间是晚上十点，她慢慢睁开眼睛，看到熟悉的环境，目光有些迷茫。

最后的那些记忆一点点在脑海里浮现。她倏地睁大双眼，猛地坐起身来，低头看向自己的小腹。

楚逸辰站在床边，听到声音转过身，正好看到顾筱筱盯着自己肚子发呆的模样。她目光颤抖，一张小脸上充满了惊恐和绝望。

"没了……孩子没了，对不对？"顾筱筱小声开了口，等着他的回答。

"身子有没有不舒服？"

"孩子没了，对吗？"其实不用楚逸辰说什么，顾筱筱就已经知道了答案。

没了，她的孩子没了……顾筱筱用力咬着唇角，直到咬破了唇，鲜血顺着唇角溢出。

"松口！"楚逸辰俯下身，厉声开口，强迫她张开嘴。

　　顾筱筱倔强地看着他，一言不发。她目光猩红，眼中充满了恨意，"医生怎么说？我的孩子是怎么没的？"

　　如果没记错的话，她听到医生说过"打胎药"这三个字。她从来就没有吃过那种东西，她比谁都想要这个孩子，怎么可能会吃那种东西！

　　顾筱筱抓狂地哭着、喊着，把身边能摸到的一切东西全都摔到了地上，双手抓着自己的头发，痛苦不堪。

　　"孩子还会有的。"楚逸辰抱起顾筱筱，亲了亲她的额头，心疼地将她拥入怀里。

　　顾筱筱用力推他、打他，可他就是抱着她不放，力气大得像是要把她揉进身体一般，"我知道你心里难受，也知道你在想些什么。顾筱筱你听着，你肚子里是我的孩子，没保护好他，是我的责任。好好养身体，三个月后我们还可以再要。至于是谁下的手，我会在最短的时间内查清，绝对不会放过她！"

　　额头抵在楚逸辰的肩膀上，顾筱筱哭了好久，反手抱住了他："对不起，对不起！是我的错，是我没有保护好他！"趴在他的肩头，顾筱筱一声声道着歉，泪流满面。

　　心痛得几乎无法呼吸，她抓紧楚逸辰的衣服，脑中一片空白。

　　她的孩子……她可怜无辜的孩子！顾筱筱恨，恨别人，也恨自己。她恨别人的狠毒，恨自己的软弱！

　　一夜无眠，两人相拥到天亮，毫无睡意。顾筱筱不见别人，也不让楚逸辰离开自己的身边。她一直搂着他的胳膊靠坐在床上，扭头望着窗外，不说话，也不再哭，双眼里充斥着悲伤和寒芒。

　　整整一周，她在房间里没有出过门。楚逸辰一直陪着她，可是两人说过的话没超过十句。顾筱筱大多数时间都沉浸在自己的思绪里，甚至比被绑架后还要沉默。

　　三个小时，这是她一天中睡过最长的时间。她每天乖乖地吃药、乖乖地吃饭，可是体重还是一直在降。

　　七十斤，这是她现在的体重。顾筱筱看着脚下体重计上的数字，又看了看镜子里的自己，讽刺地笑了。

　　人不人、鬼不鬼，这几个字用来形容现在的她，再合适不过。抬手慢慢摸着镜中的自己，顾筱筱紧紧地咬着牙关。她在卫生间站了好久，久到外面的人开始有些慌了，才开门走了出去。

　　"孩子的事情，让我来查。"看着等在门口担心自己的楚逸辰，顾筱筱冷声说道，"其实很好查的，对吧？"什么人会做这种事，他们都心知肚明。不过对方用了什么手段，顾筱筱一定要弄清楚。

　　孩子为什么会没？顾筱筱这些天一直在想这个问题。楚家人是不会不要那个孩子的，所以问题只能出在外面。顾筱筱那天除了同学聚会吃的东西，再也没有碰过其他的食物，所以问题一定出在那里。可是，她当时吃的东西是很随意的，别说是旁人，就算是她自己也不知道自己想吃什么。

究竟是哪里的细节不对呢？对方怎么会那么准确无误地在她的饭菜里下了药？

还是说……那天满满的一桌子饭菜都是被动过手脚的？这样的猜想让顾筱筱觉得荒唐，但又觉得不是没有可能。

她查了那家饭店最近的监控视频，看了很久，看得眼睛都痛了，终于看到了想要的证据。搭在鼠标上的手猛地握紧，顾筱筱目光尖锐地盯着画面上的人。

金婧，是金婧。她去过那家饭店，就在他们聚餐的当天。

顾筱筱等人离开后，她紧随其后也走了。只身一人，没有任何人陪同，也不是去吃饭。

顾筱筱冷冷一笑，她本来以为这件事是凌千羽做的，却没想到竟然是金婧。不过金婧又是如何知道自己怀孕的？除了楚家人，顾筱筱并没有把这件事告诉外人。就算是徐明等人知道，消息也不可能传到金婧的耳朵里去。

该知道这件事的人，应该是凌千羽才对。

金婧……凌千羽……这两人的名字反反复复地在顾筱筱的脑中闪现，她认真思考着，继续调查。

如果不是发生了这件事，顾筱筱真的没有想过她们两个会凑到一起。不过现在想来，也没什么不对的。自己一直是她们的眼中钉、肉中刺，她们想击垮自己也不是一天两天了。孩子的事情，这两人全都脱不了干系……

楚逸辰最近做了一些事情，顾筱筱不是不知道。金氏集团情况一塌糊涂，而凌千羽也因为贩毒事件被调查。

孩子没了，他心中的愤怒和顾筱筱相比，只会多，不会少。他不是那么大度的人，从来都不是。他会和自己一样，努力为那个孩子报仇。

熬过漫长的恢复期，时间到了八月。

下个月就是她的婚礼，请柬已经全部做好，等着发出去。婚礼的一切细节，顾筱筱都是不知晓的。她最近状态恢复得不错，在楚逸辰脸上也稍稍能见到一些笑容了。

学校考试成绩出来，顾筱筱得意扬扬地把iPad扔到楚逸辰面前，给他看："你之前怎么说来着——要什么给什么，是吧？"

楚逸辰瞥了眼屏幕，扬唇一笑："是说过这话没错。"

"那我要宝宝。"顾筱筱说着，扑到楚逸辰身上，把他扑倒。

楚逸辰接住她，被她压在身下，看着她目光微亮的样子，眼中也有了丝笑意。

"请让我生个猴子吧，好不好。"趴在楚逸辰的怀里蹭了蹭，顾筱筱小声问道。

孩子的事情对两人来说打击都不小，尤其是顾筱筱，更是几近崩溃。

"夫人的要求我求之不得，以后这种要求由我来提就好。"双手熟练地解着顾筱筱身上的衣服，楚逸辰还不忘摸摸她的痒痒肉。

顾筱筱一边笑一边打他的手，很快就气喘吁吁，身子瘫软得像一摊水。

生活渐渐回归正轨，顾筱筱也开始重回公司工作。今天，楚逸辰一整天都不在公司，到了下午四点，为了不赶上下班高峰，顾筱筱和楚筱郗愉快地翘了班，准备回家。

"啊，我钥匙忘楼上了！"下了楼，楚筱郗看了看包里，傻笑着说道，"我上去拿。"

"我陪你一起。"

"不用，你去对面咖啡厅等我吧，有点饿了，过去买点东西，在车上吃。"

从公司到家，快的话也要一个多小时。两人中午都没吃饭，现在肚子有点空。

顾筱筱点头，走出办公大楼。出大门的时候看到公司前方停了一辆黑色的奔驰车。她现在已经学会看一辆车的车牌来辨别车内人的身份，下意识地觉得里面的人是来找楚逸辰的。

顾筱筱放慢了脚步，一边下台阶一边盯着那辆车看。车内的人似乎也发现了她，打开车门走了出来。顾筱筱看到对方是谁之后，脚下一空，差点失去重心摔倒。

大领导？他怎么在这儿？当初在G市被绑架，这人就是那边负责营救她的指挥官。

顾筱筱正了正身子，赶紧快步走过去，看着面前的人微笑说道："您好，您是来找楚逸辰的吗？"

白英杰上下打量了她一番，笑着点了点头："瘦了。"

"最近在减肥。"顾筱筱不好意思地笑道。其实她最近是在努力增肥，体重也从当初的七十斤回升到了八字打头的重量。

"我约了楚逸辰在这儿见面，你们现在已经下班了吗？"白英杰话锋一转，回答着顾筱筱刚刚的问题。

"还没到下班的时间，我是想提前回家。"顾筱筱低头找手机，"我帮您催他一下，应该很快就回来了。"

"不必，我来得突然，也没提前打招呼，别催他，慢点开车是好事。"白英杰摇头，拦下顾筱筱的动作。

两人正说着话，楚筱郗已经从里面走了出来。看到顾筱筱对面的人后，她快速在脑海里搜寻出这人的身份名字，不禁倒吸一口气，快速跑了过去。

"领导好！"楚筱郗目光微亮地和对方打招呼，"领导怎么到这儿来了？"

楚筱郗左一声领导右一声领导，叫得白英杰笑了。"来这边找楚逸辰处理点事情。几年不见，小丫头长得又漂亮了。"拍了拍楚筱郗的肩膀，白英杰夸道，"你哥都结婚了，什么时候轮到你呀？"

"我不是还有一个哥吗？不急不急！"楚筱郗回头看了看办公楼内，提议道，"去里面等吧，我二哥不知道什么时候能回来呢。"

"在这儿等就行，你们两个有事就去忙。"白英杰抬头看了看空中的艳阳，又看了看两人，"有时间请你们吃饭。"

"就算是请，也是我们请领导您呀！"楚筱郗勾过顾筱筱的胳膊，笑道，"在G市的时候，还要多谢您救了我嫂子呢！领导今天有事，我们就不打扰了，等您什么时候有时间，一定请您吃饭！"楚筱郗客套地说道，寒暄了一会儿，就拉着顾筱筱离开了。

两人空着肚子来到停车场，开车回家。一路上，琢磨着白英杰来这边的真正原因。

两人一路闲聊，听着歌，不知不觉就到了家。

还有三天的时间，他们就要离开这里去那个顾筱筱还从来没有见过的海岛了。她嘴角不由自主地上扬着，抱着枕头靠在床上，心情很不错。

这天下午顾筱筱接到楚逸辰的电话，换好了衣服等着他回来。此时疏忽大意的顾筱筱并没有意识到，自己从早上吃过早饭以后，已经大半天的时间都没有见到沈千云了……

顾筱筱被楚逸辰接走后，沈千云站在楼上的阳台目送着车子缓缓离开，红着眼眶幽幽叹了一口长气。

该来的终归要来，就算是躲，也终究是躲不掉的。擦了擦眼泪，沈千云提了口气，转身走出房间，下了楼。

楚逸辰已经安排好了车子在外面等她，沈千云坐上车，心情沉重而复杂。她一直凝视着外面的景色，直到车子到了地方，才缓缓收回视线下了车，面无表情地走了进去。在服务员的指引下，来到约好的房间。

沈千云推开门，和早已等候在屋内的某人四目相对。一瞬间，她眼底迸发出浓厚的恨意。

"妈。"里面的人见到她后，赶紧起身叫道。

"别叫我妈，我受不起。"沈千云冷冷一笑，反手关上房门，走了过去，"你找我有什么事，说吧！"

站在沈千云对面的不是别人，正是昨天赶到B市的白英杰。

屋内的气氛有些压抑，纵使天气很好，纵使房间内的窗户都是打开的，沈千云两人脸上的表情却都是乌云密布。

白英杰看着眼前的老人，以往在人前的领导架势再也见不到一丝一毫。房间内静悄悄的，似乎两人都在平复着自己的情绪，整理着自己的语言。

沉默了一会儿，白英杰给沈千云倒了杯茶递过去，再次开了口，"其实这些年，我一直都在找你们。妈，我知道筱筱是我女儿，这次，我就是为了这件事过来的。"

白英杰的话音刚落，沈千云就将自己面前的那杯茶水全都泼在了他的脸上。她的动作很快，也很决绝，没有任何犹豫，动手之后，更没有任何后悔。

"白英杰，人要脸，树要皮，这是最基本的道理。"她握紧的拳头在微微颤抖，"筱筱姓顾，和你们白家没有一丁点的关系！我请你不要打扰她的生活。"

"在G市是我救了她，我已经做过亲子鉴定了，她就是我的女儿，不会错。"白英杰抹了把脸上的茶水，依旧以一种歉疚的神情看着沈千云，目的也很明确，"我的女儿要出嫁，我一定要让她风风光光地嫁出去。你放心，我一定会把最好的东西都给筱筱……"

"不需要！"沈千云打断他的话，声音里带着显而易见的愤怒，"白英杰我告诉你，顾筱筱和你没关系，听清楚了吗？她不姓白！我家的人，和你们白家没有任何关系！"

说完话，沈千云拍案而起："我不想再见到你，也希望你有自知之明，不要和我顾家的人见面。"

"妈！"白英杰手疾眼快地拦下了沈千云，有些焦急地说道，"我知道你一直放不下婉婷的事，也知道当初是我们做得不对！我爸他已经知错了，筱筱的事，也是他的意思。"

缓了口气，白英杰继续说："难道你真的忍心让筱筱没有家人出席她的婚礼吗？她嫁给的是楚逸辰，她以后是楚家的少夫人，她不能没有背景、没有靠山，不能再被人欺负！"

沈千云的手腕被他握在手里，耐着性子听完他的话，嗤地一笑："知道错了？早干什么去了？当初我女儿被你们逼死的时候，你们干什么去了？！"最后一句话，沈千云是喊出来的。

心底最深处的伤疤被毫不留情地揭开，鲜血淋淋的过往、触目惊心的回忆，对沈千云来说，如同挥之不去的噩梦一般。

二十几年了，她从来没有忘记过那些伤痛。

同样，二十几年了，她也从来没有想过要让顾筱筱和白家再有什么牵连。眼泪忍不住地往下落，沈千云泣不成声地看着白英杰，抬手重重地给了他一巴掌。"想把筱筱从我身边抢走？白英杰，你不要痴心妄想了！"低声幽幽开口，沈千云讽刺地笑道，"回去告诉你父亲，他的知错换不回我女儿的一条命。我沈千云这辈子都不会原谅你们的。"甩开白英杰的手，沈千云大步离开。

车子一直在外面等她，沈千云打开车门坐进去，低着头掩着口鼻，伤心地流着眼泪。陪着她一块儿过来的司机不知道是发生了什么，动作僵硬地回过身看向沈千云，迟疑地问道："您……没事吧？"话一问出，他就意识到自己这个问题问得太白痴了，老人家都哭成这个样子了，怎么可能没事？他赶紧递了纸抽过去，启动车，缓慢地朝楚家大宅开去。

沈千云把头倚靠在车窗上，默默地流着眼泪。她早就想到会有这么一天，可是她没有想到，这一天会这么早到来。

楚逸辰的身份地位不一般，顾筱筱跟着他，曝光率也是极大的。她和她母亲长得那么像，那边的人如果见到了，就不可能注意不到。

沈千云把自己关在房间里，一直坐在窗前发呆。从天亮到天黑，她的脑子昏昏沉沉的。仆人来叫她吃饭，她也以身体不太舒服为由拒绝了。

沈千云关上窗户躺在床上，脑海里浮现出顾筱筱的容貌，越想心里越不是滋味。

早不来晚不来，为什么偏偏要在这孩子结婚之前出现，来扰乱她们的心情？不行，不能让筱筱知道这件事。就算是知道，也不能在这个时间。

沈千云知道有些事她阻挡不了，可是最近真的发生了太多的意外，她不希望顾筱筱再受到什么打击。顾筱筱是个十分聪明的孩子，如果让她见到白英杰，知道事情真相的话，她一定会继续追查下去的。如果让她查到当年的那些事情，那……

沈千云不敢再想下去了，她猛地从床上坐了起来，给楚逸辰打了个电话。

如果说顾筱筱是聪明人，那楚逸辰就更是有过之而无不及。白英杰这次来B市，最先找到的是楚逸辰。这件事最先知道的，也是楚逸辰。是楚逸辰安排了沈千云和白英杰见面，也是他拒绝了白英杰和顾筱筱单独会面。

楚逸辰是现在最了解顾筱筱的人，在沈千云看来，他应该也和自己一样，不想让顾筱筱再在婚礼之前遭受什么打击。

风扬集团办公室内，楚逸辰眉头微皱，看着电脑屏幕。二十多年前的新闻，想查清楚并不是件容易的事，除非当事人足够有名气。二十几年前的律师，含金量会有多高？清华大学法学院国际仲裁班，这几个字的含金量又有多少？

顾婉婷，顾筱筱的母亲，清华毕业，法律界的翘楚，自杀而死。楚逸辰目光僵直地望着电脑屏幕，看了好久，才长叹一口气，关掉了网页。

据楚逸辰所知，白英杰在和现在的妻子结婚之前，并没有过其他婚姻，而在网上搜索顾婉婷的资料，上面也无一例外都没有提起顾婉婷结过婚的事情。

究竟该怎么处理这件事，对顾筱筱的伤害才最小？这对楚逸辰来说，真的是一道难题。好在白家那边答应等他们婚礼结束之后再找顾筱筱，也算是让楚逸辰暂时松了口气。

楚逸辰和顾筱筱的婚礼，所有接到请柬的宾客行程住宿全由楚家负责安排。婚礼全程不收礼金，且每一位到场的宾客都会有十万元的红包。风扬集团旗下所有在职员工，会在二人结婚当月收到一万元奖金。不论工作年限，只要是正式的员工，就都能分一杯羹。

全部算下来，这一场婚礼没有几亿的资金是办不下来的，因此媒体用"天价"二字来形容这一场盛世婚礼也不为过。

婚礼举办的地点在楚家的私人岛屿上，没有允许，其他人不得入内，所以想要在第一时间报道直播这场婚礼，是根本不可能的事。

飞机上，顾筱筱单手托腮看着窗外。她其实很困，可闭上眼睛就是睡不着，像是喝了好多倍提神的咖啡，一点办法都没有。将近十个小时后，飞机安全抵达。一下飞机，海风迎面吹来，顾筱筱神情呆滞地看着眼前的风景，觉得眼睛都有点不够用了。

白色的沙滩，绿松石般的海水和青葱的热带岛屿植被遥相呼应，远处的火山蒸腾起的云雾，给港口蒙上一层神秘色彩。

顾筱筱之前听说这里是楚家买下的私人岛屿，本以为很荒凉，没想到是这样的一番景色。

下了飞机坐上车，前往住处。一栋栋水上别墅以及城堡教堂，都让顾筱筱目瞪口呆。

"这岛买来的时候就是这个样子的吗？"回到住处，顾筱筱忍不住问楚筱都。

"不是啊，买来有好几年了。我哥是打算开发出来做商业岛屿用的，咱们这批人算是第一批游客吧。"

顾筱筱若有所思地点点头，没等说什么，就听到楚筱都说了另一句话："不过他自己好像还有一座小岛，我没去过，有时间你可以让他带你过去瞧瞧。"

楚筱都不太在意地说完，就去整理摆放自己的东西了。留下顾筱筱一人趴在阳台上，继续看着外面发呆，消化着楚家的巨大财力给她带来的打击。

所有人都在忙，显得她特别无所事事。人不在B市，因此B市发生的一切她也就不能那么快知晓。等她听到消息的时候，楚逸辰等人已经抵达此处了。

金氏集团涉嫌走私、洗钱，执行董事金峰涉嫌伪造假证，目前已被刑事拘留调查……

婚礼前最后一个晚上，顾筱筱躺在床上，翻来覆去地睡不着。

夜深人静，只听得到外面的风声。眼睛瞥到床头柜上的手机，顾筱筱动作缓慢地把它拿过来，犹豫之后，给楚逸辰发了个哭泣的表情。

本以为楚逸辰早该睡着了，不会搭理她，却没想到电话很快就打过来了。

"怎么还不睡？"低沉优雅的声音让顾筱筱的心里有种莫名的舒服感，几天没见楚逸辰，她竟发觉自己有些想他了。

顾筱筱不出声，楚逸辰听着电话那端的沉默，已经能够想象得出她此时此刻的神情。无声地一笑，楚逸辰柔声哄道："要不要我现在过去？"

"不要！"顾筱筱想也不想，开口拒绝。

"那就躺下睡觉，然后一觉醒来就能看到我了。"楚逸辰继续哄道，"几个小时而已，很快的。"

"好，那我睡了。"顾筱筱听话地点头躺下。楚逸辰的话就像是一服安神剂，不知不觉中就化解了她心中的不安和烦躁。

熄灯睡觉，清晨醒来，顾筱筱刚刚洗漱完毕没多会儿，楚筱都就风风火火找上门来。

推开门把顾筱筱扑倒在床，楚筱都趴在她身上傻笑着看着她，"结婚了结婚了，终于结婚了！我终于要当伴娘了！"

安静的屋子转瞬间变得热闹起来，有化妆师，有摄像师，有服装造型师，还有帮忙端茶递水的其他人。顾筱筱被他们弄得晕头转向，只能听他们的指示，睁眼、闭眼，或站、或坐。

忙碌的两个多小时过去，顾筱筱垂着头坐在椅子上，双拳微微握成拳状。好紧张！怎么会这么紧张？她当初脑子抽风，和楚逸辰去民政局领证的时候也没这么紧张过……

"哟，这么漂亮的丫头，以前怎么没发现呢？"熟悉而又陌生的声音传来，顾筱筱扭头，然后就看到了苏佐楠。

两人视线隔空相对，苏佐楠向前几步走到顾筱筱身边，又上上下下打量了她几遍，心中暗暗叹了口气。

"嘿嘿！"顾筱筱仰头看着他笑，然后摊手向他要东西。

苏佐楠一怔，很快就反应过来，笑问："干吗？要红包？"

"要糖！"顾筱筱蹙眉否认，"才不要红包！"

苏佐楠目光闪了闪，一股情绪压抑在心口。见她的时候，他身上总是带着糖，不管是小时候还是长大后。

从口袋里掏出两颗糖果放到顾筱筱的手上，苏佐楠演技爆发地笑道："合个影吧！我这两天的转发和评论，可就靠你们夫妻了！来来，合个影，我要发微博。"拉着顾筱筱站了起来，苏佐楠拿出手机拍了一张照片，然后低头打开微博，和她嘀咕道，"能和国民老公苏佐楠合照是你的荣幸，知不知道？"

顾筱筱刚把糖扔进嘴里，点点头，口齿不清地说了声"造"，把苏佐楠给逗乐了。

苏佐楠的出现，让顾筱筱紧张的情绪稍稍缓和了一些。苏佐楠发出去的照片以飞快的速度被各大媒体转发，成为"直播"的第一波照片。

婚礼是西式的，回到国内，还会补办中式婚礼。

宾客纷纷到场，彼此热络地交谈着、等待着。

顾筱筱的伴娘是楚筱郗，楚逸辰那边的伴郎应该是从徐明几个人中选出的，却不想，伴郎竟然由白子洛来担当。

白子洛站在楚逸辰的身边，这样的画面，让很多人都没有想到，包括徐明等人。他们几个之前为了伴郎这个事儿争抢了好长一段时间，不想，最后竟让白子洛这小子占了便宜。

虽说顾筱筱当初在G市出事的时候白家帮了很大的忙，这一次白英杰也是亲自过来参加二人的婚礼，可是楚逸辰这人以前是这么好说话的吗？就因为这事儿就把伴郎的位子让给白子洛了？这事儿让几个人怎么想也想不通，他们准备等婚礼结束后找楚逸辰好好盘问一下，看看究竟是怎么回事！

顾筱筱没有父亲，她的身世之前早就被媒体八卦过了。而今天到场的也没有什么外人，所以，她由楚明远带着，一步步走到了楚逸辰面前。

纯白的婚纱，用水晶做着刺绣，精致的蕾丝镶边，唯美的花朵刺绣图案，超大的裙摆和超长的白色头纱极致地刻画了公主般的尊贵气质。

听说这婚纱是由GJ创建人、也就是楚逸辰的妹妹楚筱郗亲自设计的，找了700多名刺绣师傅，赶了两个月才做出几件礼服来。而顾筱筱身上的这一件，造价多少，无人知晓。

顾筱筱头上戴着由珠宝大师亲手设计制作的镶钻皇冠，颈间的珠宝项链亦是同款系列。

顾筱筱被楚明远牵着走上红毯，空中缓缓撒下花瓣雨，她的心悬在半空，目光径直望着远处那正在等她的男子。

他目光灼灼地望着她，嘴角微微上扬着，掩不住自己的好心情。他就站在人群前，认真而专注地看着自己的小妻子带着紧张和无措，走向自己的身边。

顾筱筱红唇紧抿，如星辰璀璨的明眸睁得圆圆的，玲珑的琼鼻，粉腮微晕，滴水樱桃般的朱唇，小巧精致的脸孔在淡淡的妆容衬托下，更显娇羞妩媚、清丽绝俗。

教堂内有乐队，听着那舒心的乐曲，顾筱筱的手终于落到了楚逸辰手中。楚逸辰看着她悠然一笑。顾筱筱垂下眼帘，一直紧张的小脸也露出了一抹害羞的笑意。

两人走近牧师台，在牧师的见证下，彼此交换戒指，陈述誓词。一声"我愿意"，看似简单，听的人却永远都无法了解说的人心中的情绪。无论顺境或逆境、富裕或贫穷、健康或疾病、快乐或忧愁，永远不离不弃、执手同行。

类似的话，顾筱筱不是没听过，电视剧中、电影里，这样的台词她听过许许多多次，如今轮到自己来说，一切都不一样了。

最近一年来发生的点点滴滴，快速地在顾筱筱的脑海中闪现。去年的那个冬天，是她活了二十多年来最寒冷的一个冬天。金婧和沐云帆的那场订婚宴毁了一个顾筱筱，也重造了一个顾筱筱。

这一年里，他们真的经历了太多。嫁给楚逸辰，顾筱筱得到了许多，可她也不得不面对更多。

不离不弃，执手同行。楚逸辰用他的实际行动，向顾筱筱证明了他真的可以做到这一点。顾筱筱手中拿着戒指，缓缓套入楚逸辰修长的指间，抬眸对上他灼灼的视线，嫣然一笑，垂下眼帘。

"亲一个，亲一个！"下面有人在起哄，顾筱筱听出是傅子恒几个人的声音。这样的场合，敢这样和楚逸辰他们开玩笑的，也就只有他们几个了。

楚逸辰的手落在顾筱筱腰间，慢慢低下头，十分乐意达成他们这个小小的心愿。一记深长热吻，让顾筱筱的脸颊急速升温。好不容易被他放开，身子软软地依偎在他怀中，接受着人们的祝福。不断有人前来敬酒，所有的酒全都一滴不剩地进了楚逸辰的肚子。

整整一个白天，顾筱筱换了五套衣服，看着楚逸辰喝了无数杯酒。她很担心他会被傅子恒徐明那几个人灌醉，好在楚逸辰的酒量真的堪称无敌，愣是没让他们看成热闹。

紧张而又漫长的白天终于过去，天色渐晚，顾筱筱率先被送回了新房，而楚逸辰则被徐明几个人给扣住了。

不知道他什么时候回来，顾筱筱的眼睛时不时地瞥向房门，耐心地等着他的出现。

十点五十分，房门外传来了脚步声。房门被打开，果不其然，是楚逸辰。他关上门走到顾筱筱的面前，坐到她的身边，身子一歪，倒在她身上，伸手抓住她白嫩的手指，轻咬她的指尖，然后坐起来把她抱了过来："宝贝儿，今天开不开心？"

"嗯。"顾筱筱用力点点头，坐在他的腿上，双手搂着他的脖子，回答，"开心。"

光说开心好像有些不大合适，顾筱筱想了想，亲了亲他的薄唇，笑道："这是奖励！"

"这奖励哪够？"楚逸辰说着，拉着顾筱筱站起来走向浴室。

一个澡洗了一个多小时。倒在床上，顾筱筱一点儿都不想动。她疑惑不解地看着穿衣服的楚逸辰，眨了眨眼睛，以为他喝多了。

"天还没有亮，你穿衣服干什么？"柔软的声音像棉花糖一样，让人听了心里甜甜的。

楚逸辰瞥了眼床上的小人，走过去又亲了亲她，占了占她的便宜，才恋恋不舍地松开手，说："起来穿衣服，我们今晚不在这里过夜。"

顾筱筱有点傻眼，这都快凌晨一点了，不在这儿睡觉，他还想去哪儿？

虽然心中疑惑，可顾筱筱还是按照楚逸辰说的去做了。穿好衣服，带上一些随身必带品，两人的身影消失在黑幕之中。

飞机已经在停机坪准备好，顾筱筱惊喜地上了飞机，看来楚逸辰是早有准备。

坐上飞机不到十分钟，飞机就缓缓起飞了。顾筱筱看着窗外的灯火，还有点没回过神来："我们要去哪儿？回家吗？"

"蜜月还没有度，回什么家？"楚逸辰伸手把她搂在怀里，蹭了蹭她柔嫩的脸颊。有人把毛毯送过来，他一手接过毛毯，盖在她身上。

"睡一会儿就到了。"低头轻声对顾筱筱说道，楚逸辰眼中的宠溺是旁人永远享受不到的。

靠在楚逸辰的怀里，顾筱筱很快就沉沉睡去。三个小时后被楚逸辰叫醒，天色都已经放亮了。陌生的环境，顾筱筱下了飞机，老老实实地跟在楚逸辰的身后，不敢乱跑。

飞机将他们送过来，很快就离开了。顾筱筱仰头看着天空中飞机飞过，猛地想起来一件事："啊！筱都说你还有一座小岛，说的就是这里吗？"

顾筱筱是真的没有想到楚逸辰会带她来这里。这座岛屿和那边不太一样，因为是楚逸辰的私人岛屿，所以并没有大肆开发。换句话说，这岛上现在……只有他们两个人！

意识到这个问题，顾筱筱的脚步都是有些飘的。

带着顾筱筱到了住处，楚逸辰慵懒地伸了个懒腰，回头问她饿不饿。顾筱筱先是摇摇头，然后又点了点头。这样的举动让楚逸辰知道，其实她后面的点头才是真正的想法。

独栋小别墅，所有的生活设施全都准备好了。双开门的大冰箱内，满满的全是食物。顾筱筱喝了点牛奶，吃了片面包，跟着楚逸辰去卧室休息。

而另一边，还有很多人不清楚两人的行踪。

无人的小岛上，顾筱筱和楚逸辰过着优哉游哉的快活日子。虽然在度蜜月，可楚逸辰每天还是要抽出两个小时的时间来处理公司的事情。搞定手上的琐事，楚逸辰放下电脑拉着顾筱筱离开，走向停靠在岸边的游艇。

顾筱筱胆怯地跟在楚逸辰身后，想起昨天出海遇到鲨鱼的事，心里还有点怕怕的。

"怎么了？"感觉到顾筱筱神经紧绷，楚逸辰回头看她，明知故问道，"怕了？"

顾筱筱张了张嘴，其实是想承认的。可是看到楚逸辰微扬的嘴角，她就生生地将已经到了嘴边的话又给咽了下去。冷哼一声，甩开他的手，大步上了船。她站在甲板上，眼睛忍不住四下扫视着附近的海域。

经过这么多天的单独相处，顾筱筱发现楚逸辰其实是个兴趣爱好特别广泛的人。他每天早上把她从床上拽起来，去爬山跑步，然后出海钓鱼，闲着无聊还要教她潜泳。总之这附近能玩的、能逛的，顾筱筱这几天已经差不多走遍了。如果要从楚逸辰的兴趣里挑出一样他最喜欢的项目的话，那恐怕就是调戏她了。

顾筱筱听着身后渐渐接近的脚步声，早有防备地躲开。

"这船上只有咱们两个人，你能跑到哪儿去？"楚逸辰双手环在胸前，看着跑到几米开外的顾筱筱，邪笑着问道。

"你别过来！我告诉你楚逸辰，你要是再敢……"

顾筱筱话还没说完，楚逸辰已经大步走到了她面前。"我要是敢怎么样？"揽着她的腰，楚逸辰低头近距离地看着她问。

迎视着楚逸辰灼灼的视线，顾筱筱不自在地看向了一旁，小声说了句"流氓"。不过这在楚逸辰听来倒更像是在夸奖他。

游艇驶离海岸，海风迎面吹来，让人神清气爽。和浮躁的大都市相比起来，这里无论是空气还是环境，都是那里无法比拟的。顾筱筱靠在楚逸辰的怀里眺望着远方，他们已经来这里一个多星期了，想想，差不多该回去了。

顾筱筱认认真真地想着事情，不过她的思绪很快就被楚逸辰的举动给搅乱了。低头亲吻着她的耳郭，楚逸辰双手光明正大地占着她的便宜。顾筱筱身上穿了件他的衬衣，宽大的衣摆让他的手很轻松地就钻了进去。

"和我在一起，还有心思想别的事情？"轻咬着她小巧的耳垂，楚逸辰不满地发出抗议。

"你怎么知道我想的是事而不是人？"顾筱筱牙尖嘴利地反问，问得楚逸辰目光一闪。

"嗯？那你倒说说看，你在想什么人？"转过顾筱筱的身子，楚逸辰目光深邃地看着她问，"苏佐楠吗？"

"楚逸辰你是个醋桶吗？怎么好端端的又想到苏佐楠身上去了。"顾筱筱被气笑了，看来在他心中，苏佐楠假想敌的身份是真的没法改变了。

"他图谋不轨。"楚筱郗像个孩子般咬住苏佐楠不放，"老婆，你说当初要是我和他一起追你的话，你会选择谁？"

这问题问得顾筱筱一乐，因为简直太好回答了好嘛！

他的人可就站在她的眼前，她要是不识时务地说了苏佐楠的名字……

顾筱筱眼底深处闪烁着狡黠的光芒，若有所思地想了片刻，意味深长地摇摇头，叹了句："不好说。"

楚逸辰轻挑眉尖，等着她继续往下说。

"你想想看，苏佐楠是国民老公，那吸引力肯定是不同凡响的。至于楚总你嘛……就……"顾筱筱说着说着，声音就小了下去。不过她的话，已经给楚逸辰一种他的魅力不如苏佐楠的感觉。

"小东西胆子越来越大了。"邪魅一笑，楚逸辰主动转移了话题。他一步步向前，顾筱筱就被他逼着一步步后退，直到最后无路可退。惊呼一声，顾筱筱在楚逸辰的威迫之下，躺在了沙发上。船的速度渐渐慢了下来，停在海中，四下没有边际。

暧昧的呻吟声飘荡在空气里，顾筱筱身上本就没有几件衣服，现在纷纷掉落在脚边。

"这里没人，我不介意你叫得更大声一点，给下面的鲨鱼听。"楚逸辰用低沉的嗓音说着挑逗的话，顾筱筱恼羞成怒，张开嘴在他的肩膀留下她的牙印。

从甲板到卧室，被他要了几次，顾筱筱基本上没什么体力可言了，躺在床上无力地哼哼着，小脸贴着他的胸膛："饿了。"

"哪儿饿？"楚逸辰话中有话的询问，让顾筱筱觉得他这个人本质真的就是一个流氓！

"肚子饿！要吃东西！"顾筱筱没好气地回答他，突然间加大的声音让楚逸辰轻笑出声。

去厨房给她弄了点吃的，两人填饱了肚子，悠闲自得地打发着时间。钓了几条鱼后返回岸上，收拾了一下行李，准备启程返回B市。

登上特意前来接他们回去的飞机，顾筱筱有些恋恋不舍地看着外面。这座与世隔绝的海岛，不知道下一次过来会是什么时候。

经过十几个小时的行程，回到家的时候，顾筱筱有点头重脚轻。想到过几天他们还要在国内补办的中式婚礼，就有点头疼。

在顾筱筱看来，婚礼一次就够了。可是楚家的老大，也就是爷爷楚云飞不同意。老人家的想法肯定要尊重，而且N市那边还有很多楚云飞的老战友，因为年纪大了，没能去琉璃岛参加他们的婚礼，这也是要在国内再举办一次的一个原因。

时间流逝，很快就到了去N市的日子。

自己的孙子结婚，这对楚云飞来说可是天大的喜事。顾筱筱乖巧又听话，一直跟在楚云飞的身边，前前后后地伺候着，把楚云飞的那些老战友给羡慕得不得了。楚云飞看到他们的反应，也是得意得不得了。

但，在某人出现之后，一切都变了。

楚逸辰大步走到楼下，和白子洛四目相对。白子洛有些无奈地一笑，耸了耸肩膀，表示自己无能为力。站在白子洛身后的是一位老人。这是楚逸辰第一次和他见面，可是，楚逸辰认得他是谁。白安卿，白英杰的父亲、白子洛的爷爷。万万没有想到，他竟然找到N市来了。

楚逸辰的心一沉，顾筱筱现在正在楼上休息。白安卿的到来出乎所有人的意料，包括他，也包括楚云飞等人。楚云飞虽然和G市那边的关系不太好，可来者皆是客，对方千里迢迢从G市赶来，他自然要给些情面。

白安卿被迎进屋内坐在客厅里，他看着从楼上走下来的沈千云，微微一笑。沈千云脚步猛地一顿，以为是自己眼花看错了。确定坐在那里的人是白安卿后，她立刻走过去，问："你来干什么？"

一句话，把所有人都问住了。

和沈千云的不淡定相比起来，白安卿显得波澜不惊。

"来参加我孙女的婚礼。"直视着沈千云的双眼，他一字一顿地说道，"她人呢？叫下来。"

两人的对话像谜语一样，楚云飞等人面面相觑，没明白是怎么回事。

楚逸辰看着眼前的场面，觉得最坏的情况也不过如此了。他有点头疼地暗暗叹了口气，看向楚云飞几个，开了口："爷爷，这件事我稍后再和你们解释。你们先去楼上吧，等会儿再下来。"

客厅内，沈千云和白安卿彼此对视着。周围一片寂静，气氛有些冷。楚逸辰长话短说，三言两语把事情先告诉了楚云飞等人。

安承朗听完楚逸辰的话，觉得自己这趟N市之行，真的是没有白来。这个顾筱筱，究竟还要发生多少意外、要给他们多少的惊喜？一个"无父无母"的孤儿，不靠任何人的帮助就嫁给了楚逸辰，成为风扬集团的总裁夫人。这件事在大家的眼里已经够传奇的了，现在还要再加上一笔吗？顾筱筱是白家的女儿、是那个白安卿的孙女？这爆炸性的新闻，可是够各大媒体接连报道一个月的了。

顾筱筱此刻正在楚筱郝的房中，两人睡着午觉，对楼下发生的一切毫不知情。

"这么多年没见，你还是一样的不要脸。"面对着白安卿，沈千云一句好听的话都没有，"你孙女的婚礼？呵，谁是你孙女？你孙女早就已经死了，不在这里。"沈千云浑身充满了怒意。

白安卿面无表情地看着她，不肯退让："是我白家的血脉，就必须要回我白家认祖归宗。我已经调查过顾筱筱了，她的身份已经无须质疑。"

白安卿来势汹汹，大有这次一定要将顾筱筱带回G市的意思。

"只要我还活着，你就别痴心妄想！"沈千云的态度也很明确，不会让他如愿。

白安卿来N市的事，白英杰并不知晓。所以，当他知道白安卿去了N市见顾筱筱了的时候，赶紧给白子洛打了电话，问清楚是怎么回事。

"我最晚明天到，在我没到之前，看住你爷爷，别闹出什么乱子来！"

"唉！"白子洛一直站在楼梯的拐角处注视着楼下的动静，觉得白英杰是在强人所难，"爸，连你都拿他没办法，你觉得我真能管得住？"

"我不管你用什么办法，明白吗？"

"好，明白。"白子洛惆怅地点点头，觉得这个任务真的是太艰难了。

整栋别墅都笼罩在一种凝重的气氛中，顾筱筱和楚筱都睡了两个小时，迷迷糊糊地睡醒后，相互看了看彼此红扑扑的小脸，傻笑不止。

"好热呀，我去楼下拿点水果上来，你等着。"楚筱都起身出了房间，径直朝楼下走去。

虽然楚筱都说了让顾筱筱在房间里等，可顾筱筱睡得有点久了，想出去走动走动。她推门走到楼梯口，看了看楼下，不见楚逸辰，就转身走向书房。

"爷爷，我已经安排好了住处，咱们先去那边吧。"陌生而又有点熟悉的声音，吸引了顾筱筱的注意。她放慢脚步，疑惑地看向声音传来的房间，认真地想着这声音的主人是谁："筱筱最近身体不太好，还在休息，我们晚上再过来吧。"

"长辈见她，还要排时间、等她休息好？你是这个意思吗？"

顾筱筱站在门外，听着两人的对话，脑海里慢慢浮现出某个人的模样。

"爷爷，我不是这个意思，只不过……"白子洛耐心地劝着白安卿，想把他带离这里。

"她是我白安卿的孙女，我现在连见她一面都见不到？"

顾筱筱后退的动作再次停住。她脚上踩着拖鞋，因为慌张的动作，差点把她绊倒。

"小心！"不知何时出现在顾筱筱身后的楚逸辰手疾眼快地扶住了她。对上顾筱筱的视线，楚逸辰目光阴沉地说，"筱都在找你，我们回房去。"

"他、他们说……"顾筱筱表情迷茫地指了指房门，"说我……"脑子有点乱，顾筱筱支支吾吾，一句话说了几段也没说出重点来。

她刚刚听到的话，楚逸辰也听到了，自然明白她的意思。

"我们先回去。"楚逸辰没有否认，揽过顾筱筱的肩膀，两人转身想要离开。

这时，一直关着的房门也打开了。

开门声响起，顾筱筱条件反射地回头去看。在看到白子洛和他身后的老人时，脑子嗡的一下。

"站住。"白安卿开口叫住了两人。楚逸辰搭在顾筱筱肩膀上的手用力握紧，按得顾筱筱肩膀有点疼。看到顾筱筱正脸的一瞬间，白安卿整个人都僵住了。

太像了——她和那个已经死去了的人真的是太像了！如果不是身上的气势和那个人相比差了太多的话，白安卿几乎就要以为站在他面前的是顾婉婷。在顾婉婷的脸上，可从来见不到这种胆怯懦弱的神情，那个女人太强势了，也正因为如此，白安卿才十分不喜欢她。

"进来说话。"白安卿扭身走进房间，示意顾筱筱跟他进去。顾筱筱站在原地没有动，她回眸去看楚逸辰，楚逸辰点了点头。

事已至此，除了面对，没有其他的办法。刚刚听到了白安卿和白子洛的对话，顾筱筱心里多多少少也算是有了一点准备。她以为是自己理解有误，事情应该不是她听到的那样。到后来她才发现，是她太天真了。

"你姥姥可能没有告诉你，那这件事就由我来说。"白安卿话锋一转，直奔正题，"你姓白，是我白家的孩子、我白安卿的孙女。等这边的婚礼结束以后，就跟我回G市待一段时间再回B市。"

顾筱筱认认真真地听着白安卿的话，她自认为自己的接受能力以及理解能力都还不错，可为什么现在她听不懂白安卿的话？

"抱歉，我不太明白您的意思。"顾筱筱迟疑了一下，问，"您是不是误会了什么？"

"你是脑袋有问题吗？这智商和你母亲相比起来，可差了不是一点两点。"白安卿不悦且不客气地说道。

屋内的气氛冷住了，顾筱筱觉得胸口闷闷的："抱歉，我现在脑子有点乱，先回去了。"顾筱筱沉默了一会儿，然后抓起楚逸辰的手，逃也似的离开。

她头也不回地跑回自己的房间，坐在床上抱着枕头，目光呆滞地望着楚逸辰不说话。

她心里好乱，看楚逸辰的反应，是早就知道这件事的。或许，白英杰上一次到B市找他，为的就是这个。

"你还知道些什么？"和楚逸辰对视着，顾筱筱忍不住出声询问，"你还瞒了我些什么？你是不是早就知道这件事了？"

顾筱筱真的很讨厌那种感觉，所有的人都知道是怎么一回事，所有人都清楚她身上发生了什么，除了她自己。顾筱筱有种莫名的委屈感，为什么会这样呢？

"事情比你想象中还要复杂一些。如果可以，我是不希望你知道这些的。"

"可人都已经找上门来了，我还有路可退吗？"顾筱筱嘲讽地笑道，"每一次都是这样，我都是要从别人的口中听到真相。你说事情不是我想象的那样，那你告诉我，为什么我有父母却被扔到了孤儿院？为什么他们当年不要我，现在却又来找我？我想不明白，我又不是娃娃、不是玩具，为什么他们说要就要、说不要就不要？"顾筱筱的情绪有些激动，她刚刚在白安卿那边，就一直在隐忍着。现在没有外人，她就一点点地发泄了出来。

"你的确是白英杰的女儿，这件事我也是最近才知道的。"别人说的话顾筱筱有理由不相信，可楚逸辰说的话，她不能不信，"你不单单是白英杰的女儿，你还是沈千云的外孙女。"

已经忍了好久的眼泪，还是没出息地流了出来。当听到楚逸辰说那个人已经不在这个世上了的时候，她的心像是被人用力捅了一刀，痛得她整个身子都忍不住颤抖起来。

"你骗人！"顾筱筱泪眼蒙眬地看着他，一点都不想相信他的话。

眼泪打湿楚逸辰手中的纸巾，没法停止。顾筱筱扑进他的怀里，哭出了声。

她是沈千云的外孙女，她的母亲已经死了！这么多年，沈千云独自一人抚养着她，每每看到她这张脸，心里会是什么滋味？

顾筱筱从来没有像现在这样自责过，为什么她这么蠢？为什么她没能早一点发现真相？

楚逸辰抱着她，哄着她："姥姥现在只有你，所以你不能垮。白家那边我会去应付，你不想再见他们，谁也不能再逼你去见。"

轻轻抚摸着顾筱筱的头发，楚逸辰努力想给她安全感。至于顾婉婷的死因，楚逸辰是真的不想告诉她。有些事情一旦有了开头，有了线索，就会让人不由自主地往下想。

她的母亲过世了，为什么沈千云要断绝和以前的一切关系，不惜辞职不再画画、过着几乎隐姓埋名的日子？为什么沈千云听到她说有人帮她找到了亲生父母，反应会是那样的排斥？那个人是怎么死的？和白家那边有关系吗？

顾筱筱趴在楚逸辰的怀里，脑子不受控制地想着这些事情。她好怕，怕知道真相。可她也想，想知道真相。找借口离开了楚逸辰身边，顾筱筱步伐缓慢地朝着沈千云那儿走去。

站在沈千云的门外，抬起手想要敲门，又慢慢放下了。她深吸一口气，给自己打气，屋内却传来了沈千云和楚筱都的声音。"姥姥，你就不要生气难过了。白家那边太过分，我们都会护着你和筱筱的！"楚筱都愤愤不平地说，"还有筱筱那边，我们都会帮你保守秘密的。"

顾筱筱有点心虚地偷听着沈千云和楚筱都的对话，不知道她们还有什么事情瞒着自己。顾筱筱也知道自己这样做是不对的，可是好奇心作祟，她控制不了自己。把耳朵贴在门板上，静静地聆听着屋内的声音，顾筱筱的心越来越沉。原本心中的期待慢慢消失，取而代之的，是恐惧和愤怒。

屋内的两人全然不知她们的对话已经被屋外的人偷听了去，她们只是担心顾筱筱，讨论着如何能够不让顾筱筱知道已经瞒了她这么多年的秘密。

顾筱筱一步步向后退去，然后转过身大步跑下楼。她站在院子里四下张望着，不知道能去哪里。她脑子一片空白地蹲下身子，紧紧地环抱住自己，然后又站起来跑出了院子。

短短的十几分钟而已，楚逸辰没想到就是这十几分钟的时间，他一个没留神、没注意，顾筱筱就没了踪迹。

废弃的停车场内，顾筱筱蜷缩着身子坐在地上，这里没有人在，她可以放肆地痛哭流涕。她一直在哭，等楚逸辰找到她的时候，她下巴抵在膝盖上，双眼一直直视着地面，眼中的泪还没有流尽。

听到脚步声，看到一双长腿出现在面前，顾筱筱这才慢慢抬起头来看向来人。她只是想一个人静一静而已，为什么要来打扰她？为什么她想痛痛快快地哭一场都不行？

楚逸辰蹲下身子，抬手想为她擦擦脸上的泪珠。他的举动被顾筱筱阻止，将他在半空中的手打落，咬紧牙关，目光尖锐地看着他，像是一只被激怒了的、想要咬人的小猫。

看到顾筱筱这样，虽然不知道是发生了什么，可楚逸辰也多多少少能够猜到一些。心里做好了最坏的打算，楚逸辰再次伸手，轻声开口："大家都在找你，我们先回去，有什么话以后再说，好不好？"

"不好！"顾筱筱一向懂事听话，可今天，她只想任性妄为一次，"我不回去！我就要在这儿！你走，你别管我！"

顾筱筱拼了命地挣扎、捶打着楚逸辰。她扯过他的胳膊，用力地咬着。脑子里的某根神经似乎断开了、不受控制了。她只想发泄，除此之外，什么都不想理会。鲜血顺着楚逸辰的胳膊流下，猩红的血液流进顾筱筱的口中，让她稍稍找回了一些理智。慢慢张开口，顾筱筱目光颤抖地看着自己的杰作。

她咬破了楚逸辰的胳膊，可楚逸辰连眉头都没有皱一下。顾筱筱怕得身子发抖，她知道自己做错事了，她怕楚逸辰会生气、会不理她。

"好些了吗？"楚逸辰轻声开口，摸了摸顾筱筱有些凌乱的长发。

"对不起……"顾筱筱带着哭腔道歉，向后躲去，不想让楚逸辰碰触自己，"对不起，我不是故意的……"

"没事，没事，不怕！"楚逸辰抱紧顾筱筱，安抚着她不安的情绪，"老公不会骂你，老公最疼你对不对？乖，不哭了！"

楚逸辰的柔声细语，让顾筱筱更加愧疚。她盯着楚逸辰胳膊上那血肉模糊的伤口，然后慢慢看向他的眼睛，继续道歉。

面对着那张喋喋不休的小嘴，楚逸辰低头将她堵住。以吻封缄，这是最快捷也是最有效的办法。

楚逸辰今天的吻有些粗暴，顾筱筱被他吻得快要喘不上气来，他才松开了她："我们先回家，有什么事一会儿再说。姥姥在找你，找不到你，她会着急。"

许是被吓到了的缘故，许是已经清醒了，顾筱筱不再耍毛，她乖巧听话地点了点头，说了声"好"。

楚逸辰将她拦腰抱起，走回家中。见到沈千云等人后，楚逸辰直接说道："我和筱筱今天不在家里住，明天再回来。"

说完，他给楚筱都使了个眼色，示意她好好陪着沈千云。然后就带着顾筱筱上楼换了身衣服离开了。

到了酒店，顾筱筱坐在床上，脸上还有没擦干的泪痕。她抱着双腿，看着楚逸辰，不敢说话。楚逸辰垂眸看了眼胳膊上的印迹，笑了笑："这是我见过的最有创意的手表。"他说着走到顾筱筱的身边坐下，"现在心情好些了吗？"

有脾气就要发泄，比起顾筱筱一个人躲起来哭，楚逸辰宁愿她多咬自己几口。把顾筱筱抱到自己怀里，填补着他今天一直空荡荡的心，楚逸辰低头看着她："我们今天把话说开，我告诉你一切你想知道的事，但你要答应我，让我陪着你一起面对，不准再离开我的视线。"

她消失不见会让他抓狂，楚逸辰再也不想尝试那种感觉，一次都不想。眼前的这个人并不知道她对他的重要性，也并不清楚，他有多爱她。

"她是怎么死的，是抑郁自杀的吗？"顾筱筱突如其来的一句话，让楚逸辰目光一闪。"你刚刚才说过的，你说会告诉我一切我想知道的事。"见楚逸辰沉默，顾筱筱不悦地说。

"是自杀。"

"和白家有关系吗？"顾筱筱继续追问，"我母亲和白英杰到底是什么关系？我是他的私生女吗？"

"这一点……我并不清楚。"

楚逸辰说的是实话，顾筱筱认真地看了看他，确定他并不是在骗自己。宽大安静的房间里，两人有一句没一句地交谈着，直到说得顾筱筱倦了，才停了下来。

好累，心真的好累……顾筱筱已经不敢再去想沈千云了。也不知道这次回去后要以怎样的神情去面对沈千云。

自己的女儿因为抑郁症而死，自己的外孙女又得了同样的病。顾筱筱努力去猜测、去体会沈千云当时的心境，可她发现，她做不到，她做不到沈千云那么坚强。

楚逸辰寸步不离地守在顾筱筱的身边，整整三个小时，两人谁都没有说过一句话。相拥着躺在床上，身心疲惫过后，顾筱筱心中是满满的罪恶感。她抓过楚逸辰的胳膊，看着自己的杰作，觉得自己真是疯了。

"你太宠我了，这样会把我宠坏的。"顾筱筱发现自己的脾气越来越大了，以前的她是绝对不敢做出这种事的。而把她脾气养得越来越大的人，就是眼前这一位。

"坏到什么地步？"楚逸辰饶有兴趣地问道。

"今天咬你、明天骂你、后天打你，以后每天都是家暴，让你遍体鳞伤地去上班，连短袖也不敢穿。"

"若是那样的话，我倒是放心了。"楚逸辰的回答永远让顾筱筱意想不到，"连我楚逸辰都敢打的人，在别人面前自然也不会再吃亏。"

楚逸辰护短已经达到了一定的境界，顾筱筱长嘘一口气，不知道再说什么好了，就趴在他的胸前，小心翼翼地摸了摸他胳膊上的伤口。

他们本来是来N市办喜事的，是该开开心心的，可是现在看来，一团糟。

电话响起，屏幕上显示着"白英杰"三个字。楚逸辰看到了，顾筱筱也看到了。楚逸辰看向顾筱筱，顾筱筱却别过头去，一副赌气的样子。

楚逸辰无声地一笑，起身走到阳台接起了电话。得知对方已经赶到N市并且想见顾筱筱一面，楚逸辰婉拒了他："筱筱现在情绪很不稳定，不是见……"

"我见他。"楚逸辰的话还没说完，就被走到他身后的顾筱筱给打断了。顾筱筱声音很轻，不过很坚定。楚逸辰惊讶地回头看她，在看到她的神情后，皱了皱眉头。

"择日不如撞日，就今天吧！明天我们还要忙，没时间。"顾筱筱继续说道，"你和他约地点，我去洗个脸。"

顾筱筱说完，就去了卫生间，留下楚逸辰和白英杰交谈。

和楚逸辰出了门，驱车到了约定的地点，没想到白英杰已经等在那里。顾筱筱看着他，心里七上八下。这不是她第一次见他，这种心情却是前所未有的。

父亲吗？父亲这个词对顾筱筱而言太过陌生。正如她眼前的这个人一般，仿佛和她完全是两个世界的。

"坐。"白英杰看起来也有些紧张，他的视线紧紧地落在顾筱筱的身上，问，"想喝点什么？"

"白水就好，我一会儿就走。"顾筱筱轻声回答，看向楚逸辰，"你去那边等我，很快就好。"

楚逸辰点点头，深深地看了一眼白英杰，把空间留给他们。

白英杰看着顾筱筱，欲言又止。最后，还是顾筱筱主动开口打破了这份沉默，"我是私生女吗？"

"当然不是！"白英杰没想到她第一句会问这个，连忙否认，"谁告诉你的？不要信！"

"不是私生女……那为何所有人都不知道你们结婚的事情？还是说，你们从来就没有结过婚，而我，只是一个意外而已？"

顾筱筱会这么想，不是没理由的。如果白英杰和顾婉婷是光明正大地结了婚，那么就算顾婉婷逝世了，她也不该出现在孤儿院里，沈千云对白家的态度也不会那么排斥。

"不是的，你误会了。"白英杰着急地摇头，可又不知这话该从何说起，"我们是结过婚的，只不过……并没有办婚礼而已。"

隐婚，白英杰说的是这个意思。顾筱筱目不转睛地看着他，又问："那她是因为什么才会选择自杀的？"

白英杰身子一怔，没想到顾筱筱连顾婉婷是自杀而死都知道了。他沉默不语，在顾筱筱看来，更像是因为愧疚而说不出话来。

"是你们逼死了她，是吗？"冷冷一笑，她不可思议地看着白英杰，越发觉得自己的猜测是正确的，"既然你们不要她，那为什么又来找我？白家无后了吗？你们不是还有白子洛、还有你的儿子吗？"

顾筱筱知道她的话不好听，可她现在，真的只想说这些。"这么多年你们在哪里？我被人说成是没爸没妈的野孩子的时候，你在哪里？"顾筱筱一字一顿地问道，她心里特别不舒服，可她不想在他面前表现出来。她的软弱，绝对不能给他们看。

"我一直在找你，只不过……"只不过沈千云把她隐藏得太好了而已……

后半句话白英杰没法说出口，他表情难过地看着顾筱筱，一口气哽在嗓子，不知该说什么。

顾婉婷，这么多年，这个名字一直都是他的心结。那个聪明过人、笑靥如花的女子，他曾经在梦里见过她很多次，醒来后却发现她早已不在他的身边，甚至是不在这个世上了。

顾婉婷是在怀孕的时候患上的抑郁症，当时的白英杰一无所知。白安卿不同意他们两个人在一起，因为他心中有更好的选择。顾婉婷的性子十分倔强刚烈，她是个律师，很有名的律师，她能说会辩，经常让对手哑口无言。她喜欢唱歌喜欢跳舞，喜欢没事下厨给他做她新研究的菜品，喜欢在夜深人静的时候喝上一杯红酒，独自站在窗前让自己沉淀下来……

面对白安卿的频频阻挠，她从来没有低过头。她面对白英杰的承诺，义无反顾地选择和他领了结婚证、为他怀了孩子，可不想，最后……被逼上了绝路。

往事历历在目，白英杰低下头，不想让顾筱筱看到他眼中的痛苦。顾婉婷患了抑郁症的事情，没有告诉任何人。她几天几天地睡不着觉，每每一闭上眼睛，就会梦到有人要伤害她肚子里的孩子。

因为白安卿的势力太大，她和白英杰的结婚证被作废。她成了无名无分、见不得光的地下情人，而白安卿更是想要弄掉她肚子里的孩子，以免日后她会利用这个孩子来威胁白家。

顾婉婷被白安卿的人追捕着，那时的白英杰在执行秘密的任务，已经好几个月都没有露过面了。顾婉婷一个人从南边跑到了北边，不敢和任何人透露自己的行踪，甚至连她的母亲亦是如此。因为当初她选择和白英杰在一起，沈千云也是不大同意的。

当时的白家就是很多人眼中的豪门，沈千云见过白安卿，也知道白安卿并不喜欢她的女儿，所以，她不想要自己的女儿嫁去白家受委屈。

孩子是顾婉婷一个人生下的，她把女儿送去孤儿院的当天就自杀了。而那一天，也

212

是白安卿对外公布白英杰与另外一个女人即将结婚的消息的日子。

沈千云花了整整三年的时间，几乎跑遍了全国各地的孤儿院，终于找到了顾筱筱。她辞去了工作、搬离了故乡，到了一个没有人认识她的小城市，独自将顾筱筱抚养长大。如果可以，她这辈子都不想再见到白家的人、和白家有任何的接触。可惜天不遂人愿，最后，顾筱筱的存在还是被他们发现了。

顾筱筱看着沉默不语的白英杰，咬紧牙关，什么都不想说了。

站起身来，顾筱筱迎视着白英杰的视线，微微笑了笑。"你当初在G市救我的时候，应该就知道我的身份了吧？"想起白英杰指挥队伍将她从臧汉飞手中救出来的事，顾筱筱轻声问道，"你那时心里是什么感觉？"

白英杰语塞，顾筱筱继续微笑，又说："我姓顾，不姓白。我不会和你们回G市，也不想做白家的女儿。让你失望，我很抱歉。谢谢你曾经救过我一命，也谢谢你来参加我的婚礼，可你们的愿望，我做不到。"

顾筱筱转过身，背对着白英杰，坚定说道："不要再来打扰我们的生活，尤其是我的姥姥。如果你们伤害到她，那大家就谁都别想好过！"顾筱筱说完，走向楚逸辰。

两人走出大门，白英杰依旧坐在沙发上，注视着他们渐行渐远的背影，嘴角挂着一抹苦涩至极的笑容。

她真的是他们两人的女儿，刚刚她说话时的样子，简直和当年的顾婉婷一模一样……

走出茶馆，顾筱筱看向楚逸辰，低声开了口："我想回家，去见见姥姥。"

"不想明天再回去了？"

"我现在就想见她。"

"好，我们回家。"

开车回到楚家，来到沈千云的房间，两人四目相对，看得出，彼此都有些不知所措。

"姥姥，"顾筱筱垂下眼帘，低声开口，"我回来了。"

"筱筱……"

"姥姥，我今晚在你这里睡，可以吗？"抬眸看她，顾筱筱小心翼翼地问道。看到沈千云点头应允后，连忙拉着她的手躺到床上，熄了灯。

房间漆黑一片，顾筱筱目光阴郁，却没人能看得见。

"姥姥，我不会和他们去G市的。"抱着沈千云，顾筱筱幽幽地说道，"我会一直在你身边陪着你，哪儿都不去！"

沈千云不知道顾筱筱都知道了些什么，可是听到她说这些，心里还是有点不是滋味。

能做白英杰的女儿，应该是很多人都期待的一件事情。

"筱筱……"

"我今晚见白英杰了。"顾筱筱打断了沈千云的话，"他来N市了。我告诉他，我不姓白，不会和他走。"渐渐收紧抱着沈千云的手，顾筱筱很坚定地说，"姥姥你放心，我不会再让他们欺负到我们头上。妈妈的仇不能报，可我也不能原谅他们。"

妈妈。

这两个字从顾筱筱的口中说出，让沈千云瞬间有种想哭的冲动。

眼泪侵占着眼眶，无声地顺颊而下。沈千云闭上双眼，脑海里浮现出顾婉婷的音容笑貌。如果那孩子还在世上，能听到顾筱筱叫她一声妈妈，该有多好。

"姥姥你不要哭。"虽然看不到沈千云脸上的眼泪，可顾筱筱感觉得到她的呼吸变乱了，"妈妈虽然不在了，可是我还在。我会代替她好好活下去，好好照顾你。"

结束了N市的婚礼，顾筱筱返回了B市，回归正常生活。回来后，她不经意间发现，自己的银行卡里竟然多出了一大笔钱。数目太大，让顾筱筱没法忽视。打电话问了楚逸辰，并不是他给的零花钱，而楚云飞等长辈的红包也早就给了。她思来想去，想到了一个人——白英杰，这笔钱是白英杰给的。

钱，没人不喜欢。可不该是自己的钱，就算再喜欢也不能要。

白英杰接到顾筱筱的电话很开心，不过通话内容就让他很头疼。

"不好意思，我这几天比较忙，才看到银行卡的信息。你的钱我不能要，请给我一个银行账号，我会把钱打回去的。"顾筱筱开门见山地说出自己打这通电话的原因。

"这笔钱，是当作你结婚的贺礼。"白英杰想了想，终究没能说出"嫁妆"二字，"这是你应得的。"

"应得的？"顾筱筱听到这句话，微微一笑，"对于白家而言，我没做出过什么贡献。也请你不要觉得，单凭这些钱……就能买回来一个女儿。"

白英杰的意思顾筱筱明白，可她不能接受。顾婉婷的死、沈千云的恨，包括顾筱筱心底深处的难过，都让她无法接受白英杰的好意。

"我等下还有会要开，这件事就这么定了，我会尽快把钱还给你。"不想和白英杰说太多，三言两语后，顾筱筱挂断了电话。

顾筱筱和白家的关系剪不断、理还乱，她是白英杰女儿的消息传到徐明等人的耳朵里后，他们不约而同地都有同样的一种想法——以后一定还会有好戏看。

听说白家的老爷子亲自去了N市参加婚礼，在婚礼现场差点和楚云飞动手打起来。

这样的热闹让徐明几个都十分后悔，后悔他们没回N市目睹那难得一见的场面。不过这样一来，他们也就明白了，楚逸辰为什么会突然间把伴郎的位置给了一向和他关系不太融洽的白子洛。

自从上次和白英杰联系之后，顾筱筱就强迫自己不再去想白家的事情。奈何天不遂

214

人愿，她不想见他们，他们却主动找上门来。

这天下班刚到一楼，顾筱筱就看到公司门口蹲了两个小家伙。一个是七八岁的小男孩，他身边的女孩儿看起来要大一些，有十七八岁的样子。风扬集团加强了安保措施，他们无法进入，只能可怜兮兮地蹲在门口。见到顾筱筱，两人动作一致地站了起来。

"你是筱筱姐吗？"女孩儿有点紧张地看着顾筱筱，轻声问道。

顾筱筱疑惑地看了看她，微微蹙眉："沫儿？"

"嗯！"女孩儿用力地点点头，"我是叫白沫儿！姐姐知道我？"见顾筱筱不回答，白沫儿抿了抿有些泛紫的嘴唇。

这是顾筱筱第一次见到白沫儿，不过她身边的熊孩子顾筱筱之前倒是见过一次，从白子洛那里也听到一些关于他们的事情。

"我们是特意来B市见你的。"垂下眼帘，白沫儿小声说道，"我偷听了爸爸和爷爷的对话，知道你在这里。姐姐，你和我们回家好不好？"白沫儿说着话，伸手拽了拽顾筱筱的衣角。

"对不起。"顾筱筱没什么犹豫地拒绝了她的好意，"我虽然不知道你们两个都知道了什么，但是我想，事情应该不是你们想象的那样。"

带他们吃了点东西，把人安全送回酒店，顾筱筱给白子洛打了电话："那个白祁风和白沫儿我刚刚见过了，你什么时候把他们送回去？"

"他们去找你了？"白子洛惊讶，得到顾筱筱肯定的回答后，沉默片刻道，"沫儿心脏不太好，我不敢把她怎么样。家里那边已经派人过来接他们了，你再等两天吧。"

"心脏不太好？"

"嗯，先天性心脏病。身体一直不怎么好，所以家里人对她都是有求必应的。"

"很严重吗？"

"医生说活不过二十岁，还有三年的时间，谁也不知道结果。"

挂了电话，顾筱筱心情有点复杂。十七岁，正值花季。活不过二十岁……

脑海里浮现出白沫儿清纯可爱的脸孔，顾筱筱觉得有些可惜。多漂亮的姑娘，再过几年一定会出落得更加出色。怎么好端端的就得了这种病？

顾筱筱很惋惜，不过她也分得清立场。不和白家人有过多的牵扯，不让沈千云再难过，这是她现在最应该做的事情。

白沫儿两人很快就被带回了G市。在他们临走前，顾筱筱接到了白沫儿的电话，敷衍地应了几句。想到白沫儿的病，顾筱筱也不敢刺激到她。

这天晚上下班吃过晚饭后，楚筱郗躺在顾筱筱的怀里，两人一边吃零食一边看着电视聊天。

吃着吃着，楚筱郗忽然觉得胃不舒服，有点恶心，以最快的速度跳了起来冲向卫生间，她的动作把顾筱筱给吓到了。

"怎么了这是？"顾筱筱紧随其后，看着楚筱郗脸色发白的模样，觉得这画面有点眼熟。

"最近吃饭不稳定，胃不好。"楚筱郗的回答让她自己听了都是一愣。如果她没有记错的话，当初顾筱筱怀孕的时候好像也说过这话……

"我又没有男朋友，怕什么！"腰板一直，楚筱郗说得理直气壮。顾筱筱想了想觉得有理，就没放在心上。接下来的两天，楚筱郗却是越吐越来劲儿，吐得两人都心慌了。

"你这个月来了吗？"

楚筱郗想了想，动作缓慢地摇了一下头。"还没。"她犹豫不决地回答，"可我没男人啊，怎么可能是怀孕？你别用这种眼神看我行不行？你看得我都要怀疑自己是不是什么时候喝多，和哪个男人睡过了！"

楚筱郗的话让顾筱筱倒吸一口气。不管她怎么阻拦，顾筱筱愣是大晚上跑出去买了几个验孕棒回来。

"顾筱筱你是不是疯了！"看着她递给自己的东西，楚筱郗哭笑不得。

顾筱筱态度强硬地把她推进洗手间，警告："你要是怀孕了、不知道孩子的父亲是谁，我就打断你的腿！"

"你好烦呀！你等我一会儿把这玩意儿甩你脸上！"楚筱郗有点崩溃，可是不出一分钟，她就从崩溃变成蒙圈的状态，"筱筱，你这东西在哪儿买的？"

"药店啊，怎么了？"

"假的吧？"楚筱郗怀疑，"再给我一个！"

听她这么说，顾筱筱的心一沉，把剩下的几个全部给了她，然后，就是漫长的等待。

洗手间内，楚筱郗看着手上的验孕棒，腿软了。

她连个男人都没有，这孩子是哪儿来的？石头缝里蹦出来的？

楚筱郗靠在墙上站了十几分钟，才慢吞吞地走出去。看着顾筱筱小心翼翼盯着自己的模样，楚筱郗长叹一声，拍了拍她的肩膀，说："你等我睡着的时候再打，我怕疼，轻点！"

顾筱筱可没心情陪她开玩笑，冲进洗手间，看着扔在地上的东西，真的是快哭了。

两人心情都十分混乱、复杂，一站一蹲，对视了十几分钟后，顾筱筱才腿脚发麻地站了起来。两个元气大伤的人彼此搀扶着，回到楼上卧室。

房间内静悄悄的，楚筱郗有种没脸见人的感觉，她竟然怀孕了……躺在床上，她脑子一片空白。这怎么可能呢？这不可能啊！"我觉得，还是那验孕棒有问题。"她猛地坐起身来，目光阴沉不定地说，"我明天去趟医院再看看！"

"好，我陪你一块儿去。"顾筱筱连连点头应和，"现在假冒伪劣产品比较多，应该是假的。我们现在睡觉，明天一早就去医院！"

意见达成一致，第二天早上两人心惊肉跳地来到医院，心情简直比偷了东西被人抓住还要忐忑！

"是怀孕了。"医生的诊断，让楚筱郗都想砸了她脸上的眼镜。

"医生，孩子几周了？"顾筱筱故作镇定地问。在听到医生的回答后，快速地想了想楚筱郗那个时候在哪里。

一个月前，她们应该都在N市才对。

N市……

顾筱筱眉头一蹙，看向楚筱郗，缓缓说出一个名字："安承朗？"

"不可能！"楚筱郗猛地摇头，"是谁也不可能是他！"

"你确定？"

"我确定！"

"你真的确定？"顾筱筱的一再追问，让楚筱郗越来越心虚："我……确定。"

她和安承朗只不过是牵了手、接了吻而已，她又不是三岁小孩子，可不相信接吻就会怀孕的鬼话！

医生看向她们的眼神有点诡异，两人反应过来，灰溜溜地跑出医院，站在医院的大门外，仰头望天。

"这孩子不能要。"楚筱郗率先开口。她说着，转身又朝医院里面走去，想要把孩子流掉。

"你等等！"顾筱筱手疾眼快地把人抓住，用力拖走，"别着急！就算是不要，也得再过两天才行！你身子虚，得补补！我们先回家，然后再想对策！"

带着手足无措的楚筱郗回去，趁着她休息的时候，顾筱筱鬼鬼祟祟地拿出手机，走远后拨通了安承朗的号码："你现在在哪儿？"

"在家啊，怎么了？"听出她语气有点不对劲，安承朗疑惑地反问。

"我问你，在N市的时候，你碰没碰过筱郗？"扭头确认楚筱郗还在卧室里听不到，顾筱筱冷声问道，"就是她发烧的那个晚上！"如果说两人有可能发生什么的话，那也只剩下那个晚上了。

"嗯。"

安承朗的一声嗯，让顾筱筱既松了口气，又暴躁地想要骂人："你快点回来！筱郗怀孕了！"

顾筱筱不知道他们之间曾发生了什么，可她看得出来，楚筱郗还喜欢安承朗。

安承朗的父亲刚刚做完手术还没出院，他便心急地跑了过来，然后寸步不离地缠了楚筱郗大半个月，让她几乎崩溃。她难得有机会将他甩开，赶紧去找顾筱筱想对策。

"亲爱的，我有个建议你要不要听听看？"

楚筱郗目光微亮地看向她，连连点头。

"孩子毕竟是无辜的，我都知道那种失去的痛苦，也知道你肯定舍不得这个孩子，

217

不然你不会像现在这样浮躁。三个月，给你们彼此一个机会，也许事情并没有你想象的那么糟糕。你觉得呢？"握住楚筱郁的手，顾筱筱轻声安抚，"三个月后，不管你做出什么决定，我都支持你，也会一直陪着你。"

顾筱筱真的很了解楚筱郁，她的这些话也句句都戳中了楚筱郁的心。楚筱郁不想要这个孩子，也不忍心打掉这个孩子。三个月？三个月就能把事情解决？她不确定顾筱筱的办法是不是有效，可现在好像也没有其他的办法。

楚筱郁做了决定，稍稍安心了一些，顾筱筱闹心的日子却正式开始了。

白家人又来了B市，白沫儿在B大医院住院。她不知道从哪儿得到了顾筱筱的手机号码，联络了几次，说想要见她。没等到人后，就开始闹脾气了。

风扬集团楼下，顾筱筱刚和楚逸辰走到停车场准备去吃饭，就接到了白子洛的电话。白子洛说话的时候，白沫儿又在旁边开始闹了。尖锐疯狂的叫声，让顾筱筱无法想象那声音真的是从白沫儿的口中发出的。拿着电话的手微微握紧，顾筱筱垂下眼帘，被逼无奈，点了点头。

楚逸辰在一旁明白了怎么回事，开车直奔医院。还没走到病房，两人就听到了里面的哭闹声。白子洛等在门外，看到两人过来，终于松了口气。

屋内的白沫儿已经哭得喘不上气来，顾筱筱走进去的时候，她连嘴唇都是苍白的。一见到顾筱筱，她瞬间就安静了下来，可眼泪还是止不住地往下掉。

水杯被打碎，台灯被摔坏，花篮烂成了一团，水果也被丢得满地都是……如果不是亲眼看到，顾筱筱还真是难以相信这些事儿都是她一人所为。

"为什么一定要见我？"

"因为我想见你！"白沫儿回答得理直气壮，"我喜欢你！"

顾筱筱身子一僵，实在没想到她会给出这样的答案。

"你是我姐姐，我为什么不能见你？"

"你才见过我几次，怎么就喜欢我了？"

"见你一次就喜欢，怎么，不行？"白沫儿气呼呼地看着她，"我都跑来这边找你了，你干吗躲着我不见？"这孩子太耿直，问出的问题顾筱筱一个都没法回答。

两人大眼瞪小眼看着彼此，谁也不说话，楚逸辰的出现，简直解救了困境之中的顾筱筱："想吃什么？我去徐记给你买。"

她嘴馋，说过中午想吃那里的饭菜。

"有点远，在附近随便买点吧。"

"没事，我开车过去。"

白沫儿看了看他们两人的举动，马上反应了过来："姐夫好！"

楚逸辰轻笑一声，转身离开。白沫儿的情绪稳定了些，医生也敢过来给她打针了。

顾筱筱的晚饭是在医院解决的，九点多，她在白沫儿恋恋不舍的注视下离开了病房。

白子洛出来送他们，三人小声聊起白沫儿的病情："最近几个月身体越来越不好，这次手术若是能成功的话，还有可能多活两年，不然怕是难熬过今年。"

顾筱筱没多说什么，第二天清早，被楚逸辰送去医院。

白沫儿没想到她会这么早来看自己，高兴得不得了，连治疗都十分配合："从记事开始，我就已经是医院的常客了。我知道姐姐不喜欢我，可我还是想多见见你，多和你待一些时间。"

"为什么？"顾筱筱实在不明白这丫头的心思。

"因为你是我的家人啊。"顾筱筱被白沫儿说得身子僵硬，"我知道你妈妈不在了，可是我们还在。嗯……可能我很快也会不在了，所以我想多见见你。我从小就希望有个姐姐，子洛哥对我一点儿也不好，不陪我玩儿！姐姐，你多陪陪我，等我死了以后见到你妈妈，我替你多陪陪她，好不好？"

顾筱筱低头看着她的笑脸，听着她的话，眼圈一下子就红了。

我可能很快也会不在了……她到底是以什么样的心情说出这样的话？

顾筱筱吸了吸鼻子，发现自己真的没办法厌恶这个孩子，就算她姓白，是白英杰的女儿。她抬手摸了摸白沫儿柔软的长发，这是顾筱筱第一次对她做这个动作。

白沫儿目光一抖，有些愣怔，然后脸上露出一抹灿烂的微笑。

在医院陪了白沫儿两天，终于到了手术这天。手术很成功，顾筱筱心里也松了口气，有心情去想别的事情了。

日子一天天过去，白沫儿身体恢复得很好，不知不觉就到了该回G市的日子。

顾筱筱这天来到医院接她吃饭，却意外地见到一个很久没见到的人——金婧。

自从金氏集团破产、金峰入狱之后，金婧就彻底没了消息。听说沐云帆已经去了美国，没有再和她在一起。因为家里欠了太多钱，她现在已经沦落到做援交的地步。

想想之前发生的事情，顾筱筱释怀地一笑，装作没有看到她，径直离开。

带着白沫儿到了饭店，楚逸辰已经等在包间。

"姐夫，你什么时候有时间带姐姐去G市玩？"说不动顾筱筱，白沫儿就把主意打到了楚逸辰身上。

"看她什么时候有时间。"楚逸辰不动声色地把问题推回，狡猾得不得了。

几人说着话，饭菜很快就被送了过来。顾筱筱没什么食欲，胃里一直不舒服，有种想吐的感觉。

"怎么吃得这么少？"发现顾筱筱没吃什么东西，白沫儿就一个劲儿地往她的盘子里夹菜，"姐姐你要多吃一点，多吃饭，身体才好才不生病。"

顾筱筱点头，可吃着吃着脸色就有点不太对劲，"唔……"她捂嘴起身，目光慌乱地四处寻找着垃圾桶，找到以后，赶紧跑了过去。

白沫儿被吓得一愣，不敢上前。

一顿饭吃得波折，吐过之后就彻底没有胃口的顾筱筱静等白沫儿吃完，送她回医院。

"干什么去？"离开病房，顾筱筱被楚逸辰拉着手往楼上走，"我们不回公司吗？"

"等一下再回。"

心急地来到妇产科，顺顺利利见到医生。顾筱筱躺在床上，紧闭着双眼，她也不知道结果如何，心里紧张得不得了。如果她今天只是因为吃得不舒服才吐的话，那可怎么办才好……

时间一分一秒地流逝，顾筱筱迟迟听不到医生开口说话，就偷偷睁开一只眼睛瞧了瞧。

"医生，有什么问题吗？"她小声问道。

"嗯，是有点问题。"医生的回答让她的心猛地一沉，不过随后的一句话又让情势改变，"恭喜楚夫人，你怀孕了。"

现在的医生都这么喜欢吊人胃口吗？顾筱筱瞬间睁大双眼，有些不确信地看着他："你确定？"

"很确定。"知道这两位是大人物，自然得好好给检查才行，万一闹出什么乌龙，说不定自己的工作都要不保，她哪敢信口胡言？

顾筱筱眨了眨眼睛，看向了一旁的楚逸辰。他靠在墙上，长腿舒展，一手插在口袋里，一手拿着手机，正看着她笑。

顾筱筱慢吞吞地从床上坐起来，低着头不说话。倒是楚逸辰问了医生很多需要注意的事项，比她这个孕妇还要负责。

怀孕了？满脑子想的都是这个事情，顾筱筱步伐缓慢地朝着停车场走去。因为医生刚刚说的话，她整个人身心都是放松的，甚至觉得连脚步都是轻盈的。

"逸辰……"

"嗯？"低头看着身边的人，楚逸辰揽过她的肩膀，问，"怎么了？"

"我们是要回公司还是回家？"

"你想去哪儿？"

顾筱筱想回公司，因为还有好多工作要做。但她又觉得以她现在的这种状态，估计就算到了公司也是什么都做不了的。

诚实地摇摇头，顾筱筱给不出答案。楚逸辰目光一闪，低下头来，在众目睽睽之下吻了吻她的嘴角，然后看着她泛红的脸颊，问："现在呢？想去哪儿？"

顾筱筱有点恼羞成怒地瞪了他一眼，加快脚步往前走，又被他给拽了回来。

白沫儿吃完饭回来就觉得有点闷，也没在病房里待着，而是一个人无聊地在外面散步。走着走着，她忽然看到前面有两抹熟悉的身影。定睛一看，那不正是顾筱筱和楚逸辰吗？

白沫儿不由自主地跟在他们身后，看着他们走到了停车场，看着顾筱筱想打开车门上车，看着楚逸辰将她抱在怀里，低下头，两人缠绵热吻。

白沫儿躲在角落里，目不转睛地看着他们，回过神来的时候，两人已经开车离开了。

　　"姐夫对她还真是和对别人不一样啊……"白沫儿抬头望天，幽幽叹道。

　　只要有顾筱筱在，他的视线就基本上都在她的身上。就算是看别人，眼神也是完全不同的。

　　过了一会儿，白沫儿小脸上泛起一丝笑意："算了，对姐姐好就行。"

　　她高高兴兴回了病房，住了最后一晚，就到了她回G市的日子。

　　"姐夫今天怎么没来？"没见到楚逸辰，白沫儿有点不高兴，"我都要走了，他也不来送我！"

　　"公司今天有重要的事情，所以耽搁了。"

　　"那下次我再来的时候，要让他来接我才行！"白沫儿想了想，认真地讨价还价。

　　"好好好，都依你。"

　　送走白沫儿，顾筱筱回了一趟公司，把昨晚赶出来的文件交给同事，就回家去休息了。

　　两次怀孕，她已经摸清楚了自己的身体状况。在第一次吐之前，她基本上是没有什么反应的。但只要吐了一次，之后的情况就惨不忍睹了。肚子里的小家伙还是一样的闹腾，丝毫没有心疼顾筱筱的样子。楚筱都那边也没好到哪儿去。

　　每天看着两人吐，什么东西都吃不惯，楚逸辰和安承朗没有办法，思来想去，只好把沈千云给请了过来，选择坦白。

　　在沈千云的眼里，楚筱都也是外孙女一样的存在。两个宝贝丫头都有了喜，这对她而言，毫无疑问就是双喜临门。命她们好好休息，沈千云就出门买菜去了。

　　沈千云离开后，顾筱筱两人上了楼，在床上打滚，开心地聊天，直到看到某条和她有关的新闻……

　　白沫儿自从回了G市，电话信息就一直不断。她每天都在恳求顾筱筱去G市，在顾筱筱明确拒绝之后，胆大包天地联系媒体曝光了顾筱筱的身世。

　　顾筱筱身份被曝光，引起了很大的轰动，连风扬集团的股价都受到波及，直接奔着涨停板去了。看着网页上的图片和文字，顾筱筱眉头紧蹙，一连郁闷了几天，终于迎来了楚逸辰的生日。

　　这天一早，他接了个电话就匆匆离开了，一整天都没有踪影，连私人手机都是关机状态。顾筱筱有些不安，等了他一天，晚上八点半，楚逸辰终于回到了家。

　　他似乎也知道自己今天的行为有些诡异，想要和顾筱筱解释。刚一靠近，就被她冷眼推开了。顾筱筱不可思议地看着他，表情僵硬了一下，开了口："你去见凌千羽了。"

　　她用的不是疑问句，而是很肯定的语气。女人的第六感，有时会准到让人后背发凉。

凌千羽身上的香水味道，顾筱筱一直记得很清楚，从第一次见她就记得清清楚楚。或许是怀孕了的缘故，嗅觉变得格外灵敏。她胃里有点不舒服，却强忍着和楚逸辰对视。

"我今天是见她了，不过是有原因的，你听我解释。"

"所以你电话关机，也是为了她？"

她的丈夫在生日当天和前女友在一起，她却连他的电话都打不通。如此一想，顾筱筱便没法让自己保持平静。

看着楚逸辰沉默，她更加确定自己的想法，咽了咽唾液，把所有的不满打碎了咽进肚子里："我不管你和凌千羽见面是出于什么目的、什么原因，总之我不喜欢你和她在一起。当然，你可以去见，但是请不要再让我知道，这是我唯一的请求。"终究不是那么心胸宽广的人，至少，她不愿意看到自己的丈夫出去和曾经相处六年的初恋见面。

楚逸辰重重地叹了口气，有些事他不是不想说，而是不能说，怕顾筱筱会想得更多。他今天是去见了凌千羽，而且后天他还要和凌千羽一起去趟美国。

看着躺在床上蜷缩着身子的小东西，他缓步走过去将她抱住。顾筱筱因为他身上的香气而挣扎，满脸不高兴。

"去年对我而言，最好的生日礼物是你；而今年，则是你和肚子里的孩子。"摸着顾筱筱柔顺的长发，楚逸辰在昏暗的灯光下看着她，悠悠开口，"我知道今天关了手机、失踪一天，对你来说是很难接受的事情。但事出有因，我也没有办法。凌千羽做了警方的污点证人，想要扳倒她，必须要先保护她。"

"所以你今天和她在一起，就是为了这件事？"凌千羽想和警方合作，却联络了楚逸辰。说明什么？说明她信任楚逸辰。

"是因为这件事没错。而且，我还需要和她去一趟美国。"有些事情早晚都要说，那就干脆都在今晚说了吧。

顾筱筱紧紧地握着拳头，指甲都嵌进了肉里也浑然不知："注意安全，我等你回来。"除了这句话，她想不出还有什么可以说。

转过身去，顾筱筱无奈地苦笑。他们是为了正事聚到一起，她又有什么理由阻止？

楚逸辰眉头紧皱，望着她侧身入睡的模样，心情复杂。他也是最近才知道，凌千羽究竟都做了些什么。凌千羽的父亲是缉毒警察，当年死在John Cena手上。如今凌千羽为John Cena卖命，究竟是为了钱还是为了什么，楚逸辰不愿去想。他一向宠溺顾筱筱，这一次却让她伤了心，还想不出解决的办法。因为要还白子洛的人情，这个案子必须要破，他也必须去美国。

楚逸辰走的时候顾筱筱没有去机场送他，日子就这样不咸不淡地过了两天。第三天的时候，她收到了一张照片。

"宝贝儿，你怎么了？"楚筱郗正和顾筱筱兴高采烈地说着话，见她看着手机，表情一僵，好奇地凑了过来。

顾筱筱后知后觉地闪躲，可照片还是被楚筱郗看到了。

照片上的人是凌千羽和楚逸辰，而且很明显是凌千羽偷拍的。即便如此，也掩盖不了他们两个在一起的事实。照片上的楚逸辰疲惫不堪地坐在沙发上睡着，凌千羽歪着头，轻轻亲吻着他的侧脸。

她是故意这么做的，她只想刺激顾筱筱。顾筱筱完全明白她的意图，可是……

深吸一口气，顾筱筱用力咬紧牙关："他们两个怎么会在一起？"

楚筱郗手疾眼快地抢过电话，不敢相信自己看到的事实："这到底是怎么回事？我哥是和凌千羽一起去的美国？"

"嗯，我早就知道这事儿了。"顾筱筱牵强地笑了笑，想拿回自己的手机，"他们有重要的事情要办，逸辰提前和我说过。"

"重要的事？"楚筱郗目光一闪，忽然想到楚逸辰生日那天一整天都不见踪影的事。

楚筱郗后背发凉，看着她又问："他生日那天是不是和凌千羽在一起的？"

"不是。"

"顾筱筱，你连我也骗？"说不上为什么，可楚筱郗就是特别肯定顾筱筱是在说谎。

楚筱郗气得咬牙切齿，也不理会美国现在是什么时辰，拿起手机就给楚逸辰打了过去。"我不管你现在在哪里、干什么、和谁在一起，我只想告诉你，别再让凌千羽给你老婆发照片了好不好！"电话一通，听见楚逸辰的声音，楚筱郗就厉声说道。

"照片？"楚逸辰差不多两天没好好睡觉，头痛地按了按太阳穴，没明白她说的是什么。

"对！没错！照片，和你的合影！你真该庆幸自己不是脱了衣服躺在床上，不然我看你怎么解释！"

楚筱郗的话让楚逸辰一下子就清醒了，他明明已经锁好了门，凌千羽是怎么进来的？

挂断电话，楚逸辰来到凌千羽的房间外。

房门很快打开，他看着凌千羽，用力拽过她的手腕，把她拖进了屋里。

"有话好好说，这是干什么？"凌千羽轻笑着看他愠怒的神情。如果不是知道他不打女人，她还真担心自己今天会被他打残呢！

"你给筱筱发了什么照片？"

"哟，这么快就来告状了？"凌千羽一点儿都不意外楚逸辰说的话，"哭了没有？她怎么说的？"

"我警告过你，不要再招惹她！"楚逸辰愤怒得像是一只狂躁的狮子。

凌千羽看着他，脸上的笑容一点点消失。

"我已经订好今天回国的机票，剩下的事情你就自己搞定吧，我不会再陪你了。"

松开凌千羽的手腕，楚逸辰转身要离开。

"楚逸辰，你就这么把我扔下了？"凌千羽不可思议地开口问道，"就因为你的小妻子来告状，说她不高兴了，你就要回去？"

快速跑到他的身后，凌千羽将他牢牢地抱住："我不让你走！我就算死了你也不管吗？你和她才结婚一年而已，你怎么就对她这么死心塌地？我离开这么多年，你难道就从来没有想过我吗？"

"放手！"楚逸辰不耐烦地扯下她的手，转身看向她，"不要再提以前的事情，也不要拿你和她比！这是我最后一次帮你，以后我们不会再见！"

凌千羽踉跄着向后退了两步，她万万没有想到，他竟会说出这样的话。

"你我的确曾经在一起六年，我和筱筱也的确才在一起一年而已，可是时间代表不了一切。我爱她，只要她要，我甚至愿意把所有的资产全都转移给她。你现在明白她对我的重要性了？"

看着凌千羽微微颤抖的身子，楚逸辰继续警告道："如果知道了，就聪明一点！她若有什么三长两短，就算John不动你的家人，我也会动。我从来不是什么好人，你最清楚。"

说完话，楚逸辰大步离开，前往机场。

漫长的十几个小时，下了飞机，楚逸辰直接打车回家。因为没有提前打招呼，所以他的出现让楚筱都等人都惊讶不已。

"筱筱呢？"环视了客厅一圈，没看到顾筱筱的身影，楚逸辰紧张地问道。

"有点感冒，刚喝了热水，在楼上睡觉。"楚筱都没好气地回答，"你还知道回来？我以为你是想在美国醉生梦死，过个逍遥的假期再回来呢！"

她对楚逸辰冷嘲热讽，若是不知道的人，定会以为她不是楚逸辰的亲妹妹。

楚逸辰上了楼，动作轻盈地打开房门，看到床上的人。

顾筱筱烧得难受，一直睡得迷迷糊糊。感觉到有人来了，她缓缓睁开双眼。在看到是楚逸辰后，怔了怔神。

"怎么烧得这么厉害？去看医生了吗？"

"我想睡觉。"顾筱筱答非所问。

楚逸辰听后眉头一皱，床头柜上没有药，倒是水杯已经见底了。他起身拿着杯子离开，倒了杯水重回房间，随手把门锁好。

顾筱筱坐起身来，接过水杯一口气喝了大半杯水，然后身子往后一仰，啪的一下倒在床上，扯过被子将脸蒙住，转过身去要睡觉。

看着她孩子气的举动，楚逸辰无声地一笑，掀开被子躺到她的身边。

久违的怀抱让顾筱筱的身子僵了僵，楚逸辰就知道她是睡不着的，支起身子将她压在身下，看着她不悦的样子，出声问道："想没想我？"

顾筱筱小脸紧绷着，看不出喜怒哀乐，一双眼睛却掩不住心中的情绪。

"凌千羽的事情已经处理完了，我以后不会再和她见面。"摸着顾筱筱发烫的额头，楚逸辰心疼地说道，"这几天委屈你了，以后不会再发生这样的事情，不要再和我生气了，好不好？"

"我没生气。"

"口是心非！若是真没生气，早就扑过来抱着我了，哪会对我这么冷淡？"楚逸辰苦笑。

顾筱筱红唇紧抿，不回答他的问题。她连呼吸都是热的，身子却冷得瑟瑟发抖。楚逸辰感觉到了，低下头，撬开她的贝齿，攻城略地。

顾筱筱鼻子本就不太顺畅，楚逸辰吻得她快喘不过气了，可还是紧抱着她不放手。

用力咬了下他的舌头，努力将他推开，顾筱筱微喘着看他，沉默了片刻，憋出一句话来："你好烦！"

楚逸辰轻笑一声，躺下把她拥入怀中，空荡荡的心总算被填满。

"下次不管去哪儿，一定要把你带上才行。"抱着怀里的小暖炉，楚逸辰轻轻合上双眼，"没有你的话，我连觉都睡不好。"

"可是我看你睡得挺踏实的。"连有人进房间偷亲了你都不知道。

"疏忽了。"楚逸辰无奈地解释，"自从到了美国就没在床上躺过，那天本来锁了房门，没想到她手上有钥匙，还拍了照片给你看。"

低头看了看顾筱筱，楚逸辰在意地问道："手机呢？让我看看她发了什么。"

"楚逸辰你故意气我是不是？那种照片谁想看第二次！"顾筱筱仰头和他对视，看到他眼底若隐若现的笑意时，才发现自己上当了。

"可我还一次没看过。"楚逸辰无辜地说道，"在哪儿？给我看看。"

"在筱都那儿！"顾筱筱气愤地回答。自从凌千羽找了她以后，楚筱都就把她的手机没收了，再也没还给她。

楚逸辰起身去拿手机，看了眼照片，邪佞地一笑，重新回到床上，不由分说，再次吻住顾筱筱因为呼吸不畅而微张的红唇。

"唔……"顾筱筱双眸瞬间睁大，因为发现了楚逸辰惊人的举动。

"你要干吗？！"

"偷拍的照片有什么好值得炫耀的？"楚逸辰一手搂着她，一手将刚刚拍的照片发给了凌千羽。

照片发送成功，楚逸辰随手把手机扔到一旁，调整了一下姿势，抱住顾筱筱依旧发烫的身子，低声哄道："先睡一觉，醒了以后还不见好的话，老公带你去医院。"

顾筱筱瞥了眼那边的手机，又看了看身边的人，眨了眨眼睛，没说话。

好烦！他真的好烦！对她冷淡的人是他，对她温柔的人还是他。可最烦的是，顾筱筱发现自己真的没办法拒绝他。顾筱筱知道自己心中有气，但她更加知道自己对楚逸辰的感情。爱他，离不开他，只要他稍稍示好，她就觉得自己要败下阵来。这样下去，怎么得了……

顾筱筱思绪有些混乱，熟悉而温暖的怀抱却让她渐渐平稳，沉沉睡着。

一觉睡到晚上七点，顾筱筱醒来的时候，还躺在楚逸辰的怀里。他还在睡，看得出他这几天应该很累。顾筱筱偷偷看了他一会儿，慢慢起身，走出了房间去找楚筱都。而楚逸辰醒来后第一件事，就是抛下楚筱都这个嘴馋的，带顾筱筱出去吃饭。

无视顾筱筱的抗议，拉着她出门，开车离开住处，楚逸辰就不再是那个楚逸辰了。

车子停在路边，顾筱筱被他弄得浑身瘫软无力，呼吸急促。

手忙脚乱地系好衣服，担心地看了看窗外。她有点开始怀疑，他是不是故意选的这条路，这么偏僻，连个人影都见不到。

"你不是说饿了？"顾筱筱伸手去推又要凑过来的楚逸辰，心惊肉跳地提醒道。

"是饿了，不过有什么会比你更好吃？"楚逸辰笑得狡诈，顾筱筱连忙坐直了身子，"不行不行，还没到三个月，不行！"

"那老婆的意思是过了三个月就可以了？"楚逸辰挑眉微笑，"还有不到一个月，我等着。"

他的话让顾筱筱反应过来，觉得自己又上当了，冷哼一声不再理他。

带她去吃了东西，顺便给楚筱都打包。回到家后，楚逸辰有意在顾筱筱面前脱下衣服，露出受伤的手臂。

"怎么弄的？！"顾筱筱惊呼一声，忘了自己在和他冷战，心疼得眉头紧皱在一起。

楚逸辰见这招好用，便趁着顾筱筱心疼之际，乘胜追击。抱着她坐在自己腿上，认真地看着她的眼睛，轻声说道："生日那天事发突然，来不及通知你，只能先关机。白子洛也在，不信你可以问他。美国那边实在危险，我不能让你过去。"

顾筱筱眉头紧蹙，小心翼翼地碰了碰那青紫的地方，仿佛没听见他的话："还疼吗？"

"不疼。"握住她的手，楚逸辰神色凝重而认真地说，"不要怀疑我对你的感情，也不要再拿自己去和凌千羽比。我是喜欢过她没错，可那已经是过去的事了。若是真的爱她，我老婆怎么会变成你？"

顾筱筱不知道楚逸辰这几日在美国是怎样的心神不宁。他知道她缺乏安全感，但她不知道他也会如此。

顾筱筱的冷漠、疏离以及防备、无视，对楚逸辰而言是一种煎熬。如果让他说自己有什么弱点的话，那他一定会毫不犹豫地想到她。

甜言蜜语……顾筱筱对这个真的是没有什么抵抗力，可心里又觉得不平衡。

"我爱你。"附在她耳边，他温柔告白。在顾筱筱嘴角微扬之际，提出要求，"说你也爱我。"

"不爱。"

"那我就不准你回公司上班。"楚逸辰知道她的弱点，坏笑道，"也不准B市任何一家公司录用你。"

"你幼稚！"

"快说！"

被他视线灼灼地凝视着，顾筱筱脸颊微红，垂下眼帘，沉默了一会儿，慢慢将他抱住："我爱你！很爱你！"

休息一夜，楚逸辰第二天早早到了公司。他不在的这些天，徐明可是忙坏了。徐明想不通，为什么自己操着总裁的心，赚的却是副总裁的薪水。

"楚逸辰我跟你说，我一定要休长假。"他严肃而认真地看着楚逸辰，提出自己的要求。

"好。"楚逸辰头也不抬地答应，让徐明喜出望外。楚逸辰什么时候这么好说话了？

"你今天回去吧，明天再过来。"楚逸辰接下来的话让徐明重回了现实。他就知道，想在这人身上找便宜，不是那么简单的事。

一天的假期也是假，徐明不客气地下楼准备回家。

缓步走向大门外，徐明一边走着一边看向会客厅。上午十点多，一般这个时间会客厅里面都是没人的。可现在那里面坐了个小丫头，看起来还有点眼熟。

徐明快速想了想，然后就想到了她的身份。他加快脚步走了过去，微皱眉头问道："你在这儿干什么？"

"是你！"白沫儿想起他是谁了，快速站起身来，恳求地看着他问，"筱筱姐在吗？我要找她！"

"你找她，不会给她打电话？"

"我电话丢了，不记得她的手机号，就只能来这里等。"她是一个人偷着跑来B市的，不知道顾筱筱的住处，只能来这里找人。可是找了好几天，也不见顾筱筱的踪影。

徐明没办法，只好先带她上了楼，把她带到楚逸辰面前。

楚逸辰看到白沫儿，也有些意外："你什么时候来的？"

"快一周了。"白沫儿见到熟悉的人，开始委屈，"我天天来你们公司，可是一个认识的人都见不到。姐夫，你和姐姐都不上班的吗？"

"我最近出差，昨天才回来。"楚逸辰有点头疼，她才回去多久，怎么又跑过来了？"先坐一会儿，等下我送你过去。"

"谢谢姐夫！"白沫儿心中的阴霾一扫而光，老老实实地坐到沙发上看着他工作。一边看一边想，这男人长得还真是好看。

忙了一个多小时，楚逸辰把她送到公寓。顾筱筱本来吃完饭正打瞌睡，一见到她，立刻就清醒了。

见到顾筱筱，白沫儿一头撞进她怀里，力气之大，撞得顾筱筱踉跄向后退了两步。好在楚筱郗在一旁，手疾眼快地扶住了她："小祖宗你慢点！"

白沫儿才不管她说什么，抬头看顾筱筱，质问道："你怎么都不回我微信？我都来一周了，也见不到你人影！"

"我最近没上微信。"顾筱筱被她瞪得有点蒙，"你怎么不打电话？"

"我手机丢了，没有你号码。"白沫儿瘪瘪嘴，有点委屈，"我还以为你不理我了。"

白沫儿用力抱着顾筱筱，勒得她有点难受。楚逸辰看出来了，便走了过来，把顾筱筱拥入怀里，低头亲了亲她，然后离开。

楚逸辰走后，顾筱筱问清楚白沫儿住哪儿，带她回酒店取了行李退了房。接着又给出门见朋友的沈千云打了电话，谎称自己要出门旅游，让司机接她回老宅去住。

楚筱郗为了不打扰她们姐妹说话，回自己家睡觉去了。顾筱筱躺在床上，白沫儿凑到她的身边，枕着她的胳膊，一条腿随意地骑在她的身上，和她聊着天。聊着聊着，就聊到了怀孕的事。

白沫儿很兴奋，到了晚上还是如此。最后还是被楚逸辰命令回房睡觉，才老老实实地离开顾筱筱的身边。她怕楚逸辰，楚逸辰的话她自然会听。

夜深人静，睡在楼下客房的白沫儿，迷迷糊糊地起床出来上厕所，无意中看到书房的灯还亮着，便打着哈欠朝那儿走去。

里面有人吗？她有点好奇地把耳朵贴在门上，想听听里面有没有什么动静，不想，却听到了楚逸辰和顾筱筱的对话："乖宝贝儿，让老公亲亲。"

低沉优雅的声音，让白沫儿的心一提。

"你别闹……唔……"

顾筱筱隐约的呻吟声，让白沫儿面红耳赤。她想转身离开，脚上却像是长了钉子，动弹不得。

"还有一周，小东西，看我到时怎么收拾你！"过了许久，里面才又传来楚逸辰的声音。

"到时我就去和沫儿一起睡，看你怎么办！"

"她要是耽误事儿，我就把她打包送回白家。"楚逸辰毫不客气地说。顾筱筱疼白沫儿，他可不疼。

门外的白沫儿听到这话，暗暗冷哼一声，转身离开。

这男人，人前人后还真是两个样子。这么会哄女人开心，肯定是个花心大萝卜，以前练出来的！想送自己走？他想得美，门儿都没有！

白沫儿去厕所坐了一会儿，再出来的时候，正巧碰上楚逸辰抱着顾筱筱上楼。看着两人的背影，她摇摇头，回卧室睡觉。可是躺了好久都没什么睡意，脑海里全是那两人。

晚上睡不着，白天自然起得就晚。白沫儿醒来时，楚逸辰已经不在家了。顾筱筱和楚筱郗都坐在客厅轻声聊着天。她们似乎打算出去逛街，决定之后，顾筱筱来到衣帽间，挑选服饰。

"咦？好漂亮。"白沫儿尾随其后，看着梳妆台上的首饰柜，惊叹。

顾筱筱的饰品不多，可每一件都十分精致，并且价格不菲。

"喜欢哪个，送你。"

"真的？那……我要这个！"白沫儿选了选，最后挑中一款戒指。

顾筱筱看后，摇头拒绝："这个不行，这个是逸辰送我的婚戒。"

顾筱筱有两套婚戒，第一套是她生日的时候楚逸辰送的，第二套是结婚的时候他特意去找珠宝大师定制的。

把几个戒指拿出来，顾筱筱示意剩下的她可以随便选。

"这些都是姐夫送的吗？"白沫儿有点不舍地看着顾筱筱手里的东西，见她点头后，叹道，"姐夫眼光还真是好。"

"那是，不然也不会和我结婚。"

"……你脸皮好厚呀！"白沫儿吐吐舌头，冲她做了个鬼脸，随便拿起一个戒指就套在手上，"这是你送我的第一个礼物，我戴着好看吗？"扬起纤细的手指，白沫儿期待地问道。

"好看，沫儿戴什么都好看。"

收拾完毕，几人一起出了门。晚上回来的时候，顾筱筱意外地在家中见到白子洛。

白子洛见到白沫儿，眉头紧皱。他最近忙得很，因为一些事情，常用的电话一直是关机状态，也不曾和家里联系过。所以白沫儿到这边来，他是不知道的。

"你怎么又跑过来了？"

"我来怎么了？我来又没吃你的、喝你的、住你的，连我姐夫都没说什么，你跟我瞪什么眼！"白沫儿不甘示弱地看着他，不高兴地说道，"你再敢用这种语气和我说话，我就给爷爷打电话，让他骂死你！"

白子洛张张嘴，觉得说什么都是徒劳。他本想今天带她走的，可看这架势是不可能了。

顾筱筱对白沫儿住在这儿倒没什么意见，反正她最近身体挺好，自己也闲着无事。于是最后白沫儿还是在这儿住了下来。

早上十点，顾筱筱昏昏沉沉地被手机吵醒，看了眼，陌生号码。犹豫着接起，听到对方问："你好，请问你是顾筱筱吗？"

"对，我是，请问您是哪位？"

"我叫顾然，有时间见一面吗？"

顾然？心一动，顾筱筱彻底清醒，猛地坐了起来："抱歉，请问您是？"

对方听到她的疑问，轻笑一声，给出一个让她万万没有想到的答案："我想，如果没错的话，你该叫我一声舅舅。我现在在你公司楼下，方便见一面吗？"

舅舅？顾筱筱手一抖，手机差点掉在桌子上。

"那个，我现在不在公司，您能稍等一会儿吗？"顾筱筱的脑子有些混乱，她还有个舅舅？怎么没听姥姥提起过呢？

"可以，你到了以后给我打电话。"顾然报出自己的车牌号，顾筱筱快速记下。

挂断电话后，她平静了两分钟，接着给沈千云打了一通电话。电话一接通，顾筱筱就迫不及待地问道："姥姥，你认识一个叫顾然的人吗？"

"他来找你了？"听沈千云这么一说，顾筱筱心中有了底，看来那个人是没说谎的。

结束通话，她直接奔公司。到的时候，楚逸辰已经和那人见面了。

顾筱筱的视线与陌生男子隔空相撞，她表情有点僵硬地冲着对方笑了笑，小声说了句："你好。"

"你好。"顾然眸中含笑，点了点头。上下扫视了她一番，心中五味杂陈，十分复杂。真的太像了，虽然之前已经在各种报道中见过这个孩子，但眼下见到真人，又是另外一种感觉。

见顾筱筱来了，楚逸辰起身："你们先聊，我一会儿过来。"

楚逸辰离开，屋内只剩下顾筱筱和顾然两人。她坐在沙发上，有些拘谨地看着他，认真地想了想，开了口："我刚刚来的时候，给我姥姥打了个电话。"

"我连她的手机号码都不知道。"顾然苦涩一笑，叹气，"最初在电视上见到你的时候，我有些不太敢相信，后来打探了一番才知道，原来你真是我要找的人。"

顾筱筱满腹疑惑，为什么他会不知道沈千云的手机号？难道说沈千云当初为了找自己，也断了和自己家人的一切联系吗？

似乎看出顾筱筱心中的疑虑，顾然幽幽叹道："我已经十几年没回过中国了，上一次回来还是为了找你们，可惜，什么都没找到。"

顾婉婷当年自杀，沈千云知道她在死前生下了孩子，在她离世之后，便打定了主意要把这孩子找出来，但当时其他的家人并不支持沈千云的这个做法。当时的顾婉婷在外人眼中和白英杰是无名无分的。那个年代，未婚先孕不是一件小事。而且他们也觉得，这孩子一定是被白家人给弄走了。既然是白家的子嗣，那留给他们也没什么不对。

因为女儿的死，一家人决定离开那个城市，甚至离开这个国度。沈千云不同意和他们一起离开，更加不同意把那个孩子丢下，于是便一个人辞去了工作，断了和他们的联系，甚至办理了离婚手续，一个人奔波在全国各个城市，找遍了所有的孤儿院。沈千云离婚后，儿子和那个人去了美国。沈千云这些年抚养顾筱筱长大，也没有和他们联系过。

顾筱筱听完顾然的话，心里很难受。沈千云为了她，失去了太多，也付出了太多。

"最近有空吗？要不要和我回美国待一段时间？我爸一直很惦记你们，刚刚还打电话来问有没有见到你。"看着沉默不语的顾筱筱，顾然轻声问道。

顾筱筱犹豫地看着他，不大好意思地说道："最近可能不行，有点忙。"还没见到沈千云，不知道她是什么意思，顾筱筱是不可能答应顾然的，"我已经和姥姥说了，晚上一起回去吃饭，到时再说吧。"

"也好。"顾然点点头，"想想看，从当年离开，到现在都过去二十几年了。"

他那时才十几岁，一转眼的工夫，现在都快四十岁了。

想到沈千云，顾然垂下眼帘。他这个母亲，心的确是狠。当初为了这个小丫头，选择什么都不要了，就算毫无线索，她也一个人执着地去找。虽然现在看来，她做的这一切都是值得的，但顾然不敢想象，这些年她一个人是怎么过来的。

他们虽然去了国外，可是对沈千云一直没放下，每年都联络国内寻找她的踪迹，可惜她消失得太彻底。若不是顾筱筱嫁了个曝光率那么高的老公，可能到现在他们还是找不到。

"来，照张相吧。"顾然说着，坐到顾筱筱身边，"让我爸瞧瞧他的外孙女现在出落成什么样儿了。"

顾筱筱的神经一直处于很兴奋的状态，可是除了兴奋，她又有些不知该怎么和顾然相处。这是她的舅舅啊——她妈妈的亲弟弟，和白家那边的人不一样，是可以接受的。

拍了张照片，顾然低头看着手机，嘴角的笑容有些苦涩。

太像了，真的是太像了！那眉眼、那神情，都让顾然有种恍若隔世的感觉。

当初顾婉婷离开的时候，和顾筱筱年纪差不多大。二十几岁的年龄，一个人生命中最好的时候。她是那么优秀的一个人，可是老天爷并没有优待她。

顾然看着照片，连眼角有些湿润也浑然不知。顾筱筱歪着头看着他，脸上的笑容越发从容自然，紧绷的身子也慢慢放松了下来。

两人聊着天，时间不知不觉地就过得飞快。楚逸辰开完会回来，提议道："今天没什么事，就一起回去吧。"

顾然刚下飞机就赶了过来，肯定很疲惫。楚逸辰把要处理的文件都带回去，准备开夜车。

"我给筱都打个电话，告诉她一声。"出了办公室，顾筱筱先给楚筱都打了个电话，让她回家的时候帮自己把书房的文件都带上，又给白子洛打了个电话，让他今晚把白沫儿接到他那边去。

顾筱筱几人回到老宅时，沈千云已经在客厅等候了。见到顾然，听他叫自己一声妈，她点点头，脸上的神情并没有什么波动："筱筱，你和逸辰先上去吧。"

把顾筱筱两人打发走，沈千云似乎是想单独和顾然说些什么。顾筱筱见状，连忙拉着楚逸辰跑了，在楼梯的拐角处，偷偷摸摸往下看。

"偷听别人说话是不好的行为，这是之前谁说的？"楚逸辰把她拽回房间，笑着问道。

"我好奇嘛！"顾筱筱不好意思地说，看楚逸辰带回来的东西就知道，他还有好多公事没忙完。

"来吧，我帮你。"顾筱筱挽了挽衣袖，认真说道，"您的好友特助筱秘书已上线，不要客气，有什么任务尽管下达！"

两人在屋内开工，有顾筱筱帮忙，楚逸辰的确轻松不少，公司的秘书可没她这个能力。

楚筱都急匆匆赶了回来，因为实在控制不住心里的好奇。

在楼下见到顾然，楚筱都上前打了招呼就上了楼。找到顾筱筱，看到她在一本正经地和楚逸辰忙工作，楚筱都忍不住叹道："你不给自己找点活儿干，浑身难受是吧？"

"老板说给加工资，这活儿不能不干。"顾筱筱头也不抬地回答，"我要的东西带来了吗？"

"带来了，给你。"把东西往桌子上一扔，楚筱都开始诉苦，"这个白沫儿，还真是只听你的话。"

"她怎么了？"

"别提了！"楚筱都摆摆手，"一顿拳打脚踢，我都有点心疼白子洛了。"

白沫儿对顾筱筱和对其他人的态度差太多，楚筱都之前还一直觉得白沫儿乖巧听话，但现在她知道，那仅仅是在顾筱筱面前罢了。这让她不免有些担心，倘若有一天白沫儿连顾筱筱的话也不听了，对顾筱筱也像对其他的人一样，那可怎么办？按顾筱筱的性子，肯定要被白沫儿欺负得死死的。

顾筱筱完全把白沫儿当个小孩子哄着，楚筱都就不得不多想一些。

顾筱筱和楚逸辰工作，楚筱都就坐在一旁吃零食。等顾筱筱被沈千云叫走的时候，她迫不及待地和楚逸辰说起白沫儿的事："哥，那个白沫儿还要在你们家住多久啊？她不会真要在这边过年吧？筱筱一个孕妇，平时还要伺候她，你不心疼啊？"

"白英杰下周就会过来把她接走。"

"咦？那我就放心了。"

原来楚逸辰也意识到一直让白沫儿住在他们家挺别扭的。还好，自家哥哥不像嫂子一样脑袋缺根弦，要不然这以后的日子，可热闹死了……

顾然的出现让顾筱筱很开心，至于沈千云，虽然脸上没表现出什么情绪，可顾筱筱想她也一定如此。怎么说也是自己的儿子，这么多年了，她不可能不想的。

"妈，过两天你跟我一起回美国吧。"晚饭过后，顾然来到沈千云房间，提议道，"还有筱筱，一起过去待段时间。"

"不要了，你们也有自己的生活，不打扰了。"

"妈你这是说的什么话？你要是不过去的话，我爸过几天也得跑回来。他今天就有点耐不住了，要不是我劝他，肯定早就过来了。"见沈千云不说话，顾然叹了口气。

沈千云性子倔强，顾婉婷有些方面真的和她一模一样，一旦做了决定，就没人能左右。

"妈，你当年单方面提出离婚，可是把我爸气得不轻。"沉默了片刻，顾然又开了口，"你们老两口的事儿我不掺和，可筱筱这么多年也没见过家里其他人，你忍心吗？过去一个月我就送你们回来，这样总行了吧？"

"筱筱怀孕了，现在不适合来回跑，她身子弱，得好好休养。若是她想去的话，也得过段时间再说。"

顾然一听这话，也不执着了，毕竟外甥女的身体才是最重要的。

顾然在B市停留了一周，就急着回美国了。白沫儿在白子洛那儿混了一周，跟一群臭男人待在一起，怎么都觉得不舒服，便偷偷地跟踪楚逸辰，想看看他有没有做对不起顾筱筱的事。

这天，她又来到楚逸辰公司附近，走着走着，手机响了。她低着头看手机，没心思看周边的环境。一辆车从身前呼啸而过，白沫儿还来不及反应，就被人猛地向后拉去，跌进了对方的怀里。

"想什么呢？！"楚逸辰严厉的声音吓得白沫儿身子一抖，脸色泛白地看着他，不敢出声说话。

楚逸辰知道她这几天一直在跟踪自己，懒得去想，也懒得去管，任凭她胡闹了几天。

松开手，楚逸辰皱眉看着眼前的人，问："你找我有事？"

"啊……没、没事，我过来买蛋糕，碰巧路过。"楚逸辰锐利的视线，让白沫儿最后连和他对视的勇气都没有。垂下头，她有点委屈。这男人对自己的态度就不能好点吗？她好歹叫他一声姐夫，至于对自己这么冷漠严肃吗？

白沫儿心里不爽，却没有任何办法。她转身回到白子洛那边，没来得及再见顾筱筱一面，就被送回了G市。

顾筱筱在她走后抽时间回到公寓收拾了一下屋子，顺便取些东西。当她打开首饰箱的时候，视线一下子就僵住了。愣怔了两秒，她猛地抽开抽屉，在里面乱找了一通。没有找到想要的东西，她急得额头都冒汗了。把家里每一个能找的地方全都找了，依旧不见踪迹。

就在顾筱筱急得站在客厅里快要哭了的时候，楚筱都来了。

"怎么了这是？"一进门就看见顾筱筱泛红的眼睛，楚筱都赶紧问道。

"戒指！戒指不见了！你快帮我找找！"顾筱筱慌张地说道，"咱们上一次出门是什么时候来着？我想不起来了。"

"什么戒指啊？你戒指什么的不是一直都放在梳妆台那边？"顾筱筱平时基本上都不会随便乱放东西，她的衣柜、梳妆台和楚筱都的相比起来，不知道要整洁多少倍，"别急别急，咱们上去再找找。"

牵着顾筱筱的手重回楼上，楚筱郗一看她的首饰盒，眨了眨眼睛，回眸看着她问："你们家进贼了吧，怎么都空了？"

"沫儿喜欢，都送她了。"

"那你的戒指会不会也让她拿走了啊？"楚筱郗蹙眉问道，感觉不妙。

"不会的，我告诉过她，那个不能动，其他的随便拿。"

顾筱筱这么一说，楚筱郗就更确定自己的想法了。"会不会，问了才知道。你给她打个电话吧。"往椅子上一坐，楚筱郗无奈地说道，"我觉得就是她拿的，不信咱们赌一百块。"

"筱郗你别闹……"

"没跟你闹，快打电话问。那是我哥送你的，你真弄丢了怎么办？打电话去！"

顾筱筱有些犹豫，在楚筱郗的一再催促之下，这才打了白沫儿的电话。离白沫儿回G市的航班起飞，还有不到五分钟，顾筱筱也不知道她有没有关机。

紧张地听着电话里的声音，当耳边传来嘟的一声响，顾筱筱不由得松了口气。

"喂？"白沫儿懒洋洋的声音响起，"筱筱姐，我们马上就飞啦，到家以后我再给你打电话。"

"啊，好的。"顾筱筱咬了咬唇角，还是把心里的问题问了出来，毕竟那戒指对她真的很重要，"沫儿，你收拾行李的时候有没有看到我的婚戒？就是之前我给你看过的那个。"

"我知道那个。"白沫儿没什么疑惑，马上回答了她的问题，"不是一直在你的首饰盒里吗？不见了？"

"嗯，找不到了。"

"那我就不知道了。这样吧，等我回家以后看看行李，如果有的话我给你打电话，好吧？"

"好的好的。那先这样，拜拜。"挂了电话，顾筱筱颓唐地坐在椅子上和楚筱郗对视。

"她怎么说？"楚筱郗看着顾筱筱有些伤神的样子，开口问道。

"说回去看看，然后告诉我结果。"

"行，那咱们就等着吧。"楚筱郗起身拍了拍顾筱筱的肩膀，安慰道，"放心吧，不会丢的，一定会找到，只是时间早晚而已。"

"希望吧……"

在楚筱郗的帮助下，顾筱筱又把楼上楼下翻了一遍，最后还是没有找到。

从上午到下午、从白天到黑夜，顾筱筱一直都没等到白沫儿的电话，等到楚逸辰下班回来，还是没等到。

"宝贝儿，这都八点了，她应该早到家了。快去，再打个电话问问。你要是不打的话，我可打了。"

“给谁打电话？”楚逸辰狐疑。

“给白沫儿，筱筱的东西好像在她那儿。”

“还不确定，我先打电话问问看。”顾筱筱努力为白沫儿辩解，拨通了号码。电话响了会儿，对方不紧不慢地接起。

“沫儿，你看到戒指了吗？”

“啊，戒指。”白沫儿声音里透着一股子睡意，“看了，是在我这儿。”

“那你怎么不给我打电话？”听到这话，顾筱筱一下子心情变得很复杂，有点生气，又有点高兴。戒指没丢，没丢就好。

“在我这儿，又没在别人那儿，你这么紧张干吗呀？”听出顾筱筱的语气有些不对，白沫儿也不高兴了，“我又不是故意拿来的。你想要的话就自己来取，我给你订机票就是！”

白沫儿的话堵得顾筱筱没话说，她红唇微张，怔了好一会儿，才咬咬牙挂了电话。

“我说什么来着？在她那儿吧？”她敢肯定，这戒指肯定是白沫儿故意拿走的！

第11章

"什么戒指？"楚逸辰从两人的对话里，已经把事情理得差不多了，走到顾筱筱身边搂住她的肩膀，拥着她往沙发走去。

"去年生日你送我的那个。"顾筱筱情绪低沉地回道，"沫儿说想要的话让我去广州拿。"

"明天让承朗他姐过去一趟，没事。"揉了揉顾筱筱的头发，楚逸辰安慰道。

"对对对，让颜汐姐过去一趟，这事儿交给我了，你放心吧。"楚筱郗连连点头，"我先回家了，明天再来。"楚筱郗说完话，快速地跑开。

家里又只剩下顾筱筱和楚逸辰两个，趴在楚逸辰的胸口半天没说话，顾筱筱慢慢爬起身看着他，眉头紧皱着说："我有点不开心。"

楚逸辰轻笑出声："看出来了。好了，老公明天带你上街再去买。"

"那不一样！"

普通的戒指和那个怎么能比呢？

"那个的确不一样，所以一定会帮你拿回来的。你其他的首饰不是也没了？正好，明天上街去买新的。"

刚刚在顾筱筱不注意的时候，楚筱郗已经偷偷地把事情都和他说了。

抱着顾筱筱，楚逸辰哄了好一会儿，她的心情才稍好了点。

到了第二天，楚筱郗告诉她戒指已经拿到了，过两天就能送回来，让顾筱筱彻底松了口气。

她开心，但有些人就不高兴了。

"你竟然让别人以为我是个小偷，真的太过分了！"

顾筱筱看到白沫儿发来的这条信息的时候，已经是好几个小时以后了。呆坐在床上，她不知道该说什么好。

试探性地回了一条信息过去，显示对方已经把她加入了黑名单。

顾筱筱一直知道白沫儿的想法，知道她想让自己去广州，去见白安卿他们，陪着他们一块儿住一段时间。

可顾筱筱过不了自己心里的那道坎儿，她不想去，或者说，她不想现在去。

戒指的事情，顾筱筱担心白沫儿会多想，所以在联系安家那边的时候，她有提前叮嘱楚筱都。

是她帮白沫儿整理行李的时候，不小心把戒指装进了白沫儿的首饰盒里，这是顾筱筱给外人的说辞。可是到头来，白沫儿还是被这件事情气得住进了医院。

医院内，白沫儿面无表情地看着窗外。

下雨的天气湿答答的，让人心情一点都不愉快。

病房内暂时只有她一个人，放在床头的电话响起，她扭头看了看，显示是B市的电话。

已经把顾筱筱的电话号码拉黑，所以白沫儿下意识地觉得，这电话应该是顾筱筱拿别的手机打来的。

冷哼一声，她不紧不慢地接起电话。在听到电话里的声音后，她的心猛地提到了嗓子眼。

"姐、姐夫？"说话有点磕巴，白沫儿绝对没想到，楚逸辰会给她打电话。

"嗯。病好些了吗？"

"就那样呗，不好不坏。"

听到她老到的回答，楚逸辰轻笑出声。白沫儿听着这笑声，不由呼吸一滞。

笑了？他这是开心的意思吗？

"筱筱最近一段时间去不了广州。"打电话来不是为了和她闲聊的，所以楚逸辰直接说起了正题，"你有时间的话给她打电话。"

顾筱筱最近为她的事情心情一直不太好，楚逸辰看着心疼，才会主动联系白沫儿的。

"为什么？姐夫你找我不是为了给她求情的吧？"

"她做了什么应该求情的错事吗？"楚逸辰反问一声，问得白沫儿不知该怎么答。

"筱筱身体一直不太好，不想她陪你一起躺在医院的话，就听话一点。"

和楚逸辰多说了两句，白沫儿挂断电话后，赶紧把手机号存了起来。在B市待了那么久白沫儿也不知道他的号码，没想到回来后他却主动打了过来。

垂头盯着手机看了半天，白沫儿又把它扔到了一旁。听他刚刚的语气，完全是命令的口吻嘛，一点哄自己的意思都没有，真是让人心烦……

脑海里浮现出楚逸辰的容貌，白沫儿不自觉地嘴角微扬。

为了验证他对顾筱筱的感情，她派人调查过他，也花钱雇人勾引过他，不过最后都失败了。

想着想着，白沫儿长叹一口气，翻身躺在了床上。

如果没生病的话，那该有多好？她也能和顾筱筱一样，上学、工作、谈恋爱、结婚了。

有点羡慕，有点嫉妒。

可再一想，她还是认命了。

报应，在白沫儿看来，自己的心脏病，完全就是一种报应。

白安卿当年为了顾婉婷肚子里的孩子，逼得人家跳楼身亡。他本来只是不想顾婉婷生下腹中的孩子，可谁想到那孩子现在竟然活得那么好，嫁了个有钱的老公，身体也健健康康的，甚至还怀了双胞胎。

再看白家这边，第一个孙女，竟然就有先天性心脏病，几岁的时候就被医生认定活不长，活不过二十岁。

相比之下，多讽刺的一件事。

看来，她和顾筱筱之间，真的只能活一个。这是白沫儿想了很久后，得出来的一个结论。

她明天就要去澳洲了，听说那边有个很厉害的医生，等回来的时候，就是元旦。

晚上被接回家中，白沫儿把行李整理完，不经意间瞥到楚逸辰的资料，眼眸沉了沉，最终决定把它也装进自己的行李箱。

楚逸辰早上刚开完早会，还没等走回办公室，手机就响了。

拿出来一看，他有些意外，电话里白沫儿的声音随即传来："姐夫，你告诉筱筱姐，我现在已经上飞机了。"

楚逸辰听后，疑惑地问道："你怎么不给她打电话？"

"打了啊，可是暂时无法接通，可能是信号不大好？我着急，就直接给你打了。"

"知道了。"

"咦？你们没在一起吗？她今天……"白沫儿话还没说完，电话里就已经传来了忙音。

"还真是心急，若是筱筱姐的电话，肯定不舍得这么快就挂。"撇撇嘴，白沫儿心中不爽。

她关掉手机合上双眼，静等飞机起飞。

楚逸辰下午提前回家，把白沫儿离开的事告诉了顾筱筱。

其实顾筱筱早就知道她今天去澳洲，也一直在等她的电话。可惜，手机一直没响。

楚逸辰听到顾筱筱疑惑的嘀咕，眼中光芒一闪，转移话题。

楚逸辰带她去医院做产检，顺便也带上了楚筱都。

"小丫头好福气啊。"医院内，已经上了年纪的医生，慈祥地笑看着床上的顾筱筱，轻声说道。

将近五个月了，已经可以做B超看出胎儿的性别。虽然生男孩生女孩大家都不太在意，可提前知道准备一些衣服、玩具，总是好的。

顾筱筱被夸，不大好意思地微微一笑。

"一男一女，刚刚好凑成个'好'字。"

顾筱筱愣了愣神，以为自己听错了："一男一女？"

"是啊，你看。"医生把屏幕朝着顾筱筱的方向转了转，"胎儿现在的情况很健康，倒是你这个孕妇，体重有些偏轻，记得一定要营养均衡才行。"

顾筱筱没说话，斜着眼睛看向一旁的楚筱都。楚筱都也没说话，目不转睛地看着她。

楚逸辰在外面接电话，好像是浩远科技的王凯打来的。

两人四目相对，一时无言。直到老医生咳嗽了两声，提醒她们："好了，知道你们两个高兴，别傻笑了。没什么问题，下个月记得过来检查就好。"

"谢谢医生！"顾筱筱声音清脆地开口，慢慢坐了起来，理了理衣服后和楚筱都手牵手走出房间。

楚逸辰还站在窗户旁低声与对方交谈着什么，等他挂了电话转过身后，就看到顾筱筱、楚筱都二人在眼前。

"检查完了？"

"检查完了，我们走吧。"顾筱筱点了点头，脸上洋溢着明媚的笑容，示意他离开。

可楚逸辰看了她们两个一眼后，却直接朝医生的办公室走去。

"你干吗去啊？"两人赶紧把他拦下，不准他再继续往前走。

"问问医生什么情况，你们这么紧张干什么？"

王凯的这通电话来得十分不凑巧，楚逸辰这趟带着两个孕妇出来，任务还是十分艰巨的，所以刚刚没听到的话，他得找医生重听一遍才行。

"没紧张啊，谁紧张了。你想知道什么问我们不就行了？人家医生年纪大了，也要休息的，你就不要进去打扰了。"楚筱都挡住他不放，蹙眉说道。

"对，对，医生要休息的。"

楚逸辰狐疑地看着她们两个，怎么看怎么觉得这里面有猫腻。

"你们是在这儿等着，还是跟我一块儿进去？"目光一闪，他一手一个搂住二人，低声问道。

"那你自己进去吧。"

压根就敌不过他的力气，顾筱筱主动投降。再看楚筱都，更是已经没出息地想跑了。

"哥，我渴了，我们两个去一楼大厅那儿等你，你快点啊。"楚筱都说完话，拉着

240

顾筱筱快速离开。

两人到了一楼，买了水，靠墙站着，等着楚逸辰下来。

"你说我哥知道了，得美成什么样儿啊？"楚筱都想象了一下那个画面，然后嫌弃地摇了摇头，"不敢直视。"

"不过，宝贝儿，"话锋一转，楚筱都偏着头，垂眸看向顾筱筱的肚子，还伸手摸了摸，"这是天意，你觉得呢？"

没了一个孩子，便又送给她两个孩子。好人总会有好报，有些时候，只是来得晚一些而已。

"可能吧。"顾筱筱抿嘴一笑，心中也是十分欣喜。

在顾筱筱看来，自己一向是受到上天偏爱的。虽然有过那么一些不愉快的事情发生，可她能被沈千云从那么多的孤儿院里找到，能再遇到楚筱都、楚逸辰这些人，说明她还是个幸运的人。

低头看着自己脚上的鞋，顾筱筱轻声开口："我运气一向好，你也知道的。"

楚筱都听了这话，忍不住翻了个白眼。

这孩子有时候脑袋一根筋，也不知道她究竟是哪儿来的勇气，说自己运气好。

两人等了大概十分钟，楚逸辰从楼上下来。

楚筱都看着他嘴角微扬的模样，便觉得嫌弃。

"哥你别笑了行不行，笑得我好烦。"把楚逸辰从顾筱筱身边推开，楚筱都抱着顾筱筱不放，"你快点送我们回家，我们还有个电视剧结局要看呢。"

回到家，和楚筱都一起把电视剧看完，顾筱筱睡了两个小时后，开始起床写论文。

快毕业了，最后一项作业，得完成得漂亮点才行。

楚逸辰最近对她越来越好，也越来越严。所以当她想神不知鬼不觉去见凌千羽的时候，格外心虚。

电话是白子洛打来的，凌千羽是他的犯人，却不肯提供最重要的证据，说是一定得见到顾筱筱才肯说。

顾筱筱明白她这么做的目的，于是就去了。

"你想和我说什么？说吧。"看着床上脸色苍白、手脚都被捆住的凌千羽，顾筱筱冷声问道。

"你和楚逸辰是怎么认识的？通过楚筱都？他追的你？"凌千羽果然三句话不离楚逸辰。

顾筱筱默默地注视着她，没回答。

"我真的只是好奇，他以前不会喜欢你这种类型的。"

"那他喜欢什么样的女人？你这样的？"

"他以前就是喜欢我啊，不然怎么会和我在一起那么多年。"凌千羽在说这话的时候，笑得特别灿烂。

"我以前问过他，以后会不会娶我，他当初给的答案是肯定的，不过可惜，他最后娶的却是你。"惆怅地一笑，凌千羽继续说道，"他不喜欢小孩子，以前每次出去玩儿看见小孩子的时候，他都会皱眉头。所以，你和他才认识一年时间，他就愿意让你为他生孩子，这一点让我真的很吃惊。"

楚逸辰不喜欢小孩子吗？顾筱筱从来不知道。

"你能别总提以前吗？"顾筱筱很耿直地表达自己的不满，"活在回忆里，是你的目的？"

"不提以前，我还能提什么？"黑色的眼眸中寒芒一闪而过，凌千羽凝视着顾筱筱那不谙世事的脸孔，心中有一股很大的火气。

"我有的也只剩以前了。你们毁了我的一切，却还不准我再想从前。顾筱筱你知道吗？我对你手下留情了。你肚子里的孩子，我如果真的动手，你现在早就流产了。你以为自己真的小心到万无一失了吗？我有很多机会对你下手，我只是不希望自己在楚逸辰的心里更加不堪而已，所以才放你一马。"

"我们毁了你的一切？"顾筱筱听到这句话，眉头紧蹙，"凌千羽，明明是你把我的生活搅成一团糟，你怎么还能如此厚颜无耻，反过来指责我们？你和金婧真的是一丘之貉，简直不可救药！"

"一团糟？"凌千羽冷笑一声，"你知道什么才是一团糟吗？你永远都体会不到真正的一团糟，体会不到一切都被毁了是什么滋味。"

凌千羽咬牙切齿，顾筱筱听着她的话，一口气哽在嗓子眼，特别难受。

"你知道一个人，明明昨天还和男朋友甜甜蜜蜜，今天却被六七个人轮奸是什么样的滋味吗？我想让你体会的，可惜臧汉飞太窝囊，没对你下手，让你逃过一劫。"她躺在那里，双拳紧握，一双眼睛里布满血丝。

正常的女人，如果没有迫不得已的原因，是绝对不会想要离开楚逸辰身边的。他是那么优秀的一个男人，有谁能舍得离开呢？

顾筱筱也是女人，很清楚这点。她一直对凌千羽当年消失的原因抱有怀疑态度，她知道事情不会那么简单。

"你是想替你父亲报仇吗？"顾筱筱张了张嘴，问得凌千羽表情一变。

顾筱筱又道："我知道他是怎么死的，你贩毒，是为了他吗？"

"报仇？呵，那么高尚的想法我从来没有过。如果可以的话，我倒是希望他当初能早点死，最好是在我生下来的时候就死掉，这样我就不用遭这种罪了。"凌千羽有些痛苦地闭上了眼睛。

她没有说谎，如果可以，她真的希望凌尧能早点死，最好，是死在她还没有长大成人，死在她不会被那些人盯上的年纪。

凌尧当年虽然死了，可是那些在黑暗里盯着他的人，却一直没有消失。他们还是希望有人能为他们办事，最好是警方的人。若是不行，那换成其他有能力的人也很不错。

凌千羽当过兵，虽然只在部队里混过两年，但那也改变不了她是个优秀的女兵。

命运的转盘，在那一天坏掉了。随之被毁掉的，就是凌千羽的人生。

她被抓走了，被那么多的陌生男人给轮奸了。

他们不但扒光了她的衣服，还给她注射了毒品。那一夜，是凌千羽这辈子第一次接触毒品。她完全失去了理智，甚至不记得那晚究竟发生了什么。在第二天清醒过来后，她看到自己赤裸着身子躺在床上，而身边，还有两个熟睡的男人……

凌尧死了，但凌千羽还有其他的亲人。

一连七天，凌千羽每天都在被迫吸食毒品中度过。他们拍了她很多视频，穿着衣服的，脱了衣服的。那几天，是凌千羽这辈子过得最屈辱的一段时光。她想过死，可那些人把她看得紧紧的，让她连靠近窗户的机会都没有。

凌千羽知道，其实是自己怕死。很多人就是这样矛盾，一边想着离开这个世界就能彻底解脱了，可一边又担心万一自己死不了，以后的生活会不会变得更加糟糕。

她给自己找了很多理由，让她最终活了下来。不过付出的代价，就是远走他乡。

当年的凌千羽是天真的，天真到以为自己能够摆脱那些坏人，以为自己几年后再回去，一切就可以回到原来的轨道上。

她曾经试过戒毒，可最多三个月，就再也受不了了。她靠毒品麻木着自己的神经，直到现在，她躺在病床上，生不如死，可脑子里还是在想，如果能来一针的话她可能会好受一些。

重新睁开双眼，凌千羽远远地凝视着顾筱筱，讽刺道："你不会知道我为楚逸辰都做过什么。你爱他一年？我可是爱了他十几年。如果不是因为你命好，你拿什么和我比？我凌千羽这辈子最不服的就是命，可我最后败给的，还是命。"

顾筱筱咬紧牙关，不说话，静静地看着她，听她继续说。

"你知道楚逸辰为什么不来见我吗？因为他内疚。我为他付出了多少，你不知道，他那么聪明的一个人难道还不知道吗？你说他爱你，可他难道就没爱过我吗？"

凌千羽问得顾筱筱哑口无言，那些话字字直戳顾筱筱心底。

而随后凌千羽说的几句话，更是让顾筱筱难受至极。

"为他怀过孩子的人，不止你一个，因为我的孩子没了，所以你的孩子也没了，这多公平。"

"你今天叫我来，就是想和我说这些吗？"深吸一口气，顾筱筱努力平复自己的心情，"你要给白子洛他们的东西在哪儿？"

"我答应了给，就一定会给他们，这点你不用担心。"

"那好。"顾筱筱点了点头，想了一下又说，"我很清楚自己和你之间的差距，命好，我也承认。可是有一点，也是我和你最大的不同，那就是即便我经历了你这些事情，冤有头债有主，我也绝对不会去伤害无辜的人。路是你自己走的，你又怎么能怪自己鞋脏呢？我谢谢你这些年来为我丈夫做的一切，也谢谢你害了那么多人，却从未想过要害他。"

顾筱筱转身离开。

在走出病房、关上门的那一瞬间，她眉头紧锁地靠在墙上，长舒一口气。

她心里好难受，可是一点办法都没有。

"她已经答应了会把东西给你们。"看向白子洛，顾筱筱轻声说道，"没什么事的话我先走了。"

"我送你。"白子洛上前一步。

"不用，我自己可以回去。"

微笑着拒绝，顾筱筱朝着楼梯走去。

楼梯口迎面走来的人，因为速度太快，差点撞到顾筱筱。她抬眸定睛一看，竟是楚逸辰。

"你是在我身上装了GPS吗？"看着他难得有些紧张的样子，顾筱筱问道。她也挺佩服自己的，心情那么烂，竟然还和他开玩笑。

"你见凌千羽了？"楚逸辰开门见山地问。

"嗯，见了。"顾筱筱也没否认，点了点头，歉意地说，"对不起，你不想让我知道的那些事情，我全都知道了。"

"她都和你说什么了？"楚逸辰按住顾筱筱的肩膀，目光阴沉地问道，"她的话你不能全信，筱筱，她是故意说给你听的。"

"我们能回家再聊这个吗？"

楚逸辰来得有点急，心里也有点慌。顾筱筱的神情看起来很正常，但正因为如此，才更不正常。

凌千羽找她，是不可能说什么好听的话的。那女人现在谎话连篇，楚逸辰也无法准确地猜测到她究竟会说些什么来让顾筱筱误会。

他牵着顾筱筱的手下了楼。

进车里后，顾筱筱主动开口："我想吃比萨，去买一个然后再回家吧。"

路上还是很堵，他们足足花费了两个多小时时间，才到家。

"凌千羽和你说了什么？"单手撑在门板上，楚逸辰低头看着眼前一脸平静的人，低声问道。

"说……"顾筱筱整理了一下思路，"说她贩毒，是迫不得已。"

和楚逸辰对望着，她微微一笑："你这么紧张干什么，我不是好好地回来了？你一副想吃人的样子，简直比凌千羽还吓人。"

进了卧室直奔床，顾筱筱扯过被子裹住自己。

见她把自己蒙得密不透风，楚逸辰无奈地叹了口气，把被子掀开，照着她的屁股拍了一下起身出门，过了大概半个小时才又回来。

凌千羽被警方控制了的消息，凌家那边好像也知道了。他们最近一直在托关系打探

244

消息，而楚逸辰这个有着强大人脉网的最佳人选，他们自然是不会错过的。

凌千羽的母亲已经连着找了楚逸辰好几天，虽然楚逸辰拒绝了她，可她还是每天坚持给楚逸辰打一个电话。

毕竟关乎自己的女儿，她不可能那么轻易就放弃。

手机响起，楚逸辰看了看那号码，一脸不耐烦，不想接也不想拒接，于是就按了静音键。

"谁呀？"顾筱筱看到他的举动，疑惑地问。

"凌千羽家打来的。"楚逸辰犹豫了一下，说了实话，"在找关系，想争取救她一命。"

"凌千羽会死吗？"这是顾筱筱一直好奇的事。

"她做的每一笔生意，都足够让她死上几回。枪打出头鸟，再加上她本身的身份问题，这件事现在已经惊动了上面，她逃不掉了。"

楚逸辰很平静地和顾筱筱讲述事件的发展。

顾筱筱认真地看着他波澜不惊的脸，不知道他心里是不是也像表面上看起来这般。

"这么看着我干什么？"

"你好看。"顾筱筱别过头去，敷衍地说道。

"我还以为你是想要问我，会不会心疼。"

"是啊，初恋女友，你难道不心疼吗？"

"你这是在吃醋？"楚逸辰笑着反问。

"没吃！"顾筱筱送他一记白眼，"我喝醋总行了吧？"

"凌千羽和你说，她怀过我的孩子？"

楚逸辰突然间的一句话，问得顾筱筱整个人都蒙了。

他怎么知道的？她不是什么都没告诉过他吗？

"你信了吗？"楚逸辰看了看她，又问。

"怀疑吧，你们在一起那么多年，就算怀了也不是什么稀奇古怪的事。不过你是怎么知道的？"

"因为我想知道。"楚逸辰的回答，显得特别不要脸，"所以刚刚让白子洛给我发了监控视频。"

"我只有你。"附在她的耳畔，楚逸辰缱绻低语，"除了你，没有人上过我的床，更不可能怀过我的孩子。"

顾筱筱抿嘴一笑，心里的不舒服瞬间消失。凌千羽这件事，也被她就此抛到了脑后。

不知不觉，又到了圣诞节。B市今年的雪格外多，而圣诞节的这场雪，又下得分外大。

客厅里已经摆上了圣诞树，壁炉旁，顾筱筱开开心心地看着电视，等着楚逸辰回来给自己带礼物。可是在那之前，她却先收到了别人送给她的，一份大礼。

"风扬集团的总裁夫人，曾经是高级会所的陪酒小姐？有图有真相，劲爆照片不容错过！"

这样一则八卦新闻，在短短一个小时内，被疯狂传播转发。顾筱筱再次成为人们议论的焦点，她有些无奈，但更多的，是气愤。

看着屏幕上的照片，以及媒体给搭配的描述文字，顾筱筱气得脸色泛白。

照片内的人是她没错，她坐在一群男人中间，身前的桌子上摆满了酒瓶。

房间内的光线很暗，可也不难看出包厢的装修很高档。那些陪在男人身边的女人，衣着很暴露。

顾筱筱领口微张，倚靠在一个中年男子怀里。那男人身材略胖，头发稀少，看着怀里的人就像是在看一只已经落入手里的猎物。

女人是顾筱筱，男人，是还在牢里的史子建。

顾筱筱看着他脸上淫荡的笑容，有些恶心想吐。她这辈子都忘不掉这个人，就算她以后再也见不到，可还是不会忘记。

这些是顾筱筱那次被金婧骗出去，灌了迷药后，神志不清，险些被史子建强行带走的照片。看着它们，顾筱筱握着手机的手都在微微颤抖。

这些照片她有看到，楚筱郗有看到，楚逸辰等人自然也有看到。

微博上的相关话题立即被删除，照片也全都被屏蔽。几家发表了相关消息的媒体杂志，也收到了警告信。

楚逸辰的动作还是很快的，但是再快，也快不过谣言的传播速度，快不过那些心理阴暗的网络喷子造谣的速度。

很快，除了顾筱筱的"陪酒照"以外，连"床照"也出来了。一张张不堪入目的照片，虽然被打了码，可还是让人浮想联翩。

太过分了！

究竟是谁，为什么要这么对她？

心中一阵阵刺痛，顾筱筱大口呼吸着，努力平缓自己的情绪。

她不想生气，可控制不了自己。

"哎呀我的小可怜儿，你别哭哈。"楚筱郗把顾筱筱的手机、Pad、电脑统统没收，将她抱入怀中，轻声哄道，"我哥马上就回来，你别生气，相信我，不出三天这事儿肯定摆平！"

楚筱郗心中也有气，她气到恨不得亲手将那些人撕了。

这些照片到底是谁拍的，是谁发出去的？既然是和金婧有关，那就肯定要先找金婧算账了。

楚逸辰开车匆匆回来，家里的气氛很凝重。一进大厅，他就看到姚慕青坐在沙发上。

见他回来，她很严肃地将他叫了过去，厉声将他叱责一顿后，训道："马上叫人给我调查这件事情！我一定要看看是谁这么大胆子，都欺负到我们家头上来了！"

"已经在查了。筱筱呢？也知道了吗？"

"怎么可能不知道！在卧室里休息呢。"姚慕青一脸的焦躁，她现在不担心别的，就担心顾筱筱因为这事儿生气，会动了胎气。

"别在这站着了，赶紧上楼去陪她。"看了眼楚逸辰，姚慕青没好气地说道，"承朗呢？他什么时候回来？"

"应该快了。我先上去了。"

安承朗是开娱乐经纪公司的，一般这种公司的公关都十分强大。所以这事儿，需要他的帮忙。

楚逸辰回到卧室，顾筱筱正躺靠在沙发椅上，扭头看着窗外。

天色阴沉沉的，又像是要下雪的样子。她听到脚步声后，慢慢转过头，看到是楚逸辰，撇了撇嘴，想哭。

楚逸辰几步走到她身前，看到她眼泪都已经在眼圈打转，心疼地抱住了她："不哭，明天就没事了，相信我。"

"他们为什么要这样？他们怎么能这样！"委屈了好几个小时，一直积压在顾筱筱心底的愤怒，在看到楚逸辰后终于发泄了出来。

她好生气！她这辈子活得干干净净，活得问心无愧，怎么偏偏却遇上那么多败类，那么多人渣！

顾筱筱气得跳脚，气得想骂人。

"因为你过得好，他们嫉妒。"楚逸辰低声回答她的问题，"我已经安排人处理这件事了，很快风波就会平息。明天，只要到明天，就会有人出来澄清还你清白的。"

顾筱筱咬紧牙关看着他，不说话。她现在除了相信楚逸辰，除了耐心地等待之外，还能做什么？

楚逸辰派人去找金婧了。

虽然在看到那些照片的一瞬间，顾筱筱也想到了金婧，可是事情都已经过去那么久了，金婧真的还会没完没了地来找自己的麻烦吗？她现在已经没了靠山，就连沐云帆也弃她而去了，她还做这些干什么呢？她难道就不怕楚逸辰对付她吗？

"是金婧做的？"顾筱筱低声问道。

"不知道，但是这些照片，我在她的手机里见过。"

顾筱筱出事那天，恰好被楚逸辰救下。金婧当时已经不在场了，可楚逸辰后来还是找到了她，也拿走了她的手机。

他把金婧手机相册内的照片全部删除，甚至连网上的共享照片也都删掉了。金婧当时口口声声地保证，她手上绝对再也没有顾筱筱的照片，所以楚逸辰才放她走的。但现在，那些照片又被流出，让楚逸辰十分恼火。

而眼下最重要的，还不是找出这些照片的来源，查出是什么人策划的这件事，当务之急，楚逸辰是要想办法证明顾筱筱的清白，转变舆论的风向。

　　他认真地想了好久，终于想出一个办法。他不光要找金婧，还要找那些照片上的其他人，当天和史子建、金婧在一起的那几个男人，他都需要见一见。

　　顾筱筱因为这件事动了胎气，但不是很严重。楚逸辰留在医院陪她，公司的事情就暂时由楚明远处理。

　　早上刚刚到达公司楼下，还没等走进办公大楼，楚明远就被早已等候在此的记者们给团团围住了。

　　"楚先生，请问您昨天有看过关于您儿媳的新闻吗？"

　　"楚先生，请问您对照片一事有何感想？"

　　"楚先生，请问您儿媳什么时候会出面回应艳照一事？"

　　皱着眉头听着他们七嘴八舌的问题，楚明远沉默不语。等他们全部问完，都安静下来等待他的回答后，他才不慌不忙地开了口："问完了？问完那就轮到我说了。"

　　楚明远出声的时候，公司的保安已经赶过来，将他和那些记者分开，挡在了他的面前。

　　"现在站在这里的记者，你们所在的公司，我稍后会一律发送律师函过去起诉你们。关于昨天有人恶意捏造的假新闻，我们也一定会追查到底。"

　　楚明远态度很强势地给了他们回答，他并不是在开玩笑。

　　顾筱筱婚结了，孩子有了，那就是他们楚家的人。虽然风扬集团现在的总裁是楚逸辰，可这公司是谁一手创建起来的？

　　只有傻子才会以为，楚明远会比楚逸辰更好说话更好招惹一些，也只有傻子才会以为这个亏楚家会乖乖地咽下。

　　上午十点，楚筱都来到医院，见到顾筱筱，笑着问道："你看新闻了吗？"

　　"什么新闻？"

　　因为不想让自己心烦，所以顾筱筱手机不碰，电视不看，两耳不闻窗外事，就差手里捧本圣贤书了。

　　"爸已经安排律师起诉那几家看热闹不怕事儿大的媒体了，哼哼，大老虎生气了，看他们怎么办。"

　　顾筱筱惊讶，在听楚筱都把事情的来龙去脉说完后，有些内疚。

　　"好了，别哭丧着脸了，你和我哥现在的一举一动，外面的人全都盯着呢。发生这种事，说不定还会影响股价呢。"

　　"这又不是什么光彩的事情。"

　　"屁哦，这又不是真的。炒股炒股，炒的就是这些八卦消息啊！"楚筱都一本正经地胡说八道。

　　顾筱筱哭笑不得。

两人躺在床上看着电视，而楚逸辰那边，则是已经找到了金婧。

金婧喝得头重脚轻，早上刚刚到家，手里拿着钥匙还没等把门打开，就被人给带走了。

金婧一路上骂骂咧咧，但当看到楚逸辰后，所有的困意瞬间消失。

"你找我有什么事？"怯怯地看着眼前的男人，不用他说什么，她已经感觉到他身上那冷冽的气息，以及眼中的寒意。

"照片，是怎么回事？"楚逸辰开门见山，不和她废话。

"和我没关系！我什么都不知道，真的跟我没关系！"

"你一句没关系，我就会信？照片当初是你拍的，你倒是说说看，除了你我还该找谁？"

"我……"金婧语塞，着急地看着他，不知该怎么解释。

"不是我，真的不是我。"反反复复说着这句话，金婧也没有其他可说的，"不然你可以去查我有没有和杂志社联系，你应该一查就查得出来。"

金婧说得的确没错，而楚逸辰现在也已经安排人在调查了。

下午一点半，事情发生了转折。

那些床照的原照片已经找到，足以证明媒体昨天发布的那些，是PS合成。

至于所谓的顾筱筱陪酒照，也有人站出来为她声明。

出来说话的，是几家公司的高管，也就是照片中的那些配角。

他们没有捏造什么，只不过是把实情说了出来。而这实情，就足以转变舆论的风向，让顾筱筱在众位看官心目中的形象，顷刻改变。

照片上的事发地点，是风扬集团旗下的娱乐会所，当时顾筱筱和楚逸辰的婚事还没有公开。

史子建请他们去那里喝酒，碰巧遇到顾筱筱，便起了色心，将人拖进了包厢。

史子建的那点"爱好"，大多数人都知道。就算不是金融圈子的娱乐圈人士，也都或多或少地听过一些他包养年轻女大学生的花边新闻。

顾筱筱年轻貌美，被他一眼就看中。进了包厢后，史子建给顾筱筱灌了迷药，后来在想将顾筱筱带走的时候，被楚逸辰等人发现。

真相公之于众，不免让大家想起一年前，史子建入狱一事。

众人恍然大悟，原来当时史子建是因为这件事，惹火了楚少，才会落得个锒铛入狱的下场。而今天，这些人主动站出来，肯定也是因为害怕得罪楚逸辰，给自己招惹上什么麻烦。

几个人，几句话，人们的注意力就已经不在"顾筱筱是不是陪酒女"上面了。

照片怎么会流传出来？是谁爆出来的？楚逸辰接下来会有什么动作？这是大家现在最为关注的事情。

顾筱筱在医院待了两天，才被允许回家。心情复杂地回到老宅，她躺在床上一动也不想动。

这两天真的是太累了，不是身累，是心累。

一场喜剧性的闹剧，让别人看了笑话。

几家发布了"艳照"的媒体，都相继公开发表声明道了歉，而且还陆陆续续提供了一些线索。他们的行动都很迅速，也很一致，因为知道得罪了风扬集团，肯定是没什么好果子吃的。

"艳照"的事情，看起来就这样暂告一段落了。

远在澳洲的白沫儿，知道顾筱筱心情肯定不好，所以偶尔会在微信上给她发笑话或者是吐槽，顾筱筱不回，她也依旧发，只当是一种习惯。

这天，白沫儿才刚刚午觉醒来，就接到一个电话。知道她这号码的不多，所以她也没什么犹豫，打着哈欠接了起来。

"杨柳？"听到电话里的声音，白沫儿有点意外，有点不悦，"我不是告诉过你不要再找我了吗？"

杨柳，白沫儿之前花钱请的电影学院学生，为的是拿到楚逸辰"出轨"的证据。不过随着她几次失败之后，她们的交易已经结束了。

电话另一端的人听到她这话，轻笑出声："我的事情办得还不错吧？尾款什么时候结给我？还是说，需要我再做点什么才行？"

"你这话是什么意思？"

"怎么，那些照片你没看到？应该不会吧，就算你在国外，可是肯定也有留意到的吧？"

"照片"两个字一从杨柳的口中说出，白沫儿的心跳瞬间加速，整个人都不舒服起来。

从床上爬了起来，白沫儿大口地呼吸着，然后问："筱筱姐的那些照片，是你发的？"

"对啊，怎么，不满意？那男人的反应你应该都看到了，对那个顾筱筱还算体贴。你若是不满意的话，我还有其他的料可以爆。你应该还不知道，那个顾筱筱和苏佐楠关系似乎不错，我手上有些他们两个的照片，只要曝光给媒体，肯定又是一出好戏。"

"我不是已经告诉过你让你收手了吗？你是耳朵聋了还是脑袋坏掉了？！"白沫儿十分愤怒，她万万没有想到，那些让顾筱筱难过的照片，会是从这个女人手上传出去的。

"杨柳我告诉你，你现在立刻把手上的照片给我删掉！顾筱筱和苏佐楠关系不错？你当我傻，还是当广大网民傻？苏佐楠和我姐夫哪个帅哪个有钱，顾筱筱她分不清吗？她又不瞎！我们的合作关系已经结束了，你以后不准再做这种事情！"

"可以啊，你想我删的话，那我就删掉好了。不过价钱，咱们得另算。"

钱。

白沫儿现在总算是明白，她给自己打这通电话的目的了。

冷冷一笑，白沫儿看了眼门口的方向，冯笙溪不在，应该是出去散步了。

"没想到啊杨柳，你的胃口还真是不小。"

起身走到窗前，白沫儿四下找寻冯笙溪的身影，在看到她的确是在楼下后，心也就放宽了。

"在你看来，我的钱很好赚是吧？"

"你应该也不想让顾筱筱和楚逸辰知道，那些照片是你让我发出去的吧？"杨柳不甘示弱，威胁她。

"你有什么证据证明那些照片是我让你发的？我上一次已经和你说得清清楚楚，任务结束，你可以离开B市了。我们的消息记录我可还没删掉。况且你觉得，就算我姐姐、姐夫知道了真相，他们能把我怎么样呢？这口气，他们是会出在我的身上，还是你的身上，我想你应该很明白。"

白沫儿最不怕别人威胁自己，她从小就不吃这一套！

"你今天要是哭着求我，让我给你点钱，我或许还会心善赏你一些。可你这么说，咱们就没什么可谈的了。杨柳，我既然能找你，自然也能找其他人。你好自为之吧，和楚家、白家为敌，肯定没有好果子吃的。倘若再让我发现有什么奇怪的照片流出，你就等着我派人去找你吧。"

白沫儿很痛快决绝地把话和她说完，暗暗在心底骂了一声后，将电话挂断。

"穷酸的人还真是可怕，竟然这么不要脸，像狗一样又凑过来要钱。"垂眸看着手中的手机，白沫儿冷笑着感慨。在看到屏幕上的时间和日期后，她目光一闪。

距离她和顾筱筱最后一次通话，已经过去好多天了。而白沫儿也一直认为，这么多天的时间，楚逸辰一直没有调查到自己身上，那以后应该也不会知道了，因为她不会再和杨柳联系了。

可是，她想得太简单了。

有些事情的真相，若是不查个水落石出，楚逸辰是不可能罢手的。

这些日子他一直暗中盯着金婧，盯住她和任何一个可疑人的互动，直到杨柳的出现。

看着照片上的人，楚逸辰脸色一沉。

"这个人，尽快给我带来，我要见她一面。"

楚逸辰让手下的人去找杨柳，至于金婧，则另有打算。

再次被楚逸辰找来，金婧的心是非常忐忑不安的。她甚至不太敢触碰楚逸辰的视线，不知道他找自己来是为了什么。

"沐云帆最近有和你联系吗？"

楚逸辰开门见山的一句话，让金婧身子一颤，双眼也瞬间看向了他。

沐云帆……

她已经好久没有听到这个名字了，眼下从这个男人口中说出，就更显奇怪诡异。

"看你这反应，应该是没有。"楚逸辰笑了笑，又问，"想见他吗？"

"你什么意思？"金婧低声问道，"好端端的提起他，你想说什么？"

"这是他在美国的地址，这是机票。是去是留，你自己想。"

从楚逸辰这儿回去，金婧躺在家里，一天一夜没有合眼。然后，她有了答案。

她想离开这里，就算见不到沐云帆，她也想去一个没有人认识她的地方，过新的生活。

金婧想得很美好，立刻开始收拾行李。可是她没想过，天下没有免费的午餐，更别提是在楚逸辰身上占便宜了。

她这次一旦离开B市，离开中国，再想回到这个国度，就绝不可能。而楚逸辰给她的沐云帆的工作地址，的确是真的。不过，是沐云帆上一个工作的地点，他现在早就不在那里了。

这一切金婧并不知晓，她开开心心地离开了，做着自己的梦。等她发现不对劲的时候，已经是很久以后的事了。

确认金婧已经坐上前往美国的飞机，离开了B市，楚逸辰也接到了黄兴的电话，说找到了那个杨柳，问他什么时候想见。

查看了一下自己的行程表，楚逸辰选了个时间。中午吃完饭后，他就开车离开了公司。

黄兴最近私家侦探的生意做得是风生水起，他发现自己好像自从遇见楚逸辰后，就离发家致富奔小康的目标越来越近了。

"老板好——老板看起来比上次又帅了一些。"见到楚逸辰，黄兴赶紧拍马屁。

楚逸辰不咸不淡地看了他一眼："人呢？"

"在里面！"

黄兴打开房间的门，歪着身子倒在沙发上的女人愤怒地看了过来。在看到楚逸辰后，她身上的气势瞬间消失，整个人看起来，怕极了。

黄兴跑过去把她嘴里的东西拿了出来，然后给她松绑。在回到楚逸辰身边的时候，他小声提醒道："这女人有两下子，我查了下，她好像和我是同行。"

楚逸辰听了这话，勾唇一笑。怪不得她懂得用那些鬼把戏，原来是靠这个赚钱吃饭的。

黄兴走后，楚逸辰向前几步坐到了椅子上，一派悠闲地看着眼前的女人。

心悬在半空，杨柳没有勇气和楚逸辰作对，所以在权衡之下，她把白沫儿推了出去："是她让我来B市找你，勾引你。她想证明你对顾筱筱不是真心，所以让我做了那些事情。"

所有的事情，楚逸辰都没和顾筱筱透露过。他不愿去想，如果顾筱筱知道了那些照片是从何而来的，会是什么样的心情。

第12章

时间飞逝，不知不觉中，离顾筱筱的预产期只剩一个星期。

因为楚筱郗比她提前怀孕一个月，所以孩子早就生了，一时间也脱不开身来医院陪她。

离预产期越来越近，顾筱筱的心情也越来越紧张。而随着这种紧张感的增加，她也感觉到肚子里的变化。

这天早上，楚逸辰才刚刚离开医院去公司，顾筱筱就感觉自己的肚子不舒服，这种不舒服的感觉，和以前的好像有点相像，但又好像有点不同。

她坐在床边，安安静静地感受着那种微痛。过了五六分钟后，她痛得更厉害了。

"姥姥……"看着从厨房走出来的沈千云，顾筱筱眉头紧皱着，小声说了句，"疼。"

沈千云一听，赶紧过来询问情况，然后出门去找医生。

随着时间的流逝，阵痛也越来越强，顾筱筱坐也不是站也不是，难受得想哭，又不敢哭。

医生很快就过来了，而且还不止一个。知道这位产妇的身份不一般，医院自然不敢忽视。

被医生、护士围着，顾筱筱紧紧地握着沈千云的手。

"是、是要生了吗？"她看着医生，小心翼翼地问道。

在看到医生点了点头后，她觉得自己的心一下子就提到了嗓子眼。

以前从没有过这种经历，所以顾筱筱下意识地觉得，医生点头说快了，那可能就是真的快了，说不定几个小时后，她就能潇潇洒洒地躺在床上，看着她的孩子了。

但是事实证明，她想得太简单了……

从清晨到夜晚，痛不欲生的十几个小时过去，两个小祖宗还是不肯出来。

又是一个漫长难熬的白天，抽血、挂点滴、测胎心，顾筱筱被折腾得已经一点儿精神都没有了，老老实实地躺在床上，医生说什么是什么，让做什么做什么。

晚上九点，她终于被推进了产室。

孩子的哭声，响彻产房。一番痛苦的挣扎后，两个孩子终于生完，顾筱筱觉得自己像是一个拯救了地球的超人。

她怎么这么厉害？被两个小浑球折腾得这么难受，竟然还活着……

凌晨三点十五分，顾筱筱终于被推出了手术室。大门一打开，她就看到了候在门口的楚逸辰，鼻子一酸，又想哭了。

太困太累太难受了，她从来没有过这样筋疲力尽的感觉……

"你看到孩子了吗？"扭过头，顾筱筱强撑着睁开双眼，看向楚逸辰，小声地问道。

"嗯。"楚逸辰蹲在地上，摸了摸她的头，"皱巴巴的，像是小猴子。"

"你才像猴子……我这么费力生出来的，你不准嫌弃他们！"

"好，不嫌弃。"楚逸辰浅笑着点头，亲了亲她的额头，心情复杂地说道，"宝贝辛苦了。"

满身的疲惫，在她看到孩子的那一刻，好像全都消失了。

顾筱筱看着两个小小的家伙，果然如楚逸辰所说，皱巴巴的，像小猴子。可就算是这样，她还是觉得好漂亮。

无法言喻的满足感和幸福感，贯穿了她的全身。

用手指轻轻戳了戳小宝宝的脸颊，顾筱筱轻笑出声。

孩子的名字，早就已经想好了。

哥哥叫楚慕谦，妹妹叫楚慕染。

有了孩子，顾筱筱觉得自己活了二十几年的生活规律，全部被打乱了。

养孩子是一件这么麻烦的事情？她以前没体会过还真是不敢想象……

躺在床上，小手小脚乱蹬的楚慕谦特别开心。楚逸辰手忙脚乱地帮他换着尿布，却不想一弯腰的工夫，这小子竟然照着他的脸，尿了。

于是，楚慕谦小朋友，在生下来十天的时候，送给他爸爸的第一份大礼，是一泡尿……

顾筱筱生了孩子的消息很快传开，广州那边在得到消息后，白安卿愤怒不已。于是在白沫儿的提议之下，两人来到了B市。

上午十点，顾筱筱接到了白沫儿的电话。

听着白沫儿用雀跃的声音告诉她自己现在在B市，顾筱筱并不怎么开心。她不是不想见白沫儿，是不想见白安卿。

"嗯，我这两天比较忙，孩子也比较黏人，所以脱不开身没法去见你。你应该能在这边待一段时间吧？"

"我不知道呀，可能过几天就要走了。姐姐，我可以去你家里看你呀，我还给宝宝买了礼物！"

顾筱筱沉默了一下，只能说："好，我让逸辰联系你们，到时他会去接你们。"

"哎？姐夫来接我吗？"听顾筱筱这么一说，白沫儿有些紧张，"那、那他什么时候来？"

"等他的电话吧。"

"那好，我知道啦。姐姐拜拜——"

挂了电话，白沫儿心跳加速。这么快就要见到楚逸辰了吗？

心神不宁地等待着，终于，白沫儿接到了楚逸辰的电话。

"姐夫好！"

"嗯，你们在哪家酒店？"楚逸辰开着车，低声问道。

在得到答案后，他看了眼时间："我四十分钟左右到，到了以后给你打电话。"

"好，姐夫路上小心，再见。"

要去见顾筱筱和小宝贝了，白沫儿特别开心。而那边已经生了一天气的白安卿，很明显，心情也变好了。

两人换了衣服，去楼下的大堂等着。楚逸辰的电话一打过来，他们就赶紧出了大门。

等他们上了车，车子直奔楚家老宅而去。

一个小时的时间，终于到了地方。这是白沫儿第一次来到楚家大宅，一下车，她就不由自主地倒吸了一口气。

好大的房子！好大的院子！

再看那边的停车场，她更是惊讶得说不出话来。

一直听人说楚家如何如何有钱，可不管听人说多少次，都不如亲眼一见啊！怪不得人人都说顾筱筱好命，嫁了户好人家……现在看来，果真如此。

白沫儿跟着白安卿上了楼，小心翼翼地打量着楚宅的装修摆设，来到顾筱筱的卧室，楚筱都正抱着孩子在里面陪她呢。

走进房间，白沫儿看着床上的三个小宝宝，双眼瞬间睁大。她加快脚步走了过去，可刚到床边，孩子就哭了。

小孩子哭，那可是带连锁反应的，一个哭，其他两个也都跟着凑起了热闹。

"孩子有点认生，等一下就好了。"顾筱筱看着白沫儿沮丧的表情，微笑着安抚。

楚逸辰也走了过来，抱起孩子走到窗边，低头逗弄着大哭不止的小宝宝，不一会儿的工夫就哄好了。

白沫儿看了看顾筱筱，又看了看那边的楚逸辰。

她第一次见到楚逸辰脸上有这样的神情，不是对别人的冷漠，也不是对顾筱筱的温柔。

他嘴角噙着笑看着怀里的孩子，抱孩子的动作十分熟练，看得出来这段时间一定是经常抱着。小宝贝手脚乱蹬，他便伸出一只手来和他互动。每次在那孩子快要抓住他的手指时，他就快速拿开，几次下来，逗得小宝宝直笑。

几个孩子终于不哭了，房间内也总算又安静了下来。

顾筱筱缓缓舒了口气，看向白沫儿和白安卿。白安卿身子僵硬地站在原地，一动也不敢动。他不敢出声也不敢上前，生怕再把孩子给吓哭了，只能远远地站在那里，看着顾筱筱怀里的孩子。

这样的白安卿，让顾筱筱心情复杂。在和他的视线对上以后，她欲言又止，最后终于开了口，问："不过来看看吗？"

白安卿连连摆手，拒绝："不了，会哭的。"

"真的不看吗？那我把他送去婴儿房睡觉了？"

"你！"没想到顾筱筱会这么说，白安卿气得直瞪眼睛。

顾筱筱看着他有火不敢发的样子，笑了笑："过来吧，别对他瞪眼睛，不然肯定会哭。"

既然来B市就是为了看孩子的，而且都到家里来了，怎么能不让他看呢？

楚筱郗主动从床上站了起来，给白安卿让地方。她走到窗边，小声地和楚逸辰说着话。

白安卿近距离地看着孩子，眼神都随之发生了改变。他定定地看着那孩子，看了好一会儿后，慢慢看向了顾筱筱："孩子平时听话吗？"

"现在还小，哪能看出听不听话。不过不太累人倒是真的，也很少哭，平时哭一会儿，很快就哄好了。"

"那就好。"白安卿点了点头，又看了看孩子，然后起了身，"行了，你休息吧，我下去了。"

不打扰顾筱筱休息，白安卿主动转身要离开。

白沫儿被他抓着走，不情愿地说道："爷爷你自己下去吧，我还想在这待会儿！我还有话要和姐姐说呢！"

"说什么说？下次再说！"

"我不，我不嘛！"

白沫儿挣扎着，挣脱后马上跑到顾筱筱身边，撇嘴盯着白安卿摇头。白安卿拿她没办法，只好警告道："不准闹！十分钟后马上下楼！不然我给你爸打电话，把你弄回去！"

白沫儿连连点头，不敢不从。等白安卿走出房间后，她松了口气。

他们晚饭是在楚家吃的，毕竟是客人，而且白安卿的身份在那儿摆着，楚家也不可能把人往外赶。

顾筱筱和楚筱都匆匆吃了几口饭，就上了楼，剩下大家在楼下一边吃饭一边聊天，场面也还算融洽。

顾筱筱走后，白沫儿和楚逸辰的位置，就只差一个空椅子了。她不由自主地有些紧张，腰板挺得笔直，小口吃着东西，听他们讲话。

吃完饭，楚逸辰陪他们又聊了会儿，然后就起了身。

"我上楼去看看孩子，等下再过来。"他是要负责送白安卿和白沫儿回酒店的，没有喝酒。

他回了房间，屋内只有顾筱筱和两个孩子，楚筱都已经回自己的卧室了。

顾筱筱正手忙脚乱地给孩子换尿不湿，看到楚逸辰回来，委屈地看着他不说话。

一个人照顾两个孩子，真的特别特别辛苦，尤其是顾筱筱这种新手，有时候会忙到额头冒汗。

楚逸辰过来帮忙，换尿不湿的动作简直比顾筱筱还要熟练。拍了拍能吃能睡也能拉的楚大宝的屁股，楚逸辰把他抱了起来。

"你咿咿呀呀说什么呢？嗯？"低头看着孩子，楚逸辰嫌弃地说道，"看看妹妹多乖多听话。"

楚逸辰话音刚落，那边的小宝特别给面子地呀呀两声，像是在回应他似的。

"看吧，妹妹都说她听话了。"

顾筱筱无语地看着父子两个互动，然后疑惑地问道："你哄孩子这么厉害，是不是之前有做过功课啊？"

顾筱筱之前一直觉得，楚逸辰不太像是会哄孩子的人，可后来才发现，自己想错了。

他在公司雷厉风行，可能攒下来的那点耐心，全用在她和孩子身上了。

"怎么，嫉妒了？"楚逸辰侧着身子看着她笑，"不用嫉妒，等下哄完他们就哄你睡。"

"谁要你哄？！"瞪了他一眼，顾筱筱低下头。

自从有了孩子以后，楚逸辰哄她的模式就更像是哄孩子。

他每天在公司肯定是特别忙的，下班回来后，既要加班，又要帮她照顾孩子，还要保证在晚上十二点之前回卧室陪她睡觉。总之一整天下来，他是没有丝毫空闲时间的，比顾筱筱这个专门在家看孩子的人，还要忙碌许多，也要疲惫许多。可是，他一句怨言都没有。

"沫儿晚上要是想留下来住的话，要不要答应她？"和楚逸辰聊着聊着，就聊到白沫儿身上去了，顾筱筱想，那丫头晚上应该是不愿意离开的。

"不要。"楚逸辰想也不想，十分痛快地拒绝了顾筱筱的提议，"她太闹了。"

白沫儿今晚若是留下的话，明天白天肯定是还要在家里的，楚逸辰可不想自己的老婆辛辛苦苦地照顾两个小不点的同时，还要抽时间去照顾她。

楚逸辰在说这话的时候，脸上的神情是十分不悦的，甚至脸色有些阴沉。顾筱筱望着他，迟疑地问："你不喜欢沫儿吗？"

楚逸辰看了她一眼，依旧是直白爽快的回答："又不是你，当然不喜欢。"

"你正经一点，不要说着说着就讨好我。"顾筱筱无奈地笑道。

"我有讨好你吗？本来就不喜欢。"楚逸辰说话一点都不客气。

楚逸辰这么说，顾筱筱觉得也情有可原，因为之前戒指的事情，还有杨柳的事情……

楚逸辰调查"艳照"的事，查到了杨柳身上，也查到了白沫儿身上。

这些都是顾筱筱后来才知道的，而且是听楚筱郁说的。

"逸辰……"既然聊到了白沫儿，顾筱筱想，那就多说几句吧，"其实沫儿这孩子，挺乖巧的。她对我特别好，杨柳那件事，我觉得只是个意外。她知道错了，以后肯定也不会再做了。"

"杨柳是谁？和她有关吗？"楚逸辰似笑非笑地装糊涂。

"楚逸辰！"

"好了好了，我知道你要说什么。放心吧，我不会因为那件事对她有什么偏见的。"

门外的白沫儿，在听到两人这样一番对话后，从头冷到脚。

她是从哪里开始听的两人的对话？哦对，是从楚逸辰的那句"她太闹了"。

她是准备和白安卿离开的，所以想着上来看看小宝宝，然后和顾筱筱告别，没想到却听到了这样的对话。

听到楚逸辰说自己吵，说不喜欢自己，白沫儿心里特别难过，可是这些难过，也抵不过再听到他们后面的对话。

杨柳！

这个名字让白沫儿的拳头一握。

顾筱筱为什么会和楚逸辰提到杨柳？

楚逸辰口中的"那件事"，指的又是什么？是自己派人调查他，还是杨柳私自给杂志社发顾筱筱照片的事情？那些照片，顾筱筱是不是也知道了是杨柳做的？是不是也怀疑到了自己身上，只是没有说出口而已？

太多太多的疑问，在白沫儿的脑海里盘旋。她手脚冰冷，忽然间有了种被顾筱筱背叛抛弃的感觉。

屋内的两人还在打情骂俏，可屋外的人，却陷入了一种极度悲伤痛苦的情绪之中。

她不愿意去相信自己想的那些可能，可心底，又忍不住去怀疑那些是不是真的。

在屋内的两人快要结束谈话的时候，白沫儿双手颤抖地往前迈了一步，敲响了门。

"姐姐，姐夫，我和爷爷要回去了。"开了口，白沫儿听到自己说话的声音都是抖的。

楚逸辰走过来开了门，看了她一眼，轻声道："等一下。"

听着楚逸辰的声音，白沫儿暗暗冷笑。

呵，是真的不喜欢她啊，就连和她说话的语气都变了呢。

"沫儿，不进来看看宝宝吗？"顾筱筱坐在床上，歪着头看着门外的人，好奇她怎么这么老实，都不进来。

"不了。姐姐，我先下楼了，改天再来看你，拜拜。"说完话，白沫儿赶紧转身离开。

她觉得自己的脚步都是飘的，而且心里难受得像是快要死掉了一样。

她下楼等着，不一会儿楚逸辰就穿好外套拿了车钥匙，送他们回去了。其实接人送人这种事情，完全可以让家里的下人做，但楚逸辰每一次都亲力亲为，让人能感觉到他的重视。

白安卿今天见到了顾筱筱和两个孩子，心情特别好，临走的时候留下礼物，牵着白沫儿的手，乐呵呵地走了。而白沫儿的心情，则完全不同。

出了门，走到车旁，楚逸辰主动为她打开车门，把她塞进了副驾驶的位子，然后又转身给白安卿开车门，接着自己走到另一边，所有的动作如行云流水，让人看不出有什么破绽。

白沫儿双手紧紧地抓着安全带，听着白安卿和楚逸辰说话聊天，心里想着他刚刚的举动，不知道他让自己坐到前面来是什么意思。

白沫儿想和他靠近，可又不敢和他靠近。一路上，她小心翼翼地看着前方，努力地用余光瞄着楚逸辰。

车子飞快地在路上前行着，很快就到了白安卿、白沫儿二人下榻的酒店。开门下车，楚逸辰和白安卿道别，在白沫儿想要跟着白安卿一起走的时候，他按住了她的肩膀。

"我和沫儿有些话要说。"楚逸辰微笑着开口，在看到白安卿疑惑不解的视线后，解释道，"筱筱交代的。"

"哦，那我就先上去了。"提到顾筱筱，白安卿就没什么好怀疑的了，转身大步离开，脑子里还想着两个可爱的小宝宝，也没留意到白沫儿不自在的神情。

白安卿走后，楚逸辰把白沫儿推回车子里。

他坐到驾驶位上，把车门锁好，然后偏过头，看向紧贴着车门不敢看自己的白沫儿。

"刚刚在家里，我和筱筱的对话，你都听到了吧？"楚逸辰开门见山地问道。

看到白沫儿摇头否认，他轻笑出声："你是喜欢我吗？"

"什么？！"白沫儿不可思议地看向楚逸辰，不敢相信自己的耳朵。

他怎么会问出这种问题？他发现什么了？

楚逸辰看着她的反应，更加确定自己心里的想法了。

这些年，喜欢他的人多了，所以楚逸辰很明白，那些女人在看到他时的反应是什么。

就算白沫儿再怎么小心翼翼地掩饰，可她看他的眼神不同。楚逸辰最初也不太敢相信自己的猜测，可是次数多了，他就不得不去怀疑。

"喜欢吗？还是不喜欢？"看白沫儿不说话，他又问了一遍。

"你疯了吗？你是我姐夫，我怎么可能会喜欢你？"被楚逸辰看得有点恼羞成怒，白沫儿厉声喝道。

"是吗？"楚逸辰邪魅一笑。

那笑容让白沫儿的视线又移不开了。

身子前倾，楚逸辰接近她。白沫儿下意识地往后躲，可是身后就是车门，她躲不掉。

他的呼吸在靠近，白沫儿看着近在咫尺的那张俊美无瑕的脸孔，不自觉地屏住了呼吸，脸唰的一下就红了。

"不喜欢我，你脸红什么？"楚逸辰微眯着双眼，近距离看着她，一字一顿地说道，"我看疯了的人，是你才对。"

重新坐好，楚逸辰心情特别暴躁。

如果现在眼前坐着的是别的女人，而非是让顾筱筱重视的白沫儿，那事情就要简单多了。

可偏偏，她是白沫儿，是和顾筱筱有着血缘关系的人，是让顾筱筱珍惜喜欢的妹妹。

"我不会喜欢你，永远不会喜欢你，明白我的意思吗？"点了根烟叼在嘴里，楚逸辰睨了她一眼，明明白白地告诉她，"今天的事情我不会和任何人说，更不会让筱筱知道，我希望你能和我一样。筱筱心思单纯，她永远都想不到会有这样的事情发生。她很喜欢你，如果你感觉不到她的喜欢，那我可以告诉你，你对她而言很重要。"

白沫儿咬紧牙关，双拳紧握，听着楚逸辰的话，眼泪在眼圈里打转。

"如果你今后不能以平常心态来面对我的话，那很抱歉，我不能再让你和筱筱见面，更不能让你见我的孩子。"

"为什么？！"

"因为我怕你会伤害他们。"楚逸辰的话，冷漠而决绝，"我的妻子因为我，受过不少伤害，我不希望她最后，是被自己的妹妹伤到。"

"在你眼里，我就是那样歹毒的人吗？！"白沫儿眼泪顺颊而下，哭着问道。

"我不知道你是什么样的人，也不想知道。我只知道我的妻子心地善良，并且不谙世事。如果可以，我希望能够尽我所能，让她一辈子如此。你是个聪明人，应该知道自己要怎么做。"

顾筱筱虽然经历过很多事，也被迫接触到很多人，但这个世界的黑暗面，她还只是见到了其中很小的一部分而已。在楚逸辰看来，这样就够了。

白沫儿抹了把眼泪，却发现那眼泪好像怎么擦也擦不干净。

心里的秘密一下子被揭发，就像心被撕开了一个口子，痛得她泪流不止。

"你就那么爱她吗？你到底有多爱她？就非她不可吗？"

有多爱她？楚逸辰还真的从没想过这个问题。

"在她之前，我从未想过要结婚，也从未想过要孩子。我曾经有过女朋友，在一起六年，也没有过想结婚的念头。如果你调查过我，这些你都应该知道。"楚逸辰风轻云淡地说出白沫儿的另一个秘密。

看着白沫儿惊恐的表情，楚逸辰知道，他又猜对了。

这丫头，还真是做了太多荒唐的事情。

"别说了。"白沫儿用力咬住唇角，低下了头，"让我坐一会儿，三分钟，三分钟就好。"

不要哭，不要再在这个男人面前哭！白沫儿不断地在心里告诉自己，她不想让自己在他面前变得那么难堪。

"我是喜欢你没错，可我更喜欢顾筱筱。你放心，我不会对她做什么的，她是我唯一的姐姐，我会对她好。"

"希望如此。"楚逸辰的回答依旧冷漠。

他看着白沫儿擦干眼泪，下了车，又看了看门口站着的保安，然后一脚油门，直接离开。

白沫儿站在寒风中，目送楚逸辰的车子快速地消失在她的视线之中。然后，她慢慢地扭头看向另一个方向，大步走了过去……

第13章

楚逸辰开车回到家，顾筱筱还躺在床上等着。小东西鼻子特别敏锐，他才刚刚走到床边，她就闻到了他身上的烟味。

像小狗一样爬到他身上闻了闻，顾筱筱吸了吸鼻子："抽烟了。"

"嗯，抽了根。"笑着揉了揉她的头发，楚逸辰低声说道，"明天公司有早会，我得提前过去。"

顾筱筱听了这话，马上老老实实地躺好，不再闹他，没一会儿工夫，就已经睡得死死的了。

楚逸辰侧着身子，借着微弱的灯光看着眼前的人，抬手轻轻理了理她耳边的碎发。他看了好久，亲了亲她的额头。

白沫儿的事情，楚逸辰是永远都不会和她说的。

而白沫儿那边，在回去以后也再没有联系他们，安分得很。

一转眼的时间，两个宝贝就满月了。满月酒宴来了些人，不算多，但是个个身份特殊。

酒席上楚逸辰很高兴，自然喝了不少。儿女双全，是别人羡慕不来的。

孩子一个月了，五官也变得更立体了些，双眼皮很明显，而且楚慕染一笑，脸颊上还有两个小小的酒窝，简直和顾筱筱一模一样。

白家这次还是来了人，是白英杰亲自到场。白沫儿给顾筱筱发了祝贺的信息，简简单单的一句话，没再说其他的。

忙碌的一天过去，次日清晨，顾筱筱在孩子的哭声响起的一瞬间，快速坐了起来，身上的被子也随之滑落。

楚逸辰打了个哈欠，起了身，穿好衣服过去把孩子抱了起来，闻了闻那臭臭的小屁股后，嫌弃地又放回了床上，回身去找尿不湿。

　　一整个早上，两个孩子都哭闹得厉害。顾筱筱也不知道他们是怎么了，自从他们出生后，都没哭成这样过。

　　"额头不热，不是发烧，是不是身子不舒服？要不要去医院看一看？"心神不宁地看向一旁的楚逸辰，顾筱筱蹙眉问道。

　　孩子突然哭闹，家里的人都束手无策，没办法，只好带去医院。可是医生检查后，又什么问题都没有。

　　看着怀里眼泪汪汪的小家伙，顾筱筱心疼得不得了。

　　"不哭了好不好？想干吗告诉我啊！你们再哭下去我也要哭了！"拿他们一点办法都没有，顾筱筱急得直跳脚。

　　重新回到家中，又哄了哄，两人这才渐渐安分下来，可是前提是顾筱筱不能动，只要她起身去喝个水的工夫，他们都要哭。

　　生无可恋地看着两个小东西，顾筱筱长长地叹了口气："我哪儿也不去，就在这儿看着你们，所以不要哭了，拜托拜托。"

　　一连几天，两个孩子早上起来就哭，非得哄一会儿才能哄好。所以顾筱筱每天的晨起运动，就是放下这个抱那个，喂了那个哄这个。

　　"你怎么下来了？孩子睡了？"沈千云正站在院子里晒床单，看到顾筱筱一边走出来一边伸懒腰，担心地问道。

　　"睡了。"顾筱筱点点头，走到她身边，疑惑地问道，"姥姥，我小时候也这么恼人吗？那你岂不是很累？"

　　"你小时候听话着呢。"沈千云笑着拍了拍她的手，"孩子还小，过段时间就好了。"

　　"可我担心这么哭下去，有变成熊孩子的可能啊。"

　　和沈千云聊了会儿天，晒了会儿太阳，顾筱筱回了房间，看他们睡得还算安稳，长舒一口气。

　　沙发上的手机嗡嗡振动，她过去看了眼，是公司的电话。

　　走到走廊里接起，顾筱筱想了想，回道："家里司机不在，那我现在给你们送过去吧，大概半个小时就能到。"

　　没住在老宅那边，离公司也近了些。顾筱筱跑到书房找到他们要的东西，然后匆匆回房看了一眼。

　　一般情况下，大宝、二宝睡觉的时间都在两到三个小时。所以她现在去公司再回来，时间完全赶得上。

　　"姥姥，我去公司一趟，一会儿就回来，你和张姨帮我盯着点孩子。"拿了文件下楼，顾筱筱一边换鞋一边说道，"奶的话冰箱里有，热一热就行了。我去送个东西，很快的。"

"那你路上小心点，车别开太快。"

"放心吧，我开车一向很慢，快不起来。"

拿了车钥匙赶紧出门，顾筱筱朝着公司的方向而去。顺顺利利到了公司，把文件交上去后，她还顺便探了个班。

"你怎么来了？"看着突然出现在自己办公室里的人，楚逸辰惊讶地问道。

"来视察工作呗。"顾筱筱嘿嘿一笑，跑到办公桌旁，弯腰亲了亲他，然后就准备走了，"好啦我该回去了，小祖宗们在睡觉呢，不知道什么时候醒。"

楚逸辰起身把她拽了回来，将刚刚那如蜻蜓点水般的吻加深，等顾筱筱气喘吁吁之时，才放开了她。

"停！别送我了！我自己会走！"倒退着走向门口，顾筱筱伸手制止，生怕他离自己太近。

楚逸辰看着她一步步倒退，浅笑不语，等她完全离开自己的视线后，才重新坐回到椅子上，准备一会儿要开的会议。

"哟，新鲜哪！"迎面走来的徐明，在看到顾筱筱后，笑着调侃，"来突击检查的？"

"我像那么无聊的人吗？"顾筱筱停下脚步，如实回答，"市场部那边有份文件要用，我早上忘记让逸辰带过来，就只好送来了。"

"一孕傻三年？"

"不用你提醒我也知道的好吧？"顾筱筱知道他忙，所以聊了两句后就离开了。

慢慢走在公司里，看着人来人往忙碌的样子，她越发想回来工作，但一想到家里的两个，就只好咬咬牙，忍了。

坐电梯下了楼，顾筱筱准备回家，车子才刚刚驶出停车场，就接到了一通电话。

以为是家里打来的，所以顾筱筱看都没看，赶紧接起。在听到对方的声音和说的话后，她不悦地说道："不好意思，我不接受采访。"

是媒体记者，也不知道从哪里弄到了她的电话号码。顾筱筱很不擅长和这类人打交道，所以最好的选择，就是拒绝。

"我们手上有一些照片，是关于楚先生和您妹妹白沫儿的，不知楚夫人有没有兴趣回答我们几个问题？"

对方的话，让顾筱筱挂电话的动作迟疑了一下。

逸辰和沫儿的照片？这些八卦媒体又搞什么幺蛾子？

"我刚刚已经说过了，我不接受采访。至于你口中所说的照片，我也不清楚是怎么一回事。如果你们确信自己拍到的是真实的，那就尽管发好了。"不想被这些人威胁，顾筱筱语气很强硬地说道。

"这样，我们可以先给你发一张照片，然后你再考虑要不要接受我们的采访。"

对方喋喋不休，让顾筱筱实在恼火，挂了电话扯下耳中的耳机，她心烦得很。

那人说的照片很快就传了过来，顾筱筱蹙眉拿过手机，低头瞥了一眼，然后整个身子都僵住了。

手忙脚乱地将车停在路边，她低下头认认真真地看着那照片。

照片是被偷拍的，不过车内两人的容貌却清晰可见，一眼就看得出是楚逸辰和白沫儿。而且那车子也的确是楚逸辰的。

照片上的两人，是在激吻。从这个角度看，是楚逸辰主动。

这照片不可能是真的。

这照片一定是假的。

顾筱筱心里很清楚这一点，可是她还是难受得不行。

这帮浑蛋到底有没有底线？为了赚钱怎么什么事都做得出来！

顾筱筱从没想过楚逸辰会背叛自己，也不相信他会这么做。更何况，对方还是白沫儿。

她觉得可笑，可又笑不出来。她知道那群无良媒体一定会拿这照片大做文章的，到时候一旦发出去，肯定会引起波澜。不管事实是怎么样的，有些人只相信他们的眼睛，就算照片是假的、是PS合成的。

就在顾筱筱气得手直抖的时候，对方很快又发来两张照片。照片里的主角，依旧是那两个人。

时间是在晚上，顾筱筱想了想，知道这是哪天发生的事了。

白沫儿那天和白安卿去楚宅看孩子，是楚逸辰送他们回去的。照片上两人的表情都很严肃，到底是发生了什么？楚逸辰又为什么会做出那样的举动？

就在顾筱筱纠结，是要打电话过去，暂时稳住这些记者，还是打电话给楚逸辰，让他去处理这件事情的时候，沈千云的电话打了过来。

孩子醒了，哭得撕心裂肺。顾筱筱从电话里都能听到孩子的哭声，心里一紧，顾不上那么多了，把手机扔到一旁，一踩油门回家。

什么照片，什么记者，都没有她的孩子重要！

原本应该有些拥堵的马路，今天却莫名地畅通。顾筱筱因为照片的事和家里的孩子，心情烦躁，只想着快点回家，所以连后面那辆正急速朝她驶来的大车，也没有留意到……

车子被追尾的一瞬间，顾筱筱的头毫无防备地撞到了方向盘上。

车子失控地撞到了路边，顾筱筱觉得天一下子就暗了。

痛……

温热的血液从额头流下，流进了她眼睛里。

刺鼻的汽油味，熏得她不得不屏住呼吸。

顾筱筱努力想要坐直身子，想要解开身上的安全带，可是在眼前彻底变黑暗之前，她却什么也没做成……

孩子，她要快点回家，她的孩子还在等她。

照片，全都是骗人的，她才不相信那些。

她有这世上最疼她的姥姥，最爱她的丈夫，最懂她的闺密，最聪明可爱的宝宝。

她……她什么都不缺了……可是，她要怎么去守住这些……

下午两点十分。风扬集团办公楼内。

十六层的大会议室，正在召开每月一次的集团会议。楚逸辰靠在椅背上，听着他们每个人的发言，偶尔提笔记下几个数据。

设置了静音的手机放在桌子上，忽然振动起来。楚逸辰眉头微皱，看了一眼，很意外，竟是沈千云的号码。

他心里莫名地有种不好的感觉，因为沈千云平日里鲜少会联系他，而且筱筱在家里，就算是有事，也该是筱筱打来电话才对。

拿起电话，楚逸辰径直朝门外走去。

"逸辰，筱筱是不是不在公司了？她的电话怎么打不通？"沈千云慌张地询问。

楚逸辰的心猛地沉入谷底，她离开公司至少有一个半小时的时间了，还没到家吗？

"我去她的办公室看一眼，等下回你。"快速回了沈千云一句，楚逸辰转而去拨顾筱筱的号码。果然，和沈千云所说的一样，电话是打不通的。

关机，好端端的怎么会关机？

楚逸辰大步走向电梯，到了顾筱筱所在的办公楼层，人并不在办公室。

不在公司也不在家，难道是堵在了半路上？可就算手机没电了，在车上也是可以充的，这到底是怎么回事？

心没来由地越来越慌，忽然他灵光一闪，车上是有GPS定位跟踪的，只要看看车子现在在哪儿，就知道顾筱筱的下落了！

"你看新闻没？刚刚三环高速上出了车祸，车毁人亡，听说大火刚刚熄灭，今天下班肯定又要堵一段时间了！"

"三环？那离咱们公司还挺近的啊。死了几个？"

"一死两伤吧，我也是刚刚在新闻上看到的。这年头车祸越来越多，还是坐地铁比较安全！"

楚逸辰听着前面两名女员工的轻声交谈，加快脚步上前询问："新闻是在哪里看到的？什么时候发生的事情？"

"楚、楚总？！"

两人一回头，没想到会看到楚逸辰，顿时惊慌起来。

"就是刚刚的事情，我在网上看到的新闻。"

楚逸辰脸色阴冷，赶紧拿出手机搜寻了一下她们所说的新闻，然后一边下楼，一边打了个电话。

"韩奕，你帮我找交通局那边的人问一下，一个小时之前在三环上发生的车祸，现在伤者在哪家医院，伤势如何，我现在就要知道。"

韩奕很少听到楚逸辰用这种语速交代自己什么，意识到事情的严重性，赶紧去办。可是这一查，就查到了大问题……

白色奔驰，彻底报废。车子是和拉石子的大货车撞在了一起，奔驰车油箱泄漏，当场引起爆炸。车内的人，自然也难逃一劫。

楚逸辰开车前往现场，车子的残骸还停在那儿。

熟悉的车子，熟悉的车牌，可车内的人去了哪里？

时间仿佛一下子静止了，楚逸辰站在车边，静静地望着那已经被烧毁的车子，什么都听不到了。

他站在原地差不多有一分钟，才猛地朝着那边跑去。在被交警拦下的时候，他动作利落地将人撂倒，冲到奔驰车旁，想要确定是自己看错了。

"人呢？车里的人在哪儿？！"回头看着围上来的几名交警，楚逸辰声音颤抖地问道。

"说话！我问你们人呢！"

几名交警面面相觑，楚逸辰衣着不凡，开的车子更是价值不菲，一看就知不是普通人。

"死者的尸体已经运走了，两名伤者正在医院……"

"哪家医院？！"楚逸辰迫不及待地问道，在得到回答后，匆匆转身离开。

他心急如焚，可奈何因为这场车祸，路上的情况却是堵之又堵。

车子艰难地前行着，楚逸辰紧紧地握着方向盘，手心都是汗。韩奕的电话过了一会儿打过来，告诉他之前想知道的一些信息。

"逸辰，我现在大概还有十分钟到医院，你先不要急，有什么消息我会第一时间通知你。"

从接到楚逸辰的电话的那一刻开始，韩奕就意识到事情的麻烦，在问了交通部门以后，他更是有种大事不妙的感觉，于是连忙出门，前往医院。

没有人希望事情是他们想象中的那样，可有些时候，事情偏偏就是不遂人愿的。

尸体在大火中被烧得面目全非，根据车上遗留下来的物品，以及女子的身体形态，都可以猜得出她是不是他们要找的那个人。

韩奕的脑子一片空白，他是答应了楚逸辰，只要得到消息立刻通知他，可是这样的话，要他怎么说出口？

"身份确定了吗？"看着法医朝自己走来，韩奕低声问道。

中年女子有些为难地摇了摇头："DNA已经提取成功，可是检测结果还要等两个小时。"

267

所有的迹象都表明，车内的人就是顾筱筱。韩奕回眸看了看太平间里的尸体，心悬在半空，一句话都说不出来。

逸辰啊逸辰，他该怎么办……

韩奕低着头在走廊里站了好久，一个小时后，楚逸辰终于出现在了医院。

听着那脚步声快速接近，然后停在自己面前，韩奕抿了抿有些干涩的唇，抬头看向他。

两人相视无言，韩奕迎着楚逸辰期待的目光，越发难以开口。

"再等等，DNA检验结果还没出来。"垂下头，韩奕欲言又止，"尸体被烧毁，辨别不出身份。不过筱筱的包……"

"不会是她。"打断韩奕的话，楚逸辰走到走廊的另一端，靠墙而立，声音冰冷，却足够坚决，"不可能是她。"

楚逸辰的话，与其说是狡辩，倒不如说是自我催眠。韩奕看了他一眼，不知该说些什么。

如果现在摆一面镜子在这儿，楚逸辰一定会看到自己脸上惶恐不安的表情。韩奕认识他太多年了，从小时候光着屁股在一起玩儿开始，他们就是朋友，所以，楚逸辰镇定自若的表象之下是怎样的一种害怕，韩奕一眼就看得出来。

顾筱筱对他太重要了，今天的事情，他一定没法接受。

想想家里的两个孩子，韩奕觉得老天爷的这个玩笑开得有点大了。

他们的幸福才刚刚开始，怎么能这么快就结束？

时间缓缓流逝，走廊上格外安静。楚逸辰一直沉默不语，等待着法医来给自己一个结果。

低头看着自己脚下，楚逸辰并没有进去看那具尸体。他脑子里一直在想，想顾筱筱在离开公司的时候，他们都说过什么，想顾筱筱昨晚在睡觉的时候，还嚷着说要吃冰淇淋。

密密麻麻的，全都是和她有关的记忆，挥不去，散不开。他就一直这样静静地站着，直到法医再次出现。

手中拿着检验报告，工作人员看着楚逸辰和韩奕两人，眉头紧锁。

韩奕瞥了楚逸辰一眼，主动上前，接过她递来的东西低头一看，整个人都僵在了那里。

"你先回去吧。"深吸一口气，韩奕看向眼前的人。

等她走后，韩奕才转身看向楚逸辰："逸辰，你冷静一下，听我说……"

话还没说完，他手里的东西已经被楚逸辰抢了过去。韩奕盯着楚逸辰的五官，看着他双眸瞬间睁大，骨节泛白地拿着那份报告，身子晃了晃，向后退了一步。

"不会是她。"把报告直接扔到了地上，楚逸辰摇了摇头，"不会是筱筱。"

韩奕走过去，不知该如何安慰。

268

楚逸辰目光尖锐地盯着地上的检验报告，然后猛地转身，一拳打在了墙上。

白纸黑字，写得是那样清晰明了。

顾筱筱……

楚逸辰从没想过，自己会在死亡报告上看到这三个字。他也不愿相信，这份检验报告是真的。

他的妻子不会有事，一定是哪里出了差错才会这样。

是绑架吗？怎么还不打来电话？要多少钱他们尽管开口，他给就是！

是恶作剧吗？什么时候是个头？给他个提示，他陪他们玩下去！

害怕，他从来没有像现在这样害怕。

她怎么会死？她怎么能死？她怎么舍得离开他，离开他们的孩子？

"逸辰……"

"韩奕，你让我一个人待一会儿。"不想说话，楚逸辰只觉得好累。

韩奕见他这样，好不容易到了嘴边的话，又咽了回去。

"我出去抽根烟，一会儿回来。"转身离开，韩奕有些受不了楚逸辰身上散发出来的、那让人窒息的绝望气息。

韩奕走后，楚逸辰慢慢转过身，看向一旁的房间。他知道，那具尸体就在里面。

脚步不受控制地走向那里，推开门，看着床上被白布遮住的尸体，他从头凉到脚。

不再继续往前走，楚逸辰放弃去看那尸体的模样，快速转身走出房间，离开医院。

"逸辰！你去哪儿？！"韩奕正站在门口抽烟，看到楚逸辰疾步出来，朝着停车场方向走去，他赶紧跟上，"回家吗？我送你！"

现在的楚逸辰情绪很不对劲，韩奕不能让他再有事。

"去交通局，我要看监控录像。"

韩奕知道他是不死心，不再说其他的，开车前往目的地。

和那边的人打了个招呼，很快，视频就调了出来。

白色奔驰，从风扬集团楼下的停车场驶出，缓缓前行。

在开出几分钟后，车子停在了路边，不知道是什么情况，大概过了十分钟后，车子又启动了，然后直到事发地点，都没再停下来过。

最后的监控画面，是在距离事发地点一千米远的地方。那是那段路最后的一个摄像头拍摄下来的，从画面上也能看得到，坐在驾驶位上的人，是她。

韩奕开车送楚逸辰回家，没回老宅，没回新家，回了他公司附近的公寓。

顾筱筱出事的消息，没有人特意去散播，可该知道的人，还是都在第一时间知道了。

广州，安宅。楚筱都在看到安承朗脸色阴沉地回来，告诉她收拾东西回B市的时候，就知道是出事了。

269

"不是说下个月才回去吗？怎么了？"

安承朗拿出手提箱，往里面塞着东西。

楚筱都看着他的举动，心慌得不得了："安承朗你说话，怎么回事？你别吓我。"

把手里的衣服扔进箱子，安承朗抬眸看了看眼前的人，很艰难地吐出了几个字："筱筱出车祸了。"

楚筱都手中的奶瓶啪的一声摔在了地上，碎了。

"她怎么样了？什么时候的事？现在还在医院吗？伤得重不重？"

一连串的问题从楚筱都的口中问出，可却一个答案都得不到。

"我问你话呢！筱筱她怎么样了啊？对，我给我哥打电话，他一定知道！"

猛地回过神来，楚筱都转身去找手机，但被安承朗制止了。

从身后将她抱住，安承朗紧紧地抱着她，然后低声说道："筱筱她……已经不在了。"

"你放屁！安承朗你咒谁呢？！"用力从他怀里挣脱，楚筱都破口大骂。

她嘴上骂着，心里却在慌着。安承朗不傻，他不是弱智，不可能无缘无故地说出那种话来。楚筱都很清楚这一点，可还是不能接受。

"筱都，现在不是哭的时候，慕谦、慕染在家里没人照顾，我们必须马上回去。"

听安承朗这么一说，楚筱都赶紧抹了把眼泪。她想去收拾行李，可才往前走了一步，就腿软得差点跌倒在地。

房间内死一般寂静，收拾好东西，带上孩子，他们匆匆赶往机场。凌晨一点半飞机抵达B市，是韩奕来接的他们。

韩奕是最清楚事情来龙去脉的人，安承朗问清楚细节后，眉头紧皱，而后座上的楚筱都，已经泣不成声。

沈千云晕倒在医院，姚慕青在家里照顾两个孩子，楚明远已经从英国那边往回赶了，至于楚逸辰，自从韩奕下午把他送回公寓以后，就一直没再露过面。

回到楚宅，还没进大厅，楚筱都就在门外听到孩子的哭声。一边流泪一边往里面走，在看到姚慕青坐在沙发上眼睛红肿地抱着孩子后，楚筱都情绪有些崩溃。

抱着孩子哄着孩子的人，应该是顾筱筱才对啊！她人呢？去哪了？孩子哭成这样，她都不心疼的吗？

忙忙碌碌一整个晚上，谁都没有合眼。孩子哭到凌晨三点多，才好不容易哄睡着。楚筱都坐在床上，看着婴儿床上的小宝宝，心如刀绞。

她们明明昨天还通过电话，还约好等她回来后，两人要出去玩儿的，才短短一天的时间而已，怎么就发生了这种事情？

还是没办法接受这个事实，楚筱都跪在床上，紧紧地咬着自己的唇角，不敢哭出声来。

一夜无眠，她麻木地照顾着三个孩子。家里没什么人说话，姚慕青哭得眼睛肿得不像样子，去医院照顾沈千云了。楚明远刚刚到B市，正在了解情况。

楚逸辰一直没有现身，没人知道他在哪儿、在干什么。

外人眼中很普通的一起车祸，就这样拆散了一个家。

车祸，多寻常的事情，每天都在发生，每天都有人离开这个世界。

悲剧不发生在自己身上，就永远都体会不到生离死别的痛苦。上帝的情绪最喜怒无常，他随便一个不高兴，就会带走一个人的性命。

楚筱郗轻轻拍抚着怀里的孩子，无声地哽咽。

他们生下来的时候很乖巧的，她去广州的时候也是这样。

哭得这么厉害，是因为他们也知道，再也见不到自己的妈妈了吗？

没有人想接受这样的事实，可是人证、物证俱在，DNA检验结果也摆在那里，让人无法反驳。

B市的天空，似乎都蒙上了一层阴郁，每天都阴沉沉的，却始终不见下雨，闷得人心里不舒服。

日子就这样一天一天地过着，一切似乎都发生了改变，可又似乎一切都没有改变。

半个月，自从顾筱筱出车祸后，已经过去了半个月，楚筱郗一直没见过楚逸辰。家里其他人，也是一样。

这天，楚筱郗终于忍不住，趁着孩子睡觉的时候离开了家，开车到公寓那边。她上了楼，按了密码进了楚逸辰的家。

一打开房门，酒气迎面而来，呛得楚筱郗倒吸一口气。

屋内没有开灯，楚筱郗摸黑打开客厅的灯，四下看了看，就看到了满地的酒瓶。

楚逸辰不在客厅，她看了眼门口，鞋还在，所以人应该是在家里的。

整理了一下思绪，楚筱郗迈步往里面走。书房内也找不到人，客房更是没有踪迹，剩下的，就只有楼上的主卧了。

上楼的脚步无比缓慢，楚筱郗忽然间很怕见到楚逸辰。

她要说什么？她能说什么？

慢慢走到楼上，楚筱郗站在紧闭的门外，轻声开口："哥，你在吗？我进去了？"

敲了敲门，里面没有回应，楚筱郗犹豫了一下，推门进去。

依旧是昏暗的光线，依旧是弥漫的酒气。楚筱郗眉头紧皱，总算在靠近窗户一侧的床边找到了人。

"哥？"

他坐在地上，楚筱郗从没见过这样狼狈的他。他喝多了，这是楚筱郗第一次见到他喝多。

他喝得烂醉如泥，仰靠在床上，脑袋偏向墙的那一方。

楚筱郗不知道他是不是睡着了，轻声叫了叫他，然后就看到他动作缓慢地转过头来。

楚逸辰先是看了看楚筱郡，然后看向她的身后。

空空如也，什么人都没有。他喉结滚动了一下，垂下眼帘，什么都没说。

楚筱郡眼睁睁地看着他眼底那期待的光芒渐渐暗下去，他在等谁？等筱筱吗？

"哥，你不能再喝了。"声音哽咽，楚筱郡将他身边的酒瓶拿走，费力地将他扶到床上。

楚逸辰真的是一点力气都没有了，他身体的全部重量都压在楚筱郡身上，在他躺到床上的那一刻，楚筱郡也摔倒在床上。

心里难受得要命，楚筱郡忍住眼泪，强撑着身子想坐起来。可她才刚刚动了一下，就被楚逸辰一把拽了过去，紧紧抱在了怀里。

楚筱郡愣了一下，在听到楚逸辰嘴里说出的话后，她再也忍不住，眼泪顺颊而下。

"你回来了……不要再走了好不好，我做错了什么你告诉我，不要走……"他小声地说着，语气卑微，苦苦哀求，声音颤抖。

她说过，以后他若是不喜欢她了，那她就会跑得远远的，跑到他找不到的地方去。

可是，他什么都没有做，他那么爱她，她为什么还是要走？

"我爱你……你要什么我都给你，别离开我……"

"哥！哥你醒醒！我不是筱筱，你看清楚！"用力从他的怀里挣脱，楚筱郡哭着喊道。

"筱筱她不在了，她不会回来了！你别再折磨自己了好不好？你这样下去，孩子怎么办？筱筱和你的孩子，他们怎么办？！"楚筱郡一边大声地说着，一边摇着楚逸辰的身子，"都半个月了，你每天就这么喝，不去公司不回家，也不看看孩子。我知道你想她，我们都想她！可是有什么用？她死了啊！她回不来了！"

"你闭嘴！"楚筱郡的话将楚逸辰惹火，他厉声叱道，身上迸发出的寒气，让楚筱郡感到害怕。

抹了把眼泪，楚筱郡泣不成声。她爬下床，走出房间给安承朗打了个电话，告诉他自己今晚不回去了，然后就回到屋里，坐在沙发椅上，一直静静地看着楚逸辰。

从天黑到天亮，又是一个不眠夜。楚筱郡身子蜷缩着，抱着自己的双腿，只要一想起顾筱筱的音容笑貌，就忍不住地哭。

这屋子里，满满的都是那个人存在过的痕迹。

床边有她看过的书，桌上摆着她的照片，浴室内有她的牙刷，鞋柜里有她的高跟鞋……

一切都如往常一样，只是，少了那个人而已。

天色渐亮，楚逸辰慢慢醒来。他头疼地按了按太阳穴，然后缓缓睁开双眼。看到床边的楚筱郡，他怔了一下，声音沙哑地问："什么时候来的？"

"昨晚。"楚筱郡吸了吸鼻子，回答，"你该回家了。"

"在哪儿都一样。"楚逸辰起身走向浴室，"你自己回去吧，我不送你了。"

"哥！"猛地站起身来，楚筱郗大步走到他身后，"孩子还在家里，你不回去看看吗？顾家那边的人已经从美国过来了，白家的人也都到了，你必须回去一趟！筱筱的葬礼……"

"不办。"洗了把脸，楚逸辰声音冰冷决绝地说道，"人没死，办什么葬礼？"

伸手去拿洗手台旁的毛巾，在看到那条浅粉色的毛巾时，楚逸辰的动作僵硬了一下。

这是他们上次去超市买回来的，她说喜欢上面的小兔子，可还一次都没用过。

"顾家那边的人你照应一下，白家的人让他们回去，我不见。"

"哥？！"没想到他会这么说，"来的是白英杰和白沫儿……"

"让他们滚回去，不见！"楚逸辰声音突然间变大。

楚筱郗吓得身子一抖，不敢再说什么。

意识到自己的语气不对，楚逸辰回头看了她一眼，平缓了一下情绪，继续说道："我晚上回去。路上开车小心点。"

他像是一只困在囚笼里的野兽，浑身上下充满了危险的气息。楚筱郗虽然知道他不会伤害自己，可还是没来由地害怕。

楚筱郗走后，楚逸辰靠在门框上，长长地叹了口气。他站在门口看着卧室，看了好久，才迈步走进去，收拾了一下地上的狼藉。

楼上、楼下的酒瓶，堆成了一大堆。冲了个澡，刮了胡子，换了身衣服，楚逸辰坐在楼下的沙发上发呆。不知不觉，就到了下午。

起身要回老宅的时候，他才发现自己已经好几天没碰过手机了，翻了一圈，才在洗手间里找到。

手机已经没电了，楚逸辰充了几分钟开机后，看着屏幕上接连不断的未接来电提醒，一个都没回。他拿着手机下了楼，开车往老宅的方向而去。

楚筱郗、安承朗等人都在客厅，楚云飞也在，看到他回来，全都一副欲言又止的样子。

"孩子呢？"看着楚筱郗，楚逸辰轻声问道。

"刚刚睡着，在楼上。"

得到回答，楚逸辰大步上了楼，走到卧室推开门，看着婴儿床上的两个小家伙。

半个月没见，感觉他们好像又长大了一点。他们瘦了，而且瘦得很明显。

不知是被开门声惊醒，还是睡得不舒服的缘故，他们很快就醒了，看到床边站着的人，蹬了蹬腿，放声大哭。

最先醒来的是楚慕谦，他的哭声瞬间将身边的妹妹吵醒，楚逸辰俯身将他抱起，剩下那个，则是被听到孩子的哭声冲过来的楚筱郗抱在了怀里。

"你怎么一回来就惹他们哭？好不容易才哄睡着的！"看向楚逸辰，楚筱郗不悦地训道。

273

"以后我哄。"楚逸辰随口一句回答，让楚筱郗愣在原地。

他抱着楚慕谦走到窗边，侧着身子靠在那里，抬手擦了擦孩子脸上豆大的泪珠。

亲了亲楚慕谦的额头，楚逸辰低头与他对视的画面，让楚筱郗又忍不住眼圈泛红。

"你一个男孩子，怎么这么爱哭？"皱着眉头和楚慕谦说话，楚逸辰认真地问道，"是想妈妈了吗？那就快点长大，爸爸带你们去找她好不好？"

楚逸辰的话让楚筱郗十分不安，直到现在他还不相信顾筱筱已经离开的事实。

楚逸辰轻声哄着怀里的孩子，不一会儿，竟真的哄得他不哭了。

把楚慕谦放到床上，楚逸辰走向楚筱郗那边，把女儿抱了过来："我明天把孩子接回去找人照顾，以后他们和我住在锦园那边。"

"不行！"楚筱郗想也不想一口否决，"我信不过你找的人，我要照顾他们！"

"你一个人照顾三个孩子太累，照顾景琰就好。"

"我以后不上班也不往外跑，我这么大个人，怎么就照顾不好三个孩子？！"楚筱郗的态度也很坚决，她不能把筱筱的孩子交给别人照顾，她要亲眼看着他们长大才行！

"这件事没的商量，你要想搬去锦园那边，那我明天也过去，反正我不和孩子们分开。"不去看楚逸辰的脸，楚筱郗走到床边坐下，握着楚慕谦的小手说，"我准备让姥姥和顾家那边的人去美国，以后孩子的事，就交给我。"

楚逸辰也是这么打算的，沈千云现在的身体状况十分不好，得找点人和事情分散她的注意力才行。

失去女儿和外孙女的痛苦，想也知道是怎样的一种折磨。沈千云这些年，把对顾婉婷的思念与期待，全都寄托在了顾筱筱身上。她独自抚养顾筱筱这么多年，可现实……却这样残忍。

楚筱郗现在都不敢去看沈千云，每次看到沈千云沉默地低着头、一言不发的样子，她就心痛到呼吸困难。

楚逸辰不同意给顾筱筱办葬礼，其他人也不敢说什么，就连一向习惯了和他吹胡子瞪眼的楚云飞，都不敢有异议。

消失这么多天，有些该见的人，楚逸辰还是需要去见的。于是在家里陪着两个孩子睡了一觉后，第二天他就去了顾然他们那边，见了沈千云。

沈千云这几天都在打针吃药，楚逸辰过来的时候，她正好在睡觉休息。

"让她睡吧，我坐一会儿就走。"制止了顾然要去叫沈千云下来的举动，楚逸辰轻声说道，"我来是问问你们的行程，这次就让她和你们一起回美国吧。等过几个月，孩子大一点，我会带他们过去玩儿的。"

"我们下周三走。逸辰……"顾然想安慰他几句，可话到嘴边，还是咽了回去。

"我到时去送你们，这几天比较忙所以一直没过来，别见怪。"

顾然当然不会怪他，知道楚逸辰的心里肯定比谁都难受，他只是不说而已。

从顾家这边离开，楚逸辰接到了白英杰的电话。白英杰已经来B市半个月了，想了想，他接了电话。

这是楚逸辰在顾筱筱出事以后，第一次接白英杰的电话。之前的几次，他不是关机，就是不接。

事故已经调查完毕，大货车司机连夜赶路，打瞌睡之下和正在前方行驶的车辆追尾发生了意外。大货车翻车，车上满载的石子散落，两人命大死里逃生，可是前面奔驰车内的人……

白英杰看过警方提供的监控视频，也去看了顾筱筱的尸体。他准备和楚逸辰见一面后，就回广州，因为再继续留在这里，也做不了什么。

楚逸辰到达酒店，不光看到了白英杰，还看到了白沫儿和冯笙溪。

白沫儿脸色苍白，身子瘦弱，站在白英杰身后，眼睛红得像是一只兔子，怯怯地看着楚逸辰不说话。

楚逸辰上前和白英杰打了个招呼，坐下来聊了几句，在白英杰起身出门接电话的时候，低头玩起了手机。

"姐夫，"白沫儿看了他好久，终于鼓起勇气开口，"姐姐的事……"

"离我远点。"用余光瞥了眼走到自己身边的人，楚逸辰头都没抬一下，冷声说道。

白沫儿身子一颤，条件反射地向后退去。

这一幕，正好被从里面走出来的冯笙溪看在眼里。

"你怎么和小孩子说话呢？"大步走过来，将白沫儿拉到自己身后，冯笙溪不悦地问道。

楚逸辰抬起头来，不咸不淡地看了看她们母女二人，收起手机站了起来，目光阴冷地再次出声："与你们白家客气，完全是看在我妻子的分儿上。她担心你们白家权势滔天，得罪了你们会让我难堪，所以一直以来，我都强迫自己与你们来往。如今她不在我身边，也就没有这个必要了。"

楚逸辰知道，顾筱筱每次见白家那边的人，心里都很纠结难受。毕竟是害死自己母亲的凶手，她要如何敞开心扉笑脸相对？

她对白沫儿好，是觉得当年的事情与白沫儿无关，而且白沫儿也是个可怜的孩子。她一向善良，楚逸辰最明白她那点小心思。

或许顾筱筱心疼白沫儿，可楚逸辰不在乎。白沫儿今天在哪里哭，明天在哪里笑，甚至是后天会不会死掉，他都完全不关心。他在乎的，只有那一个人而已。

冷冷地看了冯笙溪和白沫儿一眼，楚逸辰迈步走出房间，和外面的白英杰打了个招呼后，就下楼离开了。

开车来到公司，他的出现把徐明吓了一跳。眼睁睁地看着他走到自己面前，徐明张了张嘴，憋了好半天，憋出来一句："一会儿有会，你要开吗？"

"你去吧，我先处理一下这几天的事情。"楚逸辰的回答很平静，脸上也看不出什么波澜。

他径直走进自己的办公室，不出所料，办公桌上已经被文件堆满了。

走过去坐下，楚逸辰低头专注地开始工作，一直到晚上七点多，还剩下一大半没有处理完。

看了眼时间，他拿起几份文件出门，准备回家再看。

车子一路顺畅地到了家，客厅里没人，他直接上楼，走到卧室外，推开门的一瞬间，脱口而出一句"宝贝儿我回来了"，然后，整个人僵在了那里。

空荡荡的房间，没有人在笑靥如花地等他。

静悄悄的房间，他再也听不到她娇嗔地喊他的名字。

握着门把的手，慢慢收紧，楚逸辰咬紧牙关，缓缓走进房间，反手把门关上。

身子靠着门板一点点向下滑落，他坐在地上，垂着头，接着听见眼泪落在地板上的声音。

想她……

好想她……

想抱抱她，想亲亲她，想她陪在自己身边。

他好后悔，后悔自己没能早点和她结婚，后悔自己陪她的时间太少，后悔自己没能把她保护好。

可是，这又有什么用？

她再也不会在开心的时候喊他老公，在生气的时候叫他的大名；不会捧着他学生时代的笔记看得聚精会神，靠在他怀里看动画片笑得身子直颤。

是他不够好，所以她才离开。他究竟要怎么做，她才能回来？

在地上坐了好久，直到楚筱郗来敲他的房门，楚逸辰才回过神来。

门一开，楚筱郗就看到他有些红的眼睛。若无其事地扯了扯嘴角，勉强一笑，她柔声问道："你晚上吃饭了吗？等下要不要工作？我把孩子送过来？"

"嗯，送过来吧。"楚逸辰浅笑着摸了摸她的头，"辛苦了。"

楚筱郗上前一步，抱住了他："哥，你要好好的。你还有慕谦和慕染，你要陪着他们长大，不然筱筱会怪你的。"

"我知道。"

照顾孩子，楚逸辰完全是新手，虽然他能熟练地给他们换尿布，可是养孩子，又何止是喂奶、换尿布那么简单？

手忙脚乱地哄着他们，处理着公司的文件，等楚逸辰想要睡觉的时候，已经是后半夜两点了。

看着睡得香甜的两个小家伙，他叹了口气，然后笑了笑。

还好有他们，时间才过得这么快，要不然，他真的不知该怎么熬下去……

半夜被孩子吵醒了两次，最后一大两小，全都躺在了大床上，姿势各异地睡着。

楚逸辰每天的生活变得很规律，白天上班，晚上回家哄孩子。他没再提起过顾筱筱这个人，其他人自然也不敢在他面前再说出那三个字。

　　日子一天天过去，孩子一天天长大。楚筱都是看着楚逸辰，从冲奶粉都会被水烫到手，到后来全无压力地把两个孩子哄得服服帖帖。

　　他在一点点改变，变得比以前更内敛，更沉默。

　　顾筱筱的死讯，一直没有对外公布。可是日子久了，外人总是会察觉到不对劲的。有不知情的人会询问楚逸辰有关顾筱筱的近况，他的回答无一例外，都是她很好。

　　她很好，只是他们不能再像从前那样经常见面在一起。

　　她很好，只是没法陪在他身边，看着孩子成长的点点滴滴。

　　外人的风言风语，楚逸辰从不回应。但随着顾筱筱消失的时间越来越久，越来越多的人怀疑他们的感情出现了问题。甚至有媒体开始报道，说他们已经离婚了。

　　没有了顾筱筱，楚逸辰又成了很多女人眼中的钻石单身汉。想约他的人很多，想让他睡的人也很多，只可惜，楚逸辰不给她们机会。

　　日子就这样不咸不淡地过着，说不上好，也说不上坏。一转眼的工夫，两年多就过去了。

　　几个孩子从最初的咿呀乱语，到后来的会爬会走，会叫"爸爸"，楚逸辰把他们照顾得很好。

　　"承朗，那个萧伊人是你们公司的艺人吧？"安承朗刚一下班，就被楚筱都拽到身边低声询问，"我看媒体报道说，我哥昨天跟她吃了饭？她人怎么样啊？你熟吗？"

　　"我不知道，要不你去问问逸辰？"

　　"你少跟我来这一套！我就问你，这个萧伊人是什么来路？"

　　楚逸辰这两年鲜少出去应酬，单独出去见女人就更是稀奇。不过今年，这个萧伊人的名字，楚筱都倒是能经常听到。原因无他，只是被八卦记者拍到过两次楚逸辰和她在餐厅吃饭的照片。

　　在和楚逸辰挂上钩之前，这个萧伊人只是个刚出道的小明星而已，拍戏接的是各种龙套，广告也永远都是别人的背景。但现在，她的明星路可是风生水起。楚筱都觉得，这件事情和楚逸辰是没有关系的。

　　"我是真的不知道，公司艺人那么多，我哪能都去了解？更何况是女艺人，我若整天搜集她们的资料，你不吃醋吗？"安承朗无奈地苦笑，"逸辰和她好像认识，算是朋友吧，其他的我就不清楚了。"

　　能让楚逸辰当成朋友的人，并不多，况且还是个女艺人，就更奇怪了。

　　顾筱筱不在的这两年，楚筱都心里一直都很纠结。没有人希望忘记那个人的存在，可是人也都是自私的。

　　难道楚逸辰的下半辈子，就真的要和两个孩子一起度过吗？他是不是也该考虑找个人陪在身边，照顾他也照顾孩子了？

不到三岁的孩子，比刚出生那会儿要难照顾得多。他们会说会笑，会跑会闹，每天的问题都多得不得了，完全就是好奇宝宝。

他们会喊"妈妈"，但是又不明白妈妈是谁。楚筱都记得，他们刚会说话的时候，每次安景琰喊自己"妈妈"，他们都要跟着凑热闹，喊得楚筱都心里直慌。

后来楚逸辰纠正了他们很多遍，他们才明白，她不是他们的妈妈。他们的妈妈现在不在这里，在很远的地方。

楚逸辰的家中，还是到处可见顾筱筱的照片，婚纱照也依旧摆在显眼的地方，丝毫没有改变。

两个小宝贝每天晚上睡觉的时候，都要和顾筱筱的照片道晚安。楚逸辰告诉他们，顾筱筱是去工作了，等他们长大了就会回来。小孩子总是好骗的，所以他们信了。

又是一年的冬季，十一月份对楚逸辰来说，是很难熬的，因为在这个月份，有太多太多他和顾筱筱的回忆。

又到了曾经拥有她的十一月。

又到了如今失去她的十一月。

楚逸辰站在窗边，凝望着外面。天色阴沉，今年的第一场雪就这样来了。

"爸爸，吃！"

孩子的声音打断了楚逸辰的沉思，低头看了看腿边的小东西，他慢慢俯身将人抱起，走向沙发。

楚慕染手里捧着个苹果，献宝一样往楚逸辰的嘴边送。旁边楚慕谦在自己玩着玩具，看了看他们，也不加入。

楚逸辰抱着女儿，看了看时间，觉得他们该洗澡回房间了。

"我想出去玩。"就在楚逸辰哄着楚慕染的时候，那边的楚慕谦忽然开了口。

"太晚了，明天再玩。"楚逸辰皱了皱眉头，摇头拒绝。

楚慕谦小嘴一撇，倔强地看着他，眼睛也不愿多眨一下，又重复了一遍刚刚的话："我想出去玩。"

楚逸辰叹了口气，很认真地说道："看看时间，现在已经晚上九点半了。你如果乖乖回楼上睡觉，我下个月就带你和妹妹去泡温泉、滑雪。要是不睡的话，你可以出门去玩，不过下个月，我只带妹妹一个。你自己选择。"

听完楚逸辰的话，楚慕谦低头想了想，然动了动身子，爬下了沙发，小短腿慢慢落地，探了探，踩到了拖鞋。不再看楚逸辰，他扭着小屁股朝楼上走去。

"爸爸，泡温泉是什么？"搂着楚逸辰的脖子，楚慕染好奇地问道。

楚逸辰抱着她，慢慢走在楚慕谦身后，低声回答："洗澡。"

"那我们每天都是在泡温泉吗？"还是不太明白"泡温泉"是个什么东西，楚慕染嘟着小嘴不大开心。

"当然不是，泡温泉比这个舒服多了。"

回到房间，把两人抱上床，楚逸辰躺在他们身边，顺手拿过一旁的故事书，翻看了一下，挑选今天要给他们讲的故事。

"妈妈什么时候回来看我们？"楚慕谦扭头看着床头柜上的照片，看了好一会儿，丢给楚逸辰这么一个难答的问题。

"等你们长大。"

"我已经长大了！"楚慕谦快速转过头看向楚逸辰，也不知哪儿来的自信，说出这么句话。

楚逸辰听后，嗤笑："你什么时候不尿床了，什么时候再说这个。你妈妈可不会喜欢尿床的小鬼。"

被楚逸辰说得满脸通红，楚慕谦眨了眨眼睛，一副要哭的样子。

楚逸辰无声一笑，开始讲故事。这两个孩子还算好哄，所以十几分钟以后，他就解脱了。

动作轻盈地走出房间，下了楼，他倒了杯酒站在阳台上，盯着楼下的昏黄路灯发呆。

还是不习惯没她的夜晚，所以现在每天睡觉前，他都要喝上两杯，处理几份文件，等到凌晨两三点钟再回卧室，这是入睡的最佳办法。

早上起来吃过早饭，家里的用人过来照看孩子，楚逸辰出门上班。

他一到公司就被徐明堵住了。

"下周你生日，聚一下？子恒明天回来，刚刚打过电话了。"

"可以，你们定时间就好。"楚逸辰点了点头，明白他的意思，"不过我晚上九点得到家。"

嘴角抽搐了一下，徐明真是拿他一点办法都没有。这两年，他当奶爸是当得越发顺手，所有不愿意出席的会议、酒会，都可以用"回家陪孩子"这个借口完美推掉，而且还让人完全没法反驳。

楚逸辰瞥了眼徐明，淡然一笑："不然也可以直接去我家。"

"算了吧，几个大老爷们一起喝酒，会带坏小孩子。"徐明很有自觉地说道，"你下个月去日本，带他们一块儿过去？"

"嗯，筱都和我一起去，当是度假，一周左右回来。"

"那边的事情，你一周未必能处理完吧？"徐明有点担心，毕竟这次的对手不是那么好对付的。

楚逸辰这次去日本，主要还是为了公司的事情。对方是最近两年飞速发展起来的一家日本企业，听说还有些黑道背景。不过这在日本那边，也是见怪不怪的事了。

定好时间，到了楚逸辰生日这天，他和徐明早早就下了班，去见其他几人。

到了地方，刚走进大厅，楚逸辰就看到迎面走来的女子。对方见到他，也有些惊讶。

"你怎么在这儿？"看着走到面前的萧伊人，楚逸辰轻声问道。

"过来见个朋友，这么巧你也在。"萧伊人微微一笑，看了看他身边的徐明，打了个招呼，"徐总好。"

徐明点了点头，先上楼了。

萧伊人等他走远后，想了想，问道："今天是你生日吧？过来和朋友吃饭的？"

得到楚逸辰肯定的答复，她伤神地说道："生日快乐，礼物的话下次见面补给你？"

"谢谢，礼物就算了，好好工作吧。"楚逸辰无所谓地说道，"还有朋友在等，我先过去了。"

"嗯好，拜拜。"萧伊人挥了挥手，目送他走远，然后慢慢地松了口气，和经纪人一起出门上了车。

"伊人，这个楚少对你有意思吧？这么好的机会，你可别浪费了。"

听到经纪人的话，萧伊人苦涩一笑："我们只是朋友，什么意思不意思的。"

"娱乐圈那么多女明星，怎么没见他和别人成为朋友啊？我跟你讲，你身上目前的几个合约，可都是冲着他才到手的。依我看啊，这男人就是对你有意思，只不过是在欲擒故纵罢了。"

"欲擒故纵？"听到这四个字，萧伊人嘴角的笑容变得讽刺，"他勾勾手指，什么样的女人得不到，用得着欲擒故纵？赵姐，别说这个了，我有点累，先睡一会儿。"

楚逸辰的确在一年之前帮过她的忙，而且经纪公司看在他的面子上，也给了她极大的资源和帮助，可萧伊人知道，这些都不是因为他看上了自己，或许，只是因为他无聊罢了。

一个男人，不喜欢一个女人，从眼睛里就看得出来。

萧伊人跑龙套那么多年，太懂得怎么察言观色，也太懂得如何辨别一个男人是不是对一个女人有意思了。楚逸辰对她平静如水的态度，让萧伊人有好几次都怀疑，她是不是真的一点女人味儿都没有。但不管怎么说，她还是要谢谢他。

楚逸辰上了楼，见到了傅子恒等人，吃饭喝酒聊天，到了晚上八点半，准时起身和他们道别。

几人目送他离开，然后面面相觑，无声地叹息。就算是他们，也太久没见到楚逸辰的笑脸了。难得今天是生日聚会，他还是一张面瘫扑克脸。

他忘不了顾筱筱，这大家都看得出来。在他心里，顾筱筱似乎从未离去，只不过是暂时没有在B市，没在他的身边而已。

楚逸辰开车回到家中，楚筱郜正在陪两个孩子在客厅玩儿。

"爸爸生日快乐！"

大腿被他们一人抱住一边，动弹不得，楚逸辰低头看了看他们，蹲下身子亲了亲他

280

们的额头，说了声"谢谢宝贝儿"。

看向楚筱都那边，楚逸辰疑惑地问道："景琰呢？怎么没带过来？"

"安家那边来人了，有人在家陪着他玩儿。"

看着紧紧抱住楚逸辰不肯放手的两个小家伙，楚筱都招呼他们过来："你们不是给爸爸准备了礼物吗？藏到哪儿去了？快拿出来给他看看。"

听到这话，两个小人瞬间放手跑开，一个在沙发底下找出一张卡片，一个在楼梯拐角处拿过来一个小盒子。

楚逸辰看着他们精心准备的礼物，难得地一笑。在这两人的涂鸦之下，他简直丑得不忍直视。不过让他很欣慰也很开心的是，他们有在他的身边，画上那个人。

楚逸辰的笑容让两个小家伙特别开心，楚筱都也好久没见他笑了，只觉得有些心酸。

时间……过得太快了。

"姑姑也带了礼物给你们，过来。"整理了一下思绪，楚筱都挥手把孩子们叫了过来，将包里的东西拿出来放到桌子上。

漂亮的水晶球，晶莹剔透，按下开关，渐渐显现出绚丽的极光色彩，做得很逼真，还会有流星划过的特效。

"姑姑，这个是什么呀？好漂亮！"楚慕染张着小嘴看了好一会儿，视线才恋恋不舍地转移到楚筱都身上，奶声奶气地问道。

"这个呀叫水晶球，是可以许愿的。你们想要什么东西可以告诉它，然后爸爸就会给你们买了。"

"想要什么都会有吗？"楚慕染有点不大相信她的话，疑惑地问道，又回头看了看不远处的楚逸辰。

"对啊，什么都可以的。只要你许愿，这个球里面就会出现你要的东西。要不要试试看？"楚筱都笑着哄道，看着两个小家伙一脸迷茫的样子，觉得有趣极了。

想要什么，就会有什么？

从里面看到什么，就会出现什么？

楚慕染懵懵懂懂地眨着眼睛，然后突然跑到桌子的另一边，趴在桌子上捧着水晶球看向墙面。

"哥哥你看，球里面有妈妈！"

听到楚慕染的话，一直站在原地没动的楚慕谦，也赶紧跑了过去。两人挤在水晶球前，透过那白色的球体，开心地笑着，看着挂在墙上的顾筱筱的照片。

楚筱都听着他们的对话，看着他们的举动，鼻子一酸，险些哭出来。而不远处的楚逸辰，更是直接愣在了那里，盯着他们毫无反应。

屋子里只听得到两个小孩子的笑声，楚逸辰忽然间觉得头疼，便把孩子们扔给楚筱都，直接上楼去了。

熬过了十一月，很快就到了圣诞节。楚逸辰和楚筱郗都带着三个孩子，在平安夜到了日本。

雪大得超乎他们的想象，从机场到酒店，生生用了将近三个小时。

趴在窗台上看着外面的大雪，楚筱郗兴奋地问："酒店后面就有滑雪场吧？明天要是不下雪的话，我带他们过去看看？"

"可以，走路的话十几分钟就会到。"

小祖宗们晚上睡得晚，早上醒得却比两个大人还要早。楚筱郗打着哈欠，头发凌乱地坐起身来，揉了揉眼睛，看着身前黏人的小不点，伸手把他推走。

起床梳洗打扮，吃完饭等楚逸辰离开后，她就琢磨着带三个孩子出去玩儿。

竹阳滑雪场，因为时间还早，客人并不算多。楚筱郗一人拖着三个"酱油瓶"，走到哪里都颇引人注目。

手忙脚乱地帮他们换好滑雪装备，她抹了把额头上的汗，感觉自己有点厉害。

三个孩子像是小企鹅一样，摇摇晃晃地走在前面。楚筱郗看着他们的小短腿、小屁股，忍俊不禁。

太可爱了……好想捏一把啊……

走到室外，迎面而来的冷空气，让楚筱郗条件反射地打了个寒战。叫来工作人员，简单地交流后，楚筱郗就坐在一旁，看着他们教三个孩子最简单的基本动作。

小家伙们还是太小了，穿上滑雪鞋摇摇晃晃的，连身子都站不稳。走两步就啪唧一下摔在地上，完全保持不了平衡。爬起来再走，没走多远还是摔倒。最后，摔得他们一个个坐在地上耍赖，撇着小嘴看向楚筱郗这边，都是一副要哭的模样，把楚筱郗逗得直笑，拿着手机各种抓拍。

拍够了，楚筱郗上前安抚。她看了看四周，然后摸了摸楚慕谦的小脑袋，指了指远处的滑雪道，让他看在上面滑雪的大人。

"厉不厉害？"看到楚慕谦的视线顺着自己的指引看了过去，楚筱郗轻声问道，"爸爸比他们还厉害，你想不想像爸爸一样？"

"要比爸爸厉害！"楚慕谦想也不想，眼睛亮晶晶地转过头来，小脸严肃而认真，语气坚定地说道。

"那就要好好学习，你是哥哥，不能哭，不然妹妹会和你学的，知道吗？"

听到楚筱郗的话，楚慕谦瞄了瞄身边的楚慕染和安景琰，吸了吸鼻子，点了点头。

虽然摔得屁股有点疼，可是姑姑说得对，不能哭鼻子！被爸爸知道了的话，会被笑的！

见楚慕谦点了头，楚筱郗也就放心了。

这孩子虽小，可是性格却已经很明显了。他倔强，却也执着，只要是他想做的事情，就肯定要去做。

寒风凛凛，楚筱郗紧了紧身上的衣服，戴上滑雪镜和帽子，准备趁着空闲的时间也去滑几圈。

　　高级滑雪道上，两人在急速飞驰。一人用双板，一人踩着单板，从陡峭崎岖的雪坡中滑降。

　　速度越来越慢，两人渐渐停下，玩了一上午，看了眼时间，也差不多该回去了。

　　"明天晚上有时间吗？去酒吧玩儿？"摘下口罩，宿之莹看向身边的人提议道。

　　"我晚上要去韩国，下个月才能回来，等回来再说吧。"

　　"不是才从美国回来？怎么又要走？你个疯子，给自己放两个月假不行吗？"

　　"家穷人丑，得给自己赚养老钱才行啊。"说着话，顾筱筱径直朝滑雪场出口走去。

　　"哎，你说龙崎是不是喜欢你啊？"扭头看着她，宿之莹挤眉弄眼地问，"我还没见过他本人呢，改天有时间，带我去见见？"

　　"我不介意把他那边的活儿让给你。"一想到龙崎，顾筱筱后背就发凉。在那种人手下干活，她每天都提心吊胆的，生怕自己一个敬语没说好，就惹他不高兴了。

　　光顾着和宿之莹说话，顾筱筱没留意前面，等回过神来，就看到一个小肉球晃晃悠悠地朝她冲了过来。

　　"小心！"顾筱筱赶紧停下脚步，弯下腰，在他撞到自己之前把他抱了起来。

　　"对、对不起……"

　　"没事。"垂眸看着怀里的孩子，顾筱筱怔了下，摇了摇头，然后把他放下。

　　好漂亮的小宝贝，不过怎么也没个大人在身边呢？

　　顾筱筱四下看了看，然后就看到那边的陪练跑了过来。

　　"滑得很棒，继续加油哦。"拍了拍他的头，顾筱筱转身离开，继续和宿之莹说着刚刚的话题。

　　两人一路走到更衣室，换了衣服后去了停车场，开车离开。

　　"我打算明年五月份休假，然后出去走走。"坐在副驾驶座上，顾筱筱闭目养神，"你要不要和我一起？"

　　"去哪儿？你要回中国吗？"

　　"不回，去威尼斯转转。之前就一直想去，不过没时间。"打了个哈欠，顾筱筱调整了一下姿势，"到家叫我，困死了。"

　　她昨晚四点才睡，今早就被这神经病叫来滑雪，好在体力充沛，不然真是要被折腾死了。

　　圣诞夜，越来越热闹的节日，可顾筱筱总觉得，这节日和自己没什么关系。

　　回到家收拾了一下行李，她坐在书桌后检查着这次出差要带的资料，确认了一下行程后，就躺到床上补觉去了。宿之莹本来想叫她出去吃东西，可是过来一看，她已经睡得死死的了，就只好自己一个人出去。

一觉睡到下午三点半，顾筱筱迷迷糊糊地醒来，然后梳洗打扮，准备去机场。

每天的生活都是忙碌枯燥的，可如果不忙的话，她又不知道自己该做些什么。

每次一停下来，坐在房间里没事做的时候，顾筱筱都会觉得害怕。那种感觉很难以形容，总之，她害怕一个人。

拖着行李箱出门，顾筱筱就看到气喘吁吁跑过来的宿之莹。

"我送你过去！"

"不用了，我打车就好。"

"哎呀，跟我还客气什么，我晚上也没什么事做。"抢过她手里的行李箱，宿之莹小声说道，"我跟你说，我刚才看见一个超级帅的男人，特别特别帅！"

"比你上次在牛郎店见到的那个还要帅？"顾筱筱不太相信她的眼光，这花痴女人，时不时就要给她介绍两个"超级帅"的男人，可是每次看到照片，顾筱筱都有种眼睛要瞎了的感觉。

"是真的帅！不知道走没走，我带你过去看看？"

"免了吧，我赶时间呢。"顾筱筱不感兴趣地拒绝，看了眼腕上的手表，时间还够用，也就闲心十足地和她聊着天。

她现在住在一家温泉度假酒店，而且已经在这里住了一年。很纯正的日式建筑，亭台楼阁，池塘温泉。

顾筱筱的房间外，就是一个大大的院子。院内有两棵樱花树，每年四五月份，樱花飞舞，她最喜欢做的事情，就是坐在屋檐下，然后发呆。

这里游客很多，她在闲暇的时候也会帮着接待客人。离开前和酒店的主人打了个招呼，到了停车场，顾筱筱刚要上车，就被宿之莹神秘兮兮地给拽住了。

"那个那个，就是那个，你看帅不帅！"站在顾筱筱身边，她指了指远处的某个人，小声问道。

顾筱筱蹙着眉头顺势看去，然后就看到了她口中所说的人。

日本人的平均身高，算是矮的，所以他在人群中，特别显眼。

他身上穿着藏蓝色的大衣，因为侧着身子，所以顾筱筱看不到他的正脸。可是一个侧颜，也足以证明宿之莹这次，是没有说谎的。

"嗯，帅。"顾筱筱点点头，看向宿之莹笑了笑，"所以大小姐，我们可以走了吗？我飞机要晚了！"

"顾筱筱，你跟我说实话，你是不是喜欢我？"宿之莹眉头紧蹙，十分无奈地看着她问，"你其实是对男人不感兴趣吧？我知道我这个人很好，可是我妈还等着抱外孙子呢，所以咱们两个不能在一起。你要是喜欢我你就直说，让我有个心理准备，也好想想今后该怎么办。"

"我喜欢你个大头鬼！上车！去机场！"一巴掌拍在她头上，将她推开，顾筱筱上前两步上了车，系好安全带，瞥了眼刚刚看过的方向。

284

那男人也上了车，车子在停车场绕了个弯后，从她的车子旁边开过。透过黑色的车窗，顾筱筱隐约看清了车内人的容貌，然后感慨：真挺帅的，宿之莹活了二十几年，审美观终于正常了一次，不容易啊。

"宝贝儿啊，你这次去韩国也要照顾好自己。"开着车，宿之莹看了看身边的人，觉得她简直就是在用生命赚钱。

宿之莹不是没见过工作狂，日本就业、生活压力很大，每一个在公司上班的白领都是很不容易的。相比之下，顾筱筱的工作，赚钱就显得比较简单轻松了。

她是个翻译，精通中文、英语、日语、韩语，再加上长得漂亮，所以在这行很吃得开。宿之莹刚认识她的时候，她才来日本一年的时间，那时的她刚刚开始学习韩语，没想到两年后，就如此精通。

"你又不缺钱花，何必这么拼？"

"嗯，我知道。"顾筱筱小声回应，"忙完这阵子就会休息。"

一直保持着高强度的工作，顾筱筱也觉得有些累。她想再工作个几年，就移民去新西兰。虽然才刚刚二十几岁，可她总是有一种自己已经老了的感觉，想给自己找个清静的地方去养老。

路滑车多，车辆缓慢地前行，到达机场的时间算是刚刚好。

"回去时开车小心一点，我到了那边给你打电话。"

"好，拜——"挥手和顾筱筱道别，宿之莹目送她进安检，然后长叹一口气。

真是个让人心疼的丫头……

楚逸辰谈完生意回到酒店，已经是晚上十点多了。楚筱都刚给几个孩子洗完澡，一人穿着个小睡衣，在沙发上坐成一排。看到他回来，每个人眼底都闪烁着期待开心的光芒。

圣诞节，礼物。

楚逸辰一眼就看出小鬼们心里的想法，脱下外套，漫不经心地和他们打了个招呼，回屋洗澡去了。

"姑姑，爸爸是不是忘记了？"看着楚逸辰的背影，楚慕染有些失望地耷拉着小肩膀，朝着楚筱都问。

"不会的。"楚筱都心中暗骂，也在担心。这人不会真的忙昏了头，给忘了吧？

几人心不在焉地看着电视，等楚逸辰出来后，又动作一致地去看他。

被一大三小盯得有点不舒服，楚逸辰只好把提前准备好的礼物拿给了他们。看着他们欢呼雀跃的样子，他无奈地摇头。

这小孩子看到礼物开心，他可以理解，可是楚筱都怎么也跟着这么兴奋？

"哥，你今天工作怎么样，还顺利吗？"收到礼物心满意足，楚筱都看着他轻声问道。

"嗯，不出意外的话，元旦可以赶回去。"

"我今天带他们去滑雪了，你哪天有时间，咱们再一起过去？"

和楚逸辰说起今天白天发生的事情，楚筱郗把手机里的照片和视频拿给他看。楚逸辰接过来瞧了瞧，余光瞥到那边眼巴巴地看着自己、等着被夸奖的楚慕谦。

他扭头看了过去，楚慕谦立马把身子坐正，装模作样地看着电视上的动画片，假装不在意。

楚逸辰轻笑一声，把他叫了过来，抱着他坐在怀里，看着他的小脸贴在自己的胸口，忽然间就想到了那个人。

心底一阵锐痛，闭上眼睛平缓了十几秒，他才又慢慢地睁开双眸。

楚慕染看到他抱着哥哥，也想往他身上爬，可是看了看没地方，就只好身子一歪，靠在他的身上，然后抱着他的胳膊不放手。

这两个孩子挺黏楚逸辰的，虽然平日里也怕他，可说到底还是他们最亲的人。

"爸爸这几天工作忙，你们和姑姑一起玩，要听话，不准欺负哥哥。"

"没有欺负哥哥！"听到楚逸辰的叮嘱，楚慕谦赶紧从他身上爬起来，生怕他误会什么，紧张地说道，然后还扭头去看那边的安景琰。

楚逸辰看着他慌张的样子，亲了亲他的脸，夸了他几句，就成功转移了他的思路。他哄着他们玩了一会儿，然后让他们回房间去睡觉。等小东西们都睡着了之后，他站在窗前，望着楼下的车水马龙。

她以前说过，以后要和他一起来日本，来看舞台剧，来看樱花，来看她喜欢的那些漫画。

而如今他已经来到这里，她呢？又在哪儿？

一趟日本之旅，楚逸辰忙忙碌碌，完全没有空闲时间去玩。签完合同，他立马回国，过了元旦后，过年的气息也就更浓了。他每天都要在公司加班到很晚，一来二去，两个孩子不高兴了。

这天楚逸辰下班回来，一进家门就看到坐在沙发上的两个小朋友。他们手里捧着书在看，听到开门声，不约而同地看向他，然后对视了一眼，也不说话，继续低头看书。

若是在平时，楚逸辰一回来，他们早就扑上去了，所以楚逸辰马上就感觉到他们的情绪不对。

脱下外衣走了过来，楚逸辰蹲在地上看了看他们手里的书，抬眸和他们对视："见到爸爸回来，怎么也不说话？"

他不问还好，一问楚慕染就委屈得要哭了。

"爸爸坏。"噘着小嘴看着他，楚慕染眼睛里的泪花随时都要掉下来。

"染染不喜欢爸爸了？"楚逸辰皱眉问道。

楚慕染赶紧摇头，然后又点了点头，让他哭笑不得。

"我要妈妈。"没等楚逸辰再说什么，她哇的一声就哭了出来，哭得楚逸辰手足无措。

"别的小朋友都有妈妈，就我和哥哥没有。我要妈妈，要妈妈！"

一哭就停不下来，她发脾气地把手里的书扔到了地上，蹬着小腿号啕大哭，哭得一旁的楚慕谦也受到了感染，眼泪在眼眶里打转。

楚逸辰身子有些僵硬，静静地看着哭闹的孩子，一时间竟不知该怎么去哄。

拳头猛地握紧，然后又慢慢松开，他抬手擦了擦女儿脸上的眼泪，起身坐到沙发上，一只手抱着她，一只手搂着楚慕谦。

"妈妈是不是不要我们了，她为什么还不回来？"

"胡说，妈妈怎么会不要你们！她不是都有给你们买礼物吗？"拍抚着她的后背，楚逸辰低声说道，"爸爸今天还接到她的电话，说给你们买了新年礼物。你们乖乖听话，她就会回来看你们。"

"我有乖！"楚慕染不服气地喊道。

"我也要电话！"楚慕谦也忍不住出声，"我也要妈妈的电话！"

被他们哭闹得头疼，可楚逸辰知道，这是一个不可避免的问题。因为自从他们会说话以后，就经常会出现类似的对话。

妈妈呢？

他们有妈妈吗？

妈妈什么时候回来？

妈妈为什么不和他们在一起？

楚逸辰活了一大把年纪，觉得自己说过的最卑劣最可笑的谎言，全是用在他们身上。

"等你们明年过生日，她就给你们打电话，不哭了好不好？"

"爸爸骗人！我要见妈妈！"

"不骗人，爸爸什么时候骗过你们？"

费力地将两个孩子哄好，楚逸辰已经筋疲力尽。喂他们吃了晚饭，然后他给徐明打了个电话。

他原本打算下个礼拜去韩国的，可现在看他们这样，也就不离开了。

和徐明交接了一下手头上的工作，楚逸辰第二天早上把两个孩子送回老宅。今天是星期五，他们每周都要回来。

"逸辰啊，"姚慕青送他出来，欲言又止，"你今晚有没有时间？去见个朋友，吃个饭吧？"

眉头一皱脚步停下，楚逸辰回眸看向她，问："什么朋友？"

"挺漂亮的一个小姑娘，刚从英国留学回……"

"妈，我得去公司了。"打断姚慕青的话，楚逸辰拒绝道，"你也别再给我联系

287

了，我不见。"

"你一个大男人照顾两个孩子，总归是不行的。"

"我不想和你吵，以后别提这种事了。"楚逸辰面色冷峻，转身离开。

姚慕青看着他的车子飞快地驶离，重重地叹了口气。

自从顾筱筱离开后，他一直是这个样子。除了那两个孩子外，就没人敢再提起那个人。

他们都知道他忘不了顾筱筱，可就算再怎么忘不了，日子也还是要过的！孩子还小，他们不能没有妈妈。他也还年轻，不能一直这样下去……

楚逸辰开车离开，心情烦躁地抽了一路的烟，到了公司后，也是让人一眼就能看出他心情不好，没人敢招惹。

日子还是就这样过着，一不留神，就到了除夕。

这是没有她以后，过的第三个年。大家好像都忘了那场不愉快的车祸，那段不愉快的回忆。每每有人和楚逸辰提出，让他去见见哪个女人的时候，他都特别愤怒，因为这让他觉得，他们是想用其他人，来抹去她曾经存在过的痕迹。

他想她，没法让其他的女人来代替她曾经的位置。

春暖花开，又是一年。

顾筱筱坐在榻榻米上，喝着茶，听着音乐，日子过得再惬意不过。

电话铃声打破了顾筱筱的沉思，爬过去接起电话，听到对方的话后，她皱眉说道："我不是已经说过要休假了，怎么又给我接活儿？"

"哎呀小祖宗，这工作别人想接还接不来呢！你别闹了，快点过来。"

"我不去。"顾筱筱翻个白眼，躺在地上打滚，从屋子的这边滚到那边，漫不经心地应付着电话那端的人，"我说了要休假，就是要休假。我要出去玩儿，要去找男人！"

"不用你找男人，这男人自己就送上门来了！姑奶奶，这活儿除了你以外，没别人能接了！"

"你把我捧得这么高，就不怕我掉下来摔死？"

"胡说八道！你听我说啊，你这次的工作对象是三个男人，全是明星，帅得不得了！他们好像在搞什么活动，反正就是中、日、韩三个国家，三个明星临时组成一个组合，需要一个随身的翻译，期限是半年……"

"免谈！"一听到"半年"两个字，顾筱筱当即坐起身来，准备挂电话。

"工资是平时的三倍！三倍！"对方着急地大喊道，"他们是颜控啊！长得丑的不要啊！姑奶奶你行行好，就接了这活儿吧！结束后我给你放半年的假都成！"

"这什么狗屁明星啊，还以貌取人？！"

三倍工资，好像有点诱人……

288

"他们是颜控？我还是颜控呢！"顾筱筱不屑地道。

"所以你得接这活儿啊！你准备一下，下周三去机场接机，和他们会合！"

下周三？那她的假期岂不是就剩下一个星期了？

"工资怎么算啊？跟着明星，我肯定接不了外活，就算三倍那也吃亏。"顾筱筱心里打着小算盘，还是有点不情愿。

"还是按小时算，其实也不会很累，韩国的明星会说日语，你主要的工作就是帮中国那边的那个，和他们两个进行交流，而且听说中国的那个也是懂一些日语的。"

顾筱筱沉默，心里还在纠结。

对方见她不说话，赶紧又加了一句："想想你的海景别墅，想想你的移民计划，钱够用吗？"

"我明天去你那儿！拜拜！"痛快地挂了电话，只要一想到钱，顾筱筱就真的是没法排斥。

有钱不赚？王八蛋！她又不傻，这么简单的工作干吗不接？

打起精神，她点开手机里的听力软件，想快一点回归到工作状态。

宿之莹来找她出去吃饭的时候，她正趴在地上听韩语广播呢。

"你这打扮得像个小妖精似的，要去勾谁啊？"转头看向宿之莹，顾筱筱坏笑着问道。

"你不会忘了吧？你答应今天陪我去酒吧的啊！"不由分说，宿之莹上前把她拽了起来，"赶紧去化妆换衣服，我饿着呢，咱俩先去吃饭，地方我都订好了。"

顾筱筱本来是想拒绝的，但是转念一想，她也没几天放松的时间了，所以出去转转也好。

日本的樱花开了，游客也多了，顾筱筱这些天闲在家里，一直在帮忙当服务生接待客人。

这家温泉酒店，是龙崎拓海的朋友开的，也是借他这个老板的光，她才能一直住在这里。

打扮了一下，顾筱筱看着宿之莹给自己挑的衣服，皮笑肉不笑地扯了扯嘴角："你骚不骚？不穿这个！"

"不行不行，就穿这个！"赶紧把顾筱筱扑倒，宿之莹伸手就去扒她的衣服，"咱们是去酒吧玩儿，你别穿得像个学生妹似的给我丢人！"

衣服生生被她扒下来，顾筱筱面红耳赤地爬起身想往洗手间跑，奈何宿之莹紧追不舍，最后没办法，只好穿了她给选的那条蓝色的裙子。

其实这裙子挺普通、正常的，圆领无袖，衣领和整个前身都镶满了水钻和立体花朵。但是效果，就因人而异了。

裙子上身，优雅柔美，飘逸灵动，流畅的线条，将顾筱筱玲珑有致的身材，完美显现。

天气还不算热，走的时候她带了件风衣，然后和宿之莹说起下周要开始工作的事情。

　　"啊，我知道你说的那三个明星！"没想到一向反对顾筱筱拼命工作的宿之莹，这次却一反常态，"听说是三家娱乐公司联手打造的一个什么节目，都是现在当红的男明星，临时组成一个组合，还要发唱片开演唱会来着。你这丫头，有福气啊——到时别忘了带我去探班。"

　　顾筱筱不追星，可是宿之莹说的那三个名字，她也都有些熟悉。所以足以见得，他们真的够火。

　　吃了饭逛了街，晚上十一点，真正的夜生活似乎才刚刚开始。

　　顾筱筱不经常来夜店，唯一去过几次的，也只有眼前的这家。因为和老板认识，相比起其他的夜店而言，这里相对安全一些，环境也要好一些。不过同理，价钱亦是如此。

　　来到吧台点了杯酒，顾筱筱微眯着双眼，打量着店内的男男女女，和身边的人低声交谈。

　　"顾小姐可是好久没来了。"

　　这里的服务生大多都是认识她的，因为她的身份……比较特殊。

　　"嗯，最近有些忙。"看了眼和自己说话的男子，顾筱筱微微一笑，笑得那男人眼睛有点直。

　　这里是东京，在东京，是不缺妆容精致打扮时尚的美女。可是美女，也是分等级的。

　　二十四岁的年纪，刚刚褪去学生时代的青涩，又还没到一种真正的成熟。那种带点清纯又有点魅惑的感觉，对男人而言是一种致命的吸引力。

　　顾筱筱说着一口流利的日语，如果她不说，甚至没有人怀疑她不是一个日本人。

　　她和宿之莹有说有笑地聊着天，不知不觉酒也喝了不少。

　　开车不喝酒，喝酒不开车，这是顾筱筱的规矩。所以今晚，她没准备回家去睡，已经和宿之莹在附近的酒店订好房间了。

　　年轻漂亮的女人，在夜场总是容易被各种男人搭讪，顾筱筱自然也不例外。

　　但在她的周围，无形之中有一层屏障，凡是看上了她、冲着她来的男人，几乎都被店内的工作人员给拦下了。

　　清净地喝着酒，听着歌，聊着天，到晚上十二点半的时候，顾筱筱准备和宿之莹回去睡觉。

　　"再听一首歌，我喜欢这首！"拉住顾筱筱的胳膊不放，宿之莹撒娇地说道。

　　顾筱筱点头说好，搂着她的肩膀靠在墙上，看着台上正在唱歌的女人。

　　黄兴最近来日本办事，折腾了好几天，总算是忙完了，打算明天打道回府，回国去。

最后一天的狂欢，被朋友带到这家传说中很高级的酒吧，他进来一看，果然不错。

"台上这妞不错啊！"喝着酒，看着正在唱歌的女人，黄兴邪笑着说道。

男人一起出来鬼混，喝酒之余讨论女人，是必不可少的项目。

"这就不错了？看看那边那个，才叫正点！我跟你说，这女人……"

他的话还没说完，黄兴手中的酒杯就已经摔落在地。

贾豪杰皱眉看着他目瞪口呆的样子，嫌弃地道："你不是吧？能不能别丢人？！"

顺着贾豪杰的指引，黄兴看了过去，可是这一看，视线就收不回来了。

远处，那正站在角落里嘴角微扬的女子，容貌是那样熟悉，熟悉到让人有一种恍若隔世的感觉。

老板娘？！

是她吗？！

不对，老板娘已经……

可是，这世上怎么会有这么像的人？

黄兴脑子有点乱，视线紧紧地锁在顾筱筱的身上，在看到顾筱筱迈步要离开的时候，下意识地跟了过去。

第14章

"你别闹,这女人你玩不起!"见到黄兴的举动,贾豪杰赶紧拦住了他。

"你才别闹!我有正事儿!"转头看向贾豪杰,黄兴低声道,"她叫什么?你认识?"

"算是吧。"

"我问你她叫什么!"

"听说是叫什么筱筱吧,我也不大清楚。哎,你干什么去啊?你可真是见了女人不要命!"

黄兴急匆匆地朝着顾筱筱奔去,贾豪杰拦都拦不住。

他拿出手机,手指不断地按拍照键,短短几秒钟的时间,已经连拍了十几张照片在手机里。

黄兴的手是颤抖的,心也是如此。

长得这么像,名字也这么像,要不是诈尸,那就是奇迹!这样的缘分他可不能错过!

想想看,老板娘死了三年,老板的日子过得像苦行僧似的。黄兴每次看见楚逸辰,都怕他一言不合,就把自己给打了。所以,眼下见了这人,黄兴下意识的反应就是,要帮老板把她拿下!就算不是老板娘,可是有这张脸,老板应该也会喜欢的吧?!

他跟着顾筱筱出了夜店,一不留神的工夫,人就不见了。

黄兴四下张望,疑惑不解,刚刚还能看见呢,怎么这么快就跑掉了?

黄兴慌忙去寻找,在经过一个昏暗的拐角处时,忽然被人用力地拽进了小巷子里。还没等他反应过来,就有种今后要废了的感觉……

"嗯……"捂住被袭击了的命根子，黄兴险些站不稳。抬头去看攻击他的人，他眼睛一亮，觉得又看到了希望。

"老板娘！"

顾筱筱原本以为是遇到了变态跟踪狂，没想到是个神经病，不过看在他是中国人的分儿上，就放他一马。

"别再跟着我，不然我叫人了！"冷声警告，顾筱筱和宿之莹快速跑开。

留下站在原地，捂着下体，风中凌乱的黄兴。

疼，太疼了。

顾筱筱的动作特别稳、准、狠，以至于黄兴缓了好半天，才稍稍缓过来一些。

顾筱筱早就不见了踪影，黄兴努力地让自己冷静，然后拿出手机，看着手机里的照片，意识到自己压根就没法冷静！

那张脸孔，那个声音，不是顾筱筱，还会是谁？！

凌晨一点，楚逸辰被电话吵醒，身边的两个孩子因为这电话铃声，也哭着醒了过来。

烦躁地起身拿过手机，在看到是黄兴的电话后，楚逸辰一把按掉，没想到三秒后，又打了过来。

不悦地接起，楚逸辰起身出门，咬牙说道："你要是不给我个合理的理由，就不用从日本回来了！"

"我看到老板娘了！"

黄兴的一句话，让楚逸辰视线一沉。

"老大你听我说，我没喝多，是真的！我拍了照片，这就发给你看！"他一股脑地把话说完，然后不等楚逸辰回应，就挂断了电话。

十几秒后，楚逸辰的手机又响起，这次是微信提醒。

动作迟疑地点进去，在看到黄兴发过来的照片的一瞬间，楚逸辰脑子里嗡的一声，屏住了呼吸。

这……

这是怎么回事？

照片中的女子，笑靥如花。她怀里搂着另外一个陌生的女子，手里端着酒杯。

这样的笑容，楚逸辰曾见过无数次。

可这样的笑容，又让楚逸辰觉得分外陌生。

心脏像是受了什么刺激一样，几乎快要从他的胸口跳出来。卧室内的孩子在哭闹着喊爸爸，但他却没有立刻转身回到他们的身边。

楚逸辰站在门外发呆，在黄兴的电话又打过来的时候，瞬间接起。

"看到照片了吗？"靠在墙上，黄兴一边揉着下体，一边皱眉问道。

"在哪儿拍的？"

"东京啊！我问我朋友了，他说这家店里的人，好像很多都认识老板娘，还说她的名字是叫什么筱筱。"

"你确定？"楚逸辰心情有些复杂，生怕是他认错了人。

"我、我也不能确定。"

毕竟是已经死了的人，突然间又出现了，这让黄兴怎么可能一口咬定，她就是那个人？

"但是我刚才和她说话了，声音也和老板娘一模一样！不过……"

"不过什么？"楚逸辰心急地问道。

"不过就是这下手比以前狠多了。"

几年前的顾筱筱，可不会发现有人跟踪她，更别提反击了！

"而且她好像不记得我是谁，有点奇怪。"

"你明天先不要回来，在那边查一查，有什么消息立刻给我打电话。"

"我也是这个意思。那时间不早了，你先休息，等我的消息！"

挂了电话，楚逸辰还是没从震惊中回过神来。直到屋内的两个孩子哭着跑出来，揉着眼睛抱着他的腿，问他怎么站在这里的时候，他才有了些反应。

慢慢蹲下身子，楚逸辰坐在地上，拿出手机，把照片递到他们面前。

"认识她是谁吗？"他低声问道，后知后觉地发现，自己的声音是颤抖的。

两个孩子泪眼蒙眬地看着他，不明白他怎么会这么问。再去看手机上的照片，他们的哭声渐渐变小了。

"妈、妈妈。"楚慕染抽泣着，用小小的手指摸了摸照片上顾筱筱的脸，"是妈妈。"

他们每天都会对着顾筱筱的照片说晚安，所以对这张面容并不陌生。

楚逸辰目光一闪，手心微微发汗，但是嘴角却忍不住地上扬。

"乖，不哭了。"一手一个，将两个孩子抱回房间，楚逸辰轻声哄道。

"爸爸过几天带你们去日本玩。"

"真的吗？"双手揉着眼睛，楚慕染有点不大相信他的话。

"我不去日本，我要找妈妈。"楚慕谦还惦记着刚刚的照片，不接受楚逸辰的贿赂，态度很坚决，"妈妈在哪儿？"

"我也不去，我也要见妈妈。"一听楚慕谦的话，楚慕染也赶紧改了口。

"你们先睡觉，不然妈妈会生气的。睡好了以后，爸爸给她打电话，问她有没有时间，然后带你们去找她，好不好？"

"拉钩钩！"

"好，拉钩钩。"

楚逸辰快速地伸出手指，将他们哄睡着，自己却没有丝毫睡意。

坐在床上，看着手机里的照片，楚逸辰一夜无眠，直到天亮。

他紧张得像个毛头小子，恨不得马上就飞去日本，亲眼见一见照片上的人。但也正因为期望太高，所以，他不敢轻举妄动。

"逸辰，有什么事吗？"徐明看着坐在办公桌后，在短短的三分钟内已经看了数次手机的人，皱眉问道。

"没事啊。"抬眸看了他一眼，楚逸辰答得痛快。

可他这回答，却不能让徐明满意。

没事？他可不是那种没事做，会盯着手机看个不停的人……

疑惑地离开，徐明总觉得楚逸辰今天有哪里不对劲，隐约中从他身上感觉到的那种兴奋，让徐明一头雾水。

公司近期又要开展什么有难度的项目计划了吗？

可是工作上的事，很难让他露出这样的表情来吧？

楚逸辰的心悬在半空中，从天亮等到天黑，也没等来黄兴的电话。晚上回家吃饭，他一只手抵着额头，一只手拿着筷子，却始终不见他动碗里的饭菜。

"爸爸，不吃饭不是好孩子。"楚慕染坐在椅子上，甩着小腿，认真地说道。

"我是大人。"楚逸辰想也不想，一句话扔过去，堵得楚慕染不知还该说些什么。

晚上九点，电话终于响起。楚逸辰快速接起，迫不及待地问道："查得怎么样了？"

黄兴被他急切的语气吓了一跳，张了张嘴，犹豫地说道："还在查，挺麻烦的一件事。老板娘好像和这边的龙崎家族有些关系，目前正住在龙崎家名下的一家温泉酒店。"

"龙崎？"楚逸辰眉头轻挑，"拓海？"

"对对对，就是这个人，老大你知道？"黄兴连连点头，既然如此，那他就能松口气了。

"你说的和他有关系，是什么意思？"楚逸辰不答反问，问得黄兴表情一变。

"就、就是……"欲言又止，楚逸辰的沉默等待，让黄兴为难极了，"就是听说，好像是他的人。她身边也都是龙崎的手下，安全倒是没有问题，可是外人就很难接近了。"

"其他的事情先放在一边，我只要她的身份证明。给你半个月的时间，能把东西搞到手吧？"

头发、指甲、血液，不管弄到什么，都可以让他知道，她到底是不是那个人。

半个月，这是楚逸辰能做的最大让步。黄兴明白他心里的焦急，所以一口应下，挂了电话后就去办事了。

顾筱筱这几天都在忙着准备工作，从公司那边拿到一堆明星的资料，她研究完以后，真心觉得这项工作，可能没有自己一开始想象的那么简单……

半年的时间，得一直跟三个男人待在一块，所以对他们平日里的喜好啊习惯啊等等，她都需要去了解，以免一不小心，就惹得雇主不高兴了。

明星都是难伺候的，唯一让顾筱筱庆幸的是，还好不是三个女明星，不然就算是把工资增加到五倍，她都不会接！

三个女人一台戏，女人最喜欢做的就是钩心斗角这种事了。相比之下，三个颜控还有些洁癖的男人，好像就没那么难以接受了。

清晨醒来，顾筱筱伸了个懒腰，准备迎接新的一天。

龙崎拓海的电话打来，让她紧张得不敢有一丝怠慢。

晚上五点，顾筱筱乘车来到目的地。和以前一样，餐厅内除了他们再无别人。

顾筱筱垂下眼帘，踩着高跟鞋，一步步朝着那早已等候在桌边的人走去。看着他起身为自己拉椅子，顾筱筱微微一笑，说了声"谢谢"。

他在追她，顾筱筱很清楚这一点。而且这也是他亲口说的。

他早在去年，就和她说过类似的话。在外人眼中，他似乎把所有的耐心都放在了顾筱筱身上。顾筱筱自己也并不否认这一点。

他从不介意在她面前表露出自己放松的一面，就像现在这样，出去玩儿完，就直接赶来和她吃饭，像是家人，像是朋友。

他从不缺女人，各种场合有各种女人陪在他身边。但他从不带顾筱筱出席晚宴，只是每个月都要和她出来吃几次饭，也从不碰她。

所以一来二去，他身边的人都知道了顾筱筱的特殊，也都对她恭恭敬敬，让顾筱筱特别不自在。

她拒绝过，可是拒绝没用，他对她还是一如既往，偶尔的礼物，偶尔的见面，偶尔的惊喜。

他曾在顾筱筱最糟糕的时候陪在她身边，所以顾筱筱有时候会想，干脆答应算了。可不知怎的，每次她有这种想法的时候，心里都会特别难过。

那种难过近乎绝望，让她想哭，让她想逃。

"这次的工作是怎么样的？"看到顾筱筱有点发呆，龙崎转移她的思路，开口问道。

"给几个明星当随行的翻译，最近一段时间都要跟着他们。"

"男明星？"龙崎追问。

见顾筱筱点头，他皱眉："我会吃醋的。"

"吃太多醋对身体没好处，"顾筱筱苦笑地看着他，"这是我的工作。"

"知道你是个工作狂，什么工作都比我重要。"有些埋怨，有些嫉妒的语气。

若是外人听到他们这样的对话，一定会惊讶到目瞪口呆。因为说出这样的话的人，是他。

吃了饭，在外面逛了逛，最后龙崎亲自开车送她回去。

到了地方，顾筱筱低头解开安全带，然后偏过头和他道别。看着她温婉的笑容，龙崎忽然目光一闪，伸手把她拽了过来。

顾筱筱毫无防备，身子猛地前倾，看着他瞬间放大的五官，倒吸一口气。

"怕了？"坏笑地看着她的样子，龙崎低声问道。

"龙崎先生……"

"我不喜欢你这么叫我。"他很认真地抗议，然后亲了亲她的额头，"筱筱，不要让我等太久，我已经等了好久。"

筱筱，不要让我等太久……

简单的几个字，让顾筱筱呼吸一顿。

她是不是曾经在哪儿，听到过这句话？

"我会认真考虑的，再给我一点时间。"凝视着他的双眼，顾筱筱想了想，说，"一个月，再给我一个月就好。"

"这是你说的，不准反悔。"

目送龙崎离开，顾筱筱长叹一口气，打起精神来。马上就要开始工作，她不能懈怠。

周三，下午三点半，顾筱筱出发前往机场，去和那边的工作人员会合。

牛仔裙、白衬衣、白球鞋，干净清爽，她最喜欢的装扮。

下午五点左右到了机场，顾筱筱打电话见到要会合的人，前往贵宾室等三位大爷的出现。

几位明星今天会先后到达这里，然后一起前往他们共同的住处。顾筱筱本以为最先到的应该是日本的那位，没想到，韩国的却先到了。

房间内除了顾筱筱，就没有别人了。她戴着耳机听歌，耐心地等待着。当房间的门被打开，她顺势看了过去，然后站了起来，扯下耳中的耳机。

站在门口的，是一名染着黄色头发的年轻男子。他看到屋内的顾筱筱，有点惊讶，又看了看门上的门牌，确定自己没有看错后，叹了口气，进了屋。

"你好，我是……"

"啊啊知道了，要签名是吧？"扔下手中的包，男子眼神有点烦躁地看着顾筱筱。

现在的私生饭也真是厉害，这种地方都闯得进来，门外的那些保安都是干什么吃的？

他伸出手，朝顾筱筱索要需要签名的东西。顾筱筱呆了一下，明白了他的意思，然后笑着摇了摇头："我不要签名，我是……"

"那是要合影咯？好好好，满足你。"男子说完，就拿过顾筱筱手上的电话，不由分说地打开照相机，搂过她的肩膀，在她完全蒙了的状态下，拍了一张。

现在当明星的都这么自大，完全不听人讲话的吗？！

顾筱筱无力地在心里翻了个白眼，嘴角勉强地上扬着，以保持脸上的微笑。

"我不要签名，也不要合照。你好，我是公司派来的翻译，接下来几个月的行程，我会帮助你和其他两位成员交流沟通。当然，有什么建议和不满，你也可以和我提，我会努力更正的。"顾筱筱一口气把话说完，然后看着尹申灿尴尬的笑容，也笑了笑。

屋内的气氛，就这样一直尴尬着。顾筱筱和他面对面坐着，一时间也没什么话题可说。大概二十分钟后，另一名日本成员竹本敬太到了，气氛才缓和了一些。

几人相互打了招呼，自我介绍，寒暄，静等剩下的那位中国成员出现。

苏佐楠这两天跑了泰国、中国香港和上海三个地方，只睡了不到四个小时，就必须来日本。

睡眠不足，导致他的心情十分不好。而且一下飞机，又被接机的粉丝给拦在了半路上，耽误了好些时间才脱了身，这样一来，他的脸就更黑了。

辗转来到机场的贵宾室，站在门外，苏佐楠深吸一口气，调整了一下脸上的表情，扬起一抹完美的微笑，敲门进去。

屋内的三人，在听到开门声的时候同时转身。

苏佐楠今天染了个薄藤色，俗称奶奶灰。顾筱筱一直觉得这个颜色很微妙，因为染好了，真的很有气质很好看，可是染不好的话，就完全是花白了头发的老年人形象。

眼前这三个男人，一个黄色头发一个黑色头发一个灰色头发，让顾筱筱莫名其妙地就给他们想到了一个组合名字——洗剪吹组合。

苏佐楠站在门口，从推开房门的那一瞬间开始，整个人就是僵在那里的。

他的视线直直地落在顾筱筱的身上，一动不动，从最初的迷茫，到后来的震惊。

顾筱筱看得十分清楚。

"你好。"顾筱筱被他看得有点不自在，于是笑着主动出声，"我是公司安排的翻译，叫顾筱筱，请多多关照。"

顾筱筱！

苏佐楠猛地朝她大步走来，把顾筱筱吓了一跳，条件反射地就往后退。

"我就知道你不会死的，我就知道……"一把将她抱住，苏佐楠声音颤抖地不断呢喃。

顾筱筱听后心猛地一沉，说不出话来。

他认识自己？！

"那个，能先放开我吗？"推了推苏佐楠，顾筱筱心情复杂地开口，"还有人在。"

经过顾筱筱的提醒，苏佐楠也意识到自己失态了。

慢慢放开了她，可是他的视线却还是紧紧地落在她的身上，好像生怕一个不留神，她就不见了一样。

顾筱筱心情特别沉重，苏佐楠的注视，让她有种喘不上气来的感觉。

顾筱筱强颜欢笑地进行着自己的工作，三人正式聚在了一起，总是要拍张合影发到各大社交网站给粉丝们一饱眼福的。顾筱筱帮他们拍完合照后，就跟着他们一起出了门，前往停车场。

回到公司为几人准备的别墅，顾筱筱和他们道别后，身心疲惫地准备回去。三个大男人，她总不好和他们住在一起。

"我送你。"苏佐楠跟着她出了门，表情很复杂地看着她。

"不用了，我自己可以回去。"顾筱筱摇头拒绝，然后和他四目相对，轻声问道，"我和你的朋友长得很像吗？"

"不光长得像，连名字也一模一样。"

他不相信这世上有如此巧合的事情，所以他觉得，眼前的这个，就是几年前让他悔恨到想毁了自己的那个女人。

她为什么会在日本？又为什么会不认得自己？当年的那场车祸，究竟是怎么回事？楚逸辰知道她的下落吗？

"你觉得这是一种巧合，还是说你就是她？"苏佐楠把问题丢给顾筱筱，目不转睛地看着她问。

"巧合吧，人和人是要讲缘分的。我很荣幸能和你认识的人长得相像，但是抱歉，我不是她。"顾筱筱字里行间透着一种疏离，就连脸上的笑容亦是如此。

她不记得自己了，真的不记得了……

苏佐楠不知道这是好是坏，因为她不记得自己，意味着她也不会记得其他的人。

顾筱筱的住处并不算远，公司给她安排了宿舍，是和其他的工作人员住在一起。

苏佐楠送她过去，两人无言地走着，到了门口后，苏佐楠按响门铃。

来开门的正好是苏佐楠的经纪人，他推开门，就看到苏佐楠脸色阴沉地站在门口，而他身后，还站着一个女人……

在看清楚那女人的脸后，经纪人惊叫出声："啊！！！鬼！！！"

顾筱筱看着他惊恐的表情，听着他惊声的尖叫，生无可恋地翻了个白眼。

虽然她是长发披肩，虽然她穿了件白色的衬衣，可是，和女鬼还是差了好多个层次的好吧？！

苏佐楠听到他的叫声，也不高兴了，上前直接捂住了他的嘴，低声喝道："乱喊什么？这是日本这边找来的翻译！"

"翻、翻译？！"方安看了看苏佐楠，又看了看顾筱筱，目瞪口呆。

不是鬼？是别的人？

"不好意思啊……认错人了……"尴尬地冲着顾筱筱笑，他还是心有余悸。

顾筱筱当年出车祸的事情，没有太多人知道，可是苏佐楠和他，还是知道的。

"没事，我是上野千夏，请多多关照。"见他这样，顾筱筱也不好意思说出自己的中文名字了，生怕再把这大老爷们给吓到。

简单地打了个招呼后，顾筱筱回到自己的住处。关上房门，她低头坐下，身子不知不觉中在颤抖。

有可能是认识自己的人……

有可能是知道自己过去的人……

只要一想到这个，顾筱筱就害怕不已。

她不知道自己在怕什么，可是心底的恐惧藏不住，那像是一个无边的黑洞，试图将她吸进去。顾筱筱担心自己一旦被卷入那个旋涡，就再也逃不出来。

鬼吗？

想起方安刚刚见到自己时的反应，和喊出来的话，顾筱筱苦涩一笑。

从某方面来说，这个字还真的挺适合她的……

脑袋里乱糟糟的，顾筱筱揉了揉头发，强迫自己躺下休息。接下来几天，她需要跟着那几个人，分别在日本、韩国以及中国出席活动。

短短半年时间，竟然还要出张专辑办场演唱会，这娱乐公司可真会圈钱。顾筱筱暗暗在心里感叹，熄灯睡觉。

第二天早早起来，她去找苏佐楠三人。

时间过得飞快，转眼又是一周。

一直在等黄兴答复的楚逸辰，在这半个月里，简直是度日如年。他一向不是情绪容易外露的人，可是这半个月，任谁都看得出他的烦躁不安。

终于，黄兴把检验报告发到了他的邮箱。看着报告上的字句，楚逸辰觉得一直阴着的天，亮了。

他给黄兴打了个电话，确认了顾筱筱现在所在的位置。黄兴如实回答后，有点担心地说："老大，老板娘好像失忆了。"

"我知道。"这点他早就料到了，不然，她是不可能舍得丢下两个孩子不管的，"你继续在那边盯着，我后天过去。"

"好，知道了。"

挂了电话订机票，楚逸辰坐在书桌后盯着电脑发笑的模样，把从门外经过的楚筱都给吓了一跳。

楚筱都趴在门口看了半天，然后敲了敲门。见楚逸辰看了过来，她小心翼翼地问："哥，你没事吧？"

好端端的他笑什么？中邪了？

"没事。"楚逸辰淡笑着回答，"有什么想要的东西吗？买给你。"

听了他的话，楚筱都赶紧跑到他面前，伸手探了探他额头的温度："不烫啊，你真中邪了？"

楚逸辰对她一向大方，这点楚筱郁从不否认，只要是她想要的，只要开口，楚逸辰从不犹豫。

可是！

主动问她要不要什么东西，这样讨好的态度，却绝对是不常见的。

楚筱郁真的已经好久都没见过他这个样子了，以前顾筱筱在的时候，他偶尔还会贿赂自己，但后来……

"不要？那算了。"楚逸辰合上电脑，起身要离开。

"要要要，我要！你先让我想想要什么……"一把抱住他的胳膊，楚筱郁好奇地问道，"哥，你敢不敢告诉我，你为什么这么开心？"

"不敢。"楚逸辰一口打断了她的念头，"放手，我要出去一趟。"

楚逸辰晚饭没在家里吃，回来的时候已经是晚上十点多了。

他不回来，两个孩子是坚决不睡觉的，所以楚筱郁就只好留在他们身边陪着。

"妈妈。"安景琛看着楚逸辰带着楚慕谦、楚慕染两人上楼，撇了撇嘴问，"为什么弟弟妹妹没有妈妈？"

楚筱郁被问得表情一僵，蹙眉说道："谁说他们没有妈妈？"

"那她在哪里？为什么不回来？"

"她去工作了。"不知道该怎么编，所以楚筱郁就用楚逸辰骗孩子的那一套，来应付安景琛，"她没时间照顾弟弟妹妹，你是哥哥，就要对他们好一点，知道吗？"

安景琛点点头，想了想后，又说："我不喜欢妹妹。"

"为什么？"楚筱郁讶异。

"妹妹爱哭，弟弟不哭，可是弟弟不爱理我。"

"妈妈小时候也爱哭啊，女孩子都喜欢哭的。你是男孩子，就要保护妹妹，不可以不喜欢妹妹。还有弟弟，他不是不爱理你，他很喜欢你的，昨天不是还把他最喜欢的小车送给你了？"

楚筱郁耐心地给他讲着道理，等他又问自己"妈妈真的爱哭吗"的时候，她毫不犹豫地点头。

"那我以后保护妹妹和妈妈，这样你们就不哭了！"

"这才对。"亲了亲他的小脸，楚筱郁松了口气，"对妹妹好的哥哥，才是好哥哥。走吧，我们上楼睡觉，明天妈妈带你们出去玩儿！"

楚逸辰抱着两个小豆丁回到卧室，躺在床上，任凭他们折磨自己。

楚慕染一上床，就迫不及待地趴到他的身上，小手抓抓他的耳朵，摸摸他下巴上的胡子。而一旁的楚慕谦，则是学他躺着的姿势，大爷一样躺在旁边，还时不时偷看他一眼，对比自己学得对不对。

"爸爸爸爸爸爸。"楚慕染抬起小脑袋,眼睛亮晶晶地看向他,一连叫了好多声"爸爸",把楚逸辰给听笑了。

伸手摸了摸她细嫩柔软的头发,楚逸辰轻声问道:"染染想干吗?"

"亲亲。"说着话,她小嘴微微噘起,热乎乎的吻就落在了楚逸辰的脸上。

搂着楚逸辰的脖子不放,楚慕染各种讨好,完完全全地黏在他的身上,过了一会儿,竟然趴在他的肩上睡着了,一点儿征兆都没有。

楚逸辰动作轻盈地将她抱回房间,然后看向跟在自己屁股后面的楚慕谦,蹲下身子小声问:"你不困吗?"

楚慕谦摇了摇头,眨着眼睛看着他不说话。

"不困也要睡,都已经这个时候了,你看妹妹都睡着了。"

"可是爸爸不睡!"楚慕谦理直气壮地反驳。

"那爸爸和你一起睡?"楚逸辰微笑着提议。

楚慕谦歪着头看了看他,觉得有点奇怪。

今天的爸爸,好像特别好说话……

不等楚慕谦回答,楚逸辰便一把抱起了他,四下看了看,走到大龙猫沙发床边躺下。

枕着他的胳膊,楚慕谦很听话地闭上了眼睛。不过没一会儿的工夫,他就又把眼睛睁开了。

对上楚逸辰的视线,他小心翼翼地开口:"爸爸,我想妈妈。"

"爸爸也想她。"食指轻轻戳着儿子的脸蛋,楚逸辰低声回答,"爸爸明天要出门一趟,回来以后,就带你和妹妹去见她,好不好?"

楚慕谦双眸瞬间睁大。

去见妈妈?

真的可以吗?

他第一次听到这样的话,小嘴张得大大的,完全不敢相信自己的耳朵。因为以前每次说想妈妈的时候,爸爸都会让他们等,等妈妈有时间,然后回来看他们。可这次……

"可以去见妈妈吗?"

"当然可以。"

"那……"完全躺不住了,楚慕谦爬起来,迫切而紧张地看着楚逸辰,认真地想了想后,又问,"那妈妈会喜欢我吗?我有乖乖听话,可是她没有看到。"

"妈妈当然会喜欢,她最喜欢你和妹妹了。"

看出孩子的不安,楚逸辰心里挺不是滋味的。

这几年,他一直努力地照顾他们,可是再怎么努力,一个大男人,总归是不行的。

楚逸辰不知道是不是所有的小孩子都是这样,只要有点事情,开口闭口喊的都是妈妈。

笑了喊妈妈，哭了喊妈妈。

　　因为顾筱筱不在，所以全家上下都对这两个小家伙十分宠溺，甚至可以说是纵容。楚逸辰以前从没想过，自己有一天会如此宠孩子，可是一想到他们没有妈妈，他就会心软。

　　在全家人的宠爱下渐渐长大的两个小东西，脾气是很大的。尤其是楚慕谦，简直是一言不合就闹脾气，让楚逸辰十分苦恼。

　　打过也训过，都没什么用。他生气了就喜欢摔东西，也不知道谁给惯出来的臭毛病。

　　楚慕谦这一年的时间，摔坏的玩具可不在少数。楚逸辰一开始打过几次，但后来这臭小子发现，只要他大哭大闹，其他人就会过来保护他的时候，他就找到诀窍了。

　　不过后来，楚逸辰也找到了对付他的办法，那就是不理他。

　　每当楚慕谦像个山大王，在家里为非作歹、耀武扬威的时候，楚逸辰从来都不理会他，甚至都不多看他一眼。

　　楚逸辰下班回来以后，抱抱安景琰，亲亲楚慕染，就是不和他说话。

　　一来二去，小家伙也怕了。爸爸是不是不要自己了？！

　　楚慕谦哭得最惨的一次，是在半年前。那次，是因为楚逸辰整整一个星期没和他说话，然后他突然间爆发。

　　他哭得昏天暗地，谁哄都不好使。他抱着顾筱筱的照片，坐在墙角哭得鼻涕一把泪一把，只要谁靠近，就声嘶力竭地大喊大闹，最后喊得嗓子都哑了，整个人哭得都快没力气了。

　　楚逸辰下班回家，没想到看到的就是这样的画面，自己的儿子被一群人围着，满地的狼藉，Pad都摔碎了两个，更别提其他的玩具、碗筷了。

　　他大步走了过去，和坐在地上不肯起来的孩子四目相对。楚慕谦一看到他，更加委屈了。

　　"妈妈不要我，爸爸也不要我！"

　　楚慕谦抱着顾筱筱的照片，哭喊出来的一句话，让楚逸辰心中的怒火瞬间消失不见。

　　顾筱筱不要的岂止是他？是他们所有人！

　　那次哄好楚慕谦，真的是费了好大的力气。而自从那次闹完以后，楚慕谦也渐渐收敛了不少，好像真的怕楚逸辰不要他了似的。

　　"爸爸，那你什么时候回来带我和妹妹去找妈妈？"楚慕谦满脸期待地看着楚逸辰问，然后回头看床上熟睡的妹妹，好想把她叫醒，告诉她，他们快要见到妈妈了。

　　"这个还不确定，不过很快。这样，你每天数一个数字，爸爸保证，在你数到三十的时候就让你看到她，好不好？"

　　楚慕谦想也不想，连连点头。

"这是你和爸爸的秘密，谁都不要告诉，妹妹也暂时不要说，行吗？"

小孩子最喜欢秘密了，尤其是和大人一起拥有的秘密。

听了楚逸辰的话，楚慕谦别提有多兴奋了，一头扑进楚逸辰的怀里，难得地撒起娇来。

将儿子哄睡着，楚逸辰起身去收拾行李。第二天吃过早饭后，他就动身前往机场。

顾筱筱已经和苏佐楠等人合作了半个多月的时间，磨合下来后，彼此之间也是越来越默契。

这三个人，是三个国家的三家娱乐公司共同力捧的明星，所以人气自然不在话下，每天的行程也是满满的。

每天都保持着高强度的工作状态，终于有了一天休息时间，顾筱筱就迫不及待地想要逃离他们的身边，再也不想看那三张被无数女人幻想成自己男朋友的男人的脸。

大早上五点，她起床喝了杯牛奶，做贼一样出了门，经过一个多小时后，终于回到了熟悉的环境。

推开房间的门，她有种想哭的冲动，脱鞋脱衣服往床上扑，这一觉睡到中午十二点多，才迷迷糊糊地被宿之莹喊醒。

"我还以为是自己看错了，原来真是你回来了。"看着睡眼惺忪、一脸迷茫的顾筱筱，宿之莹眉头紧锁，"你干什么了？怎么累成这个样子？脸都小了一圈！"

"陪男人。"顾筱筱面无表情地回答。

宿之莹吓了一跳。

"每天陪着三个比大爷还大爷的男人，这日子简直是太痛苦了。"

"真的那么难搞？"宿之莹心疼地看着她，以前只是听说明星耍大牌难伺候，没想到真是这样。

顾筱筱欲言又止地挥了挥手，摇了摇头。她没法说自己不喜欢这份工作是因为苏佐楠的关系，每次看见苏佐楠，她心里都很难受。

"出去吃点东西？"摸了摸她的脸，宿之莹蹙眉问道。

"不吃，我要睡觉，我要睡到天昏地暗，谁也阻止不了我！"

"那你再趴一会儿，我出去给你买东西回来。"

"算了算了，我和你一起出去吧。"难得回来一趟，顾筱筱不想麻烦宿之莹给自己跑腿，于是撑起疲惫的身子，随便找了件牛仔连衣裙往身上一套，就跟她出了门。

两人慢慢往外走，最近来这边旅游的游客越来越多，整个度假村内部都是热热闹闹的。

"咦？他怎么在这儿？"走到大门口，顾筱筱脚步放慢，疑惑地看向前方，喃喃自语道。

"谁啊？"顺着她的视线看过去，宿之莹就看到两辆车子停在那里，一名男子正在和度假村的老板说着什么，而他的身后则站着几名随从。

他面容冷峻，似乎是在生气，而一向在外人面前趾高气扬的老板，在他面前却始终低着头，不断地道着歉。

似乎感觉到了顾筱筱的注视，对方扭头看了过来，然后清冷俊美的脸上，浮现出一抹淡淡的笑意，挥了挥手，示意顾筱筱过去。

顾筱筱迟疑地走了过去，也看出这边气氛不大对劲，恭恭敬敬地叫了声"龙崎先生"。

她身后的宿之莹吓了一跳。

这个男人就是龙崎拓海？她之前一直以为他是个三四十岁的男人，没想到……竟然这么年轻，而且俊美得有点不像话。

"今天休息？"旁若无人地看着顾筱筱，龙崎拓海低声问道。

"嗯，早上才回来，准备和朋友出去吃点东西。"

"我也没吃，一起吧。"

"龙崎先生好！"宿之莹赶紧鞠躬，紧张地回道，"那个，我突然想起来公司还有急事，得先回去一趟，筱筱，咱们晚上再一起吃吧！"

宿之莹有眼力见儿，给顾筱筱使了个眼色，之后就一溜烟地跑掉了。

这人……

顾筱筱暗暗叹息，没办法，只好和龙崎去吃饭了。

撇开手下，两人来到附近的一家小餐馆，因为顾筱筱说这里的牛肉特别好吃，想带他来尝尝。

店内的顾客不少，环视了一圈，只有窗边一张两人座的小桌是空着的，顾筱筱见状，就转身想离开，可却被制止了。

"为什么要走？"拉住顾筱筱的手，龙崎疑惑地问道。

"这种地方你坐不惯的。"

"我可以习惯。"牵着她的手往那里走去，龙崎脱下外衣，挽了挽衬衣的袖子，看向顾筱筱，云淡风轻地说着情话，"为了你，我什么都可以习惯。"

顾筱筱无奈地笑着摇头，拿他没办法，接过菜单点了几样东西，就和他聊起天来。

"你是过来谈生意的吗？"

虽然知道他和度假村的老板认识，可顾筱筱却很少见到他露面。如果她没记错的话，这应该是她搬来这边以后，他第二次露面。

第一次，是送她。

"嗯，的确有点事情。你那边的工作什么时候结束？我想让你来我的公司帮忙。"看着她的眼睛，龙崎直白地说道，"筱筱，你做翻译，屈才了。"

"是你太高看我了。"

"我从来不会看错人，你比我手下的那些人要聪明得多。过来帮我，我想每天都能

305

看到你。"

"你让我去帮忙，到底是为了什么？"顾筱筱眉头微蹙，见龙崎不好意思地笑了笑，她也随之抿嘴一笑。

心思被看穿，龙崎也就痛快地直说了："当然是因为你能帮我的忙，不过如果非要选择一项的话，那我选择后面的。"

"吃饭吃饭，不聊这个了。"顾筱筱转移话题。

开开心心地把饭吃完，顾筱筱被他送回住处。他的手下还在原地等着，见到老板安全归来，都松了口气。

"筱筱，还有一个星期，我等你的回答。"

临走前龙崎的话让顾筱筱一怔。

"为了让你能够更快地确认自己的心意，这个星期，我会经常来见你，免得你工作一忙就把我忘了。"

"我都不知道自己这个星期会在哪里，你要怎么来见我？"

"如果这么说的话，那我今天就不回去了，你去哪儿我去哪儿。"说完，龙崎作势要下车。

吓得顾筱筱赶紧拽住了他。

开什么玩笑？有他跟着，自己还怎么工作？

"别闹，我开玩笑的！等我的电话，我先回去了。"

看着顾筱筱紧张的模样，龙崎得逞地一笑，目送顾筱筱走远，这才吩咐手下开车去办正事。

跟在龙崎身边的人都知道他对顾筱筱态度不一般，今天亲眼见过后，就更加确定了。因为能让他无视工作的人，顾筱筱还是头一个。

和他分开，顾筱筱舒了口气。天气不错，心情不错，她一边走着一边看着脚下的石子，等走回到自己住的院子内，停下了脚步。

院子里有一个人，正站在树下，仰头看着树上的樱花。这院子一般情况下是没人会过来的，因为属于私人住宅，游客也不会往这边走。所以顾筱筱有点好奇，就多看了他两眼。

似乎感觉到身后有人在看自己，他慢慢回头，在看到身后的人是谁后，视线瞬间发生了改变。

顾筱筱一直站在原地，静静地注视着不远处的男子。当他转过身来，也用相同的方式凝望着她的时候，顾筱筱忽然觉得心脏一阵阵锐痛。

怕，没来由地怕。

顾筱筱握紧拳头，在看到他朝自己走来的时候，条件反射地向后退去，不想和他靠得太近。

楚逸辰之前已经看过她的照片，他以为自己在见到她的时候可以淡定，至少，不会像个孩子似的，心里想着什么就去做什么。

可是现在，曾经在梦里出现过无数次的人就站在自己的面前，他真的无法淡然。

快步朝着她走去，看着她目光惶恐地步步后退，然后踉跄地摔在地上，楚逸辰皱紧眉头，胸口发闷。

"躲什么？又不会吃了你。"弯腰把坐在地上的人拽了起来，楚逸辰低声开口。

顾筱筱用力收回被握住的手，害怕地继续往后退了两步，然后警惕地看着他，冷声道："这里是私人地方，请你马上离开！"

"连我为什么在这里都不知道，就想让我走，你知道我是谁吗？"

她的反应让楚逸辰特别不满意，忘记自己就算了，竟然还敢怕自己？！

"我管你是谁！这里是我的地方，请你离开！"顾筱筱恼火地回道，然后转身就要跑回自己的房间。

楚逸辰手疾眼快地把她拽住，险险地接住她回身的一击，戏谑一笑。

放养了三年，果然比以前野多了。连他都敢踢，以后还想不想生孩子了？

楚逸辰用力将人拉入怀中，低头堵住那张准备破口大骂的小嘴。

想了太久，盼了太久，等了太久，终于又能将她抱在怀里了……

顾筱筱双眸瞬间睁大，脑子短暂地空白了几秒后，愤怒地去推楚逸辰的身子，无法得逞后，就一口将他咬住。

血腥味很快就蔓延开来，楚逸辰眼底的笑意一闪而过，依旧不肯放过她。最后，等自己高兴了，顾筱筱呼吸不畅了，他才慢慢抬起了头。

"咬坏我，你不心疼？"

"我心疼个屁啊！神经病，放开我！"顾筱筱觉得自己真是倒霉透了，这是从哪儿冒出来的疯子？

"救命——流氓！变态！神经病！"逃不掉，顾筱筱就大声求救。

宿之莹正坐在屋里吃着泡面，一听到她的声音，赶紧跑了出来，然后就看到她被一个陌生男子抱在怀里的画面。

这光天化日之下就要流氓？

不对。

现在流氓的颜值都这么高？

宿之莹看着两个人，怔了一下，跑了过去。

楚逸辰见到有外人过来，便松了手。

顾筱筱一得到自由，马上跑到宿之莹身后，愤恨而委屈地瞪着他，别提有多生气了。

"你是谁啊？不知道这里是什么地方吗？赶紧走，不然我们喊人了！"将顾筱筱挡在身后，宿之莹底气不是太足地看着楚逸辰警告道。

"我是谁？"楚逸辰嘴角微扬，邪笑着说道，"你让她过来，我就告诉你们。"

"莹莹,我们别理他,走!"顾筱筱狠狠地瞪了他一眼,拽着宿之莹跑回了房间。房门一关上,她双腿一软,就坐在了地上。

"你这什么情况啊?不是和龙崎一起出去的吗?怎么却勾回来个别的男人?"宿之莹看着她低声问道,然后就发现顾筱筱的身子在颤抖,似乎真的被吓到了。

"好了好了别怕,有我在。"蹲下身子抱住了她,宿之莹低声安抚,"我一会儿去和老板说一声,让他安排两个人过来,放心吧。"

顾筱筱不说话,手放在自己的胸口,感受着那快得不正常的心跳,难受得不得了。

她的心一直在痛,像是有很多只蚂蚁在啃噬着血肉一般,酸酸的,麻麻的,痛痛的。

顾筱筱不明白自己为什么会这样,但是她很清楚,自己怕那个人,不想再见那个人!

"筱筱你怎么了?别吓我。"宿之莹第一次见到顾筱筱这个样子,她把头垂得很低,整个人都陷入恐惧之中。

"我没事,一会儿就好了。"顾筱筱强颜欢笑地抬起头来,那笑容简直比哭还难看,"莹莹,今天的事情不要让其他人知道,尤其是龙崎。"

宿之莹怔了怔,然后点头答应:"行,我明白了,放心吧。"

平静了好一会儿,顾筱筱才慢慢从地上爬了起来,收拾了一下东西,准备回苏佐楠他们那边去。她以为这件事情会就这么过去,可事实证明,她想得太简单了。

第二天,忙碌归来,顾筱筱一下车,就看到了楚逸辰的身影。

暗暗握了握拳,今天有不少人在身边,她觉得他一定不敢做什么。不过话说回来,他是跟踪狂吗?他怎么会知道自己在这里?

"你怎么来了?"苏佐楠见到楚逸辰,走过去冷声问道。

顾筱筱一听两人的对话,蒙了。

是苏佐楠认识的人?

"我为什么会在这儿,你不是最清楚吗?"楚逸辰说着话,视线看向了后面的顾筱筱。

顾筱筱见到他,转过身撒腿就跑!像是小白兔见到了大灰狼一样。

她也不知道自己为什么要跑,可等她意识到这个问题的时候,已经跑出好几米了。

回头看了看,顾筱筱觉得特别丢脸。因为那边的几个人都在往她这边看,而楚逸辰脸上的笑容,更让顾筱筱觉得他像是在看小孩子的幼稚举动。

他到底是谁?为什么苏佐楠也认识他?他找自己到底想干什么?!

"她不是你要找的人。"拦下楚逸辰,苏佐楠冷声说道。

"你知道她不是?"楚逸辰似笑非笑地反问,"知情不报,你想干什么?"

苏佐楠欲言又止,楚逸辰却没心思听他多说,迈步从他身边走过,去找顾筱筱了。

顾筱筱一口气跑回宿舍,他们的宿舍也是一幢别墅,只不过每个房间住着不同的人罢了。她站在门口，小心翼翼地探着头往外看，果不其然，就看到楚逸辰悠闲地往这边走的画面。

顾筱筱有些恼火，还是头一次觉得这么狼狈。整理着复杂的情绪，等楚逸辰靠近后，她推门出去，看着他冷声问道："你找我到底有什么事？我不认识你。"

"可是我认识你。"楚逸辰波澜不惊地说道，"你还欠我东西，不记得了？这怎么行！"

"欠……"顾筱筱蹙了蹙眉头，她欠过别人东西吗？

"我欠了你多少钱？你说！"心一横，顾筱筱身板挺得笔直，"我还你就是，别再跟着我了！"

"我有说你欠我的是钱吗？"楚逸辰一步步向她走近。

顾筱筱身后就是门，看见楚逸辰的举动，她抬手就要开门。

抓住她的手不放，楚逸辰轻轻摇头，示意她不能这么做。

"晚上吃饭了吗？"

"关你什么事？"顾筱筱不答反问。

"你不吃饭我会心疼的。"楚逸辰脸不红心不跳地说道，"走，跟我去吃饭。"

顾筱筱挣扎着不肯跟他走，那边的工作人员已经回来了，现在正在不远处看着他们，一脸的好奇疑惑。

"我连你的名字都不知道，凭什么和你去吃饭？！我告诉你，我有男朋友，你少跟我耍无赖，不然我叫我男朋友过来了！"

"男朋友？呵。"楚逸辰不屑地一笑，"当着自己老公的面说这种话，你觉得合适吗？"

顾筱筱目瞪口呆地看着他，不知道这话该怎么接。

楚逸辰睨着她惊讶的模样，冷冷一哼。

竟然敢拿别的男人威胁他，真是不知天高地厚的小东西。

"需要我提醒你，你的老公现在人在哪里吗？"

"我想，我们需要好好谈一谈。"顾筱筱垂下眼帘，深吸一口气，幽幽地说道。

"我也这么觉得。我们很有必要，躺下来好好谈一谈。"

躺下来？

顾筱筱猛地抬头看他，觉得他真是个流氓。奈何这流氓脸皮特别厚，不管她怎么看怎么瞪，都一副无所谓的样子。

趁着顾筱筱发呆的机会，楚逸辰搂过她的肩膀，姿态亲密地拥着她往前走去。

就近挑了家餐厅，选了个比较显眼的地方，顾筱筱焦躁地双手握着水杯，目光闪烁地和楚逸辰对视："你有什么证据证明，我就是你要找的那个人？"

"DNA匹配，我做了不止一次。这个回答，你可满意？"楚逸辰是有备而来，他不怕顾筱筱问自己任何问题，只怕她什么都不问，"若是不信，我也不介意带你过去一趟，让你亲眼看到事实。"

"好，就算你说的是真的。那我们就来谈谈这件事吧。"顾筱筱口干舌燥，定定地望着他的双眼，"离婚吧，不要再来找我。"

"不可能。"虽然早就料到顾筱筱有可能会这么说，但是亲耳听到后，楚逸辰心里还是一阵不舒服，"离婚这种事你想都别想。"

"那好吧，我会找律师的，关于这件事，你可以和我的律师去聊。"顾筱筱皮笑肉不笑地扯了扯嘴角，完全不想再和他有什么关系，"难听的话我不想说，可是楚先生，对我而言你现在已经是陌生人了，我没法继续和你保持夫妻关系。"

楚逸辰的双眼隐隐闪烁着危险的光芒。

顾筱筱忍住心里对他的恐惧，硬着头皮继续说下去："你放心，你的钱我一分都不会要，其他的东西亦是如此。"

"顾筱筱，一句陌生人，你就想把我打发走？"

"不然呢？你想怎么样？和你走吗？不可能。"顾筱筱戏谑一笑，"我和你至少有三年没见了，我对你没有感情，和你应该也没有什么经济纠纷。所以不如好聚好散，对你对我都是好事一件。"

楚逸辰一言不发，表情看起来颇为严肃。他目光尖锐地盯着顾筱筱，似乎……是在生气。

顾筱筱完全不敢接触他的视线。这男人真是太可怕了，和龙崎相比，简直是有过之而无不及。

"想吃什么点吧，今天我请你。"

把菜单递过去，顾筱筱故作冷静地给他推荐菜品。

楚逸辰等她说完，叹了口气："就按你刚刚推荐的点吧，我什么都可以。"

顾筱筱也不跟他客气，看向一旁的服务生笑了笑，点了几样菜后，继续回到低头不语的状态。

楚逸辰愁眉不展地看着她，发现自己这辈子真是栽在她手上了，几年前对她束手无策，几年后对她还是没辙。

他什么都能见，唯独见不得她委屈，明明被她刚刚说的那些话气到不像样子，可是看着她现在一脸委屈的模样，却完全气不起来了。

说不要他的人是她，她委屈什么？

饭菜上桌，顾筱筱心不在焉地吃了几口。

楚逸辰一派坦然地吃着东西，时不时地瞄两眼对面的人，只觉得看着她坐在这里，心情就格外好。

"你想离婚是吧？"吃饱喝足，他放下筷子轻声问道。

顾筱筱怔了下后，连连点头，嘴里还附和着："对对，我想离婚。"

"好，跟我回国，我们去办离婚手续。"

他轻轻松松就答应了她，让顾筱筱有些犹豫。

这男人不会是有什么阴谋吧？回到中国，那可就是他的地盘了，想对自己做点什么，那还不容易？

看着顾筱筱警惕的样子，楚逸辰暗暗苦笑。

三年不见，她不光野了，还精了，没以前那么好骗了。

"我最近工作忙，会先让律师和你联系的。如果最后还是需要我回中国的话，那我会过去一趟。"

"顾筱筱，你一直不回国，难道就不想你的家人吗？"

"我没有家人。"顾筱筱语气冰冷地答道，"我从小就是孤儿，这点我还是没有忘记的。这位先生，你别想用这个来糊弄我。"

从小就是孤儿，没有家人，这点没有忘记？

听着顾筱筱的话，楚逸辰疑惑不解。

她记得的，都是些什么鬼东西？

顾筱筱一脸肯定，而且很抵触这个话题。楚逸辰在没弄清楚是怎么回事之前，不想刺激她的情绪。

"你以前很喜欢我的，感觉不到吗？"紧盯着顾筱筱的双眼，楚逸辰慢慢一笑，柔声问道。

顾筱筱被他问得身子一僵，语气僵硬地回答："感觉不到。"

"真是个没良心的小东西。"

他宠溺的语气，宠溺的眼神，让顾筱筱有种无处可逃的感觉。下意识地转移视线，她不自在地问："你吃好了吧？那我们走吧。"

顾筱筱说完，就挥手叫来服务生，刚想掏钱包，对面的人已经把钱甩出来了。

离开饭店，顾筱筱小心翼翼地走在他的身边，警惕地和他保持着一定距离。楚逸辰暗暗在心里叹气，就这样一直陪着她走到宿舍门口，在她和自己道别的时候，抱住了她。

"宝贝儿，我很想你。"

他的一句低吟，让顾筱筱的心猛地提到了半空中。

"我、我该回去了。"顾筱筱挣扎了一下，小声开口。

"亲我一下，就放你走。"

"不可能！"

"那我亲你，也是可以的。"楚逸辰说着话，作势就要低下头。

顾筱筱见状赶紧把头扭向一旁，可也暴露了微红的耳朵。

"你这人，怎么能这样？！"不看楚逸辰，顾筱筱不悦地抗议。

"我就是这样，没离婚，你就是我的人。"楚逸辰抬手按在她的头顶，然后歪过头去，快速在她唇上落下一吻，"回去早点睡觉，要是睡不着的话，我不介意你来找我。"

"再见！"一把推开她，顾筱筱转身就跑。

一口气跑回自己的房间，她这才松了口气。

她复杂的心情，简直是无法言喻，脸红心跳，其中还夹杂着莫名的恐惧。

真是个过分的男人……

靠着门板站了好一会儿，顾筱筱摇了摇头，去冲澡了。

她一整个晚上都心浮气躁，连觉都睡不着。

她竟然和那个男人结过婚……

他们当初是怎么走到一起的？结婚多久了？有过孩子吗？

唉声叹气后，顾筱筱随手拿过手机看了看，在看到龙崎的信息后，整个人烦躁得都快要爆炸了——龙崎约了她明天下午吃饭。

龙崎准时派人来接，顾筱筱坐上他的车，把头靠在车窗上，琢磨着待会儿见到龙崎该说点什么。

楚逸辰和黄兴是一路尾随到餐厅的。目送着顾筱筱走进餐厅，楚逸辰很明显有些不淡定了。

"老大老大，你干吗去？！"黄兴抓住往前走的楚逸辰，壮着胆子硬是把他给拉了回来，"不是说好今天先观察敌情的吗？你还不能现身啊！"

楚逸辰心不甘情不愿地看了看他，忍了。

活了这么多年，楚逸辰还是第一次做这种鬼祟的事情。

和黄兴一起躲在餐厅对面街道的花丛里，两人手拿望远镜，观察着餐厅内的情况。

顾筱筱不论是吃饭还是去什么地方，都比较喜欢靠窗的位置，这个习惯一直没变过。也多亏了这个，所以二人的观察不是那么困难。

座位上的两人有说有笑，场面颇为和谐。楚逸辰一直忍耐着，观察着，直到看到龙崎为顾筱筱擦拭嘴角，忍不住了。

他噌的一下站了起来，把黄兴给吓了一跳。

"老大你冷静！不能过去啊！"黄兴蹲在地上，一激动抱住了楚逸辰的大腿。

楚逸辰不高兴地低下头，看着不放手的黄兴，眯了眯眼睛。然后他拿出手机，拨通了顾筱筱的电话。

"我给你五分钟时间，现在到马路对面来。"电话一接通，楚逸辰就清声说道，"不然，我立刻到你们的面前，告诉他我们的关系。"

顾筱筱没想到打来电话的人是楚逸辰，听到他的话以后，整个人都不好了。

他是怎么知道自己的电话号码的？又是怎么知道自己在这里的？

马路对面？他在那里吗？

"筱筱，怎么了？"看着脸色不太好的顾筱筱，龙崎关切地问道。

"没事。"顾筱筱敷衍地笑了笑，挂断了电话，然后迟疑地开口，"我有朋友在附近，我过去一下，很快就回来。"

看着龙崎微笑着点头，顾筱筱快速起身离开，出门的时候给楚逸辰打了个电话，走到龙崎看不到的地方后，等他出现。

楚逸辰缓缓而来，顾筱筱气愤地看着他，忍不住问道："你找我干吗？"

"想你了，所以就来看看你。"楚逸辰向前走了两步，靠在墙上，长腿伸展，姿态优雅慵懒地看着她，调戏道，"宝贝儿今天穿得真漂亮，就是和你一起吃饭的人，太丑了。"

"你看到他长什么样子了？你就说人家丑！"

"除了我以外，凡是对你图谋不轨的男人，都是丑八怪。"

"你幼不幼稚啊？！"听到他这话，顾筱筱有种想仰天大喊的冲动，"你找我到底干吗？没事的话我回去了！"

"别去！"见顾筱筱要走，楚逸辰赶紧把人拽住。

迎着顾筱筱回眸的视线，他有点可怜地说："我不想见你和别的男人一起吃饭。"

楚逸辰语气特别诚恳，似乎还带着一丝恳求。

顾筱筱蹙着眉头看着他，然后动作缓慢地摇了摇头："不行，我和他约好的。"

"那我陪你一起去。"他开始耍赖，"正巧我和他也算认识。"

"你认识龙崎先生？"顾筱筱没想到他会这么说，有些怀疑，"有生意上的来往？"

"嗯。"

"既然如此，那你就更应该放开我。"垂眸瞥了眼他们紧握在一起的手，顾筱筱淡声说道，"他是什么样的人，你不会不清楚。放开我，有什么话我们晚些时候再说。"

趁着顾筱筱没有恼火，楚逸辰乖乖地放了手，不过在让她离开之前，还是提了条件："不准对他笑。"

"……"顾筱筱张了张嘴，觉得他管得太多了，可是话到嘴边，却发现，自己竟还不知道他的名字。

夫妻关系吗？可是他们，真的好陌生。

"逸辰，楚逸辰。"楚逸辰轻声提醒，看着顾筱筱的目光一抖，忍不住问道，"连我的名字，都不记得了吗？"

"对不起。"顾筱筱咬紧牙关，看向他，"我还有事，先走了。"

大步从楚逸辰身边经过，顾筱筱在走出一段距离后，抬手敲了敲疼痛的心口，缓解着自己的痛苦。

逸辰……

楚逸辰……

为什么听到这个名字，心里会这么难受？

重新回到餐厅，龙崎还在耐心地等待着。桌上的饭菜，还是顾筱筱离开时那样，未曾动过。

"发生什么事了吗？"凝视着顾筱筱的脸孔，龙崎在意地问道。

"嗯？没有啊。"顾筱筱摇了摇头，微微一笑，然后，就想起了楚逸辰的那句话。

不准对他笑……

一想到这个，顾筱筱的笑容不由得变得有些僵硬。

吃完饭，她被龙崎送回了住处。

楚逸辰回到酒店，一言不发。黄兴跟在他身后，也是大气不敢喘一下。

现在的情况不妙啊……老板娘啥都不记得了，老板还多出来个强力的情敌。他怎么看怎么觉得，他们是处于极端劣势的状态，也不知道老板下一步打算怎么办……

"去收拾下东西，明天回国。"

就在黄兴努力地帮着楚逸辰想办法的时候，楚逸辰却忽然间对他说了这么一句。

"回去？那老板娘怎么办？"

"还能怎么办？绑回去不成？"楚逸辰瞥了他一眼，不咸不淡地问道，把黄兴给彻底问住了。

顾筱筱现在可是大boss，楚逸辰觉得自己单枪匹马是打不过了，所以他得组团打boss才行。他就不信，把家里那俩混世魔王带来，她还能像对待自己这样，去对那两个孩子！

楚逸辰痛痛快快地回了国，不带一丝犹豫地去搬救兵了。顾筱筱本以为他这个"跟踪狂"会继续找自己，没想到，他这一走就是一个星期，都没再露面。

什么嘛……说来就来说走就走，把她弄得每天都提心吊胆的，他却不知道跑哪儿去逍遥快活了？

顾筱筱心里不爽快，结束了一天的工作后，洗完澡坐在桌前，手指无聊地在搜索引擎上打出楚逸辰的名字。

一连串的搜索结果，让顾筱筱目瞪口呆。

风扬集团……总裁？！

那个男人，竟是这样的身份？！

顾筱筱以为是自己搜错了，毕竟这世上叫楚逸辰的男人，不可能只有他一个。但是在继续搜索后她才知道，她天真了。

看着楚逸辰的一些官方照片，她无力地趴在了桌子上。

一个龙崎还不够，怎么又来了个如此难搞的……

虽然顾筱筱人在日本，可是对于风扬集团，还是有所耳闻的。

就像在中国的人知道日本的索尼电子、丰田汽车一样，在日本的人也同样对风扬集团很熟悉，因为它是一家全球知名的大型综合性跨国企业集团，而且最近两年有进军日本的意思，已经在这边成立了分公司。

难怪他说和龙崎认识，风扬集团现在应该和龙崎家族有生意上的来往。

情况的复杂程度，已经超乎了顾筱筱的想象。不过话说回来，楚逸辰不愿意答应和她离婚，不会是担心她分他的家产吧？

顾筱筱想到这样一种可能，觉得她下次再见到他的时候，得和他说清楚才行。管他有多少钱，她才不稀罕！

消极了一会儿，她又继续浏览网页上的内容。

其实关于楚逸辰的新闻不是很多，看得出来，他平时还算蛮低调的一个人。

顾筱筱刚刚有这种想法，就看到了一条八卦消息。

楚逸辰和清纯女明星的约会照？

呵，原来是回国见女朋友去了啊，怪不得没了踪影。

干脆利落地关掉所有网页，顾筱筱没心情再看下去。玩了会儿游戏，看了看接下来一段时间的工作行程，她松了口气。

苏佐楠他们下个月会有一周的时间去录音棚录专辑新歌，所以她基本上处于休假的状态。这个月的薪酬已经打到她的卡里了，看着那些小钱钱，顾筱筱有了种这个月没白忙活的感觉。

有钱就走遍天下都不怕！努力工作努力赚钱，其他的，都和她没关系！

楚逸辰回国后，天昏地暗地忙了一周。

公司现在的业务越来越多，他只要一天没回公司，文件就会堆积起来。

"我发现你最近工作的状态很积极啊。"徐明看着他，狐疑地说道，"什么情况？"

"我以前工作不积极吗？"楚逸辰放下笔往椅子上一靠，"我还以为我这几年加的班够多了。"

"加班是不少，不过都是消极状态。"

一个人心情好不好，情绪高不高涨，是很难装出来的。楚逸辰最近心情都不错，虽然不是特别开心，但是和以前相比起来，已经有很大的转变了。

"你和那个萧伊人，最近还不错？"想了想，徐明好奇地问道。

"怎么提起她来了？"楚逸辰不解地反问。

"因为春天来了。"徐明邪笑道，"你最近看起来，很春天啊。"

"我高兴就只能是因为女人？说起女人，就只有她萧伊人？"楚逸辰嗤笑一声，起了身，"我下周还要去日本，公司这边有什么问题，及时联系我。"

"日本那边有什么事吗？怎么又去？"

"嗯，有点事，正好带染染他们也过去玩几天。"

楚逸辰要带两个孩子去日本玩儿的消息，让他们极为开心兴奋。尤其是，楚慕谦。

"我快数到三十了！"跑到楚逸辰面前，他仰头看着他，小脸严肃认真地说道。

"什么三十？"楚筱都好奇地看着他们父子二人，疑惑地问道。一旁的楚慕染和安景琰也是迷茫，不知道他们在说些什么。

"你想干吗？"楚逸辰明知故问，弯下身子把他抱了起来。

"爸爸答应过的。"楚慕谦斜了一眼那边的几人，因为楚逸辰说过是秘密，所以他不敢提。

"那爸爸带你和妹妹去找她玩儿？"楚逸辰走向沙发，坐下，低声问道。

"好！爸爸不准骗人！"楚慕谦眼睛亮晶晶的，小鸡啄米一样连连点头，"去玩儿去找妈……"话说到一半，他赶紧捂住小嘴，看着楚逸辰笑了起来。

找麻？楚筱郗竖着耳朵听着他的话，疑惑不解。这两人到底有什么秘密，玩儿得这么开心？

"爸爸要和哥哥去哪里？"楚慕染跑到楚逸辰身边，认认真真地问，"可以带上染染吗？"

"当然可以。"

"那我呢？舅舅可以带我吗？"那边的安景琰听了以后也心动了，"我也想和弟弟妹妹一起玩。"

他怯怯地看向楚逸辰，让楚逸辰有点为难。而他一为难，楚筱郗就更觉得不对劲了。

拍了拍自家儿子的头，楚筱郗示意他淡定，然后走到楚逸辰身边坐下，大大咧咧地搂过他的肩膀，微笑着问道："哥哥，你是想去什么地方啊？也带我一个呗？"

"出差，你跟着去干什么？"

"去帮你带孩子呀，我这个保姆可是专业的，有三年工作经验呢，你找我不吃亏的。"

"不带。"楚逸辰想也不想，一口拒绝。

"你要是不带我，那我就不让你带他们两个。"楚筱郗开始耍赖，楚逸辰越是这样，她就越是好奇，"反正我不管，我要跟着你。"

楚筱郗打定主意赖着他，暗暗观察了一下他，也没看出什么端倪。

晚上，楚逸辰订好机票，躺在床上发呆。

要不要带楚筱郗过去，的确是一个问题。

他去日本，也不单单是要把老婆找回来，公司那边的事情也不能不管，可他去公司了，孩子该怎么办？

一下子扔给顾筱筱吗？她肯定会措手不及，然后被吓到。而且，也要顾及一下她的心情。

如果说顾筱筱不想见他，那么见到楚筱郗会不会好一点？毕竟女生之间比较好沟通。

楚逸辰想了好久，犹豫了好久，终于做了决定。

"你找我干吗啊？"

被楚逸辰叫了过来，楚筱郗一脸的不情愿。不过她心里，还是挺高兴的。

"带你去见个人，你去不去？"楚逸辰开门见山地问道。

楚筱郗的心一下子提到了嗓子眼。

"去哪儿？日本吗？"她小声询问，看到楚逸辰点头后，越发不安。

"哥，你跟我说实话，你是不是让哪个日本妹子给迷住了？"

"胡说什么呢？你去还是不去？"

"去去去，我去。什么时候走？我现在就回去收拾行李！"被楚逸辰弄得好奇得不得了，楚筱郗才不管他是要去哪里见什么人，反正带着自己就成了！

顾筱筱清闲了好多天，虽然工作上她一直在忙，可是没有楚逸辰的纠缠，龙崎那边好像也把她给忘记了，所以她的小日子过得可谓是逍遥乐无边。

终于到了解放的日子，有一周的假期，顾筱筱开心得简直快要上天了。

她一个人自由自在地开车自驾游，出去玩了两天后，回来开始休息。

这天，阳光明媚，万里无云，顾筱筱打开门，坐在门口捧着半个西瓜，拿着勺子挖着吃，吃得特别爽。

她房间的门，是那种日式的拉门，门内就是榻榻米地板，门外就是大大的院子，一眼看去，有树有花有池塘，心旷神怡。

度假村的老板养的一只柴犬，总是喜欢往她这里跑。现在，它就在这院子里撒欢儿，又跑又叫的，也不知道在高兴个什么劲儿。

"快乐的池塘里面有只小青蛙，它跳起舞来就像被王子附体了，酷酷的眼神，没有哪只青蛙能比美，总有一天它会被公主唤醒的！"

一阵奶声奶气的声音，传进了顾筱筱的耳朵里，让她会心一笑。

小孩子说话口齿还有些不清，所以在唱出这些歌词的时候，听着就特别可爱。

"哥哥，狗狗。"歌唱到一半，楚慕染停下脚步，看着不远处正扭头瞅他们的柴犬，不敢再往前走了。

她左手拉着楚慕谦，右手拉着安景琰，直往后退。

狗这种东西，其实是有点奇怪的，你看到它，若是不跑不躲，它就安安静静地盯着你看，你要是一怕一逃，它就像是要上天了一样，追在你屁股后面吓唬你。

眼下，它看到不远处的三个小豆丁胆怯地望着它，便像个大爷一样，悠闲地朝着他们走去。楚慕染见状，下意识地就躲到楚慕谦身后，撇着嘴说道："哥哥，我要回去找爸爸。"

"别怕，哥哥会保护你的！"楚慕谦用胖乎乎的小手护着她。

一旁的安景琰也是如此。

两人虽然怕，但也不敢表现出来。

柴犬跑到几人身边，绕着他们转了一圈，觉得找到了新的玩具，于是就伸着舌头摇着尾巴，朝着几人示好。

"哥哥，它要咬我们！"看到狗狗张着嘴，楚慕染拽着楚慕谦的衣服就往后跑。

楚慕谦被她拽得倒退了两步，身子不稳，一屁股坐到了地上，摔得有点疼，有点想哭。

听到动静，顾筱筱从屋内爬出来，跪坐在地上探出头，看了看那边的情况，然后，就看到三个小不点，穿着背带裤、背带裙，背着小兔子书包，萌得她鼻子都快出血了。

她赶紧出声叫住狗，柴犬听到熟悉的声音，乐哈哈地跑了过去，放过了楚慕染几人。

顾筱筱走到院子里，想着把狗给送回去。这狗平日里温驯得很，是不会咬人的，可那几个孩子太小了，万一吓到也不好。

那边楚慕谦刚刚从地上爬起来，拍了拍屁股上的灰，吸了吸鼻子，在楚慕染问他疼不疼的时候，他故作坚强地摇头说不疼。

顾筱筱带着狗走了过来，他们看到狗，下意识地还是怕。可再看到狗旁边的人，小家伙们忘记怕了。

"妈……妈妈。"楚慕谦眨了眨眼睛，定定地看着顾筱筱，小声说道。

"妈妈！"楚慕染的反应要大一些，迈开小腿就朝着顾筱筱跑了过去。

妈妈？

顾筱筱被喊得有点蒙，低头看着抱住自己大腿的小家伙，有点小尴尬。

这谁家孩子啊？怎么见人就喊妈？

"妈妈妈妈！"一个楚慕染还不够，楚慕谦也赶紧跑了过来，站在顾筱筱的面前，仰起小脸看着她喊。

蹲下身子看了看他们，顾筱筱开口把狗赶走，然后摸了摸直往自己怀里扑的小姑娘的头，问："你们是走丢了，找不到妈妈了吗？你们叫什么名字？我带你们去找。"

"妈妈妈妈，你是妈妈！"不理会顾筱筱的话，楚慕染二话不说就往她的身上爬，像只小树懒一样抱住她的脖子不放手。

顾筱筱为难得不得了。

虽然这孩子可爱，但是开口闭口喊她妈，还是让她接受不能啊……

"妈妈，你不喜欢染染吗？"似乎也感觉到了顾筱筱的反应不对劲，楚慕染渐渐地安静下来，小心翼翼地抬头看着她问。

小孩子期待的眼神，真的是让人没法抗拒。顾筱筱咬了咬唇角，开口说道："你长得这么漂亮，没有人会不喜欢的。可是，我不是你的妈妈，你这样喊我的话，你妈妈会不高兴的。"

"你不是妈妈？"歪了歪头，楚慕染疑惑不解，然后看向旁边的楚慕谦，无声地求助。

她怎么会不是妈妈呢？她明明和妈妈长得一模一样啊！

"我不是妈妈！"顾筱筱很肯定地回答，"所以不可以再叫了，知道吗？"

放下楚慕染，顾筱筱拍了拍她的屁股，站直了身子："走吧，我带你们去找你们的妈妈。"

顾筱筱一边迈步往外走，一边时不时地低头看看他们，心想：这到底是谁家的孩子，家长心真大，也不看紧一点，要是被变态大叔给抱走了，那可怎么办？

三个萝卜头也偶尔抬头看看她，有点委屈，有点不高兴。

318

她明明就是妈妈，和照片上的人一样，怎么就说自己不是呢？是不是还是不喜欢他们，所以才这么说的？

　　"爸爸在那边。"走了好远，楚慕谦指了指前方的某个方向，仰头看着顾筱筱说道。

　　因为他们随口就喊自己妈妈，所以顾筱筱对他的这句话，有点怀疑。

　　这孩子不会是又随便指个人，喊爸爸吧？

　　顺着楚慕谦的指引看了过去，顾筱筱简直想挖个坑把自己给埋了。

　　楚逸辰？！

　　他怎么又跑到这里来了？！

　　楚逸辰正靠在车边，和身旁的人低声交谈着什么，听到楚慕谦的声音后，偏头看了过来，对上顾筱筱的视线后，邪魅一笑。

　　这么顺利就找到人了？果然是他儿子，聪明！

　　顾筱筱脚步猛地停在原地，然后开始往后退。

　　楚逸辰，这几个孩子是楚逸辰的？那喊她妈妈，岂不是……

　　额头一下子就冒出了冷汗，天气明明很暖和，她都穿了半截袖，可后背，却还是隐隐发凉。

　　"爸爸！"楚慕染见到他，瞬间就哭了，"妈妈不喜欢染染！"

　　她哭着跑到楚逸辰面前诉苦，伸开双臂求抱抱求安慰，等被楚逸辰抱起来后，哭得更伤心了。

　　"不喜欢？"楚逸辰看了眼号啕大哭的女儿，嘴角微扬，"怎么会不喜欢，你看，她被你哭得也快要哭了。"

　　楚逸辰的话虽是调侃，可是顾筱筱想逃的脚步，的确因为楚慕染的哭声而停止了。

　　她站在几米开外的地方，定定地看向楚逸辰怀里哭得可怜的小家伙，特别心疼。

　　楚慕染双手捂着小脸，在听到楚逸辰的话后，哭声变小了一些，可还是没有停止。她透过指缝偷偷地看了看顾筱筱，心里委屈极了。

　　"爸、爸爸。"泣不成声地开了口，楚慕染小声地问，"她是妈妈对不对？"

　　"嗯，对。"

　　"那……我要妈妈抱。"不死心地想要接近顾筱筱，楚慕染搂着楚逸辰的脖子，说话的声音小到几乎听不到。

　　楚逸辰轻挑眉梢，抱着她往顾筱筱的方向走去。顾筱筱看到这架势，不由自主地往后退了一步，但看到那眼泪汪汪的小人时，就走不动了。

　　这哭得也太可怜了，要怎么哄啊？

　　楚慕谦和安景琰站在原地，呆呆地看着楚逸辰抱着楚慕染走到顾筱筱的面前，也迈开小腿跑了过去。

　　"你惹哭的，不负责哄好？"看着顾筱筱惶恐的模样，楚逸辰轻声问道。

"他们……"顾筱筱有点迷茫地看了看三个萝卜头，到了嘴边的话说不出来。

这不会都是她生的吧？！

"妈妈。"就在顾筱筱还处在风中凌乱的状态时，楚慕染向她伸出双臂。

这一声"妈妈"，简直叫得她的心都快要碎了。

看着楚慕染眼中豆大的泪滴一下掉了下来，顾筱筱脑子里瞬间空白，像是抢孩子一样，把她从楚逸辰的怀里抱了过来。

"乖，不哭了。"低头给她擦了擦眼泪，顾筱筱瞪了楚逸辰一眼，无声地询问他这是个什么情况。

楚逸辰得逞地一笑，心想，组团打boss的方法果然可行。

"我还有点事情，等下过来。"轻飘飘地丢下一句话，楚逸辰转身离开，朝着刚刚他站着的那个地方走去。

顾筱筱看了眼那边，有两个男人正在那边站着，也不知在谈什么事情。

顾不上楚逸辰，她看了看怀里的这个，又看了看身前两个抬头看着她、也是一副想哭模样的孩子，叹了口气。

没办法，她先把孩子带回住处。关上房门，顾筱筱和他们面对面地坐在地上，气氛颇为凝重。

"你们几岁了？"她眉头轻蹙，开口问道。

"三岁了。"楚慕染揉了揉哭得有点红的眼睛，弱弱地伸出了两根手指，把顾筱筱逗笑了。

"好了，别哭了。"戳了戳楚慕染的小脸蛋，顾筱筱双手环在胸前，视线一一扫过他们的脸，又问，"你们都叫什么名字？"

"染染。"

"谦谦。"

"见一。"

三人异口同声，一起回答，听得顾筱筱有点乱。

"大名，一个一个说。"

"安景琰。"

"楚慕谦。"

"染染。"楚慕染说着话，爬到顾筱筱身前，小身子蹭了蹭，坐到她的腿上，吧唧亲了她一口后，脑袋往她胸前一靠，不动了，"妈妈，我想你了。"

这孩子怎么这么会撒娇？

顾筱筱目瞪口呆，拿她没办法。突如其来的状况，让她紧张得身上都出汗了。

她的孩子？和楚逸辰的孩子？

第15章

染染说她三岁，可是顾筱筱在日本已经生活了三年，这代表着什么？

顾筱筱不敢去想，回忆的黑洞一直是她不敢去触碰的。她知道每个人都有过去，经历过或好或坏的一些事情。可她也知道，很少有人像她这样，活得这么狼狈。

低下头，把染染已经散开的丸子头重新扎了一下，顾筱筱不知该说些什么。

"我也要抱。"楚慕谦在旁边看了好一会儿，脸红地憋出这么句话。

顾筱筱愣了一下，笑了笑，点头说好。

带着三人回到卧室，顾筱筱躺靠在床上，被他们给团团围住了。

短短一个月的时间而已，她就从孤身一人，变成了有老公又有孩子的状态。这种飞跃式的前进，让她真的有点慌。可是在强迫自己面对之后，她又觉得似乎没有那么难以接受了。

她的孩子这么可爱，她干吗不要？

至于孩子他爸，就可以不要了……

顾筱筱躺在那儿，楚慕染摆弄着她的头发，不知道给她梳了多少条小辫子，反正她的整个脑袋都是乱七八糟的。楚慕谦趴在她的肚子上，一直眼巴巴地看着她不说话。安景琰就坐在另一边，盯着她书柜上的那些手办、漫画书发呆。

气氛很融洽，场面很和谐。直到楚逸辰出现之前，一切都是安好的。

推门进屋，楚逸辰靠在门框上，看着床上的几人，淡淡地笑着。

顾筱筱躺在那儿，动都没动一下，就静静地看着他，似乎在考虑什么事情。

"爸爸，妈妈饿了。"楚慕谦坐了起来，摸了摸顾筱筱的肚子，看向楚逸辰说道，"我们去吃饭吧。"

"好，去吃饭。"

楚逸辰走上前，把还在折磨顾筱筱的头发的染染抱了起来，可孩子才刚一抱到手上，她就不高兴地开闹了。

"我不要不要不要！我要妈妈！"双腿乱蹬，楚慕染回头看着他，抗议地喊道。

"妈妈要换衣服，我们出去等，不然她就不能和我们出去吃饭了。"楚逸辰耐心地哄道，把三个孩子带出了卧室。

房门咔嗒一声被关上，顾筱筱把头埋在双腿间，抱了自己一会儿后，深吸一口气，起床换了衣服。

"楚逸辰，我想我们需要好好谈谈。"走出去看到楚逸辰的第一眼，顾筱筱认真地说道。

"好，晚上回来就谈。"楚逸辰并不排斥也不拒绝和她谈话。

两人暂时达成了初步的共识，一起出了门后，顾筱筱总有一种错觉，那就是这里的人看她的眼神，好像都不大一样了。

她转念一想，也情有可原。她住在这里这么长时间，一直没男朋友，甚至是男性朋友都很少。而且，他们好像都认为她和龙崎是那种关系，所以眼下见到楚逸辰带着几个孩子来找她，不可能不好奇疑惑。

顾筱筱一点儿都不饿，光是惊吓都够她饱两天了。开车出发，她除了和孩子说了几句话外，一直都很安静。

到了地方，他们下了车。楚逸辰似乎早就已经订好了位子。

"舅舅，我妈妈什么时候回来？"安景琰看着楚慕谦、楚慕染两个都黏着顾筱筱，心里也有点想楚筱郗了。

"晚上就回来。明天舅舅带你们去迪士尼玩儿，你上次不是没玩儿够吗？"

"嗯！"点点头，安景琰怯怯地看了眼顾筱筱，又问，"那舅妈会去吗？"

"会！妈妈会去！"楚慕染主动帮顾筱筱回答了这个问题，然后回头冲她嘿嘿一笑，让顾筱筱完全没有反对之力。

楚慕谦从小就不爱吃胡萝卜，谁要是敢逼他吃，他就会摔桌子那种。

现在，他规规矩矩地坐在顾筱筱身边，眼睛紧盯着那盘送到自己面前的饭菜，表情马上就变了。

"不吃！"小眉头一皱，他看向对面的楚逸辰，不高兴地说道。

"不吃什么？"楚逸辰明知故问。

"这个，这个，还有这个，都不吃！"说着话，他直接上手，把不喜欢吃的菜全部扔了出去。

"楚慕谦，"楚逸辰目光清冷地看着他，叫着他的大名，"我们来之前是怎么说的，你忘了是不是？"

听到他这话，楚慕谦身子一抖。

"怎么把菜扔出去的，怎么把它捡回碗里。"

楚慕谦最近挑食已经挑到了一定境界，让楚逸辰完全看不下去了，在家的时候还只是不吃胡萝卜，怎么出来了以后，连其他的青菜也不吃了？

"我不要。"楚慕谦也是个倔强的boy，再加上现在有顾筱筱在身边，所以说话特别有底气，以为楚逸辰不能把他怎么样。

"不吃青菜就干脆什么都不要吃。"楚逸辰很痛快地把他面前的盘子端走，也不去看他不高兴的样子，偏过头和安景琰说话："见一想吃什么？舅舅喂你。"

不同的语气，不同的对待，让楚慕谦感觉自己受到了冷落。

顾筱筱抱着染染，歪着头看着低头不说话的楚慕谦，伸手戳了戳他的肚子。

楚慕谦顺势看了过来，撅着嘴，一看就知道是希望她给他出头。

"妈妈，你不在的时候爸爸经常吼我，还打我。"趁机告状，楚慕谦可怜兮兮地说着楚逸辰的恶行，"你看他现在还不让我吃饭，我饿。"

"臭小子，你跟谁学的这一招？"

"他打你？"顾筱筱蹙眉问道，在看到楚慕谦毫不犹豫地点头后，她冷眼瞥了楚逸辰一眼，看得楚逸辰闭上了嘴，不说什么了。

爸爸怕妈妈？！

两个小鬼眼睛一亮，觉得自己好像发现了什么不得了的事情。

顾筱筱伸手把楚逸辰拿走的餐盘又拿了过来，放回到楚慕谦的面前，然后低下头看他，摸了摸他的小脑袋，柔声说道："不吃饭是不会长个子的，你希望妹妹以后比你高吗？"

楚慕谦摇头。

顾筱筱又说："那就乖乖吃饭，我吃什么你吃什么，全部吃完，给你奖励好不好？"

"什么奖励？"

"这个要吃完了饭才可以告诉你，不然我就只给妹妹和哥哥，没有你的份儿。"

顾筱筱的威胁好用极了，她话音刚落，楚慕谦就已经拿起筷子，埋头开始吃饭。

孩子太小，用筷子的动作极不协调，顾筱筱见状，就拿了个勺子给他，告诉他慢点吃，然后轻松自在地喂着怀里的这个，也不看楚逸辰一眼。

楚慕谦这顿饭吃得特别听话，顾筱筱让他吃什么他就吃什么，一点儿都不犹豫。

吃完饭将近下午两点，顾筱筱看他们都有些倦意了，回去后就先让他们睡觉。把他们都哄睡着后，她起身走出房间，看向一直等在外面的楚逸辰。

"你上次并没有说过，我有孩子这件事情。"她直白地表达自己的不满。

"你也没有问过。"

"那好，算是我大意了。"顾筱筱点头承认自己的错误，"你这次过来，是为了工作上的事情，还是来找我离婚的？"

"当然是工作。"

顾筱筱的话让楚逸辰目光一沉，她是从哪里看出，他想要离婚的？

"那好，等你忙完后可以来找我。"顾筱筱认真地说道，"我想我们该谈谈离婚的事情了。你放心，离婚我不会要你一分钱。但是我要孩子。"

"你觉得我会同意？"

顾筱筱怔了一下，叹了口气。她以为自己明白了楚逸辰的意思。

"好，我知道，像你们这种人，都是喜欢儿子的是吧？那我要女儿，把儿子留给你。"

"顾筱筱！"楚逸辰终究还是没忍住，目光清冷地看着顾筱筱，低声问道，"你在说这话的时候，心不疼吗？"

顾筱筱咬紧牙关，故作镇定。

她不心疼吗？呵，从她见他的第一面开始，她这心里就没好受过！

"疼。"顾筱筱语气平静地回答他的问题，"如果可以，我希望两个孩子都留在我身……"

话还没说完，她就被楚逸辰按倒在了地上。

身子猛地后倾，脑袋磕在地上，有点疼，她双目无神地看着压上来的楚逸辰，心痛得简直快要不能呼吸。

"顾筱筱，你为什么会在日本，你当初为什么会离开我，离开两个孩子，这些你都不想知道是吗？你只想保持现状，不想再回到以前，你是这个意思吗？"楚逸辰声音很轻，可还是让人不难听出，他话中的愤怒。

顾筱筱深吸一口气，强颜欢笑地点了点头："对，我就是这个意思，所以你放过我吧。或许你说得对，我以前很喜欢你，可是我现在不喜欢，有你没你对我而言，没有区……"

双眼瞬间睁大，顾筱筱没想到他会咬自己。

贝齿被撬开，顾筱筱呜咽着挣扎着，迫切地想要将他推开。

她的双手被他紧紧地握住，他的力气很大，大到似乎想要把她的手腕捏碎一样。

手疼，嘴疼，心疼。

顾筱筱慢慢地放弃了挣扎，紧接着眼泪顺颊而下。

楚逸辰看到她的眼泪，呼吸一紧，反应过来自己在做什么。

松开了她，他看着她头发凌乱地躺在地上，唇瓣红肿，胸前的扣子因为他的撕扯而掉落，领口微张，里面白色的内衣若隐若现。

她偏着头，无声地哭泣着，在他伸手为她擦拭眼泪的时候，也没什么反应。

有多久没哭过了？顾筱筱仔细想了想。

她起码有两年多的时间没哭过了，最后一次，应该是在医院的时候……

"别怕。"抱住顾筱筱颤抖的身子，楚逸辰后悔不已，"是我不好，不要怕。"

被他抱在怀里，顾筱筱心里越来越难受。她用力地推开他，擦了擦脸上的眼泪，开口道："你到底要怎么样才肯放过我？"

"我不放。顾筱筱，对你我死都不会放手。"凝视着她的双眼，他坚定地说道，"三年前我把你弄丢了，你真的以为，我现在会放过你？感情没了可以再培养，我能让你爱上我一次，自然就会有第二次。我不会再让你离开我的身边。"

"可我怕的就是你。这个回答，你能满意吗？"顾筱筱深吸一口气，毫不掩饰自己对他的恐惧，"我怕你，虽然我不知道自己为什么会这样，但我知道自己的感觉。"

屋内静悄悄的，只有外面的风声和虫鸣声。顾筱筱低了好久的头，才鼓起勇气又看向他。

"我们在一起几年？"她好奇地问道。

在听到楚逸辰的回答后，她苦涩一笑："两年……可是，我们却已经分开了三年呢。"

这世上没什么能敌得过时间，这是顾筱筱无比确定的一点。

不论什么伤痛、什么感情，都敌不过时间的流逝。

想起楚逸辰和那个女明星的绯闻，顾筱筱暗暗握紧了拳头。她都已经离开了这么久，不论发生什么改变，都是情有可原的。

"你不是非我不可，我不是没你不行。既然如此，我们又何必要在一起？"和楚逸辰四目相对，顾筱筱淡笑着说道。

"继续你的新生活，就当我没出现过，当我已经死了。楚逸辰，你这么优秀的人，是不愁找不到好女人的，你何必在我身上浪费时间呢？"

楚逸辰定定地看了看她，什么都没说，起身离开。这样的顾筱筱，他真不知道该怎么应对才好……

他不是非她不可，她不是没他不行？

走出顾筱筱的房间，楚逸辰抬头看天，自嘲地一笑。

他的小妻子，是真的把以前给忘得一干二净啊……

顾筱筱以为他会说些什么，可是他没有。眼睁睁地看着他离开，看着房门被关上，她又重新躺回地上，蜷缩着身子，抱紧了自己。

三年了，她没想过回去吗？她愿意一个人孤零零地活在这世上吗？

看着自己手腕上那道淡淡的疤痕，顾筱筱紧紧地合上了双眼。

没有人，比她更害怕孤独。

楚逸辰一直到天黑，都没再来找她。而三个孩子，似乎也并不急着从她这里离开。

"妈妈！洗澡澡，睡觉！"楚慕染一看天色暗了，就兴奋地吵着要睡觉。她还没和妈妈一起睡过，她今天真的好开心。

楚筱郗在外面忙了一天，晚上开车到了楚逸辰说的度假酒店，找到了他，却没看到三个孩子。

绕着房间找了一圈，她有点蒙："哥，见一他们去哪儿了？"

"在别人那儿。"楚逸辰垂头看着文件，随口回答。

"谁那儿啊？都这个时候了，怎么还不送回来？他们晚上吃饭了吗？"

"不知道。"

"……你生气了？"楚筱郁走过去，弯腰低头，看着楚逸辰面无表情的脸孔，觉得她这个哥哥真是越来越难以捉摸了。

他最近情绪变化得太快，如果不是年纪还小，她都要怀疑，他是不是到了更年期。

"出门左走，一直走到里面的院子，最里面的房间，他们在那儿，去接回来吧。"楚逸辰答非所问。

楚筱郁听后撇了撇嘴，也不说什么，转身离开了。

这是她第一次来这边，边走边看四周的环境，觉得是个放松度假的好地方。

楚逸辰已经把这里买下来了，虽然楚筱郁想不明白他为什么要这么做，可楚逸辰的投资眼光，她是从不怀疑的。

慢慢走到楚逸辰说的地方，楚筱郁走到门口，就听到孩子们在里面嬉笑的声音。

嘴角随之上扬，她抬手敲了敲门，轻声说道："你好，我是来接孩子回去的。"

顾筱筱以为楚逸辰是生气离开把孩子给忘了呢，没想到，他还是派人来接了。

安景琰一听到屋外面的声音，立马就听出是楚筱郁。一整天没见到她，他兴奋地跑了过去，可是推了推门，却没办法推开。

门是锁着的，他的小个子完全够不到门锁，所以在努力了一会儿后，他无助地回头去看顾筱筱。

顾筱筱就站在他的身后，在他看过来的时候，笑着帮他开门。

"染染，你和哥哥别乱跑，过来穿鞋子。"顾筱筱听到两个孩子跑进房间的声音，无奈地扭头看去。他们已经跑到卧室去了，一看就是不想离开的样子。

房门打开，顾筱筱收回视线，看向外面的人。在看到她愣怔的表情后，顾筱筱微微一笑，低声开口，说了句"你好"。

"妈妈！"一见到楚筱郁，安景琰开心地喊道，"我要抱抱！"

儿子的叫喊，并没有转移楚筱郁的注意力。她表情僵硬地看着眼前的人，眼睛也不敢多眨一下，让顾筱筱颇为尴尬。

安景琰叫她妈妈，那她就是楚逸辰的妹妹了吧？

又是一个认识自己，而自己不记得的人……

"那个，你等一下，我去把染染他们叫出来。"她不说话，顾筱筱也不能一直和她站在这里对视，于是就主动找了话题。

可身子才刚刚转过去，她的胳膊就被身后的人给抓住了。

"你……"楚筱郁上上下下打量了她几遍，有点不敢相信自己的眼睛，"你是？"

"她是舅妈，妈妈你不认得了吗？"安景琰一直仰着头，看着这两人之间的互动，觉得有意思，在楚筱郗问出问题的时候，他献媚一般主动答道。

听到自己儿子的话，楚筱郗脑袋里嗡的一声。

楚逸辰来日本，就是为了她？她……是顾筱筱？

顾筱筱垂眸，看着楚筱郗无意识地抓紧自己胳膊的动作，无奈一笑。

"我去叫孩子们出来，你稍等一下。"顾筱筱转身离开。

楚筱郗有点失落地看着她的背影，还是有点没回过神来。

筱筱……

她是筱筱？

那几年前，在车祸中死掉的人又是谁？

顾筱筱回到卧室门口，两个小家伙在里面抵着门，不让她进去。他们想留在这儿过夜，这意图太明显了。

"你们是打算让我今晚住在外面吗？"顾筱筱叹了口气，出声问道。

"让姑姑走，她走了我们就让你进来！"楚慕谦痛快地回答，"我不走，我要和你在一起！"

"你们不回去，爸爸会担心的。"

"不要！不回！"楚慕谦有点急了，"他不担心！"

"妈妈你别赶我们走，我们会乖会听话的。"楚慕染说话的声音已经带着哭腔了，听得顾筱筱心里不是滋味。

"让他们在这儿吧。"就在顾筱筱为难的时候，身后传来了楚筱郗的声音。

"我能和你聊聊吗？"看到顾筱筱回过头来，楚筱郗不自在地笑道，"我想和你说说话。"

顾筱筱迟疑地点了点头，泡了茶拿了点心，和她面对面地坐在桌子两端，相互看着彼此，谁也不知道该说些什么。

犹豫了好半天，楚筱郗抿了抿唇，鼓起勇气开口："你是筱筱？"

"我是叫顾筱筱没错。至于是不是你所说的筱筱，就不大确定了。"

"你怎么会在这里？你不记得我了？"楚筱郗越发紧张，情绪也开始激动起来，"这是怎么回事？我哥是怎么找到你的？"

"我不记得了。"听着楚筱郗的几个问题，顾筱筱觉得，自己也就只有这个能回答上来。

"我知道，你或许有很多疑问，可是抱歉，我给不了你答案。"

顾筱筱疏离的语气，和像是在看陌生人一样的眼神，让楚筱郗红了眼睛。

不记得了……一句不记得了，她就能如此轻松地把他们当成陌生人看待吗？她知不知道她不在的那些日子，他们过得有多难？

"你别哭啊。"看着楚筱郗的眼泪在眼圈里打转，顾筱筱有点慌。小孩子哭了好哄，可她这么大个人了，哭了的话要怎么哄？

"太过分了。"垂下头，楚筱郗喃喃自语道，"顾筱筱你太过分了。"

"或许吧。"顾筱筱勉强扯了扯嘴角，道着歉，"很抱歉给你们带来一些困扰，我也不想这样，可是……"

卧室内，几个孩子开心地玩着笑着。客厅内，两个大人沉默地坐着对望。

楚筱郗忽然间起了身，走到顾筱筱身边，然后把她抱住，没能忍住眼里的泪："你没死真是太好了，你还活着……太好了。"

衣服被她的眼泪打湿，顾筱筱听着她的哭诉，整理着自己的心情。

"我们都很想你，我还纳闷，我哥最近怎么总往日本跑，原来是你在这里……也对，只有你能让他那么听话，我早该想到的。"

"不要哭了。"拿过纸巾给她擦了擦眼泪，顾筱筱诚实地说道，"虽然不记得你，可是看见你哭，我心里还是挺难受的。楚逸辰明天似乎是想带几个孩子去游乐园玩，你先回去好好休息，慕谦和染染两个，就让他们在这儿睡吧，我明早会把他们送过去的。"

"我也要在这儿睡！"楚筱郗完全不按套路来，"我好久没和你一起睡了，让我也留下来吧！"

"啊？！"顾筱筱完全没想到她会这么说，回头看了看自己的房间，不好意思地说道，"可是房间太小，住不下的。"

"没事，可以打地铺呀！让孩子们睡床上，你陪我打地铺吧！"楚筱郗才不理会那么多，她只想和顾筱筱说说话聊聊天。

心里有点酸，有点苦，但更多的是开心，无法言喻的一种喜悦，将她整个人笼罩其中，让她不愿再跳出去。

"我给我哥打个电话，和他说一声，你等我一下！"站起身来，楚筱郗去找手机。

走到门口，拨了楚逸辰的号码，等一接通，她就直接问道："哥，你找到筱筱了怎么也不早点告诉我？神神秘秘的，害我还以为你是要来见什么人呢！"

"嗯，还有别的事吗？"楚逸辰不咸不淡地回应，让楚筱郗想到了之前见到他时他那副臭表情。

这是怎么了？和筱筱吵架生气了？

楚筱郗快速地思考了一下，觉得很有可能。

楚逸辰是个占有欲特别强的人，顾筱筱现在不记得他了，他心里肯定不舒服。而对顾筱筱而言，他现在只是个陌生人而已。对待陌生人，也就没有那么多的顾虑，那么多的包容。所以一言不合吵起来，也是情理之中。

"没事了，我就是告诉你一声，我今晚和几个孩子在这边睡，你明天直接过来找我们吧。"

"地方那么小，能睡下吗？"楚逸辰沉默片刻，关心地问道。

"干吗，怕我把你老婆挤出去啊？放心吧，我最多就是带她打个地铺，不会让她直接睡地板的。拜——"痛痛快快地挂断电话，楚筱郁笑着回到房间。

楚筱郁坐在椅子上，无聊地听着顾筱筱和别人打电话，然后，听出一些端倪……

和龙崎道了晚安，顾筱筱放下电话，不由自主地叹了口气。楚筱郁在旁边认真地看着，等她看过来后，坏笑着问道："男朋友？"

顾筱筱被问得身子一僵，连连摇头。

"那就是追你的人咯？"紧盯着顾筱筱的表情变化，楚筱郁知道自己猜对了，"快跟我说说，是什么样的人？对我哥有没有威胁？"

楚筱郁看起来有点小兴奋，她这个样子，倒是把顾筱筱给吓到了。

"哎呀你这么看着我干吗？我们以前有什么话都说的！你快点告诉我，这个人是不是喜欢你？"

"你不生气吗？我不记得你和你哥，还有可能和别的男人有关系，就算是这样，你也不气？"顾筱筱觉得奇怪，楚筱郁应该是帮着楚逸辰来指责自己才对，可她却完全相反。

"气啊，可是一码归一码，不一样的。"楚筱郁想了下，认真地回答，"如果说你完全不记得以前了，那交男朋友也没什么不正常的。你一向招人喜欢，我了解的——不过筱筱……"

说着说着，楚筱郁就压低了声音，神秘兮兮地追问："你跟这个男人，发展到哪一步了？有没有……啪啪啪？"

顾筱筱被她调侃得脸一红，连忙摇头："不要乱说，我们不是那种关系！"

"还是我哥的人，那我就放心了。"楚筱郁抿嘴一笑，"瞧把你紧张的。我问你，你今天是不是和我哥吵架了？"

在楚筱郁面前，顾筱筱算是比较放松。虽然她也知道，在一个"陌生人"的面前不该如此，可感觉骗不了人，她的反应，自己也是控制不了的。

"吵架吗？不算吧，只是坐下来谈了一下而已。"

"谈的什么，方便透露一下吗？"楚筱郁好奇得不得了，顾筱筱究竟是说了什么话，才把楚逸辰给气成那样？

"谈……离婚。"顾筱筱笑了笑，然后耸了耸肩膀说，"我觉得我们应该离婚。"

"离婚？！"楚筱郁倒吸一口气，"顾筱筱你真是胆子肥了，竟然敢和他提这个话题？！我的天，你厉害！"

感慨完，楚筱郁才发现自己注意的点不对。

"筱筱，你说离婚，不会是认真的吧？"

离婚这种事情，还能随便开玩笑的吗？

顾筱筱看着楚筱郁担心的样子，缓缓笑道："不然呢？回不去了。"

回不去了……

楚筱都看着顾筱筱云淡风轻地说出这么一句话，她知道完了，大事不妙了。

难怪楚逸辰没有和家里说发现筱筱的事情，难怪他今天摆着一张臭脸，原来是遇到大问题了。

"时间不早了，你去洗一下然后睡觉吧。"顾筱筱起身说道，"我去给你拿新的浴巾和睡衣，前几天刚买的，还没有用过。"

趁着楚筱都去洗澡的时间，顾筱筱把房间整理了一下。几个孩子难得以这样的方式睡在一起，所以兴奋得不得了，都已经晚上九点了，也不见困意。

"妈妈，以后我可以每天都和你一起睡吗？"坐在床边，楚慕染踢着白白净净的小脚丫，期待地看向顾筱筱问。

"我也要！"楚慕谦赶紧开口，生怕顾筱筱把自己给忘了。

"妈妈过几天就要去工作，不会在家里了，所以你们还是要和爸爸在一起。"顾筱筱走过去摸了摸他们的头，柔声回道，"等我休息了，会立刻去看你们的。"

顾筱筱的话音刚落，楚慕染就哇的一声哭了，旁边的楚慕谦虽然没掉眼泪，可是眼圈也是红的，眼巴巴地看着顾筱筱不说话，让顾筱筱有种罪恶感。

楚筱都正好洗完澡回来，看到楚慕染哭得伤心，就问她是怎么了，怎么见到了妈妈还不高兴。

"我不要妈妈上班！"楚慕染哭着喊出一句话，"我要妈妈陪我！"

马上明白了是怎么回事，楚筱都看向不知所措的顾筱筱，把她拉了过来，小声解释道："你不在的这几年，我哥一直骗他们说你在外地工作所以回不了家，染染是担心你又会消失，才会这样的。"

楚逸辰……

眼眸一沉，顾筱筱回身去哄楚慕染，好不容易哄好，再三保证自己不会离开，还像小孩子一样拉了钩钩，这事儿才算结束。

夜深人静，顾筱筱躺在地铺上睁着双眼，却一点睡意都没有。

最近的日子过得太乱了，乱得她几乎要以为自己是在做梦。

"筱筱，你睡了吗？"身边的楚筱都小声地问道。

顾筱筱犹豫了一下后，给了她回答。

听到她的声音，楚筱都凑了过来，慢慢抱住了她。

"我很想你。"闭着眼睛，楚筱都幽幽地说道，"我们都很想你。你不在的这几年，大家都很难过，尤其是我哥，他缓了好久才恢复过来。我知道你现在面对我们这些人，心里可能会有点慌、有点怕。可是你要知道，我们是不会伤害你的。"

"我当年为什么会离开？"顾筱筱犹豫了好一会儿，才把这个问题问出来。她没和楚逸辰聊过这个，或者是说，她不太敢和楚逸辰聊。

"你出了车祸啊，我们都以为你已经……没想到，竟然在这里找到了你。"

"车祸？"顾筱筱从没想过会是这样的原因，"为什么会觉得我已经死了？"

"当时是车毁人亡，车内有尸体，法医鉴定的结果，DNA也是和你相符的，所以我们没办法不相信。但是我哥一直不愿意接受你已经离开这件事，所以对外从没有公布过。你这几年一直没有露面，好多人都以为你已经和我哥离婚了，哪里会想到是这样的原因。"楚筱郗低声说道，然后叹了口气，"筱筱，你不知道你对我哥有多重要。你出事以后，他喝得烂醉如泥，把我当成了你，抱着我求你不要离开。我不是想为他辩解什么，我只是想让你知道，你们以前真的很幸福。所以，不要因为忘记了过去就放弃他好吗？"

　　顾筱筱咬紧牙关，没有回应，但是脑子里却一直在想楚筱郗刚刚说的那些话。她试图去想象自己和楚逸辰的过去，可是只要一想到那个人，她就难受得不能自已。

　　顾筱筱觉得，她是病了，得了一种只要见到那个人，甚至是想到那个人，就会心痛、头疼的病。

　　自嘲一笑，顾筱筱用力地咬着唇角，分散自己的注意力。

　　"宝贝儿，你还活着……真是太好了。"喃喃自语地重复着自己之前说过的话，楚筱郗深吸一口气，浅笑着说道，"你不在以后，我有好多话都没人能说，每天在家看着三个孩子，总是时不时就想起你来。现在好了，你回来了，以后我再也不会无聊了。"

　　楚筱郗的亲近，让顾筱筱有点无所适从。独自生活的这三年里，她从没和任何一个人这样过，就算是与她关系最好的宿之莹，也不曾有过这样的对话。

　　一整个晚上都没有睡着，第二天，她早早地爬起身去做早餐，再回房间的时候，几个小家伙已经醒了。

　　"妈妈早上好。"看到顾筱筱进来，楚慕谦、楚慕染两人，异口同声地和她打着招呼。

　　"早上好。"顾筱筱走过去亲了亲他们的小脸蛋，然后协助他们穿衣服。

　　吃过早餐，安景琰就急着去找楚逸辰。楚逸辰昨天答应过他，今天要带他出去玩儿，他可是一直记得这话。

　　"妈妈，我要舅舅，舅舅。"在楚筱郗的怀里挣扎着，安景琰一个劲儿地往门外看。

　　"好好好，等一下我们就去。我们先给爸爸打个电话，然后就去找舅舅好不好？"

　　"好。"安景琰点了点头。

　　在看到顾筱筱冲自己笑的时候，安景琰不好意思地把脸贴在楚筱郗的胸口，可是眼睛却还是忍不住地往她那边看。

　　打通安承朗的电话，楚筱郗轻声说了几句，就让安景琰和他聊。安景琰和他唠得开心，一不留神就说漏了嘴："爸爸，我见到舅妈了。"

　　"舅妈？"安承朗皱了皱眉头，不明白自己的儿子怎么突然说出这么一句话，"在哪里见到的？"

　　"就在这里啊。"安景琰一本正经地回答，"舅妈好漂亮，和照片一样漂亮。"

楚筱郗只不过是去喝个水的工夫，再回来就见自己的儿子已经聊偏了，赶紧把电话从他手里抢了过来，放在耳边，正好听到安承朗在那边问："是舅舅给你找的日本舅妈吗？"

翻了个白眼，楚筱郗呵呵一笑："你怎么这么八卦？小孩子随便说的话你也信？"

"我儿子从不说谎。"听到楚筱郗的话，安承朗笑着说道。

"那是你还不知道。我要带他出去玩儿了，先挂了，拜——"

放下电话，楚筱郗舒了口气，然后带着安景琛出门去找楚逸辰。楚逸辰已经不在昨天住的那个房间了，她打了个电话才知道，公司有点急事，他去公司了，要一个小时后才能回来。

"那我就先和筱筱带他们去玩儿了，等你回来去找我们吧。"

和楚逸辰说好后，两人开车离开。没有楚逸辰在，顾筱筱颇为自在。开开心心地玩到晚上七点多，几个人肚子都饿得咕咕叫了，才去找地方吃饭。

他们刚到饭店落座，楚逸辰便很快出现。晚饭吃得还算融洽，在孩子面前，顾筱筱也不敢和楚逸辰吵，生怕把他们弄哭了。

吃饱喝足，打道回府，再回到住处的时候，顾筱筱发现有几个人在她的门口站着，好像是在等她。走近定睛一看，她认出是龙崎的手下。

心猛地一提，快步走了过去，她以为是龙崎来了，但问了才知道，原来他们是他派过来接自己的。

"龙崎先生听说这个度假村已经卖给了别人，担心顾小姐在这里住得不愉快，所以就另外安排了住处，让我们来接你过去。"

度假村卖了？

顾筱筱怔了一下，然后扭头看向那边的楚逸辰，下意识地觉得，这事儿一定是他干的。

"多谢龙崎先生的好意，不过我暂时还不需要搬离这里。你们先回去吧，稍后我会打电话和他解释，他不会为难你们的。"

打发走龙崎的人，顾筱筱松了口气，开门准备回屋休息。

"你还在这里干什么？"楚逸辰看着跟在顾筱筱屁股后面的楚筱郗，伸手把她拽了过来，"回你自己的房间睡去！"

"筱筱都没嫌我烦，你跟我厉害什么啊？"楚筱郗不服气地看着他，冷哼一声，抱起安景琛说，"回去就回去，有什么了不起的，反正我昨天睡过她了！"

三年前他们两个就在争顾筱筱，三年后还是如此。不过看在他三年没抱过老婆的分儿上，楚筱郗这次就让他一回。

"宝贝儿，我先回去了，明早再来找你玩儿！"和顾筱筱说了一声，楚筱郗带着安景琛离开了。

而她走后，顾筱筱想赶紧把门锁上，不让楚逸辰进来，奈何力气敌不过他，还是被他闯进来了。

两人在门口，顾筱筱想推他出去，他就反手将她抱住。两人纠缠着，在两个孩子的眼里，就像是在玩儿一样，看得他们咪咪地笑。

"带妹妹去藏起来，爸爸一会儿去找你们。"楚逸辰看了楚慕谦一眼，聪明地把他们支开。这俩小家伙最喜欢玩躲猫猫的游戏了，肯定会藏得特别认真。

两人开心地跑开了，客厅里只剩下他们。顾筱筱别过头去，不碰触他的视线，冷声开口问："你想说什么？"

楚逸辰没说话，拥着她朝沙发走去，紧紧地抱着她不松手，把头埋在她的肩上，闻着她身上的香气，苦笑着说："你还是喜欢用牛奶沐浴乳。"

顾筱筱身子一僵，半晌没说出话来。就这样，让楚逸辰安安静静地抱了好几分钟，她才想起不知道躲到哪儿去了的孩子。

"你不去找他们吗？"小声开口问道，顾筱筱偏头看向卧室的方向，"他们该等急了。"

顾筱筱不说，楚逸辰差点都忘了。揉了揉她的头发，他站起身来朝卧室和书房的方向走去。

打开书房的门，楚逸辰光明正大地打量着顾筱筱住的屋子。书柜上一排排的书，放得很整齐。快速扫了眼那些书，他竟看到了几本比较熟悉的。如果他没记错的话，顾筱筱几年前也看过这些。

书房里没有两个孩子的踪影，楚逸辰看了看就出去了，来到她的卧室。

推开卧室的门，随便看了两眼，他忍不住嘴角上扬地笑了。

客厅，顾筱筱还坐在沙发上发呆，见楚逸辰一个人过来，她疑惑地问道："他们呢？"

"过来看。"

好奇地跟在楚逸辰的身后，顾筱筱在看到卧室内是什么情况以后，也不由得轻笑出声。

小孩子啊，真是天真可爱……

差不多十分钟时间，小家伙们已经等睡着了。而他们躲藏的地方和方式，也是挺"高级"的……

顾筱筱的床上，被子很明显地凸出来一块儿，为了保证呼吸顺畅，楚慕染还把被子留了一条缝。

而一旁的储物柜，下面的双开门被打开了，楚慕谦撅着小屁股趴在那里，就这样睡着了。

小孩子的世界，大人是永远理解不了的。在他们看来，只要他们看不到你，那你就是很难找到他们的。

顾筱筱见识到了新的躲猫猫方式，忍俊不禁，走进屋去把楚慕谦给抱了起来。

楚慕谦迷迷糊糊地睁开双眼，看到是顾筱筱后，直往她的怀里钻，奶声奶气地叫着妈妈。

"妈妈帮你把衣服脱了，然后再睡好不好？不然会不舒服的。"顾筱筱轻声询问他的意见，担心自己强来的话，会把他弄哭。

不料，儿子却十分配合。

她顺利地把他的衣服脱下，让他去被窝里躺着。楚慕谦抱住顾筱筱的脖子，小嘴亲了她一口后，睡眼惺忪地说了句"妈妈晚安"，然后爬到被窝里，很快就睡着了。

这一边，楚慕染已经睡得很沉，就连顾筱筱给她脱衣服，她也没什么反应。

给他们盖了被子，顾筱筱松了口气，然后才想起这房间里另外一个人的存在。

楚逸辰一直站在门口，看着顾筱筱照顾两个孩子。

顾筱筱坐在床边，看向楚逸辰，提醒道："你该回去了。"

"我的老婆、孩子都在这里，我能去哪里？"

"你少和我耍无赖。"顾筱筱起身把他推出房间，担心他们的对话会把孩子吵醒，但又怕孩子睡觉不老实，会从床上掉下来，所以也不敢走远，就站在门外，压低了声音和楚逸辰说话，"你不能留在我这儿，回你自己的房间睡去！"

"这整个度假村都是我的，睡哪儿不一样？"

果然，事情和自己想象的一样。顾筱筱看着楚逸辰邪笑的样子，无视心底的隐隐作痛，又说："你要是这样的话，我明天就搬出去。"

"不行！"一听顾筱筱这话，楚逸辰有点急。他可没忘了今晚来找顾筱筱的那几个男人，也没忘记他们和顾筱筱说了什么。

"你脸皮怎么这么厚？我都不记得你了，你还管我。"

想起两人昨天那番不愉快的对话，顾筱筱有些难过，再去想楚筱都昨晚和自己说的那些话，心里就更不是滋味了。

三年了……他一直不能接受自己"死了"的事实吗？自己对他而言，真的有那么重要吗？

慢慢走到客厅，顾筱筱蹙眉问他："你一直看着我干吗？不累吗？"

"你这么好看，怎么会累。"楚逸辰说着话，一屁股坐到她的身边，手疾眼快地把要跑的人拽住，"你是怕我吃了你吗？就不能老老实实地在我身边待一会儿？"

"不能。"顾筱筱回答得痛快，让楚逸辰哭笑不得。

"看见你我就怕，离你远一点会比较好。"

"我不打你也不骂你，你为什么怕？"

顾筱筱扭头看了看他，刚想开口说什么，他就凑了过来，占便宜似的在她嘴上啄了一口。

顾筱筱表情一僵，怔了一下，气愤地看着他不说话。

"瞪我也没用，你赶不走我的。"

楚逸辰昨天被她气得不像样子，可是回去以后想了想，觉得生气也解决不了问题，而且，只要一想到她一看到她，气便很快就消了。

他心心念念的人就在这里，他还奢求什么？

只要她还在，一切的问题就都能解决。只要她还在，他的心就是满的。

"你和龙崎是怎么认识的？"转移话题，楚逸辰好奇地问道。

"跟你没关系。"顾筱筱赌气地回答。

她的话音刚落，腰间的痒痒肉就被他不轻不重地捏了一下。

"听话一点，不然有你受的。"好心提醒，楚逸辰说的可是实话，"深更半夜孤男寡女，我要是真想把你怎么样，你觉得自己能跑得掉？还是说，你仗着我宠你，才敢对我这样厉害？"

偏过身子，楚逸辰稍稍一用力，就把毫无防备的顾筱筱给抱到了自己腿上。

顾筱筱惊呼一声，他顺势以吻封住她的口。

惩罚似的咬着她的樱唇，楚逸辰努力压制着心底的欲望。暧昧的气氛急速升温，他的手不知不觉探进了她的衣服里。

火热的手掌罩在她的胸前，楚逸辰抬起头看着她，又重复了一遍自己刚刚的问题："你和龙崎是怎么认识的？说。"

"不说！"顾筱筱恼羞成怒，下一秒，面红耳赤。

眉头紧皱着去拉他不安分的手，顾筱筱急得不得了："你不要耍流氓，有话好好说！"

"不想好好聊天的人可是你。我们有整晚的时间可以浪费，不急，慢慢来。"

"工作认识的！"没办法，顾筱筱只好给他答案，"他是我来这边接的第一个客户。你满意了？！"

"他有没有亲过你？"楚逸辰又问，问得顾筱筱怒目圆睁。

"有！"顾筱筱故意说道，"不光亲过，我们还……"

"说实话！"

楚逸辰手上一用力，就让顾筱筱没办法再继续说下去。

只要一想到那浑蛋有可能占过顾筱筱的便宜，他就烦躁不安。虽然他也明白，三年的时间，什么都是有可能发生的。

"你好烦！"顾筱筱被他弄得快哭了。

顾筱筱费了好大劲儿总算把他的手给拽了出来，来不及去整理敞开的衣领，她的手就被他紧紧地握住，十指相扣。

看着楚逸辰得逞的表情，顾筱筱气不打一处来："我走了三年，我们分开了三年，想睡我的人多了，你算老几？！"

"呵。"楚逸辰冷笑一声，笑得顾筱筱后背发凉，后悔自己刚刚脑抽，说出那样的话。

楚逸辰抱着她起身，顾筱筱只觉得天旋地转，不等反应过来，就被楚逸辰给压在了沙发上。

"你放开我！"顾筱筱心急地喊道，"我不说了就是！"

她跪在那里，身后就是楚逸辰，两人的姿势暧昧得不得了。

"胆子真是越来越大了，敢拿这种事来刺激我。"附在她的耳边，楚逸辰低声说道，"说你错了，不然……"

"我错了！"顾筱筱见风使舵的功夫一流，不等楚逸辰说出后果，就连忙说道，"你放开我，我们好好聊！"

她说话的声音带着一丝哭腔，看得出来真是怕了。

"真的知道错了？"

"知道了！"

开玩笑，他都把她这样了，她还敢跟他对着来吗？！

承认错误，危机解除，顾筱筱老老实实地坐在沙发上，一动不敢动，垂着头，沉默不语，余光一直盯着楚逸辰，生怕他还会再对自己做什么。

楚逸辰去倒了杯水，喝完回来，她还是保持着刚刚那个姿势坐在那儿，让楚逸辰一下子就想到，每次楚慕谦被自己训了以后，不服气又不敢顶嘴的样子。

无声一笑，他坐过去叹了口气。

顾筱筱听到他惆怅的叹息声，疑惑地看了他一眼。

"你现在只有苏佐楠他们那边的工作吗？"迎着顾筱筱的视线，楚逸辰问道。

见她点了点头后，他问："喜欢这份工作吗？"

"还好。"

翻译这份工作对顾筱筱来说，一直是"还好"的感觉，不会太喜欢，也不会太讨厌。

还好……

楚逸辰很少能在她口中听到这样模棱两可的回答，心里有了数，又问："有兴趣来帮我的忙吗？"

"没兴趣！"顾筱筱想也不想，直接回答，然后停顿了一下，看着他说，"你明知道我不想和你靠得太近，干吗还问这种问题？你也知道我是不会答应的吧？"

"你会对这份工作感兴趣的。日本这边的业务，当初在规划的时候你就和我提过，有想来接手的打算。"

楚逸辰回想着那时的顾筱筱，再看着眼前的人，恍如隔世。

"你当时很兴奋，每天在家里看文件资料，和我说以后要来这边工作。你一直很喜欢日本，每次在家里看日本的动画片，都会笑得像个小孩子一样。我是真的没有想到，你会在这里……"

楚逸辰说到最后，开始有些自责。如果他当年能够再坚定一些，是不是就能早一点

336

见到她了？

顾筱筱看着他，在看到他眼底的痛苦时，她也不好受。

"你是怎么找到我的？"

"我派人来日本调查一点事情，是他无意间在酒吧遇见了你，然后拍了照片给我。"

酒吧？

顾筱筱去那种地方的次数屈指可数，而最近一次，就是不久前被宿之莹拖去那次。

她记得那天遇到一个中国人，见面就喊她老板娘……原来，是他的人。

"就算没有黄兴，我们也很快会见面的。"楚逸辰很肯定地说道，"我原本就打算最近一年把工作重心转移到这边。新公司需要人打理，我也需要换一个环境放空一下自己。我和龙崎认识，他和你又认识，所以你觉得，如果没有黄兴，我们最迟会什么时候见到彼此？"

"不会很久吧。如果我是他的女朋友，他带我出席晚宴酒会的话，应该很容易会见到的。"

"女朋友？"楚逸辰嘴角的笑容有些危险。

顾筱筱看到后，懊恼地拍了拍脑门。

言多必失，真的是这个道理啊……

"我累了，去睡了。"起身朝卧室走去，顾筱筱在感觉到楚逸辰也站了起来后，赶紧加快脚步开跑。可惜，腿短的终究是敌不过人家腿长的，不费吹灰之力就被追上了。

"嘘，别把他们吵醒。"

用两个孩子来威胁顾筱筱，是最简单也是最有效的。顾筱筱马上闭了嘴，愁眉不展。

"我不会对你做什么的，至少今晚不会。"轻声给了她保证，楚逸辰抱着她躺到了床上。

三年了，空了三年的怀抱，终于又抱住了她。这份满足的心情，真的是让楚逸辰有些兴奋得睡不着。

顾筱筱昨晚就没有睡觉，现在很疲惫，可是躺在楚逸辰的身边，又不想睡。

"怎么还是这么瘦，我不在你身边，都没有吃饱吗？"

"我穷啊。"顾筱筱随口编了个理由，戏谑地说道，"哪里吃得饱饭。"

"穷？"楚逸辰被她逗笑了，"风扬集团百分之二十的股份都在你身上，你知不知道自己是个小富婆？"

"你说什么？"顾筱筱被他的话吓了一跳，猛地抬头看他。

床头灯是亮着的，所以她能清楚地看见，他嘴角微扬、双眸含笑的模样。

"风扬集团百分之二十的股份？！"重复着楚逸辰刚刚说过的一部分话，在看到他点头后，顾筱筱蒙了。

"我、我不要！"被吓得有点磕巴，顾筱筱回过神来后，赶紧说道，"你明天联系律师，我都还给你！我不要你的钱！"

风扬集团的股份，那是多少人可望而不可即的。百分之二十，换成钱的话……

顾筱筱想了想，有点晕。

"你这个样子，真的是和三年前一模一样。"抬手捏了捏她的脸颊，楚逸辰笑着闭上了双眼，"睡吧，明天陪我去一趟公司。"

顾筱筱张了张嘴，刚想拒绝他，就反应过来自己不该说话。就算她拒绝他也不会听的，还不如明天直接跑路来得直接。

迷迷糊糊就睡着了，顾筱筱不知道等她睡着后，一直合着眼睛的楚逸辰，静静地看了她半个多小时，才满足地熄了灯，抱着她真正地入睡。

一觉睡到大天亮，第二天早上，顾筱筱醒来，就看到趴在她身上的小不点。她身子僵了僵，然后想起昨晚发生的事情。

"妈妈，爸爸，妹妹。"楚慕谦爬到顾筱筱的身边，靠着她躺下，两只小手抓着自己的脚，一边自言自语一边咯咯笑。

"你在笑什么？"顾筱筱摸了摸他的肚子，问，"饿不饿？妈妈去给你做早餐吃？"

"妈妈。"叫着她，楚慕谦翻了个身，凑过去亲了亲她。

楚逸辰一看，赶紧伸手把他拎了过来。

这浑小子，从来就没和他这样撒过娇，竟然当着他的面，这么明目张胆地亲他的老婆，真是过分。

"啊……妈妈，我要妈妈！"楚慕谦挣扎着要回顾筱筱那里。

顾筱筱见状，也坐了起来，把儿子抢了回来抱在怀里，不满地说道："你别欺负他！"

楚慕谦看着楚逸辰的臭脸，一点儿都不害怕。他炫耀地趴在顾筱筱的怀里，小手竟然还想往她衣服里面摸。

"楚慕谦你不准乱摸！"楚逸辰冷声警告，"不然我立刻把你送回家！手，你给我拿出来！"

"神经病！"顾筱筱哭笑不得地瞪了他一眼，起身下床，也不知道他和小孩子认真个什么劲儿。

走出房间，顾筱筱洗漱后就钻进了厨房。

一睁开眼睛就看到两个宝贝，她的心情是很好的，当然，如果楚逸辰不在的话，应该会更上一层楼。

弄了早餐端上了桌，顾筱筱去叫几个人吃饭的时候，听到有人在敲门。她以为是楚筱郗，没想到打开门一看，却是宿之莹。

"你什么时候回来的？"顾筱筱惊讶地问道。

"昨晚两点多。"宿之莹说着话，打着哈欠往屋里走，可没走两步，就看到房间里走出来一个男人，而且还有点眼熟……

认真地回想了一下，宿之莹惊讶地看向顾筱筱。

这男人，不就是那天在院子里纠缠顾筱筱的那个吗？怎么跑进屋里来了？

"筱筱，他……"狐疑地开了口，宿之莹有点蒙，不知道自己是不是应该离开。

而就在她猜测着这到底是怎么回事的时候，一声"妈妈"，让她的脑袋更是直接死机了。

顾筱筱看着宿之莹目瞪口呆的表情，不好意思地笑了笑："事情有些复杂，回头再跟你解释吧。"

"啊，好。"宿之莹点了点头，又看了不远处的楚逸辰一眼，尴尬地说道，"我没什么事，就是过来看看你，那我就先走了，改天再来。"

逃也似的跑出顾筱筱的房间，宿之莹拍了拍胸口，松了口气。

妈妈？

顾筱筱什么时候当妈了？她怎么不知道？

"你朋友？"宿之莹走后，楚逸辰坐到餐桌旁随口问道。

"嗯，很好的一个人。"顾筱筱带着孩子坐过去，哄着他们吃饭，很听话地回答着楚逸辰的问题，"认识两年多了，是个医生。"

两年多，那岂不是几乎知道顾筱筱来这里后所有的事情？

楚逸辰暗暗决定，自己得找个时间，请这个女人吃个饭聊聊天才行。因为他对顾筱筱这几年来的生活，真是好奇得不得了，在意得不得了。

吃了早餐，两个孩子闹着要出去玩。楚逸辰需要回公司一趟，顾筱筱想起他昨晚说的话，就自告奋勇地开了口："那我带他们去玩儿吧！你什么时候能回来？"

和两个孩子待在一起一天，总好过和他在一起。顾筱筱是想尽了办法和他保持距离，她的小算盘，他怎么会看不出来。

楚逸辰暗暗叹了口气，无奈地答应。他有些落寞地看着在顾筱筱怀里蹭来蹭去的楚慕谦，已经消失了好几年的想法，又渐渐冒了出来。

回国以后，得把这浑小子送去南京……

楚逸辰离开，顾筱筱长长地松了口气。楚慕染看到她的动作，也跟着学，学完后笑得特别开心，好奇地问："妈妈为什么叹气？妈妈怕爸爸吗？"

"爸爸怕妈妈！"楚慕谦一本正经地纠正着妹妹的错误。

"你们不怕他吗？"顾筱筱打开通往院子的门，和他们两个坐在门口，晒着阳光。

"怕！"

"不怕。"

两人同时回答，说怕的那个，自然是楚慕谦。

"爸爸有的时候会生气，我怕。"坐在顾筱筱的腿上，楚慕谦回头看她，"不过以后我就不怕了。"

"为什么？"看着他可爱的样子，顾筱筱忍不住亲了亲他的额头。

"因为妈妈回来了呀，爸爸再也不敢和我瞪眼睛了！"

顾筱筱无奈地苦笑，她可是比他还要怕那个人啊……

宿之莹和顾筱筱住在一个院子里，听到孩子的嬉闹声，她小心翼翼地开门看了看。在没看到楚逸辰的身影后，她放心地走了出来，坐到顾筱筱身边，蹙眉问道："筱筱，你和那个男人，到底是什么关系啊？"

"什么关系……"顾筱筱有点为难，不知该怎么形容，认真地想了想后，她咬牙说道，"夫妻关系。"

不管她愿不愿意承认，都无法否认这个事实。她是他名义上的妻子，也是实际上的。连孩子都这么大了，她还要怎么逃避？

"夫、夫妻？！"宿之莹吓得一下子站了起来，万万没想到会是这样的答案。

"你们什么时候结的婚？他怎么到现在才来找你？龙崎那边你又要怎么解释？"宿之莹抛出一连串的问题，让顾筱筱头疼。

拉着她的手让她坐下，顾筱筱顺势躺在她的腿上，合上了双眼："我也不知道我们什么时候结的婚，你知道我忘记了一些不该忘记的事情，努力了那么久都没有结果，我也不知道该怎么办好了。至于龙崎那边……只有实话实说了。"

"你觉得他是那么好应付的人吗？筱筱，我怎么觉得，就算你跟他说了实话，他也未必会放手呢？"

龙崎对顾筱筱真的不一般。他对顾筱筱的耐心，让很多人都震惊。宿之莹不认为，在努力了两年、眼看着就要把顾筱筱追到手的情况下，龙崎会因为一个突然冒出来的男人而轻易放手。

"不一定吧，我配不上他的。"顾筱筱没觉得自己有那么大的魅力，"我觉得他挺好说话的，不是那么不讲道理的人。"

"那是对你。你之前不是也很怕他的吗？最近怎么了？免疫了？"

"可能是吧，见多了就不怕了。"也可能是楚逸辰的出现，她忘了要怕了……

两人聊着天，楚筱都带着安景琰过来。三个小孩子在院子里玩得开心，顾筱筱三人就坐在一起聊天，聊到最后，每人手里捧着一块西瓜，拿着一个勺子，画面颇为滑稽。

度假村突然被别人买下，龙崎自然会觉得有些奇怪。派人查了一下，在得知买家是个中国人，而且暂时也查不到对方身份的时候，他就更加觉得不对劲了，也担心住在那里的顾筱筱的安全。

"备车，我要出去一趟。"从沙发上起身，龙崎去换衣服。

旁边的管家看了看墙上的时钟，已经晚上十一点多了。

从他的住处，到顾筱筱那边，至少要一个小时的路程。他没去打扰顾筱筱休息，而是在第二天早上，觉得顾筱筱差不多已经吃完饭、快去上班的时候，等在度假村的门口。

"龙崎先生？"看到龙崎的车子，顾筱筱又惊又怕。他怎么来了？

"上车，我送你过去。"

"那个，我……"顾筱筱转头看了看身后，在看到楚逸辰从远处缓缓走来时，她皱紧眉头，不知该怎么办才好。

顺着她的视线看去，龙崎也看到了那个人，目光一闪，饶有兴趣地一笑。

楚逸辰？他怎么在这儿？这度假村，不会是被他买下的吧？

"楚先生，好久不见。"待楚逸辰走近后，龙崎主动打招呼，"什么时候来的日本？怎么也不告诉我一声，大家一起吃个饭。"

"前几天过来的，在忙公司的事情，没来得及约你。"楚逸辰客气地笑道，很自然地回答他的问题。

顾筱筱听着两人的对话，有种自己不应该站在这里的感觉。而且，她还发现了一件事，那就是楚逸辰的日语，竟然出乎意料地好……再去想他昨晚说要请自己给他当翻译的事情，顾筱筱就更加庆幸自己没有答应了。

这个骗子，日语说得这么溜，哪里需要什么翻译！

"那个……"顾筱筱犹豫地打断两人的对话，"龙崎先生，我急着去上班，就先走了。"

"我送你。"两人异口同声地开口，吓得顾筱筱跟跄地往后退了一步。

"不不，不用，我自己可以开车。你们聊，再见。"尴尬地笑着，冲他们摆了摆手，顾筱筱转身逃开。

"你认识筱筱？"她走后，龙崎看向楚逸辰疑惑地问道。

"当然，我们认识很多年了。"楚逸辰痛快地承认，"哦对了，这个度假村我已经买下了，欢迎随时过来玩。我还有点事情，就先走了，改天再约。"

和龙崎道别，楚逸辰去追顾筱筱。

龙崎目送他远去，自然看得出他的意图。

心中有种不好的感觉，靠在车门上，龙崎目光阴冷。

顾筱筱被楚逸辰强迫着坐进了他的车内，系好安全带，一路上都没有说什么话。

楚逸辰把她送到了地方，掉转车头离开了。她以为楚逸辰会消失几天，至少要等到她休息再出现，可后来她才发现，她还是小看他了。

探班，这男人竟然能想出这种名义，以苏佐楠经纪公司董事的身份，出现在她工作的地方。

闲暇之余，他看似无意地走到她的身边，动作亲昵而自然地给她理了理头发，引来旁人的注视。

"你干吗？"顾筱筱不适应和他的亲近，有点不高兴地问道。

"我在宣示主权。"楚逸辰毫不掩饰地回答她的问题，"狼太多了，我得让他们知道，你已经有主了才行。"

"你是不是忘记了，我们是要离婚的人？"顾筱筱好心地提醒道。

"宝贝儿，闹离婚的人是你，我可从来都没有答应过。"楚逸辰邪魅一笑，粉碎了她心中的幻想，"你与其想着怎么摆脱我，不如把时间和精力放在观察我上面。"

"我闲着没事做吗？干吗要观察你？"

"这样你就会发现，你老公多么招人喜欢。"楚逸辰身子前倾，嘴角和她的嘴角若有似无地擦过。

顾筱筱脸一红，瞪了他一眼后，转身跑开。

楚逸辰并没有做什么过分的事情，绕了一圈，让大家了解一下他和顾筱筱"不正常"的关系后，就回去忙了。

顾筱筱晚上下了班回到宿舍，接到楚筱郗打来的视频电话，和几个孩子聊了会儿天后，就去洗澡休息了。

这几天被楚逸辰和两个孩子围绕着，顾筱筱整个脑子都是乱的。现在终于有时间和机会平静下来，她理了理自己的思绪，认真地想了想自己应该怎么办。

电话突然响起，把顾筱筱吓了一跳，也打断了她的沉思。她拿过来看了一眼，竟是龙崎拓海的号码。

犹豫了一下后，她接了起来。

"筱筱，我想见你。"龙崎低沉的声音在电话中响起，让她的心一沉。

"我现在在工作的宿舍这边，你在什么地方？"顾筱筱爬起身来，轻声问道。

她有些话想和他说清楚，而且她想，他应该也在等她的回答。

"我过去找你，等我。"问了顾筱筱的地址，龙崎立刻出发。

四十几分钟后，他出现在附近的咖啡厅内。

顾筱筱步行过去，吹着徐徐夜风，想让自己清醒一点，再清醒一点。

推开门向里面看了看，她一眼就看到了龙崎拓海。

这人长得真的很漂亮，有时候看着他，会让身为女人的顾筱筱都有些自卑。

一个大男人，怎么能长得这么好看？长长的睫毛，高挺的鼻梁，漆黑深邃的双眼，细碎的刘海儿，再加上他平时话不多，所以每次见到他，顾筱筱都会想到漫画里的人物。

见到顾筱筱朝自己走来，龙崎浅浅一笑。她刚刚落座，服务员就送过来一杯牛奶。

看了眼他手边的咖啡，顾筱筱提醒："晚上不要喝太多这种东西。"

"好，不喝。"龙崎很听她的话，将咖啡杯往旁边推了推。

他静静地凝视着顾筱筱，看得顾筱筱有些不自在。

"你想问什么？问吧。"顾筱筱深吸一口气，想要和他坦白。

她不想骗他，虽然有些怕他，但是不能否认，她在日本这几年，帮她最多的人，就是眼前这个。

从最初的雇主到后来的朋友，再到关系有些暧昧不明，他一直都在顾筱筱的身边。包括那一次……也是如此。

"我们上次谈的事情，你考虑得怎么样了？距离我们约好的日子，已经过去半个月了，你还没有考虑好吗？"轻声开口，龙崎期待地看着顾筱筱的双眼。

"考虑好了。"顾筱筱微笑着点头，"你能给我这么长的时间，以及足够的空间来考虑我们的关系，我很谢谢你。"

"所以你的回答是？"

顾筱筱被他追问得有点小紧张，抿了抿红唇，垂下眼帘，然后低声说道："抱歉，我不能和你在一起。"

顾筱筱的回答，在龙崎的意料之外，可他也有心理准备。

说实话，他有些恼火。一个女人而已，真值得他浪费这么长的时间，来哄来追来讨好吗？

他想要女人，勾勾手指就多的是。可是这一路走来，他发现，自己对她还真是有用不完的耐心。

"为什么，你不喜欢我吗？"

"这不是喜欢不喜欢的问题，我知道你很好，对我也很好，这些年你对我的照顾，我一直都记在心里。可是抱歉，我真的不能答应你。"

顾筱筱否认不喜欢他，这让龙崎有点开心。可她后面说的那些话，又让他有些迷茫。

既然喜欢，为什么不能在一起？

微微皱了皱眉头，龙崎忽然想起了楚逸辰，便问道："你认识楚逸辰吗？你们是朋友？"

顾筱筱想到他会怀疑，但是没想到他会问得这么直接。

"我认识楚逸辰，我们的关系，不只是朋友。"顾筱筱靠在沙发椅上，心情有点惆怅，"有些事情我不想瞒你，也不能瞒你。我没法答应和你在一起，你最好也不要再想这种事情，因为……我配不上你。"

"为什么要这么说？筱筱，你很优秀，我很喜欢你。"

他赤裸裸的表白，赤裸裸的心意，让顾筱筱心中一紧。

"我结过婚，生过孩子。这样的话，你还会觉得我适合和你在一起吗？"顾筱筱坦白地说出一切，她是个成年人，不想玩弄任何人的感情。

和龙崎暧昧不清，和楚逸辰纠缠不止，不是她会做的事。

看着龙崎愣怔的表情，顾筱筱知道他是被惊到了。

是啊，就连她自己都有些无法接受的事情，又怎么能让别人无条件地去接受呢？

顾筱筱了解龙崎的心情，嘴角微扬，继续说道："我几年前因为一些事情来到日本，我的记忆有缺失，你也是知道的。现在我忘记的那些人来找我了。我想，对他们也

343

好，对我自己也罢，我都应该负些责任。我要再去努力想想，我究竟都忘记了什么。"

"你忘记的人，是楚逸辰？"龙崎有点不愿相信这个事实，但看着顾筱筱点头承认，他懊恼地叹了口气。

他知道那个男人难对付，但没想到，竟然这么快就要交手了。

抢女人吗？这种事之前他还真没尝试过。

龙崎在心中调侃自己，然后不由自主地一愣。

心情复杂地看着顾筱筱，他没想到，自己在听她说了这些话后，最先想到的竟然不是放手，而是要如何把她抢到自己身边……

"如果没有楚逸辰的话，你会答应和我在一起吗？"冷静了一下，龙崎幽幽地问道。

"这个如果是不成立的。"

"我想知道答案。"龙崎目不转睛地看着她，等着她的回答。

"会。"顾筱筱和他对视了一会儿，然后点了点头，"你很优秀，任何人都否认不了这一点。被一个优秀的男人喜欢，是件特别让人高兴的事。"

顾筱筱说的是实话，如果楚逸辰没有来，她真的会答应。

"但也正因为如此，我今天才会拒绝你。我是不相信男女之间会有真正纯洁的友谊的，所以我也不会自私地说一些，希望我们以后还是朋友这样的蠢话。龙崎先生，如果可以的话，我希望我们暂时不要再见面了。"

"我们明明连交往都还没有开始，却要说这些分手才会说的话，你觉得我会死心吗？"龙崎第一次有这样的感觉，原来所谓的失去，就是这样的，"你拒绝了我，是要和楚逸辰在一起吗？"

"我不确定，但如果可以的话，我会让自己接受他，毕竟他是我孩子的父亲，我很爱那两个小家伙。"

对龙崎而言，这真的是一番不愉快的谈话。可他没在顾筱筱面前表现出来，也不想让顾筱筱知道他不开心。

"喝了牛奶，回去睡一觉。我需要冷静一下，然后给你打电话，告诉你我的决定。"龙崎故作冷静地说道。

他的这种反应，让顾筱筱莫名地有一种心安。

两人离开咖啡厅，他送她往住处走，一边走一边轻声聊天，气氛颇为融洽。在走到顾筱筱的宿舍门前的时候，龙崎伸开双臂，看着她说："抱一下吧，就当是送我的礼物。"

顾筱筱犹豫了一下，走到他面前轻轻抱住了他。

"我真的很喜欢你。"低头亲了亲她的额头，龙崎觉得自己像是抱着一只小猫儿。

有些贪恋她身上的香气，龙崎抱了她有两三分钟，然后强迫自己松手，揉了揉她的头发，说："去睡觉吧，等我的电话。"

"路上开车小心，晚安。"顾筱筱和他摆了摆手，站在门口目送他离开。

等他走远后，她长叹一口气，然后转身开门想回去睡觉。

"打着工作的名义逃离我身边，然后暗中和他约会，顾筱筱，你知道自己在做什么吗？"

楚逸辰的声音让顾筱筱身子一僵，开门的动作也随之停了下来。

她慢慢转头，看向声音传来的方向。黑暗中的角落里，他缓缓地走出来，目光清冷地看着她不说话。

他什么时候来的？他刚刚一直在那里？

"我很清楚自己在做什么。事情不是你想象中那个样子。"

"你是想告诉我，不要相信自己的眼睛吗？"

楚逸辰迈步走向她，身上淡淡的酒气，让顾筱筱眉头紧蹙。

他不信她，那她还能说些什么？

不被人信任的感觉，是最糟糕的。尤其是在顾筱筱刚刚决定，试着接受他的时候。

"自己的眼睛，的确是该相信的。"顾筱筱苦涩一笑，顺着他的话说下去，"所以就如你所见，我和龙崎今晚的确是去约会了。"

顾筱筱的话将楚逸辰惹怒。微眯着双眼，他逼着她靠在了门上，让她无路可退。

"是我对你不够好吗？还是你觉得，一个我加上两个孩子，也不足以让你回到我们的身边？"

"楚逸辰你喝多了。"顾筱筱不想和一个酒鬼继续纠缠，"你以前对我好不好我不记得了。我现在记得的是，你和我只是认识不到两个月的陌生人而已，可是龙崎却对我好了很久。"

楚逸辰心底的怒火被她这句话彻底地勾出，将她拉入怀里，他低下头，烦躁不安地为所欲为。

顾筱筱的衣服险些被他撕破，她身子颤抖着，隐忍着心底的害怕，强迫自己站在那里，继续面对他。

顾筱筱不反抗，不挣扎，这样的反应，让楚逸辰渐渐也冷静了一些。

"楚逸辰，"顾筱筱鼓足了勇气和他对视，"你知道我这三年是怎么过来的吗？我像是在一片黑暗之中，看不清前方，看不清脚下的路，可是我知道，我必须要往前走。我怕过，哭过，我希望有人能帮帮我。而那个出现在我身边、帮我渡过难关的人，是龙崎拓海。"

深吸一口气，顾筱筱强颜欢笑，抬手扯了扯自己滑落的衣领："我明天早上还要早起飞往中国，先回去休息了。你回去的路上自己小心一点，再见。"

转身开门，顾筱筱在关上那扇门的时候，清楚地感觉到自己的腿是软的。

努力地走回自己的房间，她趴在床上，鼻子有点酸。

顾筱筱进屋后，楚逸辰在门口的台阶上坐了好一会儿，揉了揉太阳穴，起身开车离开。

顾筱筱明天要去中国，他当然知道，因为是他安排的。他需要让顾筱筱回中国，回到自己的地盘，回到自己的身边。

开车回到度假村，楚逸辰正好和外出归来的宿之莹在停车场遇上。宿之莹见到他，拘谨地笑了笑。

"你好。"她微微躬身，和楚逸辰打招呼。

"你好。"楚逸辰低声回应，然后迈步前行。

在走出几步后，他又回头看了过来："方便聊聊吗？"

"现在？！"

"嗯，有几个问题想问你。"

"是关于筱筱的吧？"宿之莹看得出来楚逸辰现在情绪并不好，"好，你想知道什么，我能回答的，都会告诉你。"

楚逸辰转身打开车门，重新坐回车内。

宿之莹见到他的举动，微微一笑。这男人，倒是懂得避嫌。大晚上的孤男寡女共处一室，被人看见总归是要怀疑什么的，所以他就干脆不回房间，而是坐在这儿，还打开车门。

"筱筱说你是医生，你们怎么认识的？"坐到座位上后，楚逸辰直白地问道。

"通过朋友认识的。"宿之莹低声回答，然后反问，"我能问你几个问题吗？"

"说来听听，想答的话我就答你两句。"

"你为什么过了这么久才来找她？"宿之莹歪着头，看着楚逸辰的侧脸，"你来找她是为了什么？带她回去？你还爱她吗？"

"你为什么会关心这些？"

"因为我把筱筱当朋友。"收回视线，宿之莹看向车外，"我知道你想问我什么，筱筱这几年过得不好，一点儿都不好。"

虽然楚逸辰之前也曾经想过这些，但是亲耳听到宿之莹说出来，他还是特别心疼。

"她一个小姑娘，刚到日本的时候，什么都听不懂。我刚认识她的时候，她还在饭店里端盘子、刷碗打工。那段时间她每天只睡三个小时，为了赚钱，为了让自己融入这个国度，她真的是拼了命。"

顾筱筱做事一向认真，楚逸辰是知道这点的。听着宿之莹的话，在脑海里描绘出当时的顾筱筱过的是怎样一种艰苦的生活，楚逸辰沉默不语。

"筱筱自杀过。在来日本的第一年元旦时。"宿之莹说着话，又扭头去看楚逸辰，"割腕自杀，差一点就抢救不回来。她……"

"她有抑郁症，我知道。"楚逸辰喉咙有些发紧，咽了咽唾液，接下宿之莹的话。

"对，是抑郁症。她曾经在二十几楼的高度对我说，觉得自己就像站在地面上一样。我当时没想那么多，等发现的时候……"

宿之莹忘不了当时她看到顾筱筱躺在浴缸里，浑身是血的模样。如果不是真的绝望，没人会选择走上自杀这条路。

　　"我告诉你这些只是想让你知道，筱筱能恢复到现在这个样子真的不容易，如果你不能让她变得更好，就放过她，让她保持原状，过现在的生活。我想她也会感激你的。"

　　宿之莹是壮着胆子说出这些话的，她能感觉到，楚逸辰身上散发出来的阵阵寒意。

　　这个男人不是简单的角色，如此一来，宿之莹又有些心疼顾筱筱了。

　　"她为什么不回国？"楚逸辰紧握着拳头，又问。

　　"不想回，也回不去。她很少和我说关于自己的事情，但是我知道，她是个孤儿，没有家人。而且她的证件也出现了问题，在来日本的第一年，她连国都出不了，后来是龙崎先生帮她解决的。"

　　证件出现问题……

　　楚逸辰目光一闪，又和宿之莹聊了几句后，就让她离开了。

　　当年的那场车祸，究竟是怎么回事，是谁导演的一场戏，又是谁把顾筱筱送到的日本，楚逸辰是一定要查清楚的。

　　对于那场车祸，楚逸辰一直不愿意相信。可他当年除了尸体没有见过以外，所有的证据，都查看过了。

　　监控录像，验尸报告，车内所有残留下来的遗物。还有那两个肇事者，他也见过，并且核实过身份。

　　还有一点，是让楚逸辰这几年没有去追究深查的最根本原因，那就是没有人来找他。

　　就像绑架案，劫匪会用人质来要挟做一些事情一样，如果车祸是假的，如果顾筱筱还活在这世上，那么带走她的人，是想对楚逸辰提出什么样的要求？

　　没人出现，三年过去了，如果不是他先发现顾筱筱，他不知道还要等多久，才会等到她主动出现在他面前。

　　到底是谁，会去做这样的事情？

　　这样的手段，不是一般人能有的……联想起顾筱筱的失忆，楚逸辰更是怀疑，她会忘记他，到底是因为在车祸中撞到了脑袋受到了刺激，还是有人故意为之，篡改了她的记忆？

　　她只记得自己是孤儿，甚至连沈千云的存在都不记得了，这真的很不正常。

　　宿之莹走后，楚逸辰在车内坐了好久，才缓步走回住处。

　　而另外一边，和他见过面的顾筱筱，在冲了个冷水澡冷静了一下后，躺在床上翻来覆去，没什么睡意。

　　真的是太气人、太过分了，楚逸辰那个浑蛋，她果然就不该对他心软！

　　她还傻乎乎地因为自己忘记了他而心存愧疚，现在看来，她忘记他就对了！他不分青红皂白就凶她瞪她怀疑她，既然这样，她干脆答应龙崎好了！

被气得浑身难受，顾筱筱一直到凌晨三点多，才稍稍有了些困意。睡到早上六点半，她起来收拾东西，准备跟随队伍去机场。

中国……她已经不记得自己最后在中国是什么时候了。是三年前吗？

当年她一睁开眼睛就是在日本的医院里。

现在终于又要踏上那片土地，顾筱筱心中莫名地有些惶恐不安。

她的国，她的家。她到底在害怕些什么？

第16章

这次行程是三天半的时间，顾筱筱需要带的东西并不多，几件换洗的外衣和内衣，再带一点洗漱用品、护肤品，就没其他的行李了。

早上九点，吃过早饭后大家准时出发去机场。顾筱筱走在人群后面，垂头不语。走着走着，她就听到前面的人在轻声议论着什么。

听着他们的话，顾筱筱猛地抬头，四下看去。然后，她便看到两个小豆丁，背着书包摇摇晃晃地朝她跑来。

"妈妈！"

几天不见顾筱筱，两个小宝贝特别想她，飞奔到她的面前，两人都伸着小手求抱抱。

顾筱筱蹲下身子，把他们搂在怀里，看了看他们，心里有种难以言喻的自豪和满足。

啊啊啊，她的孩子怎么可以这么可爱！！

妈妈，这是一个国际通用的词语。不论你是在中国、日本，还是在美国、意大利，只要一个小孩子发出这种声音，大家就全都明白他叫的人是谁。

顾筱筱有男朋友这件事，最近大家已经渐渐知晓了，但是她有孩子……这就真的让人很难以接受了。

染染身上穿了件白色的半截袖，下身是浅色牛仔背带裙，脚上穿着一双漂亮的幼童版AJ篮球鞋，柔软的头发干净利落地束在头顶，形成一个小丸子头，露出光洁的额头和漂亮的脸蛋。谦谦的装扮大同小异，同款黑色上衣和鞋子，不同的是下身穿的是牛仔裤，而且头上还反戴着一顶棒球帽。

这边的工作人员，都是常年跟在明星身边跑的，他们自认为眼界已经很高了，毕竟每天看见的都是高颜值的明星，可是看着这两个小豆丁，还是忍不住感叹，长得真是太漂亮了。

"染染、谦谦，你们怎么在这里？"苏佐楠见到两个孩子，赶紧走了过来。

孩子们听到他的声音后，全都回头去看，看到是苏佐楠，两人不约而同地一笑，然后乖巧地开口说道："苏叔叔好。"

"好，真乖——不过你们下次要是叫我哥哥的话，我会更开心的。"苏佐楠厚脸皮地摸了摸他们的脸蛋，微笑着提议。

孩子在这儿，楚逸辰就肯定也在。顾筱筱看了看远处，看到了楚逸辰的车子，和靠在车边的他。

"你们是来送妈妈去机场的吗？"收回视线，顾筱筱轻声问道。

"嗯嗯，去机场！"两个孩子连连点头，然后迫不及待地拽着顾筱筱往那边走。

顾筱筱拖着行李箱走了过去。她想和孩子多在一起待些时间，为此，就算是坐他的车子，她也无所谓了。

楚逸辰接过她手中的行李箱放好，然后打开车门。顾筱筱以为他是自己开车过来的，没想到车内还有司机。

保姆商务车，里面空间很大。顾筱筱有些排斥和楚逸辰面对面地坐着，尽量不去接触他的视线。

一路上，她一直在逗两个孩子玩儿，耐心十足，却不和他说一句话。

楚逸辰就靠坐在那里，静静地看着她，回想着昨晚和宿之莹的那番对话，视线若有似无地扫过她的手腕，心情沉重。

他不在的时候，她究竟还经历过什么？

车子到达机场，顾筱筱下车本来想和他们道别，却发现楚逸辰已经从后备厢拎出两个皮箱，其中一个是她的，往机场大厅走去。

什么情况？

他不是来送自己的？

"楚逸辰！"忍不住出声叫住了他，顾筱筱快步走了过去，压低了声音问，"你想干吗？"

"有点事情要回国一趟，不是同一班飞机，放心吧。"

顾筱筱怔了怔，然后点了点头，心里说不清是什么滋味儿。

"证件给我，我去帮你办登机手续。"伸手要来顾筱筱的证件，楚逸辰不着痕迹地一笑，把孩子扔给她，自己前去托运行李、拿机票。

顾筱筱等他回来后，扭头看了看机场入口方向，觉得自己该走了。

虽然孩子重要，可是工作也很重要，她毕竟是拿了公司的钱的，不能不做事。

"你和妹妹乖乖地跟着爸爸，妈妈去工作，等下了飞机以后再来找你们，好不好？"蹲下身子，她声音轻柔地和楚慕谦交谈。

"妈妈不走。"扑进她的怀里，楚慕谦摇了摇头，"爸爸说你可以和我们一起坐飞机的。"

顾筱筱听了儿子这话，狐疑地看向楚逸辰。楚逸辰无视她不悦的目光，弯腰抱起楚慕染，转身要走。

"楚逸辰！把我的机票和证件给我！"

"想要的话自己过来拿。"

"你！"顾筱筱咬牙切齿地跑到他面前。

楚逸辰看着她拦路的样子，微微一笑："苏佐楠那边我已经安排了其他翻译，你不用担心。"

"干吗？你这是要帮别人抢我的饭碗吗？！"顾筱筱蹙眉问道，然后觉得楚逸辰的笑容，有点可疑。

不是同一班飞机……

想到他刚刚说的话，顾筱筱慌忙去抢他手上的机票，拿过来后定睛一看，有点傻了。

他没有说谎，的确不是同一班，她和他要乘坐的飞机，和苏佐楠他们，不是同一班！

这浑蛋是早就打定了主意要把她骗过来，他甚至还提前安排好了替代她的翻译！

楚逸辰笑得狡诈，抬手不轻不重地在顾筱筱的脑门上弹了一下后，抱着染染先走了。顾筱筱在原地怔了好一会儿，才抱着谦谦去追他的脚步。

贵宾休息室，顾筱筱坐在沙发上沉默不语。他们的飞机两个小时后才起飞，来得这么早，他这戏演得真是可以！

"妈妈妈妈，喝水水！"楚慕染不知从哪儿弄来一杯饮料，献媚般朝着顾筱筱跑去。不料她跑到半路，却啪唧一下摔在了地上，连衣服都被饮料打湿弄脏了。

楚逸辰距离她比较近，走过去把人从地上抱起来，握住她的小手亲了亲，低声哄道："染染最乖，不哭。"

"脏了。"指了指自己的衣服，楚慕染委屈地看着楚逸辰，一副要哭的样子。

行李都已经托运了，没办法拿新衣服给她换。

顾筱筱走了过来，看了看她摔红的膝盖，伸手揉了揉。楚慕染本来是没想哭的，可是有的时候，小孩子就是禁不住哄，一见顾筱筱过来了，她就更委屈了，眼泪直在眼圈里打转。

顾筱筱看了楚逸辰一眼，把她抱了过来，又看了看墙上的时钟："妈妈带你去买新衣服好不好？"

"好！"楚慕染眼睛一亮，眨了眨眼睛，然后把眼泪擦干，也忘了疼。

"染染要穿妈妈给买的漂亮的新衣服！"

351

"我也要我也要！"站在地上的楚慕谦仰起头来，拽了拽顾筱筱的裙子，生怕她把自己忘了，有点心急地喊道。

"我带他们出去一趟，一会儿就回来。"看了看楚逸辰，顾筱筱一边说话一边往外面走。

楚逸辰眉头轻挑，见她又把自己给扔下了，无奈地叹了口气。

"我也要。"起身跟在顾筱筱身后，他轻飘飘地说了一句。他领着楚慕谦一直走在顾筱筱的身后，让顾筱筱的神经一直处于紧绷的状态。

机场内有一些免税商店，顾筱筱逛了逛，和他们买了一套亲子装，让两个孩子都笑开了花。

好不容易到了登机的时间，上了飞机后，顾筱筱看着一屁股坐到自己身边的楚逸辰，别扭地转过头去。

两个孩子早上起得有些早，折腾了一上午有些累了，所以飞机起飞不一会儿，就沉沉地睡着了。

顾筱筱一直低着头看Pad，不搭理身边的人。楚逸辰偏着头看了她好久，然后出声问道："还在生我的气？"

"你做了什么应该让我生气的事吗？"顾筱筱头也没抬一下，冷漠地反问，"我不是小孩子了，没那么容易生气。"

"可你现在的反应，完全就是生气的样子。连看我一眼都不愿意，干吗？我已经丑到让你不忍直视的地步了吗？"

"楚先生想多了，我只是觉得这电视剧比你更有吸引力而已。"

"牙尖嘴利。"

"谢谢，我就当你是在夸我了。"顾筱筱戏谑一笑，继续低着头看电视剧。

看了两集电视剧后，她稍稍有了些困意。

看了眼时间，还有两个小时到地方，顾筱筱是准备下飞机后就去找苏佐楠他们的，她可没打算一直和楚逸辰待在一块儿，于是就收起Pad，歪着头倚在窗边，闭上眼睛休息。

楚逸辰见状，直接把她拉进了怀里。在顾筱筱惶恐地想要挣扎的时候，他低声警告："后面那么多人，你确定要让他们看到我接下来想对你做的事情？"

"你想做什么？"顾筱筱提心吊胆地问。

"你若是乖乖听话，我就什么都不做。"

身子僵硬地靠在楚逸辰的怀中，顾筱筱一动不敢动。

"睡吧，到了地方我会叫你。"相反，楚逸辰却是一派轻松，"再不睡的话，就没机会睡了。"

"我讨厌你的霸道。"无奈之下合上双眼，顾筱筱不甘心地小声说道。

"只要能把你留在身边，就算是你讨厌，我也不在乎。"

"这样有意思吗？留一个不喜欢你的人在身边，难道不是折磨吗？还是说你有自虐倾向，就喜欢玩这个套路？"

"宝贝儿，我真希望你回国以后，还能保持这气势凌人的态度。"偏过头亲了亲她，楚逸辰并不被她的话所挑拨。

叹了口气，顾筱筱不再言语。她虽在闭目养神，可是和楚逸辰靠得这么近，睡意却消失不见了。

楚逸辰的视线，不由自主地瞥向她的腕间。

自杀吗？当时的她，到底在想些什么？

飞机安全抵达B市，在下飞机的一瞬间，顾筱筱又莫名其妙地有了种恐惧的感觉，前行的脚步不自觉地放慢了。

楚逸辰发现了她的异样，便牵过她的手，低声安抚："想想晚上吃什么。"

顾筱筱看了看他，拿出手机，想给苏佐楠打电话。

"你的工作已经暂时告一段落了，没必要和他联系。"制止了顾筱筱的动作，楚逸辰迎着她不悦的视线，"你现在的时间是我的。"

"楚逸辰，我不会和你去见你的家人的。"顾筱筱不知道他想干什么，可是担心他会把自己带回家。

"不想见那就不见。"

反正以后有的是时间和机会。

楚逸辰颇好说话，但他越是这样，就让顾筱筱越是不安。

机场这种地方，向来是不缺少狗仔记者的，尤其是在得知某些明星的行程后，他们更是争着抢着往这里跑。

今天是中、日、韩三个国家的顶尖艺人组合录制综艺节目的日子，所以过来接机的粉丝不少，前来拍照的记者也很多。

顾筱筱乘坐的飞机，比苏佐楠他们的晚两个多小时，她没想到在这时候，还会有记者蹲在这里，更没想到她一出现，就被记者拍入了镜头。

取完行李，顾筱筱走向机场的出口，有些不知所措。

不跟着苏佐楠他们去工作，她还能去什么地方？

对她而言，B市已经是一座陌生的城市。她现在站在这里，四下看去，身边经过了很多人，他们行色匆匆，可是他们都知道自己要去哪里，都有自己的目的地，唯独她，是个例外……

"妈妈，你怎么了？"楚慕谦看着站在那里，左右张望，却不肯再往前走的顾筱筱，跑回她的身边。

顾筱筱低头看着他，慢慢一笑，摇了摇头。

"妈妈，抱抱。"楚慕谦伸手求抱抱。

在顾筱筱满足了他之后，楚慕谦开心地抱着她的脖子，小嘴直往她脸上亲。

"楚逸辰，你要带我去哪里？"追上楚逸辰的步伐，顾筱筱拘谨地问道，"你找我到底有什么事？你私自把我的工作取消，那我就没有来这里的理由了。"

"你这么想工作的话，我就带你去工作。工资按你在日本那边的标准，我给你十倍。"

"无功不受禄，我不接你的工作，也不要你的酬劳。开那么高的价格，你是想让我有被包养的感觉吗？"

"妈妈，什么是包养？"

"妈妈乱说的，不要学，乖。"轻声回答着楚慕谦的问题，顾筱筱有些烦躁。

楚逸辰在门口站了一会儿，便有车子缓缓接近。他走过去，顾筱筱也只好跟着他走，然后就看到了曾经在日本见过的黄兴。

"老板娘好！"见到顾筱筱，他兴奋地打招呼。

顾筱筱不咸不淡地看了他一眼，勉强一笑，回了句"你好"。

老板娘的情绪不是很高涨，心情不是很开心，黄兴一眼就看出来了，也不敢再说什么招惹她。

"上车。"放好行李，楚逸辰打开车门把她推了进去。

黄兴冲两人挥了挥手，没有上车，独自离开了。

楚逸辰开着车，看了看坐在后座上忐忑不安的顾筱筱，嘴角微扬。

虽然过程有些曲折，但是她现在在这里，就是好的。

顾筱筱一路上望着车窗外，车子行驶了将近两个小时，才到达目的地。两个小家伙已经累得不行，就差趴在顾筱筱怀里睡着了。

"妈妈，宝宝饿。"揉了揉眼睛，楚慕染打着哈欠对顾筱筱说，"要吃妈妈做的饭。"

"好，想吃什么？妈妈做。"顾筱筱蹲下身子帮她理了理头发，低声问道。

"妈妈做什么染染就吃什么，染染是乖宝宝，不挑食。"

楚慕染的话把楚慕谦刺激到了，因为他挑食……

小跑了几步，跑到顾筱筱身边，他生怕顾筱筱嫌弃自己，不喜欢自己，拽了拽她的衣服，认真地说："我也乖。"

楚慕谦在顾筱筱面前，一点儿脾气都没有。楚逸辰拎着行李，看着已经学会拍马屁的儿子，抿嘴一笑。

走到门前将门打开，家里的用人已经提前被楚逸辰打发走了，所以现在，只有他们四个。

一回到家，两个孩子便撒欢地又跳又叫，完全不像刚刚在车上时那样老实。

顾筱筱换了鞋，从玄关处往里走。屋子里除了两个孩子的嬉闹声外，再无其他人的声音，这也让顾筱筱稍稍安心了一些。

一张照片，映入她的眼中，让她猛地停下了脚步。

是她的照片，照片中的她笑靥如花，开心且幸福。那样的笑容，让顾筱筱有些怀疑照片中的人究竟是不是自己。

楚逸辰上楼放好行李，回来的时候就发现顾筱筱有些沮丧。

孩子饿了，她得做饭，可是家里没有食材，所以她站在厨房里，望着那一排排锅碗瓢盆发呆。

"我叫了外卖，等一下就到。孩子们已经回房间休息了，你也去坐一会儿，吃完饭睡一觉。"身后传来楚逸辰的声音。

顾筱筱回头看去，和他四目相视，心里还因为昨晚的事情有些不爽。

顾筱筱这辈子最怕的，就是不被信任。工作也好，生活也罢，她自认是个极度缺乏安全感的人，所以她尽量不与人靠得太近，也不和人发生什么争执。

不用心就不会伤心，很简单的道理。可她对楚逸辰，明明是没有感情的，为什么会因为他那几句话，难受了这么久？

看了楚逸辰一眼，从他身边走过，顾筱筱走到客厅坐到了沙发上，低头不语。

楚逸辰跟着她走过去，直接蹲在她的面前直视着她的眼睛。

"在想什么？"拉过她的手，楚逸辰皱眉问道，"你以前心思特别好猜，可是现在，我不敢随便猜。"

"我的证件、护照都在你那里。"

"对，所以我不会轻易再让你去日本，就算是去，我也会跟着一起。"楚逸辰知道她想说什么，坦白地承认，"你甩不掉我的。"

楚逸辰起身坐到她身边，顺便强势地强迫她坐到自己腿上。顾筱筱惊呼一声，完全没有抵抗之力。

"我昨晚不是故意惹你生气，宝贝儿大人有大量，不和我一般见识了好不好？"看着顾筱筱恼怒的样子，楚逸辰苦笑着哄道。

"你这个人很奇怪。"顾筱筱欲言又止，最终蹙眉说道。他忽冷忽热，有时候让她觉得特别可怕，可有时候又觉得特别好说话。

"我不想和你吵，也不想和你聊有关龙崎的事。他是我的朋友，不管你高不高兴，都不能否认这一点。我跟你过来，是想多陪陪两个孩子。我觉得自己对不起他们，所以我需要补偿。"

"那我呢？你就不管我了吗？你不记得他们了，同样也不记得我了，我不可怜吗？"

嘲讽地一笑，顾筱筱没再继续顺着他这个话题说下去。会说甜言蜜语的男人，身边都是不缺女人的。她不奢望什么也不会期待什么，如果有人想代替她的位子，那她让位就是。

"一个月，我最多在这里停留一个月的时间。工作上有什么需要我帮忙的事情尽管开口。一个月后我要去日本。我知道你是想让我记起以前，我也会尽量配合你。但我不确定自己真的能做到，也不会把所有的时间都浪费在寻找记忆这种事情上。"

与其活在过去，不如往前看往前走，这才是人活着的目的。

"我今天先暂时住在这里，明天会搬出去。我不想……"

"这里是你的家，你要搬去哪里？我会让你走？"楚逸辰现在最见不得的，就是她说要离开，"你以前很乖的，比染染还乖。也很会讨好人，就像谦谦讨好你一样，每天赖在我身边哄我开心。"

"可惜我现在说话又臭又硬，让你感到了不好的差距，真是抱歉。"顾筱筱偏偏就要和他逆着来。

楚逸辰心中苦笑，难道说他的小妻子青春期来得这么晚，现在才开始吗？

不再和楚逸辰说话，顾筱筱又一次打量起四周来。

"我以前在这里住过吗？"她忍不住小声问道。

"住过几天，然后就出事了。我们之前大部分时间都是在公司那边的公寓，还有老宅住的。"

楚逸辰身子往后一仰，靠在沙发上，顺手一拉，顾筱筱也就跟着靠了过去。他无所不用其极，只为能让她和自己亲近。

"明天去公司，你和我一块儿过去。"

"不去。"

"听话，得给你找点事情做，不然你会无聊的。"

他宠溺的语气让顾筱筱别扭，她有点分不清自己现在和他究竟是什么关系。他们明明应该是陌生人，可是却有两个孩子在中间牵扯；他们明明是夫妻，可感觉又是这样陌生。

顾筱筱觉得自己像是在谈恋爱，谈一场她并不情愿、可是不得不谈的恋爱。

坐在楚逸辰的腿上，顾筱筱不敢乱动。因为他威胁她说，只要她敢跑，他就扒了她的衣服。

之前在她住的地方，他都有过那样的举动，如今在他的家里，顾筱筱就更加不怀疑他有这样的胆子了。

房间内静悄悄的，孩子在楼上似乎是睡着了。楚逸辰也沉默不语，只是握着她的手，有些幼稚无聊地玩她的手指。

前来送外卖的小哥，算是把顾筱筱给解救了。听到门铃声，她欣喜地站了起来，迫不及待地说："我去叫他们下来吃饭！"

逃也似的离开，顾筱筱头也不回地朝着楼上跑去。可到了楼上她才发现，自己压根不知道孩子在哪个房间，于是只好一扇扇房门推开看，直到看到他们的身影。

两个小家伙并没有睡觉，而是并排坐在儿童沙发上，手里捧着一本书看得认真。听见开门声，他们抬头看去，在看到是顾筱筱的时候，甜甜一笑，喊她妈妈。

顾筱筱走过去席地而坐，歪头看了看他们手上的书，是一本英文版的故事书。

"能看懂吗？"她轻声问道。

两个小家伙点了点头，然后讨好地和她说："妈妈，我们给你讲故事好不好？"

"好，不过要等吃完饭才可以，不是饿了吗？"

一听吃饭，两人立刻把书扔下，摸了摸小肚子，跟着顾筱筱下了楼。

楚逸辰已经把饭菜都摆到桌子上了，抱着两人坐上椅子，然后开口说道："我下午要回公司一趟，我不在家你们不准欺负妈妈。"

"我们不欺负妈妈！爸爸才欺负妈妈！"楚慕谦不服气地看着他抗议。

"胡说，你看到我欺负她了？"

被问得哑口无言，拿着筷子和楚逸辰对视了几秒后，楚慕谦哼了一声，不搭理他了。

楚逸辰晚上五点多回到家的时候，楼下的客厅是空着的。他上楼找了一圈，果然在某间卧室内找到了三个人。

顾筱筱躺在两个孩子身边，睡得很沉。楚逸辰站在床前，静静地看了她好一会儿，才有些不舍地将她叫醒。

"宝贝儿，醒醒。"低声开口，在顾筱筱缓缓睁开双眼后，楚逸辰继续说道，"不要睡了，不然晚上睡不着。"

顾筱筱睡得好好的，突然被弄醒，有点起床气。她揉了揉眼睛，不悦地看着楚逸辰，坐了起来。

"我明天能不跟你去公司吗？"

楚逸辰没想到，她醒来后第一句话说的会是这个。

"不去公司你想干吗？"

"出去走走。"她回来是为了寻找记忆，而不是去公司给他打工。

"你可以去公司转转，你以前大多数时间都是在公司工作、加班。"看出顾筱筱的想法，楚逸辰继续哄骗，"那边也有套房子，如果你想的话，可以去那儿住。"

"那我能自己住吗？我不想和你住在一块儿。"顾筱筱话说得特别直白，直白到楚逸辰都有点后悔跟她提这茬儿了。

"可以，明天我送你过去。"想了想，楚逸辰还是答应了她的要求。

看着她眼底一闪而过的惊喜，他俯身把染染抱起。

楚慕谦的起床气要大一些，所以他就把难搞的小子留给顾筱筱，带着染染先下楼去了。

紧张而忙碌的一天，就这样过去了。顾筱筱总觉得自己什么都没做，可又觉得行程是满满的。

晚上十点半，把两个孩子哄睡着，顾筱筱走到客厅，站在窗前看着外面。

房间内静悄悄的，楚逸辰在书房处理公务，所以她才能暂时得以清净。将束了一天的头发解下，顾筱筱伸了个懒腰，走回去在沙发上坐下。

随手打开电视，她心不在焉地看着不远处自己的照片，想象着她曾经在这里生活的点点滴滴。

一转眼的工夫，已经是六月份了，她当初离开这座城市，也差不多是这个时间吧？

一点点的记忆都没有，顾筱筱有些沮丧。趁着楚逸辰还没来找她，她聪明地上了楼，进了客房，然后锁上了房门。

楚逸辰的接近和示好会让她心慌，她需要一些时间来适应。她给楚逸辰发了条信息，告诉他自己先睡了。

顾筱筱的举动让书房内的人无奈地叹了口气。

睡了一觉，第二天清晨顾筱筱早早地起床，去厨房找了一圈，好不容易找到一点挂面和鸡蛋，做了早餐，正好楚逸辰带着孩子下了楼。

吃完了饭，有人来把孩子接走。楚逸辰看着戒备的顾筱筱，微笑着说道："上楼换身衣服，跟我去公司。"

"我没带什么衣服来。"为了行动方便，她带来的都是一些休闲服饰，哪里想到还要去风扬集团。

"上面有你的衣服，去看看。"

楚逸辰的话让顾筱筱有些疑惑不解，她的衣服？在这里？

跟随楚逸辰的脚步上了楼，楼上有两个大的衣帽间。当顾筱筱看到挂在衣架上的那些衣服，以及梳妆台上的护肤品、首饰等东西时，蹙了蹙眉头。

"你千万别说，我走了三年，我的东西就一直摆在这个房间里，没有人动过。"嘲讽地一笑，顾筱筱扭头看向楚逸辰，"我不穿别人的衣服，如果我身上的这身衣服不行的话，那我自己出去买就是。"

"如果我真的这么说呢？"楚逸辰目光沉了沉，"我的家，不会放外人的东西。"

顾筱筱有些语塞，定定地看了他几秒后，又去看那些衣服，然后步伐缓慢地走了进去。

楚逸辰已经下楼去等她了，感觉不到他灼灼的视线，顾筱筱轻松自在了不少。

好多衣服、首饰，顾筱筱看着眼晕，随便挑了套衣服，没想到尺寸刚刚好。

她下了楼，楚逸辰正站在门外抽烟。

听到脚步声回头看去，在看到顾筱筱后，他下意识地熄灭了手中的烟，扔到一旁。

车子缓缓前行，路程才走到一半，楚逸辰的手机就开始像是受了什么刺激一样，响个不停。

"你为什么不接？"顾筱筱看着他将手机一次次挂断的举动，忍不住问道，"我在不方便吗？"

"不是，别多想。"

楚逸辰的话虽这么说，可他还是没有接任何一通打来的电话。

好在电话响了几次之后，就安静了下来，顾筱筱也不用听着烦心。

车子最终抵达公司楼下时，早就已经过了上午九点。跟随着楚逸辰的脚步，乘着电梯到达顶层，还没走出去几步，顾筱筱就感觉到了别人看自己的眼神不对。

下意识地放慢脚步，她有点不敢再往前走。楚逸辰回头看去，拉着她的手继续往前走。

徐明一大早就等在了他的办公室，给他打了好几个电话也没打通，便觉得事情有点不大对劲。而且不光是他有这种想法，实际上从今早的消息一发出来，好多人都吓了一跳。

"楚总，徐总已经在您的办公室等您了。"

门外秘书台的小姐，在看到楚逸辰身后的人时怔了一下，因为太久没见到这张脸孔了。

"还有这份文件，需要您签一下字。"

接过秘书递过来的东西，楚逸辰转身推开了办公室的门。

屋内，徐明正坐在办公桌后焦躁地等着。听到开门声，他立马转头看去，在看到已经等了许久的人，以及身后那张熟悉而又陌生的面孔时，他条件反射地站了起来，惊讶得说不出话来。

照片不是假的？照片上的人，真的是顾筱筱？！

"逸辰，这、这是怎么回事儿？"快步走到楚逸辰面前，他目光紧紧地盯着顾筱筱看，皱眉问道。

"一大早的，你这么大惊小怪干什么？"楚逸辰瞥了他一眼，似笑非笑地说道。

楚逸辰松开顾筱筱的手，坐到椅子上看了看文件，然后签了字扔到一边。

徐明一直站在顾筱筱的身旁，目不转睛地盯着她看，看得顾筱筱浑身难受。

"看够了吗？"终于没忍住，顾筱筱眉头紧蹙，低声道。

"筱筱？真的是你？"徐明觉得不可思议，这已经死了好几年的人，怎么说活就活了？

"楚逸辰，你把我叫来到底是想干吗？"顾筱筱没回答他的问题，而是看向不远处的楚逸辰。

"工作。"楚逸辰答得轻松自在，"徐明，等下上午十点半的会议，带她过去。"

"行，明白了。"徐明若有所思地点了点头。

楚逸辰这是迫不及待地想让所有人知道，顾筱筱回来了啊……

"我不能参加。"顾筱筱为难地看了看徐明，大步走到楚逸辰面前拒绝。

压低了声音，她担心地说道："我就是一个翻译，你想要我干吗呀？"

"不到一个小时的时间，能记多少记多少。去了以后什么都不用说，坐他旁边就行。"随手扔给顾筱筱一个文件夹，楚逸辰这是要赶鸭子上架。

"我不去。"顾筱筱瞥了眼那厚厚的文件夹，总觉得他是在给自己挖坑，等着自己往里跳。

双手按在桌面上，顾筱筱弯下腰，近距离地和他四目相对："我告诉你楚逸辰，别和我玩什么花样，我是不会上当的。"

　　难得顾筱筱主动靠近自己，楚逸辰自然要抓住这个机会。他稍稍往前凑了凑，在她嘴上啄了一口，看着顾筱筱慌张地站直了身子瞪着自己的模样，他邪笑着问道："你刚刚说什么？"

　　"我说我不去！"也顾不上站在那边的徐明了，顾筱筱气呼呼看着他大声说，然后转身就要走。不过没走几步，她就又转身走了回来，一把抄起桌子上的文件夹，大步离开。

　　徐明真是太久没看到这样的画面了，不由得看得有点呆了。在顾筱筱从他身前经过，走出办公室后，他给楚逸辰使了个眼色，笑了笑后，也随着走了出去。

　　顾筱筱站在门口，平复了一下呼吸，等徐明也出来了，看着他小声问："我能不去开会吗？"

　　"自己决定，你们两口子的事，我可做不了主。"徐明笑着往前走。

　　顾筱筱就一直跟在他的身后。

　　"你办公室那边，现在已经变成其他的地方了，所以去我那儿待着吧，不然回逸辰那里也可以，我下午让人再给你准备个办公室。"

　　"不必麻烦了，我只是过来看看而已，不会在这里工作的。"

　　顾筱筱的话让徐明狐疑地看了过去，不回来工作？这话可不像是工作狂顾筱筱说出来的。

　　"你……确定？"

　　"我确定。"顾筱筱微微一笑。

　　徐明也不好再说什么，带她回了办公室。这一路上，两人可谓是颇引人注目。虽然三年没有露面了，可公司的老员工，没有人能忘记顾筱筱的这张脸。

　　顾筱筱回来了。

　　消息很快传开，再加上早上媒体发布出来的报道和照片，让很多一直以为她和楚逸辰真的已经离婚了的人，大跌眼镜。

　　可话又说回来，既然他们没有离婚，顾筱筱这几年到底跑到哪儿去了？怎么会消失得无影无踪，一次都没回来过？

　　这种疑问，徐明也有，而且，比他们更好奇。

　　关上房门，徐明一脸认真地看着顾筱筱问："筱筱，到底是怎么回事？"

　　"什么怎么回事？"顾筱筱故意装糊涂。

　　"你这几年……"

　　"问楚逸辰去，我什么都不知道。"顾筱筱径直走向屋内，语气不是很好地回答。

　　然后，她意识到自己不该乱发脾气，便停下脚步，叹了口气，小声说道："对不起，我是真的不知道。我连你是谁都不记得，又怎么会记得当年的那些事？"

连他是谁都不记得了？

徐明目光一闪，很快就明白了顾筱筱这话的意思，也意识到三年前的那场车祸，有很大的问题。

"逸辰是在哪里找到你的？"

"日本，我这几年一直在日本。"顾筱筱老实地回答。

翻开楚逸辰给的文件随便看了看后，顾筱筱的眼神发生了一些变化。

看着它们，她并不觉得陌生，相反会有很多思路相继出现在脑海里。

"难怪逸辰最近总是往日本跑，原来是这个原因。"徐明饶有兴趣地一笑，坐到沙发椅上后，继续盯着她看。

顾筱筱和楚逸辰从日本回来，带着孩子一起出现在机场的画面，被某个娱乐记者给拍到，今早放了出来。徐明正是看到那个报道，所以才急着找楚逸辰一探究竟。没想到啊没想到，竟是真的……

那消息不光徐明看得到，其他人肯定很快也会知道这件事。这样看来，今后一段时间，日子都不会过得很平静。当年那场车祸，也是时候需要重新好好调查一下了。

几十分钟的时间很快就过去，顾筱筱资料没看到三分之一，徐明就已经准备出门了。

"一起过去看看吧，很闲的，坐在那儿就行，其余的什么都不用做。"迎着顾筱筱的视线，他开口劝道。

顾筱筱犹豫了一下，点了点头。

两人一前一后来到大会议室。顾筱筱若无其事地落座，迎着众人的视线，心中忐忑。

失忆的事情，她不想让太多人知道。而楚逸辰那边，应该也是这个意思。

"怎么了这是？"徐明笑着看向面面相觑的众人，打趣地问道，"不认识她了？"

不等别人回答他的问题，他便转移话题到正事上面："之前让你们做的事，都办得怎么样了？说来听听。"

项目月度总结会议，下面的人汇报得认真，顾筱筱听得也颇为认真。一场会议，开了将近两个小时。等顾筱筱从会议室出来以后，就被楚逸辰给找了过去。

一上午的时间而已，楚逸辰的手机几乎要被打爆了。几个朋友的，家里亲人的，甚至还有广州那边的，全都打来电话询问是怎么回事。

这些电话，楚逸辰是该接的接，不该接的通通当作没看见。

他带着顾筱筱出门吃饭，然后两人回到附近的公寓。

楚逸辰上午已经让人过来收拾了一下，屋内很干净，只是缺少了一丝生气，毕竟太久没有住人了。

房门打开，顾筱筱站在门口，怔了好半天都没有进去。

"怎么了？"楚逸辰打开鞋柜找了拖鞋给她，看到她一脸迷茫的样子，担心地问道。

"觉得有点怪。"不知道为什么，相比昨天去的别墅，她总觉得这边更舒服一些。

"我这段时间可以住在这里是吧？"环视了一下屋内，顾筱筱看了楚逸辰一眼，道，"是我自己住，不是和你一起。"

"想住多久都可以。"楚逸辰脱下衣服往沙发上一扔，径直走向厨房，打开冰箱看了看。

冰箱内已经装满了食材，还有顾筱筱喜欢吃的一些零食。满意地关上冰箱门，楚逸辰回身看她。

"你今天在这儿好好休息，我下午早点回来带你在附近转一转，明天去你学校那边走走。"

"我毕业了吗？学的什么专业？"顾筱筱有点在意地问。

"学渣还想毕业？你想得有点多啊。"楚逸辰嗤笑一声，朝着沙发走去，往上面随意一坐，调侃地说道。

"我怎么可能是学渣？你少骗我。"顾筱筱连忙也跟了过去，一屁股坐到他身边，歪头看着他认真地说道，"我小时候学习很好的！"

"小时候学习好的人多了去了，长大了没考上大学的也不在少数。"楚逸辰故意逗她，最后逗得顾筱筱有点慌了，他慢慢站了起来。

他话说到一半，让顾筱筱心里痒得很。见他起身，顾筱筱以为他是打算回公司去上班，没想到他却突然把她也拽了起来，让她一下子没站稳，扑进了他的怀里。

"我最喜欢你投怀送抱了。"附在顾筱筱的耳边，楚逸辰低声说道。

在顾筱筱抬手想要推开他的时候，他咬住她的耳垂，吸吮轻咬。

"楚逸辰！"

顾筱筱手忙脚乱地挣扎，最后不但没成功，反倒被他抱了起来。

他大步走向房间里面，没有上楼，直接进了客卧。

楚逸辰有些急躁地将顾筱筱放到床上，压了上去，带着一丝迫切，吻住她那娇艳欲滴的红唇。

她回来了。

虽然已经见到她有些日子了，可是在今天，这种感觉又一次强烈地冲击着楚逸辰的心脏，让他欣喜若狂。

好多人来问，记者拍到的那个女人是谁。

好多人怀疑，他是不是因为这几年思念她过度，而找了个和她容貌相似的女人。

"嗯……"顾筱筱不知道他怎么突然间就像是失控了一样，唇齿交缠，她呼吸不畅，身上的衣扣早已被他解开，就连内衣，都被扯得不成样子了。

嫩白的肌肤裸露在空气中，顾筱筱吓得身子瑟瑟发抖。

他埋在她的胸前，撩拨着她敏感的神经。顾筱筱浑身瘫软无力，就连叱责，都更像是呻吟。

"楚逸辰！你答应过我，不会对我做什么的！"顾筱筱指责的声音里带着一丝哭腔。

楚逸辰听在耳中，疼在心里。

"我什么时候说过这样的话？"抬起头来对上她的视线，他摇头否认，"我可不是那种会把自己的媳妇儿往外推的人。"

"你无赖！"

"我就是无赖，所以你今天别想跑。"

楚逸辰是认真的，都已经到了这一步，还让他怎么收手？

他修长的手指一路向下，探进了她的裙子里。顾筱筱急得耳朵都红了，却始终被他压制着。

头偏到一旁，顾筱筱吸了吸鼻子，眼泪顺颊而下。楚逸辰是最见不得她哭的，所以手上的动作不自觉地停了下来。

"你现在就这么讨厌我吗？"眉头轻皱，楚逸辰看着她的眼泪，心口发紧。

"就是讨厌你！"顾筱筱气不打一处来，瞪了他一眼，委屈地说道，"不想见你！"

楚逸辰呼吸一顿，有种无法言喻的挫败感。

"你怎么能把我忘得这么干净彻底……"收了手，楚逸辰叹了口气，小声道。

顾筱筱拳头一握，咬紧牙关不出声。

两人一坐一躺，彼此无言。过了好久，楚逸辰才回头看了她一眼，起身离开。

顾筱筱翻了个身趴在床上，在听到楚逸辰的脚步渐行渐远，以及外面的关门声后，忍不住哭出声来。

动作缓慢地将衣服重新穿好，顾筱筱站起身来，走出房间。

楼上楼下，空荡荡的，只有她一个人。

楚逸辰说过，她以前在这里住的时间最长，所以也可以说，这里到处都有她留下的痕迹。

顾筱筱四处看了看，书房内有很多她喜欢的书，衣帽间也挂着一些她的衣服，主卧室的床单和窗帘，都是她喜欢的颜色。

她努力地去想自己在这里生活时的样子，再想到楚逸辰临走前说的最后一句话："你怎么能把我忘得这么干净彻底……"

顾筱筱蹲下身子抱住了自己，她不想的，她真的不想这样的。

楚逸辰回到公司后有些后悔，他不该走的，说了那样的话后，怎么能把她一个人扔在家里？

他发现自己最近很难控制住情绪，以前顾筱筱再怎么闹脾气，他都能很平静地去哄，可是现在，他做不到。

楚逸辰很清楚，这不是一件好事，顾筱筱本就怕他，这样一来，更是让她难以亲近他。

363

到底应该怎么办？

楚逸辰看着桌子上的文件，完全没心思处理。

就在他左右为难的时候，有人给他打来电话，他低头一看，竟然是萧伊人。

楚逸辰目光一闪，接了起来。

寒暄了几句后，萧伊人犹豫地问道："怎么感觉你不太开心？她不是已经回来了吗？"

"你现在在B市？"楚逸辰不答反问，在听到对方的回答后，又问，"现在有时间吗？出来见一面。"

"现在？"

楚逸辰可是很少会主动约她见面的，而且还这么急。

"我在电视台这边，一个半小时后录制结束。"

"我去接你，有点问题想问你。"楚逸辰挂了电话，起身离开。

电话另一端的萧伊人一头雾水，不知道他找自己到底有什么事。

顾筱筱一个人闷在家里，不知该做些什么，于是就一直窝在书房，翻阅那些她感兴趣的书籍。

苏佐楠的电话，让她有种松了口气的感觉。问清楚他的地址后，她出门打车过去。

顾筱筱在接下这个工作之前，公司给了她很多三个艺人的资料，该做什么不该做什么，该说什么不该说什么，她都很清楚。但是接替她的人就不一样了。

顾筱筱并不怀疑对方的工作能力，中国有很多语言天才，会三国语言的不在少数。可是能在短暂的一两天时间里，就与三个难搞的艺人磨合好的，就很少了。

韩国的成员因为翻译偷拍他而大怒，说什么都要找顾筱筱回去。顾筱筱自然也乐意帮忙，因为忙碌能让她暂时忘掉那些不愉快的事情。

陪着他们在电视台录完节目，然后离开，顾筱筱坐在保姆车上，选了个靠窗的位置坐下，扭头看着窗外的景色。

一辆黑色宾利停在不远处，挺显眼的，而且车牌号也有点厉害。顾筱筱瞥见后，下意识地多看了两眼，结果心情就不好了。

萧伊人匆匆从电视台出来，顾筱筱瞬间就认出了她是谁。

"等下再开车！"听到车子启动的声音，顾筱筱条件反射地喊道，把司机给吓了一跳。

她目光紧紧地盯着萧伊人，看着她走到那辆车子旁，然后开门上车。

萧伊人长得很漂亮，又是明星，就算有人开着这种车子来接她，也不是什么稀奇的事情。或者说，这车子也完全有可能是她的，毕竟明星赚钱挺容易的，给自己买辆好车子，很正常。

但是，说不上为什么，顾筱筱就是觉得这辆车子是楚逸辰的。

女人的第六感在有些时候是很准的，所以当那辆车子从顾筱筱的身边缓缓驶过，她透过车窗看到里面的人后，立刻笑了。

顾筱筱这边的车窗是关着的，但楚逸辰那边的却是开着的，她看得到他，他却在专注地开着车子看着前方。

顾筱筱紧紧地握着拳头，指甲嵌进了肉里都浑然不知。

她回国来到底是为了什么？她现在有点不知道了。

用力地咬着唇角，顾筱筱隐忍着自己的情绪。其他人不知道发生了什么事情，但苏佐楠顺着她的视线看去，看到了那辆车子，也认出是楚逸辰的。

"没事吧？"来到顾筱筱身边，他小声问道。

"没事。"顾筱筱笑着回答，看向坐在前面还有些迷茫的司机，轻声说道，"大叔，可以开车了。"

忙碌了一天，晚上接到楚逸辰的电话，顾筱筱听到他的声音后，知道他已经回到公寓那边了。

"你在哪儿？"

"和同事一起工作。你不用等我，我不回那边住，他们已经帮我安排好了酒店。"

"我们不是已经说好了，你最近都住在这里的吗？"楚逸辰眉头一皱，没想到她还在生气，"你放心，我不会碰你的。你现在回来，我见到你以后马上就离开。"

"楚逸辰，我需要工作，我就是为了工作回来的，我不能把时间浪费在其他多余的事情上面。"

"你的意思是说，和我在一起是多余的事情？"

"你想这么理解的话也可以，总之我要工作。"顾筱筱无所谓地笑道，"我这边还有事，先挂了，拜。"

有点急迫地挂断了楚逸辰的电话，顾筱筱看了手机两秒后，直接关机。

反正除了他也没人会联系她，开机也没什么用处。

楚逸辰再打过去的时候，电话已经打不通了。懊恼地把手机扔在一边，他站在客厅里重重地叹了口气。

将近凌晨，顾筱筱等人回到酒店。想起楚逸辰下午去接萧伊人的画面，她莫名地觉得可笑。

男人都是这样的吗？吃着碗里的，看着锅里的。

如果她今天不是意外地出来，而是一直待在那个家里，是不是还发现不了他是这样的人？

甜言蜜语说得好，可做的却是另一套，顾筱筱很不喜欢这样的人。

他说他等了她三年，找了她三年，她以为他是个深情的男人，以为自己失忆了离开了，对他来说是很不公平的，所以她愿意努力试着去接受他。但现在顾筱筱觉得，她只是自作多情而已。

像楚逸辰这种男人，身边是不可能缺女人的。三年了，一千多个日日夜夜，她究竟还在奢望着什么？

护照、证件都在楚逸辰那里，顾筱筱已经可以想象到，当自己要离开时，想从他手上要回这些东西会是多么困难的一件事。

强迫自己不去想楚逸辰的事情，顾筱筱进浴室冲了个澡，结果出来的时候，就听见有人按门铃。

蹙眉走到门口，顺着门镜往外看了看，在看到是谁后，她翻了个白眼，装作自己不在。

阴魂不散的男人，真是讨厌。

顾筱筱以为自己不搭理他，他过一会儿就会离开，可她万万没想到，楚逸辰手上竟有她房间的门卡。

房门被打开，把裹着浴巾还没换衣服的顾筱筱给吓了个半死。

"你……你出去！"惶恐地看着门口的男人，顾筱筱愤怒地说道。

楚逸辰瞥了她一眼，把房门反锁，大步走到床前，看到床上的手机，拿了起来。

顾筱筱没穿衣服，不敢和他离得太近。不过手机有锁屏密码，她谅他也打不开，便站得远远的和他说话。

楚逸辰拿着手机，随便输了个密码，就把手机打开了。

他心中一暖，因为密码是他的生日。顾筱筱以前的手机密码也是这个。

楚逸辰抬眸瞥了顾筱筱一眼，对方还不知道他已经把手机打开了。他看了眼通话设置，果不其然，这小东西把自己给拉黑了。

将自己的号码解放出来，楚逸辰一步步朝她走去。

顾筱筱步步往后，退到无路可退后，恼了："楚逸辰你到底想干什么？我不想见你，我的话说得还不够明白吗？！"

"你现在除了说这种话外，就没有别的话想和我说了吗？"

没有！

话已经到了嘴边，但是她聪明地没有说出来。

楚逸辰在生气，虽然顾筱筱不知道他究竟在气什么，但是她很确定，他在生气。

不能惹火他，不然自己今晚的下场一定很惨。顾筱筱咽了咽口水，胆怯地看着身前的人，鼓起勇气开了口："我来'大姨妈'了！你不要惹我！"

楚逸辰怔了一下，真是没想到她会找这么个借口。

"你去那边等一下，我要换衣服。"

知道她是在骗自己，不过楚逸辰还是听话地转过身去。

顾筱筱提心吊胆地换好了衣服，看着他的背影，真想拿点什么东西把他敲晕。

"你大晚上的跑过来，想说什么？"出声询问，顾筱筱戒备地看着他。

"还在为白天的事情生气？"

"没有。"顾筱筱摇了摇头，"我没有那么小气，我不气了。"

"那你为什么不回家，跑到这种地方来？"

"因为我要工作，和他们住在一起比较方便。我真的好累，我的脚都磨……"

"我看看。"

她的话还没说完，楚逸辰就走了过来。顾筱筱还没反应过来，人已经被他推着坐到了床上。

看着她被磨破的脚，楚逸辰眉头紧皱。

他心疼自己的样子，让顾筱筱心中阵阵刺痛。

他一定要把戏演得这么逼真吗？这里没有外人，他要演给谁看？骗自己留在中国，对他又有什么好处？

"楚逸辰，你能让我冷静两天吗？"告诉自己不要再去看他的脸，顾筱筱深吸一口气，低声开口，"我脑子有点乱，最近一段时间都是和你以及孩子一起，我想让自己沉淀一下，好好整理自己的想法。"

"两天？"

"两天。"顾筱筱点头，"两天就够了。两天后你来找我，我绝对不跑。"

两天时间并不长，所以楚逸辰想了一下，就答应了她。

终于把楚逸辰弄走，顾筱筱赶紧把门牢牢地锁住，又搬了把凳子堵在门口，这才安心。

躺到床上，她目光无神地看着天花板。

脑海里总是不由自主地浮现出楚逸辰和萧伊人在一起的画面，就这样一夜无眠，顾筱筱觉得自己最近睡眠状况越来越差了。

第二天早上六点，她爬了起来去冲了个冷水澡，无比清醒地下楼吃了早餐，然后去和苏佐楠他们会合。

卡其色的休闲裤，白色的T恤和鞋子，头发束成马尾，背着双肩包。顾筱筱只要不穿正装，怎么看怎么像个学生。

三个艺人今天要去杂志社拍些照片，还要接受采访，所以她这个翻译的存在就格外重要。

苏佐楠和其他两人不同，他很清楚顾筱筱的身份，以及她在B市的影响力，所以他并不希望顾筱筱走这一趟。

"你别跟着过去了，杂志社那些人都认识你，到时不好解释的。"走到顾筱筱面前，他低声说道。

"怎么不好解释？楚逸辰不是艺星娱乐的股东吗？我身为他的妻子，视察视察工作怎么了？顺便帮帮你们的忙，不是也显得我们和旗下艺人的关系好吗？"

顾筱筱早就想好了说辞，听得苏佐楠目瞪口呆。

"你干吗这么看着我？这么说行不通吗？"

"你以前是想不出这种法子的。"

"人总是会变的啊。"顾筱筱无所谓地一笑，"长大了总会变得圆滑一些，我喜欢现在的自己。好了，你去准备一下吧，我下楼等你们。"

和苏佐楠说完，顾筱筱率先坐到车上。十几分钟后，大家一起出发，前往摄影棚进行拍摄。

就如苏佐楠所担心的那样，顾筱筱才刚一到地方，就被人认出来了。

媒体最近才刚刚放出她的照片，很多人都在暗中议论她和楚逸辰的婚姻关系，今天见她过来，更是好奇得不得了。

顾筱筱无视那些视线，埋头工作。

"筱筱？"

身后有人在叫她，顾筱筱顺着声音看去，是一个不认识的男子。

安承朗已经从好几个人的口中听到顾筱筱回来的消息，给楚逸辰打电话问是怎么回事，他又说得不够详细。所以在得知顾筱筱和苏佐楠他们在一起后，他就马上赶了过来一探究竟。

"真的是你。"目光有些复杂地看着眼前的人，安承朗觉得头皮发麻。

顾筱筱不认得他是谁，但身边的工作人员有过来拍马屁奉承的，一口一个"安总"，顾筱筱想了想，也就猜出了他的身份。

看了眼苏佐楠他们那边，三个大男人正风骚地摆着各种姿势，暂时不需要帮忙，于是她转过身子，冲着安承朗浅浅一笑，小声说道："去那边聊吧。"

走到偏僻无人的地方，顾筱筱主动问他："是楚逸辰让你来的吗？"

"逸辰？不，我没告诉他过来见你的事。"

"哦。"顾筱筱点了点头，"那你找我……是有什么事吗？"

"太久没见你，想你了呗。"安承朗调侃地一笑，提议道，"出去喝杯咖啡吹吹风吧？这里面有点闷。"

顾筱筱跟着安承朗出去，旁边就是咖啡厅，离得很近。

安承朗一直在暗暗观察顾筱筱的举动，面对面地看着她，还是觉得好神奇。

"你是想和我说什么吗？"顾筱筱喝了口咖啡，主动问道。

见安承朗摇了摇头，她一脸的不相信。

"我真的只是想见见你而已，我们以前关系不错的，知道你回来了，当然要来见一见。"

楚筱郗和安承朗说过一些关于顾筱筱现在的情况，所以他知道她完全不记得他们的事。

"今天忙完，要不要出来吃个饭？"

"吃饭？你和我？"顾筱筱笑着看他，"这就免了吧，和你吃饭还不如和楚筱郗一起吃饭，我可不想再被卷进什么风口浪尖的新闻里。"

不管安承朗说什么，顾筱筱都是有话去拒绝的。跟她聊了一会儿，安承朗也算是能明白楚逸辰现在复杂的心情了。

　　一切回到原点，甚至比最初的情况还要糟糕。顾筱筱对楚逸辰没有感情，对他们没有感情。所以楚逸辰能利用到的，就只有那两个孩子。

　　楚逸辰已经通知了沈千云他们，最迟后天，沈千云就会从美国回来。而广州那边的人，在看到新闻报道后也已经到了B市，只不过他们没机会见顾筱筱而已。因为就连楚明远、姚慕青他们，现在还没有和顾筱筱见过面呢。

　　"我差不多该回去了。"喝下杯中的咖啡，顾筱筱微笑着起身，"谢谢你，改天有时间我请你。"

　　"去吧，我也得走了，公司还有事情要处理。"安承朗挥了挥手，目送她离开。

　　等她走出咖啡厅后，安承朗给楚逸辰打了个电话。

　　忙忙碌碌又是一天，顾筱筱晚上七点半回到酒店，冲了个澡后，就躺在床上发呆。

　　还有明天一天的时间，就又要见楚逸辰了。要怎么说才能让他死心呢？挑明了吗？毕竟他已经有女朋友了，自己让位，对他们两个来说是好事一件。

　　自从楚逸辰把顾筱筱惹生气后，一晃的工夫，就到了两天之约。

　　楚逸辰刚想给顾筱筱打电话，办公室的门就被敲响了。他看着走进来的人，问道："查到了？"

　　"查到一些，时间太久，很多资料都已经销毁了。"韩奕走到桌前，把文件夹递给他，"当年的法医已经辞职不干了，我现在在派人找她的行踪。不过我看了这些存下来的证据，都没有破绽。想从这上面下手，恐怕是查不出什么的。"

　　楚逸辰自从回国之后，就一直在暗中调查当年的案件。

　　想也知道，这事儿不是那么容易能查清的。那人既然在三年前就能做得天衣无缝，骗过他们所有人的眼睛，就说明他有一定的手段。

　　楚逸辰在发现顾筱筱以后，曾怀疑这件事是凌千羽做的，但是后来发现不对，因为凌千羽那时是处于被监禁的状态，一直到现在，她都没有被放出来。

　　除了凌千羽以外，还有谁会做这种事？

　　楚逸辰想到了白沫儿。他不知道自己为何会有这样的想法，但他的的确确就是想到了白沫儿。

　　"先去找那个法医，剩下的事情以后再说。"楚逸辰看了两眼韩奕带来的资料后，冷冷地出声。

　　韩奕点了点头，然后说道："什么时候带筱筱出来见一面？子恒那边已经吵得不行了。"

　　"再说吧，我还没带她回家呢。"楚逸辰也很伤神，"我现在拿她一点办法都没有，她不想见，我就不敢逼她。"

"你小子也有今天啊。"韩奕看着他一脸无奈的样子，忍不住笑了，"慢慢来吧，反正人找回来了，以后时间多的是。"

"也只能如此了。"

楚逸辰和他聊了会儿天，等他走后，联络顾筱筱。

两人约了时间，见面后，顾筱筱本以为他会急着要自己的答复，不料他却说："等下我们去机场。"

"去那儿干吗？"

"接机。今天接的人，你会想要见的。"

楚逸辰说得神秘兮兮的，不管顾筱筱怎么问，都不肯告诉她要接的人是谁。

车子飞快地行驶在马路上，一个半小时后，抵达机场。

顾筱筱站在楚逸辰身边，时不时地瞄他两眼，莫名地有点紧张。

"楚逸辰……"

"嗯？"楚逸辰偏头看她，"怎么了？"

"你今天要接的人，我认识吗？"

"认识。"

只是还记不得，就是另一回事了。

听到楚逸辰这么说，顾筱筱开始不安。

漫长的等待，是一种煎熬。她的视线不断地落在来来往往的行人身上，努力地去找去猜测，想知道哪一个才是她今天要见的人。

"来了。"楚逸辰低声开口。

顾筱筱身子一僵，扭头看向他，然后顺着他的视线看了过去。

几米开外的地方，缓缓走来一位老人。她一头银色鬓发，穿着蓝底黑花的旗袍，身上散发着婉约脱俗的气质。

她……是谁？

顾筱筱屏住呼吸，心痛无比，眨了眨眼睛，惊讶地发现自己竟然哭了。

眼泪不由自主地就往下掉，连她自己都不知道是为什么。

沈千云站在原地停顿了十几秒后，加快脚步走到了顾筱筱面前，一把将她抱住，并捶打了两下她的后背，泣不成声地说道："你这丫头，跑到哪儿去了？连个招呼也不和家里打！你知不知道我们都要担心死了！"

顾筱筱身子僵硬，然后慢慢抬起手，回抱住了她。

"对不起……"小声地开口，顾筱筱喃喃自语道，"对不起，我也不想的……"

看到沈千云哭，顾筱筱心里真的好难过。她究竟都忘记了什么？为什么感觉如此熟悉的人，却在她的脑海里没有留下一丝一毫的痕迹？

沈千云抱了顾筱筱好一会儿，才缓缓放开她，细细地打量她的眉目，擦了擦眼泪："回来了就好。这回我一定要把你看住，哪儿都不让你去！"

顾筱筱吸了吸鼻子，勉强一笑。

沈千云牢牢地拉住她的手，好像真的怕她会随时消失一样。

两人站在原地又说了会儿话，等顾然等人也出现后，一起离开机场，乘车离开。

坐在车上，顾筱筱忐忑不安。她知道自己今天可能要面临许多。楚逸辰开车前往的目的地是哪里，顾筱筱没问，也不敢问。但她多多少少能猜到一些。

楚逸辰开着车，偶尔打量一下坐在后方的顾筱筱的神情。开到一半的时候，他有点心疼地说道："姥姥，要不然我们今天先到金融公寓那边去住吧？"

"不用。"顾筱筱清声开口，"该去什么地方就去什么地方。"

有什么需要让她知道的，就在这一天全都告诉她好了。有些事逃也逃不掉，既然早晚都要面对，那就择日不如撞日吧。

车子驶回楚家老宅，姚慕青、楚明远等人全都在家，看到顾筱筱后，情绪都有些激动。

顾筱筱坐在沙发上，被一群人围绕着。说实话，她是不适应的。

她这几年一直是一个人生活，忽然间多了这么多家人，她不知该如何应对。

染染一直坐在她的腿上，靠在她的怀里，表情有些茫然地看着身边这些人，不知道他们今天都是怎么回事，怎么都变成像自己一样的爱哭鬼了？

大家都知道顾筱筱失忆的事情，所以并不去刺激她。虽然心酸，可毕竟人回来了，就是好的。

吃了些东西，顾筱筱就被带回了房间。沈千云一直在问她这几年发生的事情，想知道她去了哪里，做了些什么，过得好不好。

顾筱筱把自己能回答的，全都答了。她自然不会让沈千云知道自己的真实生活，所以谎话也说了不少。

"姥姥……"顾筱筱叫着沈千云，这种感觉真的是怪怪的，"您累不累？要不躺下休息一会儿？"

"不累。"沈千云摇了摇头，目不转睛地盯着她看，"我就想多看看你，多和你说说话。"

"我人在这里，又不会丢，睡醒了再看我也不迟呀。"

沈千云还是摇头，眼前的顾筱筱对她来说，就像是一场梦一样，她真的怕自己一觉醒来，人就不见了。

在沈千云的房间待了一个多小时，顾筱筱才离开。沈千云相当疲惫，在得知顾筱筱还活着的消息后，她已经几十个小时没睡觉了。对于她这个年纪的老人来讲，这是一件很煎熬的事。

关上房门，顾筱筱低头看着地面。直到楼下有人上来，她听到了脚步声，才抬起头来。

上楼的人是姚慕青，和顾筱筱四目相对，她眼底闪烁着泪光。

371

顾筱筱冲她微微一笑，迈步走了过去，小声说道："对不起，让你们担心了。"

"傻孩子，说什么对不起。"伸手摸了摸顾筱筱清瘦的脸，姚慕青摇头哽咽，"该说对不起的人是我们才对。你回来了就好，放心，以后不会再发生这种事了。"

当年车祸的蹊跷，所有人都已经意识到了。不光楚逸辰愤怒，楚家的其他人，心头的怒火也是蹿得老高。

顾筱筱出车祸这件事，不查个水落石出，他们肯定是不会善罢甘休的。

见了好多人，说了好多话，顾筱筱最后回到自己房间时，整个身子都有些发软。

坐在床上，她抱着双膝看着窗外发呆。楚逸辰进来的时候，她并没有转头看过去。

迈步走过去，楚逸辰看着她脸上的泪痕，刮了刮她的鼻子。

"我把你忘得这么彻底，你不恨我吗？"仰头看着他，顾筱筱低声问道。

"我把你们所有人都忘记了……你们为什么不骂我？"下巴抵在膝盖上，她泪光隐现，"我不想忘的，可是我真的想不起来。"

每次只要她努力去回想以前发生了什么，就会头痛欲裂。当初在日本见到楚逸辰时，那种贯穿百骸的恐惧感，以及后来的痛彻心扉，现在还让顾筱筱心有余悸。

"想不起来就不要想了。"侧着身子坐下，楚逸辰将她抱过来，"只要你在，以前的事情记不记得都无所谓了。"

记忆可以再造，但是人，只有一个。

顾筱筱摇了摇头，知道自己忘记的一定都是些特别重要的事情。

楚逸辰今天这招真的挺狠的，如果说只是面对他的话，她狠狠心还可以离开这里，可是看着沈千云，她真的不忍心。

"楚逸辰……"垂着头，顾筱筱忽然叫了他的名字，"帮帮我……"细小的声音，带着一丝胆怯。

楚逸辰心头一紧，握住她冰凉的手："办法总会有的，耐心一点，我们大家都会帮你的。"

顾筱筱沉默不语，思绪万千。

她这几年受的罪到底是为了什么？她越发想不通了。

身子一歪，顾筱筱把身体的全部重量都压在楚逸辰的身上。她的主动让楚逸辰心中欣喜，但也不敢得意忘形。

沈千云回来了，楚云飞那边也很快赶了过来。

儿童房，顾筱筱正陪着两个孩子看书，楚筱郗来敲门，笑着开口："筱筱，出来一下。"

"怎么了？"顾筱筱起身走了过去，疑惑地问道，"神秘兮兮的，想说什么？"

"下楼见个人。"

见个人？这家里头还有什么人是她没见到的？

顾筱筱狐疑地点了点头，说了声好。

然后，楚筱都把楚慕谦、楚慕染两个也叫了出来："太爷爷来了，在楼下，你们快去和他打招呼。"

两个孩子听到这话，马上撒欢地跑向楼下。

顾筱筱慢吞吞地走在楚筱都身边，在想她刚才的那句话。

太爷爷，那岂不是楚逸辰的爷爷？

今天见到的人，可真是全啊……

"筱筱，等下见到爷爷你别怕，我跟你讲，他就是只纸老虎，他要是跟你瞪眼睛，你也和他瞪，明白吗？"

"这样不行吧？"

"没事儿，爷爷以前最听你的话了，只有你能把他哄住，他不会把你怎么样的。"

两人一边说着话，一边往楼梯口走去。还没下楼，顾筱筱就听到有人在骂楚逸辰。

停下脚步站在拐角处听了一下，她目瞪口呆。

这谁啊？楚逸辰的爷爷？

"丫头人呢？还不去给我叫下来！"

楚云飞的一声厉喝，吓得顾筱筱身子一抖，条件反射地迈步往前，走了出去："我、我在这儿……"

看向沙发那边，顾筱筱终于看到了说话的人。

楚云飞正站在那儿，不高兴地和楚逸辰对视。听到顾筱筱的声音，他马上回头，在看到站在楼梯口的人后，双眼瞬间睁大。

顾筱筱被他看得有点头皮发麻，有点怕，可还是得过去。

她还没见过这么有气势的老人家，再加上听到他刚刚骂楚逸辰的那些话，更是已经把他列在危险人物的名单里了。

楚云飞看了她几眼后，眼神很快就发生了变化。

"我之前说什么来着？我就说丫头不可能死！哈哈哈。"大笑着看向顾筱筱，楚云飞别提有多开心了，绕着顾筱筱转了一圈，然后他又看向楚逸辰，"没用的东西，找了三年才把人找回来！废物！"

楚逸辰被骂得眉头直皱，看得出来他心有不快，但是没说。

顾筱筱胆战心惊，若是可以的话，她真是不想和这两个人站在一起……

"那个，爷、爷爷。"小心翼翼地看向楚云飞，顾筱筱生怕他再骂出什么更难听的话，于是便劝道，"您别骂他了。"

一听这话，楚逸辰嘴角上扬。

果然是他老婆，就算忘了他，也还是站在他这边帮他说话的。

楚云飞眉毛一挑，冷笑一声："呵，好啊，我不骂他，那我骂你！"

"别，别啊。"顾筱筱缩了缩脖子，"那您还是骂他吧。"

373

顾筱筱可不想被骂，光是站在这里和他说话，她都怕得要命，要是再被骂的话，说不定真会没出息地哭出来呢。

马上改口，顾筱筱瞥了眼楚逸辰嘴角僵硬的笑容，往楚云飞那边挪了挪。

她这反应倒是让楚云飞颇为满意。

骂归骂，楚云飞的高兴可不是假的。见到顾筱筱后，他整个人安心了不少。长叹一口气，一屁股坐到沙发上，楚云飞想了想，对楚逸辰说："你大哥最近都在忙什么？"

"不大清楚，有些日子没和他联系了。"

瞪了他一眼，楚云飞也料到了会是这样的答案。

"今天晚了，明天给他打个电话，让他回来。"天都已经黑了，楚云飞折腾了一天，也有点累，"先带丫头上去吧，有什么事明天再说。"

顾筱筱被允许离开，不由得暗暗松了口气。回楼上的时候，她总是忍不住回头张望。等上了楼后，她才和身边的楚筱郗说："好像……你说得也挺对的。"

"什么对？"楚筱郗有点蒙。

"纸老虎……"

"啊，哈哈哈，对对，就是纸老虎。"

回到楼上哄两个孩子睡着后，顾筱筱捧着故事书，瘫坐在地毯上。

昨晚只睡了三个多小时，今天又见了这么多人，她真是身心疲惫。

楚逸辰来找她的时候，她正靠着床坐在地上，低头认认真真地看着《格林童话》，见到楚逸辰走近，不好意思地把书藏在了身后，尴尬地笑了笑。

"时候不早了，该回去休息了。"俯身把人拽了起来，楚逸辰又看了看床上的两个小家伙。今天虽然没带他们出去玩，可是家里忽然间回来了这么多人，他们简直是兴奋得不得了。

"我必须得和你一个房间睡吗？"

"你必须得和我一个房间睡。"

顾筱筱虽然跟着他回来了，但是要从此和他睡在一个房间，她真的还没这么快能适应。

顾筱筱打量着陌生的房间，龟速朝着床边走去。楚逸辰长臂一伸，轻轻一拉，顾筱筱就随着他的力道躺在了床上。

"聊会儿天。"

"你想聊什么？说吧。"顾筱筱翻了个身，坐起来看他。

"你觉得我和龙崎拓海相比，谁更有吸引力？"

"你问这个干什么？"顾筱筱垂下眼帘，不答反问。

"好奇，想知道在你心里，谁更重要一些。"楚逸辰风轻云淡地笑道，"不用怕，你说什么我都接受。"

"你们两个都不是什么好人。"顾筱筱憋了半天，憋出这么一句话，"但是我认识他的时间要久一点，而你，我并不了解。"

"不了解就敢说我不是什么好人，胆子倒是不小。"楚逸辰不恼不怒，反而对顾筱筱的坦白有点开心，"你喜欢他吗？"

"你什么意思？"

"我比他好很多的。"楚逸辰还是刚刚那副模样，似笑非笑的神情，看得顾筱筱发慌。

往顾筱筱的身前凑了凑，楚逸辰的笑容变得有点讨好："你跟着我，不会吃亏。"

"那你呢？我和萧伊人在你心里，哪个更重要？"

"你对萧伊人似乎很在意？"楚逸辰意味深长地笑看着她问道。

"我就是很在意。"顾筱筱很诚实地道。

而她的这份诚实，让楚逸辰很高兴："那我以后不会再见她了。"

脱衣服上床，楚逸辰抱住顾筱筱，满足地闭上眼睛。

顾筱筱以前也会吃醋，那会儿是吃凌千羽的醋，但表现不会像现在这样明显，态度也不会这样直接。

"想不想知道我为什么会认识萧伊人？"夜深人静，楚逸辰低声问道。

"我对你们两个的事情，不感兴趣。"顾筱筱嘴硬地回道，"一个是大总裁，一个是大明星，不管是怎么认识的，都不奇怪。"

想起他私下去接萧伊人的事，顾筱筱心中发堵。

"我认识她的时候，她还是个跑龙套的小演员。"

"那就是楚总你慧眼识英才咯，有什么奇怪的，你不是一向很有投资眼光吗？"顾筱筱撇了撇嘴，随口应付。

"这点我倒是不否认，你老公一直以来都是很会赚钱的。"

"楚逸辰，你一直都是这么自己夸自己吗？"顾筱筱觉得有点不可思议，她可不好意思这么厚脸皮地形容自己。

面对顾筱筱的调侃，楚逸辰微微一笑。

其实，他认识萧伊人的过程真的很简单，原因也很简单。

当初他去片场找安承朗，在偏僻的角落里，看到萧伊人一个人蹲在那里小心翼翼地哭，那种孤立无援的感觉，消瘦的身影和委屈的表情，真的和顾筱筱很像。而那时，顾筱筱已经离开快一年了。

当天有萧伊人的几场戏，她在几个剧组不停地跑，或是演龙套，或是给别人当替身，但工作态度一直很严谨。

顾筱筱当初也是这样，她在刚进风扬集团的时候，也被人当成跑腿的使唤了很久，有时在公司加班到晚上十点多才回家，有时在家里熬夜到凌晨两三点。那些点点滴滴，全都记在楚逸辰的脑海里。

不是所有刚踏入社会，或者某个行业的新人都会有这种拼劲，也不是所有人都能坚持下去。所以，在楚逸辰隔了几个月再次见到萧伊人的时候，他帮了她。

　　机会是留给有准备的人的，有楚逸辰安排的角色，再加上萧伊人自己的努力，她的名字渐渐开始被人记起提起。

　　而那时，安承朗因为楚逸辰主动和自己提到萧伊人，让自己给萧伊人安排戏，也误会他是看上了萧伊人，所以就自作主张地安排了饭局介绍他们两个见面。

　　也是从那场饭局开始，有些鼻子比狗还要灵敏的八卦记者，盯上了他们。

第17章

"有的时候，她给人的感觉真的和你很像。"楚逸辰叹道。

顾筱筱眉头一蹙。没有女人会喜欢别人和自己雷同，她亦是如此。

"但是筱筱，我还没有糊涂到分不清，和她见面到底是因为我喜欢她，还是因为我想从她身上找到你的痕迹，给自己一点慰藉。"

楚逸辰话锋一转，顾筱筱的心也随之一颤。

"你不在的日子，真的挺难熬的。"

"我困了，睡了。"扯了扯身上的被子，顾筱筱低声开口。

胳膊收紧，楚逸辰抱着她，神情凝重："不要怀疑我对你的爱，除了你我谁都不会要。"

一股暖流从心底缓缓流过，顾筱筱抿了抿红唇没再说什么。不知不觉中沉睡，等她醒来，发现才早上六点多。

楚逸辰睡得还很沉。顾筱筱趁着他熟睡的时机，认真仔细地看了他一会儿，然后小心翼翼地起身，洗漱之后，走出房间来到两个孩子的卧室。

楚慕谦已经醒了，正坐在床上研究着自己穿衣服，可惜穿得不太对，上衣都穿反了。看到顾筱筱来了，他嗖的一下站了起来，炫耀地指了指身上的衣服说："妈妈，我穿的！"

"宝宝真棒，"顾筱筱走过去蹲下身亲了亲他，也没说他上衣穿得不对的事情，"不过这套衣服我们昨天穿过了，今天换新衣服穿，让太姥姥和太爷爷他们看看好不好？"

"好！"楚慕谦双眼放光地点头，顺从地让顾筱筱帮他脱下身上的衣服、裤子，等顾筱筱拿来新衣服后，又自告奋勇地自己穿。

两人说话间，染染也醒了。帮他们穿好衣服后，顾筱筱被拉着去叫楚逸辰起床。

看着床上慵懒起身的人，楚慕谦忽然扯了扯顾筱筱的衣服，语出惊人地道："妈妈，和爸爸亲亲。"

"啊？"顾筱筱石化，以为是自己听错了。

而楚逸辰也很明显地怔了一下，看向他。

"亲亲，电视上说的，亲亲就能一直在一起。妈妈和我们亲亲了，也要和爸爸亲亲。"

楚逸辰嘴角上扬，没想到他儿子真是打得一手好助攻。这样一来，他也不是那么嫌弃这小浑蛋了。

"楚逸辰，"顾筱筱听到他的脚步声靠近，站起身来蹙眉问道，"你给他们看的都是什么电视啊？！"

"有益于身心健康的好节目。"楚逸辰说着话，顺势低下头在她嘴上啄了一口，然后看向两个眼睛睁得圆圆的小东西，问，"这样可以了吗？"

要是不可以的话，他不介意再来一次。

"嗯！可以了！"楚慕谦满意地点头，拉着面红耳赤的顾筱筱，往门外走去。

吃了饭楚逸辰就去公司了，顾筱筱陪沈千云他们说了会儿话后，被楚筱郗拉着出门，带着孩子去游乐园玩。

沈千云和楚云飞昨天才到B市，自己今天就跑出来，顾筱筱怎么想怎么觉得自己不懂事。

"宝贝儿，怎么了？"看着顾筱筱有点不开心的样子，楚筱郗担心地问道。

顾筱筱如实回答。

楚筱郗不着痕迹地蹙了蹙眉头，要是顾筱筱知道，自己今天就是听了家里人的安排，特意带她出来，不让她留在家里的话，不知道她会怎么想。

白家那边的人今天执意要来家里看她，顾筱筱这几年不在，白家和楚家的关系完全不见好转，反而越来越僵。自从得知筱筱没有死的消息后，白家的人就来了B市，一直想见顾筱筱。但不管是楚云飞还是楚逸辰，或者是沈千云，都不希望顾筱筱和他们接触。

楚逸辰这么做是有自己的原因，而楚云飞和沈千云，则是很直白地就是不希望顾筱筱和白家有任何联系。

"你啊，就不要胡思乱想了，他们都了解你是什么样的人，而且今天是我主动拉着你出来的，你担心什么呀？我跟你说，你要是整天憋在家里，那他们才会怕呢，怕你无聊，怕你拘谨。以前咱们两个凑在一起就是这个样子的。"

听了楚筱郗的解释，顾筱筱心里舒坦了一些，可还是觉得自己做得不对："明天不要出来了，我想在家里陪他们。"

"好好好，明天待在家里！"

开车回到老宅时，已经晚上九点多了，三个孩子都累得睡着了，顾筱筱、楚筱郗两人也有些疲倦。

车子开到大门口停下，大铁门缓缓地打开，楚筱郗随便看了眼窗外，然后就看到不远处停着一辆车，车里跑出来一个人。

不是吧？！

楚筱郗惊讶不已，不敢相信自己的眼睛。

白沫儿跑到这边的时候，已经喘得不行。而她的身后，则是跟着白子洛。

白子洛是禁不住她闹，无奈之下带她过来的，看着她打开车门就跑的举动，心都提到了嗓子眼。

白沫儿猛咳不止，不用楚筱郗说什么，顾筱筱也察觉到了窗外的不对劲。

"姐姐？姐姐是你吗？！"清亮的女声从车门外传来。

顾筱筱愣了一下后，看向楚筱郗："是来找你的吗？"

"啊，是。"楚筱郗尴尬地扯了扯嘴角，打开车门下车，把白沫儿拽到了稍远一些的地方。

白沫儿挣扎着要往车子这边走，从顾筱筱的角度看，两人就像在吵架似的。

顾筱筱有点担心地下车。她的出现引来那边几人的注意，白子洛和白沫儿顺势看了过来，然后都不由自主地愣住了。

昏暗的路灯，并不耽误顾筱筱看清楚那两人的容貌。脚步一顿，停在了原地，她定定地看着白沫儿，心里有种说不出来的感觉。

"姐姐！"白沫儿一见到她，马上停止和楚筱郗的纠缠，朝她冲了过来。

顾筱筱听着她对自己的称呼，看着她热情的举动，蹙了蹙眉头。

身子毫无防备地被抱住，顾筱筱垂眸看着她，眉目清冷。

"姐姐，你没事真是太好了！"白沫儿仰头看着她，声音里带着一丝哭腔地说道。

顾筱筱看向她后方的楚筱郗，无声地询问这是怎么回事。

姐姐？

她还有个妹妹？怎么没听人提起过？

"他们都不让我见你，姐姐我好想你！"白沫儿不高兴地和顾筱筱诉苦。

可惜的是，顾筱筱却一点儿反应都没有。

"能先放开我吗？"在白沫儿的期待下，顾筱筱终于开了口，"你抱得我不舒服。"

"姐……姐？"白沫儿狐疑地看着她，动作僵硬地一点点松开了手。

而这时，楚筱郗则是走了过来，顺势挡在了顾筱筱的前面。

"行了，你们见也见到了，该回去了。"楚筱郗说着话，看向白子洛，"孩子还在车上睡觉，你先带她走吧。"

白子洛看了看她和顾筱筱两个人，感觉有点不对劲，尤其是顾筱筱看向他们的眼神，很值得深思。

顾筱筱转身和楚筱都离开。

白子洛拉住紧追不舍的白沫儿，低声警告："你没听到吗？车里面有孩子在睡觉，别闹了。"

"筱筱姐是不是生我的气了？她为什么不理我？"

"可能是太久没见到你的关系。走吧，你今天的愿望已经达成了，要是被爸发现我们偷跑来这里，会生气的。"

白沫儿被白子洛一半强制一半哄骗地带回了车上。

顾筱筱见他们走远，才低声问楚筱都："那两个人是谁？"

"白家的，你不用理会。"楚筱都启动车子，轻声回答。

"一口一个'姐姐'叫得那么自然，你说让我不在意、不理会，可能吗？"想起那两个人，顾筱筱心里并不痛快。

楚筱都看了她一眼，长叹一口气。该来的总归要来，该她知道的，她也总是要知道的。

"算是你妹妹吧，同父异母的。"

楚筱都的话，让顾筱筱整个身子都僵住了。

她还有这样关系的亲戚？

"阿姨早些年就已经过世，姥姥和爷爷，跟白家那边的关系不大好，所以今天这件事别告诉他们。"

"嗯，知道了。"顾筱筱点了点头，没再追问，可心里却在琢磨是怎么回事。

沈千云和白家的关系不好，她的母亲又早已过世，这两件事，怎么看怎么觉得是有些关联的……

回到家，躺在床上，顾筱筱依旧在想这件事情。

楚逸辰发现她的异样，目光微转，为转移她的注意力，到她身边躺下，动手动脚地耍流氓。

"你个疯子，别闹！"顾筱筱手忙脚乱地把他推开，蹙眉拒绝道。

"在想什么？"望着她的双眼，楚逸辰低声问道。

"在想怎么做才能成功和你分居。"

楚逸辰轻笑一声，扯了扯她的衣服，看着她白皙肩膀上的伤痕，幽幽地说道："在日本的时候你曾经问过我，你受伤的时候我在哪里。你一定不记得这伤是怎么来的了吧？"

顾筱筱喉咙一紧，看着他说话的样子，忽然有点后悔自己曾经说出那样的话。

"这一枪，是你当初去英国出差的时候，在机场遇上动乱，意外中枪。当时我人在家里，不在你身边。"

"还有这一枪。"楚逸辰拉起她的睡裙，手指轻轻点在她大腿的某一处，"也不记得了吧？"

"怎么可能会记得。"顾筱筱心情复杂地摇了摇头，小声回答。

天知道当初她在日本醒来，什么都不记得了，却发现自己身上有枪伤痕迹的时候，是什么样的一种心情。

当时她想，她不是什么好人吧？不然怎么会被打了两枪？

不过她的命也是大，两枪竟然都没打到致命的地方，她还活蹦乱跳地活着。

"这一枪是你被绑架的时候，在我面前被打的，是我眼睁睁地看着你被打的。"

楚逸辰低沉的声音，让顾筱筱的心没来由地疼了起来。耳边是他温热的呼吸，她咽了咽唾液，深吸一口气，问："我身上还有什么其他的伤吗？我不知道的。"

"这里。"他的手缓缓滑过她的腰间，停在她背上一个她自己看不到的地方，"有一块浅色的胎记。"

顾筱筱脸一红，嗖的一下把他推开，对上他似笑非笑的神情，心情有点烦躁。

"明天上午跟我去个地方，带你见个人。"重新把她拉入怀中，楚逸辰说着计划，"是个女人，不要吃醋。"

"干吗？要带我去见萧伊人？"

"原来你这么在意她。我以后不会再和她见面了。"咬了一口她的耳朵，楚逸辰保证。

他在找到顾筱筱回国之后就联系了苏浅，两人已经很久没见过面了，至少有半年时间。

苏浅之前当过顾筱筱的心理医生，对顾筱筱的一些情况还是比较了解的。楚逸辰和她讲了一下顾筱筱现在的状况，苏浅觉得事情有些难办，便提出想见顾筱筱一面。

第二天，两人抵达苏浅的诊所。对于苏浅的身份楚逸辰并没有隐瞒，而顾筱筱在得知她曾是自己的心理医生的时候，下意识地将手放到了背后，有些抗拒。

"筱筱，好久不见。"发现她的小动作，苏浅柔声笑道，"今天见你，主要是想和你说一下关于你失忆的事情。"

顾筱筱在日本的时候就找心理医生咨询过这事，可惜无果。

她蹙了蹙眉头，看了看身边的两个人，长舒一口气："你们想说什么，就说吧。"

"我怀疑筱筱的记忆是被人有意篡改的，可我不是这方面的专家，所以过来问问你，听听你的意见。"楚逸辰主动开口，说出自己的疑虑。

"按照现在的情况来看，这种可能性是最大的。如果我没猜错的话，筱筱应该是被催眠了。"苏浅很谨慎地说出自己的看法，有些头疼。

催眠？顾筱筱身子一僵，继续听他们的对话。

"在我们这行看来，催眠是一种治疗技巧。我们帮助客户放松并集中注意力，客户在催眠环境中，会经历一个高度受暗示的阶段，从而被影响感觉、感情、认知和行为等。深层催眠可以进一步控制个体的思想和意识，催眠的程度越深，对个体的影响越强。但是也有一些人，会利用催眠这种技巧，去做一些不正当的事情。"

苏浅对催眠这一块并不是十分拿手，所以她垂眸努力地想着，有谁能够帮她的忙。

过了一会儿，她抬起头来看向楚逸辰，继续说道："其实在催眠过程中，催眠师可能会引导被催眠者找回一些曾经痛苦的回忆，并且指引她忘记部分催眠中发生的事情。筱筱被催眠之前，一定发生了什么作为契机。我上大学时的导师对催眠有一些研究，但是他在几年前就已经退休了，我现在也不知道他在哪里。我这几天先帮你打听一下，有消息的话会立刻通知你的。"

"那好，我等你的消息。"

几个人聊了大概有半个小时，苏浅一直在不着痕迹地观察顾筱筱，在他们离开之后，她将自己的建议以信息的形式发给了楚逸辰。

顾筱筱的抑郁症在日本发作，这件事楚逸辰很在意，所以提前和苏浅说了。

把顾筱筱送回家，楚逸辰便回公司上班。

正午过后，顾筱筱又被楚筱都拖出家门。

几个孩子已经到了该上幼儿园的年纪，目前有两所学校可以选择，她们要亲自去看一看。

忙碌了一天，在回家的路上，顾筱筱话很少，也不知道在想些什么。

楚筱都有点担心地看着顾筱筱，手机忽然响起，吓了她一跳。

"喂，妈，怎么了？"听到姚慕青的声音，楚筱都开口询问。

在听到对方的回答后，她点了点头："行我知道了，那我们晚点再回去，等他们走了你给我打个电话。"

顾筱筱无神的双眼渐渐有了焦距，看向前面挂了电话的楚筱都，问道："谁在家里？白家的人吗？"

"嗯，大领导在家里，妈说让我们晚点再回去。"

家里现在的气氛一定很糟糕。每次两家人在一起，那场面都让楚筱都觉得憋得慌。

顾筱筱之前有做过功课，自然很清楚白家那边的身份地位。

"总这么躲着，也不是办法吧？他们一直想见我，到底是想要干什么？"

"大领导，也就是白伯伯，他倒是比较好说话，我觉得他这次来B市，就是想亲眼见见你而已。至于白爷爷那边，则是想让你去广州待一段时间。他脾气很厉害的，每次和爷爷见面，两人肯定会大吵一架。我不知道家里现在都有谁在，可是现在最好的选择，真的就是躲。"

"我母亲的事情，和他们有关系吧？"顾筱筱很肯定地问道。

楚筱都不由得多看了她两眼。

"我姥姥和姥爷每次提到白家人，都是一副咬牙切齿的样子，你以为我看不出来吗？"

楚筱都被问得哑口无言，不知道该怎么回答。白家那边的事情，她真的不好做太多评价。

"你是怎么想的？"沉默了半晌，楚筱都反问。

"我不太喜欢那边的人，感觉不一样。"想起上次见到的白子洛和白沫儿，顾筱筱蹙眉说道。

这让楚筱都很是意外。

"你是说，你不喜欢白沫儿吗？"楚筱都转头看向她，惊讶地道，"你以前很喜欢她的。倒是我，一直不怎么喜欢她。"

"我以前喜欢那个姑娘？"

"真的，很喜欢！以前只要是她看上眼的东西，你都会给的，衣服也好，首饰也罢，被她拿走了好多。这丫头一直挺黏着你也挺听你的话的，在白家没人能管得了她。"

两人开着车，不知不觉来到风扬集团楼下。看向马路对面的咖啡厅，楚筱都停车带她过去。

点了些东西，两人坐在靠窗的位置，轻声聊着天。

"这里以前是我们的专属位置，不过这几年我很少过来就是了。"

"为什么呢？"

"因为没人陪呗。"楚筱都轻叹一声，"而且生了孩子以后，感觉时间越来越不够用了。我以前还会到世界各地跑一跑，做做自己的服装生意，可是现在一想，觉得什么都没有孩子重要。他们已经三岁了，马上就要送去幼儿园，以后上了小学、初中、高中，能见他们的时间就越来越少。想想看，真正能陪在他们身边的时间，也就这么几年。"

"对啊，就这么几年。"顾筱筱苦涩一笑，垂下眼帘。可她却连这几年的宝贵时间，都错过了。

不能亲眼看着他们一点点长大，对顾筱筱来说，真的是一件会遗憾终生的事情。

看到顾筱筱有些伤神的样子，楚筱都也意识到自己说错了话："筱筱，对不起，我不是那个意思。"

"没什么啊，我明白的。"顾筱筱笑着摇了摇头，"你说得对，如果我是你的话，也会这么做。"

"哎呀你不要露出这种表情，我看着好心疼。没关系，谦谦他们现在大了，你也回来了，可以再和我哥要一个孩子啊！"

和楚逸辰再生一个孩子？！

顾筱筱从来没想过这种事情，听到楚筱都说了以后，不由自主就想起昨晚发生的事情，脸有点红。

又在外面转了一天，顾筱筱本以为晚上回去可以好好地陪一陪沈千云，没想到，还是被楚逸辰带走了。

他们来到酒店，韩奕、傅子恒等人都在耐心地等待着。在看到顾筱筱后，几人皆是一副不可思议的模样。

真的是她，她真的回来了！

屋内一下子热闹起来。

顾筱筱坐在楚逸辰身边，听着他们聊天，默默地吃着东西喝着酒。

"喝了一杯脸没红，不对劲。"一直在注意顾筱筱的举动，警察出身的韩奕微笑着说道。

"来来来，继续，满上！"傅子恒不停地起高调。

楚逸辰似乎也没有想帮她的意思，因为也想知道她现在酒量如何。

一顿饭吃了两个多小时，气氛颇为融洽，不得不承认，顾筱筱已经很久没有这么开心过了。

一不留神，还是被他们给灌醉了，虽然没有醉得很严重，但顾筱筱知道，她绝对不能再喝了。

脸颊红扑扑的，顾筱筱目光迷离的样子，让在场的人仿佛看到了几年前的她。

"以前是三杯，现在是三瓶，大家都记好了啊，以后跟筱筱喝酒，她就是这个量。"傅子恒临走前，还不忘调侃顾筱筱一番。

顾筱筱头昏脑涨，不服气地撇了撇嘴，把他们给逗笑了。

回去的路上，楚逸辰发现顾筱筱喝醉以后的状态，还是和以前一样，安安静静，不吵不闹。

她靠在车窗上，一直闭着眼睛。楚逸辰以为她是睡着了，但是当车子驶回家中停下的时候，她却很快就睁开了眼睛坐直了身子，还自己解开安全带，推门下车。

"没事？"楚逸辰几步走到她身边，低头看着她问。

"没事啊，我能有什么事？"顾筱筱醉眼蒙眬地看了他一眼，不屑地笑了笑，"我告诉你哦，你不要小瞧我，我现在可不是三杯就倒！"

"好好，你不是。"楚逸辰无奈地笑着点头，拥着她往楼上走。

无意识地把身体的重量全都压在楚逸辰身上，一回到房间，顾筱筱就迫不及待地往床上爬。但是躺到床上后，她又猛地坐了起来："不行，我要去看看宝宝。"

"他们已经睡着了，明早再过去。"握着顾筱筱的手腕，看着她清瘦的模样，楚逸辰皱眉叹道，"也不知道黄兴当时在日本，是怎么被你给踢到的。"

黄兴那时候给楚逸辰打电话，说的可是老板娘现在勇猛得不得了，楚逸辰还以为她是进化到了什么地步，没想到，还是这副柔柔弱弱的样子。

"你瞧不起我？你可以说我瘦，但是不能质疑我的自卫能力！我告诉你，我在日本的时候还打过变态呢，你知道吗，就是那种专门掀女生裙子摸女生屁股的变态！"顾筱筱炫耀地看着他，表情特别认真地说道。

"嗯，你好厉害。那你告诉我，你为什么要打那个变态？"

"你傻呀，当然是因为他摸了我呗。"顾筱筱斜了他一眼，特别嫌弃地说道，"他摸了我我就要打他！"

"在哪里遇见的那种人？"楚逸辰眼眸沉了沉，追问。

"公交车、电车上都有啊。不过后来我就自己开车了，嘿嘿。"喝了酒的顾筱筱，傻气十足。

楚逸辰听着她的话，努力地想从她的一字一句，想象她最初到日本时，过的是怎样的日子。

顾筱筱从小到大，虽说不是娇生惯养，但沈千云也从来没让她吃过那样的苦。宿之莹说过，她还曾经去饭店端过盘子、刷过碗。

低头握住顾筱筱的手，楚逸辰视线阴沉地看了过去。顾筱筱顺着他的视线，看到自己的手，猛地一抽胳膊，心虚地把手藏在了身后，一看就是不想让他看到什么。

"你怕什么？"楚逸辰身子前倾。

顾筱筱只能往后仰，最后身子失去平衡，一下子躺到了床上，楚逸辰也就顺势压了上去。

"我没怕什么啊，我有什么好怕的？"顾筱筱嘴硬地说道，但手还是藏在身后，不肯拿出来。

"哦？现在说得这么厉害，当初是谁在日本，一见到我就跑，说怕我的？"楚逸辰心知肚明她在想些什么，也不戳破。有些事情如果她不说，那他便一辈子都当作不知道。

"以前是以前，现在是现在。那我以前还那么喜欢你呢，现在还不是不喜欢？"顾筱筱心直口快地道，说完以后还没反应过来她说出这话，有多危险。

"楚逸辰，你不要以为我个子小，就好欺负。我在日本可是学了很多东西的，我还练过剑术呢，你敢不敢和我比一比？！"梗着脖子，顾筱筱对他是各种不服气。

"你不好欺负吗？"楚逸辰有一下没一下地捏着她的耳垂，嘴角微扬地问。

"当然不好欺负了！我是不跟你一般见识，毕竟这是在你的地盘上，强龙不压地头蛇，这个道理你总明白的吧？"

"那你现在就把这里当成你的地盘，我想看看，你是怎么欺负我的。"好心情地逗弄着她，为了惹恼她，他还特意把手伸到了她的胸前，做着耍流氓的行为。

"你住手！"顾筱筱义正词严地制止他。但是显而易见，没什么用。

她用力地推了推楚逸辰，也没能把他从自己的身上推离，去拉他的手，更是很快就被控制住了。

"你放开我！"恼火地蹬了蹬腿，顾筱筱这副耍赖的模样，和楚慕谦简直是一模一样。

"不放，你不是很厉害的吗？让我见识见识。"楚逸辰摇了摇头，"只要你能把我推开，我就承认你厉害。"

"此话当真？"顾筱筱狐疑地看着他，并不相信他的话。

"当真。"

得到楚逸辰的回答，顾筱筱立刻动手。她觉得自己把吃奶的劲儿都使出来了，可身上的人还是纹丝不动。

"楚逸辰，你今天不是也喝酒了吗？你喝了那么多，怎么感觉一点事儿都没有呢？"

"我酒量好，哪像你，喝那么一点点就不行了。"

"酒量好？有多好？你千杯不醉吗？"顾筱筱躺在那里，一直不动，都有点困了。

"我就是千杯不醉，不信的话，你明天再试试？"

"不不，我才不试。"顾筱筱狡黠地一笑，然后忽然想起了一件事情，"我知道的哦，你喝醉过。"

楚逸辰轻挑眉尖。看她说话的表情，好像不是在撒谎。

他喝醉过？她怎么知道的？

"什么时候的事，我怎么不记得了？"楚逸辰故意套她的话。

顾筱筱脑子里已经一片空白，所以特别容易上钩，不用楚逸辰再多说其他的，就乖乖地招了："就是在我不在的时候啊……哈，楚逸辰你说实话，我不在，你是不是很想我？"

揉了揉眼睛，说话的声音越来越小，她像是快睡着了。

"嗯，是很想你。"楚逸辰点头承认，毫不犹豫地给她答案，"你不在，我喝醉过好几次，不知你说的是哪一回？"

"我也不知道是哪一回，反正是筱都告诉我的。"顾筱筱嘿嘿一笑，接着又猛地想起，她刚刚和楚逸辰最初聊的话题。

她得想办法把他从自己身上弄走才行……可是他虽然也喝了酒，但是比力气的话，她还是比不过的。

怎么办？

她要怎么做才能让他放松警惕呢？

顾筱筱绞尽脑汁地想着，然后，想到了一个办法。

"楚逸辰。"小声地叫着他，顾筱筱傻笑。

"嗯？突然叫我的名字，想干什么？"楚逸辰意识到她的反应不对劲，微眯着双眼，盯着她看。

"想亲你。"

顾筱筱话音刚落，就伸手勾住了他的脖子，嫣红的小嘴对准他的薄唇，毫无征兆地亲了上去。

楚逸辰整个身子都愣住了，尤其是在她把舌头伸过来以后，他更是意外。

短暂的一个吻，已经把楚逸辰体内的欲望给勾了出来。

顾筱筱身上穿的是连衣裙，所以真的特别方便他占便宜。

火热的手掌顺着那曼妙的身子一路向下摸去，刚刚到达顾筱筱的小腹的时候，他的身子就被顾筱筱猛力推开了。

顾筱筱成功地坐起身来，看着躺在那里的楚逸辰，哈哈大笑："我赢了！赢了赢了！"

把她兴奋的样子看在眼里，楚逸辰这才明白，她刚刚的那番举动是为了什么。

"嗯，你是赢了。"单手撑着头，楚逸辰侧着身子躺在那儿，看着她笑，笑得顾筱筱后背发凉。

"我们要不要再比一次？"楚逸辰低声问道。

"不不，不比了。"顾筱筱连连摇头，摇得她自己都有点晕。勉强站了起来，她慢慢朝浴室走去。

"我要洗澡睡觉了，你等一下哦，我马上就好，然后就轮到你了。"背对着楚逸辰，顾筱筱打着哈欠说道。她完全没有注意到，楚逸辰已经从床上站了起来，走到她身后了。

长臂一伸，楚逸辰把人搂了过来："既然都要洗，那不如就一起吧，你觉得怎么样？"

略带酒气的温热呼吸，让顾筱筱瞬间清醒了不少。她慌张地扭头看他，却上了他的当。

"嗯……"

她被楚逸辰紧紧地抱在怀里，他稍稍一用力，她的身子就顺势转了过去，靠在了墙上。

冰冷的墙壁，让顾筱筱又清醒了一些。楚逸辰一只手握住她的手腕，按在墙上，另一只手牢牢地锁在她的腰上，带着她依附着自己的身体。

唇齿交缠，顾筱筱只觉得自己脸热，耳朵热，甚至连身子都是热的。

他细细地吻着她，一点儿都不着急后面的事情，吻得她快不能呼吸了，才不舍地抬起头来。

顾筱筱身子软软地趴在他的胸口，气喘吁吁。楚逸辰目光炙热地看了她一眼，推开浴室的门，把她带了进去。

"我们这次比谁能不出声，忍到最后的人获胜。输的人要答应赢的人一件事情，宝贝儿你说好不好？"盯着顾筱筱的眼睛，楚逸辰淡笑着问道。

"不好不好，你出去，我想自己洗澡。"

"你这就是不讲理了，你都赢了一次，就不准我赢一次？"

楚逸辰不听她的抗议，自顾自地脱身上的衣服。

顾筱筱真的是喝多了，所以她一边喊着"流氓"，一边还睁大了眼睛，目不转睛地看着楚逸辰。

楚逸辰被她看得有点烦。

他脱下身上的衣服，随手往她头上一扔。顾筱筱啊了一声，赶紧抬手去拿，手却又被楚逸辰给握住了。

"楚逸辰，你这是作弊。"不高兴地开口，顾筱筱嘀咕道，"作弊你知道吗？"

"游戏还没开始，怎么能算作弊？"

顾筱筱呆呆地站在那里，头上蒙着楚逸辰的衣服，闻着那属于他的气息，有点神游。

好熟悉的感觉，这个人的气息，她真的记得。

她一动不动，楚逸辰以为她是放弃挣扎了，但是拿下她头上的衣服后，却发现她的眼睛红了。

"怎么了？"挑起她的下巴，楚逸辰和她四目相对，"这就被欺负哭了？"

顾筱筱紧咬下唇，默默地点了点头，一眨眼睛，眼泪啪的一下就掉了下来。

她一直看着楚逸辰，眼泪也一直在落，哭得楚逸辰心里发慌。

抱着楚逸辰的脖子，顾筱筱趴在他的肩上，特别难过。

轻轻拍抚着她的后背，楚逸辰安静地抱着她，什么都没有做。

过了好一会儿，他听到顾筱筱用小到几乎听不到的声音说道："你为什么没有早一点找到我……我在日本过得一点都不好，我不想一个人，可是没人陪我。"

楚逸辰呼吸一顿，他知道自己没有听错，顾筱筱就是在和他说，她在日本时的孤单无助。

"是我不好，以后不会了。"偏了偏头，楚逸辰亲了亲她的额头，"我这辈子做过的最糊涂的事情就是把你弄丢，不会有第二次了。"

顾筱筱没出声，但是楚逸辰感觉到她抬手擦了擦眼泪。两人相拥着坐在那里，过了两分钟，楚逸辰听到她又开口说道："我困了。"带着一丝哭腔的声音，特别像孩子。

"洗完澡就睡觉。"

站了起来，楚逸辰拉着她往旁边走了走。两人洗脸、刷牙、冲澡，楚逸辰很佩服自己，竟然真的能忍住不碰她。

洗得舒舒服服干干净净，顾筱筱裹着浴袍就跑回了卧室，一头栽在床上，打了个滚蹭进被窝里，不动了。

和顾筱筱相反，楚逸辰没什么睡意，尤其是在听到她刚刚说的那些话后，更是精神了。

她在日本过得不好，一点都不好。

想着顾筱筱无意识的哭诉，楚逸辰握了握拳头，独坐了很久后，才上床抱着她休息。

一觉睡到大天亮，顾筱筱睁开眼睛动了动身子，目光一抖，似乎发现了什么。表情僵硬地看了看身边的人，顾筱筱又悄悄掀开被子看了看，然后一脸的生无可恋。

两人都没有穿衣服，昨天晚上都发生什么了来着？

完了，她又失忆了，什么都不记得了。喝酒真是坏事儿，她还从来没喝到昨天那个样子过。看来她以后得注意才行，绝对不能再和他们那伙人喝酒！

她做贼一样想要离开楚逸辰的身边。没想到她才稍稍一动，楚逸辰就醒了。

胳膊一伸，把人捞了回来，楚逸辰看着顾筱筱鬼祟的笑容，也晦暗不明地笑了笑。

"还记得昨晚发生什么了吗？"他慵懒地出声问道，因为刚刚醒，声音还有一丝沙哑。

"没发生什么吧。"

他这么一问，顾筱筱心里特别没底。两个人，谁都没穿衣服，这还能发生什么？他知道就行了呗，还非得问出来干吗？！

"再好好想想，你是怎么调戏我来着？"

"好好聊天，别动手。"按住楚逸辰蠢蠢欲动的手，顾筱筱献媚地笑道。

"那你说说看，都有什么事儿？"

顾筱筱沉默不语。

楚逸辰微微一笑，甩开她的手，决定要把昨晚没做的事情做完。

"你干什么呀？大白天的别这样……"顾筱筱看到他压了过来，马上就明白他是什么意思了。

"别哪样？我在自己家里，还不能做想做的事了？"

楚逸辰才不管白天、黑夜，也不管几点。他可是憋了一晚上，绝对不能就这么放过她。

顾筱筱咬紧牙关，一个劲儿地抓着被子往自己脸上蒙。

阳光透过窗帘照了进来，那么近距离地看着他的眉眼，她真的好不习惯。

"楚逸辰……晚上，等到晚上好不好？"

"不好，这是给你这个小酒鬼的惩罚。以后没有我在身边，不准喝酒，记住了吗？"

"记住了！我记住了！"

一番云雨，两人起床的时候已经七点多了。下楼吃了早饭，楚逸辰去公司上班。顾筱筱带着孩子出门消食，坐在草地上，望着楚逸辰离开的方向发呆。

"妈妈，你在想什么？"

楚慕染已经在她身边转了好一会儿，可是她都没有注意到自己的存在，这让楚慕染有点不开心了。

"你看，花花。"把刚摘的一朵花献媚地送到顾筱筱的手上，楚慕染撇着小嘴说道。

"妈妈在想爸爸早上说的一句话。"把她抱进怀里，顾筱筱把花别在她的头发上，然后夸了句"真好看"，让楚慕染高兴得不得了。

"爸爸说了什么？"楚慕染好奇地问道。

"爸爸说……他最喜欢染染和哥哥了，这周放假，会带你们出去玩。所以有什么想吃的想玩的，要提前想好哦。"

"真的吗？我也最喜欢爸爸和妈妈了！"

顾筱筱的话让她眉开眼笑，又跑去玩儿了。

她走之后，顾筱筱继续坐在地上发呆。其实楚逸辰早上也没说什么，不过是和她道歉来着。虽然不知道他为什么会说出那样的话，可说实话，顾筱筱听了，还是挺开心的。

他说对不起，没能早点找到你。

昨晚到底发生了什么？顾筱筱到现在也回忆不起来。

喝酒误事，她现在算是明白这个道理了。

楚逸辰到了公司，忙到下午，接到了韩奕的电话。那个法医，已经有下落了。

"移民？"听着韩奕的话，楚逸辰冷笑出声，"只要不是移民去月球，这事儿就好办。接下来的事情我自己来吧。"

"你跟我客气什么，这事儿还是我来，有消息通知你。"

挂了电话，楚逸辰垂眸沉思。

法医辞职，并不是什么稀奇的事情。因为这个行业的特殊性，所以不管是从家人的接受方面，还是社会的舆论方面，压力都挺大的。毕竟他们平时，是和一些尸体打交道。

正因为如此，所以当初那个女人离开这个行业，才没有人注意，也没有人多想。而且，她辞职的时间，并不是顾筱筱刚刚出事后，而是一年以后。

如此一来，再去联想顾筱筱被迫一年不能离开日本的事情，就越发有意思了。

计划这么周密，却不把人杀死，呵，是想玩什么游戏？

这个法医他们一定能找到，这一点楚逸辰毫不怀疑。但是除了找出法医查出真相以外，还有另外一件很重要的事情，那就是让顾筱筱恢复记忆。

苏浅的电话，楚逸辰等了好几天终于等到了。在得知她所说的那个导师，现在是在日本的时候，楚逸辰心中便有了疑惑。

是巧合吗？

他总觉得有点不大对劲。

"你把知道的资料信息发给我，等我找到他以后会告诉你的。"楚逸辰低声和苏浅交谈，"你确定这个人一定能帮上忙？"

"确定，他在这个行业很有名气的。"

两人聊完后不久，楚逸辰就收到了苏浅发来的邮件。

认真地看着上面的信息，楚逸辰给黄兴转发了过去："这个人，一个月的时间，给我找出来。"

黄兴跟了他几年，办事已经越来越利落了，所以这件事交给他，楚逸辰还是比较放心的。

下班回家，楚逸辰上楼换衣服，顾筱筱则是目不转睛地在一旁盯着他，见到他赤裸上身后，才有点不好意思地收回了视线。

"楚逸辰。"

"怎么了？"看出她心情有点不好，楚逸辰走过来问。

"这枚戒指……"伸手指了指他手上的戒指，顾筱筱吞吞吐吐地问道，"我也有吗？"

每次看到他戴这枚戒指，她都有一种揪心的感觉。她特别想知道，她的那枚是不是被她弄丢了……如果是的话，她该怎么办？

"你当然有。"楚逸辰目光一闪，微笑着回道，"戒指我拿去改尺寸了，过两天就会送回来。当时买这对戒指的时候你正怀孕，尺寸有点不大一样。再等几天，不要急。"

楚逸辰的回答，让顾筱筱暗暗松了口气。

还好，没有被她弄丢。

注意到顾筱筱的表情变化，楚逸辰俯身亲了亲她的额头，去了浴室。

他没料到顾筱筱会问自己这个问题，还好他早就注意到，并且联系了当时为他们设计制作戒指的珠宝大师。

但不管怎么说，她在意这个，对楚逸辰来说是一件值得开心的事情。

顾筱筱回来后，白沫儿只见了她一面，就被迫回了广州。

她最近身体状况又不太妙，所以必须住院。

病房内，她一个人无聊地躺在床上，直到冯笙溪出现。

"医生怎么说？"

冯笙溪去了外地办事，才刚刚回来。

"还和以前一样，告诉我继续保持。妈，我自己的身体我自己清楚，你就不要担心了。"拍了拍自己身边的位置，白沫儿笑着说道，"坐，我跟你说一件开心的事儿！"

"什么事？"难得白沫儿高兴，冯笙溪自然要捧场。

"我见到姐姐了。"和冯笙溪四目相对，白沫儿轻声说道，"她真的没死，我见到她了！"

顾筱筱回来了这件事，冯笙溪之前已经从媒体上得知了，但是这次是从白沫儿的口中听到。

"可是姐姐对我的态度，和以前好像不大一样。"想起自己和顾筱筱的见面，白沫儿又有点不开心了。

抱住冯笙溪的胳膊，她懊悔地问道："妈妈，你说，她是不是知道我喜欢姐夫的事了？"

一想到这个，她就特别后怕。如果说顾筱筱是真的知道了的话，那会不会以后一直都是这样，不会再理她了？

"都过去这么多年了，她以前不知道，现在怎么可能突然间就知道了？"揉了揉白沫儿的头发，冯笙溪安抚道，"不会的，你放心吧。可能她是心情不好，或者是其他的原因。你想想看，那件事她怎么可能知道呢？"

在冯笙溪的陪伴下，白沫儿心情好了一些。她一心想着如何讨好顾筱筱，而顾筱筱，已经收拾好了行李，准备前往日本。

苏浅之前说的那个在心理方面很有名的专家，黄兴已经打探到了消息。楚逸辰想带她亲自过去见一见。

按照得到的住址，他们来到了北海道，可一连等了三天，还是没有见到人。

据了解，这人的性情挺奇怪的，三天两头消失，加上年纪大了，脾气也有点古怪，周围的邻居对他的评价，似乎就是怪人一个，都不知晓他真正的身份。

楚逸辰和顾筱筱来的时候，那人似乎已经扛着鱼竿离开四五天了。两人合计了一下，干脆就住在这里。楚逸辰每天远程处理公司的事情，顾筱筱就在一旁打下手，日子过得也算充实。

就在她以为日子会一直这么平静下去的时候，龙崎拓海的一通电话打破了她的幻想。

担心楚逸辰会生气，所以她选择私下和龙崎见上一面。

趁着楚逸辰有事出门，顾筱筱来到约好的餐厅。

两人面对面地坐着，龙崎视线落到了她手上的戒指上："是他送的吗？"

"是，婚戒。"顾筱筱也看了眼戒指，微笑着回答，"龙崎先生，我和楚逸辰的事情，你应该都知道了吧？"

"嗯，知道。"说到这个，龙崎表情变了变。

"你是怎么想的？要和他在一起吗？"凝视着顾筱筱的双眼，龙崎拓海在意地问，"你已经不记得他了对吧？筱筱，这几年是我们在一起的，你真的，要选择他吗？"

龙崎拓海说话的声音很轻，一直紧盯着顾筱筱，等待着她的回应。

顾筱筱垂着眼帘，可依然能感觉到他炙热的视线。

"我是不记得他了，这两年也的确是我们在一起的。"顾筱筱深吸一口气，并不否认他说的是事实，"拓海，我知道你帮了我很多，在我最难的时候也是你在帮我。可是我有孩子，我们不能在一起了。"

顾筱筱心情沉重，直视着龙崎拓海的双眼，一字一顿地说道："这些话我一直想找机会和你说。你的心思我都明白，但是我们都没有办法。你自己也说过，你是龙崎家的长子，你适合更好的人，你家族的其他人也不会接纳我的。而我，也放不下我的孩子。"

"你呢，你喜欢我吗？放得下我吗？还是说，就算你不记得楚逸辰了，可还是更喜欢他一些？"

龙崎拓海的问题问得太尖锐了，以至于顾筱筱的心隐隐作痛了一下。

龙崎拓海对她很好，在这里发生的一点一滴，她全都记在心里。

她对龙崎有好感，至少在楚逸辰没跳出来说出他们的关系时是这样的，可是现在不同。

想起在国内发生的那些事情，她和楚逸辰不单单有夫妻之名，更有夫妻之实，她脑腆地一笑："对不起，真的对不起。我放不下我的家人，虽然我不记得楚逸辰了，可是我愿意去接受他。而且，我喜欢他。"

顾筱筱最后一句话说出来，龙崎拓海握在手中的酒杯，被瞬间捏碎。

如果说不害怕，那是骗人的，顾筱筱目光一闪，屏住呼吸，安静地感受着他身上的怒气。

看到顾筱筱有些恐惧，龙崎拓海若无其事地扔掉了杯子的碎片，温和地看着她："你认识他多久了？几个月？"

"拓海，和时间没有关系，我们有孩子，这个是改变不了的。"

气氛渐渐变得有些不愉快，顾筱筱真的怕和他谈崩了。

"先吃东西吧，不聊这个了。"服务员把东西都端了上来，龙崎聪明地转移了话题，想要缓和气氛。

顾筱筱自然乐得配合。

"你回中国以后，会在风扬集团工作吗？"

"应该会吧，现在还不确定。你们公司和风扬集团的合作，进行得怎么样了？"

"想在中国分一杯羹，风扬集团是个不错的合作对象。目前看来合作一切正常，但以后会不会发生什么，就很难说了。"

"同样的道理，风扬集团想在日本发展起来，也需要抱一抱龙崎家族的大腿。"顾筱筱浅笑着调侃。龙崎家族在日本的影响力，真的超级大，政界也好，商界也罢，都有他们的人，都要给他们面子·。很多时候做生意，有钱不一定就可以。

"喝一杯？"龙崎给顾筱筱倒了杯清酒，递到她面前，看到顾筱筱摇头，他轻挑眉尖，"现在连酒都不愿意和我喝了吗？"

顾筱筱答应过楚逸辰，没有他在身边，她不会再喝酒。可是再一想，她也答应过楚逸辰，来日本不会见龙崎，不会和龙崎一起吃饭，还不是没有做到……

"不要这么想，我不是这个意思，只是有点倦。家里还有工作，我怕喝了酒回去以后会睡觉，会耽误事。改天等我把手上的工作清一清，我们再喝，可以吗？"能做到一件是一件吧，顾筱筱暗暗在心里想。

"你啊，总是满口的'工作'，真是拿你没办法。"苦笑一声，龙崎不再为难她。

两人吃了点东西，步行回住处。

楚逸辰还没回来，顾筱筱暗暗松了口气。

龙崎拓海回去后给她发了信息，说还会再找她。顾筱筱没打算再和他见面，但也没想到，她和龙崎吃饭的照片，会被人拍下来。

一连几天过去，当他们的照片被媒体曝光，顾筱筱的第一反应就是完蛋了，楚逸辰要生气了。

看了眼在认真工作的人，顾筱筱硬着头皮走了过去。

"怎么了？"楚逸辰一抬头，看到她欲哭无泪的表情，不解地问道。

"被拍了……"顾筱筱声音特别小地回答道，"我和龙崎吃饭，被拍了。"

她乖乖交出手机，就像小学生在家里偷玩游戏机，被家长发现时，一脸担心害怕地把"赃物"交上去似的。

如实交代了自己前几天偷着和龙崎拓海吃饭的事情，顾筱筱大气都不敢喘一下，小心翼翼地观察着他脸上的神色，心悬在了半空中。

楚逸辰看着手机屏幕不说话。

过了好一会儿，顾筱筱鼓起勇气发问："你生气了吧？肯定要被人说闲话了，对不起，我以后会注意的。"

"怕我被说闲话，就不怕你自己被说吗？"看着她害怕的样子，楚逸辰还以为她在担心什么，没想到，怕的是这个。

看着那些照片，楚逸辰心里是有准备的。但如果说他一点都不生气，也是骗人的。毕竟在他们来之前有过约定，她不会见龙崎这个人。

"我无所谓啊，没有你，谁认识我顾筱筱是谁。"无所谓地摇了摇头，顾筱筱诚实地说道，"楚逸辰，事情是不是很严重？"

严重吗？若是他在意外人的眼光的话，那肯定是要严重一些的。只可惜，他和她一样，也无所谓。

"给我做个自我检讨。"

"楚逸辰，都这个时候了，你就不要调侃我了。"

"你觉得这次的事情，要多少字的检讨能摆平？"执着于这件事，楚逸辰低头再次看向那几张照片，心中疑虑。

他才和顾筱筱来日本没多久，就被媒体盯上了，真的是狗仔队利欲熏心，急着抢头条，还是有其他的事情在里面？他必须要弄清楚才行。

"他们为什么要拍我？"就在楚逸辰深思的时候，顾筱筱不解地问。

她以前和龙崎吃过那么多次饭，都没有人报道。

"有钱人就是舆论的中心，这点你还不明白吗？你消失几年，又忽然出现，对于你这几年所发生的一切，很多人都会感兴趣，只要能挖出你的八卦，那就是独家新闻。"

八卦……独家新闻……

没想到自己有一天会成为舆论中心，顾筱筱心情复杂。

"楚逸辰，我们以后不要吵架了好不好？"走到他身边，顾筱筱出人意料地小声说道。

"你现在是怕我训你，所以故意转移话题，讨好我吗？"

心思被猜中，顾筱筱轻咳一声，继续说道："我每次和你吵架，不管输了赢了，心里都特别不痛快。我不知道我们以前的相处模式是怎么样的，可我不喜欢现在这个样子。如果你因为我见龙崎的事情生气，那我给你道歉。但有些时候，我真的没有办法。"

顾筱筱语气平静，心里却恰恰相反。楚逸辰之前说，他不知道上辈子欠了她什么，这辈子才会这样，但顾筱筱却觉得，应该是她上辈子欠了他的，所以这辈子才要被如此惩罚。

这种说不清道不明的感觉，让她的心里又痒又痛。对楚逸辰这个人，顾筱筱已经不知道该怎么去形容评价才好了。

这段时间，他们做了那么多次……被迫的也好，情愿的也罢，都不能否认他们的亲密关系。顾筱筱不是随便的人，她不可能这边和楚逸辰上床，那边想着去勾搭龙崎拓海，或者是其他的男人。

人都是他的了，她还能去哪里？就算不能和他在一起，她也不会去找别的男人。这些道理顾筱筱早就已经想清楚了，也早就已经暗暗做了决定。

"和我吵架，就那么难受吗？"楚逸辰无声地一笑，握着她的手问道。

"是很难受，难道你喜欢和别人吵架的感觉吗？"

"你觉得我对别人，会像对你这样有耐心？"

对别人，不要说是吵架了，就连废话楚逸辰都懒得说一句。

"我没有这么觉得。"

"那你就是仗着我宠你，有恃无恐。"楚逸辰轻笑着做出结论，"知道我不能把你怎么样，对吧？"

"对……就是有恃无恐。"

让楚逸辰万万没有想到的是，顾筱筱竟然没有否认。

对于这件事，因为顾筱筱的态度，所以楚逸辰并没有怎么追究她。而且在等了这么多天之后，他们要找的人终于出现了。

再次开车前往不远处的一栋二层小楼，大门是敞开的，这让楚逸辰的心情瞬间变好。

停车开门，他下车后按了按门铃，等了差不多三分钟，见到一个人从里面慢慢走了出来。

出乎楚逸辰的意料，这人是个很瘦小的老头。如果看个子的话，他和顾筱筱差不多，只有一六几的身高。

因为刚刚从外面回来，他还没来得及拾掇自己，身上的衣服又脏又破，脸也几天没

395

有收拾了，胡子拉碴的。如果不是提前知晓，并且见过他的照片，楚逸辰不会相信，他就是苏浅口中所说的那位心理专家。

"你是？"看着大门外的陌生人，坂本裕介疑惑地问道。

"你好，我是楚逸辰。苏浅之前应该有和你提起过我。"

"啊，是你。"坂本若有所思地点了点头，上下打量了他一番后，改用中文说道，"进来吧。"

进了屋子，楚逸辰等候在客厅里。大概二十分钟后，坂本裕介从屋内走了出来。他换了身干净的衣服，脸上的胡子也刮得干干净净的。

他不紧不慢地走到楚逸辰的对面坐下，沏了一壶茶，给他和自己分别倒了一杯，开口说道："苏浅是我很喜欢的一个学生，也是我教过的那么多学生中，最出色的一个。"

"苏浅是我妻子之前的心理医生，也是我的朋友，我很清楚她的实力。"楚逸辰点头附和。

"你的事情她已经大致和我说过了，人带过来了吗？"

"她在这边，随时都可以见到。"

"那你明天早上七点把她带过来，我见见她。"

事情会进行得这么顺利，坂本裕介会如此痛快轻松地答应帮忙，这是楚逸辰在来之前，完全没有想过的。

苏浅之前曾经和他提起过，她的这个导师很难搞，就算是她，上大学的时候，也险些挂科。再加上这段时间楚逸辰从坂本裕介周边的邻居那里得到的信息，更是让他觉得，这会是一个难题。

可是现在，当这个难题解决了的时候，楚逸辰心里却又有了其他的困惑。

倘若连这个人也帮不了他的忙，那他下一步又该怎么办？

从坂本这里离开，楚逸辰开车回住处。一路上他的车速很慢，再加上他在坂本那里耽误的时间，所以当他回到住处的时候，已经是一个半小时以后了。

和顾筱筱说了这件事，第二天清早，吃过早饭后，两人便前往坂本裕介的住处。

坐在车上，往事历历在目，顾筱筱整个人状态十分紧张。又要去看心理医生了……不知道这个人，会不会真的有办法帮自己摆脱困境。

楚逸辰偏头看了她一眼，握住了她的手。顾筱筱的手心冰凉，让楚逸辰皱紧了眉头。

"怎么了？身体不舒服？"

摇了摇头，顾筱筱犹豫地回道："有点怕。"

"有我在，不用怕。"

顾筱筱深吸一口气，嗯了一声。她也希望如楚逸辰所说的这般，可是内心深处的恐惧感，却是她自己无法控制的。

车子到达目的地，顾筱筱跟在楚逸辰的身边，楚逸辰走到大门口按响门铃。

坂本将他们二人迎进屋中，在顾筱筱从他面前经过的时候，快速地上下打量了她一番。

"以前有见过心理医生吗？"他靠坐在沙发上，姿态很悠闲地问。

"有。"慢慢点了点头，顾筱筱轻声回答。

"在日本这边找的？治疗了多久？"

"去年在东京的时候有见过一个医生，大概两个月。"

慢慢点了点头，坂本又和她聊了一会儿，然后把她带进了一间屋子。

"在这里等一会儿，我和楚先生有些事情要谈。"

把顾筱筱独自一人留在了房中，坂本回到客厅，看向楚逸辰，直白地说道："她自杀的时间，是在来日本之后吧？"

"没错，我妻子曾患过抑郁症，不过情况基本还算稳定。是在到日本之后情况突然严重的，但我当时不在她身边，所以具体的我并不了解。"

"家里还有其他人得过这种病吗？"

"她母亲。"

"好，我去和她聊聊，时间可能要久一点，别急。"

转身离开，坂本裕介慢慢走到顾筱筱所在的房间，推开门，看到她站在窗户前向外眺望，微微笑了笑。

顾筱筱听到开门声，连忙看了过来，拘谨地站在那里，不知所措。

"不要紧张，我们随便聊聊。"很随意地坐到沙发上，坂本裕介问道，"你来日本多久了？日语说得很棒。"

"谢谢。我来这边，已经有三年时间了。"

"我来日本也很久了，我母亲是中国人，不过我是在美国长大。"

坂本竟聊了一些和顾筱筱无关的话题，他偶尔说日语，偶尔说英文，偶尔又掺杂几句中国话，不一会儿的工夫，就把顾筱筱绕得脑子有点晕。

"去那边坐。"指了指旁边的摇椅，坂本轻声说道。

顾筱筱犹豫了一下后，起身走了过去。

楚逸辰独自一人坐在客厅，耐心地等待着两个人的出现。但时间一分一秒地过去，半个小时过去了，还是一点动静都没有。

坂本说时间会久一点，可是楚逸辰没想到，等待的时间会比他想象中还要长。

一个小时二十分钟，这是坂本从离开到回来的时间。

他从房间走了出来，可身后却没有顾筱筱的身影。他有些严肃的神态，让楚逸辰的心莫名地一沉，有了种不太好的感觉。

径直走到楚逸辰面前，坂本示意他坐下说话。

"筱筱呢？"

"在睡觉。"坐在沙发上，坂本低声回答，"你们的猜测没错，这丫头的确有些问题。"

直接和楚逸辰说起顾筱筱的情况，坂本裕介视线低垂："她两年前抑郁症发作，应该也是人为介入的原因。情况有些复杂，如果想要恢复她的记忆，需要进行一段时间系统的治疗。而且我现在有些不确定的是，她有没有被下过药。如果还有药物的影响，那我们就必须查出，她是服用了哪种药物。"

楚逸辰原本觉得，在查出事情真相，以及让顾筱筱恢复这两件事情之中，后面的要更重要也更急迫一些。但是坂本裕介的话却让他意识到，这两件事是没办法分开看待的。

"每三天过来一次，晚上七点，我会在这边等你们。"

"谢谢先生。"对于坂本肯出手帮忙，楚逸辰真的十分感谢，"那我今天就先带她回去了，有什么发现的话，我会第一时间通知你。"

"回去吧，记得要观察她平日里的反应。对什么事物有刺激性的反应，这一点值得留意。"

"好的，我明白了。"

楚逸辰起身去找顾筱筱，把还不知道是怎么回事、就稀里糊涂睡着的人叫醒，带着她和坂本告别，开车回去。

每三天过来一次的话，就表明他们这段时间是没法回国常住的。顾筱筱在得知这个消息后，有些失落，因为她真的挺想两个孩子的。

"那我明天能回去一趟吗？再不回家的话，谦谦都不爱接我的电话了。"回到住处，顾筱筱垂着头小声问道。

"也好，但公司这边有点事情，我不能陪你一起。"

这正合顾筱筱的心思。

一个人回国，见到孩子后，她小声和他们商量："妈妈最近可能还要在日本待一段时间……"

"你说话不算数！"不等顾筱筱把话说完，楚慕谦就出声抗议，"你之前明明不是这么说的！"

"妈妈之前的确不是这么说的，可是妈妈也没有办法。"伸手捏了捏他气鼓鼓的小脸蛋，顾筱筱无奈地叹气，"妈妈生病了，所以需要看医生。你和妹妹如果不想在家里的话，那就和妈妈去日本待一段时间，这样可以吗？"

对于孩子而言，这可能不是最好的选择，但对于顾筱筱来说，却是她能想到的唯一的解决方法。

楚慕谦没有立刻回答顾筱筱的问题，但是慢慢地他眼睛里面却有泪珠闪现。

忍了又忍，楚慕谦终究还是没忍住，哭了。一旁的染染见状，也哇的一声哭了出来。

"我不要你生病……"

顾筱筱手忙脚乱地给他们擦眼泪，好一会儿才让他们停止了哭泣。

"你们要和妈妈去日本吗？待几个月，我们再回来。"

"要！"两个孩子动作一致地点头。

"那好，我们现在去睡觉，明天收拾东西，然后我们去找爸爸。"

三天的时间，其实很短。一眨眼的工夫，顾筱筱就需要返回日本，继续去见坂本裕介了。

两个孩子和她一起离开，同行的还有黄兴。

楚逸辰没来机场接他们，但是安排了司机。他今天有很重要的客户要见，现在应该是在东京的公司脱不开身。

坐车回了北海道，顾筱筱给楚逸辰发了条信息，可半晌也不见他回复。没办法，她只好先陪两个小家伙玩。

陌生的环境，两个小朋友并不怯场，上上下下跑了几遍，很快就熟悉了这个新家。

"妈妈，爸爸什么时候回来啊？我们去接他下班吧！"

"可是我们不知道他什么时候忙完啊。"

"那我们给爸爸打电话问他！"

在楚慕染看来，所有的问题都不是问题。她吵着让顾筱筱给楚逸辰打电话，还好楚逸辰这个时候开完了会，刚回到酒店，主动把电话打了过来，解救了顾筱筱。

"嗯，今天回不去，最快也要明天才行。"电话里楚逸辰的声音充满了无奈，"你带着他们也累了，今天好好休息，我明天中午就赶回去。"

"不着急，你回不来的话，我一个人也可以去见坂本先生。"

话虽这么说，可明天就又要去见坂本裕介了，顾筱筱还是十分忐忑不安的。

"爸爸，爸爸你什么时候回家？！"

楚慕染拽着顾筱筱的衣服，要和楚逸辰讲话。顾筱筱蹲下身子把电话递到她的耳边，听着她嘴甜地哄着楚逸辰，让楚逸辰回来给她买冰淇淋，顾筱筱无奈。

楚逸辰很快成功地将孩子搞定，当电话重新交回到顾筱筱手上的时候，他低声问道："宝贝儿，想我了吗？"

"你想多了！"

"你知道我想的是什么吗，就一口咬定我想多了？"松了松颈间的领带，楚逸辰邪笑着问道，"你说实话，现在是不是喜欢上我了？"

"楚逸辰你真的想多了。"顾筱筱脸一红，有点心虚。

还好楚逸辰现在没在她面前，不然情况一定会更糟糕。

楚逸辰狐疑地挑了挑眉尖，有点质疑顾筱筱这话的真假。

就在电话两端的人相对无言的时候，他忽然听到屋子内的某扇门，被打开了。

条件反射地回头看去，当楚逸辰看到一个裹着浴巾的女子，从卧室内走出来，并且睡眼惺忪地看向他，开口说话的时候，他脑子里嗡的一声，很难得地有了片刻的空白。

这女人是谁？怎么会在他的房间里？顾筱筱虽然没看到电话那端的画面，但是，那女人的声音，她却清清楚楚地听到了。拿着手机的手瞬间收紧，顾筱筱听到那女人用甜到腻人的声音叫了楚逸辰一声"亲爱的"。她深吸一口气，咬咬牙，把电话挂了。

"浑蛋。"低头看着电话，顾筱筱喃喃自语地骂了一句。在楚逸辰后面打来电话的时候，也是无一例外地通通拒接。

躺在床上，顾筱筱毫无睡意。她想知道楚逸辰那边的情况，可又没法知道。

"接电话，听我解释。"

看了一眼楚逸辰发来的信息，顾筱筱干脆直接把手机关机了。熄了灯，她抱紧怀中的枕头，很安静地整理着自己的心情，翻来覆去一个晚上，愣是熬到了天亮直到两个孩子醒来。

满身疲惫，顾筱筱协助他们穿衣服，然后带他们下楼，为他们做早餐。她一直没给楚逸辰回电话和信息，当她看到楚逸辰回来了时，不由得停下了脚步。

大腿被楚慕染抱住，楚逸辰伸手拍了拍她的头。被两个孩子拉住不放，他只好先在楼下陪着他们，然后再去书房找顾筱筱。

"事情不是你想的那样。"低声开口，楚逸辰心情有点烦躁，"你不能不听我解释，就这样误会我。"

"我没有误会。"顾筱筱低头回答。她说的是实话，但可惜，楚逸辰并不相信。

顾筱筱的反应让楚逸辰特别不开心，以前的她不是这个样子的。以前的顾筱筱，不管发生了什么，都会毫无条件地相信他。可是现在……

被迫抬头看他，顾筱筱凝视着他愤怒的表情，无法理解他现在的心情。

"疼。"轻声开口，顾筱筱向后躲去，"楚逸辰你弄疼我了。"

她因为身体的疼痛想要离他远一些，可在楚逸辰看来，她的逃离，却不单单是因为这个。

昨晚，在顾筱筱挂断了电话后，楚逸辰心里就一直有一团怒火。

陌生的女人在他的房里，而且没有穿衣服，鬼知道这究竟是怎么一回事！当楚逸辰回头看到那女人的时候，连他自己都蒙了。

东京，在繁华的地段，高级援交女是很常见的。换句话说，世界上任何一座城市，都不会缺少这类人的存在。

是谁让她来的？是酒店的疏忽，让她进错了房间，还是有人故意如此安排？

为了弄清楚这件事，也为了早点和顾筱筱解释清楚，楚逸辰一直到现在都没有合过眼。

"在你眼里，我就是那种耐不住寂寞的男人吗？"没有松手的意思，楚逸辰冷声问道。

"你是不是那种耐不住寂寞的男人，我不知道。我只知道，你现在弄疼我了！楚逸辰，我不想和现在这种状态的你聊。大家都冷静一下然后再说话，我觉得这样最好。"

他现在这种状态？

他现在是什么状态？

把他变成这样的人，难道不是她吗？

顾筱筱的逃离，让楚逸辰心中的火势迅速蔓延。在他自己还没回过神来的时候，他已经把顾筱筱拉着推到了床上。

头发散乱地躺在床上，顾筱筱红唇紧抿着看向他。提了一口气，倔强地重新站起来，她不卑不亢地和楚逸辰对视，毫不掩饰自己的愤怒。

"你到底想干吗？我都说了我没有误会，你还想让我说什么？你若是这样的话，那我们干脆就不要聊了，我和你没有话说！"

"没有误会？没有误会的话，你现在是在干什么？顾筱筱，你以前不会……"话说到一半，楚逸辰意识到自己说错了话。

看到顾筱筱的身子僵硬了一下，他握了握拳，暗暗告诉自己冷静。

"我以前不会这样无理取闹是吗？"顾筱筱有些凄凉地笑了笑，"我以前不会说这些让你不开心的话，对吗？"

她的声音有些颤抖，心亦是如此。

"抱歉，我不是以前的顾筱筱，不是你心里的那个人。"咬紧牙关，顾筱筱呼吸有些急促。

她垂下头，想要离开这个房间，到真正离他远一点的地方去。可是楚逸辰这个始作俑者，却说什么都不肯放过她。

拽住她的手腕，无论如何，楚逸辰都不打算放手："你不要乱想，我不是那个意思。"

"可你的话明明就是那个意思。"顾筱筱还是低着头，不看他，"楚逸辰，我真的不知道以前的顾筱筱是什么样子的。如果我做不到她，你就放过我吧，这样我们大家都好过一些。"

眼泪噼里啪啦地往下掉，顾筱筱心凉地吸了吸鼻子，扭了扭自己已经被他拽得泛红的手腕。

他喜欢的，是几年前的那个顾筱筱。可是她喜欢的，却是几年后的楚逸辰。

这是无法改变的事实，也是让顾筱筱有些慌张无措的发现。

"什么臭脾气，把我惹毛了自己却哭起来。"楚逸辰无奈地伸手要给她擦眼泪，语气是叱责，却又带着一丝宠溺，"现在要被抛弃的人是我，该哭的人也是我。你告诉我你委屈什么？"

"我就是委屈，不行吗？！"一把甩开他的手，顾筱筱不服气地回答，"我说我没有误会，你觉得我说谎。我说你弄疼我了，你还是觉得我在骗你。那你想让我怎么样？不管我说什么你都不信，那我就干脆不说好了。你说得没错，我的确不是以前的顾筱筱，我说不出让你开心的话，做不出来让你高兴的事。那既然如此，你还留我在身边干什么呢？如果你是想找个全职保姆，照顾谦谦和染染，外面不是有大把的人选？你干吗要选有一身臭脾气的我？"

"全职保姆？"万万没想到她是这样定位自己的，楚逸辰被气得不知该说些什么。

他对她的感情，她真的看不见吗？！

"我现在不想见你，楚逸辰你让我走。"顾筱筱觉得多说无益，沉默才是让两人冷静下来的最佳办法。

"你想去哪儿？去找龙崎拓海，还是去找哪个男人？"

"我去找坂本裕介！楚逸辰你够了没有？！"向前一步，用力将楚逸辰推开，顾筱筱觉得他不可理喻，"哪个男人？哈，那好，我告诉你，我男人多了，不差你这一个！"

瞪了他一眼，顾筱筱快速地跑出房间下了楼。客厅里没有人，两个孩子已经回房间玩儿了。

顾筱筱一口气冲出屋子，开车离开。她有点庆幸自己的记忆力是好的，也庆幸自己不是个路痴，她记得坂本家的路，知道该怎么走。

她打开车窗，努力地平复自己的情绪。

楚逸辰在楼上站了两分钟，听到车子启动的声音，到窗口一看，发现这浑丫头竟真的开车走了。

不放心她一个人开车，更何况是在这种情况下，楚逸辰赶紧来到两个孩子的卧室，把躺在床上打滚的两个孩子抱起，塞进车里，也朝着坂本家的方向而去。

车内静悄悄的，两个孩子都感觉得到楚逸辰烦躁的心情，也不敢说什么。

"我要妈妈……"忍了又忍，楚慕染终于还是忍不住了，"妈妈去哪里了？"

"妈妈是坏蛋，不找她。"楚逸辰生气地说道。

"你才是坏蛋！"两个孩子异口同声地喊道，让楚逸辰的脑袋更疼了。

好家伙，现在已经三个人联盟来对付他了是吧？！

"爸爸是坏蛋，不准你说妈妈坏话！"楚慕谦扯着嗓子冲楚逸辰喊，喊得楚逸辰都想把他给扔出去了。

"妈妈就是因为你欺负人，所以这些年才不回家的！"楚慕谦又喊道。

他欺负人？现在怎么看，他都是被欺负的那个才对！

头疼地按了按太阳穴，楚逸辰发现自己在家里是越来越没地位了，大的不听话，小的也不听话，这么下去的话，后果真是不堪设想。

懒得搭理身后的两个小东西，楚逸辰皱眉看着前方，在看到顾筱筱所开的车子后，心才渐渐平静下来。

一路顺畅地到达目的地，顾筱筱下车，按响门铃走进坂本裕介的家中。

还没等她开口说什么，坂本就问她："今天心情不好？"

顾筱筱怔了一下，摇头否认。可坂本裕介的表情却在告诉她，他知道她在说谎。

坂本一副什么都知道的笑容，让顾筱筱莫名地烦躁。

坂本和她四目相对，指了指沙发，让她先坐下："楚先生今天怎么没有陪你一起过来？"

"他工作忙，所以我就一个人过来了。"

顾筱筱的话音刚落，坂本裕介就轻笑出声。他意味深长地摇了摇头，叹道："你今天到目前为止，可是一句实话都没有说过哦。"

顾筱筱不高兴地撇了撇嘴，看着他问道，"您怎么知道我没有说实话？"

"因为我是最好的心理专家。"坂本裕介的话语之间透着一种自信。

既然骗不过，那就只好坦白，坂本裕介睿智的视线，让顾筱筱没有勇气继续在他面前说谎。

"我今天的确心情不好，楚逸辰也不是因为工作忙，才没有陪我过来。我们吵架了，我自己跑出来的。"

"说话缓慢轻柔，表明你现在内心极度悲伤和焦虑。看来，你很在意你的丈夫。"

"很在意吗？"顾筱筱怔了一下，对他的这句话有些怀疑，"可我觉得，我只是有点喜欢他而已。"

"在一个相对陌生的人面前，承认自己喜欢别人，也是需要一定勇气的。"坂本裕介靠在沙发上，很悠闲地和顾筱筱闲聊，"你上一次过来，还没有这种表现。发生了什么？"

太可怕了，这老头儿怎么什么事情都看得出来？

顾筱筱张了张嘴，有点不敢说话了。她目光一转，狡黠地一笑，反问道："坂本先生既然这么聪明，那不如猜猜看，到底发生了什么？"

她就不信他真的能猜出来！

坂本裕介双手环在胸前，轻挑眉尖，接下顾筱筱的"挑衅"。

视线慢悠悠地从她的脸上滑落到她的手腕上，坂本微微一笑，很快开口说道："事情是发生在昨天晚上，因为你眼中的红血丝以及眼下的黑眼圈，表明你昨晚完全没有休息好。你今天在外面陪着孩子玩了一天，你手指上的戒指，应该是你的孩子给你画上去的。你们今天中午吃的是麦当劳，楚先生没有陪同。你……"

"为什么连我们吃的什么东西，您都知道？！"虽然这样很无礼，可顾筱筱还是没忍住，打断了坂本裕介的话，迫不及待地问道。

"你刚刚从包里找东西的时候，我看到了麦当劳的票据。两份儿童套餐，一个汉堡，这可不是一个男人在，会点的餐量。"坂本裕介笑着说出实话，让顾筱筱忍俊不禁。

看到她的状态已经放松下来，坂本便渐渐把话转到了正题上。顾筱筱不知道是他给自己喝的茶有问题，还是什么缘故，总之只要一和他聊久了，就渐渐有种想睡觉的

403

冲动。

神志渐渐模糊不清，但顾筱筱却依旧在和坂本交谈。她无意识地回答着坂本的问题，将自己平日里不敢说的那些话，和盘托出。坂本裕介听着她的低声回答，不由自主地皱了皱眉头。

楚逸辰的车子一直停在外面，算着时间，想着进去把顾筱筱给弄回家。

楚慕谦和楚慕染两人坐在车后座上，无聊地看着车窗外，也不知道楚逸辰带他们来这里是干吗的。被楚逸辰一人塞了一包薯条，两人吃着吃着，慢慢就有点困了。

开门下车，楚逸辰按响门铃，大约三分钟后，坂本出现，给他开了门。

并不意外楚逸辰会出现在这里，将他迎进屋内，坂本看了眼已经在沙发上睡着的顾筱筱，低声开口："可以带她回去了。"

"麻烦您了。"楚逸辰点头，朝顾筱筱走去。

然后，他听到坂本站在他身后说："你们回去后，应该好好聊聊。"

停下脚步，楚逸辰回眸看向他。

"能帮她想起以前的事情的人是你，而不是我。你的作用要大于我，这点你要知道。这丫头抗压能力比较强，也没我们想象中那么脆弱。"

听着坂本裕介的话，揣测着他话中的含意，楚逸辰慢慢点了下头："好，我知道了。"

抱着沉睡的顾筱筱离开，楚逸辰想着坂本在他离开时说的那两句话，有些好奇顾筱筱今天都和坂本聊了些什么。

顾筱筱睡了一大觉，醒来的时候是凌晨一点半。她在自己的床上，身边没有人在。她看了看窗边，就看到楚逸辰坐在沙发上，腿上放着电脑，双手还在忙碌着。他很认真地工作着，聚精会神，并没有发现床上的人已经醒来。顾筱筱看了他一会儿，翻过身去背对他，想再继续睡，却怎么也睡不着了。

楚逸辰那边敲键盘的声音忽然间停下。顾筱筱在听到他起身朝这边走来的时候，瞬间闭上了眼睛，假装自己还在睡觉。

上了床，楚逸辰直接把人拽了过来。留意到顾筱筱眉头一蹙，他就知道她已经醒了，动手动脚地开始耍流氓。顾筱筱最后只好睁开眼，不高兴地瞪着他问："你想干吗？"

"你都这么有诚意地邀请我了，当然干。"

"臭流氓。"顾筱筱可没那么健忘，白天两人还吵得不可开交，现在谁稀罕和他打情骂俏。

"还在生气？气性怎么这么大？"

"为什么不能生气？是你不分青红皂白要和我吵的。"

躺在床上被他压得动弹不得，顾筱筱发现自己绕了一圈，还是绕回到这个问题上了。想起坂本裕介的话，她红唇紧抿。

喜欢他……

这是顾筱筱昨天忽然间意识到的一件事。

不让他知道。

这是顾筱筱反复考虑后，做出的决定。

两人就这样躺在床上，一时间谁都没再说什么。过了很久，顾筱筱听到楚逸辰的声音："对于我房间里有女人这件事，你是怎么想的？"

"我……"张了张嘴，顾筱筱不知该怎么回答，想了又想，她抿嘴说道，"我没有不相信你。"

从始至终，她都没有怀疑过楚逸辰和那个女人的关系。虽然不知道为什么，她会有如此的信心，可她就是觉得，楚逸辰不会蠢到如此地步。

如果他想在外面玩女人的话，是不会让她发现的，更别说是以这种方式。

她当时挂断电话，是因为她愤怒没错，可是她气的，是自己没有在他的身边，不能第一时间把他从那个房间里拖出来。

当顾筱筱意识到自己在想些什么的时候，她慌了。在这之前，她完全没有留意到，自己对楚逸辰抱有这样的感情。

不想看到他和别的女人在一起，她是从哪天开始，有这种独占欲的……

"我知道那是个意外。"

"那你为什么生气？"

顾筱筱这么说，就让楚逸辰越发不懂了。

不是因为那个女人，那他什么时候招惹她不高兴了？

"跟你没关系，是我自己心情不好。"转过身，顾筱筱趴在了床上，调整到一个舒服的姿势，"我在日本这几年，很多事情已经见怪不怪了。就像中国的酒店有招嫖小卡片，日本的酒店会有高级妓女，也是很正常的事情。那个女人，若不是你的客户有意接近你，那便是别人故意安排给你，想讨你的欢心。"

"你怎么会了解这种事情？"

"以前经常出差，酒店住过不少，也就见怪不怪了。"

顾筱筱说得风轻云淡，可听在楚逸辰的耳朵里，却是另外一种感受。他翻过身来抱住她，两人继续保持沉默。

顾筱筱睡了一觉，可是楚逸辰却是两天没合过眼，所以没一会儿，他就搂着怀里的"抱枕"睡着了。

感觉到他的呼吸渐渐平稳，顾筱筱的神经也随之放松了一些。

一开始还气势汹汹地要找她算账，现在反倒是睡得香，这人真是……

顾筱筱有点嫌弃地看着睡着的楚逸辰，叹了口气。她是真的睡不着了，于是又等了会儿后，就小心翼翼地爬下了床，去了书房。

楚逸辰早上找到她的时候，她正趴在桌子上睡觉，胳膊下压着的，是一份已经帮他整理好的文件。楚逸辰动作轻柔地把她抱回卧室。

几个小时后，楚逸辰收到了一个好消息。

他一直要找的那个法医，已经找到了。不出意外的话，明天回国他就能见到。一直想要知道的真相，似乎就在眼前了，可楚逸辰知道，他需要面对的，远远不止这一个小法医。

顾筱筱做好饭，上来叫楚逸辰。他正在卧室里收拾东西，一副准备离开的样子。

"我明早的飞机回国，后天或者大后天回来。"

"嗯，我知道了……饭做好了，下来吃吧。"

"不问我为什么回去？"看到顾筱筱转身要离开，楚逸辰低声问道。

"你想说的话自然会说，不想说的话，我问也没用。"在这个问题上，顾筱筱还是比较坦然的，"况且你回去，十有八九是为了公司的事情，我有什么好问的？"

"我这次回去，是为了见个人。"

"男的女的？"扭过头，顾筱筱脱口问道。

"女的。"嘴角噙笑，楚逸辰搂过她的肩膀往楼下走。

"哦。"

其实问完顾筱筱就后悔了，可话都说出来了，再想收回去是不可能的了。

"你之前出车祸，案子里的一个关键人物已经找到了，我准备回去见见她。"

一怔，顾筱筱看向他："关键人物？"

"嗯，当年的法医，那份假的验尸报告，就是她拿给我的。"

这个消息让顾筱筱有些兴奋，既然如此的话，那应该很快就能查出，是谁指使她那么做的吧？顾筱筱之前也有听楚逸辰和楚逸轩他们谈过这件事情，知道那个法医早就已经移居国外了，没想到他们这么快就能把人找出来。

"你觉得她会告诉你实话吗？"

"现在已经不是她想不想说的问题了。"

除非她想死，不然，她就必须把当年的事情交代出来。

滕淑英自从被发现以后，就一直处于被监控的状态。不管她愿不愿意，她都已经坐上了前往国内的飞机。她知道在前面等着自己的是什么，也做好了面对这一切的准备。

晚上十点半，飞机准时抵达B市国际机场。下了飞机后，滕淑英就看到了等候在机场内部的车子。

苦涩地一笑，她被身后的人推搡着朝车子的方向走去。开门上车，司机是她认识的人。

"接我一个小人物而已，用得着这么大的阵仗吗？"笑着看向驾驶位上的韩奕，滕淑英轻声问道。

"还不是拜你所赐。"从后视镜看着她，韩奕冷冷地勾起嘴角，"好久不见，看来你这几年在国外，过得并不怎么样。"

滕淑英和三年前相比苍老了许多。虽说女人到了一定的年纪，会老得比较快，但滕淑英头上的白发数量，很明显并不是她这个年纪应该有的。

车子开出机场，快速地朝着目的地奔去。楚逸辰早就已经等候在酒店，看到滕淑英后，目光阴冷尖锐。

房门关上，房间内只剩下他们三人。楚逸辰和韩奕也不客套，直接问出自己想知道的事情。

"说吧，那份验尸报告，是怎么回事？"坐在沙发上，韩奕比楚逸辰还要迫不及待地想知道。

滕淑英坐在他们对面，疲惫不堪地迎着两人的目光，竟也并不紧张害怕。

三年了啊，一转眼的工夫，时间竟然过得这么快。

她不是第一天认识韩奕，也不是第一天知道楚逸辰这个人。三年前，她就知道他们的身份，也想到自己在做了那件事情后，早晚会暴露从而会有面对他们的一天。可是，即便早就料到会有今天，她也还是做了。或者说，如果一切重来，再给她一次选择的机会，她还是会那么做的。

"报告是别人事先做好拿给我的，是上头的人。"滕淑英没想过要抵抗或者是怎样，当警察那么多年，她很清楚在面对各种人群时，应该做出怎样的反应。

"我什么都不知道，给我报告的是张局，我没有别的选择。"

"张局？"韩奕知道她说的是谁，都是一个公安系统的人，低头不见抬头见。不过张安去年就已经退休了，真是没想到，这件事竟然和他还有关系。

"你怕张局，难道就不怕我们？"皱着眉头看向滕淑英，韩奕追问，"你应该清楚事情一旦暴露，你需要面对怎样的后果以及要承担什么样的责任。"

"我清楚，可是就像我刚刚所说的那样，我没有别的选择。"滕淑英的声音毫无波澜起伏，就连双眸也像是一潭死水般。

"这件事情不是那么简单的，中国这么大，有权有势的不单单只有你们几个。这次你们遇到的，很有可能就是和你们平起平坐的一些人。他们事先早有准备，就连我这样一个小角色的身份背景，他们都查得一清二楚，并且能准确地摸到我的弱点，作为筹码来要挟我。韩奕，凭你警察的身份和直觉，你觉得这是一天两天能办到的事吗？"滕淑英把话说得透彻明了，"我儿子的病，你应该知道。但是局里面知道这件事的人屈指可数。他们给了我三百万，并且为我安排好了后路，让我有足够的时间和精力，能陪在我儿子的身边。三百万，对你们来说是小数目，可对我一个法医来说，已经很多了。"

滕淑英的儿子得了癌症，这事儿韩奕的确知道。和楚逸辰互相交换了一下眼神，韩奕点了根烟，已经做好了明天去拜访一下张安的准备。

"从始至终，和你有接触的人，只有张安一个？"楚逸辰总算是开口，问了她一句。

"只有他一个人。不过作为当时的局长，他的分量已经足够了，不是吗？"滕淑英点头承认，"你夫人的DNA资料，应该不是什么人都能拿到的吧？我看上面的数据，不像是单纯编出来的。所以，你们是不是应该从身边的人开始调查，会比较靠谱一点？"

"你儿子现在怎么样了？"楚逸辰不答反问。

听到他的询问，滕淑英呼吸一顿，目光瞬间发生了改变。

"已经死了吗？"看出滕淑英的情绪波动，楚逸辰风轻云淡地笑道，"怪不得，你能如此淡定地说出这些话来。看来，你是抱着一颗想看好戏的心回来的。"

楚逸辰说话一点都不客气，他没有那么多的同情心，更何况是面对一个曾经害过他妻子的人。

"韩奕，走了。"楚逸辰叫上韩奕，起身准备离开，临出门的时候，吩咐门外的人把滕淑英给盯住，没有他的允许，绝对不允许她离开这个房间一步。

酒店楼下的停车场，两人靠在车边，都沉默地抽着烟，相视无言。他们很清楚，滕淑英说的那些话是真的。早有预谋要害顾筱筱，而且还能说动张安那种人帮忙的角色，究竟是谁？

"我明天去张安那边一趟。"踩灭烟头，韩奕低声说道。

"不用，我安排人过去。"快速否决韩奕的决定，楚逸辰冷静地说道，"你现在是关键的时候，这件事不要牵扯太多。"

"你是第一天认识我？"戏谑地一笑，韩奕说道，"我什么时候在意过那些事？再说了，那些老家伙不看僧面看佛面，就算看不惯我，也要看看韩家，看看你们楚家的脸色。"

年纪轻轻就要当公安厅的一把手，这可不是什么人都能做到的。楚逸辰担心会有什么风吹草动，也是理所应当。

在他看来，官场可比商场要难混得多，不然他当年也不会冒着被楚云飞打残的风险，从部队里逃出来。

"话虽这么说，可该防的还是要防着点。咱们当初就是太疏忽大意，所以才绕了这么大一个圈子。大哥有时间，明天让他过去，你等消息就成。"

时间已经不早了，楚逸辰和韩奕两人商量决定完后，就各自开车离开了。

楚逸辰回到家的时间，刚刚好晚上十二点半。

颓唐地坐到沙发上，楚逸辰拿出手机翻看了一下。没有顾筱筱的电话，也没有信息。真是个没良心的小东西……

无奈地叹了口气，楚逸辰脱衣服去洗澡。天亮以后还有很多事在等着他，他可没有时间在这里，因为自己小妻子的冷落疏忽而垂头丧气。

同一时间，日本已经是凌晨一点半了。

顾筱筱坐在书房打着哈欠，伸了个懒腰，松了松筋骨，看了看墙上的时钟后，才意识到已经这么晚了。

按了下桌面上的手机，什么提示都没有，冷哼一声，她起身出门，给自己冲了杯咖啡，继续回来奋斗。

她也不知道自己是什么毛病，本来以为没有楚逸辰在，没人骚扰她了，她就能安心睡个好觉，可谁知，在床上滚到了晚上十一点多，她还是毫无睡意。

一个人实在是无聊，两个孩子又早就睡下了，所以最后她只能用工作来打发时间，填补心中的空虚。

空虚……

顾筱筱端着咖啡想着这个词，自己都忍不住要嘲笑自己。

她什么时候这么不甘寂寞了？楚逸辰前脚刚走，她后脚就空虚了？

工作到凌晨三点半，顾筱筱迷迷糊糊地回到卧室睡觉。早上七点她准时起床，小旋风一样下楼准备早餐，照顾两个孩子。

谦谦和染染不上幼儿园，顾筱筱总是担心会影响他们的正常成长，所以她要教他们小孩子应该懂的一些知识，还要带他们出去玩出去跑，让他们尽量多地和别人接触。

让顾筱筱欣慰的是，她的孩子，不管见到谁，还从未有过怯场的模样，虽然在家里黏人一些，脾气大了一点，可是带出去，真的是倍儿给她长脸。

国内的事情多到超乎楚逸辰的想象，所以，他没办法按照之前约定好的时间去日本，无奈之下只好给顾筱筱打电话，和她解释。

"没关系啊，工作比较要紧，我照顾他们两个也没什么难度。坂本先生那边，我自己过去就好，你不用担心。"

"宝贝儿，我……"

"不用说，我明白的。"微微一笑，顾筱筱靠在墙上，看着窗外，幽幽地说道，"我等你回来。"

目光一闪，楚逸辰嘴角微扬："好，等我。"

挂了电话，楚逸辰心情有点好。楚筱郗坐在他的对面，全程目睹他的表情变化，然后八卦地问道："筱筱说什么好听的话了，把你哄得这么开心？"

瞥了她一眼，楚逸辰才不会乖乖回答她的问题。

"哥啊，公司忙成这样，你还要调查车祸的事，这十天半个月的，你也回不去呀。要不我去日本陪她吧，你看怎么样？"

楚筱郗已经在家憋了好长时间，早就想出去走走了。

"日本那边出了什么最新款的包？"楚逸辰一语道破她心里的小算盘，"还是想过去买什么衣服、化妆品？"

"你开什么玩笑？我大天朝地大物博，有钱什么买不到，还用得着我特意跑到日本去？"有点心虚地缩了缩脖子，楚筱郗义正词严地说道，"我是去陪你老婆的，你能不能正经一点？！"

"好，我正经一点。去吧，机票用我给你订吗？"

"不用不用，这点小事哪用得着你，我自己来就成！"摆了摆手，楚筱郗起身就走，懒得再和楚逸辰多说什么。她回去订了机票收拾行李，准备带儿子出去玩一圈。

滕淑英那晚说的话，楚逸辰一直都记在心里。

能拿到顾筱筱的DNA检验报告的人……

电话铃声打断了他的沉思，他看了眼电话号码，是楚逸轩的。

楚逸轩办事，楚逸辰自然是没什么好说的。简单地聊了几句后挂断了电话，他靠在椅背上，规划着自己最近这几天的行程。

广州白家，近一周都笼罩在一种低沉的氛围之中。

白沫儿又住院了，而且这一次的情况，很明显要比之前的几次严重许多。

重症监护室内，她已经昏迷两天了。冯笙溪一直守在病房外寸步不离，生怕一个不留神，自己的女儿就会离自己而去。

白沫儿已经挺不住了……这是大家都明白，却也都不愿意接受的。

她现在连走路的力气都没有了，就连说话的声音，都很轻很小。每一次看到她这么痛苦难受，冯笙溪都心如刀绞。

时间缓缓流逝，终于，白沫儿在昏迷后的第三天，醒来了。

睁开眼睛，她看到床边眼角泛红的冯笙溪，勉强扯了扯嘴角，有气无力地说道："妈，我想见姐姐。"

"睁开眼睛就是顾筱筱，你这孩子到底是着什么魔了？"

"妈，我有话想和她说。如果这些话不说出来，我就算是死，也不会瞑目的。"不去看冯笙溪的神情，白沫儿转头看向窗外。

"什么死不死的，别胡说八道。"

冯笙溪的紧张让白沫儿缓缓一笑，她自己的身子，她比谁都了解，这一次，她是真的活不长了。

410

第18章

"妈，尽快帮我安排吧。"白沫儿不愿再多说其他的，因为觉得特别累。

顾筱筱一个人在日本带着两个孩子，生活也算是忙碌而充实。三天的时间很快又过去，这天傍晚，她带上两个孩子一起出发，前往坂本裕介的住处。

"抱歉，今天家里没有其他人，所以只能把他们带过来了。"进了屋，看到坂本低头看自己身边的孩子，顾筱筱有些不好意思地说道。

"爷爷好。"不等顾筱筱再说什么，谦谦、染染异口同声地看向坂本打招呼。

"你们好。"

和坂本聊了大概有十分钟，两人进了书房。

"哥哥，你在看什么东西？"客厅里空荡荡的，楚慕染跑到楚慕谦的身边，好奇地看着那柜子，不知道里面是什么。

"这个，好玩。"小小的手指透过玻璃窗指了指里面的东西，楚慕谦小声地回道。

回头看了看身后，顾筱筱和那个奇怪的爷爷已经不见了，楚慕谦想了想，有点在意地问："那个老爷爷就是妈妈说的医生吗？"

"我也不知道。"扯了扯他的衣服，楚慕染开始撒娇，"哥哥，背。"

她实在是太无聊了，只能欺负楚慕谦玩。楚慕谦眉头一皱，但还是没有拒绝她的要求。

两人身高、体重都差不多，所以楚慕谦背起妹妹，还是挺费力的。

两人从楼上到楼下，再从楼下到楼上，反反复复，楚慕染玩得开心，楚慕谦累得满头是汗。等坂本裕介从书房中出来的时候，他们已经相互依偎着，坐在楼梯上睡着了。

坂本走近后，楚慕谦迷迷糊糊地睁开双眼，看到是他，很快就精神了。

"我妈妈呢？"他小声问道。

"她等一下就出来了。"蹲下身子，坂本裕介和他对视，"你刚刚是不是看那边柜子里的东西了？"

"我没有打开柜子。"目不转睛地看着坂本，楚慕谦表示自己是个听话的好孩子。

"那你知道里面是什么吗？"

"棋。"

听了楚慕谦的回答，坂本裕介轻笑出声。玻璃柜里装的，不过是一堆他自制的玩具而已，在别人看来，那就是一堆木头垃圾。可没想到，这小东西却能看出来他的本意。

"你会下棋吗？"

"会。"

"走，我们去下一盘。"抱起沉睡中的楚慕染，坂本裕介率先朝着客厅走去。

楚慕谦迈开小腿，跟在他的后头，可心里还惦记着顾筱筱。

"我妈妈生病了吗？"规规矩矩地坐在沙发上，看着走回来的坂本裕介，楚慕谦不开心地低声问道。

"你觉得你妈妈像是生病了吗？"

摇了摇头，楚慕谦自然是不愿意承认顾筱筱有病的。

坂本见他人小鬼大的样子，无声地一笑。

几块木头，几块石头，摆在桌面上，一大一小两人，沉默地下着自己手中的"棋子"。才走了没几步，坂本裕介看向楚慕谦的眼神，就又发生了变化。

这孩子……还真是不一般啊。

"啊，我输了。"意料之外，坂本裕介欣喜地看着楚慕谦。

小家伙脸上也挂着开心的笑容。

看了眼时间，他起身回顾筱筱那边去，对楚慕谦说："在这儿等一下，我很快回来。"

房间内的顾筱筱，似乎被困在了噩梦中，坂本裕介过来的时候，她正满头大汗，挣扎着想要醒来。

快步走了过去，坂本低声和她说着话。

电话？

抓住话中的关键点，坂本裕介眯了眯眼睛。本想继续下去，可是顾筱筱的情况实在不算好，他只好先将她叫醒。

满头大汗地睁开眼睛，顾筱筱有种浑身无力的虚脱感。迷茫地看向坂本，她不知道自己是怎么回事，为什么会这么累。

"没事了，不要怕。"递过去纸巾给她擦汗，坂本裕介转移话题，转移她的思绪，"你的儿子很聪明。"

"谦谦？"没想到他会突然说出这么一句，顾筱筱温婉地一笑，"谢谢，小家伙记

412

性比较好，平时背什么东西，速度都是很快的。"

"他可不单单是记忆力好而已。"

"嗯？"疑惑地看着坂本，顾筱筱觉得他对自家儿子好像很感兴趣的样子。

"最近过来的话，就带他一起吧。"

"好，我知道了。"点了点头，顾筱筱起身跟随坂本下了楼。

楚慕染还躺在沙发上睡觉，楚慕谦还坐在那里，盯着桌子上的一堆东西发呆。

"妈妈！"看到顾筱筱回来，他赶紧跳下沙发扑了过去。

"乖。"摸了摸他的头，顾筱筱看了眼墙上的时钟，晚上九点多。不知不觉中，一个多小时就这么过去了。

"今天已经不早了，先回去吧。明天晚上七点，再过来一趟。"

"明天？"顾筱筱怔了一下，"不是三天后吗？"

"明天过来。"

"好，我知道了。"

带着孩子回家，顾筱筱没想到，会在家里见到楚筱郗。

楚筱郗刚把孩子哄睡着，正穿得清凉，坐在客厅里看着电视吃着西瓜。听见开门声，她就知道是顾筱筱回来了。

"你来之前怎么也不告诉我一声？我好去接你！"蹙眉看着她，顾筱筱叹气道，"你不说，楚逸辰也不说。"

"临时决定要过来的嘛，都是自家人，在意这个干什么。"蹲下身子亲了亲两个小宝贝，楚筱郗笑着问道，"你们说对不对？"

"姑姑说得对。姑姑我想你啦。"楚慕染抱住楚筱郗，吧唧一口亲在她的脸上，让楚筱郗心花怒放。

"哎哟我的小宝贝儿，姑姑也想你了。"抱起染染，楚筱郗喜欢得不得了，"明天姑姑带你去逛街，给你买新衣服好不好？"

"不要太惯着她，不然以后不好管。"顾筱筱跟在身后，提醒道。

"我们家染染不用管，自己就听话得不得了，对不对？"坐到沙发上，挖了勺西瓜喂到楚慕染嘴里，楚筱郗夸奖道。

"对！"

"你这么喜欢女儿，怎么不和承朗再生一个？"

"你饶了我吧，什么时候你生我再生，不然我一个人遭罪受累，心里会不平衡的。"楚筱郗大大咧咧地回答，"现在挺好的。反正我有染染，不急。"

"姑姑，哥哥也来了吗？"楚慕谦看了看四周，不见安景琰，有点不高兴。

"来了，在楼上睡觉呢，要去找他玩儿吗？"

"不了，明天玩。"摇了摇头，楚慕谦乖巧地坐在顾筱筱身旁，身子一歪，靠在顾筱筱身上。

"妈妈我好累呀。"长叹一口气，楚慕谦忽然像个大人一样感慨道，"好累好累呀。"

"你是好困啊，好困好困啊！"顾筱筱笑着揉了揉他吃得圆滚滚的小肚子，顺便摸了摸他的痒痒肉，把他弄得笑个不停后，抱着他上楼洗澡睡觉。

快速安顿好两个孩子，顾筱筱匆匆下楼去陪楚筱都。楚筱都正在看综艺节目，乐得前仰后合。

"不行了笑死了，这节目太色了。"瘫倒在顾筱筱的怀里，楚筱都叹道，"宝贝儿啊，你在日本这么多年，怎么也不见你变得色一点啊？"

"你怎么知道我没变？要不要我色给你看？"

"变了？那我哥岂不是要高兴死了？"楚筱都不正经地笑道，"宝贝儿你跟我说实话，你有没有勾引过我哥？"

顾筱筱被她弄得面红耳赤，还是闹不过她。

"脸红什么呀？又没外人，就咱们两个，你快告诉我。"挤眉弄眼的，楚筱都追问。

"多大的人了，还这么不正经，我不理你了。"

"就是大了才不正经，换作以前，我还不好意思问呢！"楚筱都撇嘴笑道，"看你的反应，是有咯？"

"没有！"

"咦？那岂不是很可惜？"楚筱都有些失望地道。

"不和你闹了！我还答应楚逸辰要给他打电话的，你等我一下。"说完她逃也似的从楚筱都的身边跑开。

看着她的身影，楚筱都忍俊不禁。

还是和几年前一样好逗啊……几句话就现了原形。

夜深人静，两人躺在床上，手牵着手继续聊天。

"我在家的时候就总是不放心你，难得我哥不在，就赶紧跑过来了。"

"我又不是小孩了，你不放心我干什么？"

"不放心你这个拗脾气啊。"楚筱都笑了笑，道，"你一直是个慢性子的人，以前跟我哥在一起时，基本上全都是他主动。"

感情这东西，真的是需要培养、需要两个人去经营的。三年不见，一切重新开始。从前属于楚逸辰的一切全都归零，如果说他心里不急、不气，那楚筱都根本就不会相信。

"我觉得我哥这辈子，是把所有的耐心都用在你身上了。可你现在对他没感情，所以他有时候会暴躁也在所难免。你们两个人，我一直是偏向你这边的，以前是这样，现在也不会变。"

"我知道你是为我好。"扭头看着她，她对自己的好，顾筱筱从不怀疑。

"所以我说的话你要听。我和安承朗这些年，是一路吵过来的，我是有经验的人，你必须要相信我的话。宝贝儿，主动一点，对你对他，都是好事一件。"

"主动？"

楚筱都的话让顾筱筱有些为难。怎么主动？

"除非你对我哥一点感觉都没有，不过我不信。虽然不太愿意承认，可是说实话，我哥那张脸长得还是不错的，对吧？"

"你怎么又不正经起来了……"

"我是在夸你老公，哪里不正经了？！"

"宝贝儿，你还记得沐云帆吗？"楼着顾筱筱，楚筱都问道。

"不记得。"

"还好你不记得，不然我哥一定会气得鼻子冒烟。"

"沐云帆是谁？为什么他会生气？"轻笑出声，顾筱筱忍不住好奇地问道。

"你的青梅竹马加初恋啊，不信的话等他回来以后，你和他提提沐云帆，看他什么反应！"

"我才不要……他生气很吓人的。"想起楚逸辰发火的样子，顾筱筱撇了撇嘴，不愿意主动去找事。

"他生气也不敢把你怎么样啊！"这话楚筱都说得特有底气，"谁不知道他楚逸辰最怕的就是你？我告诉你啊，下次他生气的时候，你就撒娇。男人很吃这一套！没事儿撒撒娇，耍耍小脾气，反反复复换着来，他拿你一点办法都没有。我对安承朗就是这样，打他九巴掌给一个甜枣，他就完全不记得之前的疼了。"

顾筱筱抿嘴一笑，觉得楚筱都和安承朗的感情真的好。

陈奕迅有一句歌词唱得很对：被偏爱的都有恃无恐。只有真爱的人，才敢这样。

"筱筱，你现在还喜欢我哥吗？"没听见顾筱筱的回应，楚筱都蹙着眉头担心地问道。

顾筱筱身子一僵，因为楚筱都说到了关键的地方，她垂头不语。

她的反应可是把楚筱都给吓坏了："筱筱……你……"

"喜欢。"抬起头来打断楚筱都的话，顾筱筱鼓足勇气承认道，"我喜欢他。"

"我的天，你吓死我了，我还以为你这心让那个姓龙崎的给勾去了呢！"拍了拍胸口，楚筱都松了口气，也就更有心情逗她了，"你这话，跟我哥说过吗？"

怎么可能说得出口？

顾筱筱摇了摇头，低声说道："我觉得我和他之间有隔膜。每一次在我认为我和他的关系、感情能再进一步的时候，都会发生一些事情。要么争吵，要么冷战。虽然每次他都会低头来哄我，可是筱都，他的不耐烦，我还是能感觉到的。"

楚筱都说得没错，楚逸辰的确是生了副好皮囊。顾筱筱从不否认楚逸辰的脸会让人赏心悦目，而就是这样一个优质的男人，每天在你的身边打转，换作任何一个女人，都不会对他没有感觉。

"我和他最近都比较忙，他忙着公司的事，忙着去调查我当年车祸的原因。我也忙着公司的事，忙着去见心理医生，找回丢失的那部分记忆。我也想过坐下来好好地和他聊一聊，可总是缺那么一个机会。你那么了解我，应该知道我是个内心戏比较足的人，我有时候会多想，可有时候又不愿意把心里想的说出来。"

"我知道，你们摩羯座的人都这个德行，没救了！"

所以顾筱筱能亲口承认喜欢楚逸辰，那就表明楚逸辰在她心里已经有一定的分量了。

如此一想，楚筱郗总是有一种"不愧是我哥"的感觉，几年前他能把顾筱筱搞定，几年后还是如此。

两人聊到深夜，不知不觉就睡着了。顾筱筱睁开眼睛的时候，天已经亮了，看了看时间，早上五点半。

不想起床，于是她拿过手机想打发时间，没想到却看到了楚逸辰昨晚发来的信息。

一些甜言蜜语，让她嘴角微扬。

他说他想她，叮嘱她不要在他不在的时候，偷偷去和龙崎拓海见面。

顾筱筱认真地看着他的信息，然后鼓足勇气回复："你是我的，不会跑。我是你的，跑不掉。楚逸辰，对我有一点信心，我不是那么随便的人。"

国内，楚逸辰在公司凑合了一夜，连家都没有回。早上醒来后就匆匆洗漱然后开会，等他看到顾筱筱回复的消息时，都已经是中午了。

若有所思地看着每一个字，看了很久后，楚逸辰舒心一笑。

忙了差不多半个月，楚逸辰终于启程去日本。

夜晚，顾筱筱迷迷糊糊地躺在床上，当房门被人打开的时候，她下意识地出声："筱郗？"

她是闭着眼睛询问的，等了片刻，却没有听到对方的回应。

警觉地睁开双眼，顾筱筱在看到一团黑影朝这边走来的时候，心都快要跳出嗓子眼儿了。

"啊！"她惊呼一声。

房间里的灯很快被打开，她惊魂未定地看着一脸淡然地站在那里换衣服的楚逸辰，觉得他的眼神里还有丝丝嫌弃。

顾筱筱定定地看了他几秒，然后猛地躺回床上，扯过被子把自己蒙在了里面。楚逸辰也不急着过来，穿好了衣服进浴室冲了个澡，重新关掉卧室内的灯后，才不紧不慢地走了回来。

掀开被子，拉过背对着他的人的胳膊，楚逸辰低声开口："过来。"

顾筱筱的抵抗在他的意料之中，可女人毕竟是女人，小小的力气，完全可以忽略不计。

把人往自己的怀里一拽，楚逸辰抱着她僵硬的身子，皱眉问道："屋里就咱们两个，你能躲到哪儿去？"

"你怎么回来也不提前告诉我一声？"

"想给你个惊喜。"楚逸辰轻笑一声，亲了亲她。

三天没睡觉，楚逸辰疲惫不已，抱着她柔软的身子，很快就睡着了。第二天早上醒来，顾筱筱去楼下做饭，他去叫几个孩子起床。

因为孩子年龄渐渐大了，所以顾筱筱也就不让他们住在一个房间里了。这些天，楚慕谦一直都是和安景琰睡在一起，而楚慕染则是一个人在她的房间。

楚慕谦早就醒了，正赖在床上等着顾筱筱找自己，没想到，等来的却是楚逸辰。

在看到楚逸辰的第一眼，楚慕谦脸上的表情就变了变，那很明显不是开心的表现，而是失望。

"舅舅！"相比之下，安景琰看到他的反应就热情多了。

"妈妈呢？我要妈妈。"坐起身来，楚慕谦不情愿地自己找衣服、裤子穿，和楚逸辰说着话。

"妈妈回家了，以后我留在这边陪你们。"

楚慕谦身子瞬间僵住，抬头看着他，满脸的不敢相信："你骗人，妈妈才不会丢下我。"

"那你去房间里找找看，看看她还在不在这里。"

楚逸辰依旧站在那里，不打算伸手帮忙。楚慕谦上衣才把头套进去，两只袖子还没有穿好，下面也只穿了条小内裤，一听这话，彻底急了。

手忙脚乱地从床上跳下来，衣服也不穿了，鞋子也不找了，他光着脚丫就奔着顾筱筱的卧室跑去。在看到空荡荡的房间后，他脑子里一片空白，呆了差不多有十几秒后，哇的一声哭了。

顾筱筱正在厨房熬粥，听到楼上的哭声。她眨了眨眼睛，在确定自己没有听错后，赶紧上楼，找到了站在她房间门口，哭得狼狈的楚慕谦。

"妈、妈妈。"看到顾筱筱，楚慕谦转身就扑了过去。

楚筱都也被他的号啕大哭给吵醒了，睡眼惺忪地打开房门想要一探究竟，结果就看到楚逸辰抱着染染，不慌不忙地从她房门口经过的画面。

"谦谦不哭，告诉妈妈，怎么了？"俯身把儿子抱起，顾筱筱心疼地给他擦眼泪。

趴在顾筱筱肩头，楚慕谦死死地抱住她的脖子，哭声慢慢变小。

"爸爸说你走了，妈妈你不要走，走的话也带上我好不好？"他恳求地看向顾筱筱问道。

他的话刚说完，始作俑者就从走廊的另一端缓缓走了过来。

"你大早上的怎么就把他给弄哭了？无不无聊？"不满地看向楚逸辰，顾筱筱蹙眉问道。

楚逸辰不以为然地看了看顾筱筱怀里惨兮兮的儿子，云淡风轻地一笑，说出一句让顾筱筱哭笑不得的话："谁让他和我抢老婆。"

"你幼不幼稚！"顾筱筱脸颊微红，厉声叱道。

"等我长大了，妈妈就是我老婆！"霸道地搂住顾筱筱，楚慕谦看向楚逸辰挑衅道。

"腿给你打断。"撇了撇嘴，楚逸辰扔下一句话。

楚慕谦吓得脖子一缩。

怎么办，爸爸要打自己……

不知道该怎么接楚逸辰这话，楚慕谦撇了撇嘴，看向顾筱筱，寻求帮助。

顾筱筱无奈地翻了个白眼，转身带着楚慕谦离开，懒得再和楚逸辰多说什么。

在家待了一天，傍晚楚逸辰带着顾筱筱到了坂本裕介的家。

坂本看了看顾筱筱身后的人，问："什么时候过来的？"

"昨晚到的。"

"筱筱，你去书房等着。"

顾筱筱一来，就被坂本裕介给打发走了。她有点心慌地回眸看了眼楚逸辰，也不知道坂本是要和他说什么。

迈步离开，顾筱筱的步伐特别慢。坂本裕介似乎发现了她的心思，所以也不急着和楚逸辰说正事，只是随意地聊着天，让人听不出来他的重点在哪里。

一个人进了书房，顾筱筱一颗心全都在外面。

坂本裕介应该是要和楚逸辰说她现在的情况吧？也不知道是好是坏……

确定顾筱筱已经到了书房，听不到这里的对话，坂本才放心地和楚逸辰说起她的事情。

"查得怎么样了？"

摇了摇头，对于顾筱筱是否有被下药的经历，楚逸辰还是无法得出一个确切的答案。

楚逸轩那边的确已经见到了张安，也从张安嘴里问出了一些事情，但是结果和他们想象的大不相同。这事儿，还有太多陷阱和坑等着去发现。

"她被下药了。"坂本裕介给了楚逸辰一个答案，"而且，如果我没猜错的话，我想我应该知道，当时给她催眠以及下药的人是谁。"

楚逸辰目光一闪，不知道坂本是如何确定这件事的。

"服用药物真的能让人忘记过去的一切吗？"

看出楚逸辰的疑惑不解，坂本裕介靠在沙发上，点燃一根烟，幽幽地说道："Cipralex，这是一种抑郁症患者经常会服用的药物，很常见。一般情况下，患者服用两周以上，记忆力就会渐渐减退，魂不守舍，不知道自己该干什么。就算是停药一段时间后，这种后遗症也依旧存在。"

"你的意思是，我妻子是因为这种药物服用多了，所以？"

"我的意思是，一种这么常见的药物，都可以影响人的记忆，那如果是一种被人故意研发出来的药物，再加上心理医生有意误导的话，就会导致筱筱现在的状况。我这一次让她休息了一个星期，是因为她已经被我逼到了一条绝路。"

回想起顾筱筱上一次被催眠后的状态反应，坂本裕介知道不能再继续下去了，不然她的精神会崩溃的。

"筱筱有很强的想要找回自己记忆的意愿，而她越是这样，在遇到瓶颈的时候，就越是容易出事。解药这边我会想办法，如果需要你帮忙的话，我也会和你提。至于筱筱，现在就半个月过来一次吧。这件事，真的急不得。"

"好，就听您的安排。"

坂本裕介和楚逸辰聊完后，才慢悠悠地走到了书房。

顾筱筱正襟危坐地等在那里，看到他进来之后，开始紧张。

"我下周要去一趟加拿大，所以你得半个月后过来了。"坐下以后，坂本裕介笑着说道，"我准备了一些鱼，等下你们回去的时候记得带上。"

顾筱筱连忙道谢，坂本说自己有事，她也不会过多追问什么，所以时间这个问题就这样轻松愉快地定下了。

说着话，闭着眼睛，顾筱筱很快就到了一种神志不清的状态。

坂本裕介努力地尝试着让她突破那一道无形的墙壁，可惜，和上一次一样，还是失败。

沙发椅上的顾筱筱，就像是身在那场车祸中，所有的感官都到了一定的程度，再继续下去，很有可能导致她就这样沉睡下去。

人变成植物人，有很多原因。身体还活着，可是脑子却已经死机了。

坂本裕介可不希望顾筱筱本人没在那场车祸中死掉，却"死"在了回忆当中。

及时收手，看着渐渐安静下来却泪流满面的顾筱筱，坂本知道她十分痛苦。

静静地注视着顾筱筱，坂本裕介微眯着双眼，待她渐渐平静之后，并没有像之前几次一样，让她在这里休息一段时间，而是马上将她弄醒，让她回家去。

顾筱筱依旧是完全不知道发生了什么，只觉得身子很累，很痛。

坐在回家的车上，她把头靠在车窗上，心情有些沉重，不想说话。

睨了她一眼，楚逸辰想到坂本裕介之前和自己说的那些话，拉过顾筱筱的手："听坂本先生说，你之前因为和我吵架的事情，很失落？"

"他乱说！"

"哦？是吗？"看着顾筱筱紧张的样子，楚逸辰淡淡一笑，"心理专家的话，应该要比你这个小骗子可靠一点吧？"

"你才是骗子！"抽回自己的手，顾筱筱双手环在胸前，扭头看向窗外，不理他了。

心里虚虚的，就像是秘密赤裸裸地摆在别人面前似的。一路沉默着直到家中，顾筱筱下车就往里面冲。

上午九点多，国内白家。

白沫儿自从和冯笙溪说她想见顾筱筱之后，已经过去快一个月的时间了，可是人，她却还是没有见到。

终于从医院转回了家中，不过每天依旧会有医生来看她的情况，她也依旧不能离开家中。

躺在床上度日如年，白沫儿无聊地看着电视剧，看着娱乐八卦，想等冯笙溪晚上回来的时候，再问问她事情办得怎么样了。

她无聊地玩着电脑，看着泡沫剧。剧中的女主角光鲜靓丽，化着精致的妆容，穿着漂亮的衣服，戴着精美的首饰。剧情也还是一如既往地俗套。

白沫儿看着看着，忽然发现这女主角脖子上的项链，她好像也有一条，而且是几年前顾筱筱送她的。

想到这个，她立刻按了暂停键，去了衣帽间。她已经太久没来过这里了，桌面的角落里都落了一层灰。

走过去动作缓慢地收拾了一下，白沫儿拿出几个首饰盒，翻了好一会儿，才终于找到了想要的东西。

果真是一样的……那电视剧是这个月刚上映的，足以见得，经典的东西不管过多少年，都不会过时。

看着项链，脑海里浮现出顾筱筱的音容笑貌，白沫儿咬了咬唇角，真的很想她。

没有比较就没有落差，想想顾筱筱以前对自己的百依百顺，再想想她现在对自己的爱答不理，白沫儿心中越发失落难过。

她果然还是发现了什么，所以才会这样的吧？

究竟应该怎么做，才能求得她的原谅？是不是直到自己死的那天，她也不会再像以前一样对自己了？

颓唐地坐在椅子上，白沫儿思绪万千。

看着那些从顾筱筱手上拿来的首饰，白沫儿忽然很想送她礼物。

呆坐了好久，她起身去了冯笙溪的衣帽间。她知道那里有不少时尚杂志，也可以顺便看一看冯笙溪的首饰箱，作为参考对照。

"姐姐那么年轻漂亮，所以妈妈有的东西就不能送给她，中年妇女的眼光，应该和少妇的不一样吧？"白沫儿一边走，一边小声地嘀咕着。

到了地方，她动作利落地把冯笙溪的首饰盒全部找了出来。

单手托腮，白沫儿认认真真地看着每一样东西，想象着它们戴在顾筱筱身上的样子。因为东西太多，所以看了一会儿，她就有点眼花缭乱了。

怎么办？都好看，都想买给顾筱筱……

视线慢慢地在桌面上扫视着，突然，白沫儿看到一枚有点眼熟的戒指。

目光一闪，她快速把那戒指拿了过来，睁大眼睛看了又看，觉得和顾筱筱的婚戒好像啊……

白沫儿当初就很喜欢顾筱筱的那枚戒指，还曾坏心眼儿地把它偷了回来，只为了把顾筱筱引到自己身边。

但幼稚归幼稚，她也是真的喜欢那枚戒指，因为款式什么的都是第一次见到。

听说那戒指是楚逸辰特意找人定做的，外面买不到。可是眼前的这枚，为什么会这么像？

白沫儿满腹疑惑又有些欣喜，想着等冯笙溪回来，把这戒指要过来自己戴。不过又看了看，她发现事情好像有点不对劲。

这个戒指里面……为什么会刻着顾筱筱的英文名字？

目光僵直，白沫儿的指尖在微微颤抖。

她想了很多种可能，想了很多种借口，但不管是哪一种，好像都没办法完美地解释这戒指会在这里的原因。

猛地起身，白沫儿做贼心虚般将桌面上的首饰全都装回了首饰盒，把它们放回了原处，手心里紧握着的，是那枚疑似顾筱筱的婚戒的戒指。

心神不宁地回到自己的房间，白沫儿觉得自己的心脏都快要停跳了，端坐了好久，才渐渐冷静下来。

屋里屋外都静悄悄的，她低下头，仔仔细细地盯着那枚戒指，越发有种它就是顾筱筱的婚戒的感觉。

整个人像是被吸进了一个旋涡，白沫儿身子有点失重，没有力气地倒在了床上。清晰地听着自己的心跳声，她忽然好想就这样死掉，这样的话，她也就不用再去知道，戒指是怎么回事了……

"妈妈，你到底做了什么啊……"呢喃着，白沫儿心中特别不安、难过。她不会把戒指放回去的，她必须弄清楚事情的真相才行。

用力地咬着下唇，白沫儿给楚逸辰发了条信息。

"姐夫，看到消息后给我回个电话，我有事情想和你谈，是关于姐姐的。"

躺在床上抱着手机，白沫儿早就没了看泡沫剧的心思。她不知道顾筱筱现在的电话号码，可是楚筱都的，她却还是知道的。

下定决心，白沫儿抱着试试看的想法给楚筱都打了个电话，没想到的是，竟然打通了……

楚筱都接到她的电话很是纳闷："你找我有什么事？"

"筱都姐，你现在在哪里？B市吗？"

"我不在家，在国外。"以为白沫儿又是想来B市找顾筱筱，楚筱都连忙否认道，

"最近公司有事，我出个差。"

"哦，那你什么时候回家？"

"还不确定。你有什么事直接说。"

"我有点事情想问筱筱姐，不过……"

果然，还是冲着顾筱筱来的。楚筱都暗暗叹了口气，无心再去听她后面的话。

"筱都姐，我这次真的是有十分重要的事情要和她说，你回家后一定要联系我。还有，你如果有时间的话，多留意一下那个萧伊人吧。"

萧伊人？

很意外从白沫儿的口中听到这个名字，楚筱都疑惑地问道："她怎么了？"

知道萧伊人是安家旗下的艺人，白沫儿也不确定楚筱都会不会相信自己所说的话。可是该说的，她还是得说："我担心她会做出什么对筱筱姐不好的事情，她喜欢姐夫这件事，你我应该都心知肚明吧。"

一个十八线的小明星，通过楚逸辰的帮忙爬到一线的位置，又有机会和楚逸辰吃饭聊天，白沫儿不信她对楚逸辰没有非分之想。

白沫儿的话让楚筱都心中疑虑。

而在这之后的第三天，国内就发生了一件大事。

狗仔也好，媒体也罢，总是有事没事喜欢在夜深人静、很多人都睡着的时候，发布一些让人有"果然不应该早睡"这种想法的八卦新闻，而楚逸辰没想到，这一次竟然八卦到了自己的身上。

手指轻轻滑动着屏幕，看着上面的照片以及视频，他很确定这些画面不是PS合成的。虽然有剪切，但，却是真真切切发生过的事情。

原来这件事还有后续……

呵，有意思。

眼底寒芒一闪而过，楚逸辰侧着身子躺在那里，继续看手机上的内容。

顾筱筱一进屋，一眼就看出了他的神色有些不对劲："怎么了？"

楚逸辰看了看她，不着痕迹地关掉手机，坐了起来："没事啊，等你等得有点心急罢了。"

"骗人。"顾筱筱一口咬定他是在说谎，坐到床边，擦拭着头发，看似无所谓地说道，"不想说就算了，我不问就是。"

不是不想说，而是不能说……

楚逸辰心底一股火气，每次和顾筱筱距离拉近一点的时候，都会跑出来拦路虎，把事情搞得更糟。

他真的不想让顾筱筱看到这个，国内那边应该已经在处理这事儿了。

起身拍了拍顾筱筱的头，楚逸辰大步离开。顾筱筱看着他的背影，做了个鬼脸。

他刚才好像一直在玩手机吧？是工作上的问题吗？不应该……因为在顾筱筱看来，

好像还没有什么工作上的事情能把楚逸辰给难住的。

疑惑很快就被解开，顾筱筱看着手机上推送的消息，神色冷清。

风扬集团总裁召妓视频。

嚯——这标题取得可真够引人注目的。

顾筱筱磨了磨牙，想起了之前发生的一件事情，耐心地把整篇报道看完，一字不落，包括照片和视频，也全都看了一遍。她很意外地发现，自己竟格外平静。

不生气吗？

不，顾筱筱很气愤，她很清楚这一点。可是……

扭头看着从浴室内走出来、腰间只围着一条浴巾的楚逸辰，顾筱筱脑子一抽，拿起手机晃了晃，开了口："啊，被曝光了。"

楚逸辰脸色一沉，自然知道她说的是什么。

还没等他调整好情绪说些什么，就听到顾筱筱又说："原来那天晚上就是这个女的啊，奇怪，看照片也不怎么样嘛，他们怎么会想着给你找这人的？难道说，是我拉低了你在他们眼中挑选女人的水准？"

顾筱筱这么一想，不开心了。不管怎么看，她都比照片上的女人要漂亮吧？

顾筱筱一脸认真地自说自话，楚逸辰眉头紧锁地看着她，想从她脸上找到一丝愤怒的痕迹，可惜，没能如愿。

"看到了？不生气？"

"……"发现楚逸辰好像生气了的样子，顾筱筱想了一下，不知要怎么回答。

"那么多人知道我和别的女人开房，你却有心情和我开玩笑？"

"不然呢？我应该哭吗？"

楚逸辰的语气很不好，顾筱筱歪着头看他，还是刚刚那副面无表情的样子。

"那我哭给你看？"

被顾筱筱无所谓的反应给气到了，径直从她的身边经过，楚逸辰走到床的另一边，掀开被子躺下。

顾筱筱慢条斯理地擦干了身子，将浴巾送回浴室后，返回房间，顺手熄了灯。

黑暗中，她感觉得到楚逸辰身上的怒气。一直凝视着他所在的方向，顾筱筱伸手戳了戳他，问："你生气了？"

他用沉默给了她答案。

顾筱筱接收到他的意思后，又问："为什么？"

"你说呢？"楚逸辰没好气地反问。

"我不哭你也生气？"顾筱筱觉得委屈，"那我现在真哭给你看了？"

楚逸辰抓住她惹人嫌的手，不让她再在自己的身上戳来戳去。

顾筱筱有点反常，而这样反常的顾筱筱，让楚逸辰有种怀念的感觉。

抽出自己的手，顾筱筱继续戳他的肚子："问你话呢，要不要看我哭？"

她的话音刚落，楚逸辰就坐了起来。顾筱筱知道他是要做什么，但却还是没有猜对他接下来的举动。

　　他一伸手打开了床头的灯，顾筱筱刚抬头看了一眼，就被拽了过去，趴在床上，不等反应过来，屁股被他打了一下。

　　这一巴掌打得，不轻，也不重。力道刚刚好，不会太疼，可是，还是疼。

　　被打了……

　　顾筱筱身子一僵，不可思议地回眸看他。她怎么了他就打她？这人还讲不讲理！

　　对上她倔强的视线，楚逸辰抬手又是一下，打得顾筱筱叫了出来："疼！"

　　"楚逸辰你浑蛋！"如果说刚刚是开玩笑的话，那么顾筱筱现在是真的想哭了。

　　楚逸辰看到她朝自己扑了过来，完全不知道她想干什么，直到肩膀被她重重地咬了一口。

　　抹了抹嘴，顾筱筱看着自己的杰作，哼了一声："你打我两下，我咬你一口，算扯平了！"

　　"那我刚刚亲了你几次，摸了你几回，你还记得吗？要不要还回来？"楚逸辰眉头轻皱地看着她问。

　　顾筱筱咬了咬下唇，吐出一个让楚逸辰有点蒙的字："要。"

　　就像刚刚他的突袭一样，顾筱筱这次也完全不给他反应的机会，用力将他推倒在床，她也是不讲道理地趴在他的身上，对准他薄而性感的唇角就是一口。

　　"属小狗的？就会咬人？"楚逸辰笑了，反手将她抱住，不给她留后悔的退路，"你这吻技，可比那天晚上的女人差远了。"

　　双眸瞬间睁大，顾筱筱倒吸一口气："她亲你了？！楚逸辰，你不是说没碰过她吗？你又骗我！"

　　"我是没碰她啊，她碰我，这跟我没关系吧？"

　　眼底蹿起一团怒焰，顾筱筱这一次的生气表现得很明显。

　　"放开我！不跟你玩儿了！"厉声开口，顾筱筱满身火气。

　　楚逸辰饶有兴趣地打量着她的反应，嘴角微扬，已经忘了刚刚的不快。

　　"吃醋了？"扳过她转过去的脸，楚逸辰低声问道。

　　"鬼才吃醋！"不悦地瞪他一眼，顾筱筱咬牙切齿地说道。

　　"你不是那个小鬼吗？"见到她的反应，楚逸辰更加确定自己心里的想法。她知道吃醋了，这算什么，他因祸得福吗？

　　"好了好了别气了，刚刚是骗你的。她那么丑，我哪能让她占去便宜。"

　　顾筱筱红唇紧抿，也分不清他究竟哪句是真、哪句是假。

　　这男人太会勾人，就算那女的把持不住，冲过来强吻他，也不是没可能的啊！

　　"果然还是爱我的啊，懂得吃醋，就是有觉悟的表现，不错。"满意地点了点头，楚逸辰揉了揉她的头发，捏了捏她气鼓鼓的脸颊。

"谁稀罕吃醋！我又不是吃饱了撑的！不和你说了，我要睡觉！"

"不行，正事还没做，哪能这么早睡。"

暧昧的空气，凌乱的床单，诱人的呻吟，急促的呼吸。

时间一分一秒地流逝，可楚逸辰却希望时针能够走得慢一点，再慢一点。毕竟这样乖巧的顾筱筱，他不确定明天是不是还能见到。

无力地昏睡在楚逸辰的怀里，顾筱筱的手，和他十指相扣。安静地垂眸望着她，楚逸辰毫无睡意，轻轻为她理了理耳边的碎发，拉起她的手，吻了吻她戴戒指的无名指，熄了灯。

一觉睡到大天亮，顾筱筱动了一下身子，酸痛感让她瞬间睡意全无。楼下，楚筱郗黑着脸看着手机，心情十分不好。

召妓！这是哪个无良记者写出来的混账报道，让她查出来，一定手撕了他！

"哥！"看到楚逸辰走下来，楚筱郗心急地说道，"你怎么还有闲心逗谦谦玩儿啊！"

楚慕谦在楚逸辰的怀里，被他摸痒痒肉摸得咯咯直笑。

"爸爸坏！爸爸放开我，我要找妈妈！"

"妈妈等下就过来了，听话，不准闹她。"

抱着儿子坐到餐桌旁，楚逸辰瞥了眼她的手机亮着的屏幕，挑眉问道："不然呢？"

他不在这儿哄儿子玩，难道还要特意回国一趟，去处理这种垃圾新闻？

"风扬集团的公关部，如果连这点小事都处理不好的话，那也就没必要存在了。"

"可是筱筱……"

"筱筱早就知道，不用担心。这事儿已经在查了，是谁做的，一个月内肯定有结果。"楚逸辰轻松地笑着，看起来没把这件事放在心上。

可是楚筱郗太了解他了，目不转睛地盯着他，然后在他眼底深处发现了那抹不易发现的寒芒。

果然，他还是生气的。

想想也对，他的好脾气全都用在顾筱筱身上了，哪会由着这些人乱来。

决定回国，楚筱郗这次回去，不光是因为出来的时间有点久了，还因为她也想亲自查查这次楚逸辰的事情是哪家媒体爆出的，照片和视频的来源，又是从什么地方得到的。还有，白沫儿上一次打电话说的某些话，也的确值得她深思……

白沫儿已经从楚筱郗这里得到那位给顾筱筱制作婚戒的珠宝大师的联系方式。

能称得上是大师的人，都有一定的档次。而且像他们这种把珠宝当成艺术在做的人，骨子里有一种天生的傲慢。

说起傲慢骄纵，白沫儿自认不输任何人。但这一次，她愿意低声下气。

费了好大的力气，白沫儿终于联系到了她想要找的人。简单地自我介绍后，她就开门见山，直奔主题："因为我姐姐之前的婚戒是您为她制作的，她很喜欢您设计的珠宝首饰，所以我想，请您再为她设计一款珠宝，作为她今年的生日礼物送给她。"

"抱歉，我最近真的很忙，空不出时间。"对方婉拒。

白沫儿抿了抿唇，并未放弃："时间很宽裕，一点都不急，她的生日在一月份，您还有好几个月的时间可以准备。可是我就没有那么多的时间了。"

"这是什么意思？"

"意思就是，我活不到那个时候了，所以才会提前来找您。我很爱她，也很想亲手将这份礼物送给她，可惜我的病并不允许我这样。"

老外一向都喜欢打亲情牌，所以白沫儿这样说，也是赌了一把。

果不其然，对方真的被她说动了。听到对方答应，白沫儿一直悬着的心，也终于能够落地。

"我很抱歉听到这样让人难过的消息，你是个心地善良的好姑娘，我想你的姐姐也一定很爱你。"

心地善良……

他煽情的话，让白沫儿险些笑出声来。她的心有多么坏，只有她自己才清楚。

"你说我之前为她设计过婚戒，不知道能否把照片给我看一下？"

世界上有钱的不止楚家一家，有权有势能找到他，让他制作珠宝的人，也不止楚逸辰一个，所以他需要知道白沫儿口中所说的戒指是哪一款，也好确定那位女士的喜好风格。

"可以可以，我稍后就把照片发到您的邮箱里。"

"那好，我等你的邮件。"

挂了电话，白沫儿赶紧把戒指拍了张照片给他发了过去。结果不出三分钟，她就接到了对方的回电。

"我记得这枚戒指，因为这是唯一一枚我做了两次的作品。"

做了两次？那也就是说，有两枚一模一样的咯？

白沫儿很想知道他制作两次这枚戒指的原因，可是她不敢问。她担心自己一旦说漏嘴了，这人就会去找楚逸辰。到时候，如果楚逸辰把她当成偷顾筱筱戒指的小偷，那她就真的是有口难辩了。人证、物证俱在，她还能说什么呢？

"我会尽快完成你的愿望。"

"谢谢您，那我就等您的消息了。"

心惊胆战地结束了通话，白沫儿难受地看着手里的戒指。

冯笙溪是不可能去找这个人做一枚和顾筱筱一样的婚戒出来的，所以唯一的解释就是，这枚真的是顾筱筱的。

躺在床上默默地流着眼泪，白沫儿是真的怕了，她还从来没有这么害怕过。冯笙溪为什么要这么做？又是怎么拿到这枚戒指的？

一面是妈妈，一面是姐姐，她到底应该怎么选择……

　　冯笙溪出门几天，终于回来了。而那天离开的白英杰，则是到现在还没有回来。

　　晚餐吃得一点味道都没有，坐在冯笙溪身边，白沫儿有些心不在焉。

　　"沫儿，怎么了？今天的饭菜不合胃口吗？"看着她碗里几乎没动过的饭，冯笙溪担心地问道。

　　"下午零食吃多了，所以不饿。"

　　白沫儿和冯笙溪撒着娇，一切都和往常没什么不同。可是，一切又好像都不一样了。

　　深夜，白沫儿目光空洞地躺在床上看着天花板。

　　"啊，好累……快点死掉吧。"猛地闭上双眼，她心情烦躁地小声说道。

　　连衣服都没有脱，白沫儿蜷缩在那里睡着了。梦里，她梦见顾筱筱质问她为什么会拿着自己的戒指，质问她为什么要喜欢自己的丈夫。凌晨两点四十分，白沫儿终于从沉重的梦中，清醒。

　　红着眼睛看着时钟，她的心在隐隐作痛。

　　日本已经快凌晨四点了，姐姐这个时候，一定睡得很香吧……有姐夫陪在她身边，她一定会睡得很甜。

　　白沫儿将冯笙溪首饰盒中的那枚戒指偷了出来，这件事冯笙溪暂时还没有发现。但是纸包不住火，白沫儿知道早晚有一天会露馅的。

　　白英杰自从那天离开家之后，就一直没露过面，也不知道是执行什么任务去了。不过家里来了客人，白祁风也放暑假了，总的说来，还算热闹。

　　冯程，冯笙溪的弟弟，白沫儿的舅舅。

　　上一次见到他，真的是很久之前的事情了。白沫儿不知道他在哪个部门工作，只知道他经常神龙见首不见尾，神秘得很。

　　生在白家这样的家庭里，白沫儿从小就知道什么话不该说，什么问题不该问。所以就算再好奇，见到冯程后，她也从来没有问过关于他工作的事情。

　　"舅舅，你这次是不是能在我们家多待几天啊？小风老早就嚷着，想让你带他去打枪。"坐在沙发上和冯程聊天，白沫儿有些羡慕地说道，"当男孩子真好，我也想去玩。"

　　"当女孩子才好呢！夏天能穿小短裙！"白祁风在一旁抗议道。

　　"那你们男的还可以不穿上衣呢！臭小子不准顶嘴！"

　　"沫儿还是和以前一样，这么喜欢欺负弟弟玩。"冯程听着两人的对话，忍俊不禁。

　　"我怎么就欺负他了？舅舅你不能这样偏向，要实事求是啊。爷爷你说对不对？！"

　　"嗯对。"不远处的摇椅上，白安卿戴着老花镜看着报纸，心不在焉地回应着白沫儿的话。

聊了天吃了午饭，下午的时候冯程就带着白祁风出去玩儿了。白沫儿在家里继续看着无聊的电视剧，然后看到某个女配角床上的娃娃时，想起来她好像也有那么一个，不过已经不知道丢到哪儿去了。

是当成垃圾扔了吗？应该不会。难道说在储物室？心血来潮，白沫儿来到阁楼的储物间，看着摆在地上的几个大箱子，又有点后悔了。这里除了家里的阿姨之外，基本上是没有其他人会过来的。箱子上落了一层灰，白沫儿光是看着就觉得脏。

心里打着退堂鼓，白沫儿深吸一口气，打算回去了。可是刚一转身，她就听到了外面的脚步声。

除了她之外，还有谁会来这里？身子一转，白沫儿也顾不上脏了，往衣柜那么大的箱子后面一躲，坏心眼儿地想要吓吓前来的人。

冯笙溪推开门，并没有往里面走，站在那里小声地讲着电话。

白沫儿蹙着眉头，好奇地听着。

妈妈为什么要来这里讲电话？和她打电话的人，又是谁？

"我知道滕淑英在他们手上，不过她没什么用处，不必理会。就连张安都已经死了，还在乎再多死一个人吗？"

冯笙溪声音清冽地说着让白沫儿胆战心惊的话。

滕淑英是谁？张安又是谁？她想让谁死？

"她哪那么容易就想起来，当初我们不是花了大价钱才请到的那个人？你不是也说过他办事不用担心？现在怎么却怕起这个来了？"冯笙溪压低了声音，询问着对方。

"这件事除了张安和那个人以外，还有谁知道？那两个跑腿的不是已经处理掉了？就算顾筱筱恢复了记忆，也找不到我们身上来，她最多只会记得那通电话而已。"

顾筱筱……

这个名字一从冯笙溪的口中说出来，白沫儿险些一口气没喘上来，把自己憋死。

蜷缩着身子，抱着自己，她瑟瑟发抖。屏住呼吸，直到冯笙溪离开，她听到了关门的声音，才双腿发软地瘫坐到地上。

什么情况……

妈妈到底做了什么……

什么叫不在乎再多死一个人？什么叫就算她恢复了记忆，也找不到我们身上来？

筱筱姐是失忆了吗？因为失忆不记得自己，所以态度才会变成那样的吗？

电话里说的是什么意思？谁打的电话？妈妈为什么会知道这些？

白沫儿头痛欲裂，就连心脏也跟着一起凑热闹。

脸色苍白，嘴唇泛紫，白沫儿捶打着自己的胸口，无力地躺在地上，呼吸困难。

不知过了多久，她终于感觉好了一些，可是眼泪，却止不住地往下掉。

趁着没有人发现她的时候，她赶紧下楼回了房间。换了身干净的衣服，白沫儿就一直躺在床上，动也不想动一下，就连晚饭，都没有出去吃。

"怎么了？脸色怎么这么难看？"前来叫白沫儿去吃饭的冯笙溪，一看到她这个样子，担心地问道，"要不要去医院看看？"

"没事的妈，我就是……就是下午看了两集电视剧，哭得心里有点难受。"

"多大的人了还这么不懂事。以后不准再看那种东西，记住了没有？我去给你拿药，然后把饭给你端上来。"

不由分说，冯笙溪转身出门，没一会儿，就把饭和药都给她拿了过来。

白沫儿强迫自己吃了些东西，然后在冯笙溪的注视之下，将药吞进了肚子里。

"妈，我有点困，就先睡了。没下楼去吃饭，舅舅不会怪我吧？"

"瞎想什么呢，他怎么可能怪你。困了就睡，别多想。"宠溺地摸了摸她的脸颊，冯笙溪对她可谓是有求必应。

房间内终于又只剩下自己，白沫儿躲在被窝里又哭了一场，越发不敢去面对现实。

浑浑噩噩的，一个晚上她都没怎么睡着，第二天，整个人的状态自然是差得不能再差。

冯笙溪担心，就带她去了医院，可医生也没说什么，给她挂了点滴之后就让她回来了。

白沫儿的身体状况一直忽好忽坏，医生和家里的人也都习惯了。从医院回来后，她在房间躺了一会儿，然后去了书房。

白安卿在画画，见她过来了，有点惊讶："怎么不好好躺着？跑这儿来干什么？"

"想和爷爷在一起呗，难道爷爷不想见到我？"走到白安卿身边，白沫儿撒娇地说道。

"爷爷，你这画功真是越来越厉害了，回头也教教我，到时候咱俩闲着没事，就去街头卖艺，或者干脆办个画展，你看怎么样？"看着白安卿的水墨画，白沫儿感慨地说道。

"想得美，我都一大把年纪了，又不差那几个钱，才不去搞什么卖艺，像要饭一样，不好。"摇了摇头，白安卿拒绝了她的提议。

"说吧，你找爷爷有什么事？是不是又想偷偷溜出去玩，你妈不让啊？"了解白沫儿的那点小心思，白安卿放下笔，坐到椅子上，直视着她问道。

"我想见姐姐。"既然被看穿了，白沫儿就干脆直接说，"爷爷，你再帮我这一次好不好？"

"不行！"白安卿猛地一拍桌子。

白安卿的举动把白沫儿吓得脖子一缩，身子一抖。

"你就不要再想她的事情了！以后，就当没有她这个人，不准再提！"

对顾筱筱的事情，白安卿是十分气愤的。他这一辈子活了几十年，还是第一次三番五次想见一个人而见不到。

顾筱筱不给他面子，他就当她这个人彻底死了，所以现在楚家那边的事，关于顾筱筱的一切，他一句话都不过问。

　　"沫儿，听爷爷的话，好好在家里待着，不要想着到处乱跑。那顾筱筱没什么好的，你想要什么跟爷爷说，爷爷给你买。咱们不去B市受欺负。"

　　"我什么都不想要，只想见姐姐。爷爷，她从来就没欺负过我，一直是我欺负她。"扯了扯白安卿的衣角，白沫儿眼睛有点红，"爷爷，你不要说她死了那种话，她是你孙女啊，我们欠她太多了啊……"

　　白安卿是最见不得白沫儿哭的，一听她说这种话，又气又恼："我们欠她什么了？你又在哪儿听了谁的混账话？"

　　"我们欠她什么，爷爷难道不清楚吗？她妈妈就是被我们家逼死的啊！"哭着和白安卿说道，白沫儿抹了把眼泪，情绪真是有些控制不住了。

　　事到如今，就算白沫儿还不清楚三年前到底发生了什么，但她已经感觉到，那场车祸，和冯笙溪一定是有什么关联的。

　　顾筱筱的母亲就是因为他们白家而死的，难道说，三年前，顾筱筱又是差一点被他们家的人给害死吗？她明明也姓白，也是这家里的人啊！为什么会这样！

　　那枚戒指，冯笙溪的那通电话，一直压在白沫儿的心里，给她早就已经支离破碎的心，又增加了致命的负担。

　　这些秘密，她不敢说，一个字都不敢说出来，因为她太清楚，一旦事情曝光，将要面临怎样的后果。

　　白沫儿以前从来没有这样和白安卿说过话，听着白沫儿的指责，白安卿也是气到不行。

　　"不准胡言乱语！是那女人自己不知好歹，非要攀我们家的高枝，心理素质又不行，才会选择自杀的，跟我们有什么关系！"他依旧嘴硬地不肯承认自己当年的过错。

　　白沫儿泪眼蒙眬地看着他，也算是明白顾筱筱一直不肯原谅他们的原因了。

　　他们，真的不值得被原谅啊！

　　"爷爷，人都已经死了，你就说一句对不起又能怎么样！要不是你们这样，姐姐也不会不肯回家，不肯见我们啊！你难道就不怕等我死了以后，你没有孙女陪你玩儿吗？！姐姐那么好，你就不想让她陪你吗？！不想的话你之前又干吗一直去找她！你口是心非，你骗人！"白沫儿哭着喊了一大堆。

　　白安卿被她气得拳头已经握紧又松开了几次。这要是换成别人，他早一巴掌打过去了，可是白沫儿，不能打，也不能骂。

　　"你给我回自己的房间去！我不想再听你说话！"伸手指向房间的门，白安卿厉声说道，"我就你这么一个孙女！顾筱筱她不是我们家的人！"

　　"死要面子活受罪，我再也不跟爷爷好了！"哭着转身从白安卿这里离开，白沫儿已经完全不知道该怎么办才好了。

安安静静地躺在床上，白沫儿双目无神。

别人威胁的办法可能都是一哭二闹三上吊那种，但是白沫儿只需要一样——绝食，就够了。

不吃饭，他们不让她见顾筱筱，她就不吃饭。最后要是被饿死，而不是死于心脏病的话，她也算谢天谢地了。

渥太华城郊，某栋别墅内，坂本裕介坐在客厅内，耐心地等待着他想见的人。

对于他的到来，对方似乎一点都不着急。过了差不多半个小时后，对方才缓缓现身。而此时，坂本的耐心已经几乎快要用尽了。

和坂本裕介的身材矮小相比，从楼梯上走下来的男子，身高有些过于高大了。将近两米的高度，让他特别讨厌日本这个国家，因为在那里，他必须时刻都得低着头，一不留神还经常会撞到头。

"学弟，好久不见，什么风把你给吹来了？"手上戴着手套，手中却拎着酒瓶，他长发到肩，懒散地坐到坂本裕介的对面，打趣地问道，"是不是想通了，想来跟我一起过日子？"

前川勇，坂本裕介当年上大学时，学校的前辈。他有严重的洁癖，所以手上无时无刻不戴着手套。可他又极爱喝酒，所以如果不工作的话，一天有至少一半的时间，都是和酒混在一起。

至于性格方面，如果说坂本裕介的脾气秉性是有些奇怪，那么前川勇，就是实实在在的变态了。

是的，没错，当年上学的时候，就有很多人叫他"前川变态"。

而那些人现在有多少还活在这世上，坂本裕介不是很确定。

前川勇当年的成绩，是科科不及格。他直到现在，还没有拿到学校的毕业证。他喜欢男人，也喜欢女人，甚至还喜欢几岁的小孩子。他曾经因为恋童而坐过牢，后来不知什么原因出狱，而从此也和学校的很大一部分人失去了联系。

坂本裕介知道，他当年考试不及格，绝对不是因为别人口中所说的那样。他绝不愚笨，相反，他是太聪明了。他不仅聪明，而且狂妄，以至于他完全不屑于去答那样的试卷，一纸证书对他而言，也是可有可无的。

"这个人，你有没有见过？"坂本裕介拿出一张照片放到了桌子上，目不转睛地看着前川勇，低声问道。

"没有。"

"你说谎。"双手环在胸前，坂本裕介十分肯定自己的结论，"你应该知道，在我面前说谎是很难的一件事。"

"我的确没见过她。不过这女人长得倒是挺漂亮的。"拿起那张照片，前川勇微眯着双眼，细细地看着她的眉目、她的锁骨，然后悠悠叹道，"我喜欢。"

"我不知道你是收了谁的钱办事，但是我要解药。"

两人各说各的，完全不在一个频道上。

前川勇慢慢放下照片，再一次和坂本裕介四目相对，笑了。

"如果我说不呢？"轻声开口，他饶有兴趣地问道，"给你解药，我有什么好处？"

"你想要多少？"

"不不，我现在不缺钱花。"

前川勇就是这样的人，在有钱的情况下，他从来不接任何活儿，将手上的钱全部花光以后，不管是怎样的工作，只要出得起他要的价格，他就会去做。

摇头拒绝坂本裕介，前川勇皱了皱眉头，靠在了沙发上。

"说实话，我杀过太多人。照片上的这一个是谁，我的确不记得了。不过能让你亲自来找我的人，必定不一般。所以现在，我又对她感兴趣了，甚至，我很想再见她一面。"嘴角噙着怪异的笑容，前川勇和坂本裕介讨价还价，"你想要解药，我可以给你。但是代价你是知道的。"

前川勇一直想拉拢坂本裕介和自己共事。他们都是最顶尖的人，他们应该合作。

"你知道我是不会答应你的。"

"那么这个小甜心，就吃不到我给的解药咯。"耸了耸肩，前川勇笑着说道，"一次，只要一次就好。我期待和你的合作。"

两人对话的空当儿，他手中的酒瓶又空了。坂本裕介闻着他身上那刺鼻的酒气，皱眉站了起来。

"想好价钱通知我，我这周都会留在这边。"他说着话，朝门外走去。

前川勇目送他渐行渐远，开口挽留："小裕介，不和我一起吃晚餐吗？"

坂本裕介冷哼一声。他做的东西，看了都恶心，怎么可能吃得下！

走出前川勇的家，坂本裕介仰头看着空中的太阳，长叹一口气。

前川勇……

真的难办啊……

他把照片留给了前川勇，屋内，前川勇拿着那张顾筱筱的照片看了又看。

照片上的人是不是见过，前川勇心里很清楚。他接的一向都是杀人的活儿，像这种只被要求让人遗忘过去的工作，他还真的是第一次接。若不是那人的身份太特殊，他不敢不答应，他是绝对不会做这种砸招牌的事的。

在渥太华待了一周，离开的前一天，坂本裕介再次去见了前川勇。而结果，也是他意料之中的。

"记得以前上学的时候，大家都说你是个天才，不如我们来赌一把如何？"看着坂本裕介，前川勇邪笑着说道，"看看到底是你聪明，还是我更胜一筹。"

"我不会拿人的生命做赌注。"

"可是你想救她，而我现在……想杀她。"前川勇说话的声音很轻，却让听的人有种后背发凉的感觉，"能让这么多人在乎的姑娘，一定有她的魅力。而杀死这种人，是最有成就感的。一个月，你要是无法让她恢复记忆，我就杀了她。这是你最拿手的，不是吗？"

他说着杀人的话，就像是捏死一只蚂蚁那么简单轻松。

坂本裕介看着前川勇，知道他早已变成了一个杀人狂。只不过他这个杀人狂的身份，有点特殊而已。

"你是心理大师，我总是会听到各种各样的人吹捧你，说你如何如何聪明，如何如何厉害。我们一直没有合作的机会，也一直没有交手的机会。我可以告诉你，这个女孩的记忆，不一定非要解药才能找回，我留了一把钥匙在她身上，只要找到这把钥匙，一切问题就迎刃而解。现在，找钥匙的任务就交给你了，我很期待看到你的表现。"

"不用解药也能破解你的催眠，那你当初又何必多此一举给她下药？"

"时间就是金钱，为了快一点成功罢了，况且我也想看她死。不将一个人的心理防线彻底摧毁，就没办法重新将她塑造，这一点你不是也很清楚？"

顾筱筱当年抑郁症发作自杀，也有那药物的影响。从前川勇的神情变化以及肢体动作来看，他刚刚说的那些话，有真有假。

一个月的时间，真的能帮顾筱筱找回记忆吗……

坂本裕介有些犹豫，前川勇看得出来，他不由得笑出了声。

一把刀，太久不用会生锈。

一个人，太久不动脑子会变笨。

坂本裕介这几年的生活过得太安逸了，可是前川勇却一直活在死亡的边缘，所以从这一点来看，他是赢不过前川勇的。

"怎么，怕了？"见坂本裕介一直不出声，前川勇问道，"怕输给我？"

"有钥匙就好。"站起身来，坂本裕介神色严峻地看着他，"我不会输的。"

"那我等着看结果。"

挥了挥手和坂本裕介告别，前川勇愉快地哼着小曲儿，心情十分好。

人活在世上，就需要不断地给自己找点乐趣才行，不然，就和死了没什么两样……

坂本裕介回到日本，立刻联络顾筱筱。而此时的顾筱筱，正因为白家的一通电话准备回国。

白沫儿执意要见她，为了这个目的，已经绝食几天了。

顾筱筱有些好奇她到底为什么如此执着，再加上已经很久没有回去，有些想念沈千云他们，所以就选择了答应。

坂本听后，决定和她一同前往，这让顾筱筱有些开心，却让楚逸辰不得不在意。

白家。

终于有机会见到顾筱筱的白沫儿，脸上总算露出一丝笑意。

"你这孩子，怎么就执迷不悟？"蹙眉摇头，冯笙溪重重地叹了口气，"和她在一起你能得到什么？"

"我又不缺什么，干吗要从她身上得到什么？"头一歪，靠在冯笙溪的肩膀上，回想着过去的一些事，白沫儿悠悠地叹道。

"妈妈，你是知道我那些秘密的，我的确曾经妄想过从她的身上得到一些东西。可是现在我知道了，不是我的，就不是我的，不管我怎么去争，都没用的。"

顾筱筱不在的这几年，楚逸辰连正眼都没看过她一次。

白沫儿也曾经想不明白，为什么楚逸辰会一点都不喜欢她？她就算不是太好，可也不算太差吧？如果她没有生病，他们两个人在一起，也挺般配的。

可后来白沫儿想清楚了，不喜欢就是不喜欢。

喜欢的人，每天见到都嫌少。

不喜欢的人，看一眼都嫌多。

楚逸辰对她，应该就是后一种吧。只可惜她明白得太晚了，那个时候，顾筱筱已经"离世"一年多了。

到了顾筱筱来广州这天，白沫儿早早就到了机场，焦急地等待着她的出现。

顾筱筱此行是和楚逸辰一起来的没错，坂本裕介也同行，可是苏浅和楚筱郗也跟着过来，这就让顾筱筱有种很奇怪的感觉。

她只是来见一下白沫儿而已啊，大家不用这么全副武装吧？这么多人跟在身后，不知道的还以为她是什么身份显赫的大人物呢！

苏浅一直和坂本裕介站在一起，两人时不时地低头交谈几句，不知道在研究什么。

白沫儿站在很显眼的地方，远远地看到顾筱筱朝自己走来，吸了吸鼻子，高兴得不知该说什么好。可是再看向顾筱筱身后的人，她的表情不由得怔了一下。

怎么这么多人？

"谢谢你们能来。"待楚逸辰他们走近后，冯笙溪开口感谢。

然后，她有点为难地看了看楚筱郗和那两个陌生人，歉意地笑了笑："抱歉啊，我没想到有这么多人，所以车上的座位可能不太够。"

"没事，我安排了车过来，不用担心。"

楚筱郗早已联系了安家，几人说话的工夫，就看到熟悉的人出现在她的视野之中。

乘坐安家的车到了酒店，来到房间后，顾筱筱这才有时间见白沫儿。

白沫儿站在门口，小心翼翼地看向她这里，好像生怕被赶走一样。

"过来坐。"顾筱筱指了指沙发说道。

顾筱筱的一句话，让白沫儿顿时眉开眼笑。

楚逸辰放好了带来的东西后，过来跟顾筱筱耳语了两句就离开了。楚筱郗和苏浅在另一个房间里说话，而坂本裕介则是留在了顾筱筱身边。

他坐在沙发的一角，视线并不掩饰地落在了顾筱筱几人身上。白沫儿觉得他身上的气息阴沉沉的，看向她们的眼神也不怎么友善，所以有点生气，但又碍于顾筱筱的关系，不好发作。

努力地无视这个人的存在，白沫儿笑着看向顾筱筱，却在看到顾筱筱手上的戒指时，目光一下子就直了。

白沫儿的反应特别明显，所以顾筱筱不可能装作没看到。顺着她的视线看向自己的手，顾筱筱疑惑地问道："怎么了？"

"好漂亮。"嘴角僵硬地上扬，白沫儿憋了又憋，憋出这么一句，"好久没见到姐姐戴这枚戒指了。"

顾筱筱对白沫儿的话半信半疑，因为她的措辞实在是漏洞百出。而那边的坂本裕介在看到这样的画面后，更是饶有兴趣地笑了笑。

两人一直在轻声交谈着，直到冯笙溪从外面回来把白沫儿带走，说好明天再过来找他们。

楚逸辰在他们离开后很快回来，他的离开，也是坂本的安排。

因为从下飞机见到冯笙溪、白沫儿母女二人之后，坂本裕介就发现，白沫儿似乎对楚逸辰有些莫名的恐惧。这样一来，只要楚逸辰在，她就没法放松，不能将最自然的一面展现在坂本的面前。

"筱筱手上的戒指，有什么特殊的意义吗？"

"我们的婚戒。"

"还有呢？"知道楚逸辰的话没有说全，坂本追问道。刚刚白沫儿的神情反应，可不单单是看到一枚结婚戒指那么简单。

楚逸辰看向顾筱筱离开的方向，见那房门紧闭着，便压低了声音又开了口："筱筱的婚戒应该是弄丢了，她手上的这枚是我找人重新定做的。这件事她还不知道。"

"什么时候不见的？"

"不太清楚，应该是几年前那场车祸的时候吧，也有可能是到了日本以后。总之，她不记得自己有这枚戒指。"

听着楚逸辰的话，再去想白沫儿刚才的反应，坂本裕介就觉得有意思多了："关于戒指的事情，你或许可以去找这个白沫儿问一问，她一定知道些什么。"

坂本裕介的话，让楚逸辰的脸色十分不好看。

白沫儿，这件事情还是和她有关系吗？

"这对母女见到筱筱时的反应都很有趣。"坂本裕介将自己的发现告诉楚逸辰，"白沫儿在和筱筱的整个对话过程中，态度都是十分讨好的，是处于下风的位置，她对筱筱抱有歉意。至于她的母亲，对你们两个则是很警惕，也很抵触。"

"先生为何如此肯定，白沫儿会知道一些关于戒指的事情？"

"因为她在看到那枚戒指时的表情，就像它原本不该出现在这里似的。"

"好，我明白了。"点了点头，楚逸辰目光清冷。坂本裕介的这些话，加上楚逸轩昨晚的那通电话，让他联想到了很多。

在没来广州之前，没听到坂本裕介说刚刚那些话之前，楚逸辰是真的无法确定敌人是哪一位。但现在，他有数了。

他们当初怀疑的人中，有一个身份有点尴尬，因为算是白家那边的。即便是这样，楚逸辰当初也没有带着什么偏见去猜忌他，或者说，楚逸辰也天真了一把。

冯程，冯笙溪的弟弟，白沫儿的舅舅。

正因为他是白沫儿的家人，同理也算是顾筱筱的。

他的身份很特殊，也正因为如此，现在想想看，当年的很多事情对他来说，也变成了小事一桩。

例如把顾筱筱悄无声息地从国内转移到日本，不留下一丝痕迹。例如让张安闭嘴，什么都不敢说。

冯家……白家……

三年了，他们找来找去，查来查去，可是敌人，却就在眼前。

这件事究竟有多少人知道真相？白沫儿知道吗？白英杰知道吗？

他们就真的讨厌筱筱到如此境地，恨不得让她消失在这个世界上？

"你想到什么了？"坂本裕介看着楚逸辰阴沉的脸色，皱眉问道。

"想到几个人，应该能帮到我们的忙。"抬眸看向坂本，虽然他有意掩盖，可眼中的杀气还是太明显了，"今天的事情不要让筱筱知道，她不适合知道。"

坂本裕介点了点头，无声地同意了楚逸辰的提议。

来到广州的第二天，顾筱筱等人被请到白家做客。而白英杰在知道她来了之后，也是匆匆赶了回来，不肯放过这个见她的机会。

回到酒店，顾筱筱坐在沙发上等楚逸辰，然后问他："白家的人，对我做过什么吗？"

"怎么忽然这么问？"

"不然你每次见了他们之后，都去找坂本先生干什么？难道不是想从坂本先生的口中确定什么吗？"

"我是去问坂本你的情况，而不是他们的。"看出顾筱筱眼底的不安，楚逸辰不打算告诉她真相，"他觉得见到这些人，对你的治疗是有一定帮助的。所以这一次广州，我们没有白来。"

"你没骗我？"

"我当然没有骗你。明天就回家了，开心一点，去——给染染他们打个电话。"

楚逸辰哄骗着顾筱筱，将她稳住。

这里是白家、冯家的地盘，楚逸辰什么都不能做，可回到B市，就不一样了。

在广州待了将近一周后，几人回到B市。

公司办公室内，楚逸辰给白英杰打了一通电话。

他的主动联系，让白英杰觉得很意外。白英杰快速将电话接起，询问对方的用意。

"有件事情想请你帮忙，不知道你现在有时间吗？"

"有，什么事，说吧。"白英杰坐在书房里，很肯定楚逸辰所说的，和顾筱筱有关。

"筱筱有一样东西应该是在白沫儿那里，帮我拿回来吧。"楚逸辰薄唇微动，目光清冷地把话说出口。他听着电话那端的沉默，讽刺地笑了笑。

"逸辰，你这话是什么意思？"

"就是表面上的意思。具体的你可以去问白沫儿，或者找到了东西以后，我再告诉你，如何？"楚逸辰有意卖关子。

白英杰深吸一口气，又问："什么东西？"

"一枚戒指，应该很好找的，不是在她的房里，就是在她的身上。"

"好，我会去找，尽快给你答复。"

知道楚逸辰不会无缘无故给自己打这通电话，更不可能随便把白沫儿牵扯进来，白英杰心情沉重，猜不出白沫儿究竟又做了什么，会把楚逸辰给惹火。

因为顾筱筱，白沫儿最近心情都无比好，在顾筱筱走后，也计划着和白祁风一起去香港玩几天。

这天，他们刚刚出发，白英杰便迈步来到了白沫儿的房间。

少女气十足的房间，到处都是粉粉嫩嫩的。白英杰在门口站了两分钟，然后进去，把门关上。

楚逸辰所说的戒指，到底会在哪里？

白英杰认真地思考着，开始在白沫儿的房间找寻一切有可能的地方。

一个木制的盒子引起了他的注意，许久没有动过，上面已经落了一层灰。

白英杰看着盒子上的小锁头，哪里还有心情去找它的钥匙。

轻而易举地把锁头撬开，他屏住呼吸，目不转睛地看着眼前的一切，眼底的愤怒，也是越来越明显清晰。

另一边，刚刚抵达香港的白沫儿，还不知道家中都发生了什么。挽着冯笙溪的胳膊，享受着大好的天气，她仰着明媚的笑脸，已经准备大买特买了。

冯笙溪笑看着一双儿女嬉笑打闹，直到白英杰的电话打来，她的笑容才慢慢消失不见。

"你们现在在在哪里？"低沉且带着一丝怒气的声音，从电话中传来。

冯笙溪听到后，如实回答："刚到香港，正准备去酒店。"

"不用去了，回来。"

"为什么？给个理由。"冯笙溪眉头一蹙，不接受白英杰这么无理的要求。哪有刚刚到达目的地，就回去的道理？

"回来再说，记得把沫儿带上。"

白英杰有意提到白沫儿，让冯笙溪有种特别不好的感觉，应付了他几句后，就挂断了电话。

"妈，是爸爸打来的吗？他有什么事？"扭头看着冯笙溪，白沫儿疑惑地问道，"他生气了？"

"没事儿，告诉我们好好玩，说回去以后他可能就不在家里了。"

没把实话告诉白沫儿，冯笙溪也没打算真的如白英杰所愿，现在就带白沫儿回去。

白英杰坐在白沫儿的房间里，看着床上的那些照片、资料，以及几篇日记，火气已经蹿到了头顶。

楚逸辰让他找戒指，他没找到，却找到了这些。

整整一盒子，全都是关于楚逸辰的。那日记上，也清清楚楚、明明白白地表达出了白沫儿对他的喜欢，以及得不到的痛苦。

"为什么这所有的一切都是姐姐的？她明明什么都没有做，明明就不是那么优秀，为什么他却偏偏非她不可？好讨厌这种感觉，好想去破坏这一切。好想和他在一起，就算只是一天也好。"

看着这几行字，白英杰眼睛都红了。他没想到自己第一次偷看女儿的日记，就看到了这种东西。

简直是胡闹！！！

他怒不可遏地起身走出白沫儿的房间，等待着冯笙溪带她回来。可惜从上午到下午再到天黑，也没等到几人的出现，他再打冯笙溪的电话，已经是关机状态。

白沫儿此行计划是一周，按照冯笙溪的这个态度来看，白英杰想见到白沫儿的话，要等到一周以后了。

一拳打在了桌面上，白英杰又打了两个电话。既然她们不打算回来，那他就只好派人把她们带回来了。

晚上十一点半，白英杰还在书房平复自己的火气。冯笙溪主动打来的电话，让白英杰的心情再一次暴躁到了极点。

"沫儿已经睡下了，你今天那通电话到底是什么意思？家里有什么急事吗？"冯笙溪轻声询问，"沫儿难得高兴一次，我是不可能这么快就带她回去的。有什么事你先跟我说。"

"你这个当妈的，还真是惯着她。"

白英杰的语气让冯笙溪不快。

"你这话说的，我的女儿，我不疼还指望谁疼？你这个常年不在家的父亲吗？白英杰，你今天到底是怎么回事？"

"沫儿是不是喜欢楚逸辰？"

白英杰突如其来的一句问话，让冯笙溪顿时没了声音。

438

他怎么会知道的？又怎么会突然间提起这个？

"你早就知道了吧？"根据冯笙溪的反应，白英杰做出了结论。也正是因为这一点，他才更加愤怒。

"就算沫儿是个孩子，你呢？她没长脑子，你活了四十几年，也没脑子吗？！"白英杰厉声训道。

冯笙溪握着电话的手慢慢收紧，努力保持着冷静："白英杰，我不知道你是听谁说了什么，但是相比起外人，你应该更加相信自己的家人才对吧？"

冯笙溪怀疑有人故意和白英杰说了什么，而这个人，最有可能是——楚逸辰。

"我不是听谁说了什么，而是亲眼看到了什么。沫儿亲笔写的日记，难道不比谁的话都更可信吗？冯笙溪，你应该早就知道这件事了吧？"

沫儿的日记！

冯笙溪脑子里嗡的一声，已经意识到白英杰是发现了什么东西。

"我给你两天的时间，如果两天后你还不带着她回来，我就让人接你们回来。"白英杰语气强硬而坚决。不欲和冯笙溪多说其他的，他将通话挂断。

冯笙溪叹了口气，懊恼地坐到沙发上，看着窗外的维多利亚港夜景。

她本来已经做好了充分的心理准备，去迎接楚逸辰的报复，可谁想到，楚逸辰还没攻过来，自己家里却发生了内斗。

事情总要解决，于是冯笙溪做出决定，带他们回去。

次日清晨，她把白沫儿叫到房间，幽幽地说道："沫儿，我们今天得回家了。"

"为什么？"白沫儿不解。

冯笙溪犹豫了一下，给了她答案："你之前收集的那些……关于楚逸辰的东西，应该已经被他发现了。"

脸色瞬间苍白，白沫儿整个身子僵住，几秒之后，眼泪夺眶而出。

那是白沫儿心底最大的秘密，也是她身上最丑的一块伤疤，怎么会……怎么会被白英杰发现呢？

"别哭，别怕。"看着白沫儿的眼泪，冯笙溪心疼地抱住了她，"一切都有妈妈在，没事的。"

"怎么会没事，爸爸一定气死了。"

"气个两天这件事会过去，回家以后主动跟他低个头认个错，其他的就交给我，知道吗？"

"我不敢……"哭着摇头，白沫儿已经惧怕再回到那个家了，"妈妈，我们可不可以不要回去？爸爸再过几天就要走了吧？等他走了我们再回家好不好？"

"乖，别怕，家里还有爷爷给我们撑腰呢，你爸爸他不会把我们怎么样的。"

冯笙溪百般哄劝，终于让白沫儿的眼泪止住了。

坐上回广州的车，白沫儿一路上都哭丧着脸，冯笙溪也是沉默不语，白祁风看着她们，完全不知道发生了什么，也不敢插嘴说话。

时间过得飞快，从香港到广州，两个小时的时间而已。

白沫儿下车后，就看到了前来接他们的人。胆战心惊，她全程都拉着冯笙溪的手不放，面如死灰般回到了家。

白英杰径直来到白沫儿和冯笙溪面前，锐利的视线并没有因为她的眼泪汪汪而消减。

"这戒指你从哪儿来的？"拿出一枚从她房间里找到的戒指，白英杰像是一头被激怒了的猛兽。

白沫儿身子一颤，慌张地选择了说谎："买、买的呀……爸爸你干吗？！"

步步向后退，白沫儿不想让他靠近自己。她吓得腿软，于是没走几步，就趔趔趄趄地倒在了地上。

戒指内顾筱筱的英文名字明晃晃地摆在那里，白英杰怎么会看不到！毫无疑问，这就是在顾筱筱的婚礼上，楚逸辰给她戴上的那枚戒指。

"白沫儿！"大声叫着白沫儿的名字，白英杰怒声问道，"你给我说实话，这戒指到底是怎么到你手上的？！"

说不出话，或者说，白沫儿已经没胆子再说什么了。

事到如今，什么谎言都已经无法瞒住白英杰，白沫儿无助地哭着，垂着头。

白英杰气得咬牙切齿。

这就是他的女儿……他的好女儿！！

"白英杰你是不是疯了？你放开她！"那边的冯笙溪已经回过神来，冲到白沫儿的面前用力将白英杰推开。

看着白沫儿已经被捏得红肿的胳膊，冯笙溪也是气得不行："沫儿身体不好你难道不知道吗？为了一枚破戒指你至于吗？这戒指就算是顾筱筱的又能怎么样？你有什么火气冲我来！这件事情和沫儿无关！"

"呵。"白英杰冷笑出声，"承认这戒指不是你们买的了？承认它是筱筱的了？！"

语调一点点升高，白英杰是怎么也没有想到，自己的妻子，竟然是个贼！

"冯笙溪我告诉你，这件事你跑不了！戒指究竟是怎么到手的，你必须给我老老实实地交代，不然，我是绝对不会放过你的！"

白英杰眼中充斥着愤怒和恨意，冯笙溪看在眼里，痛在心上。

"不放过我？不放过我你又能把我怎么样？"轻声开口，冯笙溪心灰意冷地问道。

"冯笙溪你不可理喻！"

"我不可理喻？好，我就是不可理喻。我告诉你，我忍你好多年了！你不是一直忘不了顾婉婷吗？你不是一直对顾筱筱心有愧疚吗？那你去把她接回来啊！我走！我带沫儿离开这个家还不行吗？！"

"妈妈，爸爸，你们别吵了！"白沫儿哭着抹去眼泪，已经快要喘不上气来。

怎么办？她该怎么做才能挽救这样的局面？

白英杰和冯笙溪的争吵，把楼上的白安卿都给引了下来。皱眉走到几人面前，他疑惑不解。

"这是怎么了？你们吵什么吵？沫儿过来，到爷爷这儿来！"看到白沫儿脸色苍白的样子，白安卿心疼。

他进了房间，就看到床上扔着一些东西，走近一看，竟然有好多楚逸辰的照片。

"咱们家怎么有这浑小子的照片？"不解地看向身后的人，他疑惑地问道。

冯笙溪欲言又止，不知该怎么解释。

"你问问沫儿，就知道了。"一想到白沫儿喜欢楚逸辰这件事，白英杰就气得脑袋发涨，"连自己姐姐的丈夫她都想去抢，也难怪筱筱的婚戒会在她的手上！"

白英杰的话让屋内的气氛瞬间冷了下来，也让冯笙溪的脸色越发难看。

"沫儿没有姐姐，我从没给她生过姐姐！顾筱筱不是这个家里的人，就算你承认她的身份，我也绝不承认！"

冯笙溪会说出这样的话，就是已经默认白英杰刚刚说的，是真的了……

弄清楚究竟发生了什么的白安卿，此时此刻也有点蒙。

白沫儿想和顾筱筱抢楚逸辰？那床上的这些楚逸辰的照片，都是白沫儿的？

白沫儿手上有顾筱筱的婚戒？什么时候弄到的？顾筱筱不是刚刚才从广州这边回去吗？

白英杰找到楚逸辰之前交代的东西，不愿再看到冯笙溪和白沫儿的脸，就干脆地离开了。

安抚了沫儿，冯笙溪回到卧室，警觉地站在门口，拿出口袋里的手机，给冯程打了个电话，却不知他们的通话已经在别人的窃听中。

黄兴前几天曾经用顾筱筱的手机给冯笙溪发了一条短信，就是顾筱筱他们从广州回来的那天，发的是报平安的信息，所以也不会引起冯笙溪的怀疑。

但是，在冯笙溪点开那条信息的瞬间，她的手机也因此被黄兴安装了木马，开始了被窃听的命运。

偷拍和窃听，这两项技能是狗仔队最拿手的。现在娱乐圈的顶级狗仔，已经无所不用其极，一个个进化得像是特工一样。而黄兴，身为一个职业的、专业的私家侦探，本事自然是不能让他们给比下去！

他把冯笙溪和冯程的通话内容录下，发给了楚逸辰。这下冯笙溪就算是想跑，也跑不了了。

风扬集团内，楚逸辰听着黄兴发来的东西，目光阴沉。

冯笙溪……

很好。

终于确定了目标，找到了制造一切的罪魁祸首。接下来，就是摧毁她现在拥有的一切，让她尝到失去最重要的东西，是什么样的感觉了。

握紧拳头，楚逸辰心情郁闷。

换作是谁，会想到是这样的真相？

二十年前，顾筱筱的母亲因为白家被逼死。

二十年后，顾筱筱又险些被白家的媳妇害死。

这样的结果让楚逸辰觉得可笑，也觉得分外恼火。

他的妻子明明什么都没做过，却差一点就死在这些人的手上，与他阴阳相隔。他这几年是怎么熬过来的，恐怕白家那边，是无法体会的。他也不指望那心狠手辣的冯笙溪，能与自己感同身受。

白沫儿早晚都会死，到时冯笙溪无所顾忌，说不定还会做出什么更疯狂的事情来……

楚逸辰坐在椅子上沉思，过了很久，努力压下怒火，回到家中。

他接到了坂本的电话。

从日本来中国，不知不觉半个月就过去了，可是前川勇所说的"钥匙"，坂本裕介还是一点线索都没有。

在杀人这个问题上，前川勇一向认真，所以现在，坂本裕介是真的有点急了。但他怎么想也没有想到，这原本就不够用的半个月，在某件事情的催化下，又缩短了一些。

楚逸辰已经查出当年车祸的真相了，这一消息对于冯笙溪而言，毫无疑问是雪上加霜。

自从那天被白英杰发现白沫儿手上有顾筱筱的戒指之后，他对冯笙溪的态度就一落千丈。之前两人的夫妻感情虽说不是那么如胶似漆，但也相敬如宾平平淡淡，可是现在，冯笙溪觉得他们已经走到离婚的边缘了。

白沫儿也因为那件事情郁郁寡欢，加速了心脏病的恶化，进了医院。

看着病房内昏迷的白沫儿，冯笙溪的心情坏到了一定程度。如果没有顾筱筱，如果顾筱筱没有跑回来坏事，那么这一切，就不会发生！

"小程，你之前找的那个人，还能联系上吧？去找他，无论他要多少钱我都给，只要他能帮我把顾筱筱杀了。"冯笙溪语气平静地缓缓说道，"如果沫儿死了，那我就让顾筱筱陪葬。"

"上一次就这么做的话，早没这么多麻烦了。"冯程叹了口气，觉得冯笙溪当初留顾筱筱一命，真的是多此一举。

"是啊，早点让她死掉的话，就没这么多麻烦了……"小声重复着冯程的话，冯笙溪也认识到了自己的错误，"就这么决定了，你去联系人吧。"

"好，等我的消息。"

收起手机，冯笙溪继续看着病床上的白沫儿。她一动不动，像是睡着了一样，和平常在家里没什么区别。

第19章

"沫儿，是妈妈对不起你。你放心，妈妈不会让你一个人孤零零地走的。你不是喜欢顾筱筱吗？那……就让她陪你好了。"手指轻轻摸着玻璃窗，冯笙溪喃喃自语道。

听不到她的话，也给不出她任何回应，白沫儿沉睡在病床上，手上插着针管，脸色苍白而虚弱。

B市，和楚逸辰在一起的顾筱筱，并不知道自己又被人给盯上了，而且这次，是直接奔着要她的性命而来的。

来到坂本裕介的住处，顾筱筱很顺从地配合他的治疗。苏浅这些天一直在给坂本当助手，她隐约感觉坂本裕介有些不对劲，因为他太心急了。

陪着楚逸辰坐在客厅里，两人正低声聊着顾筱筱的事情，忽然间，房间内传来了顾筱筱的尖叫声。

叫声带着哭腔，充满了恐惧。楚逸辰皱眉，站起身来，大步朝她所在的方向走去，可是却被苏浅拦下了。

摇了摇头，苏浅示意他不要过去："你忘了老师刚刚交代了什么？"

坂本说过，不管发生了什么，他们都不能进去。

楚逸辰看了看那紧闭的门，又看了看眼前的苏浅，很担心里面的人，也不知是发生了什么。

一声声的哭喊，听得楚逸辰心疼。就在楚逸辰再也听不下去、打算冲进去的时候，顾筱筱那边却忽然没了声音。

楚逸辰耐着性子等在门外，二十几分钟后，坂本裕介脸带阴霾地从里面出来，黑着脸对楚逸辰说了一句："带她回去。"

楚逸辰进屋看了眼顾筱筱的情况，她躺在床上，已然是睡着了的样子，可是眼角的泪却还是在不停地流，像是做了噩梦一样。

动作轻盈地为她擦了擦眼泪，楚逸辰转身离开，重新来到坂本裕介的面前。

坂本最近的治疗方案一直很奇怪，可效果却几乎看不出来。顾筱筱最近两次在接受他的治疗后，心情都要低沉个三四天才能渐渐有所好转。关于这件事，楚逸辰必须要找他问个清楚才行。

"坂本先生，我不是不信任你的医术，但我更在意我妻子的感受。如果这种方法没有成效的话，我们是不是可以换一种方式？我不急着让她恢复记忆，所以，我希望坂本先生也不要急。"

坂本裕介坐在沙发上抽烟，视线透过缭绕的烟雾，看向楚逸辰的双眼。

"现在已经不是我们急不急的问题了。"他莫名地说出一句让楚逸辰和苏浅都听不懂的话，"你不急，我不急，可是有人急。"

有人急？

他话中所说的究竟是谁？

就在楚逸辰想要追问的时候，坂本却再次开了口："你今天先回去，这件事我稍后会告诉你的。"

坂本裕介已经这样说了，楚逸辰也不能再说什么。他来到房间，将顾筱筱拦腰抱起放在了车子上。

坂本裕介目送着两人离开，一只手插在口袋里，等把烟吸完后，也没有回屋的意思。

他在院子里站了好久，足足有一个多小时的时间，然后突然冲进了屋子，把苏浅给吓了一跳。

看着坂本裕介直奔书房而去，苏浅知道他肯定是想到什么了。坂本在学校教书的时候，偶尔就会这样"神经"。但这是一种好的表现，苏浅很清楚。

楚逸辰带着顾筱筱回到家中，车子停下，他偏过头看着顾筱筱的侧脸，轻声将她叫醒。

慢慢睁开双眼，顾筱筱沉默地打量了一下周围的环境。她已经习惯这样了，在坂本家昏迷，在自己家清醒。

什么都没说，顾筱筱解开安全带朝住处走去。楚逸辰大步追上她，拽过她纤细的手腕，心疼地将她抱入怀里。

"不要想了，以前的那些事情，我不要你去想了。"低头亲吻着她的额头，每次看到被折磨的顾筱筱，楚逸辰都会问自己，他想让她恢复记忆的举措究竟是对还是错？

"你是喝酒了吗？"顾筱筱轻声开口，抬头看着他，"说什么胡话呢，都已经治疗这么长时间了，哪有放弃的道理。"

"我明天给坂本打电话，安排他回日本。"

"不行！"顾筱筱摇头拒绝，"我没事的，就是觉得有点累而已。而且，我还觉得，坂本先生的办法应该是有些效果的。"

"为什么这么说？你想起来什么了？"

"不确定。"顾筱筱有些迷茫，只能将自己的感受如实地告诉楚逸辰，"以前被他催眠的时候，我是一点感觉都没有的，但是最近几次，我会有一种有点害怕的感觉。我不知道是什么事让我恐惧，我……我不知道应该怎么和你形容，就像、就像是一层窗户纸，我能感觉得到对面有东西，可是我看不见。"

"这些话你和坂本说过吗？"楚逸辰皱眉问道。

"有，我上一次就和他聊过这个。所以你不要担心，我不会有事的。"

楚逸辰眉目间的担心不是装出来的，顾筱筱一眼就能看出来。

坂本裕介从进书房之后，一直到凌晨四点半，都没有离开那里。早上八点四十五分，他收到了一封邮件。

因为是坐在书桌前，电脑又一直是开着的状态，邮件提醒直接跳出来在电脑桌面上显示，坂本裕介无意识地瞥了一眼，身子一僵。

赶紧拿过鼠标将邮件点开，在看到邮件内容后，坂本裕介的情绪再次变得狂躁起来。

邮件是前川勇发来的。

他，已经出发前往中国了。

楚逸辰最近一直想找个机会和坂本裕介聊一聊顾筱筱的事，没想到，坂本却先一步找了他。

接通坂本裕介的电话，楚逸辰以为他是通知自己晚上带顾筱筱去他那儿的，没想到坂本却说他已经在公司楼下了。

意识到事情不对，楚逸辰见到他后，立刻询问是怎么回事。

"我找到帮筱筱恢复记忆的办法了。"坐在沙发上，坂本裕介神情凝重地说道。

"真的？！"这样的消息让楚逸辰免不了有些兴奋，因为他已经有了放弃的念头，"什么办法？说来听听。"

"毁掉。"

坂本裕介的话让楚逸辰的脸色变了变。

"毁掉她，一切就都可以。"

屋内陷入了沉默状态，几秒后，楚逸辰认真地看着坂本裕介，知道他不是在开玩笑。

"坂本先生，能解释一下你所说的毁掉，具体是什么意思吗？我希望不是我所想的那样。"

"或许就是你所想的那样。"

坂本裕介在加拿大见前川勇的时候，前川勇曾说过这样一句话：不将一个人的心理防线彻底摧毁，就没办法重新将她塑造。

坂本裕介昨晚才猛地意识到，原来前川勇早就将钥匙给了他，只是他一直没有发现而已。

"毁掉她的心理防线，将她逼进绝路，这是唯一的，能让她恢复记忆的办法。"

楚逸辰的心在听到坂本裕介的这几句话后，沉入了谷底。他目光清冷地看着坂本裕介，并不同意使用这个办法。

"筱筱有抑郁症，你应该知道这一点。毁掉她的心理防线，逼她进绝路，我是不是可以认为坂本先生这句话的另一个意思，就是逼她去自杀？"

楚逸辰很希望看到坂本裕介点头，可惜，坂本再一次让他失望了。

"抱歉，我没办法接受用这种再一次伤害她的办法，让她回想起以前的事情。如果只能这样，那我放弃。"

"我想，现在已经不是我们能决定，要不要让她恢复记忆了。"坂本裕介惆怅地叹了口气，幽幽地说道，"有件事情我一直没有告诉你。"

抿了抿干枯的唇，坂本缓缓将前川勇的事情告诉了楚逸辰。

"他是个疯子，不折不扣的疯子。我和他曾是同学，用他的话说，我是除了他自己以外最了解他的人。我前段时间曾经去加拿大找过他，想从他那里得到解药，可是他没有给我。但是，他却给了我一个期限。"停顿了一下，坂本裕介心情也很不好，"一个月，这是他给的期限。他说过，如果我没有在一个月内帮筱筱恢复记忆，他就要杀掉筱筱。他不是开玩笑的。"

"你觉得他能办到？"

"他绝对能办到。"坂本裕介很肯定地给了楚逸辰回答，"我知道楚家的势力很强大，也知道在保护筱筱这件事上，你一定会不遗余力地去做。但是我说了，他是个疯子，而且是个高智商的天才疯子。"

楚逸辰喉结动了一下，想要辨别坂本裕介所说的这些话有哪些是可以信的。

"前川勇的身份背景很复杂，他是国际通缉犯，曾经也坐过牢，可他也为M国政府办事。他杀人的方式很独特，不用枪不用刀，而是用这儿。"伸手点了点自己的头，坂本裕介说道，"他可以很轻松地制造出一些病毒来造成筱筱的死亡。这些病毒，有可能通过筱筱车内的空调，有可能通过某一辆在大街上行驶的汽车的尾气，有可能通过某一个你们经过的音乐喷泉，还有可能，是通过你儿子、女儿的手。太多的渠道可以将这些病毒送到筱筱的体内，导致她的死亡。而就算你一直守在她的身边，也无能为力。"

"所以我唯一能做的，就是眼睁睁地看着我的妻子去死？"楚逸辰觉得这很荒唐。他承认自己不是无所不能，但坂本裕介说的这些，还是超出了他的想象。

"不，你也可以选择用我的办法。"坂本裕介慢慢站了起来，"我知道这对你来说

446

很难选择，我给你时间考虑。不，不是考虑，而是给你时间让你去了解前川勇这个人，让你知道我说的这些并不是在骗你。我先回去，明天这个时候我会再过来。"

坂本裕介说完，就转身离开了。

楚逸辰目送着他走出自己的办公室，站在原地好久，才回到桌前拿起手机，给安承朗打了个电话。

"这么急？"安承朗正准备去开会，可楚逸辰却让他马上过去一趟，"成，半个小时，等我。"

楚逸辰说话的语气听起来就很不对，安承朗不知道发生了什么，但直觉告诉他，这事儿一定很难办。

开车到了风扬集团，安承朗见到楚逸辰的时候，他正在抽烟。

楚逸辰不是烟瘾很重的人，尤其是在有了孩子以后更是难看到他抽烟的画面。

"发生什么了？"安承朗走过去，疑惑地问道。

"前川勇，查查这个人的资料。"

"日本人？"皱了皱眉头，安承朗还是有点迷茫。楚逸辰在日本那边遇到的敌人吗？他现在在日本最大的对手，不应该是龙崎拓海吗？

"不清楚，查查看。坐过牢，是国际通缉犯，还为M国政府秘密办过事。"

楚逸辰模棱两可的回答，让安承朗好奇无比。安承朗坐到电脑前，根据楚逸辰提供的线索，手指快速地在键盘上游走着，忙碌许久，有了答案。

"前川勇来中国了。"慢慢抬头，楚逸辰对上安承朗的视线，一字一顿地说道，"他的目标是筱筱。"

目光猛地一抖，安承朗握着鼠标的手都僵住了。

"怎么回事？说清楚。"起身大步走到楚逸辰面前，安承朗低声问道。

这个"玩笑"真是太不好笑了，安承朗已经太久没有听到这样糟糕的消息了。

"筱筱怎么就招惹上这个变态了？"

没错，变态。

前川勇在那边资料库里的标签，就是变态杀人狂。

楚逸辰语气低沉地将前川勇和坂本裕介的一个月之约告诉了安承朗。

是选择亲手伤害顾筱筱，让她的抑郁症复发，走上自杀这条路，还是选择去面对前川勇，冒着顾筱筱被他杀死的风险，这是楚逸辰现在不得不面临的难题。

安承朗听后忍不住爆了句粗口，然后怒道："这不是玩儿人呢吗？！"

这摆明了就是前川勇无聊之余给自己找的一个游戏，拿人命当儿戏，果然是变态所为。

安承朗知道，这两个选择虽然难选，可楚逸辰一定会选前面的。因为如果换作他，也会这么做。

"一会儿把那个坂本叫过来，大家研究一下应该怎么办吧。"心烦地叹了口气，安承朗轻声说道，"这事儿只有咱们俩知道吧？"

"嗯。"

"那就行了，别跟别人说。筱郗演技太差，帮不上忙的。"

"让我想想，坂本裕介说他明天会来公司找我，到时候再说吧。"不愿意去想这个事情，楚逸辰头疼得要命。

直到下班，楚逸辰的心情都没有调整过来。下午开会的时候，某个部门经理因为报错了一个数据，差点被楚逸辰当场开掉，吓得其他人大气都不敢喘一下，也不知道楚总今天是不是吃了火药，脾气怎么这么大。

下午六点，到了下班时间。顾筱筱来到楚逸辰的办公室，瞥了眼那紧闭的房间门，小声问门外的秘书："楚逸辰在吗？"

"总裁在。"

听到回答，顾筱筱点了点头，几步走到门口，小心翼翼地敲了敲门。

听说楚逸辰今天一直黑着脸，顾筱筱刚才在来的路上遇见了徐明，已经知道会议上发生的事情了。

没听到楚逸辰的声音，顾筱筱主动推门，探头看了看，然后就看到坐在桌后、视线阴沉的楚逸辰。

"果然有点吓人啊……"顾筱筱蹙着眉头嘀咕道，咽了口唾液，慢慢走进了房间。

径直走到楚逸辰的面前，顾筱筱抿着红唇，看着他眉间的"川"字。

"总裁大人，我们能下班回家了吗？"一歪头，顾筱筱出声问道，"我早上是坐你的车子来的，你不走，那我就只好坐公交回去了。可这么热的天，我不想去坐那个。"

"那你先开车回去？"楚逸辰清声提议。

摇了摇头，顾筱筱拒绝："我想和你一起走。"

绕过桌子，走到楚逸辰身边，顾筱筱弯腰抚平他紧皱的眉头："你要加班？那把文件带回家，我帮你一起弄。不要皱眉头，这样不好看。"

拽过顾筱筱的手，楚逸辰稍一用力，把她拉进了自己怀里。

"多大的事？很难办？"顾筱筱没有挣扎，在靠近他后，能清楚地闻到他身上的烟味。

这是抽了多少烟……什么事情能让他这么犯愁？

楚逸辰不说话，只是静静地看着她。顾筱筱和他对视了几秒后，忽然笑了。她嫣然明媚的笑容，让楚逸辰的眼睛有点痛。

"不会是我又在不知不觉中惹到你了吧？那我可以给你道歉呀。你告诉我，我哪里做错了？"

"笑得这么开心来说这件事情，你确定自己是真心实意地想要给我道歉？"楚逸辰总算开了口，可说出的话让顾筱筱一下子苦了脸。

"咦？真是我啊？"一脸惶恐，顾筱筱手忙脚乱地坐直了身子看他，"我、我怎么了？"

她只是随便试探一下的……没想到真的是这样啊……

他今天大发雷霆的事情，几乎传遍整个公司了，顾筱筱可不希望自己是那个罪魁祸首。

"这么好骗，万一哪天被人骗走了怎么办？"楚逸辰看着她的反应，无奈地笑了。最近的她，真是越来越像以前的她了。也正因为如此，他才更不舍得去对她做什么。

知道他是在逗自己，顾筱筱松了口气，打了下他抱住自己的手，气势汹汹地站了起来，瞪了他一眼。

回到家，楚逸辰还是很沉默。顾筱筱不是没见过他生气，但是他以前大发雷霆都是冲着她来的，原因在她，哪会像今天这样莫名其妙，让人连个苗头都猜不出来！

他是面临破产了还是怎么着，干吗一直苦着一张脸啊？

楚逸辰心情不好，面对着他的顾筱筱心情自然也好不到哪儿去。敷衍地吃完碗里的那点饭，她就跑到客厅看电视去了，心想着眼不见心不烦，离他远一点就不用在意了。

时间悄悄地溜走，不知不觉就到了晚上十点。顾筱筱有些困，回到楼上洗漱后做了个面膜，就准备睡觉了。

楚逸辰见她上了床，还是不说什么，只是很自觉地凑了过去，紧紧地抱住了她。

帮她掖了掖身上的薄被，楚逸辰几乎是一夜无眠，然后第二天光明正大地翘班了。

"楚逸辰，你就这样把工作都推给徐明，难道心里就没有罪恶感吗？"全程听完他和徐明打的电话，顾筱筱越发心疼那位副总裁。

"你不在的这三年，他可是有事没事就去国外度假。所以收起你的同情心，别被他给骗了。"

这三年楚逸辰拼了命地加班，徐明自然也就轻松了不少。

"好久没单独在一起了，我得给自己放个假才行。"挑起顾筱筱的下巴，楚逸辰坏笑道，"这两天好好伺候爷，把小爷我伺候开心了，回头给你奖励。"

顾筱筱不屑地撇了撇嘴，哄他开心还不简单？说两句好听的，再主动投怀送抱一下，就万事搞定了！

两人腻歪在家里，楚逸辰已经给坂本裕介发了信息，告诉了他自己的决定，并约在后天见面，讨论为顾筱筱恢复记忆的具体方案。而一直让他们担心的前川勇，也在这一天，来到了B市。

黑色轿车内，前川勇戴着墨镜，嘴角噙着诡异的笑容，看向窗外的风扬集团大楼。

很久没有来中国了，这里给他的感觉还是和以前一样。中国人很勤奋，但也很容易膨胀。这里随着经济、科技的发展，几乎每一年都发生着变化。而他上一次来中国，已经是五年前了。

不知道顾筱筱现在是不是就在这栋大楼里，他真是有些迫不及待地想要见那个惹人怜的小东西了。

前川勇会来这里，是因为接到了冯程的电话，也是因为他和坂本裕介的约定。

一个月之约，眼看着还有一周就要到了，而种种迹象表明，坂本裕介那个笨蛋还没有找到解开谜题的钥匙。

抵达酒店，他很开心地给坂本裕介发了封邮件："我到了。"

简简单单的三个字，像是警告，也像是挑衅。

坂本裕介很清楚，再不行动就真的晚了。短短一周的时间，想这么快就击溃顾筱筱，也绝非一件容易的事。

孩子被送到老宅，顾筱筱和楚逸辰在家这两天，衣服基本都没有穿过……

也不知道他哪里来的这么好的体力，被要了一遍又一遍，顾筱筱身心疲惫。

"楚逸辰，如果你明天还不回公司上班，我就要报警了。"从他的怀里清醒，顾筱筱看了眼时间，有气无力地骂道，"你是被色鬼附身了吗？"

"我还以为你会夸你老公活儿好。"楚逸辰低头看着她，挑眉邪笑。

"我要告你婚内强奸。"顾筱筱觉得这两天真是过得太乱了，她都不敢回想，不敢相信那个人是自己。这屋子的每一个角落，似乎都见证了他们亲密的样子。顾筱筱只要一回想起来，就觉得脸颊发烫！

"我告诉你，我舅舅可是开律师事务所的，我请律师不花钱！"明明是警告，可是她那软糯的声音说出来，却更像是撒娇，听得楚逸辰心里痒痒的。

"呵，我会怕？"楚逸辰一声冷笑，已经将他的态度和立场显露无遗。不过，他还是答应了顾筱筱明天回归正常生活。

俯下身子，压在她的身上，楚逸辰目光深邃地望着她，然后声音低沉地说："我爱你。"

顾筱筱身子一僵，没料到他会突然来这么一句，迟疑了片刻后，嘴角微扬，露出一抹浅浅的笑意："要我做回应？"

"不需要，至少现在不用。"楚逸辰蜻蜓点水般的一吻落在了她嫣红的唇上，"我给你时间，不用急着回答我。只要记住我的话就够了。"

这两天的楚逸辰，情话说了多少顾筱筱都快要不记得了。他除了胡来之外，更多的时间是在哄她，那样温柔，那样贴心，也让顾筱筱明白，曾经的自己为什么会非他不嫁。

这男人真的是太会撩人了，满满的情话技能，加上对她的了如指掌，顾筱筱觉得自己的智商已经减半，被他哄得一愣一愣的，还心安理得地去接受。

"你再躺一会儿，我去洗漱，然后回公司一趟，下午六点过来接你回家。"

"好。"听话地点了点头，顾筱筱看着他走进浴室后，躲进被窝里偷笑。

楚逸辰离开家的时间，是下午两点。顾筱筱只当他是回公司工作去了，完全不知他和坂本裕介见面的事情。

她在床上颓废到了下午三点半，才头重脚轻地从床上爬了起来。进了浴室，看着镜中的自己，顾筱筱有些不忍直视。那些吻痕，每一个都在提醒着她这两天发生过的事情。用凉水洗了把滚烫的脸，顾筱筱暗暗提醒自己不准再想了。她把床单、被罩都洗了一遍，屋子收拾得干干净净。下午六点整，楚逸辰准时出现在楼下，顾筱筱开开心心地跟着他回了老宅。

楚逸辰趁着顾筱筱被两个小鬼缠住的机会，来到沈千云的房间。

沈千云打开房门，看到他后有点惊讶。

楚逸辰很少主动找她，每一次都不会无缘无故而来。

"找我什么事？说吧。"

"姥姥明天能不能回一趟美国？最近暂时不要回来。"楚逸辰开门见山地说出自己的来意。她是顾筱筱唯一的依靠，只有她走了，顾筱筱才会彻底孤立无援。

"回美国？"没想到他会提出这样的要求，沈千云蹙了蹙眉头，疑惑不解地看着他，"可以，但是你要告诉我原因，为什么要让我走？"

说到关键点，楚逸辰的眼眸沉了沉。他有些疲惫地看着沈千云，缓缓开了口："因为我要对筱筱做一些不好的事情，却不能让她向你哭诉。姥姥，您相信我，我不会真的害她，我这么做都是为了她好。"

沈千云一向理智，也是非常通情达理的，可她毕竟年纪大了，所以那些太刺激的事情，楚逸辰没办法一一如实告诉她。

沈千云没有立刻出声回应，她看着楚逸辰，似乎在猜测着楚逸辰心里的想法。

"需要我离开多久？"

"最快半个月，最慢一个月。您放心，到时我会带着筱筱亲自去美国，接您回来。"

"什么时候走？"

"明天。"

沈千云叹了口气，点了点头："好，我答应你。但是你也要答应姥姥，事情不要做得太过。"

楚逸辰对顾筱筱如何，沈千云全都看在眼里。她相信他，相信他无论做什么，都是希望顾筱筱更好。但也就像他希望她离开的原因一样，她是顾筱筱的亲姥姥，看到顾筱筱伤心，她心里比谁都难受。

"好。"楚逸辰给了她承诺，"那我们就美国再见。不过姥姥，这件事只有我们两个知道，所以不要告诉他们您回去的真正原因。"

"成！姥姥一大把年纪了，就陪你们折腾这最后一次！"

和楚逸辰商量好后，沈千云在吃晚饭的时候，说出自己要离开的消息。

"怎么突然就要回去？"姚慕青不解地看向她，"不是待得好好的吗？"

"就是待得太舒服了，所以才得回去看看。我那孙子、孙女最近也总吵着要见我，顾然把机票都给我订好了，明天就走。我回去待两个月然后再回来。"

沈千云是第二天下午一点半的飞机，顾筱筱将她送走后和楚逸辰回了公司，觉得生

451

活并没有因此而产生什么影响。但她没有想到，短短的一天时间，就什么都变了。

顾筱筱答应了楚慕谦，最近半个月都会亲自去幼儿园接他，所以她必须在下午四点到四点半之间就从公司离开。

忙忙碌碌地整理着文件，手机忽然间收到两条信息，惊得顾筱筱差一点把手机扔掉。

一张照片，还有一句话：宝贝儿，喜欢我送你的礼物吗？

顾筱筱有点慌，仔细认真地去看那照片以及那句话，然后确认照片上的人，是楚逸辰和白沫儿。

这、这是怎么回事……

手指微微颤抖，顾筱筱脑子里一片空白。

照片上的两人正在接吻，这是什么时候的事情？

发来照片的，是一个陌生的手机号。顾筱筱愣怔了片刻后，猛地将电话打了过去。

电话嘟嘟响了两声，对方接了起来。阴冷的笑声，让顾筱筱头皮发麻。对方似乎很清楚她现在的心情，所以就连说的话，都是那般嘲讽："照片，喜欢吗？"

"你是谁？"顾筱筱蹙眉问道，"这照片你是哪儿来的？"

"我是谁不重要，重要的是我手上还有其他更多的照片。以及，我可以帮你恢复记忆。"

顾筱筱呼吸一顿，瞬间从椅子上站了起来，越发惶恐不安。

不是坂本裕介，他到底是谁？！

"想知道我是谁吗？下楼来，我就在你的楼下。"就在顾筱筱惶恐不安的时候，对方又开口说道。

"不过你要记住，一个人来。不然，这照片晚上就会落到媒体的手上。"

"我为什么要相信你的话？"顾筱筱快步走到窗前，努力地看向楼下。

路边停着一辆黑色商务车，顾筱筱不知道打电话的人是不是就坐在那里，如果是，他找自己的目的是什么？想拿照片威胁她索取什么？钱吗？可要是这样的话，他直接去找楚逸辰，岂不是更方便？

而且，他还说可以帮她恢复记忆，这话是那么容易就能说出来的吗？

"因为你除了相信我，别无选择。我知道你在想些什么，我也可以回答你的问题。不过，你需要来见我。"男人的声音通过话筒缥缈地传到顾筱筱的耳朵里。

"几张照片和我的安全相比，我想我还是愿意选择后者的。至于记忆，我虽不知你是如何知道我失忆的事情的，但是这件事不用你操心，我有我的办法。"

"呵，你的办法？你所说的办法，不会就是指望坂本裕介吧？"

他连坂本裕介都知道？！

前川勇饶有兴趣地笑着，因为顾筱筱的反应比他想象中要冷静得多。她在担心他是个绑架犯，担心她下来后会被拉进这辆车子里，不知会被带到什么地方去。

"既然你这么担心我是坏人，那么这样，我去对面的咖啡厅等你如何？你不是那里的常客吗？这样总能表现出我的诚意了吧？"

"好。"顾筱筱咬了咬牙，答应了，"十五分钟后我会到。"

"记住，不要告诉任何人，不然我们的合作就泡汤了。"

挂了电话，顾筱筱还是目不转睛地盯着楼下的动静。她所在的楼层太高了，所以看不太真切。不过那辆车子慢慢启动，转了个圈后停在了对面咖啡厅的门口，这个顾筱筱还是能看到的。

手不自觉地握拳，顾筱筱用力咬着下唇，低头重新去看手机上的照片，有种想把手机砸了的冲动。

楚逸辰，白沫儿。

这两人果然背着自己发生过什么。想起楚逸辰提起白沫儿时的异常反应，顾筱筱就知道，事情不会那么简单！

他骗了自己……深吸一口气，顾筱筱心痛地去面对、接受这个事实，然后大步离开办公室，下了楼。

站在公司大楼的门口，顾筱筱警觉地四下看了看。没有发现任何可疑的人物和车子，她加快脚步，一口气跑到了对面的街道。那辆车子还停在那里，顾筱筱扫了眼车牌，胆战心惊地进了店门后，觉得自己的腿都有点软了。

她经常来这里，店员自然认得她，见她来了后，热情地上前招呼："楚夫人，这边请。"

顾筱筱顺着她指引的方向看过去，只见里面的墙角位置，坐着一个高大的黑衣男子。陌生的脸孔，顾筱筱很确定自己此前并没有见过他。可是，心底深处那几乎快要将她贯穿的恐惧感，又是怎么回事？站在原地，顾筱筱定定地看着他，不敢向前走一步。

"楚夫人，你没事吧？"看着她有些苍白的脸色，服务员关心地问道。

"没事。"看了她一眼，顾筱筱摇了摇头。

再看向前川勇那边，她鼓足勇气，低声同身边的人说道："如果发现有什么不对劲的地方，立刻报警，不能让我和他一起离开，明白吗？"

顾筱筱的话让身边的年轻女子惊恐不安，她连连点头，也不知道是什么情况，只能眼睁睁地看着顾筱筱朝那个长相狰狞的外国男人走去。

十几米的距离，顾筱筱每一步都像是走在刀尖上。

远远地看着前川勇的时候，顾筱筱只能感受到他身上那种让人不舒服的阴沉气息，但是走近后一看，顾筱筱觉得这个人真是太奇怪了。

眉头紧蹙地看着他，顾筱筱神经紧绷地坐到了座位上。她不由自主地心跳加速，呼吸时候胸口都有点闷痛。

"许久没见，你还是这样美丽，让人着迷。"

"抱歉，我们以前见过？"

"当然，只不过你忘了而已。"前川勇肯定地回答她的问题，"那时的你，可是比现在还要有趣得多。"

"你找我到底有什么事？"顾筱筱口干舌燥。什么都不做，单单在他的面前，就已经快要耗掉她全部的力气了。

他的眼睛是蓝色的，这样的颜色很容易让人平静，但顾筱筱不敢去看，只能去瞧他脸上那诡异的文身，分散着自己的注意力。

"你有什么目的？说吧。"

"我想帮你。"前川勇道，"我帮你恢复记忆，只要两天时间，不，一天就够了。"

他的话是那样自信，好像这对他来说真的是一件轻而易举的事情。

顾筱筱肯定不会相信他的"胡言乱语"，她都接受坂本裕介的治疗那么久了，连坂本都没办法，他怎么可能做到？

"不要拿我和坂本比。"很轻松地看出顾筱筱的想法，前川勇微笑着说道，"他只不过是一个失败者。而且，他不可靠。不光是他，就连你的丈夫，也是不可靠的。"

说着话，前川勇将几张照片摆到了桌子上。顾筱筱垂眸一看，全都是楚逸辰和白沫儿的。

啊……心好疼。

她深吸一口气，努力地想要缓解那种不舒服的感觉，可不管她怎么努力，还是不行。

手不由自主地拿起那些照片，顾筱筱看了好一会儿，然后又看向前川勇："你想要多少？说吧。"

他的样子不像是狗仔，可除了钱，顾筱筱想不出其他原因。

"底片给我，你开个价。"

"底片不在我这里，这照片也是别人给我的。很显然，你的丈夫并不像你想象中那样忠诚。"

顾筱筱开始烦了，因为前川勇迟迟不肯说明找她的原因。而在听了他的这些话、看了这些照片后，顾筱筱的心里是忐忑不安的。

"我们夫妻的感情如何，不需要外人来评价。如果你来见我只是想让我看这些照片、听这些话的话，那你的目的已经达到了。"

站起身来，顾筱筱收起那些照片打算离开，这男人浑身上下都透着一股危险的气息，再和他继续聊下去，还不知道会发生什么。

"慢着。"叫住顾筱筱，前川勇又拿出一样东西放到了桌子上。那是一个白色的小瓶，像是药瓶，不知里面放的是什么东西。

"给你的，解药。"他笑容阴森地看着顾筱筱说，"想找回以前的记忆，就吃了它。"

"你觉得我是三岁的小孩子，还是智商有缺陷？你觉得我会相信你的这种胡话，认为吃两粒药，就能想起忘记的一切？"

"要不要相信，你可以两天后再做决定。拿着它，你不吃亏的。"

那双湛蓝色的眼睛，像是有一种魔力，顾筱筱与之四目相对后，就再也转移不开自己的视线。

浮躁的心慢慢趋于平静，顾筱筱还没反应过来，她的身体就已经不受控制地往前走，然后，拿起了那个药瓶。

"这才是好孩子。"看着顾筱筱的举动，前川勇满意地说道。

顾筱筱的心猛地沉入谷底，垂下眼帘，不可思议地看着自己手上的东西，汗毛直立。

她……她刚刚明明不想拿这个的。

他对她做了什么？明明只是对视了一下，怎么她就顺着他的心思去做了？

顾筱筱怕得不行，再也不说什么，转身跑了出去，让不远处一直在关注着她的两个店员一头雾水。

顾筱筱头也不回地跑到了公司，坐在自己的办公室内，气喘吁吁，回想着这短短几十分钟内的一切，手脚冰凉。

她要告诉楚逸辰这件事吗？怎么开口？

把照片直接拿过去，问他是怎么回事吗？

顾筱筱曾经不止一次地告诉楚逸辰，希望他对自己多一些信任，但现在角色对换过来，顾筱筱终于明白，这种感觉真的不好受。

不管怎么样，还是不能光凭那个男人的一面之词就做出判断，顾筱筱打起精神来去了楚逸辰的办公室，想见见他，平复一下自己的情绪。可惜，他现在却并不在公司。

以为楚逸辰是去见客户了，顾筱筱也没想那么多，有点失落地回去，等到时间差不多了，出门去接孩子回家。

到了快下班的时间，顾筱筱给楚逸辰打了个电话。染染想吃某家甜品店的小点心，楚逸辰下班回来的路上会经过那里，她想告诉他带一点回来。

"我今晚不回去吃饭，可能要晚一点才能到家，让用人去买吧。"

"哦……好吧，那我知道了。你少喝点酒，开车注意安全。"

挂了电话，顾筱筱带孩子回家。

晚上，从九点到十二点，顾筱筱等了足足三个小时，楚逸辰却一直没有回来。

趴在床上，红唇微微嘟起，顾筱筱偷偷摸摸地看着从前川勇那里得到的照片。然后时间就这样不知不觉地到了凌晨三点，而楚逸辰，还是没有回来……

一个电话都没有，这种情况还是第一次发生。

一夜未归，上午十点半，楚逸辰终于开车归来。顾筱筱站在窗边，看着那辆缓缓停在楼下的车子，心口沉闷。沉默着等他走回房间后，她有点生气地转过身，目不转睛地看着他。

　　楚逸辰似乎也知道自己做错了事情，歉意地笑着，走到顾筱筱面前，开口说对不起。

　　"昨晚喝多了没听到你的电话。"伸手理了理她耳边的碎发，楚逸辰轻声解释，"是不是生我的气了？"

　　"你究竟喝了多少？楚逸辰你千万不要告诉我，你是刚刚才清醒过来。"

　　顾筱筱眉头紧锁，她见识过他的酒量，知道他很能喝，他自己也承认过这一点，所以他刚刚的措辞，就让顾筱筱更加纳闷。

　　"就是刚刚才醒。"叹了口气，楚逸辰惆怅地说道，"有几个很久没见的朋友，所以喝得有点多。我先去洗个澡，有什么话我们等下再说？"

　　"好，你去洗。"顾筱筱咬牙点头。他身上不单单有浓浓的酒气，还有女人的香水味，熏得她头疼无比。

　　目送楚逸辰进了浴室，顾筱筱的心有些空荡荡的。

　　女人的第六感，有些时候真的很准。

　　楚逸辰昨晚是和别的女人在一起，这是顾筱筱此时此刻的想法。

　　他身上的香水味那么明显，不可能只是随便见个面说说话，就能沾到身上去的。

　　"你的丈夫并不像你想象中那样忠诚……"脑海里忽然响起前川勇昨天在咖啡厅说的这句话，顾筱筱拳头猛地一握，然后又松开。

　　不会的，楚逸辰不会骗她的。

　　对香水的事情绝口不提，吃过午饭，顾筱筱带着孩子出门散步。

　　楚筱郗则是来到书房找楚逸辰："哥，我不管你昨晚是因为什么而和萧伊人在一起，但我希望这件事不会有第二次。媒体那边我不可能每一次都压得下来。"

　　"好了好了我知道了。"楚逸辰有点不耐烦地点头，"你已经跟我说了十几分钟这件事，不要再说了。"

　　"知道就好！"不高兴地瞪了他一眼，楚筱郗觉得他很奇怪，可是看着他这副不耐烦的样子，又不敢再说什么，于是把剩下的话咽回肚子里，下楼去找顾筱筱了。

　　楚逸辰目送她离开，叹了口气。

　　这丫头办事竟然如此利落，他还以为她不会知道昨晚的事情呢，没想到她却已经把消息给压了下去。看来他这个妹妹，是真的很留意萧伊人的动向……

　　有人拍到了楚逸辰昨晚和萧伊人一起出席晚宴，还有楚逸辰送萧伊人回家的照片。楚筱郗今早看到的时候，整个人几乎快要炸了，因为这件事而忙了一上午，然后就风风火火地来找楚逸辰算账了。

　　楚筱郗万万没想到的是，她以为这件事会就这么过去，但还是有胆大包天的媒体，给报道了出来。

　　在看到手机上的八卦新闻时，楚筱郗差点爆粗口。哪个不怕死的浑蛋敢跟她对着干？！她要去砸了他的饭碗！

楚筱郗看到那新闻了，顾筱筱自然也会看到。

果然如此……看完那些照片，顾筱筱心里只有一个想法。

果然如此，他昨晚果然是和萧伊人在一起。双手抱膝，顾筱筱坐在床上。等楚逸辰从外面回来后，她静静地望着他，表情难过而委屈。

"你没告诉我你是和她在一起。"待楚逸辰走近后，顾筱筱小声开口。

"我怕你多想。对不起，但是宝贝儿，事情不是你想的那样。"揉了揉她的头发，楚逸辰解释，"只是在宴会上遇到，聊了几句喝了几杯而已。"

聊了几句喝了几杯……

如果不是亲耳听到楚逸辰这样敷衍的回答，顾筱筱也不会发现自己心里会是这么难受。

原本她还想问问楚逸辰，那几张和白沫儿的照片到底是怎么回事，是不是被谁算计了才会被拍到那样的画面，但现在她什么都不想说了。

"好，我信你。"叹了口气，顾筱筱点了点头，说着违心的话，"可是下次遇到这种事能不能提前告诉我？楚逸辰，我不是那种会胡闹的人，但我也不想从那些八卦的人嘴里听到这种事。"

"嗯，我答应你。"

顾筱筱眼底的泪光若隐若现，只是连她自己都没有发现。楚逸辰看在眼里，没忍住，心疼地把她抱进怀里："别哭，我以后一定会注意的。"

一句"别哭"，让顾筱筱的鼻子酸了。慢慢地抬手回抱住他，感受着他身上的温度，顾筱筱心累地合上双眼。

"楚逸辰，"小声开口，顾筱筱把一直压在心底的秘密说了出来，"我喜欢你，真的挺喜欢的。不要骗我，永远不要骗我，好不好？"

听到她亲口承认对自己的感情，楚逸辰心中一动。

这话他已经等了太久，只可惜，来的时候不对。

"好，我答应你。"柔声给她承诺，楚逸辰一字一顿地说道，"我不会骗你的，放心吧。"

心里虽然不安，可听到他这样说了，顾筱筱还是舒服了一些。

对萧伊人这件事开始绝口不提，顾筱筱以为最多过个十天半个月，这事儿被关注的热度就会慢慢消退下去，可她怎么也没想到，萧伊人竟然这么肆无忌惮，跑到公司来了……

开完会，顾筱筱和徐明到楚逸辰的办公室和他谈一个方案，在离开的时候，门外的人险些让踩着高跟鞋的顾筱筱崴了脚。

听到开门声，萧伊人转过身子，看向顾筱筱、徐明二人，脸上露出完美无瑕的笑容。

徐明也没料到她会出现在这里，吓了一跳，开口问道："你怎么在这儿？"

"徐总好，我来找逸辰有点事情。"嫣然地笑着，回答了徐明的问题，萧伊人仿佛没看到他身边的顾筱筱，又仿佛完全不在意顾筱筱的存在，亲密地叫着楚逸辰的名字。

萧伊人迎着徐明的视线："你们谈完工作了？"

"啊，完了。"徐明此时脑子里是空白的，心里是凌乱的，呆呆地点了点头，然后后知后觉地看向身边的顾筱筱。

"楚逸辰就在里面，你去找吧。"上下将萧伊人打量了一遍，顾筱筱叹道，"萧大美女为了生存，也真是够拼的。"

顾筱筱话中的讽刺之意，在场的几人全都听得清楚明白，就连那坐在不远处的秘书，都知道她这话是什么意思。

萧伊人张了张嘴，正准备回击她两句，却见顾筱筱忽然朝自己凑了过来。

条件反射地往后退去，萧伊人不知道她想干什么。

看着萧伊人的反应，顾筱筱笑了："怕什么？我还能打你不成？"

微微俯身，顾筱筱闻了闻她身上的香气。果然，和楚逸辰那天衣服上的一样。

"大明星当了这么久，代言也接到手软，怎么还用这种廉价的香水？"抬眸和萧伊人四目相对，顾筱筱惆怅地摇了摇头，"楚逸辰不喜欢这种的，回去换一种。"

说完，顾筱筱后退一步，拉开自己和萧伊人之间的距离，扭头看向徐明，说道："刚才谈的方案我还有两点需要和你确定，去你那儿还是我那儿？"

"去你办公室吧。"

"走吧。"

不再去看萧伊人，顾筱筱转身离开，一副完全没把她放在眼里的样子。可究竟在不在意，只有顾筱筱自己心里清楚。

萧伊人这是在向她宣战啊，同为女人，萧伊人那点心思，顾筱筱一眼就看出来了。

"筱筱，你没事吧？"看着她，徐明忍不住开口问道，心里也犯嘀咕，不知楚逸辰在搞什么鬼。

"没事啊，我能有什么事。"顾筱筱睨了他一眼，"我这么容易就有事的话，萧大美女岂不是要上天了？"

被她的话逗乐，但徐明看得出来，她心里还是有气的。

"放心吧，逸辰不是那样的人。萧伊人会来，肯定是有什么原因的。"对于楚逸辰的人品，徐明还是十分相信的。

"嗯，我知道。"慢慢地点头，顾筱筱附和着他的话，努力不去想这件事，把注意力放到工作上。但是等徐明离开后，她还是不由自主地走神了。

在办公室忙到快下午五点，顾筱筱才猛地发现她接孩子要迟到了。匆匆忙忙拎起包关掉电脑，她快速走出办公室，准备去接孩子放学回家。

停车场内，顾筱筱的车和楚逸辰的并排停在那里。她刚刚从电梯内出来，就看到两抹身影上了楚逸辰那辆车子，然后从她面前呼啸而去。

车内的人是楚逸辰和萧伊人，顾筱筱看得清清楚楚。

晚上十一点半，楚逸辰回来。顾筱筱坐在床边，看到他进屋后，直接问道："晚饭又是和她一起吃的？"

"嗯，还有承朗。"楚逸辰风轻云淡地回答，脸上没有一丝心虚，好像在说一件很平常的事情。

顾筱筱站起身来和他擦肩而过，在闻到他身上的香水味后，目光一抖停下了脚步。

"楚逸辰，你身上的味道让我恶心。"偏过头和他对视，顾筱筱平静地说道，"你今晚自己睡吧，我去客房。"

楚逸辰抬手拽住她的手腕，皱了皱眉："别闹。"

"我像是在闹的样子？"嗤笑一声，顾筱筱甩开他的手，"楚逸辰，闹的人是你。在你没想好怎么和我解释之前，我不会回来。"

大步走出房间，顾筱筱用力摔上门，眼泪一下掉了下来。

太过分了……他真的是，太过分了。

捶了捶闷痛的胸口，顾筱筱无助地来到了儿童房。看着熟睡中的孩子，她蜷缩着身子抱住自己，猜不透楚逸辰的心思。

明明在几天前，他还说过他爱她，可是为什么转眼间，他就变了？

黑暗中，顾筱筱放在地上的手机亮了。她吸了吸鼻子，拿过来一看，身子一僵。

前川勇发给她的信息，内容还是一张照片，只不过这次的主角，换成了楚逸辰和萧伊人。

地点应该是在萧伊人的家门口，两人相拥站在那里，依依不舍的样子让顾筱筱觉得特别讽刺。

忍住想要回房间和楚逸辰大吵一架的冲动，顾筱筱身子一歪，躺在了地上。

眼泪默默地往下流，她想控制都控制不了。目不转睛地看着手机屏幕，她等着前川勇再发点什么过来。

现在是凌晨一点，他竟然还没有睡，而是给自己发来这种东西，很明显，目的不是那么简单。

"事实证明，我的话没有错，你的丈夫对你，果然不够忠诚。"

前川勇随后发来的这句话，让顾筱筱觉得自己像个小丑。

"你到底想干什么？"她愤怒地回了短信过去，"你告诉我这些，有什么目的？"

"你考虑好了吗？要不要和我合作？只要你答应，我今天就能让你恢复记忆。"前川勇答非所问。

他又提到了这个，而这一次，顾筱筱真的心动了。

慢慢爬了起来，她看着前川勇发的信息，半信半疑。

"你是谁，为什么要帮我？我怎么知道你给我的是不是毒药？"

"你们中国人不是有句话叫作'收人钱财，替人消灾'吗？我想杀你，真的不用这么麻烦。"

前川勇的意思是，有人给了他钱让他来帮她恢复记忆。这人是谁？为什么要这么做？

犹豫了很久，顾筱筱给了他回复："我先睡了，中午等我电话。"

关了机，顾筱筱考虑这件事的可行性。因为楚逸辰这两天的所作所为，她已经是满腔怒火了，所以如果前川勇能帮到她，那么不管他出于什么目的，顾筱筱都觉得自己没有损失。

一天的时间就可以吗？既然如此，试试看又有什么不行？

早上，顾筱筱在所有人还没吃早饭之前，就离开了家。餐桌上，楚明远看着那个空着的座位，又看了看没什么反应的楚逸辰，皱紧了眉头。

自己儿子的花边新闻，他也有所耳闻。因为之前也发生过这样的事情，所以他觉得楚逸辰肯定会处理好。但结果，却让楚明远很失望。

"那个萧伊人是怎么回事？"楚明远冷声开口，让餐桌上的气氛降了下来。

"工作需要。"楚逸辰随口答道。

他的态度让楚明远十分不满。

"风扬集团的生意什么时候需要和戏子挂钩了？"不悦地看向楚逸辰，他警告道，"别再让我看到你们两个的新闻。"

"好了好了，别在孩子面前说这个。"姚慕青赶紧出来打圆场，不安地看了看这父子二人，也是被楚逸辰弄得有点蒙。

顾筱筱一大清早就到了公司，找到她藏在抽屉里的药瓶握在手里。她翘班一天，去忙自己的事情。

楚逸辰在到了公司后，发现顾筱筱并不在这儿，不免有些担心，打了她的电话，提示是关机状态，开电脑去搜车子的GPS定位，发现车子停在不远处的一家商场的停车场。

她好端端的跑到那里去干什么？生气想躲着他？

坐在椅子上，楚逸辰心神不宁，头疼地按了按太阳穴，给黄兴打了个电话。

他知道前川勇已经到了B市，也正因为如此，他才会如此心急。

"丑鬼还在酒店呢，老大有什么指示？"坐在车里，黄兴低声问道。他已经跟踪前川勇好几天了，也被前川勇丑陋的面貌彻底打败，对自己容貌的信心直线上升。

"继续盯着他，有什么风吹草动马上通知我。还有，派人去宏达商业广场看看，筱筱在那里。"

"好嘞——收到！"

挂了电话，楚逸辰靠在椅背上，想起顾筱筱昨晚从房间里走出去的时候，脸上难过的表情。

不够……还需要再做点什么才行……

酒店内，前川勇站在窗边，通过窗帘的细缝看了看停在楼下的某辆车，有些失望地叹了口气，喃喃道："看来今天，没办法和小甜心见面了呢……"

黄兴这两天可是把他盯得紧紧的，而且技术还非常高，怎么甩都甩不掉。在前川勇的房间外，同一楼层也有楚逸辰派来的人。所有酒店的出口，都有人在监视他的举动。这让前川勇越发觉得兴奋。

"啊啊，好期待看到小甜心痛哭不止的样子……"深吸一口气，前川勇陶醉地闭上眼睛，想象着顾筱筱伤心的画面。

宏达商业广场内，顾筱筱坐在某处显眼的位置，焦躁地等待着前川勇的出现。

她答应了和前川勇见面没错，可见面的地点，就必须由她来定。

一上午的时间，顾筱筱一直在忙，在准确无误地验证了前川勇给自己的药物并不是毒药后，才心情复杂地把它吃了。

距离顾筱筱服药的时间，已经过去了两个小时。她的身体一直没什么反应，这让她安心了一些，看来，自己不会死于非命了。

她和前川勇约好的时间，是下午两点，可眼看着时间已经到了，却不见前川勇的身影。

两点半，顾筱筱接到了前川勇的电话。

"小甜心，很抱歉——我今天不能和你见面了。"

"你耍我？"顾筱筱恼火地问道。

"不不，就算我们无法见面，也阻挡不了我们要做的事情。"

前川勇给顾筱筱的感觉一直都是神经兮兮的，这从他说的话里也能感觉出来。每一次他叫自己"小甜心""小可爱"之类的，顾筱筱都忍不住要起鸡皮疙瘩。

"乖，去找一个安静的地方，然后给我发视频通话。"他低声向顾筱筱发出指令，那声音还是一如既往地让人讨厌。

"安静的地方？"顾筱筱四下看了看，她今天故意挑了个最热闹的地方，可他现在却要她离开这里。

"对，哪里都可以，随便你选。到了之后，联系我。"

前川勇主动挂断电话，顾筱筱双手托腮，认真地想了想后，想到了一个地方。

这里离公司不算远，半个小时的车程，但她不想回公司，所以她选择了公司附近的那栋公寓。

开车回去，顾筱筱为了避免撞见楚逸辰，还特意坏心眼儿地更改了开锁密码。他最近和萧伊人打得那么火热，万一两人情不自禁想要发生点什么，又不方便去酒店的话，那这栋公寓肯定就是最好的选择。

想象着他们站在门外却打不开门的画面，顾筱筱冷哼一声。检查好楼上、楼下所有的门窗，确定自己是安全的之后，她来到了书房，打开电脑，给前川勇发了FaceTime。

靠在椅背上，顾筱筱真的很累。她最近睡眠状况一直在下降，昨晚几乎又是一夜无眠。如果不是心里难受睡不着的话，她觉得她应该会睡上个一天一夜，谁也别想把她从床上拽起来。

前川勇的脸孔，很快就出现在了电脑显示器上。隔着屏幕，顾筱筱还是感觉得到自己对他的恐惧。

他一看到顾筱筱，就笑了。他那诡异的笑容，让顾筱筱不愿意和他对视。

前川勇把房间内的窗帘全都拉上了，遮住了阳光，屋子里看起来阴沉沉的。

顾筱筱终于回到熟悉的地方，坐在舒服的椅子上，不知怎的，忽然有了丝困意。

前川勇看到她揉眼的动作，不着痕迹地勾了勾嘴角，和她说着话。

要说这催眠的本事，前川勇还是从坂本裕介那里学来的。但是，他有一个坂本裕介怎么也比不过的优势，那就是他的眼睛。

顾筱筱之前就曾暗暗警告过自己，见到前川勇的时候，不要去看他的眼睛，因为上一次在咖啡厅，她好像就是在和他对视了以后，才会做出那些违背自己想法的事情来。可是今天，她却不得不这么做了。

那种让人看了会很平静的深邃的蓝色，像是一个旋涡，会把人吸进去。

顾筱筱看着前川勇的双眸，脑子渐渐开始不再运转……

下午六点，B市某所幼儿园内。

最近一直有来接楚慕谦和楚慕染放学回家的顾筱筱，今天没有出现在这里。

牵着妹妹的手，楚慕谦皱着小眉头，左右看了看一个个被接走的同学，倔强地站在那里一动不动。

"哥哥，妈妈怎么没有来？"晃了晃楚慕谦的手，楚慕染小声问道。

"再等等，一会儿就来了。"扭过头去，楚慕谦认真地看着她说，"妈妈一定是堵车了，还在路上。"

染染点了点头，同意他的观点。两人继续等着，可是等到所有的小朋友都回家了，他们还是没有等来顾筱筱。

"谦谦，染染。"老师看到他们孤零零地站在那里，便出谋划策道，"进来等妈妈好不好？老师等下给她打个电话，问她什么时候能到。"

"不，我们要在这儿等。"摇头拒绝了她的好意，楚慕谦特别懂事地说，"老师，不要催我妈妈，她会着急的。"

"好，老师不催，陪你们一起等。"

时间飞快地过去，很快就到了晚上七点。

楚逸辰接到幼儿园打来的电话，赶紧开车过去把孩子接走。他一边开车回家，一边给顾筱筱打电话，想确定她现在在哪里。

后座上的两位小朋友手拉着手，你看看我，我看看你，谁也不说话，等回到家后，也是一溜烟就跑上了楼，回到他们的房间。

"哥哥，妈妈为什么还没回来？"蹲在地上，楚慕染小声地问道。

"一定是爸爸惹她生气了。"楚慕谦坐在毛毯上，双手环在胸前，一副大人的模样
皱眉说道，"我要保护妈妈，不能让她被欺负。"

"我也要保护妈妈！"楚慕染紧张地跪坐在地上，"可是哥哥，妈妈在哪儿呢？"

这个难题把楚慕谦给难住了，沉默了一下，他快速爬了起来，拉起妹妹的手重新跑
到楼下。两人一人搬了一个小板凳坐在门口，当起了"门神"。

姚慕青看着两人的举动，忍不住心酸。

"小辰啊，你告诉妈，是不是和筱筱吵架了？"

"没有。"楚逸辰否认。

可他的话在此时此刻，就没有那么高的可信度了。

叹了口气，姚慕青也不想和他争什么，只是警告道："我告诉你，那些乱七八糟的
人，我是不会同意让她进楚家大门的。"

楚逸辰知道她话里有话，说的是萧伊人。眼睛一直盯着手机屏幕，楚逸辰也懒得解
释什么，况且他现在又什么都不能说，就随便他们去猜去骂好了。

顾筱筱的手机终于开机了，可是定位的位置……

B大医院？！目光一闪，楚逸辰慌张地跑了出去。

姚慕青也不知道发生了什么，追到门口的时候，楚逸辰已经开车离开了。

医院内，顾筱筱眼睛有点红地躺在床上，任由医生为她处理伤口。割腕自杀，同一
个位置，同样的手法。如果不是她醒来得及时，恐怕她现在已经不在这个世上了。

她不知道前川勇都对她做了什么，可是他的承诺，却做到了。

金婧，沐云帆，凌千羽。

沈千云，楚筱郁，楚逸辰。

那一天，那一通电话，那一场车祸。

那些熟悉的人，那些发生过的事，她全都想起来了。

回忆如潮水一般席卷而来，将她整个人环绕其中，往事一幕幕在她的脑海里快速闪
过，可她却没有开心的感觉。

"好了。"医生将她手腕上的伤口缝合完毕，鄙夷地看了她一眼，转身出去。

当医生的，大多数都看不起自杀的人，顾筱筱眼前的这一位，也是其中之一。

勉强坐起身来，顾筱筱有点失血过多。低头看着自己衣服上的血迹，她长叹一口
气。

刚刚她就听到有护士在窃窃私语，讨论她的身份。如果不出所料的话，她们一定是
觉得，她是受不了楚逸辰和萧伊人的绯闻，所以才会选择自杀这条路。

呵，多讽刺。

靠坐在病床上，顾筱筱一直合着双眼。直到血袋内的血全都输进了她的体内，护士来为她拔针，她才慢慢睁开了眼睛。

"我可以走了吧？"站起身来，顾筱筱轻声问道。

见到那护士欲言又止的样子，一刻都不想在这里多待，顾筱筱不等她回答，大步朝病房外走去。

顾筱筱疾步走到电梯口，低头看了看手中振动的手机，拒接了楚逸辰的来电。

不想听到他的声音，不想和他说话，她现在只想找个地方，好好地睡上一觉，其他的什么都不管。

电梯来到一楼，顾筱筱垂着头径直朝出口走，不去留意身边来往的行人。所以当被人抓住手臂、被迫停下来的时候，顾筱筱愤怒地看了过去，却没想到，看到了一脸惊魂未定的楚逸辰。

"你怎么来这儿了？"

楚逸辰的视线快速地上下将她扫视了一遍。当楚逸辰的视线落到她的手腕上时，顾筱筱下意识地把手背到了后面，头也转了过去，不想看他的脸。

楚逸辰眉头紧锁，他能感觉到顾筱筱的手在颤抖。

慢慢走出医院大门，来到停车场，顾筱筱在楚逸辰打开车门的时候，向后退了一步："我自己回去，不麻烦你了。"

楚逸辰身子一僵，扭头看她。她那只手还是背在身后，像是有什么秘密一样不想被他看到。

"麻烦？顾筱筱，你什么时候跟我分得这么清了？！"被她的语气弄得不快，虽然楚逸辰也明白，这一切都是因为他自己。

他向前一步，猛地靠近。顾筱筱倒吸一口气，条件反射地往后退。

不要……不要离得这么近……不然，她会忍不住想抱他啊……

顾筱筱连楚逸辰的视线都不敢碰触，因为担心自己会控制不住情绪。

她想他，好想他。

没有他在身边的这几年，她无数次地幻想过，如果有这样一个人在她身边，那该有多好，开心了可以笑，不开心了可以闹，不管发生什么，他都会说一句，有他在，不用怕。

转了一大圈，她终于回到了他身边。她没被凌千羽打败，却被自己的亲妹妹踹了一脚，现在又冒出来一个狗屁女明星，而他，又是那样晦暗不明的态度。

顾筱筱就想不通了，他既然和那个萧伊人看对眼了，干吗不在她离开的这几年在一起呢？那么多好听的话，他几乎全都说了一遍，把她带回这里，现在却又把她晾在一边，他到底想要干吗？！

顾筱筱越想越委屈，干脆蹲在地上哭了起来。

把头埋在双膝之间，她哭得像个孩子。不理会会不会有人看她，也不理会楚逸辰会怎么想，她放声大哭，把这几年的不满、不安，全部哭出来。

楚逸辰看着她，没想到她会突然间情绪变得这么激动。走过去摸了摸她的头，他轻声问道："手还痛不痛？"

痛！痛得要死！可是哪比得上她心里的痛！

顾筱筱摇了摇头，不说话。

"那我们回家好不好？染染、谦谦他们还在等你。"

染染……谦谦……

想起那两个当初把她折腾得死去活来的小包子，顾筱筱哭得更厉害了。

"乖，不哭了。"

实在看不下去顾筱筱的可怜样，楚逸辰把她抱了起来，塞进了车里。

坐在车座上抽泣着，顾筱筱扭头看着窗外，忍住不和他说话。楚逸辰见她这样，也不敢招惹，缓缓开着车子，往家驶去。

没回老宅，而是回了附近的公寓，站在门前，楚逸辰试了两次密码，都没能将门打开。就在他怀疑这门是不是坏了的时候，顾筱筱却走到他前面将他挡住，按了正确的密码，成功打开了门。

"楚逸辰。"低下头，顾筱筱把楚逸辰拦在门口，不让他再往里面走。

"你回去把孩子接过来好不好？我想见他们。"顾筱筱小声地说着自己的请求。

楚逸辰想了下，点了点头。

"就在这儿等我，哪儿也不准去，记住了吗？"楚逸辰不放心地交代着顾筱筱，见她听话地应允后，才转身离开。

楚逸辰一走，顾筱筱马上跑回了楼上。

洗手间内，浴缸里，鲜红的血迹刺痛了顾筱筱的眼睛。

几个小时前，她就是在这里神志不清地割破了自己的手腕。

抓狂地用水冲洗着浴缸，可是不管怎么努力，顾筱筱都能闻到那种只有鲜血才会有的独特味道。

不行，不能让孩子们和他看到这些……

身上的衣服不知不觉被浇湿，顾筱筱浑然不觉。跪坐在地上，她慌张无措地拿着毛巾擦拭着地面上滴落的血迹，差不多一个小时后，才从那里离开。

扶着墙面，顾筱筱狼狈地看着镜子里的自己，抹了把眼泪。算着楚逸辰回来的时间，她换了身干净的衣服，疲惫不堪地倒在了床上。

她像是做了一场梦，一场三年的梦。现在，终于醒了。

手腕在隐隐作痛，顾筱筱仔仔细细地看着这房间里的每一样东西，那样熟悉，又那样陌生……

楼下传来的脚步声，让顾筱筱稍稍有了些精神。

他们回来了。

坐起身来，顾筱筱看向门口。很快，楚慕谦就第一个冲进了屋子里。

鞋子都没有脱，他心急地爬上了床，然后坐进顾筱筱的怀里，搂住了她的脖子。

"妈妈乖，妈妈不哭。"仰头看着顾筱筱，楚慕谦手忙脚乱，小手摸了摸她的脸，然后又仰头亲了亲她，急迫地说道，"妈妈不痛了。"

楚逸辰在来的路上和他们说顾筱筱不小心受伤了，所以需要休息，需要安静，两人都记住了楚逸辰的话，见到顾筱筱后连说话的声音都是小小的。

"妈妈！"楚慕染被楚逸辰抱着随后走了进来，看到顾筱筱后，撇了撇小嘴，没有楚慕谦那样坚强，哭了，"妈妈抱！"

被两个人一左一右地环绕着，顾筱筱喉咙哽咽，说不出话。

楚逸辰在一旁看了会儿后，出去打了个电话。

顾筱筱疲惫得不行，将两个孩子哄睡，小心翼翼地帮他们脱掉袜子，真想时间就这样停止下来。

楚逸辰开门进来，顾筱筱扭头看过去，然后又转移了视线。

"明天我接坂本先生过来一趟，你在家里等他。"

"我不见他。"顾筱筱拒绝楚逸辰的提议，"我反悔了，我不想想起以前的事了。"

声音清冷而生硬，顾筱筱看了看熟睡的孩子，起身："出去说吧。"

和楚逸辰一前一后来到屋外，顾筱筱靠在墙壁上，低头看着地面："你明天安排坂本先生回日本吧，我会打电话和他道歉的。"

反悔了？不想想起以前的事了？

"你之前不是这么说的。"

"我之前的确不是这么说的，所以我承认我反悔了。"顾筱筱戏谑地一笑，"那你呢？楚逸辰，你要不要和我坦白，你也反悔了？"

楚逸辰沉默不语。

顾筱筱继续问道："你就那么喜欢萧伊人吗？你说实话，她是不是怀了你的孩子，所以你这些天才会这么心急，陪在她的身边？如果是的话你告诉我，我不是那么不近人情的人。"

顾筱筱想了很多种可能，觉得只有这个最靠谱。

楚逸辰是个喜欢孩子的人，倘若萧伊人真的怀了，他不舍得让她打掉，也是有可能的。

"没有。"楚逸辰目光阴沉地回答她这个问题，"萧伊人没有怀孕。"

顾筱筱心一沉，连笑的力气都没有了。

如果换作以前，他会回答他和萧伊人没有关系，事情不是她想象的那样，可现在他却说，萧伊人没有怀孕。所以换个意思说，就是他们真的发生了什么。

面对这样的楚逸辰，顾筱筱压根就没办法把自己恢复了记忆的事情告诉他。苦涩

466

地扯了扯嘴角，她抬眸看了他一眼，叹了口气："你今晚去客房睡吧，我在这儿陪他们。"

"需要陪的人是你，跟我下去。"楚逸辰不答应，作势要带她离开。

顾筱筱肯定是要躲的，楚逸辰见状，低声说道："顾筱筱，别逼我把你绑起来。"

"你敢。"顾筱筱脖子一仰，特别不怕地说道，"楚逸辰，你今天敢把我绑起来，我明天就敢咬断绳子，带着你的儿子、女儿离开这里。不信的话咱们试试看。"

"嚯，口气倒是不小。"完全没被她威胁住，楚逸辰一弯腰，直接把人抱了起来，"那我就看看，你明天是怎么学小狗咬绳子的。"

不由分说地把人带下楼，楚逸辰将顾筱筱放到床上，拉过她的胳膊，定定地看着她那只无法用力的手，眼底满是心疼。

都已经这样了……应该可以达到坂本裕介的要求了吧？

都已经这样了……他真的不愿意再继续演下去了。

坐在床边，楚逸辰逼迫顾筱筱闭上双眼，一直等到她彻底睡着，神经才慢慢放松下来。

修长的手指动作轻盈而谨慎地抚过她的手腕，楚逸辰发了好一会儿呆才回过神来，轻轻地走出了房间。

楚逸轩来了B市，楚逸辰第二天出门去见他。而他走后没多久，楚筱郗就急匆匆地跑了过来。

"怎么了怎么了你怎么了？快让我看看！"扳着顾筱筱的肩膀，楚筱郗上上下下地看着她，"我哥说你受伤了，去医院了没啊？！"

"昨天去过了，没事儿。"无所谓地笑了笑，再见到楚筱郗，顾筱筱又是另一种心情。

身子前倾抱住了她，顾筱筱低声开口道："我好想你。"

"想我……"楚筱郗愣了一下，"宝贝儿你告诉我，你这两天是不是受委屈了？因为萧伊人那儿吧？你别怕啊，有我给你撑腰呢，你放心，我不会让她得逞的！"

稍稍拉开一点和顾筱筱的距离，楚筱郗心疼地说："我哥这个浑蛋，我才几天没见你啊，瞧瞧这又瘦了一圈！"

"不是因为萧伊人，是我真的想你了。"浅浅地笑着，顾筱筱拉着她在沙发上坐下。

而这时，楚筱郗才看到她到底是哪里伤到了。

手腕的位置……这是不小心伤到了，还是自己弄的？

楚筱郗目光僵直，不安地问道："什、什么情况？顾筱筱你别吓我。"

"无聊割着玩儿的，最后一次了，放心。"

顾筱筱说得云淡风轻，可楚筱郗却听得胆战心惊。

"你的戒指呢？"发现顾筱筱的婚戒没戴在手上，楚筱郗心都沉到了谷底，"你干吗不戴？"

"不想戴。"

"你果然还是因为我哥生气了吧？！一会儿我给你出气！"

顾筱筱意味深长地笑了笑，没解释。她不戴婚戒的原因只有一个，就是那婚戒不是她的。

她的婚戒，早在三年前就丢了吧，现在这个，八成是楚逸辰又找人定做的。是不是自己的东西，顾筱筱再清楚不过了。

"筱郗，最近有沫儿的消息吗？"

"白沫儿？好像是在医院。你怎么突然想起她来了？"疑惑地看向顾筱筱，楚筱郗不解地问道。

"过两天陪我去趟广州，我找她有点事。"

"你找白沫儿有事？"楚筱郗发现自己今天有点看不懂顾筱筱了，"咱们前段时间不是去过广州了吗？"

"上次去，把这件事忘了。"顾筱筱实话实说。

她那时候的确还没想起来，现在想起来了，自然要去看看她亲爱的妹妹，顺便再问问，那照片到底是怎么回事。

傍晚，楚逸辰回来的时候把坂本裕介也接来了。顾筱筱一看到他，立刻转身跑进了卧室，锁上了门。

夜，静悄悄的。顾筱筱睡不着，翻来覆去后选择下楼给自己热了一杯牛奶喝。

站在厨房里发呆，顾筱筱长长地叹了口气，喝完牛奶伸个懒腰后，准备回去睡觉。可一转身，在看到后面的人时，她差点吓出心脏病。

"啊！"惊呼一声，顾筱筱及时捂住了自己的嘴，"坂本先生？你怎么在这里？吓死我了！"

他没回去？晚上在这儿住的？

"抱歉。"坂本裕介笑着看着她，"听逸辰说，你不太想见我？"

"对。"拍了拍猛跳不止的心脏，顾筱筱回答了他的问题，"我不想再接受治疗了，这件事情我真的很抱歉，浪费了你那么多时间，可我最后却选择了放弃。"

"不要紧，你只要告诉我为什么就行了。"

昏暗的月光下，坂本裕介锐利的视线，落到顾筱筱的左手手腕上："忽然间自杀，忽然间放弃。这样有趣的反应，可不是随时都能见到的。"

有趣……他竟然说别人自杀是有趣……

"没什么原因，不过是因为想放弃了，所以就放弃。"

"你在说谎。"

顾筱筱最担心的事情还是出现了。她心中郁闷，这昏暗的灯光下，他竟然也能看清她脸上的表情是不是在骗人，这老头儿的眼睛是不是太好了一点？

468

"你恢复记忆了？"坂本裕介目光一闪，问出一句让顾筱筱始料不及的话，"你想起来了，对吗？"

"我……"顾筱筱张了张嘴，不知道该怎么回答。

承认？她不想。

骗他？肯定骗不过去。

在坂本裕介这个人精面前，顾筱筱认认真真地思索了一下，然后，选择了坦白："没错，我恢复记忆了。"

"是谁帮的你？"坂本裕介脸色一变，意识到事情的严重性。

"我可以告诉你，但你要答应我一件事。"

"瞒着楚逸辰？"坂本很聪明地猜到了她想说什么。

"对，瞒着他，瞒着除了我们之外的所有人。"

"可以，没问题。"坂本裕介很痛快地答应了她的要求，"保密这种事情，我最在行。"

两人达成合作，顾筱筱便将前川勇联系自己，并且帮自己解除催眠的事情告诉了他。

"我一直纳闷他为什么要帮我，而且不提任何条件。可是在我清醒之后，我又怀疑，他到底是想帮我，还是想害我。"

"他想杀你。帮你恢复记忆，只不过是他的无聊之举而已。你当年会失忆，就是他所为。"

"这点我猜到了，因为我对他的脸有点印象。"顾筱筱看着坂本裕介复杂的神情，小声问道，"他来这边是干什么的？不会就像你刚刚说的那样，是为了杀我而来吧？"

"如果我说是呢？"坂本裕介盯着她的眼睛反问。

"那……我就很慌了。"顾筱筱咽了咽唾液，不知道自己怎么就招惹到前川勇了。

"他说他是收人钱财替人消灾，所以想杀我的，另有人在。"

顾筱筱微眯着眼睛，努力回想和前川勇说过的每一句话，然后她想到了一件事。

前川勇说，照片是别人给的。

照片上的主角，是白沫儿和楚逸辰。

当年她出车祸前，接到的那通电话，看到的那些照片，和前川勇手上的完全一致。也就是说，三年前那个杀她不成的人，现在又想卷土重来？

想杀自己的人……顾筱筱认真地去想她的敌人。

"既然你的记忆恢复了，那我也就没必要再瞒着你了。"坂本裕介突然转移话题打断她的思路，笑得很开心，"其实这段时间的八卦，都是楚逸辰有意制造出来的。他是为了你，所以不得不这么做。"

"这话是什么意思？"

"这话的意思就是，我们在没有前川勇的解药的前提下，想解除你的催眠，其中一

469

个必要的条件，是需要让你的抑郁症复发，完成自杀这件事。"

顾筱筱身子僵硬，听着坂本裕介的这些话，她脑子里只有两个想法。

一是，前川勇这个变态真是太变态了。

二是……她的老公还没丢，她不用离婚打官司了。

目不转睛地看着坂本裕介，在确定他不是在骗自己后，顾筱筱想出去吃烤肉补一补。

不过话说回来，就算是演戏的话，楚逸辰这浑蛋也演得太像了……

心情豁然开朗，顾筱筱也就乐意继续陪他演戏。恰好龙崎拓海来了中国，给她打来电话。

"晚宴？什么样的晚宴？"

"慈善之类的吧，我也不是太清楚，刚刚听手下的人说的。"

"你刚来中国，参加晚宴带上我，不大合适吧？"顾筱筱笑着说道。就算他在中国没什么影响力，可她大小也算是个名人——她才不要明知那边有记者，还主动凑过去呢。

"那你觉得楚逸辰参加晚宴，带一个不伦不类的女明星，是合适的吗？"龙崎拓海是有备而来，楚逸辰和萧伊人的那点绯闻，他早就知道得一清二楚了。

顾筱筱经他这一提醒，想起来了。

对哦……楚逸辰今晚不会也去那个地方吧？还是带着萧伊人吗？那她要不要也去凑个热闹，会会萧伊人呢？

和龙崎拓海聊完，顾筱筱起身出了门，准备去楚逸辰那边探探口风。

这段时间因为他和萧伊人的事，弄得公司里的同事看她的眼神都古古怪怪的。那种略带同情，又有些幸灾乐祸，更多的是想看她被抛弃的眼神，让顾筱筱特别不舒服。

敲门进了楚逸辰的办公室，顾筱筱大大方方地问："楚总，请问你今天晚上有什么安排吗？"

"没有，你想干什么？"

"不去参加慈善晚宴？"

"你怎么知道有慈善晚宴的？"

"哦，看来是真的。"顾筱筱撇了撇嘴，"龙崎拓海打电话约我，我答应了。所以楚总，我们晚上见。"

说完顾筱筱干脆地转身走掉了。

楚逸辰原本没打算去那里，可见她这样，就不得不去了。不过……

距离下班还有两个小时的时候，顾筱筱收拾好东西准备逃之夭夭，却在一出门，还没来得及进电梯的时候，被楚逸辰给抓了个正着。

不由分说，楚逸辰把顾筱筱拖进了自己的办公室，不准她去见龙崎拓海。顾筱筱猜出了他的本意，有些嫌弃地看着他说："楚总，您这双重标准设得是不是有点过分了呀？"

"什么双重标准？"楚逸辰明知故问，脸皮厚得不得了。

"你还好意思问。"顾筱筱都替他脸红，"准你出去见美女，就不让我出门会会帅哥？"

"他算哪门子的帅哥。"楚逸辰嗤笑一声，笑得顾筱筱想打他。

"我觉得龙崎拓海从某些角度来看，比你要好看。"有意刺激楚逸辰，顾筱筱知道，他最见不得她在他的面前，说别的男人好了。

"而且他从来不会带着一身别的女人的香水味来见我。"走到楚逸辰面前，顾筱筱挑衅地抬头看着他，一字一顿地说道，"你晚上也要约萧伊人的吧，多好的机会——咱们两个今天就分开，比比看是你的女伴好，还是我的男伴强，怎么样？"

"你的胆子什么时候变得这么大了？"

"我胆子一向大，你没发现而已。"吐吐舌头做了个鬼脸，趁着楚逸辰愣怔的工夫，顾筱筱转身就跑。

她逃跑的技能是越来越娴熟，楚逸辰的手在抓空后，慢慢握成了拳状。

分别带人去参加晚宴？

呵，这种鬼点子也亏她想得出来。

她是觉得他们两个最近的话题还不够多，想给媒体找点材料是吗？

好，那他陪她就是。

楚逸辰如顾筱筱所愿，给萧伊人打了电话。不知道究竟是什么情况的萧伊人，欣然答应。

晚上九点，她挽着楚逸辰的胳膊，嫣然地笑着出现在众人面前，不可避免地又成了人群中的焦点。

楚逸辰又带着萧伊人出来博头版了，他们两个最近的互动实在是有点多，这也让人免不了怀疑他和顾筱筱的婚姻是不是真的出现了什么问题。

就在大家把注意力都放在这二人身上的时候，一辆劳斯莱斯缓缓驶来。慢慢停下后，从车上走下来两个人，让现场变得更热闹起来。

顾筱筱好久没有出席过这种晚宴了，多少还是有些不适应的。手挽在龙崎拓海的臂弯中，她温婉地笑着，从容不迫地跟随龙崎的脚步，进了宴会厅。

有眼尖的记者认出顾筱筱身边的男子，就是之前他们拍到的那个，顾筱筱在日本深夜与之一起用晚餐的人。

楚逸辰和顾筱筱这是分别带着自己的新欢出来见面？那岂不是有好戏看了？

"似乎有很多人认得你。"微低着头，龙崎拓海轻声和顾筱筱交谈着。

"那还不都是托了楚逸辰的福，没有他，谁认得我顾筱筱是谁？"

"没有他还有我，我看你也是时候考虑一下，是不是该和我回日本的事了。"

"我们说好今天不聊这个的。"顾筱筱可不是来跟他谈情说爱的，她是来会情敌的。

"好，不聊这个。喏，你看那边。"

龙崎拓海的视线落到了某个方向，顾筱筱顺势看去，就看到了她想找的那两人。

对方也看到了他们，不过却无意现在就靠近。

楚逸辰意味深长地一笑，扬起手中的酒杯浅酌一口。顾筱筱见状，也喝了口杯中的红酒，看得楚逸辰皱了皱眉头。

不理会他阴沉的视线，顾筱筱装作没看到，扭过头，笑意盈盈地看着龙崎，和他聊着这段时间发生的事情。

两人的互动自然却不低调，楚逸辰的余光一直盯着他们那个方向。在看到龙崎拓海碰顾筱筱的头发的时候，他脸色难看得不得了。

"要不要过去？"抬眸看着楚逸辰，萧伊人提议道，"毕竟都认识，去喝一杯说两句，也是应该的。"

萧伊人很清楚要如何在人群中抓住别人的视线。他们四个今晚要是站在一起，那不知道要被多少人偷拍呢，明天的头版头条已经不用多想，绝对会是这个。

没回答萧伊人，不过楚逸辰已经迈开了腿，朝着顾筱筱那边走去。

顾筱筱偷偷留意到他那边的动静，狡黠地一笑。

比她先沉不住气呀——嘿，看来楚少今天的定力不够啊。

"楚总，好久不见。"

"好久不见。"

手中的酒杯碰了碰，顾筱筱看着他们把酒一饮而尽，贴心地拿过龙崎手中的空酒杯，为他换了一个。

两人相视一笑，这种配合一看就知道不是第一次做了。

"拓海，那边的那个，是MI公司的老总吧？"

顾筱筱的视线忽然瞥到一个有点熟悉的人，便示意龙崎拓海看过去。龙崎偏了偏头，果然是以前合作过的对象，于是歉意地冲楚逸辰和萧伊人笑了笑，道："抱歉，我和筱筱先失陪一下。"

顾筱筱有意无视楚逸辰阴沉的视线，跟着龙崎拓海一起，从他的身边走开。

两人去那边敬了酒，说了几句话。对方还记得顾筱筱，因为上一次的会面，也是顾筱筱陪在龙崎拓海身边的。

重新回到楚逸辰面前，顾筱筱直视他的双眼。楚逸辰的不爽已经表现得很明显了，他的一双黑眸，定定地落在她的身上，完全没看过身边的萧伊人。

如此一来，顾筱筱倒是有点心疼萧大美女了。换作谁被这样对待，心里都会不舒服的吧？

"喝了几杯？"看了眼顾筱筱手中的玻璃杯，楚逸辰开口问道。

"嗯……三杯？不对，四杯。"顾筱筱认真地想了下，然后冲他嫣然一笑，"没事，放心吧。"

放心？她站在龙崎拓海的身边，娇媚得像朵花，这让他怎么放心得下？

楚逸辰和龙崎拓海开始闲聊，两人在聊工作上的事情，顾筱筱觉得有点无聊，便漫不经心地听着，眼睛看向其他地方。

很多人都在注意他们这边的动静，看着他们那么和谐地站在一起有说有笑，都一致地认为这是种假象，期待着接下来会发生点什么。

"筱筱，陪我去那边走走吧？"萧伊人忽然主动向顾筱筱示好，让顾筱筱有点意外。

"好啊，走吧。"顾筱筱没怎么犹豫，这么多人在，她萧伊人还能变成妖怪吃了自己不成？

看了龙崎拓海一眼，顾筱筱小声用日语和他交谈了两句，然后和萧伊人一起离开。龙崎拓海和楚逸辰目送这两人离开，然后对话的内容，也变成了她们。

"这个女人，就是你的新欢？"龙崎拓海打量着萧伊人，"没想到你喜欢这种类型的交际花。"

"我喜欢的向来都只有我妻子一人。"

楚逸辰的回答干脆利落，却也有点欠揍。

他喜欢的向来只有顾筱筱？这样的话，那些绯闻又要如何解释？

顾筱筱和萧伊人并肩走在一起，配合着她有些缓慢的脚步，猜测着她把自己叫过来的真正目的。

"你和那位先生的关系看起来似乎很好。"

"你和我丈夫的关系看起来也不错。"顾筱筱浅笑着反问，"看起来很好，不代表就真的很好，萧大美女肯定明白这个道理的吧？"

顾筱筱话里带刺，而且这刺儿，直逼萧伊人的软肋。

楚逸辰对萧伊人是人前人后两个样，这种反复的态度，已经让萧伊人有点抓狂。而顾筱筱现在，又偏偏拿这个来讽刺她。

"我和逸辰，在你看得到的地方关系很好，在你看不到的地方，也是如此。"

这是萧伊人和顾筱筱，第一次面对面，如此直截了当地聊楚逸辰的事情。而且双方的态度都很明确，那就是她们是情敌。

萧伊人话中有话地暗示顾筱筱，倘若顾筱筱没有恢复记忆，或者她那天没有听到坂本裕介的那番话，那么她或许会被萧伊人精湛的演技糊弄过去，不过可惜，现在这些对她没有用处。

"我不在国内这三年，正是你事业的上升期。楚逸辰有没有和你说过，他当初为什么偏偏选中了你来捧？"顾筱筱转移话题，并不纠结于他们的绯闻。

她这样波澜不惊的态度，让萧伊人有点不安，因为她表现得太淡定，也太有自信了。

"没有吗？"见萧伊人不说话，顾筱筱便继续说道，"不过他倒是有和我提过，他

473

说你在某些时候，身上的某些地方会和我有点像。我之前曾观察过你一段时间，认真地去寻找你身上和我相像的点，不过可惜，我没有找到。我不知道是不是楚逸辰看错了，还是说，现在的你并不是他当初认识时的样子。但是萧伊人，像归像，你终究不是我。”

她不是顾筱筱，也永远取代不了顾筱筱在楚逸辰心中的地位。

萧伊人心里明白顾筱筱这番话的意思，但越是如此，她就越是不甘。

“在国外好好的，回来做什么？”

“你在外面拍几个月的戏，剧组杀青了，难道不回家休息吗？这里是我的家，我回来有什么不对的？”顾筱筱表情无辜，说的话却带着锋芒。

“家？你指的是楚逸辰给你买的某栋房子？”萧伊人也不知是喝了酒的缘故还是怎么回事，情绪有点激动，“那他也给我买过，我是不是也可以说，那里是我和他的家？”

哦？楚逸辰还给萧伊人送过大房子？

顾筱筱知道楚逸辰名下的房产特别多，最初认识楚逸辰的时候，她也有被吓到。不过……楚逸辰这几年，土豪气息已经那么明显了吗？不送钻石不送项链，开始送房子了？那以后会不会更直接一点，送金条之类的？

顾筱筱想象着楚逸辰送金链子给萧伊人的画面，然后自己把自己给逗笑了。

她忍俊不禁的模样，看在萧伊人的眼里，觉得里面带着无比的讽刺。

“娱乐圈不好混，我认识苏佐楠，很清楚做你们这行的艰辛。听说你是从最初的跑龙套开始，一步步走到现在的。你为公司赚了很多钱，所以不管楚逸辰送你什么，都是应该的。”

顾筱筱轻轻摇晃着杯中的红色液体，嘴角微扬，不想再和萧伊人耍嘴皮子了。好久没有这样牙尖嘴利过，没想到回国后的“第一次”，不是用在了谈判桌上，而是给了萧伊人。

“我明白你的意思，也清楚你想要什么，但是很遗憾，你抢不走他的。”顾筱筱轻叹一口气，有时和楚逸辰在一起，她真的觉得挺累的，因为总是有人打他的主意，“我知道你想说什么，你喜欢他很正常，用他自己的话说，他那么优秀，怎么可能会有人不喜欢他。但是萧伊人，你喜欢他，他喜欢你吗？”

“你就知道他不喜欢？”萧伊人不服气地梗着脖子问道。

她那副惶恐不安又故作镇定的样子，让顾筱筱好像真的看到了某个瞬间的自己。

“那他睡过你吗？”顾筱筱这个问题就问得很直白暴力了，“男欢女爱，免不了的俗事。他既然那么喜欢你，整整三年了，不会一次都没碰过你吧？他可不是柳下惠，不会坐怀不乱的。”

“你是想看我们接吻的照片吗？”萧伊人被激怒，想放大招。

顾筱筱轻挑眉尖，竟真的点了点头：“他是怎么吻你的？”

顾筱筱的问题，问得萧伊人一愣一愣的。正常人在听到那种话后，会问出这个来吗？这顾筱筱的脑袋里到底都装了些什么东西？

"这样？"就在萧伊人愣怔地看着她的时候，顾筱筱忽然往前凑了一步，那样子就像是要亲她似的，吓得萧伊人连忙往后退去。

"小心！"

萧伊人之前出了车祸，腿脚本来就没好利索，现在被顾筱筱这么一吓，狼狈地失去平衡，差点摔在地上。

顾筱筱手疾眼快地拉住了萧伊人，不过她那之前被自己割坏的手腕，也因为这突如其来的猛烈动作而受到了牵连。

不到十二天，顾筱筱还没去医院拆线。她今天戴了手镯，巧妙地将那伤痕挡住，不过也正是因为那手镯，让她又一次受了伤。

手镯上坚硬的部分划过，让顾筱筱重新闻到了血的味道。

"你、你没事吧？！"萧伊人看着她流血的手腕，有点蒙，反应过来后，连忙去找干净的纸巾想帮她止血。

"没事。"

顾筱筱努力不想引人注目，可奈何她们两个站在一起，实在是让太多人好奇了，所以刚才发生的画面，被不少人看在了眼里。

不远处的楚逸辰和龙崎拓海注意到这边的骚动后，不约而同地大步走来，在看到顾筱筱流血的手腕后，表情也都是瞬间发生了改变。

玩大了……

顾筱筱疼得咬住唇角，暗暗在心底作着检讨。

楚逸辰面罩寒霜，上前一步搂过顾筱筱的肩膀，一只手抬起她受伤的胳膊，朝出口走去。

"逸辰，我……"萧伊人看着两人的背影，急切地开口。

"和她没关系，是我自己不小心碰到的。"顾筱筱小声帮萧伊人说话。

可惜，却被楚逸辰给训了："顾筱筱，你现在最好给我老实地闭嘴。"

"哦。"合上嘴巴，顾筱筱真的不再说什么了。

出了门，坐上车，顾筱筱把头倚靠在车窗上，静静地感受着那丝丝痛意。

车子飞快地驰骋在马路上，不久之后，顾筱筱就又一次来到了医院。

看着自己受伤的地方，她都有点不好意思见医生了。不知道的人一定以为她是精神不正常，隔三岔五就要割一次腕，给自己找刺激呢。

坐在病房里，医生和顾筱筱都一言不发，大气都不敢喘一下，因为旁边的楚逸辰，实在是太吓人了。

扭过头去，对上他阴沉的视线，顾筱筱努力讨好："真的是不小心，你不是把我的手镯都给扔掉了吗，就别生气了好不好？"

床边的垃圾桶内，有顾筱筱昂贵却只戴过这一次的手镯。

缝合的过程，楚逸辰一直什么都不说。那医生战战兢兢地工作着，在楚逸辰的全程注视下，不敢有任何一点疏忽。等弄好了以后，他擦了把额头的冷汗，松了口气。

告诉了顾筱筱需要注意的几点后，医生逃也似的跑出了病房，再也不愿意和他们多待在一起一秒。

医生走后，就剩下顾筱筱独自面对生气中的楚逸辰了。

"顾筱筱，你就不能对自己的身体负责一点吗？不是这里受伤就是那里受伤，你以为你是谦谦还是染染？他们两个都没像你这样，动不动就给我弄一身伤回来！"

"我又不是故意的！"

他竟然说她连孩子都不如，真是太过分了！而且，要不是因为他给她找了那么个情敌，会发生这种事吗？！

她会受伤，责任归根结底是在他那儿啊！

"你这张臭脸，我从晚宴现场一直看到现在！受伤的人是我，疼的人也是我，你就不能说两句好听的安慰我一下吗？竟然还拿谦谦和染染来嘲讽我……他们两个是我生的，那青出于蓝而胜于蓝，比我强是必须的，这有什么不对？！"

顾筱筱满嘴歪理，听得楚逸辰眉头直皱。

眼睛瞥向垃圾桶，顾筱筱有点舍不得，试图伸手把手镯捡回来……可惜，被楚逸辰一把给拽住了。

"疼！"肩膀被他按得生疼，顾筱筱倒吸一口气，也就放弃了。

她哭丧着脸，不知今天会便宜了哪个值班医生："手链五万三千块，你给我报了！"

楚逸辰被她气得脑袋疼，却又不知该怎么办好。

拉着她走出病房，装作没看到顾筱筱挣扎着去看垃圾桶的举动，楚逸辰快步前行，把她拖出了医院大门，然后才去看她赌气的样子。

"你生什么气？"他哭笑不得地问道。

"你扔我的东西！"顾筱筱理直气壮。

"明天给你买十个。"

"我不稀罕！"翻了个白眼，顾筱筱才不受他糖衣炮弹攻势的影响。

不理楚逸辰，顾筱筱大步走到停车场，可是到了车旁，还是得等楚逸辰过来，因为车钥匙在他手里。

楚逸辰不紧不慢地走了过来，眼底一丝笑意悄悄滑过。他打开车门，两个人上了车，车速缓慢地往公司的方向而去。

顾筱筱今晚喝了六杯酒，虽然没大醉，可是脑袋已经晕乎乎的了。

刚刚在外面有风吹着，会清醒一些，现在坐在封闭的车内，楚逸辰又像个闷葫芦什么都不说，她不由得有了困意。

迷迷糊糊地睡着，等到了楼下后被楚逸辰叫醒，顾筱筱在看到楚逸辰近在咫尺的俊脸后，怔了几秒，然后抬起双手把他抱住了。

顾筱筱突然的举动，让楚逸辰僵在了那里。

"我不走，抱我上去。"耍赖地开口，顾筱筱懒得一点都不想动。

楚逸辰伸手解开她身上的安全带，如她所愿，把她抱回了家里。上楼进了卧室后，他怀里的人已经沉沉地睡着了。

妆没卸，衣服没脱，顾筱筱第二天醒来后，看着镜子里的自己，有点抓狂。

她昨晚又喝多了？不对啊，她记得她挺清醒的。可是，怎么能懒到这个份儿上？

把头发散下，顾筱筱觉得自己已经快和金毛狮王差不多了。已经过了上班的时间，她也不用那么着急了，反正已经迟到，不在乎再晚一点。

门外的脚步声，让顾筱筱卸妆的动作停了下来，她探头看了看，没想到会是楚逸辰。

"你怎么也在家里？"

"嗯，有点事，一会儿要出去一趟。"楚逸辰表情有点纠结地看着顾筱筱的"新发型"，疑惑地问道，"你今天打算这么出门？"

"是又怎么样？"

"是的话，我今天就拒绝和你走在一块儿。"

楚逸辰的嫌弃太过明显，他在说话的时候，甚至还往后退了一步，只为离顾筱筱远一点。

看到他的反应，顾筱筱咬了咬牙，忍了。

"不跟我在一起走，那就分开走呗，反正我今天有事，要出去。"继续照着镜子整理自己的杂毛，顾筱筱貌似不经意间就说出要去见龙崎拓海的事情。

"你不能去见他。"

"凭什么？"顾筱筱扭头看他，明知故问，"于公，我们公司和龙崎的公司有业务上的来往。于私，龙崎先生是我的好朋友。他来中国，我当然要请他吃个饭才行。"

顾筱筱说得头头是道，好像她是个多么讲理的人似的。

她要抓住龙崎拓海这个点，刺激楚逸辰的情绪，就像他前几天联合萧伊人，把她耍得团团转。

"凭我是你的顶头上司，你今天给我去公司加班。"楚逸辰严肃而认真地看着她说，"我办公桌上有没处理的文件，你至少要完成一半。晚上我去接你下班，不然你不能离开那里。"

"你讲不讲理？我请假——你可以扣我的工资。"

"不讲。"楚逸辰破罐子破摔，反正不管怎么样，就是要阻止顾筱筱去见龙崎拓海。

"你最近不要乱跑，有些事情我们还没有解决，会有危险。"还有一点，也是楚逸辰不希望顾筱筱出去的原因，那就是冯笙溪那边。

前川勇昨天晚上已经被楚逸辰派人给抓住了，现在正受专人看押，这也让他稍稍松了口气。但，冯笙溪会不会就此罢手，会不会再找其他的人来危害顾筱筱的安全，楚逸辰还不确定。

顾筱筱收拾了一番，被楚逸辰亲自送到了公司，像个犯人一样到了他的办公室。他甚至还叮嘱外面的秘书，如果发现她离开公司，立刻打电话通知自己。

顾筱筱颓唐地趴在他的办公桌上，看着那一摞摞文件，欲哭无泪。颓废了好一会儿，她才重整旗鼓，坐直了身子开始干活。

忙了一上午，中午徐明来找顾筱筱去吃饭。不用多说，这肯定又是楚逸辰安排的。

"听说你昨晚和萧伊人动手了？"和顾筱筱并肩往外走着，徐明感兴趣地问道。

"什么时候的事儿？"顾筱筱一听这话，蒙了。

"你昨晚不是还受伤了吗？"

听着徐明的话，顾筱筱终于又一次体会到了人言可畏。

"胡扯！我们两个柔弱女子，怎么可能在那种场合动手？！"顾筱筱又气又恼，没想到才一晚上的时间而已，那事儿已经被传成这个样子了。

说她们因为楚逸辰而争风吃醋，这个她认了。

可是说她和萧伊人动手打架，还被萧伊人打进了医院，这顾筱筱就不能忍了。

两人下楼吃了点东西，回来后顾筱筱继续去做苦工，耐心地等着楚逸辰出现，接她离开。

下午三点多，闷热的天气让顾筱筱有了丝困意。她揉了揉眼睛起身，想去休息室躺一会儿，结果就看到桌子上有自己的照片。

这是她和楚逸辰的合照，顾筱筱记得很清楚。因为当时，是她用楚逸辰的手机拍的。

他们两个，都不是没事就喜欢自拍的人，所以合照，除了婚纱照以外，好像也就只有这一张了。

没想到楚逸辰会把这照片洗出来放在这里，手指轻轻抚摸着照片上的两人，顾筱筱满心感动。

楚逸辰的举动，就像是想要证明她从未离开过他的生活一样。

公司也好，家里也罢，只要有他在的地方，就有她的痕迹。

楚逸辰是下午五点半过来的，见她老老实实地坐在椅子上，满意地点了点头。

两人刚刚下楼，顾筱筱就接到了一通电话。

她在看到来电显示的时候脸色一变，接起电话，听那边说了几句话后，直接把电话挂断。

"她又找你干什么？！"楚逸辰冷冷地问道。

"白沫儿快不行了。"小声地回答他的问题，顾筱筱胸口很闷。

医院已经下了病危通知书，这一次白沫儿是真的走到了绝路。

"陪我去一趟广州吧。"

"为什么想见她？单纯的送终？"

"既然是最后一面，那见见也好。反正……以后再也见不到了。"

人就是这么脆弱的一种生物，生老病死，谁都不可避免。只不过，白沫儿离开这个世界的时间，要比其他人早一些而已。

顾筱筱有些话想和白沫儿说，楚逸辰也有些话想和白英杰谈，于是这趟广州之行，就这么定下了。

坐上飞往广州的航班，顾筱筱情绪低沉，下飞机后直奔医院而去，一路上气氛都挺凝重的。

来接他们的是白家的司机，听说白英杰好像临时有什么任务，在他们上飞机的时候，便离开了广州。

在司机的带领下，他们来到白沫儿所在的病房的楼层。停在楼梯口，顾筱筱忽然有些不愿意再往前走。

继续往前走，很快顾筱筱就再一次见到了白安卿以及冯笙溪，同时在这里的还有白祁风，以及许久没见到的白子洛。

白子洛听到脚步声看过来，在看到楚逸辰后，脸上的表情有点惊讶。

顾筱筱大步走了过去，透过玻璃窗看了看病房内的情况。

医生正在里面为白沫儿检查，很快就走了出来，小声和冯笙溪交谈了几句后就离开了。顾筱筱虽然不知道他们说了什么，可是看这架势也明白，白沫儿已经没有再进手术室抢救的必要了，她的心脏真的支撑不住了。

"我能进去看看她吗？"

她是清醒的，正费力地扭过头看着窗外的人，在看到顾筱筱和楚逸辰后，脸上露出一抹浅浅的笑意。顾筱筱看得很真切。

冯笙溪没说话，率先打开门走了进去，几步来到病床前，柔声询问白沫儿有什么需求。

"妈妈，让我和姐姐说说话。"白沫儿的视线越过冯笙溪，落到后面的顾筱筱的身上。

冯笙溪怔了一下后，点头说好，然后就转身和顾筱筱擦肩而过，离开了。

病房内很快就只剩下他们两个人。白沫儿已经瘦得皮包骨头，完全脱相了。顾筱筱静静地看着她，接着坐到了一旁的椅子上："听说你想见我。"

"我一直都很想见姐姐。"

"姐姐……你一直叫我姐姐，是真的把我当成姐姐看，还是只是叫着玩而已？"顾筱筱笑容复杂地看着白沫儿，问出一直压在自己心底的疑问。

看到白沫儿愣怔的表情，她又轻声说道："我想起来了，之前发生过的一切，我都记起来了。"

听到她这样说，白沫儿十分开心。可顾筱筱接下来的话，就不是那么好听了。

顾筱筱知道，对白沫儿这样严重的病人，自己不该说这些刺激她心脏的话。可这些话，除了现在，还有其他的机会可以说吗？

"你喜欢楚逸辰，对吗？"

白沫儿瞬间发生变化的神情，让顾筱筱知道这是真的。

"白沫儿，其实我以前对你这个人，真的并不讨厌。"顾筱筱深吸一口气，努力地克制自己的情绪，"长辈们的恩恩怨怨，不一定要牵扯到我们身上来，我之前一直是这么想的，所以我对你好，也是因为我真的把你当成妹妹看。我从小身边就没有亲人，我觉得你很可爱，我很喜欢你。只要是我有的，你若是想要，我就给你。可是，你太贪心了……"

"姐姐，对不起，对不起……"眼泪顺颊而下，白沫儿早就想过会有这么一天，可是真的到了，她还是无法承受，"我没想过要和姐姐抢，真的……姐姐你原谅我好不好，你不要讨厌我。"

哭着伸出手，白沫儿想拉顾筱筱的手，可是，却被顾筱筱躲开了。

"我原谅不了。沫儿，有些事情一旦发生了，真的就抹不掉了。我之前一直以为，我的敌人是金婧、是凌千羽，是那些和我并没有太多关系的陌生人。可是到头来，我没想到我的敌人……会是我的妹妹。"

白沫儿的体力已经不足以支撑她有更多的情绪或是激烈的行为举动了，她虚弱地靠着枕头躺在那里，默默地流着眼泪。

"我知道我做错了，也知道你和姐夫知道了以后，一定不会原谅我。所以你今天能来看我，我真的好开心。"泣不成声地和顾筱筱说着话，白沫儿努力地大口呼吸着，像是一条快要缺水而亡的鱼，"姐姐，我们家欠你太多，我……"

"不要说这些，别人欠我，那是别人的事情，和你没有关系！白沫儿，你和我之间的问题，只在楚逸辰身上。你口口声声说喜欢我，可是你又那么盼着我死。"

"我没有！我怎么会盼着你死！"

"你没有，你不想，可你却做了。"顾筱筱站起身来，俯下身子，擦了擦她脸上的泪珠，又低声问了一句，"你妈妈都对我做过什么，你知道吗？"

白沫儿惊恐不安，顾筱筱静静地凝视着她，却也没有更多的机会和她说什么了。

冯笙溪等人开门进来，打破了屋内的安静。

"沫儿，你怎么哭了？！"几步走到床前，冯笙溪看着白沫儿的样子，说话的语调都变了。

顾筱筱被冯笙溪推着向后退了两步，默默地凝望着白沫儿，眼底也有泪光闪现。

白沫儿有气无力地去推冯笙溪，想让她离开。

她还有话要和顾筱筱说，她还没把心里想说的话都说完。

她不要死，她不想死，她不能死。

眼前的光线越来越暗，眼皮越来越重，困意越来越浓。

白沫儿最近只要没有昏迷，就一直睁着眼睛。她不睡，是因为她怕自己会一睡不醒。

她努力地坚持了那么多天，可似乎……还是到了撑不住的这天。

她闭着眼睛，听着冯笙溪的哭喊。

病房里似乎很乱，很快又多了一些人。

杂乱的脚步声，熟悉的感觉，身上似乎又被加上那些多余的、没用的器械，让她原本就很累的身子，更加疲惫不堪。

痛……

身上好痛。

呼吸越来越不顺畅，这种感觉，真的是太难受了。

黑……

周围的一切似乎都变成了黑色，静悄悄的，只有她一个人站在那里，孤独无助。

她……是不是真的该走了？带着对这个世界的怨恨，去那个她应该去的地方。

好不甘心……她还有好多想做的事情没有做。

白沫儿拼尽了全身的力气，努力地想重新睁开眼睛，可是不管她怎么努力，都办不到了。

病床一米开外的地方，顾筱筱泪流满面地看着医生一个个从白沫儿的身边离开，看着她一动不动地躺在那里，觉得自己糟透了、坏透了。

她竟然在一个人快要离开人世的时候，说出那些话。她竟然真的把那些恨意满满的话，说给了白沫儿听。

冯笙溪已经到了一种快要抓狂的地步，她大声地哭着，不理会这房间里还有别的人在。

她紧紧地抓着白沫儿的手，不想让白沫儿离开她的身边。她不断地叫着白沫儿的名字，只希望白沫儿能重新醒过来。

"妈……妈。"白沫儿嘴唇微动，却发不出任何声音，"姐姐……姐姐对不起……"

没人知道她在说些什么。

顾筱筱泪眼蒙眬地看着她，忽然冲了过来，占据了原本属于冯笙溪的位置。

她附在白沫儿的耳边，说着只有她们两个人能听到的话："我没办法原谅你做的那些事情，可我也没办法恨你。如果有下辈子，我希望你还是我妹妹，没有那么多复杂的关系，只是我妹妹而已。到时，我一定会好好宠你，把所有好的东西都给你。"

顾筱筱说完后，哭着站了起来，看向一直在她身后护着她的楚逸辰，垂眸说道："我要回家。"

楚逸辰没说话，牵过她冰凉的手走出了病房。没有人在意他们的去留，因为所有人的注意力都放在了白沫儿身上。

一步步缓慢地走出医院的大楼，顾筱筱仰头看着蓝天，终于忍不住哭出声来。

生离死别，在医院这种地方每天都在发生。所以，就算她蹲在那里放声大哭，也没有人会去嘲笑。

又有一个人离开了这个世界，又有一个家庭没了一个成员。

顾筱筱蹲在地上，埋头大哭，哭得身子瑟瑟发抖。

她以后再也见不到白沫儿了……不管是好的还是坏的，都再也见不到了……

第20章

楚逸辰守在她的身边，眉头紧锁着，然后俯身把她抱了起来。

顾筱筱蜷缩在楚逸辰的怀里，像是一只受了伤的小猫，安分无比。

他抱着她离开这里，订了最早的一班回B市的飞机。

下了飞机后楚逸辰开了手机，看着上面白子洛发来的信息。

白沫儿已经死了。

对于白沫儿的死，楚逸辰没有什么特殊的感觉。一直以来，她对他而言，就只是一个稍微有一点熟悉的陌生人而已。楚逸辰只是心疼顾筱筱，不想看到她这么难过。

回到老宅，顾筱筱换了衣服躺在床上。楚筱都知道他们回来了，就赶紧赶了过来。在得知白沫儿去世的消息后，她有点不敢见顾筱筱，因为她也不知道该说什么，该怎么样去安慰。

"还好筱筱不记得以前的事，不然她一定会难过死的。她以前那么喜欢白沫儿……还好。"

听着楚筱都的感慨，再想想顾筱筱今天的反应，楚逸辰可不觉得她像是什么都不记得的样子。

顾筱筱晚饭都没有吃，一直待在房间里。谦谦、染染放学后回来，想去见她，也被楚逸辰拒绝了。

"你又阻止我和妈妈见面！"站在房门外，楚慕谦不高兴地看着他。

"妈妈在睡觉，晚些时候再过来。"弯腰把他抱起来，楚逸辰一只手抱着他，一只手牵着染染，"她今天心情不好，所以希望一个人待一会儿。"

"你又惹妈妈不高兴了。"直接把责任推到了楚逸辰身上，楚慕谦一本正经地看着他说，"你不要总是欺负妈妈。"

"我不欺负她，你也不要欺负她。"

"我什么时候欺负妈妈了？！"面对楚逸辰的指责，楚慕谦无法接受。

"知道她笨，还总是让她陪你玩游戏，你还敢说自己不是故意的？"

楚逸辰早就看穿了楚慕谦的那点小把戏，他就是喜欢在顾筱筱面前找存在感。每次出去买玩具，他都挑最麻烦最费脑的那种，而回来后，也从来不找楚逸辰帮忙，总是把顾筱筱急得焦头烂额，拼不好装不上，他就坐在一旁偷偷地笑。

秘密被发现了，楚慕谦小嘴微张，很不能接受被楚逸辰拆穿了的这个现实。

楚逸辰见他这个样子，嗤笑一声，走到客厅将他扔到沙发上，自己回房间陪老婆去了。

顾筱筱抱着枕头，听到开门声抬眸看了一眼，见是楚逸辰后，神经才又松懈下来。

上床把人抱了过来，楚逸辰垂眸看着她，开口问道："还在想白沫儿的事情？"

"没办法不想啊。"顾筱筱诚实地回答。这是她第一次这样近距离地直视死亡，而且是曾经那么熟悉亲近的妹妹。

在楚逸辰怀里蹭了蹭，去找寻最舒服的位置，顾筱筱想了下，想起白英杰今天并没有出现的事。

没能在最后一刻陪在白沫儿身边，他一定会遗憾吧……而且，看冯笙溪那个状态，想也知道，等白英杰回来后一定会大闹一场的。

"饿不饿？出去吃点东西？"摸了摸顾筱筱平坦的小腹，楚逸辰低声问道，"你最近几天又不太爱吃饭，不是姥姥做的，吃不习惯？"

"没食欲，不想吃。"

"有了？"

"……楚逸辰你别闹。"顾筱筱现在可没心情和他开玩笑，"我好累，让我睡一觉。"

"嗯，我在这儿陪你，睡吧。"

有他在身边，总是特别安心，躺在楚逸辰的怀里，顾筱筱没多久就睡着了。

楚逸辰怜惜地看着她，瞥了眼时间，已经晚上九点了。

一觉睡到凌晨，顾筱筱醒来的时候，身边的人是沉睡的。

顾筱筱侧着身子看着他，目光贪恋。很久都没有这样看着他了，没有人发现，她就能肆无忌惮。

她的手指轻轻地顺着他的额头滑过他的鼻尖。

喜欢，还是喜欢。

离开那么多年，果然还是觉得他最好。

这么一想，顾筱筱就鬼使神差地凑了过去，娇艳的红唇轻轻覆在他薄凉的唇角上，想要完成一次漂亮的偷吻。可惜还没等离开，她就发现楚逸辰醒了。

抱住顾筱筱加深这个吻，楚逸辰翻过身来，把她压在下面："大晚上的不睡觉，你偷偷摸摸的想干什么，占我便宜？"

不刺眼的床头灯，让顾筱筱刚好能清楚地看到楚逸辰脸上的神情，心虚地转移自己的视线，顾筱筱快速地想着要怎么回答。

"我就是醒了，然后发现你好像还长得挺好看的。"

"然后就忍不住亲过来了？"楚逸辰笑着问道，"没想到我老婆还有这嗜好，看见好看的人就想亲？"

"你才有这嗜好……"

"我就是有这嗜好，所以你长得这么好看，给我亲亲？"

"你好烦呀，起开，我要睡觉，你别压着我。"顾筱筱推了推楚逸辰的身子，他纹丝不动。

近距离地直视着顾筱筱的双眼，楚逸辰欲言又止。

"你这么看着我干什么？"楚逸辰的视线让顾筱筱有些不自在，她别过头去，小声问道。

"你最近，感觉有些奇怪。"

"我哪儿怪了？以前不是就这样？"顾筱筱蹙眉反驳，结果就掉进楚逸辰挖的坑里。

"以前是这个样子没错，正因为如此才奇怪。"抓住她不安分的手，楚逸辰认真地问道，"你是不是想起来什么了？"

"没有啊……"顾筱筱心虚得不得了，"我以前，就是这样的？"

"嗯，不过还差了些，有不同。"楚逸辰点了点头。

顾筱筱以为他会说出她的一些优点啊，或者是她喜欢做的事情，或者是什么小秘密，没想到，他却一本正经地说："以前的你比较好色。"

她什么时候好色了？！

楚逸辰这是仗着她不记得了，什么锅都往她身上扔啊！

"一看你说的话就不能信！"顾筱筱才不上当，"我比较好色？那我要是好色的话，你是什么？"

"我是被你占便宜的那个。"

"你真……"不要脸。

后面的话没说出口，顾筱筱忍住了。

"我真怎么样？"楚逸辰看着她有话没说完的样子，浅笑着追问。

"你真风趣幽默。"顾筱筱尴尬地扯了扯嘴角，"我要睡觉了，不开玩笑，快点下去。"

楚逸辰又认真地看了看她，然后慢慢离开，并没有继续问她记忆的事情。顾筱筱暗暗松了口气，觉得自己是逃过了一劫。可就在她合上双眼、昏昏欲睡的时候，楚逸辰的

485

手却又伸了过来，探进了她的衣服里。

赶紧去制止他，顾筱筱有点后悔自己把他弄醒了。

"乖，放手。"他轻声哄骗，声音像是带着一股魔力般，让顾筱筱有点头晕。

"楚逸辰，你是不是又不准备去上班了？"

"不，今天早上有会要开，必须得去。"

"那你还……"身子微微一颤，顾筱筱将险些发出的呻吟声咽了回去。

唇齿交缠，在这寂静的夜里，声音分外暧昧。顾筱筱身上的衣服一点点被褪去，肌肤裸露在空气里，微凉。

他炙热的视线缓慢地扫过她的身体，在她想要拽过被子遮住自己的时候，拉住了她的手。

"你身上哪个地方我没见过，怕什么？"他略带笑意的声音在顾筱筱的耳边响起。

小巧的耳垂被他轻轻一咬，顾筱筱忍不住发出声音："嗯……"

呼吸渐渐急促，身子很容易就被撩拨得有了感觉，双腿夹紧，顾筱筱去拽楚逸辰的胳膊，不死心地威胁道："楚逸辰，我有伤在身，你就不能让着我点吗？"

"好，我让。"楚逸辰痛快地答应，"你想在上面，还是下面？"

"我说的不是这个意思！"顾筱筱恼羞成怒，"臭流氓！"

"那是想换别的姿势？"楚逸辰有点惊讶地看着她，调侃地说道，"没想到，你是这样的顾筱筱。"

松开手，楚逸辰躺到一旁，很期待地看着顾筱筱。

顾筱筱真是很久没见他这么无耻的样子了，拿过枕头扔了过去，不偏不倚地砸到了楚逸辰的脸上。

他就是故意的！故意逗她！

他肯定是发现了什么，所以才这样！

顾筱筱有点生气，气自己怎么总是在他面前绷不住，心里有点什么秘密，憋着憋着就自己露出来了！

楚逸辰缓缓拿下枕头，伤神地看着她问："谋杀亲夫？"

"对！谋杀亲夫，然后改嫁！"

"再说一遍。"

"……"顾筱筱自然是没有那个勇气再说一次的，嗖的一下钻回到被窝里，在被子里摸索着自己被脱掉的衣服。

楚逸辰早就把她的衣服扔地上去了，看着她的小动作，笑而不语，也不提醒。顾筱筱找了又找，差一点就摸到楚逸辰的身上去，然后才想起来，衣服可能是在地板上，而且，是在楚逸辰的那边。

她想拿回衣服，有两种办法。

一种是从自己这边下地，绕到那边去。

一种是从楚逸辰的身上，直接爬过去。

顾筱筱认真地想了想两种办法的可行性，然后，选了第三种。

凑到楚逸辰的身边，顾筱筱媚笑着看他："老公，衣服给我捡起来呗？"

她脱口而出的一声称呼，让楚逸辰目光一抖。

"你果然想起来了？！"他快速地起身，顾筱筱迷糊之间，就被他给推倒了。

"嗯……你把衣服给我，我就告诉你。"

已经脱了的衣服，怎么可能还让她穿回去？可是看着顾筱筱的样子，楚逸辰遂了她的愿。

成功将衣服拿到手，顾筱筱手忙脚乱地套上，鬼鬼祟祟地想要下床。

"干吗去？"

"去厕所。"

她的模样可不像是要上厕所，倒像是想偷偷溜走。楚逸辰手疾眼快地将人扣下，再也不信她这个小骗子了。

"刚刚叫我什么，再叫一遍。"

"不要。"

"好宝贝，听话。"楚逸辰软硬兼施，心里急得不得了。所有的期待都积压在他的心口，等着顾筱筱点头承认。可顾筱筱吊人胃口的本事是越来越高了，不管他怎么哄骗怎么威胁，就是不肯开这个口。

一番云雨后，顾筱筱趴在楚逸辰的怀里，狡黠地笑。

他紧张心急的样子，真是好玩得不得了。

"楚逸辰。"叫了声他的名字，顾筱筱抬起头来看过去，将一句她早就想说的话，说给他听，"我很想你。"

不演了，不闹了。

听着顾筱筱的话，楚逸辰屏住呼吸，神情渐渐发生了变化。

"没有你在，我过得一点都不好。"紧紧地抱住他，顾筱筱委屈说道，"不会做的事情没人帮，生病了也没人疼。生鱼片虽然好吃，可是吃久了，真的反胃。你明天带我去吃火锅好不好？就去我学校后面的那家店，我们以前去过的。"

目不转睛地看着她，楚逸辰嘴角微扬："想起来了？"

"想起来了。"点了点头，顾筱筱去吻他的下巴，"对不起，虽然有一点晚，不过……我还是想起我爱你这件事了。"

是的，没错，她爱他。

如果重来一次，顾筱筱在那一天，绝对不会离开家里去公司送那份文件。

没有他在身边的日子，真的太难熬，异国他乡的生活，远远没有想象中那样自在轻松。

"还好你没有找小老婆，不然我回来以后发现自己被赶出了家门，那多丢脸。"想着想着，顾筱筱放心地叹了口气，幽幽地说道。

"笨蛋。"楚逸辰眼中噙笑，摸了摸她柔软的头发。

"你才是笨蛋！都没有发现我恢复记忆了！"顾筱筱不服气地说。

"发现了，不过没想到坂本先生会帮你的忙一起来骗我，所以才没办法确定。"收紧抱着她的手，楚逸辰一直悬在空中的心，总算能够稳稳地落地。

"你找借口，你就是笨蛋。"

"嗯，我是。"

楚逸辰开心，她说什么就是什么。完全没了睡意，两人低声交谈着，不知不觉就到了天亮。

早上有重要的会议，楚逸辰不得不离开顾筱筱身边去公司。

"在家等我，我晚上早些回来。"低头俯身，捏了捏顾筱筱的脸颊，楚逸辰宠溺地说道。

房间里只剩下顾筱筱一个人，安静下来，她又忍不住去想这几天发生的事情，想白沫儿。

好烦，她需要给自己找点事情做才行。

顾筱筱坐起身来，有些烦躁地揉乱自己的头发，然后下床洗漱。

收拾好地上的狼藉，顾筱筱下楼看了看，家里已经没有什么人了。

楚明远出差还没回来，姚慕青出去打麻将了，楚逸辰也刚刚走掉，现在只有她这一个闲人。

拿了点水果，顾筱筱去了书房，想着等楚明远回来后，就开始做他之前和自己提过的那个项目。在那之前，她必须设计出一套完整的方案才行。

就在顾筱筱埋头苦干的时候，楚筱郗风风火火地冲进了书房，连房门都没敲，把顾筱筱吓了一跳。

"怎么了，这么急？"看着楚筱郗上气不接下气的样子，顾筱筱紧张地问道。

"我、我哥说，"跑得实在是太快了，楚筱郗话都没办法说完整，"说你记起来了。"

"嗯……他骗你的。"

"你才是骗我！"看出她眼中的笑意，楚筱郗一下子就有了底，"好你个顾筱筱，竟然连我都骗！"

抱了抱情绪有点激动的楚筱郗，顾筱筱看着她有点红的眼睛，微笑着说道："楚逸辰也是昨晚才知道的。"

"那算他还有点良心，这么快就通知我。"吸了吸鼻子，楚筱郗长叹一口气，"我还以为他是骗我的。"

楚筱郗看了眼桌面上的那一堆东西，知道顾筱筱又在工作："你怎么没去公司，在家开工？"

"早上起来得有点晚，懒得开车过去。"

"哦，那就是昨晚睡得晚了。"楚筱郗意味深长地一笑，"小别胜新婚，更别说这是分开三年了。理解理解——我理解！"

她言行举止都像个"老司机"，之前不敢说的一些话，现在也没什么顾忌了："嫂子啊，你知不知道我哥这几年过得有多苦？独守空房！守身如玉！坚……"

"行了，你别逗我了。"顾筱筱回身去整理文件，有点明白楚逸辰把她弄过来的原因了。

有她在，顾筱筱哪里还会无聊，还会有时间去想别的事情？光是看她耍宝就够了。

两人去楼下喝茶聊天，听着楚筱郗讲一些她不知道的事情，时间很快就过去了。

"我去年还见到沐云帆了，他在美国那边混得好像还不错，不过金婧就没那么好的运气了，她现在完完全全是一个站街女，沐云帆也不可能再要她。"

"这就是所谓的自作孽不可活吧。"顾筱筱再想起那两个人，已经完全没什么感觉了，"沐云帆挺聪明的，他从最初就不该选择靠金婧，不然的话，可能会比现在还好一些。"

"姜教授也不在B大了。倒是姥姥，B大之前想返聘她去美术学院的，你知道这件事吗？不过她拒绝了，这两年一直在美国那边。哦对了，姥姥什么时候回来？她不在，我都不爱回这边吃饭了！"

顾筱筱恢复记忆了，她真是高兴得不得了，甚至连晚上楚逸辰回来了都不肯离开，最后被楚逸辰态度强硬地推出了卧室。

日子过得很快，他们从广州回来已经有三天了。白沫儿因病去世的消息，也已经被传了出来。

顾筱筱不知道这报道是谁写的，照片是谁选的，因为配图照片有一张是她和白沫儿的合照。之前白沫儿来B市找她的时候，被记者偷拍到的。

特意选了这种照片，自然是要提起她这个人。白沫儿死了，她就成了白家唯一的女儿。所以，她和白家那边的关系怎么样，会不会回去出席白沫儿的葬礼，一时间又成为很多人想知道的焦点。

"妈妈，你在看什么？"染染刚从游泳室出来，头发湿答答的，身上还穿着漂亮的小泳衣，光着脚丫跑到顾筱筱身边，踮着脚想看她手上的手机。

"妈妈在看小姨的照片。"把她抱了起来，顾筱筱指了指照片上的白沫儿，轻声问道，"小姨好看吗？"

"嗯，好看！妈妈，小姨是不是来过家里？我好像有见过她！"

"染染记忆力真好，她来过我们家。"

"那她什么时候还会来呢？"楚慕染歪着头，天真无邪地问道。

"不会来了。小姨生病了，不会再来了……"

"妈妈不要难过。"见顾筱筱神色不对，楚慕染赶紧搂住她的脖子，开始献吻。

489

小嘴在她脸上亲个不停，在看到顾筱筱笑了以后，楚慕染才满意地停了下来。

广州，白家。

冯笙溪双目无神地坐在白沫儿的房间里，看着这里所有的一切，回想着白沫儿曾在这里存在过的点点滴滴。

她的女儿才刚刚满二十岁，就这样离开了她的身边。白发人送黑发人是怎样的一种痛，冯笙溪现在已经很深刻地感受到了。

"夫人，该吃饭了。"

有人来敲房门，让沉思中的冯笙溪稍稍有了些反应。

慢慢地看了一眼那边，冯笙溪声音沙哑地开口："我不吃了。"

这是白沫儿的葬礼后的第二天，也是她没有进食的第三天。

门外的人没了声音，但是很快，房门就被人打开了。冯笙溪定睛一看，是白英杰。

阴沉的眼眸里，划过一丝恨意，冯笙溪看着眼前的男人，无法相信他竟然在自己女儿病逝的最后一天，都没有陪在她的身边。

"去吃饭，你这样一直不吃不喝，身体会受不了的。"

白英杰拉着冯笙溪的胳膊想把她带下楼，不料，却遭到冯笙溪强烈的抵抗。

"白英杰你放开我！"身子没什么力气，冯笙溪踉踉跄跄地又跌坐回了床上，"你少假惺惺地来关心我，呵，我算是看透你是什么样的人了。"

白英杰有些无奈地看着她，知道她说的是什么事情。

"笙溪，你是知道我工作的特殊性的。我那天是真的有必须要去执行的任务，所以才会离开的！沫儿是我的女儿，如果不是逼不得已，难道我会离开医院不陪她到最后一刻吗？！"

"工作工作，你少拿工作来当幌子！你去B市找顾筱筱的时候，怎么就不见你有工作呢？！"

顾筱筱。

听着这个名字从冯笙溪的口中说出来，白英杰的心情简直糟透了："你能不能不要有事没事就提筱筱？"

"不能！要不是她跑来和沫儿说一些有的没的，沫儿也不会突然间情绪崩溃那么快就离开！"冯笙溪抓狂地喊着，已然将顾筱筱当成了害死白沫儿的凶手。

"你能不能理智一点？！医院下达病危通知书，是一天两天的事情了吗？沫儿的情况你我都清楚，她能挺到今年已经很不容易了！"眉头紧皱，白英杰觉得她简直不可理喻。

"滚——你滚出去！"冯笙溪已经完全失控了，大声地喊着，把白英杰推出了房间。

看着房门砰的一声被甩上，白英杰重重地叹了口气，大步离开，也不想再管她了。

楼下，白安卿和白祁风都坐在餐桌上。冯笙溪刚刚的声音太大，以至于坐在这里的他们，都能听到她在喊些什么。

"不管她！我们吃！"气愤地坐在椅子上，白英杰已失去了再和冯笙溪交谈的耐心。

这样的状况，已经持续几天了，只要白英杰在家，两人每天都要吵上一架。

而他们吵架的内容，大抵是相同的——因为白英杰那天从医院离开，因为顾筱筱和楚逸辰那天匆匆在医院见了白沫儿一面。

白沫儿的离开，每个人都不好受，不可否认，冯笙溪作为母亲，是最伤心的那一个，但是，他难道就不难过吗？

在顾筱筱几年前没有被绑架、白英杰没有见到她之前，他一直以为自己只有一个女儿，那就是白沫儿。

从白沫儿出生开始，他便百般疼爱，后来发现她的心脏有问题，就更是连一句重话都不舍得说。

这是第二次，白英杰眼睁睁地看着自己的至亲至爱离开，而没能陪在她们的身边。

上一次，是顾婉婷。

头疼地按了按太阳穴，白英杰也没了食欲……

B市。楚逸辰这几天心情一直很好，不过突然的一个电话，便轻松地将他的好心情击入谷底。

"你说前川勇不见了？这怎么可能？！"

"确实不见了，看监控录像，是昨晚发生的事情。"

"我现在马上过去！"

顾筱筱听到他打电话的内容，想起那个古怪阴冷的男子，心里有点不好的感觉。

前川勇逃出来了。他不会还想杀死自己吧？

焦急地等着楚逸辰回来，等晚上他安全归来后，顾筱筱终于松了口气。

"这个前川勇到底是什么人？"回到卧室，顾筱筱不解地问。她只知道前川勇和坂本裕介认识，并不知晓前川勇的真实身份。

为了让顾筱筱意识到事情的严重性，以及让她听话一点，楚逸辰毫不犹豫地将实话告诉了她。

国际通缉犯……

其实单单这五个字，就足够让顾筱筱害怕了。她一直认为自己是良好市民，可是看看这几年，她都招惹上了一些什么角色？！

"白沫儿怎么会认识这种人？她到底花了多少钱把人给请来的？"垂着头，顾筱筱喃喃自语道。

楚逸辰从她口中听到白沫儿的名字，有点奇怪："你说什么？白沫儿？"

491

"啊……没什么。"顾筱筱慌忙掩饰。

"你不会以为，这前川勇是白沫儿花钱找来的吧？"一看顾筱筱的表情便知道她在想什么，楚逸辰讽刺地说道，"不是她，不过这人倒也和她关系很大。"

"不是沫儿？！"顾筱筱睁大眼睛，因为她一直以为是白沫儿，"那是谁？还有谁想抢你？"

顾筱筱有点蒙，难道说她还有潜在的其他情敌？

"是冯笙溪。"说起这件事，楚逸辰到现在还是很不爽，"三年前的那场车祸，也是她下的手。"

冯笙溪……

顾筱筱蹙眉想着事情，然后越想越觉得生气。

"现在白沫儿死了，冯笙溪的脑子已经不正常了，她更不可能放过你。所以你最近要乖一点听话一点，待在家里，或者跟在我身边，你选一个。"

"她为什么要杀我？"顾筱筱理解不了冯笙溪的想法，"如果说三年前她制造那场车祸，是为了白沫儿，这我勉强能够理解。那么现在呢？难道就因为白沫儿死了，所以她也想让我死吗？我为什么要给白沫儿陪葬？"

"你为什么觉得，她当初制造那场车祸，是因为白沫儿？"抓住顾筱筱话中的关键点，楚逸辰目光阴鸷地问道。

"我……"张了张嘴，顾筱筱欲言又止。可她转念一想，白沫儿都已经死了，她还有什么可顾忌的？

"白沫儿不是喜欢你吗？你以为我不知道这件事吗？"顾筱筱心累地叹了口气，"我知道，早在三年前就知道了。有件事我一直没告诉你，我出事的那天，曾经接到过一个电话，电话里的人自称是媒体记者，说拍到了你和白沫儿的接吻照，想高价卖给我。我自然是不相信的，不过他随后就把照片给我发了一张，然后……我就看到了。"

"我和白沫儿的接吻照？"楚逸辰认真地回想着和白沫儿的每一次见面。他什么时候和白沫儿接过吻？他的记忆里怎么完全没这回事？

"你不会是要否认吧？"看着楚逸辰的反应，顾筱筱倒吸一口气，"楚逸辰，没想到你是这种人！你吃窝边草也就罢了，还不承认？！"

"在你眼里，我就是那么不挑食的人？"不满意顾筱筱对自己的评价，楚逸辰问她那照片内场景是在哪里，也方便他去回忆这件事。

"我有照片，我拿给你看！"顾筱筱起身去找楚逸辰的罪证，几分钟后跑回到楚逸辰的面前，把照片甩到了床上，"喏，你自己看！"

楚逸辰拿过照片，依次看了一遍后，总算是想起这是什么时候发生的事儿了。

"过来。"楚逸辰抬头对顾筱筱说，在顾筱筱凑过去的时候，拽过顾筱筱的耳朵，指着某张照片的某个点，问，"你给我好好看看，然后告诉我到底亲没亲上。"

顾筱筱的耳朵被他揪着，像个做错事的小学生一样。看了看楚逸辰严肃的模样，她接过那张照片，认真地去看楚逸辰手指所点的地方，再然后……就没有然后了。

车子的倒车镜里有映出一部分两人的身影，虽然不完全，也不是很清晰，但还是可以看出这两人在车里是什么姿势，以及他们之间，是有一些距离的……

顾筱筱之前只盯着他们两个的脸看了，哪里会注意这些细节？更何况，这照片她看一次就够了，更是不可能没事就翻出来看看。所以，她到今天才发现被骗了。

"知错了吗？"看着顾筱筱心虚的样子，楚逸辰低声问道。

"知错了。"点了点头，顾筱筱小声回答。

"真的以为我亲了她？"

"也不是真的相信……可是眼见为实啊，你们靠得那么近，还不准人怀疑一下啊？"顾筱筱没底气地回答着他的问题，把楚逸辰给气到了。

"怀疑也不准！谁会喜欢她那种小屁孩！"

松开顾筱筱的耳朵，楚逸辰继续去研究那几张照片。

"这是白沫儿和白英杰来家里那次，我送他们回酒店的时候。如果我没记错的话，白沫儿就是那天亲口承认她喜欢我的。不过……这照片到底是怎么到了冯笙溪的手里？"

"有可能真的是狗仔拍到的啊，然后联系沫儿要钱之类的，被沫儿买了下来？不过他怎么不找你啊……你给的肯定比沫儿要多啊！"

"这种照片拿到我面前，他不光一分钱拿不到，而且以后连工作都找不着。"楚逸辰冷笑道，"我的钱可不是什么人都能赚的。"

事到如今，顾筱筱总算是明白了，为什么之前楚逸辰一提到白沫儿这个人，就会一脸厌恶，而且还不让自己过多地和白沫儿接触。

不光是他，恐怕连楚筱都也发现这点了吧？只有她，一直傻傻地被蒙在鼓里……

动作缓慢地爬上床，顾筱筱往床上一趴，小脸朝下，好像是在自己生自己的气。

楚逸辰拍了下她的屁股，她没反应，再打一下，她还是不抬头。然后……

"楚逸辰！你别脱我的裤子！"顾筱筱终于有了反应，动作迅速地躲过他的魔爪，伸手提了提裤子。

"照片我没收了。"收起床上的照片，楚逸辰已经想好怎么利用它们了，"你在这儿趴着，无聊就去找染染他们玩，我到书房有点事。"

"去吧，拜拜。"挥了挥手，目送他离开，顾筱筱打开电视，无聊地打发着时间。

在前川勇没被抓到之前，她是没办法随便出家门了。可话说回来，冯笙溪为什么那么恨自己？就算白沫儿喜欢楚逸辰，也不至于这样吧？

还是说……冯笙溪对她的恨意早就有了？

顾筱筱想到白英杰，想到顾婉婷。或许冯笙溪恨她，不是因为她是楚逸辰的妻子，而是因为她是顾婉婷的女儿吧？

顾筱筱觉得这种女人真是太可怕了。

对这件事，楚逸辰肯定是不会善罢甘休的。

白英杰只知道冯笙溪制造了三年前的那场车祸，却还不知冯笙溪花钱找了人，来取顾筱筱的性命。

面对着冯笙溪一次次的进攻，楚逸辰觉得要是再不做点什么，就是在浪费冯笙溪的一番心意了。于是，他打通了白英杰的电话，将前川勇的事情说了出来。

白英杰最近和冯笙溪都处于冷战状态，听了楚逸辰说的这些后，他觉得是真的到了该做出决定的时候了。

这样狠毒的女人，他怎么可以留在身边，做他孩子的母亲？

挂了电话，白英杰起身回了家。冯笙溪此时正在客厅里坐着，陪白安卿下棋，见到白英杰气势汹汹地回来，就知道没什么好事。

"臭着脸给谁看呢？"白安卿扭头看了白英杰一眼，骂道。

"爸，我有事和她谈。"

"有什么话就在这儿说。"白安卿低下头，研究下一步该怎么走。

"在这儿谈？"白英杰笑了，看向冯笙溪，问，"你确定，要跟我在爸的面前谈这件事吗？你和冯程都做了什么荒唐事，不需要我提醒了吧？"

白安卿听到冯程的名字后，不由自主地又看向白英杰，疑惑地问道："发生什么事了？"

冯笙溪脸色有些苍白，起了身，想要回楼上。可这一次白安卿不干了。

"坐下！有什么事就在这儿给我说清楚！"

白安卿已经受够了他们两个的吵来吵去，知道他们的话题无非就是关于顾筱筱那点破事儿，但没想到今天还把冯程那小子给牵扯进来了，所以他觉得，自己也很有必要知道，到底发生了什么。

"爸，你年纪大了，不适合知道这种事情，我看我们还是去楼上吧。"

"放屁，给老子坐下！"白英杰的话让白安卿火冒三丈，他一拍桌子，棋子散落了一地。

白安卿的暴脾气上来，没人敢不从。况且，白英杰本来就抱着无所谓的态度。担心害怕的人，只有冯笙溪一个而已。

坐到沙发上，白英杰看着还站在那里的冯笙溪，示意她也过来坐。

冯笙溪心里慌慌的，不知道白英杰都知道了什么，又是怎么知道冯程有参与这件事的。可不管怎么样，她都不会承认的。

定了定神，冯笙溪走过去坐到一旁。

白英杰点了根烟，然后缓缓开口："爸，你知道筱筱当年为什么会出车祸，她这三年又为什么全无消息吗？我告诉你，那场车祸就是她安排的，是她把筱筱弄到了日本，而且现在，她还找了人，想要筱筱的命。"

白英杰简单明了地把话挑明。他一开口，白安卿的表情就变了。

不可思议地看向冯笙溪，白安卿第一反应肯定是不相信的。所以他等着冯笙溪说些什么，让自己安心。

　　"你有什么证据证明那事是我做的？白英杰，口说无凭，你不能光靠一张嘴就污蔑我！"

　　"都到这一步了，你还嘴硬？你觉得我最近几次去B市都是白去的？！"白英杰看向冯笙溪，眼中的寒芒让冯笙溪立刻身子一僵。

　　"我没做过，我为什么要杀顾筱筱？我没有理由这么做。"

　　"理由？说到这个我也想亲耳听你说说，你到底是为了什么，才会做出这些丧心病狂的事情！"白英杰目不转睛地盯着她，咬牙说道，"我是不会让你再伤到筱筱一分一毫的。我已经没有了一个女儿，剩下这个，就算拼了我这条命也要保她周全！"

　　白英杰对顾筱筱的重视，无疑又是给了冯笙溪一记重击。

　　"冯程竟然帮你联系到了前川勇这样的人，看来这几年在外面，他的翅膀是硬了，不记得当初是从我手上飞出去的了。冯笙溪，你怎么活了一大把年纪，却越活越糊涂？你这是害了你们冯家，你知道吗？你做这样的事情，你让冯程做这样的事情，足够把他关进牢里蹲一辈子了！你以为那楚家是吃干饭的吗？！我告诉你，你现在后悔也晚了！"

　　白英杰越说越气，指着冯笙溪，觉得她的智商真是连个小孩子都不如！

　　"我告诉你冯笙溪，楚家那边现在已经注意到冯程了，在这件事情上，你别指望我能帮你分毫。离婚协议书我明天派人送过来，到时你签了就可以。"白英杰直接把要离婚的打算给说了出来。

　　冯笙溪听后，总算又开了口："我不会离婚的！你说了这么多，有什么证据？！"

　　"就是，证据拿出来看看。"白安卿也是有点急，因为这件事太严重了。

　　"不见棺材不落泪？好，那我就让你死心。"白英杰可笑地看着冯笙溪，想不出她是从什么时候起，变成了这副模样，"你和冯程的电话录音，想听听吗？你拿给前川勇的照片，上面有你和他的指印，还用我把检验报告拿出来吗？我当初为了证明筱筱是我的亲生女儿，特意去检测了她的DNA，可我万万没有想到，你却利用这份检验报告，让我们所有人都误以为她死了。你三年前让张安拿给那个法医的DNA检验报告，就是从我手上得到的数据吧？连张安这种老狐狸你们都敢利用，冯笙溪啊冯笙溪，你可真是够糊涂的！！"

　　听到白英杰说出这些，冯笙溪紧张害怕地落了泪。

　　白英杰看着她，心里却没有心疼的感觉。

　　她这是什么？她这是自作孽啊！这女人，如果不离婚的话，早晚有一天，说不定还会做出什么蠢事，把白家也给拉下水！所以，长痛不如短痛，白英杰一定要趁着这个机会，斩断和她之间的关系！

　　"爸，"白英杰站起身来，准备上楼，"我去收拾一下行李，去趟B市，不一定什

495

么时候回来，你给我盯着点她，别再让她做出什么丧心病狂的事情来！"

"你去B市干什么？"白安卿皱眉问道。

"他们请来的那个杀手跑掉了，筱筱有危险，我得过去。"白英杰说完大步上了楼。

白安卿听着他上楼的脚步声，看着不说话只顾着哭的冯笙溪，还是觉得不可思议。

这儿媳妇，可是他当年亲自选的啊。

他们在一起住了几十年了，冯笙溪一向懂事听话，内敛低调，白安卿当初就是喜欢她这一点，而不是像顾婉婷，满世界跑，到处抛头露面，强势张扬。

"你哭什么？"白安卿皱眉问道，"英杰说的这些，是不是都是真的？你真的做了这些事？"

"爸，我没有，你要相信我。"哭着回答完白安卿的问题，冯笙溪用余光瞥着楼梯的方向。

"口说无凭，这不是你刚刚说过的话吗？英杰至少能拿得出证据，那你呢？"白安卿摇了摇头，"英杰说得对，你真是太糊涂了！沫儿之前跟我哭过，说我们家欠顾筱筱太多，我现在总算是想明白她这话是什么意思了。看来，她也早就知道你都做了什么。整个家里，只有我一个人被蒙在鼓里。"

白英杰因为前川勇的事情特意赶往B市，楚逸辰这两天也因为此事心烦意乱。但，坏人心情的事明显不止这一件。

之前在日本，那段在酒店里的监控录像，那个特意等候在他房间里的人，在国内的媒体爆料，说他"召妓"之后，楚逸辰又重新调查了一遍。而他刚刚接的电话，就是告诉他调查结果的。

对萧伊人的制裁，从这一天开始。

还有两个月就要开机的电视剧，临时决定把萧伊人从女一号的位置上换下来。那部戏不管是从投资方、制作单位还是从演员阵容，都注定了它会在播出之后占据各大卫视收视率的榜首。

萧伊人心急不已，赶紧前往公司找安承朗。

知道她是因为什么过来，安承朗笑了笑，给出回答："是投资方要求换人的，而且你这边的合同也还没有签，不存在违约一说，我们也没办法找他们打官司。"

合同……萧伊人之前是因为片酬的关系迟迟没签，但她是打算这周就签了的呀，哪里想到会发生这种事！

"安总，不知你说的，是哪边的投资方？"

这部戏有两个投资方，一个是……

"楚逸辰。"安承朗风轻云淡地说出一个名字，"是他提出的换人。伊人，我还想问问你是怎么回事。"

楚逸辰？！

"撤掉你改换新人，不然就撤出全部投资，他是这么说的。而且新人，也是由他们那边决定。"安承朗观察着萧伊人和她的助理麦可欣脸上的神情。具体发生了什么，他已经从楚逸辰那边知道了。

这部电视剧，说白了，是谁拍谁火。楚逸辰趁着这个机会，把新人送到观众面前，目的很明显，就是要培养取代萧伊人的人。萧伊人又不傻，哪会想不到这个。

"安总，你看这是不是有什么误会啊？"麦可欣笑容僵硬地看着安承朗。楚逸辰明明是她们的靠山，怎么会变成这样？

"有误会的话，也是你们和他之间发生了什么。有什么问题，你们去找他问。我还有个会要开。"

无精打采地从安承朗的办公室离开，萧伊人靠在墙壁上，无措地望着麦可欣。

"还愣着干什么？给楚少打电话呀！"麦可欣压低了声音提醒。

"他不会接的。"萧伊人很肯定地说道，"绝对不会接的。"

虽然还没打，但萧伊人就是知道。

"他不接那就去找他！"麦可欣很清楚楚逸辰这么做，会给萧伊人的今后带来什么后果。

人生就是这样，不经意间发生的一件事，就很可能会影响你今后前行道路的方向。萧伊人当初火是因为楚逸辰，难道以后衰退，也会是因为他？

不由分说，麦可欣拽着萧伊人往外面走。萧伊人是个没什么主见的人，一直以来麦可欣都会帮她做很多决定，所以萧伊人很信任她。

坐在车上，萧伊人心情复杂。她们很快就到了风扬集团楼下，可萧伊人却已经没有上一次来这里时那样理直气壮了。

真的要上去找楚逸辰吗？他会见自己吗？萧伊人犹豫着，不安着。

"想什么呢？伊人，你得抓住这个机会啊！"麦可欣见她一动不动，特别着急，"你知道这部戏拍下来你能赚多少吗？你是和苏佐楠搭戏，今后几年的广告代言，现在都排着队等着你了！要是知道你不是女主角了，这帮王八蛋肯定有会打退堂鼓的。"

催促着萧伊人，麦可欣把她从车上推下去。

萧伊人站在楼下，仰头看着顶层的地方，深吸一口气，总算是迈出了脚步。

乘坐电梯来到楚逸辰的办公室所在的楼层，萧伊人慢慢走到了他的办公室外。

门外的秘书台，坐在里面的人看到萧伊人后愣了一下，然后扬起一抹职业性的微笑。

"是要找总裁吗？"她轻声询问。

在看到萧伊人点头后，她又继续开口："那好，我通知一下楚总。"

楚逸辰是在办公室里没错，不过同样在里面的，还有顾筱筱。

顾筱筱今天被他拖来上班，刚刚开完会，他说还有事情要和她商量，所以她就跟着过来了。

　　站在楚逸辰身边，看着他电脑上的文档，顾筱筱像个认真的学生。

　　桌上的电话响起，是内线。楚逸辰接起来后，视线一沉，说了句："好，让她进来。"

　　顾筱筱以为是客户来访，好奇地回头看去。不过她才刚一转过头，胳膊就被楚逸辰一拽，身子瞬间失去平衡，跌坐在他怀里。

　　"啊……"满脸通红，顾筱筱挣扎着想要起来。

　　"楚逸辰你干吗呀？有人来了！"小声、抓狂地问他，顾筱筱不知道他是怎么回事。

　　坐在他的腿上，看着他压下来的俊脸，放大的五官，顾筱筱倒吸一口气。他疯了？！被牢牢地抱在怀里，唇齿交缠，顾筱筱已经听到房门被打开的声音。心中紧张得不得了，因为知道有人站在那里，顾筱筱脸红得像蕃茄，觉得自己已经没法见人了。

　　"别闹！"楚逸辰的手探进了她的衣服里，顾筱筱连忙阻挡。她不敢回头，因为怕看见门口站着的人。可楚逸辰的举动，却好像这屋子里只有他们两个似的。

　　"谁跟你闹了？"笑看着炸毛的顾筱筱，楚逸辰和她耳语，"我要。"

　　"要……要屁啦！有人！你疯了？！"顾筱筱一边说着话，一边偷偷摸摸地看向后面，心里还纳闷，来的人是不是看不到他们？不然楚逸辰怎么还这么肆无忌惮？

　　"要你。"简单的两个字，楚逸辰轻舔她的耳郭，让顾筱筱差点没忍住呻吟出声。

　　萧伊人站在门口，有一种像是掉进了冰窟窿里的感觉。

　　他……在干什么？一进屋，萧伊人就看到那两人亲密的举动。

　　顾筱筱背对着她，她看不到顾筱筱脸上的表情，却看得到楚逸辰的。看着楚逸辰眼里的宠溺，嘴角的邪笑，她知道，他是故意的。

　　故意让她进来，故意让她看到。他为什么要这样残忍？萧伊人整个人像是定在了那里，她知道自己应该离开这里，可是她的双腿却不听使唤。

　　因为有外人在，所以顾筱筱的身体神经变得更加敏感，很快她就被挑逗得有了感觉。瘫软地依附在楚逸辰的身上，她小声地求饶，快哭了："别这样……回家，回家再做好不好？"

　　"不好。"把手从她的衣服里拿出来，低头亲了亲她的鼻尖，楚逸辰抱着她站了起来。然后，他总算是想起了这屋里另外一个人的存在。

　　顾筱筱抱住他的脖子，把头埋在他的怀里，也随着偷偷去看门口的人。在看到站在那里的是萧伊人后，她的心一下子提到了嗓子眼儿，差点跳出来。

　　"滚。"楚逸辰的视线和萧伊人的隔空相撞，他薄唇微动，吐出了一个字。

　　一个几乎像是把萧伊人从悬崖边推下，让她跌落谷底的字。踉跄地向后退了一步，萧伊人靠在门板上，差点跌倒。

　　"以后别让我再看见你。"楚逸辰似乎是担心自己的态度无法表达出自己真正的意思，于是又加了一句。接着，他就抱着顾筱筱走向里面的休息室，把萧伊人晾在了那里。

萧伊人垂着头，又听到顾筱筱又恼又怒地叫着楚逸辰的名字，让他滚蛋，她脑子里嗡的一声。

多么肆无忌惮的语气……若不是有着足够的底气，谁敢对楚逸辰说出"你给我滚蛋"这几个字。心里酸痛酸痛的，萧伊人觉得自己的脸也火辣辣的，像是被人打了一巴掌。

楚逸辰……

楚逸辰……

在心里默念着他的名字，萧伊人知道，他以后不会再见自己了。就像他刚刚说的那样，他会让她滚出他的世界。动作缓慢地转身，打开房门，萧伊人低着头快步离开。可即便是这样，也还是让坐在门外的人看到了她脸上的眼泪。

门口的秘书饶有兴趣地看着萧伊人快速远去的背影，笑了笑。看来风扬集团的总裁夫人，是不会变成萧伊人的。

麦可欣一直等在楼下，站在车外抽着烟，焦心地等着萧伊人搞定楚逸辰回来。细碎的脚步声由远至近快速传来，麦可欣扭头看去，然后就看到了萧伊人哭着从里面走出来的画面。

什么情况？麦可欣赶紧把手中的烟扔到了地上，迎了上去："伊人，怎么了？！"

"别说了，我们回去吧。"萧伊人吸了吸鼻子，摇了摇头，越过麦可欣上了车。

坐在车座上，萧伊人总是不受控制地去想自己刚刚看到的画面。麦可欣紧随其后上了车，见她这样，就知道事情搞砸了。

"楚少真的生气了？不同意把你换回去？"

萧伊人像是没听到她问的话一样，沉默着，目光无神地看着脚下。

"伊人，你到底怎么惹他了？"麦可欣想不明白，这个楚逸辰说翻脸就翻脸，总得给人家一个理由吧？

"可欣，你别问了，我们回去吧。"被麦可欣问得心烦，萧伊人蹙眉看了她一眼，"以后别再提楚逸辰了。"

"那女主角的事？"

"我们不拍那部戏了，别说了。"长叹一口气，萧伊人疲惫地合上了眼睛，"我要回去休息，明天还得回横店呢。"

萧伊人这样，麦可欣也拿她没办法，只好想着等她心情好一点了，再谈楚逸辰的事情。

顾筱筱因为萧伊人的突然来访，被占了大便宜……裹着被子躺在床上，她欲哭无泪地看着走出去的楚逸辰，慢腾腾地爬了起来，去捡地上的衣服。穿好衣服，顾筱筱走到楚逸辰的面前，对上他的视线后，狠狠地瞪了他一眼，拿起桌子上的文件转身跑开。

这个不正经的臭流氓！明明是上班时间，他倒好！说什么要劳逸结合！她知道他是想故意给萧伊人看，让萧伊人死心。可是萧伊人都走了，他还说什么演戏要演全套，说白了，就是忍不住要耍流氓！

顾筱筱红着脸，一路跑回自己的办公室，这才稍稍松了口气。

很快就到了该下班的时间，顾筱筱后知后觉地看着来找自己的楚逸辰，别扭地起身跟着他回家。

第二天清早五点，楚逸辰被一通电话叫走，然后一整天都没有回来。前川勇被抓的消息，并没有被报道，因为他的存在本身就是一种问题。而他被杀的消息，就更不可能出现了。

夜深人静，前川勇放松地躺在床上睡了一觉，等待着M国那边尽快把事情处理好，将他安全带离这个国家。

一道红色的光线，不知什么时候瞄在了前川勇的身上，当他发现的时候，已经晚了。身子一僵，前川勇反应过来是怎么回事后，立刻扑向安全的地方。但奈何对方的枪法真的很准，准到完全不给他活命的机会，就让他倒在了血泊之中。

压了压帽檐，百米开外的狙击手快速离开这个地方，无声无息地消失在了黑暗之中。

解决掉他这个麻烦，接下来就只剩下冯家那边了。

白英杰最近因为工作原因，调到了B市。楚逸轩则是被调去了广州，接手了他的职位。

而冯家，冯程被抓了起来，冯家其他一些位高权重的人也都被立案调查。

一切看起来都回归平静，如果不是龙崎拓海突然出现，顾筱筱几乎以为不会再有什么麻烦了。

楚逸辰之前一直说龙崎这个人很有野心，顾筱筱认识他几年也是清楚这　点的。但她万万没有想到，龙崎会有想要收购风扬集团的想法。而也是这个时候，她悲催地发现自己又怀孕了……

知道自己怀孕后是什么德行，所以顾筱筱赶紧申请了去日本工作。在那边混了一个月后，她被楚逸辰抓了回来。

吃过晚饭，顾筱筱回到卧室，一不小心就当着楚逸辰的面吐得天昏地暗，然后在第二天清早，被他拖去了医院。

这不是顾筱筱第一次因为怀孕而到医院检查，可是心情，却还是如第一次那般紧张。

两人来的时间比较早，又因为提前打过招呼，所以很顺利地就见到了医生。一连串的检查之后，医生的话让他们都安了心。

"胎儿和孕妇的状况都很好，不过还是和上次一样，要注意自身的营养，吃饭这方面一定要跟上。"

像楚逸辰、顾筱筱这样的"高级客户"，医生是不可能忘记的。

"好，谢谢医生，我会注意的。"楚逸辰点了点头，拿着检查报告拉着顾筱筱离开。

走到停车场，楚逸辰在顾筱筱转身想要上车的时候，制止了她。

身子靠在他的怀里，顾筱筱倾听着他的心跳声，没想到他会突然把自己抱住。

停车场里的人，相比起医院那边要少许多，可是来来往往，还是有一些的。顾筱筱用余光看了看那些往这边看的人，然后反手抱住他，不管了。

楚逸辰什么都没说，只是静静地抱着她，过了许久，才吻了吻她的额头。

稍稍拉开一点两人之间的距离，楚逸辰垂眸看着她。

他灼灼的视线让顾筱筱觉得脸有点烫。

"你一直看着我干吗……"忍不住小声问道，顾筱筱咬了咬唇角，"我们该回去了。"

顾筱筱脸颊微红，是真的被楚逸辰给看得不好意思了。两人结婚时间虽久，可对他这样的眼神攻势，顾筱筱还是抵抗不住。

她最怕他什么都不说，什么都不做，就这样沉默、认真地看着她。他眼中的温柔、宠溺，会让她觉得自己沉浸在了一整片星河之中，周身都是耀眼的星芒，而那些光芒，却在围着她转。

"宝贝儿辛苦了。"

他终于开了口，一句话就让顾筱筱觉得，就算再多吐几个月，好像也没什么。

对于顾筱筱这次怀孕，楚逸辰觉得有点为难她了。

她这个年纪，没结婚的人还一抓一大把呢。虽然有些人嫁入豪门后，会迫不及待地想要怀孕，巩固自己在家中的地位，可楚逸辰却不得不承认，他们两个人中，比较急着想要孩子的那个，是他。

晚上回到家中，他搂着她躺在床上，小声问道："没想过偷偷去打掉？"

"嗯？！"顾筱筱倒吸一口气，"怎么可以！这是我们的孩子！"

"还算你有觉悟。"颇为满意她的反应和回答，楚逸辰笑了笑，拍了拍她的头，"睡吧，明天还有事情。"

天气已经渐凉，顾筱筱盖着被子很快就睡着了，可楚逸辰却迟迟没有入睡。

放下手中的书，他凝视着顾筱筱的睡颜。

她紧靠着他身体的一侧，睡得十分安心。楚逸辰动了动，想把书放到桌子上，可是才刚一离开，床上的人就蹙紧了眉头。等他重新回到那里，调整了姿势，把她搂进怀中后，她才眉头舒展，呼吸也变得平稳下来。

看着一个你爱的人，在你身边安然入睡，是件很幸福的事情。

房间里静悄悄的，微弱昏暗的灯光照在顾筱筱的身上，看着她的眉眼，楚逸辰的心也不自觉地变得柔软。

他的妻子，他的孩子。

人性是贪婪的，不管拥有了多少，似乎都是不够的。可不知从什么时候开始，楚逸辰却开始觉得，只要身边有她，其他很多东西就变得微不足道了。

她不是最优秀的那一个，即便她聪明、漂亮，可是智商比她高、样貌比她好的，却也大有人在。只是，她让楚逸辰觉得刚刚好。

顾筱筱这一次怀孕，对楚逸辰来说，论惊喜，比不上第一次，但说起开心，却大于上一次。

今天去了医院，听到医生说的那些话，楚逸辰心中的欢喜，要远远大于他所表现出来的。只是顾筱筱可能永远也不会明白，这个孩子对于楚逸辰而言意味着什么。

分开了三年，那是一条谁都没办法跨过去的鸿沟，可现在，一切终于又回到了从前。

楚逸辰这个人说大方也大方，说不大方也不大方。

这么多年他钱赚了不少，家底也越来越厚，不在意的东西也是越来越多，到最后，不能给不能借，甚至连多看一眼都不愿意让别人看的，似乎也只有顾筱筱了。

龙崎拓海霸占了她三年，楚逸辰每每想起这件事，就会嫉妒得发狂。那三年是他永远都没办法弥补的，也是他和龙崎拓海不能和解的最重要的原因。

都是心比天高的人，认定了的，哪会甘心让给别人？！他如此，龙崎拓海亦是这样。

"少爷，这是您要的东西。"

看着手下将文件递了上来，龙崎低头认真地翻看了几页。

"楚逸辰这些年打得最成功的一仗，恐怕就要数几年前，他用十亿元资金撬动M国市值两千亿元的AC集团，成为该公司的第一大股东了。"小声地对龙崎讲述着有关楚逸辰的事情，男子十分担心，"楚逸辰资本运作的能力，绝非浪得虚名。我们想从他的手上将风扬集团夺过来，不是一件易事。"

"太容易的事情，做起来没意思。"龙崎拓海微微一笑，看向身前的长谷川。

这段时间，他已经看了太多关于楚逸辰的资料信息。楚逸辰曾在M国，用一年的时间，利用十亿元资金运作出五百亿元，最后直接拿下市值两千亿元的AC集团，综合杠杆率达到了数十倍，这真的是一个恐怖的数字。

稳、准、狠地进攻，成为公司第一大股东，再改选董事会，这种"入侵手段"，楚逸辰现在已经是轻车熟路了。因为他早已成功"血洗"了不止一家上市公司，这些年败在楚逸辰手下的企业，大大小小有二十几家，而这些，还只是大家能够叫得上名字的而已。

龙崎这次把目标对准风扬集团，是经过深思熟虑之后的决定。他和楚逸辰，终于到了真正交手的时候。

502

顾筱筱知道，龙崎似乎已经暗中联络风扬的股东收购了一些股份，但有多少她并不清楚，楚逸辰也不想让她掺和进来。他甚至直接放了大招，和家里宣布她怀孕了的事情。

　　又一次成为重点保护对象，顾筱筱直接被接去了南京养胎。每天从各个渠道搜集着公司内部的消息，顾筱筱犹豫再三，做出了决定。

　　她从不怀疑楚逸辰的实力，也坚信这一次他会胜过龙崎，但她总觉得这次的胜负应该由自己决定，毕竟他们真正想要争夺的人，是她。

　　背着楚逸辰把她手上20%的股权转到了他的手上后，顾筱筱给龙崎拓海打了电话。

　　夜深人静，龙崎拓海听着她的声音，想起他们在日本的那几年光景。

　　樱花树下，落英缤纷。他赏花，她弹琴。

　　他每次心情不好，见到她，和她说说话，戾气总是会很快消失。她身上像是有种魔力，他只要一靠近，就没办法再生气。

　　可现在，他这已经积攒了好久的火气，却无处可发。她再也不会主动来到他身边，和他说话对他笑。龙崎拓海知道，这就是所谓的吃醋，而这种感觉，真的让他抓狂。

　　他从来没有那么迫切地想要一样东西，不管是抢，是偷，是用什么心机手段，都可以。

　　沉默地听完顾筱筱的话，龙崎拓海皱紧了眉头。

　　"没良心的小东西……早知这样，当初就不该救你。"喃喃自语，龙崎拓海表情有些痛苦。

　　而顾筱筱心里也颇不好受。

　　当年若不是他出手相救，她早就死在了那间出租屋里。

　　结束了通话，顾筱筱久久不能入眠。

　　她以为这件事情结束，楚逸辰很快就会来找她，可她没有想到，再见到他已经是将近两个月之后了。

　　国内的商界和政界，从年后就一直不大太平。

　　斩草要除根，既然真的要了结，就要处理得干干净净。

　　楚逸辰最近很忙，几乎每天都在公司过夜。等忙完该做的事情后，他才启程前往南京。

　　怀里抱着娇妻，他的心情分外好。顾筱筱躺在他的臂弯里，轻声询问："和龙崎拓海的事情，结束了吧？"

　　"嗯，结束了。"新闻已经到处都是，楚逸辰也无意隐瞒顾筱筱，"所以今天来陪老婆，还带了礼物。"

　　"什么礼物？我怎么没看到？"

　　"公司的股份，我已经都转到你名下了。"

　　"你疯了？！"顾筱筱倒吸一口气，扭头看他，"我不要，你快给律师打电话！"

顾筱筱急了，有时候她觉得楚逸辰就是个疯子，胆子大得不得了。这种事情如果传出去，公司肯定又会乱成一团！

"事情已经办完了，从明天开始，我就算是给你打工了，希望老婆大人手下留情，以后年终的时候能给我多发一点年终奖。"

"不行的，董事会那边你要怎么解释？你又不是不了解我，我跟在你身后还差不多，公司转给我，你是想看它破产不成？"顾筱筱心急得不得了，却也明白楚逸辰的意思。

一个男人是不是真的爱你，其实是很容易区分出来的。

肯为你花钱的男人，不一定有多爱你。但是不舍得为你花钱的男人，一定没有多爱你。

男人的爱归根结底只有两种给予，花钱和花时间。两种都给的是真爱，而楚逸辰对顾筱筱，就是如此。

在她身上，楚逸辰从不吝啬。她想要的、不想要的，哪怕是多看了一眼的东西，他都会送到她的手上。

楚逸辰在风扬集团的股份，换成钱的话少说也有上千亿元，可是他说给就给了。

"不会让他们知道的，而且就算他们知道了又能如何？公司还是我们的，只要他们每年拿到的钱只多不少，公司谁当家作主，他们才不在乎。这种事情就算传出去，股价也只会高不会低，对他们而言有什么坏处？"

日后要如何应对一切，楚逸辰早就计划好了。

"我答应过你，会让你在我身边一直开心快乐下去，这话并不是开玩笑。我曾经想过很多种要对你好的方式，可是总觉得不够。我的就是你的，我整个人都是你的，我知道总有一天，你会明白这句话的含意。"

"你怎么这么傻。"顾筱筱擦了擦眼角的泪，哭笑不得地问，"你就不怕我拿着钱跑了？现在长得好看的小鲜肉那么多，遇见我这么一个富婆，一定会扑上来的！"

"多吗？我怎么没发现？"楚逸辰嗤笑一声，道，"比我长得帅、比我会赚钱、又比我更爱你的男人，这世上是没有的。况且你还忘记了最重要的一点。"

"哪一点？"顾筱筱听着他自吹自擂，好奇他还会说出什么不害臊的话。

"活儿好不黏人，我在床上的表现，你不是最满意了吗？"

"楚逸辰！"

他突然冒出来这么一句，让顾筱筱的脸顿时红成一片。

彼此相拥着，两人沉默片刻，楚逸辰又说："明年工作的重心，会放在日本那边。知道你在家里待不住，所以也有给你安排事情做。"

"会出差吗？"

"会。"

"你就不怕我去了日本，再遇到龙崎拓海，会发生点什么？"

"他不敢。"楚逸辰淡然一笑，"我手上可是有足够他掉脑袋的证据。这次留他一命，他若是还不知好歹，那么他的公司剩下的股份，我也会全部吞下。"

楚逸辰用这两个月的时间，趁龙崎拓海把注意力都放在风扬的时候，成了龙崎的公司里最大的股东。

龙崎家族暗中的那些小动作，他早已查得一清二楚，手上也有很多证据。龙崎的父亲已经入狱了。也正因为如此，楚逸辰会放过龙崎拓海，让顾筱筱无比疑惑、好奇。

"单说工作，不提其他，龙崎拓海也算是个不错的竞争对手。如今能称得上是对手的人，已经不多了，全都死光的话，该多无聊。"楚逸辰话里话外散发着一种孤傲自大。

顾筱筱明白他的意思，他想表达的是"无敌很寂寞"，他需要几个玩伴陪他打发时间。

真是幼稚又可怕的男人……

熄了灯，窗外银色的月光流泻了进来。顾筱筱被吻得浑身无力，伸手环住他的臂膀，红润的唇附到他的耳边，喃喃说了一句："我爱你，很爱你。"

楚逸辰微微一怔，随即将她抱得更紧。

不用多言，他也知道她对他的感情。

五年的时间，让他更加确定自己当初的选择没有错，也让她知道，未来还有更多的五年在等着他们携手度过。

只求一人心，百年相许。看朝夕烟暮，同葬黄土。

也许未来的路上还会有很多波折，但黎明总会到来，幸福的日子，永远不会终止……